Perry Rhodan

Kosmos-Chroniken 2

Perry Rhodan

Kosmos-Chroniken 2
Alaska Saedelaere

von

Hubert Haensel

Pabel-Moewig Verlag KG, Rastatt

www.moewig.de
Redaktion: Klaus N. Frick/Sabine Kropp
Titelillustration: Johnny Bruck
Druck und Bindung: GGP Media, Pößneck
Printed in Germany 2002
www.perry-rhodan.net
ISBN 3-8118-7513-2

»Es ist dunkler,
wenn ein Stern erlischt,
als wenn er nie geleuchtet hätte.«

(Das murmelte Alaska Saedelaere im Selbstgespräch.
Der Satz gefiel ihm, er würde ihn sich merken.)

Meinem Vater gewidmet,
dem ich die Liebe zur SF verdanke.
Leider durfte er den Mythos Alaska Saedelaere
nur unvollständig erleben.

Es sind die Faszination einer zukünftigen Technik,
die ungeheure Weite der Schöpfung
und die Begegnung mit fremden Wesen
(auch in uns selbst),
die PERRY RHODAN zur
größten Science-Fiction-Serie der Welt machten.

Ich danke meiner Ehefrau und unseren Töchtern
für Geduld und Nachsicht
während der Arbeit an diesem Buch.

Ad astra!

Hubert Haensel

1. BUCH

Schicksalsschläge

3428 n. Chr. und früher

1.

Der Schmerz traf ihn unvorbereitet. Alaska Saedelaere taumelte; stöhnend riss er die Arme hoch, aber die abwehrende Bewegung kam viel zu spät.

Ein grässliches Pochen plagte sein Gesicht. Vom Haaransatz bis zum Kinn schienen alle Nerven bloßzuliegen. Qualvolle, wenig menschlich klingende Laute drangen über seine Lippen. Er verkrallte die Hände im Gesicht, seine Daumen drückten auf die Kiefergelenke, und die Finger wühlten sich zwischen die Haarwurzeln. Beide Daumen stießen in weiches, schwammiges Gewebe. Als gäbe es keine Wangenknochen mehr. Auch die Stirn schien sich in eine wogende Masse verwandelt zu haben, die kaum Widerstand bot.

Alaska Saedelaeres Brustkorb hob und senkte sich unter hastigen Atemzügen. Die Furcht hatte ihn eben wie ein tückisches Raubtier angesprungen. In Gedankenschnelle wuchs sie zur Panik. Dennoch ignorierte sein Verstand das Unglaubliche.

Er hörte Schritte heranhasten. Eine verzerrte Stimme durchbrach das dröhnende Hammerwerk in seinem Schädel: »Mr. Saedelaere, endlich. Sie werden seit Stunden erwar…« Ein halb ersticktes Gurgeln ließ den Satz abbrechen. Dann erklang es stockend: »Drei kleine Siganesen, die wär'n gern groß gewesen. Einer erstickte am Genetikbrei, da blieben nur noch zwei. Du brennst, du …« Die Stimme wechselte zum tiefen Bass: »Versteck dich nicht!« und schraubte sich in schrillen Diskant empor: »Ich seh dich … ich seh dich …«

Zwei kräftige Fäuste umklammerten Saedelaeres Handgelenke und rissen seine Arme zur Seite. Weil er verzweifelt nach einer Erinnerung suchte, konnte und wollte er sich nicht dagegen wehren. Er war schlicht hilflos und wusste nicht, was geschehen war.

Sein Gegenüber starrte ins Leere.

Speichel rann über Saedelaeres Kinn, doch das bemerkte er nicht einmal. Mit einem verzweifelten Ruck befreite er sich aus dem lasch werdenden Griff. Auf gewisse Weise erinnerte ihn sein Gegenüber an einen Roboter, dessen Motorik von einer Sekunde zur anderen ausgefallen war.

Der abklingende Schock des Transmitterdurchgangs ließ das Zucken in seinem Gesicht intensiver werden und den Drang, sich herumzuwerfen und in panischem Entsetzen zu fliehen, schier übermächtig. Hautnah spürte Alaska Saedelaere das Unheimliche, das mit jedem Atemzug mehr Macht über ihn gewann.

Seine Finger tasteten über Wangen und Kinn und berührten warmes, nachgiebiges Fleisch. Es schien der Berührung auszuweichen.

Unvollständige Rematerialisation, durchzuckte ihn ein aberwitziger Gedanke. *Probleme während des Hyperraumdurchgangs.*

Bruchstückhaft flackerte die Erinnerung auf. Alaska hatte den Transmittersprung von Bontong nach Peruwall empfunden, als würde sein Innerstes nach außen gekehrt. Eine alles verzehrende Glut und zugleich die unbeschreibliche Kälte des absoluten Nichts hatten jede Regung erstarren lassen …

Waren für ihn die theoretischen Gefahrenmomente wahr geworden, angefangen von nicht kompensierten unterschiedlichen Bewegungsvektoren im Bereich von Sende- und Empfangstransmitter bis hin zu extremen mehrdimensionalen Störfeldern?

Seine Panik wuchs … Er fühlte fremde Blicke wie Seziermesser auf der Haut. Mit eisigen Fingern krallte sich das Unheimliche fest, als wolle es nie wieder loslassen.

Saedelaere schrie, weil er das Zucken im Gesicht nicht mehr ertrug. Es würde ihn in den Wahnsinn treiben.

Reiß es heraus!, hämmerte ein wilder Gedanke. *Vernichte das Ding, ehe es vollends von dir Besitz ergreift!* Seine Finger verkrampften. Alaska Saedelaere glaubte schon zu spüren, wie er die Nägel ins Fleisch schlug und an dem wogenden Etwas zerrte.

Ekel schüttelte ihn, während ein Rest klaren Denkvermögens davor warnte, der Panik nachzugeben. Die kosmetische Chiroplastik brachte noch ganz andere Kunststücke zuwege, als *nur* ein verlorenes Gesicht neu aufzubauen.

Stimmen in allernächster Nähe erschreckten ihn. Abermals ergriff jemand seinen Arm. Die Berührung war unangenehm. Weil Alaska erst mit sich selbst ins Reine kommen musste. Er war nicht mehr der Mensch, der auf Bontong den Transmitter betreten hatte – er hatte sich auf eine Art und Weise verändert, die er selbst noch nicht verstand.

»Lasst mich!«, keuchte er, während er mit beiden Händen den formlosen Klumpen Fleisch bedeckte, der mit einem menschlichen Gesicht wenig Ähnlichkeit hatte. Um das zu erkennen, brauchte er keinen Spiegel, das konnte er fühlen.

Drei Männer hielten ihn fest und redeten auf ihn ein. In einem Tonfall, der seinen Zorn wachsen ließ.

»Ich bin nicht verrückt!«, keuchte er. »Aber ich weiß nicht, was geschehen ist.«

Die Männer gehörten zum Ordnungsdienst. Das nahm er wie durch einen dichten Schleier hindurch wahr. Schweiß und Tränen brannten in seinen Augen. Er blinzelte heftig, als seine Hände zur Seite gezerrt wurden – zugleich kam er frei.

Unkontrollierte Laute ausstoßend, wichen die Uniformierten vor ihm zurück. Einer setzte noch zum Reden an, zumindest schnappte er nach Luft wie ein Fisch auf dem Trockenen – und übergab sich. Würgend brach es aus ihm hervor, während er auf die Knie sank.

Die beiden anderen torkelten davon. Sie stürzten schon nach wenigen Schritten. Während sich der eine zuckend in Embryonalhaltung zusammenrollte, versuchte der andere, auf allen vieren davonzukriechen. Sein Heulen wurde zum erstickten Wimmern, als Alaska ihm folgte und sich über ihn beugte, und verstummte jäh, als der Techniker ihn festhielt.

Endlos lange Sekunden vergingen, bis Saedelaere begriff, dass der Mann nicht mehr atmete. Er zerrte den schlaffen Körper hoch und schüttelte ihn. Aber sein Gegenüber war tot.

Alaska musste Ordnung in seine wirr durcheinander wirbelnden Gedanken bringen. Es gelang ihm nicht. Tief im Unterbewusstsein wuchs die entsetzliche Gewissheit, dass er selbst für alles verantwortlich war.

Rasend hämmerte sein Herz gegen die Rippen. Ein unsichtbares Band zog sich um den Brustkorb zusammen und hinderte ihn am Atmen, aber immer noch krallte er beide Hände in die Uniform des Toten, als wolle er nie wieder loslassen.

»Keine hastige Bewegung, Mister!«

Saedelaere erstarrte in vornübergebeugter Haltung. Aus den Augenwinkeln heraus gewahrte er zwei Kampfroboter und die flirrenden Abstrahlmündungen ihrer Waffenarme. Der Wachmann, den die Kampfmaschinen flankierten, hielt ebenfalls einen Kombistrahler im Anschlag.

Der Mann, der sich eben noch erbrochen hatte, kippte wimmernd zur Seite. Und der Dritte kreischte schrill: »Schießt! Macht das Monstrum alle! Schießt doch, schießt …«

Alaska zitterte wie Espenlaub. Lange konnte er sich nicht mehr so gebückt halten.

Die Roboter waren heran. »Geh langsam auf die Knie! – Leg dich auf den Bauch! – Spreiz die Arme zur Seite!«

Alaska widersprach nicht. Er war sogar erleichtert darüber, dass ihm die Entscheidung abgenommen wurde, und drückte das Gesicht auf den Boden. Die Kühle des Stahlplasts stach wie mit Nadeln ins Fleisch und weckte neue Lebensgeister. Gleich darauf hätte er schreien können vor Schmerz. Was immer mit ihm geschehen war, sein Immunsystem schien einen gewaltigen Kampf auszufechten. Jede Körperzelle rebellierte. Alaska biss sich die Unterlippe blutig.

Die Kampfroboter standen neben ihm. Mit einigem Abstand folgte der Wachmann. »Wilston war mein Freund. Warum hast du ihn getötet?«

Die Geräusche verrieten Saedelaere, dass der Uniformierte in die Hocke ging, den Strahlenkarabiner neben sich legte und den Leichnam auf die Seite drehte.

»Wie hast du ihn umgebracht?«

Ein scharfer Befehl veranlasste die Roboter, Saedelaere auf die Beine zu stellen. Schwer hing er im Griff der Kampfmaschinen. Dem Wächter blieb der Aufschrei im Hals stecken, als er den Techniker anstarrte.

»Mörder«, gurgelte er. »Mör–der!« Zitternd hob er den auf Thermo-Modus geschalteten Karabiner. Sein irres Lachen klang wie in einem schlechten Film.

Warum ging dieser Albtraum nicht endlich vorbei?

»Ich habe nichts verbrochen!«, stieß Saedelaere hervor.

Ein wildes Kichern – dann, stockend: »Wer … schickt dich?« Die Waffe ruckte unruhig hin und her.

Der Mann ist wahnsinnig geworden, erkannte Saedelaere. Hatte das mit seinem Gesicht zu tun? Wenn er es recht bedachte …

Ein Schuss fauchte. Alaska schloss die Augen. Er wollte den Tod nicht sehen, spürte nur ein grenzenloses Bedauern. Wie würde es sein, zu sterben, ohne den wahren Grund dafür zu kennen?

Die sengende Hitze blieb aus. Saedelaere registrierte es beinahe widerwillig. Der Schuss hatte nicht ihm gegolten, vielmehr war der Wachmann von einem der Kampfroboter paralysiert worden.

»Warum?«, ächzte er ungläubig.

»Es ist meine Aufgabe, Leben zu schützen. Sie benötigen medizinische Versorgung.«

»Und wenn ich ablehne?« Alaska verstand selbst nicht, weshalb er das sagte. Seine Verbitterung und Enttäuschung wuchsen mit jedem Atemzug. Ihm war klar, dass die Veränderung in seinem Gesicht eine unglaubliche Bedrohung darstellte. Mit einem Mal war alles anders. Keiner seiner hochfliegenden Pläne hatte noch Sinn. Er dachte an Liv, ihre gemeinsame Zeit und die Jahre, die sie noch miteinander hatten verbringen wollen.

Sein Gesicht pulsierte und schien aufzuplatzen wie eine dünne Membran unter Überdruck.

»Sie stehen unter Quarantäne, Sir!«, sagte einer der Roboter. »Die Mediziner werden alles Weitere entscheiden.«

»Ich brauche keinen Arzt. Was soll der tun? Das herausschneiden, was in mir zuckt? Es verändern? Offenbar verliert jeder den Verstand, der mich anschaut – oder er stirbt.«

»Die Ursache wird erforscht werden.«

»Ich muss zurück, den Transmittersprung wiederholen und ...«

Alaska riss sich los. Er handelte instinktiv und ohne nachzudenken. Er hatte ein Problem, und der Transmitter erschien ihm als die einzig mögliche Lösung. Noch einmal entstofflichen und abstrahlen. Irgendwohin. Darauf hoffen, dass das, was sich in ihm eingenistet hatte, die Verbindung verlor. Eine vage Hoffnung, aber die einzige überhaupt.

Zwei, drei weit ausgreifende Sätze. Alles um ihn her verwischte zur Bedeutungslosigkeit, er sah nur noch den Transmitter vor sich.

Das Gerät war abgeschaltet, und ohne Justierung auf eine Gegenstation baute sich das Entstofflichungsfeld nicht auf. Als Techniker beherrschte Saedelaere die erforderlichen Handgriffe im Schlaf. Wenige Sekunden würden ihm genügen, die Verbindung wieder aufzubauen.

Aber was kam danach?

Egal.

Nur dieses verfluchte Ding wieder loswerden, das sich in ihm eingenistet hatte. Es war fremd. Und es lebte. Das spürte Alaska überdeutlich.

Ein Schlag zwischen die Schulterblätter ließ ihn taumeln. Er biss sich die Lippe auf, und der warme Blutgeschmack würgte ihn erneut.

Weiter!

Er spürte seinen Rücken nicht mehr. Das Gefühl der Taubheit griff auf die Arme über und breitete sich weiter aus.

Alaskas Schritte wurden langsamer. Der Transmitter, fast schon zum Greifen nahe, begann vor seinen Augen zu verschwimmen.

Die Luft erschien ihm plötzlich zähflüssig wie Sirup. Sie dämpfte jedes Geräusch; nicht einmal den eigenen keuchenden Atem hörte er noch. Mühsam kämpfte Saedelaere sich vorwärts, zeitlupenhaft, unwirklich.

Dann stürzte er, kippte einfach vornüber und hatte nicht einmal mehr die Kraft, die Arme auszubreiten. Eine endlose, düstere Tiefe empfing ihn.

Es war ein eigenartiges Empfinden, wahrzunehmen, wie die eigenen Gedanken verwehten, sich in hauchzarte Nebelschleier auflösten …

… und eine rasch um sich greifende Leere zurückließen.

Der Lähmschuss aus der Roboterwaffe hätte nur seine bewussten Körperreaktionen ausschalten sollen, nicht auch den Geist. Halbherzig fragte sich Alaska Saedelaere, was mit ihm geschah. Nie hatte er über sein Ende nachgedacht. Bis dahin, hatte er immer geglaubt, lagen noch hundert lange Jahre vor ihm – und die Medizin machte rasante Fortschritte. Mit künstlichen Ersatzteilen im Körper zu leben, mit einem geklonten Herzen, Biofiltern oder Knochen aus Terkonit, erschien ihm keineswegs unmenschlich. Als Techniker mit Leib und Seele schreckte er nicht vor solchen Gedanken zurück, sondern betrachtete sie eher als persönliche Herausforderung.

Die Schwärze raubte ihm den Atem. War das der Tod? Es hieß, man sehe sein Leben in diesem Moment noch einmal vor sich vorbeiziehen – die Wahrheit war anders. Einige wenige zusammenhängende Gedanken konnten unmöglich sein ganzes Leben gewesen sein.

Eine friedvolle Stille umfing ihn. Selbst das unheimliche Zucken im Gesicht ebbte ab.

Der Sturz schien unaufhaltsam …

… die Unendlichkeit verschluckte ihn. Zugleich erlosch seine letzte Wahrnehmung.

2.

Erinnerung.

Innerhalb von Minuten schlug das Wetter um. Düstere Gewitterwolken beherrschten den bis eben türkisfarbenen Himmel, und nur hie und da geisterten noch die Strahlenfinger beider Sonnen durch Wolkenlöcher.

Erstes Donnergrollen zwang die Männer und Frauen des Demontagetrupps, im Eilschritt die verfallene Piste zu überqueren. Eine üppige Pflanzenwelt hatte den Betonplast aufgesprengt. Die Gebäude am Rand der Piste waren ebenfalls baufällig; zu akzeptieren, dass sie erst vor wenig mehr als dreißig Jahren errichtet worden waren, fiel schwer.

Trotz des aufkommenden Sprühregens hielt Alaska Saedelaere einen Augenblick lang inne. Der dampfende Dschungel erschien ihm wie ein monströses Lebewesen, fremd und mit menschlichen Sinnen nicht zu begreifen.

Point of last return war ein orakelhafter Name für die kleine Welt fern aller Schifffahrtsrouten, deren strategisch günstige Lage zur galaktischen Eastside ihr einziger Vorteil war. Während die Blues-Kriege allmählich abebbten, hatte die Solare Abwehr mit dem Bau des Stützpunkts begonnen. Aus Gründen, die Saedelaere ohnehin wenig interessierten, war die Geheimdiensttätigkeit nie über die Errichtung dreier kuppelförmiger Bauten und der Landepiste hinausgekommen. Das Gerücht kursierte, der Planet hätte sich gegen die Menschen zur Wehr gesetzt und hätte die Techniker nur geduldet, weil sie gekommen waren, um aufzuräumen. Alaska hielt das für Raumfahrergarn, das Neulinge wie ihn ängstigen sollte.

Daran dachte er, als er sich mit dem Handrücken den Regen aus dem Gesicht wischte. Die Nässe brannte unangenehm, fast wie Säure auf der Haut.

»Die Arbeit wartet, Alaska! Niemand bezahlt Sie fürs Philosophieren.«

Er schreckte aus seinen Gedanken auf. Die Kollegen wussten nicht, dass *Point of last return* seine erste fremde Welt war. Ebenso wenig, dass er schon mit fünf Jahren davon geträumt hatte, zu den Sternen zu fliegen – ein Traum, der ihn während der Ausbildung wiederholt in Bedrängnis gebracht hatte. Zumal sein Abschluss einer gehobenen Flottenlaufbahn nicht eben förderlich gewesen war.

Der Donner kam näher, und der Regen wurde dichter. Ein Raunen hing in der Luft. Zweifellos stammten die Geräusche von den Pflanzen, die sich zuckend über die Piste wanden.

Alaska fröstelte und schlug den Kragen seines Overalls hoch. Die Kombination schlotterte um seinen Körper. Ohnehin nur Haut und Knochen, hatte er während der letzten Tage vor Aufregung wenig gegessen. An der Demontage eines aufgelassenen SolAb-Stützpunktes teilzuhaben, das war ungefähr, als hätte man ihn überraschend aufgefordert, dem Großadministrator Perry Rhodan oder dessen Stellvertreter Reginald Bull die Hand zu schütteln.

Obwohl es weiß Gott keine militärischen Geheimnisse zu entdecken gab, blieb für Saedelaere das Flair galaktischer Geschichte. Er arbeitete für eine bedeutende solare Firma, die *Interstellar Equipment and Positronic Inc.*, zwar nur für eine aufs Abwracken von Schiffen und Raumstationen spezialisierte Tochtergesellschaft, aber die Aufstiegschancen bestärkten ihn in der Gewissheit, den richtigen Weg eingeschlagen zu haben.

Fast zu spät bemerkte er das Hindernis vor sich. Alaska strauchelte und konnte sich gerade noch abfangen. Der Auflageteller einer der zwölf Teleskoplandestützen des Schweren Kreuzers war weit in den Boden eingesunken, und die heimische Flora rankte üppig an der mehrfach mannsdicken Säule in die Höhe.

Saedelaeres Blick folgte den peitschenden Zweigen. Weit musste er den Kopf in den Nacken legen, um mehr als hundert Meter über sich den Ringwulst des Kugelraumers zu sehen. Die Düsenöffnungen waren groß genug, selbst Lastengleitern einen bequemen Einflug zu bieten. In Gedanken sah er die gleißenden Partikelströme der Impulstriebwerke zünden und die Piste mit einer Feuerlohe überfluten. Von urzeitlichem Tosen begleitet, löste sich das Schiff vom Boden, stieg erst majestätisch langsam, aber dann rasch schneller werdend in den Himmel und war Sekunden später nur noch als flammender Stern zu sehen.

Im Gegensatz zu seiner Vorstellung würde sich der Kugelraumer niemals mehr erheben. Zwei Wochen waren für die Feinarbeit des Demontagetrupps kalkuliert, der die wertvollen High-Tech-Aggregate einer privaten Nutzung zuführen sollte. Den Rest würden danach Abwrackroboter besorgen.

Obwohl sein Nacken zu schmerzen begann, starrte Alaska unverwandt in die Höhe. Schiffe wie dieses – die TERRA-Klasse mit zweihundert Metern Durchmesser – galten als die Arbeitstiere in der Solaren Flotte. Hauptsächlich wurden sie für Erkundungsmissionen, aber auch als bewegliche Angriffskreuzer eingesetzt. Die wertvollen Transformgeschütze waren längst von der Solaren Abwehr geborgen worden. Alle anderen Waffensysteme unterlagen nicht der militärischen Geheimhaltung.

Unbekannte hatten das Schiff wrack geschossen; eine Notlandung war dennoch möglich gewesen. Saedelaere fühlte sich von dem stählernen Gebirge geradezu erdrückt. In dem Moment glaubte er zu ahnen, was Rhodan und Bull empfunden haben mussten, als sie im ausgehenden zwanzigsten Jahrhundert als erste Menschen auf dem heimischen Mond den gestrandeten, fünfhundert Meter durchmessenden Forschungskreuzer der Arkoniden entdeckt hatten. Die Begegnung mit den Arkoniden war der Grundstein für mittlerweile nahezu eineinhalb Jahrtausende Raumfahrtgeschichte geworden.

Das Summen des Kombi-Armbandgeräts schreckte Alaska aus seinen Gedanken auf. »Wir haben den Zeitplan einzuhalten, Saedelaere. Beeilung also, oder ich lasse Sie zu einem anderen Projekt versetzen!«

Die obere Polrundung des Schiffes entzog sich seinen Blicken. Sogar aus größerer Distanz hätte er die Nordhalbkugel nicht sehen können, weil dichter Brodem den Stahl umfloss. Der Regen schoss wie ein Sturzbach über den Ringwulst in die Tiefe. Saedelaere zog den Kopf zwischen die Schultern, als er im Eilschritt die Wasserwand durchbrach.

Der Antigrav hob ihn zur Bodenschleuse empor. Die Schäden im Bereich des Shift-Hangars hielten sich in Grenzen, wohingegen die höher liegenden Decks weitgehend verwüstet waren. Die Zerstörungen erweckten den Eindruck schwacher Transformexplosionen. Bekannt war einzig und allein, dass unidentifizierte Raumer den Aufklärer angegriffen hatten. Die galaktopolitische Lage war und blieb höchst brisant. Eine Vielzahl kleiner Sternenreiche rebellierte gegen die Mutterwelt Terra und das Solare Imperium. Dem Carsualschen Bund ebenso wie dem Imperium Dabrifa oder der Zentralgalaktischen Union traute Saedelaere einen solchen Überfall zu, auch wenn er es nicht gewagt hätte, die Vermutung laut zu äußern. Andererseits machten Piraten immer häufiger von sich reden. Ihre Anführerin, hieß es, sei eine Greisin. Und das alles war vermutlich erst der Beginn umfassender Sezessionsbestrebungen, die das Ende des terranischen Sternenreichs heraufbeschwören konnten.

Mit atomaren Schneidbrennern und Desintegratoren hatten die Arbeiter einen Weg zu den Impulstriebwerken, Stützmassetanks und Felddüsen gebahnt. Während Saedelaere sich durch einen engen Seitenkorridor zwängte, der in Sonnenglut geschmolzen und bizarr wieder erstarrt war, dachte er an das heraufziehende Unwetter. Er glaubte zu spüren, dass sich die Atmosphäre mit Energie auflud.

Minuten später erreichte er die erste der großen, den Waffensystemen vorgeschalteten Speicherbänke. Teile des Zwischendecks waren herabgebrochen, mannsdicke Feldleiter hingen wie die Eingeweide einer urweltlichen Kreatur herab. An ihren Bruchstellen glommen irisierende Feuer.

»Die Messinstrumente liegen bereit. Kümmern Sie sich um die Peripherie! Wir haben Schwankungen im Energiepegel, die eingedämmt werden müssen. Falls Kriechströme weiterhin die Isolationen unterwandern, holen wir uns bald heiße Ohren.«

Saedelaere nickte knapp. Jedes Wrack barg Gefahren, *Interstellar Equipment and Positronic Inc.* hatte ausdrücklich darauf hingewiesen. Aber gerade diese Gefahr bedeutete zugleich einen unwiderstehlichen Reiz: Demjenigen, der die hochgezüchtete Technik in allen Situationen beherrschte, stand die Milchstraße offen. Über diesen Umweg in die Technikercrew eines der neuen Großraumschiffe aufgenommen zu werden, erhofften sich viele, die aus den unterschiedlichsten Gründen zunächst ihre Zukunft in der Privatwirtschaft gesucht hatten. Auch Alaska Saedelaere träumte inzwischen wieder von einer Karriere in der Solaren Flotte, obwohl er vor beinahe zehn Jahren abgewiesen worden war. *Ihre körperliche Konstitution entspricht nicht den Mindestanforderungen …*, hieß es in einem standardisierten Schreiben der Flottenverwaltung, das er wie eine persönliche Herausforderung in seinen Unterlagen verwahrte.

»Ich bin zu groß, zu dürr – und zu unbedeutend«, hatte Alaska geschimpft. »Mangelnder Ehrgeiz wird mir ebenfalls unterstellt. Das lasse ich so nicht auf mir sitzen.«

Seine zwei Meter Körpergröße waren vererbt. Ebenso der hagere Wuchs. Er sei klapperdürr, behaupteten manche. Saedelaere tat das mit einem Achselzucken ab. Er konnte essen, soviel er wollte, und setzte kein Gramm Fett zu. Und was die Bedeutungslosigkeit anbetraf: Mit vielen wichtigen Persönlichkeiten des Solaren Imperiums hatte er gemeinsam, dass er auf der Erde geboren worden war. Auch wenn seine Eltern sich nie über den exakten Geburtstermin hatten einigen können – es war um Mitternacht vom 2. auf den 3. Dezember des Jahres 3400 gewesen, eine seltsame Unklarheit, die ihn in Jugendjahren veranlasst hatte, abwechselnd an jedem von beiden Tagen zu feiern.

Mit knappen Schaltungen justierte er die Messgeräte. Die Anzeigen blieben im Normbereich. Nahezu zwanzig Minuten lang untersuchte

Saedelaere die Isolierung der Speicherbank – bis er einen ersten Energieabfall registrierte.

Fahrig wischte er sich über die Stirn. Er schwitzte. Die Speicherbank war gesperrt, also hatte kein Endverbraucher Zugriff. Die Anzeige des Messgeräts veränderte sich dennoch mit Werten, die nur einen Schluss zuließen: Irgendwo im Wrack wurden soeben Waffensysteme hochgefahren.

Saedelaere winkelte den linken Arm mit dem Minikom an. »Die Geschütze abschalten! Sofort! Was hier an Energie abfließt …«

»Wir haben einen Computerfehler«, antwortete eine bebende Stimme. »Der Vorgang ist nicht zu stoppen.«

»Was geht hier eigentlich vor?«

»Zwei Thermogeschütze mittschiffs laden. Sie wurden aktiv, als wir die Hauptwandler abbauen … Mein Gott, die sind taub, da fließt nichts in die Projektoren. Das kriegen wir nicht unter Kontroll…« Die Stimme überschlug sich und verstummte.

Ohrenbetäubender Lärm brandete auf. Eine unsichtbare Faust fegte Saedelaere gegen die Speicherbank. Vergeblich riss er die Arme hoch, um den Aufprall abzufangen, ein heftiger Schmerz raubte ihm fast die Besinnung.

Er stürzte, überschlug sich und rollte den plötzlich schräg stehenden Boden hinab. Begriffe wie oben und unten verwischten innerhalb eines einzigen erschreckten Herzschlags.

Gleißende Lichtbogen ließen Verkleidungen zähflüssig abtropfen. Dröhnend schlug etwas Gewaltiges neben Saedelaere auf, eine zweite Druckwelle wirbelte ihn herum. Ein unerträglicher Schmerz tobte in seiner linken Schulter; Oberarm und Schlüsselbein mussten mehrfach gebrochen sein. Alaska schaffte es nicht mehr, sich aufzurichten …

… und gerade dieser Umstand rettete ihm das Leben. Eine tonnenschwere Stahlplatte schrammte an der Wand entlang und verkantete sich im letzten Moment, bevor sie alles unter sich zermalmt hätte. Ein mörderischer Schlag nagelte Alaska auf den Boden.

Im nächsten Moment schien eine glühende Helligkeit alles zu verbrennen. Alaska Saedelaere hörte sich schreien. Es war ein unmenschlicher Schrei, der im Chaos des Maschinenraums dennoch ungehört verhallte. Saedelaeres letzter Gedanke galt der Feuerwoge, die sengend zwischen den Aggregaten hindurchtoste.

Erwachen.
Der Übergang kam abrupt. Die Hitze wich einer inneren Kälte und der Erkenntnis, dass er noch lebte. Alaska wusste nicht, wie er dem Inferno entronnen war. Vielleicht hatte die über ihm verkantete Stahlplatte den Feuersturm abgelenkt.

Er schaffte es nicht, die Lider zu öffnen. Auch die Lippen brachte er nicht auseinander, er produzierte lediglich tief in der Kehle ein dumpfes Gurgeln. Die Welt erschöpfte sich für ihn in fahler Düsternis und vagen Schatten. Sie pulsierten, schienen in der einen Sekunde anzuschwellen und schrumpften in der nächsten zur Bedeutungslosigkeit. Schließlich beugte sich einer dieser Schatten über ihn und bildete Tentakel aus. Die Berührung war wie ein tiefer Nadelstich, der alle Gedanken lähmte.

Alaska Saedelaere registrierte, dass viel Zeit verstrich, doch er konnte die Spanne nicht einordnen. Minuten reichten nicht mehr, es mussten Stunden sein, die er in absoluter Reglosigkeit verbrachte.

Der Techniker verfluchte seine Hilflosigkeit.

Irgendwann begann er zu verstehen, dass Medikamente die Schmerzen betäubten. Seine Haut war großflächig verbrannt, er lag in einem Regenerationstank, der die Körperfunktionen stabilisierte und mit Nährflüssigkeit ein beschleunigtes Zellwachstum anregte.

Ich häute mich wie ein Reptil, schoss es ihm durch den Sinn. *Aber wenigstens lebe ich.*

Waren die Kollegen ebenfalls gerettet worden? Die Frage quälte ihn. Nach einer Weile glitt er wieder hinüber ins Reich der Träume. Er schlief ruhig und tief, und als er erneut erwachte, hatten die Schatten menschliche Konturen angenommen, wenngleich er die Augen noch immer nicht richtig aufbekam.

»Wie fühlen wir uns, Mr. Saedelaere?« Die Stimme klang hohl und wurde von einem leichten Echo begleitet. Wie in einem leeren Raum.

Tief atmete Alaska ein und brachte dann stockend hervor: »Ich weiß nicht, wie Sie sich fühlen – mich interessiert, ob alle aus dem Wrack entkommen sind.«

Es war mühsam, die Augen zu öffnen. Alaska blickte in das starre Gesicht eines Aras. Der eiförmige, hochgewölbte und haarlose Schädel des Galaktischen Mediziners schwebte irgendwie im Nichts.

Der Ara seinerseits musterte ihn, als taxiere ein Sammler ein seltenes exotisches Insekt, schrecke aber aus unbekanntem Grund davor zurück, dieses einmalige Geschöpf in seine Sammlung aufzunehmen. Erst allmählich registrierte Saedelaere, dass er selbst den Mediziner nur als Hologramm sah. Die dreidimensionale Wiedergabe erklärte die unwirkliche Akustik, denn das Bild entstand als Head-up-Display auf der Innenseite des seltsamsten Helms, den Alaska je getragen hatte.

Gut eine Handbreit vor seinem Gesicht wölbte sich die dunkle Fläche. Das Ding war deutlich größer als die üblichen Raumhelme und saß nach unten offen auf den Schultern. Die zweifellos vorhandene Polsterung war nicht zu spüren. Sensoren an hauchdünnen Fäden tasteten Alaskas Schläfen ab und bewegten sich immer weiter in sein Gesicht hinein.

»Er phantasiert«, hörte Saedelaere eine zweite Stimme sagen. »Wie Sie es vorhergesehen haben, Dr. Tarlam. Vermutlich wird er nie die ungeheuerliche Tragweite des Unfalls akzeptieren. Falls es wirklich ein Unfall war ...«

»Das zu beurteilen steht uns nicht zu, Dr. Ramuddi. Unsere Aufgabe ist, dieses bislang einmalige Phänomen medizinisch zu dokumentieren.«

»Für mich hat die Wiederherstellung des Patienten Priorität, Tarlam. Das mag Ihnen als Ara seltsam erscheinen, aber ich habe einen medizinischen Eid abgelegt. Das Wohl meiner Patienten steht über dem Aspekt, mit ihren Krankheiten horrende Summen zu verdienen. Ich hoffe, dass Saedelaere eines Tages sein Leben normal weiterführen kann.«

Der Ara lachte spöttisch. »Das nenne ich terranische Borniertheit. Ich frage mich, weshalb ihr nicht schon in eurem eigenen kleinen Sonnensystem zugrunde gegangen seid. Die Gefahr, hochaktive Erreger einzuschleppen, steigt mit jedem Lichtjahr, das Raumschiffe tiefer in den Kosmos vordringen.«

»Natürlich lässt sich mit der Angst der Patienten gut verdienen«, brauste Ramuddi auf. »Manchmal frage ich mich genau deshalb, ob die Aras perfekte Mediziner oder gerissene Kaufleute sind.«

»Wie stark sind die Verbrennungen?«, fragte Saedelaere zögernd.

»Welche Verb...?«

»Sagte ich es nicht? Er verdrängt die Verantwortung. Weil er das Geschehen selbst herbeigeführt hat. – Woran erinnern Sie sich, Mr. Saedelaere?«

Alaska schwitzte und fror gleichzeitig, als die Holos beider Mediziner ihn herausfordernd anblickten. Vergeblich wühlte er in seiner Erinnerung nach einem Hinweis darauf, wie er das Wrack des 200-Meter-Kreuzers verlassen hatte. Er wusste es nicht. Doch er begann sich zu entsinnen, dass seine Verbrennungen nur partiell und keineswegs so schwerwiegend gewesen waren wie die Splitterbrüche der linken Schulter und des Oberarms. Aber das alles war verheilt ...

… vor allem lag es etliche Jahre zurück.

Alaska atmete hastiger. Die Sensoren wichen zurück, als sein Gesicht zu zucken begann. Er stöhnte, als sich ihm Bilder der jüngsten Vergangenheit ins Bewusstsein drängten.

Alaska Saedelaere glaubte sich selbst zu sehen, wie er auf einen Torbogentransmitter zuging. Es war nicht das neueste Modell, aber in der Zuverlässigkeit seit Jahrhunderten unübertroffen. Mit dem Aufbau des Entstofflichungsfeldes sprangen die Sendekontrollen auf Grünwerte um.

Ein amüsierter Ruf hielt ihn zurück: »Hast du das Bild dabei, Alaska?«

Er zögerte, aber das Feixen des Transmittertechnikers verriet, welches Bild Barthold meinte. Vor zwei Wochen, nach einer halb durchzechten Nacht, hatte Barthold ihm das Holo einer dreibusigen Zaliterin zugesteckt und behauptet, eines nicht mehr fernen Tages wäre man durchaus in der Lage, eine subatomare Abtastung während eines Transmitterdurchgangs vorzunehmen. »… stell dir vor, Alaska, du könntest alles und jeden verändern. Und nach deinem Tod wirst du aus dieser Schablone zu neuem Leben erweckt. Sooft du willst.«

Er hatte irritiert abgewinkt. »Das wäre nicht mehr ich. Weil meine Erfahrungen der letzten Jahre und Jahrzehnte fehlen würden, wäre das immer nur ein wiederhergestellter Status quo. Langweilig.«

»Ich hätte nichts dagegen, stets von neuem in diesem Alter zu erwachen. Funktioniere eine Schablone um, und deine Geliebte hat plötzlich drei Brüste. So wie die hier. Was hältst du davon, Alaska?«

»Verschone mich damit!«, hatte er abgewehrt und an Liv gedacht, die er in wenigen Wochen wiedersehen würde. Nahezu ein halbes Standardjahr stand ihnen für gemeinsame Unternehmungen zur Verfügung.

Bartholds Holo hatte er … Er wusste nicht mehr, wo es abgeblieben war …

Sein Gesicht juckte höllisch. Unwillkürlich wollte er mit beiden Händen zugreifen – aber er konnte die Arme nicht bewegen.

»Das Fesselfeld besteht zu Ihrem eigenen Schutz, Mr. Saedelaere«, behauptete eine Stimme, die Alaska mittlerweile als die von Dr. Ramuddi erkannte.

Was um alles in der Welt war mit ihm los? Warum akzeptierte er die Situation ohne Protest? Gedankenfetzen erschreckten ihn. Sie wirbelten wie in einem irrealen Kaleidoskop durcheinander und ließen sich nicht beeinflussen. Schreckgeweitete Augen starrten ihn aus dem Nichts heraus an. Panik und Entsetzen spiegelten sich in verzerrten Grimassen, von denen nur ein Teil menschlich wirkte.

Alaskas Gesicht tobte. Er redete sich ein, dass der Heilungsprozess die Nerven rebellieren ließ, denn die Explosion hatte sein Gesicht verbrannt. Zugleich wusste er, dass er sich selbst belog. Dass die Mediziner ihn argwöhnisch beobachteten, spürte er deutlich. Auch, dass sie ihn fürchteten. Hatten sie ihn ans Bett gefesselt, damit er sich den Helm nicht vom Schädel ziehen konnte?

Vergeblich spannte er die Muskeln an. Er war nicht bereit, sich mit der Hilflosigkeit abzufinden. Messgeräte reagierten mit schrillen Tonfolgen auf seine wachsende Anspannung.

»Ich verlange einen Anwalt«, stieß er hervor – und biss sich sofort auf die Zunge. Was hatte er anderes getan, als einen Transmitter zu benutzen? Oder wollte er sich nicht erinnern?

»Sie sind krank, Mr. Saedelaere.«

»Der letzte Medocheck auf Bontong beweist das Gegenteil«, brachte er hervor.

»Sie waren vier Stunden lang verschollen. Das wurde minutiös rekonstruiert. – Unklar ist, wo Sie sich während dieser Zeit befanden. Dass etwas Absonderliches mit Ihnen geschah, steht außer Frage.«

Alaska schwieg. Vergeblich wühlte er in seiner Erinnerung nach etwas, von dem er aber noch nicht wusste, wie es aussah.

»Die Wahrheit, Mr. Saedelaere! Sie allein kennen sie.«

Er lauschte dem eigenen hastigen Atmen und dem unerklärlichen Pochen, das von der Stirn über die Wangenknochen bis zum Kinn hinab seine Wahrnehmungen ausfüllte.

»Erinnern Sie sich!« Die Stimme wurde hart und unnachgiebig. Sie erhielt einen fast schon hypnotischen Zwang.

Vom ersten Augenblick an war es eine Art Hassliebe gewesen, die ihn mit der Dschungelwelt *Point of last return* verbunden hatte. Vor allem hatte er Monate benötigt, die Folgen der Explosion zu überwinden. Mehrere Techniker waren damals ums Leben gekommen, seine eigenen Verbrennungen hatten nur seelische Narben hinterlassen. Dagegen war der Transmitterunfall …

Die Bilder vor seinem inneren Auge vermischten sich wie zwei übereinander geblendete Trivid-Szenen. Je hartnäckiger er sich dagegen sträubte, desto deutlicher trat die Gegenwart in den Vordergrund.

Vier Stunden fehlten in seiner Zeitrechnung.

»Sie können sich unmöglich so lange im Hyperraum befunden haben, Mr. Saedelaere«, drängte eine neue Stimme. »Sie wurden manipuliert. Sagen Sie mir, von wem und zu welchem Zweck!«

Seine Gedanken rasten. Zum wiederholten Mal sah sich Alaska Saedelaere auf der Handelsstation Bontong den Transmitter betreten – und scheinbar ohne Verzögerung erreichte er die Transmitterhalle auf Peruwall.

Aber was war mit seinem Gesicht geschehen? Es gehörte ihm nicht mehr, war im einen Augenblick gefühllos taub und schien im nächsten in hellen Flammen zu stehen. Dann spiegelte sich fahler Feuerschein auf der Helminnenseite – ein Eindruck, der ihn frösteln ließ.

»… nehmen Sie mir endlich den Helm ab und geben Sie mir einen Spiegel!«, verlangte er.

»Verzichten Sie besser darauf, Mr. Saedelaere. – Sie würden sich kaum gefallen.«

»Glauben Sie, dass ich die Wahrheit nicht ertrage?«

»Drei Menschen sind tot. Andere haben den Verstand verloren. – Und das nur … weil Ihr Gesicht … sich auf eine Art und Weise verändert hat, die wir noch nicht verstehen. Möglicherweise lässt sich der Vorgang rückgängig machen, aber dafür brauchen wir Ihre Mithilfe.«

Alaska hielt den Atem an. Erst als er schon glaubte, ersticken zu müssen, rang er keuchend nach Luft. »Wie schlimm ist es?«, stieß er bebend hervor. »Wie schlimm?«, wiederholte er Sekunden später und stemmte sich mit aller Kraft gegen die Fesseln. »Was ist das in meinem Gesicht?«, schrie er dann mit sich überschlagender Stimme. »Ihr könnt es mir nicht vorenthalten! Ich will es sehen!«

Da war ein kurzer, kaum wahrnehmbarer Druck im Nacken. In seinen Adern wallte es heiß auf. Ein Wechselbad aus Hitze und Eiseskälte schüttelte ihn. Alaska Saedelaere schrie – aber sein Schreien wurde mit jeder Sekunde leiser.

Das injizierte Beruhigungsmittel wirkte schnell und zuverlässig.

3.

Wieder wechselten sich Licht und Schatten ab, ebenso wie die Stille und ein unruhiges Raunen. Alaska Saedelaere schaffte es nicht, sich auf einzelne Wahrnehmungen zu konzentrieren, das Konglomerat unterschiedlichster Eindrücke verschwamm unter seiner Schädeldecke wie die Wiedergabe eines schlecht justierten Funkempfängers.

Er taumelte auf dem schmalen Grat zwischen Trance und Wachen. In diesem Zustand nahm er zwar die eigene Hilflosigkeit deutlich wahr, brachte aber nicht genügend Kraft auf, sich dagegen zu sträuben. Noch glaubte er an einen Albtraum, aus dem er jeden Moment aufschrecken musste.

Wie viel Zeit verging, vermochte er nicht zu sagen. Ob Stunden oder Tage – es interessierte ihn kaum. Diese Begriffe hatten etwas seltsam Abstraktes, er kannte ihre Bedeutung, gleichwohl blieb er davon ausgenommen, als stünde ihm alle Zeit des Universums zur Verfügung.

Du bist mit Medikamenten ruhig gestellt, damit du keinen Schaden anrichten kannst, wollte ihm eine zynische innere Stimme einreden. In solchen Augenblicken sträubte er sich gegen die energetischen Fesseln, die ihn in steriler Umgebung festhielten, und schrie seinen Zorn hinaus. Niemand erlöste ihn von der Qual, von dem dann in seinem Gesicht tobenden Feuer, das ihn schier in den Wahnsinn trieb.

Die Anfälle kamen und gingen in unregelmäßigen Abständen. Alaska konnte sie nicht kontrollieren, ihm wurde nur zunehmend bewusst, dass er im ersten Moment wiedergewonnener Bewegungsfreiheit die Finger in sein Gesicht gekrallt und das tobende Fleisch herausgerissen hätte – egal, was danach mit ihm geschah. Die Fesseln hinderten ihn daran, sich selbst zu verstümmeln.

»Wie fühlen Sie sich heute, Mr. Saedelaere?«

Alaska schreckte auf. Er reagierte verwirrt und versuchte, die beklemmende Leere in seinen Gedanken zu überwinden.

»Wir bekommen einen schönen Tag«, fuhr die Stimme fort. Jedes Wort traf den Techniker wie ein Messerstich. Verbissen starrte er auf den blinden Helm. Warum aktivierten die Mediziner nicht wenigstens das Head-up-Display, damit seine Einsamkeit weniger erdrückend wurde?

»Für mich kein schöner Tag.« Der Widerspruch reizte Saedelaere. »Solange ich nur Ihr Versuchsobjekt ...«

»Es ist bedauerlich, dass Sie Ihre Krankheit so sehen. Warum igeln Sie sich ein und lassen niemanden an sich heran?«

Alaskas zynisches Lachen klang hart und rau und überaus unnahbar. »*Ich* lasse niemanden an mich heran?«, echote er. »Wer hat mir diesen verfluchten Helm aufgesetzt? Seit drei Tagen warte ich, dass endlich jemand die Wahrheit sagt. Aber vermutlich hat keiner der Ärzte auch nur den Schimmer einer Ahnung.«

»Sieben«, berichtigte die Stimme, die Alaska Saedelaere keinem zuordnen konnte, den er in den wenigen nicht von Medikamenten umnebelten Stunden im Holodisplay gesehen hatte. »Seit sieben Tagen ignorieren Sie jeden Versuch einer Zusammenarbeit. Ihre Sturheit grenzt an Selbstverachtung, Mr. Saedelaere. – So kann kein gedeihliches Verhältnis zwischen uns entstehen. Wir würden Ihnen gerne helfen, aber Sie müssen sich selbst ebenfalls helfen wollen.«

Er hatte den Atem angehalten und stieß die Luft prustend wieder aus. »Sieben Tage? Wollen Sie mir das wirklich einreden? Welches Psychospiel treiben Sie?«

»Keines, Alaska. Sie haben doch nichts dagegen, wenn ich Sie Alaska nenne?«

»Machen Sie, was Sie wollen. Nur bringen Sie mich wieder in Ordnung!«

»Ohne Ihre Mithilfe ist das ein schwieriges Unterfangen. Offenbar wollen Sie sich nicht erinnern.«

»Da gibt es nichts ...« Das Zucken in Saedelaeres Gesicht wurde heftiger, als bewege sich etwas unbeschreiblich Fremdes unter der Haut. »Was immer es ist, schneiden Sie das Ding weg! Worauf warten Sie noch?«

Horrorgeschichten kamen ihm in den Sinn. Von Tieren, die ihre Eier unter die menschliche Haut legten. Angeblich benötigte die schmarotzende Brut für ihr Heranwachsen Jahre, aber sobald sie die zu eng gewordene Kinderstube sprengte, war der ahnungslose Wirt dem Tod näher als dem Leben.

Alaska hatte nie darüber nachgedacht, ob man solche Medienberichte glauben durfte. Vielleicht waren sie nur die Ausgeburt phantasiebegabter Schreiberlinge, die eine Sauregurkenzeit überbrücken mussten. Erstmals fragte er sich, ob die Ursache seiner Veränderung auf *Point of last return* verborgen lag. Was, wenn er sich im Dschungel infiziert hatte und die Inkubationszeit erst nach Jahren endete?

»Woran denken Sie, Alaska?«

Der Techniker schreckte auf. »Nichts von Bedeutung«, antwortete er schnell und ärgerte sich zugleich, dass er abblockte. Weshalb erzählte er nicht einfach von früher?

»Wir zeichnen Ihre Mentalströme auf, Alaska, und die hektischen Ausschläge widersprechen Ihrer Behauptung. Ähnliche Oszillationen waren jedes Mal zu sehen, bevor Sie aufwachten. Erinnern Sie sich? Ihr Schlaf ist wie eine Art Koma – als wollte Ihr Geist dem Körper entfliehen.«

»Ich weiß nichts.«

»Versuchen Sie, sich zu erinnern!«

»Ich bin müde. Nehmen Sie mir den Helm ab!«

»Tun Sie etwas dafür!«

Mit geschlossenen Augen horchte Alaska Saedelaere in sich hinein. Ihm war klar, dass der andere ihn aus der Reserve locken wollte.

»Ist das keine normale Klinik?«, fragte er stockend. »Wurde ich in ein Haus für mentale Probleme eingeliefert?«

»Das Star-Spital gilt als das bedeutendste Transplantationszentrum auf Peruwall.«

»Warum operiert mich niemand?«

»Das ist ... wie soll ich sagen? ... etwas diffizil.« Die Antwort des Arztes kam zögernd. »Zudem liegt seit Tagen eine offizielle ... äh ... Anfrage vor. Sie werden heute verlegt, Alaska.«

»Gut.«

»Wollen Sie nicht wissen, wohin?«

Saedelaeres Achselzucken blieb im Ansatz stecken. »Ich hoffe, in eine Klinik, in der man mir wirklich helfen kann.«

»Nach Mimas«, sagte der Arzt.

Ein jäher Schauder überlief den Techniker. Zugleich schien sich sein Gesicht – oder was immer dessen Stelle eingenommen hatte – zu verhärten. *Lebt dieses ... dieses Ding wirklich?,* fragte sich Alaska Saedelaere zum wer weiß wievielten Mal. Oft genug hatte er versucht, willentlich auf die Muskelkontraktionen Einfluss zu nehmen, ohne dass ihm dies gelungen wäre.

Der Saturnmond Mimas war bekannt für seine erstklassigen Sanatorien. Im Solaren Imperium besaß der Name einen Klang wie Aralon bei den Galaktischen Medizinern. Aber Mimas war auch teuer – unerschwinglich für einen einfachen Techniker. Schon der Aufenthalt würde Unsummen verschlingen, von den Behandlungskosten ganz zu schweigen.

»Vergessen wir das Ganze«, brachte Saedelaere stockend hervor. »Meine Versicherungskategorie reicht nicht für Mimas. Von einer genetischen Rekonstruktion ganz zu schweigen.«

»Woher wollen Sie wissen, dass ein Wiederaufbau nötig wird?«

»Ich spüre, was mit meinem Gesicht geschehen ist.«

Alaska hatte das unbestimmte Gefühl, dass der Arzt neben ihm zögernd nickte. »Das mit den Kosten ist geklärt«, hörte er ihn sagen. »Sie erhalten in Kürze Besuch. Eine Korvette aus dem Sonnensystem ist vor knapp einer halben Stunde gelandet.«

Nein!, schrie alles in ihm, und Alaska sträubte sich mit jeder Faser. *Ich will nicht, dass sie sich meinetwegen ins Unglück stürzt. Liv kann das niemals finanzieren.*

»Schicken Sie sie weg!«, forderte er den Arzt auf. »Liv soll mich nicht so sehen.«

Das Geräusch eines aufgleitenden Schotts ließ Saedelaere verstummen. Er versuchte sich vorzustellen, wie Liv Andaman stehen blieb und ihn anstarrte. Was mochte angesichts seiner Hilflosigkeit in ihr vorgehen? Sicher, sie hatten viel Spaß miteinander gehabt, aber inzwischen war er der falsche Kandidat für einen Ehevertrag. Auch wenn er es noch verdrängte, spürte er unbewusst, dass seine Veränderung nicht rückgängig zu machen war. Um wie viel besser wäre es gewesen, er hätte den Transmitter niemals verlassen. *Verweht im Hyperraum* – einen schöneren und schmerzloseren Tod gab es nicht.

Sekundenlang erschienen ihm die eigenen hastigen Atemzüge wie das einzige Geräusch in der bedrückenden Stille. Dann klangen Schritte auf. Unter dem Helm hörte Alaska sie nur verzerrt. Dennoch wusste er sofort, dass das nicht Liv war.

»Was wollen Sie von mir?«, fragte er zögernd.

Der Besucher verharrte. »Wie geht es Ihnen, Mr. Saedelaere?«

»Bestens«, antwortete Alaska zynisch. »Und wenn ich den Helm endlich loshätte, wäre es vermutlich gar nicht auszuhalten.«

»Es freut mich, dass Sie das so gelassen sehen. Eine gewisse Portion Humor macht das Leben in allen Situationen erträglicher.«

»Ich meine es ernst«, widersprach Saedelaere. »Und um Missverständnissen vorzubeugen: Mimas ist für mich unerschwinglich.«

»Das ist erledigt, Mr. Saedelaere.«

»Ich sagte nein.«

»Sind Sie immer so hartnäckig?«

Alaska schwieg.

»Offiziell wurden Sie als Sicherheitsrisiko eingestuft«, fuhr der Fremde fort. »Was immer Ihnen zugestoßen ist, Mr. Saedelaere, die Solare Abwehr hat Anlass genug, Sie unter ihre Fittiche zu nehmen.«

»Mit anderen Worten: Niemand hat Interesse daran, mir wirklich zu helfen.«

»Sie missverstehen …«

»Ich bin sehr wohl in der Lage, eins und eins zusammenzuzählen. Ich frage mich nur, weshalb man mich absichtlich im Ungewissen lässt. Fürchtet jemand, mein Fall könnte eine Lawine anstoßen? Gibt es militärische oder nur wirtschaftliche Gründe, Mr. Unbekannt?«

»Deighton«, sagte der andere schroff. »Solarmarschall Galbraith Deighton. Falls das hilft, Ihre Vermutungen zu relativieren.«

»Ein ganz hohes Tier also.« Alaska Saedelaere pfiff anerkennend zwischen den Zähnen hindurch. »Haben Sie sich meinetwegen nach Peruwall bemüht? Und sind Sie nun enttäuscht?«

»Ganz im Gegenteil«, versicherte der Abwehrchef. Dass er als so genannter Gefühlsmechaniker in der Lage war, die Emotionen von Menschen zu identifizieren, versetzte ihn in den Rang eines Mutanten. Außerdem trug er seit über fünfhundert Jahren einen Zellaktivator und gehörte damit zum engen Kreis der potentiell Unsterblichen um Perry Rhodan.

»Im Grunde Ihres Wesens sind Sie unsicher, Mr. Saedelaere«, fuhr Deighton fort. »Sie haben keine Ahnung, wie Sie mit sich selbst umgehen sollen. Zugleich sind Sie fasziniert. Von etwas, das Sie zwar spüren, aber nicht kennen. Sie entwickeln einen Zwiespalt, der gefährlich werden kann, falls er nicht in die richtigen Bahnen gelenkt wird.«

»Und das wollen Sie übernehmen, Solarmarschall? Sie oder die SolAb? *Saedelaere, die menschliche Waffe, die den Wahnsinn bringt*, für mich wäre das eine aberwitzige Vorstellung. Ein Iwan Iwanowitsch Goratschin im Mutantenkorps genügt. Lassen Sie mich also aus dem Spiel.«

»Wir wollen Ihnen helfen, Mr. Saedelaere. Schon um sicherzustellen, dass der Unfall ein einmaliges Ereignis bleibt. Wo anders als auf Mimas hätten wir die Möglichkeiten dazu? Ich appelliere an Ihr Verantwortungsbewusstsein ...«

Alaska Saedelaere versuchte vergeblich, sich seiner Empfindungen bewusst zu werden. Dabei wusste er bereits, dass Galbraith Deighton Recht hatte. Es half nichts, sich in ein selbst erbautes Schneckenhaus zu verkriechen und mit dem Schicksal zu hadern. Die vielleicht einzige Chance, die ihm noch geboten wurde, durfte er nicht aus falschem Selbstverständnis ignorieren.

Der Abendwind trug das salzige Aroma des Goshun-Sees herauf. Alaska Saedelaere genoss den Rundblick von der Panoramakuppel des Wohnblocks aus. Terrania, die Hauptstadt nicht nur der Erde, sondern zugleich Zentrum des Solaren Imperiums, war eine quirlige Metropole, ein unüberschaubarer Wurmtopf ebenso bizarrer wie funktioneller Bauten, ineinander verwobener Hochstraßen und Gleiterbahnen, ausgedehnter Parks und wimmelnder Menschenmassen. Wie eine Spielzeuglandschaft erstreckte sich die gewaltige Stadt bis an den Horizont. Raumschiffe in Warteposition wirkten in Dutzenden Kilometern Distanz immer noch wie stählerne Gebirge, deren Flanken von den Strahlen der untergehenden Sonne mit Feuer übergossen wurden.

Gedankenverloren kaute Saedelaere auf seiner Unterlippe. Vor nahezu eineinhalb Jahrtausenden war die zurückkehrende erste Mondexpedition nicht wie erwartet in den Vereinigten Staaten, sondern in der damals unwirtlichen Wüste Gobi gelandet. Perry Rhodan und Reginald Bull hatten auf dem Mond ein arkonidisches Raumschiff entdeckt, mit Hilfe der weit fortgeschrittenen Technik die Dritte Macht gegründet und später die vereinte Menschheit zu den Sternen geführt.

Es gab da draußen weit mehr exotisches und intelligentes Leben, als die in ihrer Selbstherrlichkeit zerstrittenen Völker des 20. Jahrhunderts sich jemals hätten träumen lassen.

Die Erde war keine Scheibe …

Sie hatte nie im Mittelpunkt des Universums gestanden, war nie von der Sonne umkreist worden …

Anfangs noch ungläubig, später schon fasziniert, hatten die Menschen der Erde gelernt, dass allein in der heimischen Milchstraße auf zigtausenden Welten intelligentes Leben existierte. Viele fremde Völker waren in ihrer technischen Entwicklung den Menschen so weit voraus gewesen wie der Homo sapiens des beginnenden Atomzeitalters den Mauerbauern von Jericho achttausend Jahre vor Beginn der christlichen Zeitrechnung.

Alaska Saedelaere kniff die Brauen zusammen und legte den Kopf in den Nacken. Während im Westen das Purpur der kurzen Abenddämmerung verwehte, funkelten im Osten schon die ersten Sterne. Sein suchender Blick fand das Sternbild der Leier mit dem Hauptstern Wega: Nur siebenundzwanzig Lichtjahre entfernt – nach kosmischen Entfernungen ein Katzensprung – lebten die Ferronen. Von den Terranern unterschieden sie sich durch ihre geringere Größe, die blassblaue Haut und das kupferfarbene Haar. Das System der Wega hatte für die Menschheit auf ihrem Weg in den Kosmos einen ersten Prüfstein bedeutet, als es darum ging, die kriegerischen, echsenartigen Topsider abzuwehren.

Die Liste der galaktischen Völker war lang. Arkoniden, Akonen, Springer, Aras; die vielen Völkerstämme der tellerköpfigen Blues in der galaktischen Eastside; die gewaltigen Haluter, vor fünfzigtausend Jahren erbitterte Gegner der Lemurer, der Ersten Menschheit; Unither, Naats und die Roboterzivilisation der Posbis ebenso wie die IVs, Swoons oder gar Hornschrecken …

Bevor er die Technikerlaufbahn einschlug, hatte Alaska mit dem Gedanken gespielt, galaktische Geschichte zu studieren. Letztlich war er vor der Theorie zurückgeschreckt. Nie hatte ihn wirklich interessiert, welcher arkonidische Herrscher wann aus welchem Grund Transmitter ächten ließ oder in welchem Jahr ein Großteil der überlebenden Lemurer vor den Halutern in die Nachbargalaxis Andromeda geflohen war.

Vielmehr hatte er sich von den gewaltigen technischen Errungenschaften inspirieren lassen, von den Sonnentransmittern zum Beispiel, die von der Ersten Menschheit für ihre Flucht benutzt worden waren. Was hätte er dafür gegeben, die blauen Riesensonnen des Sechsecktransmitters im Zentrum der Milchstraße mit eigenen Augen zu sehen – doch die Sonnen existierten seit einigen Jahrhunderten nicht mehr.

Schon immer hatte sich Alaska lieber den Wind um die Nase wehen lassen, als über Dateien zu brüten. Fünfzehn war er gewesen, als seine erste eigene Robotkonstruktion den Haushalt durcheinander gebracht hatte, und ein Jahr später hatte er den Standardgleiter eines Nachbarn zur Höchstleistung frisiert. Ohne dessen Wissen. Was ihm nach einer Beinahe-Kollision eine behördliche Verwarnung eingetragen hatte und zugleich das wohlwollende Interesse zweier Hersteller für Atmosphärentriebwerke …

Das ferne Dröhnen eines startenden Raumfrachters schreckte Saedelaere aus seinen Überlegungen auf. Hoch am Nachthimmel gluteten die Impulsbündel aus dem Ringwulst eines Kugelraumers und ließen das Schiff in Sekundenschnelle mit den Sternen verschmelzen.

Liv verspätete sich ganz gegen ihre Art. Ausgerechnet an ihrem letzten gemeinsamen Abend. Am nächsten Morgen würde er eine Space-Jet der Tombstone-Werke besteigen, um für neun Monate zum abschließenden Trainingscamp auf den Mars zu fliegen. Danach, wenn alles wie vorgesehen klappte, hatte er den »Techniker« in der Tasche und zugleich einen Vertrag, der ihn für zwei Jahre an Tombstone band.

Keine Ahnung, was währenddessen aus Liv und ihm werden würde. In drei Monaten waren sie einander noch nicht so nahe gekommen, wie Alaska es sich anfangs gewünscht hatte. Diesen 27. Mai 3422 hatte er sich jedoch besonders markiert.

Er wischte die feuchten Handflächen an der Hose ab. Liv hatte ihm vom ersten Augenblick an gefallen, und das nicht nur, weil sie sich in der Raumschiffsfotografie schon einen Namen gemacht hatte. Einige ihrer holografischen Aufnahmen hingen in großen Ausstellungen; Liv verstand es perfekt, die Imposanz gewaltiger Schiffsrümpfe mit winzigen Details zu verbinden und den Blick der Betrachter für das Wesentliche zu schärfen. Mikrometeoriten zerfurchten selbst Terkonitstahl; Haarrisse in den Stützmassetanks eines Impulstriebwerks bedeuteten über kurz oder lang eine tödliche Gefahr.

Schritte näherten sich. Alaskas Puls raste. Er hatte sich umdrehen und Liv in die Arme schließen wollen, aber er konnte es nicht. Vielmehr stand er wie angewurzelt am Rand der Terrasse und fragte sich, was Liv wirklich an ihm fand. In spätestens ein bis zwei Jahren würde sie im Licht der breiten Öffentlichkeit stehen, dann störte der dürre, aufgeschossene Mann an ihrer Seite nur. Er war kein Medientyp, mochte sich mitunter selbst nicht. *Zwei Meter Schwindsucht* hatte man ihn schon genannt. Das änderte nichts daran, dass er häufig Mahlzeiten ausfallen ließ und zudem lockere Kleidung bevorzugte, in deren Taschen sich viel Werkzeug verstauen ließ.

Alaska zuckte zusammen, als sich eine Hand auf seine Schulter legte. Er schluckte krampfhaft, als Livs Finger durch sein kurzes Haar wühlten.

»Neun Monate sind keine Ewigkeit«, begann sie, »und läppische achtzig Millionen Kilometer bis zum Mars keine Entfernung. – Was ist mit dir? Endlose Betrübnis? Oder weshalb gibt es keinen Begrüßungskuss?«

Irgendetwas warnte ihn davor, sich umzudrehen. – Da war eine Ahnung von Gefahr, die den lauen Abend Lügen strafte und eine Hitzewelle durch seinen Körper schickte. *Geh!,* schrien seine Gedanke. *Lass mich allein!* Er brachte keinen Laut hervor, schaffte es nicht einmal, sich gegen den sanften Druck zu sträuben, mit dem Liv ihn zu sich herumzog.

»Ich habe einen Fotoauftrag auf dem Mars angenommen. Für die Whistler-Company. Roboterstudien in naturbelassenem Terrain ...« Ihre grünen Augen sprühten vor Freude. Aber schon im nächsten Moment glätteten sich die Lachfalten in den Augenwinkeln, legte sich ein Schleier über ihren Blick. Liv Andaman brachte nur noch ein unartikuliertes Gurgeln über die Lippen. Ihre Hände verloren die Kraft, rutschten an seinen Armen entlang abwärts.

Alaska umklammerte ebenso blitzschnell ihre Handgelenke. »Liv«, schrie er sie an, »was ist los mit dir?«

Die junge Frau lachte wirr. Aus weit aufgerissenen Augen starrte sie durch Saedelaere hindurch und schien ihn nicht einmal mehr wahrzunehmen. Im nächsten Moment sackte sie in sich zusammen.

»Nein«, keuchte Alaska, während Tränen seinen Blick verschleierten. »Das wollte ich nicht. Schau mich nicht an, Liv ... Nein!« Er spürte die entsetzliche, von ihm selbst ausgehende Bedrohung. So weit es eben ging, drehte er sich zur Seite, damit Liv sein Anblick erspart blieb, während sie schwer in seinen Armen hing. Zugleich wurde alles anders. Terranias Skyline wich der nüchternen Umgebung einer Standardkabine, deren Stirnseite die dreidimensionale Abbildung des Planeten Mars zeigte. Das Bett davor war zerwühlt, der kleine Bildschirm des Interkoms mit einem Tuch verhängt. Das Schott zur angrenzenden Nasszelle stand offen.

»Ich musste Ihnen ein Kreislauf stabilisierendes Mittel injizieren.« Die Stimme des Medorobots holte Alaska vollends in die Realität zurück. Er entsann sich, dass er vor Stunden an Bord der Korvette gebracht worden war. Der Bordarzt hatte ihm ein Schlafmittel verabreicht, doch es schien wenig wirkungsvoll gewesen zu sein und hatte ihm nur neue Albträume beschert. Halb benommen musste er nach einem Fluchtweg gesucht haben.

»Ich bringe jedem den Tod, der mich ansieht«, ächzte Saedelaere. »Warum lässt du mich nicht einfach sterben?«

»Auf Mimas arbeiten die besten Mediziner des Solaren Imperiums, Sir.«

Alaska verdrehte den Kopf, um sich vielleicht in der Brustplatte des Medoroboters zu spiegeln. Er wollte nur ein wenig mehr sehen als das fahle Flackern, das er bislang kannte. Aber die Injektion begann bereits zu wirken.

Diesmal schlief er tief und traumlos. Alaska Saedelaere registrierte weder den Einflug in das heimische Sonnensystem noch die Landung auf dem Saturnmond.

4.

Übergangslos war da ein Gefühl des Schwebens, verbunden mit einem raschen Wechsel von Licht und Schatten.

»... um eine Operation zu erwägen, müssen wir wissen, wie tief dieses – dieses Ding überhaupt sitzt.«

»Sie glauben daran, dass es mit Kreislauf und Nervengewebe verbunden ist, Dr. Bishar?«

»Ich halte alles für denkbar.«

»Auch, dass dieses Etwas lebt?«

»Ein Schmarotzer – warum nicht? Leider waren unsere Kollegen auf Peruwall zu zurückhaltend.«

»Bitte, achten Sie auf den Patienten! Er ist wieder bei Bewusstsein.«

»Wie fühlen Sie sich?«

Alaska schlug die Augen auf. Über sich sah er die Leuchtplatten eines langen Korridors. »Ich kann die Frage nicht mehr hören«, brachte er stockend hervor. Ein Kloß im Hals würgte ihn; er hustete gequält.

Die Ärzte wechselten einen kurzen Blick. Dann schürzte der Kleinere von ihnen die Lippen und zwirbelte ein Ende seines kunstvoll gedrehten Schnauzbarts. »Ich hätte dennoch gerne eine Antwort, Mr. Saedelaere. Wie es aussieht, werden wir längere Zeit miteinander zu tun haben. – Ich bin Dr. Bishar, Xenobiologe. Mein Kollege ist Professor Rosenholz, spezialisiert auf Mikrochirurgie und gentechnische Heilverfahren.«

Erst als Dr. Bishar auch das andere Bartende zwischen Daumen und Zeigefinger drehte, lief es Saedelaere siedend heiß den Rücken hinab. Er sah die Mediziner direkt, nicht über ein Display. Das bedeutete, dass seine Veränderung ihnen nichts anhaben konnte. Er schluckte schwer.

»Sind Sie … immun? Ich meine, jemand hat mir den Helm abgenommen und …«

»Wir befinden uns auf Mimas, Mr. Saedelaere. Die mitunter archaischen Methoden unserer Berufskollegen auf irgendwelchen Siedlungswelten sind hier keineswegs Standard. Wir wollen Ihnen jede Freiheit zugestehen, deshalb umgibt ein einfaches Deflektorfeld Ihren Kopf. Solange es aktiv ist, können Sie sich im Prinzip frei bewegen.«

»Als wandelnder Leichnam ohne Kopf?«

Dr. Bishar begann zu lächeln. »Derart drastisch würde ich das nicht formulieren.«

»Aber Sie geben mir Recht?«

»Alles ist relativ, Mr. Saedelaere.«

Alaska schüttelte den Kopf und besann sich erst danach, dass den Medizinern seine Reaktion wegen des unsichtbar machenden Deflektorfeldes verborgen blieb. »Mit anderen Worten: Sie kaschieren ebenfalls nur Symptome. Die Ursache kennen Sie nicht.«

Der Name Mimas stand nicht nur als Synonym für die kommerzialisierte Medizin überhaupt, sondern zugleich für spektakuläre Erfolge, die kein anderes therapeutisches Zentrum des Solaren Imperiums aufwies. Energiekuppeln bedeckten weite Teile der Mondoberfläche. Sie ermöglichten den Einsatz unterschiedlichster klimatischer Bedingungen ebenso wie extreme Schwerkraftverhältnisse oder Atmosphären, die für Menschen ohne Schutzanzug tödlich wirkten. Maahks aus der Nachbargalaxis Andromeda fanden auf Mimas die gleiche medizinische Hilfe wie die Chlorgas atmenden Gradosima. Und über allem hing, gewaltig und imposant, der zweitgrößte Planet des Solsystems, Saturn, im Mittel lächerliche 185.000 Kilometer entfernt.

Zum ersten Mal empfand Alaska Saedelaere Angst vor der Zukunft. Die Ahnung, dass er die weitläufigen Anlagen niemals wieder verlassen würde, quälte ihn. Falls sich seine schlimmsten Befürchtungen bewahrheiteten, blieb ihm nur die Isolation, ein Leben unter einem plumpen Helm oder hinter einem Deflektorfeld versteckt.

Weil sein Anblick den Verstand raubte ...

... oder sogar tötete.

Die Furcht fraß an seiner Seele. Wie es in ihm aussah, ging dennoch niemanden etwas an. Von früher Jugend an hatte er die Einsamkeit kennen gelernt, nur arrangiert hatte er sich nie mit ihr. Wahrscheinlich würde er das auch niemals tun.

»Warum gerade ich?« Seine Frage blieb unbeantwortet.

Ein Schott glitt vor ihm und den Ärzten auf. Sich vorzustellen, was ihn erwartete, fiel Alaska nicht schwer: ein enges und ausbruchsicheres Gefängnis, gerade genug Platz, um zu schlafen, denn die meiste Zeit würde er ohnehin von einer Untersuchung zur nächsten weitergereicht werden. Er bereute es bereits, sich mit Galbraith Deighton eingelassen zu haben.

Zu seiner Überraschung bezog er jedoch eine großzügige Suite mit ungehindertem Ausblick auf den Saturn. Der Planet in seiner überwältigenden Imposanz schien zum Greifen nahe.

Raumschiffe zogen Sternschnuppen gleich ihre Bahn. Mimas verfügte über einen umfassend ausgebauten Raumhafen für den solaren Nahverkehr. Transmitter spielten im Klinikbereich eine eher untergeordnete Rolle, da für viele Kranke der Transport durch den Hyperraum eine unzumutbare Belastung bedeutete.

Minutenlang stand Alaska unbewegt da, und jeder neue Atemzug kam ein wenig hastiger als der vorangegangene. Sein Versuch, sich zu erinnern, blieb vergebens, den schwarzen Fleck in seinem Gedächtnis konnte er nicht überwinden. Da war nur die Ahnung von etwas Unheimlichem, das sich seinem Zugriff entzog.

Vier Stunden, hämmerte es unter seiner Schädeldecke. *Vier verfluchte Stunden haben mein Leben verändert.*

Die Ärzte hatten ihn allein gelassen. Er registrierte es nur beiläufig, denn der goldene Käfig, den sie ihm boten, änderte nichts an seinem Status als Gefangener.

Hunderttausende Menschen benutzten jeden Tag Transmitter, um in Nullzeit weite Entfernungen zu überwinden. Die Gefahr, dabei zu Schaden zu kommen, war denkbar gering. Am liebsten hätte Saedelaere sich hingestellt und lauthals losgebrüllt, doch das konnte er nicht. Weil Gefühle für ihn nie so wichtig gewesen waren wie für andere Menschen. Seine Eltern hatten ihn zu einem rationalen Menschen erzogen. Er funktionierte, weil es von ihm erwartet wurde. Wie ein technisches Gerät.

»Für jedes Problem ... gibt es ... eine Lösung.« Überzeugt davon, dass er belauscht wurde, stieß er den Satz hervor. Eine optische Überwachung wagte wohl niemand. »Habe ich Recht? Galbraith Deighton – was immer Sie sich von mir erhoffen, vergessen Sie es. Ich eigne mich nicht als Monster.«

Sein Gesicht entwickelte wieder dieses verhasste zuckende Eigenleben. Im ersten Reflex wollte Alaska die Finger ins Fleisch schlagen, dann warf er sich herum und stürmte in die angrenzende Hygienezelle.

Suchend drehte er sich einmal um die eigene Achse. Ein matter Überzug auf den Wänden verhinderte jede Reflexion. Spiegel waren schon gar nicht vorhanden.

»Was ist aus meinem Gesicht geworden, Mr. Deighton? Ich habe ein Recht darauf, es endlich zu sehen!«

Er blieb allein mit sich und seinen Ängsten. Niemand antwortete. Zweifellos werteten nicht Menschen, sondern Positroniken die Aufzeichnungen aus.

»Und wenn ich nicht mitspiele? Gelte ich dann noch als lukrativer Patient oder schon als renitent?« Er beugte sich über das Waschbecken und schöpfte mit beiden Händen. Mit einer schnellen Bewegung verteilte er das kalte Wasser im Gesicht. Im ersten Moment spürte er nicht einmal die Kälte, doch dann begannen die Nerven zu toben, als rebelliere ein Teil von ihm. Alaska schrie auf und verkrampfte die Hände über den Wangenknochen. Er registrierte kaum, dass er aus der Nasszelle taumelte und wimmernd aufs Bett sank. Er vergrub den Kopf im Kissen, aber nach wie vor umzuckten ihn orangerote Blitze wie eine Korona.

Eine Stunde vor Mitternacht, Standardzeit. Seit deiner Ankunft auf Mimas liegt ein Wechselbad der Gefühle hinter dir, wie du es nie zuvor erlebt hast. Zeitweise hast du den Eindruck, verrückt zu werden – und nichts und niemand scheint den schleichenden Prozess aufhalten zu können. Dann fällst du von einer neuen Hoffnung in die nächste Niedergeschlagenheit und findest keinen Boden. Schuld daran ist das »Ding« in deinem Gesicht. Noch fehlt dir eine bessere Bezeichnung dafür – und die Ärzte schweigen sich aus. Heißt das, dass sie ebenfalls keine Ahnung haben oder dass sie die Wahrheit kennen und dich bewusst in Ungewissheit lassen?

Dein Schreibstift fällt auf die Tischplatte, du knetest deine Finger. Im nächsten Moment lehnst du dich ruckartig zurück, und dein Blick frisst sich an der Folie und den wenigen in zittriger Schrift hingeschmierten Zeilen fest. *3. März 3428,* steht da als Überschrift. Hattest du wirklich vor, ein Tagebuch zu schreiben? Für wen? Nur weil du die Folien und den Stift in der Schublade gefunden hast oder weil du dich fühlst, als müsstest du im nächsten Moment zerplatzen? Dein Herz hämmert bis zum Hals, und jeder Pulsschlag pochte, wie unter Überdruck durch die Adern.

Immerhin verhält sich das »Ding« in deinem Gesicht so ruhig, als wäre nie etwas vorgefallen. Ist es überhaupt noch da, oder hat es sich, womöglich als Nebenwirkung der Untersuchungen, zurückgebildet?

Zögernd beginnst du wieder zu schreiben.

Ich musste immer schon kämpfen und sollte es längst gewohnt sein, dass das Leben nichts verschenkt. Da draußen wartet die Galaxis mit all ihrer Schönheit und Vielfalt – und ich stehe mir mit meinen Schuldgefühlen plötzlich selbst im Weg.

Ich hasse mich.

Nein: Ich hasse das »Ding« in meinem Gesicht.

Du schürzt die Lippen, und die Bewegung fällt dir schwer, als gehorchten die Muskeln nicht mehr allein deinem Willen. Deine Haut spannt, zieht sich zusammen, dehnt sich aus, im Rhythmus des Pulsschlags.

Wie kannst du etwas hassen, von dem du nicht einmal weißt, was es ist? Du glaubst, dein größtes Problem sei die Ungewissheit; aber vermutlich wärst du ruhiger, wenn du dich selbst sehen könntest. Warum zeigt man dir nicht endlich dein Spiegelbild? Aus Furcht, du könntest ebenfalls sterben oder den Verstand verlieren?

Ein kurzes, hektisches Lachen quillt über deine Lippen. Saturn schimmert durch das Panoramafenster herein. Gewaltige Wolkenbänder und Sturmwirbel vermischen sich. Der Schatten eines der anderen Monde – der Größe nach Thetys oder Dione – wandert düster über die pastellfarbene Wolkenwüste.

»Sie können mir nicht helfen«, murmelst du kurzatmig. Vergeblich versuchst du dich zu erinnern, was zwischen Bontong und Peruwall geschah. In einer eigentlich nicht messbaren Zeitspanne, die in Wahrheit vier Stunden gedauert hatte.

Vier Stunden, in denen du …

Die Leere in deinem Schädel, so unheimlich und unerträglich sie ist, dehnt sich aus. Schwärze erfasst deine Wahrnehmung – aber irgendwo glimmt ein winziger, fahler Funke. Von einer unwiderstehlichen Kraft angezogen, glaubst du, darauf zuzustürzen.

Zeitlos …

Von wohligen Empfindungen geborgen …

Auch wenn du's nicht in Worte zu fassen vermagst, schwebst du in der Ewigkeit, eingehüllt von einem türkisfarbenen Schimmer und geborgen in einer Sphäre ungeahnten Gleichklangs. Aus dem Nichts heraus materialisierende bunte Schemen huschen vorbei; es ist dir unmöglich, ihre Form zu beschreiben. Sie erscheinen wie Gestalt gewordene Gedanken.

Abrupt löscht ein dumpfer Schmerz das alles aus. Benommen und zu keiner Reaktion fähig, registrierst du, dass du vornübergesunken und mit dem Kopf auf die Tischplatte aufgeschlagen bist.

Die Bilder, die du zu sehen glaubst, vermischen sich von neuem. Ein zähes, widerstrebendes Medium setzt deinem Schweben ein jähes Ende. Die blasige Masse greift mit tausend tentakelartigen Auswüchsen nach dir, hält dich fest und droht dich zu verschlingen …

»Bitte aktivieren Sie das Deflektorfeld, Mr. Saedelaere! Ich setze mich ungern einem unnötigen Risiko aus. – Haben Sie verstanden, Alaska? Wenn Sie sich nicht innerhalb von dreißig Sekunden melden, öffnen die Roboter das Schott.«

Seine Handschrift auf der matten Folie tanzte einen sinnverwirrenden Reigen. Dennoch richtete sich Saedelaere auf und schüttelte träge den Kopf. Für einen Augenblick hatte er geglaubt, Galbraith Deightons Stimme zu hören – aber da war nur noch ein dumpfes Dröhnen in den Schläfen. Unter den tastenden Fingern spürte er eine beachtliche Beule. Zögernd glitt die Hand nach vorne und erkundete die Grenze, ab der sich sein Gesicht verändert hatte.

»Deighton … Sir?«, brachte er stockend hervor.

»Na endlich«, erklang es aus dem Schottmelder. »Ich bin hier, um mit Ihnen zu reden, Mr. Saedelaere. Also aktivieren Sie Ihren Deflektor!«

»Wollen Sie wirklich einen Mann ohne Kopf sehen, Sir? Unterhalten können wir uns auch so. Wobei ich nicht weiß …«

»Über Ihre Zukunft, Mr. Saedelaere. Ich komme jetzt zu Ihnen – und ich hoffe, dass Sie mich nicht in die nächste Irrenanstalt schicken.«

Alaska zerbiss eine Verwünschung zwischen den Zähnen und versteifte sich. Mit der Rechten tastete er nach dem Mikroprojektor am Jackenkragen. Ein Summton verriet ihm auch ohne optische Kontrolle, dass das partiell unsichtbar machende Feld aktiviert war.

Augenblicke später glitt das Schott zu seiner Unterkunft auf. Alaska drehte sich um. Vergeblich suchte er nach einer Regung in Deightons Miene, die Erschrecken oder eine ähnlich negative Empfindung zeigte.

»Sie sind gekommen, um mir zu sagen, dass die Veränderung inoperabel ist, dass ich mich von Menschen fern zu halten habe? Sie wollen mich für den Rest meines Lebens isolieren?«

»Ich weiß es nicht.«

Saedelaere schien gar nicht hingehört zu haben. »Ich ziehe die Deportation vor«, sagte er hart. »Bitte sorgen Sie dafür, dass ich auf einen unbewohnten Planeten gebracht werde. Ich will wenigstens noch den Eindruck von Freiheit genießen. Oder ist das zu viel verlangt?«

Galbraith Deighton hatte mit schnellen Schritten den Raum durchquert. Fast schon auf Tuchfühlung mit dem Transmittergeschädigten blieb er stehen, umfasste ihn an beiden Oberarmen und drückte ihn auf den Stuhl zurück. »Überdenken Sie Ihre vorgefasste Meinung, Mr. Saedelaere. Niemand hat die Absicht, Sie einzusperren, geschweige denn zu deportieren.«

»... wie soll ich mein Leben normal weiterführen?«

»Darüber reden wir später. Solange nicht feststeht, dass Ihr Gesicht wirklich irreparabel geschädigt wurde ...«

Saedelaere schüttelte den Kopf. Erst danach wurde ihm bewusst, dass der Solarmarschall des Deflektorfeldes wegen die Geste nicht sehen konnte. »Wie geht es also weiter?«, fragte er.

»Die Transmitter von Bontong und Peruwall wurden von Spezialisten der SolAb bis auf den letzten Chip auseinander genommen. Es gab nicht den geringsten Hinweis auf eine Fehlfunktion, keine Materialschäden, keine Sende- oder Empfangsfehler – nichts, was nur einen Deut außerhalb der Norm gelegen hätte.«

Saedelaere stieß einen undefinierbaren Laut aus.

»Ich spüre Ihre Unsicherheit«, fuhr Deighton fort. »Sie versuchen fast schon verzweifelt herauszufinden, was in den vier fehlenden Stunden geschah. Die nahe liegende Erklärung wäre ein Zeitsprung infolge unbekannter Einflüsse während des Transmitterdurchgangs.«

»Ich habe diese Zeit bewusst erlebt«, widersprach Saedelaere. »Ich wurde wiederverstofflicht und erneut entmaterialisiert, aber mir fehlt bis auf wenige vage Fetzen jede Erinnerung.«

»Sind Sie sicher?«

Saedelaere zuckte mit den Achseln.

»Sie glauben, sich zu entsinnen, weil Sie eine Erinnerung brauchen«, vermutete der Solarmarschall. »Als Techniker sind Sie es gewohnt, Details zu hinterfragen. Andererseits gibt es Dinge zwischen Himmel und Erde, die sich jeder Erklärung widersetzen. Ich wage sogar zu behaupten, dass die Menschheit mehr offene Fragen mit sich herumschleppt als in jedem früheren Jahrhundert. Je tiefer unsere Raumschiffe in den Raum vorstoßen, desto schlechter wird das Verhältnis. Jede Antwort, die wir erhalten, bringt zwei neue Fragen.«

»*Sie* befinden sich doch in der glücklichen Lage, die Beantwortung dieser Fragen eines Tages zu erleben«, sagte Saedelaere.

Der SolAb-Chef zog die Brauen hoch. Er lächelte, aber zugleich umfloss ein bitterer Zug seine Mundwinkel. »Der Vergleich hinkt, Mr. Saedelaere. Andererseits ist uns potentiell Unsterblichen Ihr Gefühlschaos seit diesem Unfall vertraut. Wir alle entsprechen nicht mehr der Norm, sind Stigmatisierte, und das ist auf Dauer nur erträglich, wenn man die Menschen wirklich liebt. – Mögen Sie die Menschen, Mr. Saedelaere?«

»Weil auch ich mit einem Stigma leben muss – mit einer körperlichen Entstellung, die mich zur tödlichen Gefahr werden lässt?« Der Transmittergeschädigte machte eine ablehnende Handbewegung. »Behaupteten Sie nicht eben, noch sei nichts entschieden? Was ist wahr, Mr. Deighton?«

Nachdem der SolAb-Chef gegangen war, starrte Saedelaere minutenlang auf das geschlossene Schott. Er fragte sich, was Galbraith Deighton wirklich von ihm gewollt hatte. Die einzige plausible Antwort war, ihn darauf vorzubereiten, dass der Transmitterunfall sein Leben für immer verändert hatte. Nichts würde mehr so sein wie noch vor wenigen Tagen.

Alaska ballte die Hände, öffnete sie wieder und konzentrierte sich dabei auf das schwache Ziehen im Gesicht. Es ließ sich nicht beeinflussen.

Dieses Ding führte ein unbegreifliches Eigenleben, das ihm nicht gefiel. Mehr noch: Es ängstigte ihn. Ebenso wie die fahle Aura, die von dem veränderten Gewebe ausstrahlte. Die Menschen würden ihn meiden wie einen Pestkranken des Mittelalters. An Liv wagte er schon gar nicht zu denken. Sie war für ihn der erste wirkliche Halt in einem an Enttäuschungen nicht eben armen Leben gewesen. Seit dem Transmitterunfall fürchtete er in seinen Träumen, auch sie in den Wahnsinn zu treiben. Obwohl er ihr Wiedersehen ebenso ungeduldig herbeisehnte.

Prompt begann er sich zu fragen, ob Solarmarschall Deightons Besuch Teil eines psychologischen Tests gewesen war. »Ich will kein Versteckspiel«, stieß er hervor. »Ich will die Wahrheit, so unangenehm sie auch sein mag.«

Saedelaere ließ sich aufs Bett sinken, verschränkte die Arme unter dem Kopf und starrte hinaus in die Dunkelheit. Von Saturn war nichts mehr zu sehen, nur ein schmaler, golden flirrender Ausschnitt seines Ringsystems. Die Ansammlung von Staub, Eiskristallen und Gesteinsfragmenten schien sich in der Unendlichkeit zu verlieren. Der Anblick hatte etwas Erhebendes und Beruhigendes zugleich und ließ alle menschlichen Probleme zur Bedeutungslosigkeit schrumpfen.

Alaska Saedelaere verstand in dem Moment, dass er sich selbst und seine Veränderung akzeptieren musste. Erst dann würde er die nötige Ungezwungenheit aufbringen, die ihn in den Augen anderer nicht als Monstrum erscheinen ließ.

Meine Zellschwingung hat sich verändert. Wenn das die einzige Erkenntnis ist, die nach sechs Stunden Fixierung in künstlicher Schwerelosigkeit und Schichtaufnahmen im Bereich der Molekularstruktur gewonnen wurde, läuft etwas schief. Das hätte ich vorher sagen können. Diese Aura, die von meinem Gesicht ausgeht, lässt nichts anderes als eine Zellveränderung vermuten.

Die Ärzte wissen nicht, dass ich Tagebuch führe. Zumindest lassen sie mich in dem Glauben. Andererseits lag das Schreibzeug kaum zufällig hier. Ich spüre, dass mir diese archaische Methode der Konfliktbewältigung gut tut und ich wenigstens mein inneres Gleichgewicht wiederfinde. Alles aufschreiben heißt, sich damit auseinander zu setzen, bewusst das Schreckliche zu verarbeiten. Ein Mnemospeicher würde denselben Zweck erfüllen, doch was gedankenlos aufgesprochen wird, verfliegt schnell. Ich habe mich wohl nie zuvor ähnlich intensiv mit mir selbst beschäftigt wie in den vergangenen Tagen auf Mimas.

Die Probleme sind immer noch die gleichen, aber ihre Brisanz schwindet. Weil alles zur Gewohnheit wird? Das ändert nichts an der Tatsache, dass ich Menschen nur mit aktiviertem Deflektor gegenübertreten darf. Roboter sind meine Begleiter während der Untersuchungen.

Elf Tage liegt der Unfall inzwischen zurück. Mit dem zeitlichen Abstand relativiert sich sogar meine Panik. Ich bedauere, dass meinetwegen Menschen sterben mussten oder den Verstand verloren. Gott ist mein Zeuge, ich habe das nicht gewollt, ich hätte mich lieber selbst umgebracht, als das zuzulassen.

Handschriftliche Aufzeichnung
vom 5. März 3428 n. Chr.

In der folgenden Nacht wachte Alaska Saedelaere mehrmals von Albträumen geplagt und schweißgebadet auf. Ein intensives rotes Glühen umfloss sein Gesicht. Unter seinen tastenden Fingern fühlte sich die Haut jedoch normal an, weder fiebrig noch unterkühlt. Nur der Schweiß machte sie feuchter als für gewöhnlich, und die Bartstoppeln sprossen nicht mehr. Jedenfalls vermisste Alaska von den Wangenknochen bis zum Kinn das sonst übliche feine Kratzen.

Für den kommenden Tag waren genetische Untersuchungen angesetzt. Einerseits fragte er sich, weshalb die Ärzte ihm nicht schon zu Anfang Zellproben entnommen hatten, andererseits schreckte er gerade vor diesen Tests zurück und hatte ein flaues Gefühl in der Magengegend, sobald er daran dachte.

Unruhig wälzte er sich von einer Seite auf die andere. Die Nacht war endlos.

Irgendwann ertrug Alaska es nicht mehr, in die Dunkelheit zu starren, das von ihm ausgehende fahle Leuchten zu ignorieren und zugleich auf jede innere Regung zu lauschen wie ein Hypochonder auf die Anzeichen einer neuen Krankheit. Ruckartig setzte er sich auf.

Hatte ihn der Transmitterunfall einer zellverändernden Strahlung ausgesetzt? Er wusste zu wenig über das menschliche Erbgut, eben nur, was für einen Techniker im Umgang mit Reaktoren, Waring-Konvertern und Energiespeichern sowie ihrer speziellen Abschirmung unerlässlich war. Harte Gammastrahlung verursachte je nach Dosis den schnellen Tod oder ein langes Siechtum, die Wirkung fünfdimensionaler Energien war diffiziler.

Wahrscheinlich hatten die Mediziner alle konventionellen Möglichkeiten ausschließen wollen, bevor sie das fünfdimensionale Spektrum mit einbezogen.

Alaska Saedelaere schwang sich von der Bettkante auf. Vergeblich versuchte er, auf dem abgedunkelten Panoramafenster wenigstens den Hauch einer Spiegelung zu erfassen. Das fahle Leuchten brach sich in der Scheibe, doch es ließ keinen Rückschluss auf seinen Ursprung zu.

Alaska empfand eine grimmige Genugtuung, dass die medizinischen Kapazitäten ebenso wenig über den Zustand seines Gesichtes wussten wie er selbst. Sie hatten noch nicht einmal eine Möglichkeit gefunden, sich vor den Folgen seines Anblicks zu schützen. Natürlich verweigerten sie ihm deshalb, das eigene Antlitz zu sehen. Alaska sortierte das inzwischen unter der Rubrik »gekränkte Eitelkeit« ein.

Nur die Medoroboter kannten die Veränderungen in seinem Gesicht. Aber was ihre optischen Systeme registrierten – im Spektrum des sichtbaren Lichts, im Infrarot- und Ultraviolettbereich –, wurde in geschlossenen Datenbanken gespeichert. Kein Mensch bekam die Aufzeichnungen zu sehen.

Sein eigenes spöttisches Lachen erschreckte Saedelaere. Eben war ihm durch den Sinn gegangen, dass die Mediziner von den Folgen seines Unfalls sprachen wie ein Blinder vom Sonnenuntergang. Seine Anspannung stieg. Er begann eine unruhige Wanderung, nur wenige Schritte hin und wieder zurück. Verzweifelt fragte er sich, was er während des Transmitterdurchgangs gespürt hatte. Einen Schlag, einen Aufprall? Einbildung das alles? Schließlich presste er seine Stirn und die Handflächen gegen die kühle Scheibe und verharrte schwer atmend.

Körperlos mit empfindungslos gleichzusetzen wäre ein Fehler gewesen. Das Entstofflichungsfeld des Transmitters hatte nicht nur seinen physikalischen Körper transportiert, sondern seinen Geist, die Seele oder wie immer der Mensch das eigene Ich umschrieb.

Was bist du?

Alaska Saedelaeres ganze Aufmerksamkeit richtete sich nach innen, auf sein Gesicht.

Oder wer bist du?

Gab es eine Möglichkeit, festzustellen, ob das Ding lebte? Die wiederkehrenden Zuckungen konnten die Folge von Nervenreizungen sein, und die glühende Aura verlor vielleicht mit der Zeit an Intensität. Handelte es sich nur um eine statische Aufladung, die den Zellzusammenhalt gewährleistete?

Vielleicht gab es irgendwo in der Milchstraße ein intelligentes Wesen, das sich in diesem Moment ähnlich einsam fühlte wie er selbst, das sein Gesicht betastete – mit Fingern, Tentakeln, Klauen oder Saugnäpfen – und den Augenblick verfluchte, in dem zwei hyperenergetische Trägerwellen miteinander interferierten.

»Falls es dich wirklich gibt«, murmelte Alaska innerlich bebend, »werde ich dich finden. Dann machen wir den Austausch rückgängig.«

Gurgelnd stieß er sich ab und taumelte in die Nasszelle, hielt minutenlang den Kopf unter den Massagestrahl der Dusche und ignorierte das Stechen und Zucken im Gesicht. Er ließ sich sein Leben nicht von einem Zufall rauben. Dafür hatte er es sich zu hart erkämpft.

»… Sie werden die Entnahme nicht spüren, äußerstenfalls ein leichtes Kratzen. Für Vergleichszwecke benötigen wir Zellansammlungen aus der Bindehaut und dem darunter liegenden Muskelgewebe.«

Alaska Saedelaere verzog die Mundwinkel zu einem verunglückten Grinsen. Sein Gesicht spannte wie nach einem tief greifenden Sonnenbrand.

Starr blickten die Sehzellen des Medorobots auf ihn herab. Obwohl der Schädel aus Metallplastik menschliche Züge hatte, empfand Alaska die unmittelbare Nähe des Roboters als bedrückend. »Beschreibe mir, was du siehst!«, verlangte er. »Wie empfindest du mein Gesicht?«

»Unverändert, Sir.«

Alaska fühlte sich ausgeliefert und hilflos zugleich. Das mochte entweder daran liegen, dass er bis zum Morgen nicht mehr geschlafen hatte, oder mit dem Umstand zusammenhängen, dass alle bisherigen Untersuchungen angeblich ohne Ergebnis geblieben waren. »Ich erwarte eine Beschreibung«, drängte er.

»Über eine direkte oder indirekte Konfrontation wird nach Analyse der Gewebeproben entschieden.« Die Greifhand des Roboters schwebte wenige Zentimeter über ihm. Saedelaere sah, dass die Fingerkuppen eine Vielzahl winziger Kapillaren freigaben. Sekundenbruchteile später spürte er Kälte an den Schläfen. »Die entnommenen Zellpakete werden schockgefroren«, sagte der Roboter.

»Wann fällt die Entscheidung über eine Operation?« Alaska schloss die Augen, als der Roboter mit beiden Händen zupackte und seinen Kopf zur Seite drehte.

»Nach der DNA-Analyse. Jetzt nicht mehr reden, Sir!«

Ein eisiger Hauch fraß sich tief ins Gewebe vor. Der Schmerz war intensiver als alles zuvor. Alaska biss die Zähne zusammen, um nicht aufzuschreien. Gleichzeitig schien ein irisierendes Feuer sein Gesicht zu verbrennen.

Erst als der Roboter die Hände zurückzog, begann das Glühen wieder zu verblassen. Saedelaeres Blutdruck und die Herzfrequenz fielen nach einem jähen Anstieg langsam auf Normalwerte zurück.

»Ich fühle mich … als hätte mir ein Okrill … den Kopf abgeleckt«, brachte er stockend hervor. Okrills waren die gefährlichsten Tiere des Extremplaneten Oxtorne. Vor rund tausend Jahren hatte ein havariertes Auswandererschiff auf jener Höllenwelt notlanden müssen. Ohne Aussicht auf Hilfe von außen hatte sich den Siedlern nur die Wahl geboten, zu sterben oder sich mit gentechnischer Hilfe der extremen Umwelt anzupassen. Nach drei Generationen waren für die Nachkommen der Schiffbrüchigen die 4,8fache Schwerkraft ebenso normal gewesen wie die schwankenden Temperaturen zwischen plus einhundert und minus einhundertzwanzig Grad Celsius. Einige Oxtorner hatten zudem in den Okrills, deren Intelligenz der von terranischen Delphinen glich, treue Helfer und Beschützer gefunden. Die Tiere sahen aus wie achtbeinige Riesenfrösche, ihre Muskeln besaßen die Härte von Stahlplastik, und die meterlange Zunge teilte elektrische Schläge aus, die Menschen töten und Terkonitstahl schmelzen konnten.

»Sie stehen unter Schock, Mr. Saedelaere«, sagte der Roboter. »Die Anomalie in Ihrem Gesicht widersetzt sich offensichtlich der Entnahme.«

»Dieses … Etwas … reagiert eigenständig?« Die Anspannung trieb Alaska den Schweiß aus allen Poren. Bewusst vermied er es, »intelligent« zu sagen; das war seine eigene Vermutung, die er nicht mit dem Roboter teilen wollte.

Wer bist du?, formulierte er erneut in Gedanken, freilich ohne eine Antwort zu erhalten.

»Sie durchleben einen psychischen und physischen Umbruch«, erläuterte der Roboter, »und beginnen, die körperliche Veränderung zu akzeptieren. Ihr vegetatives Nervensystem wehrt sich bereits gegen den Versuch, die Unfallfolgen rückgängig zu machen. Vielleicht, weil Sie sich mittlerweile in einer Position sehen, die Aufmerksamkeit weckt. Nach einer Operation würden Sie in die Anonymität der Masse zurücksinken.«

»Das ist ja lächerlich!«, begehrte der Techniker auf.

»Ihr Unterbewusstsein reagiert darauf anders, Mr. Saedelaere.«

Alaska stieß ein trockenes Husten aus. »Eine Maschine urteilt über die Psyche eines Menschen? – Ich weigere mich, das länger anzuhören.«

Ohne auf das flackernde Leuchten zu achten, das sich auf dem Rumpf des Roboters brach, verlangte er, in seine Unterkunft zurückgebracht zu werden.

5.

Alaska Saedelaere hatte jedes Zeitgefühl verloren. Ob er erst seit wenigen Minuten oder schon seit Stunden am Panoramafenster stand, interessierte ihn nicht. Unbewegt, die Hände im Nacken verschränkt und die Ellenbogen gegen die Scheibe gestützt, starrte er in den Himmel über Mimas.

Sein Gesicht brannte – wie damals, das einzige Mal, als Tresham Saedelaere in einem Wutanfall zugeschlagen hatte. Alaskas Gedanken wanderten zurück.

Wo sein Vater heute lebte, wusste er nicht. In der Erinnerung sah er ihn als großen, muskulösen Mann mit stechendem Blick. Treshams Augen, kalt und hart, hatten immer eine beklemmende Unruhe verbreitet. Wenn Alaska es recht bedachte, war sein Vater stets auf der Suche nach Unerreichbarem gewesen.

Tresham Saedelaere stammte von einer unbedeutenden Siedlungswelt, deren Bewohner es über Jahrhunderte hinweg nicht verstanden hatten, ihre eigene Existenz zu sichern. Mit vierzig war Tresham zur Erde ausgewandert, einer der Welten, auf denen nach seiner Vorstellung Milch und Honig flossen.

Ohne je eine brauchbare Ausbildung erhalten zu haben, hatte Tresham Saedelaere sich als Frachtarbeiter auf den großen Raumhäfen in Terrania verdingt. Er war sogar zum Truppleiter über dreißig Arbeitsroboter aufgestiegen, doch im Jahr nach Alaskas Geburt war er erstmals mit bewusstseinserweiternden Drogen in Berührung gekommen – heiße Fracht von einer der Außenwelten, von der er möglicherweise eine größere Menge abgezweigt hatte. Aber zumindest Letzteres war nur unbewiesene Spekulation. Über das wirkliche Geschehen hatte sich Tresham nie geäußert, indes war er unleidlich und ungeduldig geworden. Alaska selbst war zu jung gewesen, als dass er sich eine tiefere Erinnerung bewahrt hätte. Er entsann sich jedoch, dass Tresham kurz nach seinem vierten Geburtstag spurlos verschwunden und das Leben in den Jahren danach von einer unausgesprochenen Furcht geprägt gewesen war.

Irgendwann waren Fremde in die Wohnung eingedrungen. Mutters Entsetzen hatte tiefe Spuren in Alaskas kindlicher Psyche hinterlassen. Die Erfahrung eigener Hilflosigkeit bedrückte ihn bis heute.

Ein Zittern durchlief seinen Körper. Einen Augenblick lang glaubte Alaska Saedelaere zu taumeln, dann hatte er die Hände aus dem Nacken gelöst und drückte die Stirn an die Scheibe.

»Warum?«, fragten seine Lippen lautlos. Falls es wirklich noch seine Lippen waren und nicht die eines Monstrums. Das alles erschien ihm wie ein böser Traum. Warum wachte er nicht endlich auf?

Warum war er damals nicht aufgewacht?

Oh doch. Er war wach gewesen – nur hatte er den Mut nicht aufgebracht, sich zu regen. Zitternd hatte er sich im Bett festgekrallt und gehofft, dass die Fremden ebenso schnell wieder verschwinden würden, wie sie gekommen waren. Ihre Fratzen hatten ihn in Panik versetzt. Am liebsten hätte er nur noch gellend geschrien – aber dann hätten die Eindringlinge bemerkt, dass er nicht mehr schlief.

Sie hatten Mutter geschlagen. Weil sie ihnen Treshams Aufenthalt verschwiegen hatte. Das hatte sie ihm erst viele Jahre später erzählt. Ebenso, dass sie in jener Stunde Tresham verflucht und um ihr Leben gebangt hatte.

Alaska Saedelaere blinzelte gegen die Nässe in seinen Augenwinkeln an. Wie damals sah er die Fratzen wieder vor sich: grün geschuppte Echsengesichter. Eine der Kreaturen schlug auf seine Mutter ein, bis Felissia urplötzlich ihre Finger in seine Fratze verkrallte.

Damals, vor zweiundzwanzig Jahren, hatte Alaska geglaubt, die Schuppenhaut zerfetzen zu sehen. Aber längst wusste er, dass die Angreifer nur Bioplastmasken getragen hatten.

Unter seiner Decke hatte er sich erst wieder hervorgewagt, als die plötzliche Stille und sein schlechtes Gewissen unerträglich geworden waren. Mutter hatte zitternd am Boden gelegen. Ihr Gesicht war blutig und verschwollen gewesen – doch urplötzlich hatte sie die Augen aufgeschlagen und ihm kaum verständlich erklärt, was er tun sollte. Mit einem feuchten Tuch hatte er ihr das Blut abgewischt.

Felissia hatte sich nie an die Behörden gewandt. »Weil ich Tresham trotz allem liebe. Egal, in welche Gesetzwidrigkeiten dein Vater verwickelt ist.« Alaska bildete sich ein, wieder ihre leise Stimme zu hören. Ruckartig löste er sich aus der Erstarrung und wandte sich um.

Er hatte seine Mutter jahrelang nicht gesehen. Das letzte Hyperkomgespräch lag schon mehr als vier Jahre zurück. Felissia hatte zu der Zeit auf Olymp gelebt, aber dort war sie nicht mehr auffindbar. Allen Meldevorschriften zum Trotz fiel es nicht schwer, in der Milchstraße unterzutauchen.

Ebenso leicht war es, wie aus dem Nichts heraus zurückzukehren. Als wäre es gestern gewesen, entsann sich Alaska des Tages, an dem sein Vater wieder in der Tür stand, äußerlich um Jahrzehnte gealtert und ohne einen Soli in der Tasche. Er entsann sich des erregten Disputs seiner Eltern nahezu wörtlich und sah noch heute Mutters Tränen.

Tresham war nur mehr ein Schatten seiner selbst gewesen. Er hatte für seine Verfehlungen teuer bezahlt, aber vielleicht gerade deshalb nie über die Gründe seines Weggehens gesprochen. Das Thema war krampfhaft vermieden worden.

Alaska, zwölf Jahre alt, hatte das Bemühen seiner Eltern durchschaut, ihm eine heile Welt vorzuspielen, die es in Wahrheit nicht gab. Er hatte darunter gelitten und noch vor seinem dreizehnten Geburtstag endgültig alles in Frage gestellt. Was war das schon für eine Welt, die sich für ihn auf einen einzigen Stadtteil in Terrania reduzierte, angefüllt mit dem Mief der Gleichgültigkeit und satter und verlogener Selbstzufriedenheit?

In den Nachrichtensendungen glänzte Terrania City als futuristische Metropole – neben Arkon, Olymp und einigen anderen Welten eines der Milchstraßenzentren überhaupt. Für ihn hingegen war die Stadt ein Moloch abstruser Hochhäuser, zwischen die sich die Sonne nur an wenigen Stunden am Tag verirrte. Die Waldregion im Osten bildete die Grenze zu einer anderen Welt, und erst kilometerweit jenseits der grünen Lunge pulsierte das wirkliche Leben, starteten und landeten Raumschiffe in ununterbrochener Folge.

Die Wohnung im 85. Stockwerk hatte über einen einzigen Vorteil verfügt: Sobald die Sonne im Zenit stand, tauchten die oberen Polrundungen der Kugelraumer aus dem Dunst auf. Der Handelsraumhafen Point Surfat lag mehr als sechzig Kilometer entfernt. Früher hatte Vater dort gearbeitet, inzwischen nicht mehr. Tresham kam und ging, wann es ihm beliebte, und das einzige Mal, als Alaska in den Dateien der Heimpositronik herauszufinden versucht hatte, was sein Vater wirklich tat, war er prompt ertappt worden.

»… lass die Finger von meiner Arbeit!«, hatte Vater getobt. »Wenn ich dich noch einmal dabei ertappe, dass du in meinen Daten schnüffelst …« Wäre Mutter ihm nicht in den Arm gefallen, hätte Tresham damals schon zugeschlagen.

»Ich wüsste ebenfalls gerne, was du arbeitest.« Der Vorwurf in Felissias Stimme war unüberhörbar gewesen. »Jahrelange Angst, Tresham, lässt sich nicht einfach vergessen. Trotzdem gab ich nie die Hoffnung auf, es könnte eines Tages wieder besser werden. Wenn du erneut in ungesetzliche Machenschaften …«

»Das ist es nicht.«

»Was dann? Ich war verrückt genug, auf dich zu warten. Inzwischen ist meine Geduld erschöpft. Ich will nicht die besten Jahre meines Lebens vergeuden, weil ich einem Phantom nachtrauere. Du hast dich zu sehr verändert, Tresham.«

»Über das Geld, das dir jeden Monat überwiesen wurde, beklagst du dich nicht? Du konntest die Wohnung behalten und den Lebensstandard. Von einer gehobenen Ausbildung für Alaska ganz zu schweigen.«

»Geld. Ist das alles, was für dich zählt? Seit das Olympische Sozialgesetz erlassen wurde, höre ich nichts anderes mehr. Ein Produktionsbetrieb nach dem anderen wird vollrobotisiert, und die Arbeiter erhalten Abfindungen dafür, dass sie ihren Lebensinhalt verkaufen. Rhodan und das Parlament werden die Herausforderung zweifellos meistern – aber ich fühle mich ebenfalls verkauft, Tresham. Von *dir* verraten und verkauft.«

»Unsinn!« Heftig hatte er abgewehrt.

»Dann sag mir, was ich glauben soll.«

»Ich kann es nicht, Felissia.«

Dieses *Ich kann es nicht* hatte in dem zwölfjährigen Alaska nachgehallt wie das Dröhnen einer angeschlagenen Glocke. Es hatte sein Denken überlagert und ihn in die Isolation einer Traumwelt getrieben, während er sich nach außen mit einem Panzer aus Schroffheit geschützt hatte.

Die Augen weit aufgerissen, stierte Alaska Saedelaere blicklos nach draußen. In einiger Distanz erhoben sich zwei hell erleuchtete Klinikkuppeln vor der Silhouette des aufgehenden Saturn. Das Bild wirkte unscharf und verzerrt, weil ihm die Augen übergingen.

Mehrmals schlug er mit der Stirn an die Scheibe. Doch die Erinnerung, die ihm nach all den Jahren noch zu schaffen machte, ließ sich nicht vertreiben.

Neue Szenen tauchten in sein Bewusstsein empor. Sie nährten das beklemmende Gefühl, selbst verantwortlich zu sein. Er hatte vieles falsch gemacht – und wenn er sich nur zur falschen Zeit am falschen Ort befunden hatte.

Gedankenfetzen entstanden neu:

Die STARDUST Memorial School galt als eine der führenden Ausbildungsstätten Terranias, ihre technischen und naturwissenschaftlichen Labors standen denen der Universitäten kaum nach. Entsprechend hoch wurde der hauseigene Ehrenkodex geschätzt; dass sich zwei Kollegiaten prügelten, war schlechterdings undenkbar. Dennoch begann Alaska aus eher nichtigem Anlass heraus zwei Tage nach einem Streit seiner Eltern eine Schlägerei mit einem Mitschüler. Erst eine Lehrkraft trennte die Streithähne.

»… säubert euch – und in zehn Minuten will ich euch friedfertig in der Vorlesung sehen. Ich hoffe, wir haben uns verstanden.«

Alaska suchte zwar den Waschraum auf, verließ aber danach die Schule. Er benutzte die Schwebebahn, stieg einen Knotenpunkt eher als üblich aus und ließ sich von einem Antigravlift in die Höhe tragen. Von der Dachterrasse des Crest-Einkaufszentrums aus konnte er die noch kilometerweit entfernten, sternförmig angelegten Wohnsilos sehen, die ihm in dem Moment so kalt und leblos wie ineinander greifende Zahnräder erschienen, aber auch fern am Horizont die Silhouette des Lärmschutzwalls, der den Handelsraumhafen stadtwärts abgrenzte.

Alaska wechselte in einen der transparenten Tunnel über. Sein Blick schweifte über das Gewirr von Gleitbändern, Rohrbahnen und Schwebekabinen, ohne dass er recht registrierte, was er sah.

Erst der Schatten eines schweren Lastengleiters schreckte ihn auf. Für einen bangen Moment befürchtete er einen Aufprall, einen gewaltigen Feuerball, in dem alles explodieren und in die Tiefe stürzen würde, aber die Sicherheitssysteme lenkten den Gleiter rechtzeitig um.

In rascher Folge wechselte er zwischen Tunneln, Gleitbändern und Schwebestraßen. Die letzten Kilometer stadtauswärts legte er sogar zu Fuß zurück. Die Peripherie von Happytown war eine gewaltige Baustelle. So, wie sich das Solare Imperium immer tiefer in die Milchstraße hinein ausdehnte, wuchs auch Terrania nach allen Richtungen. Die Metropole fraß dabei die Parks und Waldflächen aus der Gründerzeit, Flüsse wie der Sirius River wurden kurzerhand überbaut.

Roboter zogen atemberaubende Stahlskelette in die Höhe, während ein Heer von Lastenplattformen und stationäre Transmitter den Materialnachschub besorgten. Eines Tages, hieß es, würde der Großraum Terrania über einhundert Millionen Menschen und nichtmenschlichen Intelligenzen Wohnraum, Unterhalt und vielfältigste Freizeitmöglichkeiten bieten. Dann würde die ehemalige Wüste Gobi das Zentrum einer multinationalen Gemeinschaft erster Güte sein.

Keinen Gedanken verschwendete Alaska an den nächsten Tag, nicht einmal an die kommende Stunde. Zum ersten Mal seit langem begann er sich wirklich frei zu fühlen, weder eingeengt von den Zwängen der STARDUST Memorial School noch erdrückt von der Masse der Wohnsilos, die längst eine Stadt für sich bildeten.

Jahrelang hatte er sich danach gesehnt, seinen Vater wiederzusehen. Aber seit Treshams Rückkehr war nichts mehr erstrebenswert. Sie provozierten sich gegenseitig.

»Ich bin kein perfekter Sohn.« Wie eine Verwünschung zerbiss der Zwölfjährige den Satz zwischen den Zähnen. »Du verlangst das von mir, weil du selbst ganz anders bist.« Blinzelnd schaute er hinüber zu einem hohen Torbogentransmitter, der in schier endloser Folge meterdicke Träger aus Terkonitstahl ausspie, die von Robotern abtransportiert wurden.

Das Prinzip der Ent- und Rematerialisation kannte er aus dem Physikunterricht. Trotzdem fragte sich Alaska, welche Vorgänge im übergeordneten Hyperraum abliefen – der fünfdimensionale Bereich musste weit mehr sein als nur ein Trägermedium für die Überlistung der Lichtgeschwindigkeit.

Mit den Fingerknöcheln wischte er sich die Feuchtigkeit aus den Augenwinkeln. Er hasste Tränen, die ihm die eigene Hilflosigkeit aufzeigten. Wegen Tresham wollte er schon gar nicht weinen. *Bring erst dein eigenes Leben in Ordnung!*, dachte er bitter.

Alaska verfiel in Laufschritt und begann schließlich zu rennen. Er lief vor sich selbst davon. Bis er atemlos innehielt.

Zwei Space-Jets glitten in geringer Höhe dahin. Schnaufend schaute Alaska den diskusförmigen Kleinraumschiffen nach, die in wenigen Kilometern Entfernung zur Landung ansetzten.

Das ursprünglich dicht bewachsene Gelände war bis auf einen schmalen Waldstreifen gerodet worden. Er fragte sich, weshalb die Space-Jets auf der anderen Seite niedergegangen waren. Dort gab es keine Bebauung, und die Hauptverkehrsader zum Handelsraumhafen verlief ohnehin weit entfernt.

Wollte er die Erde wirklich als blinder Passagier an Bord eines Raumschiffs verlassen? Er wusste, dass das nicht klappen konnte, dass seine Vorstellung nur träumerische Schwärmerei war. Andererseits erleichterte sie ihm manches. Es dauerte noch viel zu lange, bis er über sein Leben selbst bestimmen konnte.

Ich brauche dich nicht, Vater, dachte Alaska bitter. *Nicht mehr. Die Zeit, in der mir deine Nähe wichtig gewesen wäre, ist vorbei.*

Ein metallisches Dröhnen hallte ihm entgegen. Es hielt seine Neugierde wach. Alaska hastete weiter. Trockene Äste zerbrachen unter seinen Füßen, und er erreichte den jenseitigen Waldrand schneller als erwartet.

Ein hoher Zaun versperrte die Sicht, ein Konglomerat aus Betonmauern, dichtester Bepflanzung und in den Boden gerammten deformierten Stahlplatten. Der Stahl hatte denselben bläulichen Schimmer wie terranische Raumschiffe.

Es roch nach Ozon, nach Öl und Chemikalien …

Benommen schreckte Alaska aus seinem Wachtraum auf. Vorübergehend hätte er nicht zu sagen vermocht, wo er sich befand, denn die Erinnerung wirkte immer noch nach. Erst nach einigen tiefen Atemzügen entsann er sich, dass Terrania für ihn längst der Vergangenheit angehörte. Zäh und verbissen hatte er sich als Techniker hochgearbeitet, um eines Tages sagen zu können, dass er es aus eigener Kraft geschafft hatte. Aber das alles zählte nicht mehr.

Warum ich?, hämmerte es unter seiner Schädeldecke. *Was wäre geschehen, hätte ich zehn Sekunden mit dem Transmitterdurchgang gewartet? – Lächerliche zehn Sekunden.*

»Ich bringe Ihr Essen, Mr. Saedelaere.« Die Roboterstimme erinnerte ihn daran, dass er vom Geräusch des aufgleitenden Schotts aufgeschreckt worden war.

Nach wie vor presste er die Stirn ans Fenster. Wie viel Zeit mochte vergangen sein? Einige Minuten, kaum mehr. Das Feuer in seinem Gesicht brannte unvermindert heiß.

»Was willst du noch?«, herrschte er den Roboter an, ohne sich umzuwenden. »Ich habe nicht um Unterhaltung gebeten.«

»Ihr Befinden, Sir …«

»Mir geht es gut.« Viel zu hastig stieß er den Satz hervor. »Ich will nur endlich sehen, was aus meinem Gesicht geworden ist.«

»Fühlen Sie sich wirklich wohl?«

»Ich habe ein Recht darauf«, beharrte Alaska. »Und nun verschwinde!«

Erst Minuten später wandte er sich um. Er schnitt ein Stück vom Braten ab und kaute lustlos darauf herum, während er das Messer abschätzend in der Hand wog und schließlich in die Höhe hielt. Doch in der Klinge spiegelte sich nicht mehr als das orangerote Flackern, das er längst kannte.

Saedelaere aß langsam. Dabei starrte er das Messer an, als könne es alle Probleme lösen.

Die Menschen würden ihn fürchten. Das wusste er. Selbst in einer Zeit, in der niemand vor andersartigem Leben erschreckte, in der Echsenwesen fast ebenso selbstverständlich zum Straßenbild gehörten wie löwenmähnige Gurrads oder die zwei Meter großen, feingliedrigen Perlians mit ihren fast transparenten Körpern und dem rot leuchtenden Zeitauge auf der Stirn, selbst in einer solchen Zeit musste er mit seinem durch den Transmitterunfall veränderten Gesicht als missgestaltet und gefährlich gelten. Alaska ahnte, dass bald nur noch Maschinen um ihn sein würden.

Ist das wirklich so schlimm?

Nachdenklich zerbröselte er einen Vitamin-Mineralstoff-Keks zwischen den Fingern. »Roboter«, murmelte er gedehnt, »waren schon immer die besseren Menschen.«

Er hatte diese Erfahrung gemacht. Wenn er es recht bedachte, war sie der Anlass für seinen Entschluss gewesen, Techniker zu werden. Alaska Saedelaere versteifte sich. Er schob das Tablett von sich und schloss die Augen. Sein Kopf sank vornüber auf die Brust, so spürte er das Zucken im Gesicht am wenigsten.

Er flüchtete sich in die Erinnerung.

Zögernd tastete der Junge über die Stahlplatten, die ihm die Sicht versperrten. Sein Herz pochte bis zum Hals. Das war Terkonitstahl aus dem Raumschiffsbau. Aber die Oberfläche, so glatt sie zu sein schien, fühlte sich rau an. Deutlich registrierte Alaska millimeterfeine Vertiefungen, die willkürlich das Material zerfurchten.

Kosmischer Staub und Mikrometeoriten hinterließen ihre Spuren, sobald Raumschiffe ohne Schutzschirme flogen. Das war wie eine Patina, die den Hauch der Unendlichkeit fühlbar machte. Alaska lächelte, als er mit den Fingernägeln einige Rillen nachfuhr.

Zu welchem Raumschiff hatten diese Platten gehört? Die möglichen Namen waren Legion, und jeder Raumer bedeutete ein kleines Puzzleteil in der Geschichte der Menschheit. Vielleicht war der Zaun am Stadtrand von Terrania die letzte Ruhestätte eines Ultraschlachtschiffs von OLD MAN. Fast eintausend Jahre alte Bildaufzeichnungen der gigantischen Trägerkuppel hatten Alaska im Geschichtsunterricht fasziniert. OLD MAN, das Geschenk einer Hand voll im Kampf gegen die Meister der Insel tief in die Vergangenheit geratener Menschen für die Menschheit. An ihre Namen erinnerte er sich nicht mehr, wohl aber an ihre gewaltige technische Leistung. Über einen Zeitraum von zweiundfünfzigtausend Jahren hinweg waren OLD MAN und seine fünfzehntausend Ultraschlachtschiffe der GALAXIS-Klasse erbaut worden – doch eine Fehlschaltung hatte sie zu spät im terranischen Einflussbereich erscheinen lassen.

Hüfthohes Gras und verfilztes Gestrüpp auf dieser Seite der Platten verrieten Alaska, dass der Zaun seit Jahren stand. Unablässig eine Hand am Stahl, stapfte er weiter.

Die Betonsegmente zeigten das Alter deutlicher. Teilweise lag die Armierung bloß, und Flechten und kleinere Pflanzen beschleunigten den Verfall. Dennoch fand Alaska keine Stelle zum Hinüberklettern. Erst einige hundert Meter weiter, zwischen dornenbewehrten Hecken, gab es einen Durchgang.

Dass er sich die Haut aufriss, beachtete er kaum. Der Schrottplatz, auf den er geriet, faszinierte ihn vom ersten Moment an. Kilometerweit erstreckte sich das Gelände in alle Richtungen. Schier endlos ragten Stapel von Stahlplatten am Zaun entlang auf. Der Platz zwischen ihnen reichte gerade aus, Lastengleiter passieren zu lassen. Allerdings schien lange niemand mehr in diesem Abschnitt gearbeitet zu haben. Unkraut wucherte überall.

Alaska verfiel in einen gleichmäßigen Laufschritt. Er achtete weder auf die Vögel, die krächzend vor ihm aufstiegen, noch auf die Eidechsen, die fluchtartig ihre Plätze in den letzten Sonnenstrahlen verließen.

Unter einem Stapel hatte der Boden nachgegeben, die Platten waren verrutscht und blockierten den Durchgang. Alaska kletterte an den gut vierzig Zentimeter dicken Segmenten in die Höhe. Zum ersten Mal wurde ihm bewusst, dass die Nacht bald hereinbrach. In der beginnenden Dämmerung war das Areal schon nicht mehr zu überblicken.

Viele Kilometer entfernt geisterten Scheinwerfer über die Stahlwüste. Dort starteten soeben die beiden Space-Jets. Lautlos stiegen die Diskusschiffe in den Himmel und drehten Richtung Raumhafen ab.

Die Schatten wuchsen schnell.

Das Herz schlug Alaska bis zum Hals, als er eine halb abgewrackte Space-Jet entdeckte. In seiner Phantasie gewannen die absonderlichsten Visionen Gestalt, aber wahrscheinlich waren die Kuppel und die Zentrale darunter einfach demontiert worden. Andererseits bedeutete das Unterschiff einen willkommenen Unterschlupf für die Nacht.

Die Sonne war schon untergegangen, als Alaska das Wrack erreichte. Richtig dunkel wurde es nicht, aber der nahe Wald ragte als schwarze Silhouette auf. Dahinter gloste das Lichtermeer der Stadt, deren bunte Strahlenfinger und Werbeholos weit in den Himmel griffen.

In der entgegengesetzten Richtung markierte flackernde Helligkeit den Standort des Raumhafens. Sterne zogen mit beachtlicher Geschwindigkeit über das Firmament und setzten zur Landung an.

Der Eindruck war überwältigend. Ergriffen nahm Alaska das Bild in sich auf, das so ganz anders war als im Hochhausdschungel Terranias. Zum ersten Mal fühlte er sich wirklich wohl. Er wollte an nichts anderes mehr denken als an die ungeheure Weite da draußen, wollte die Stille genießen, die seine Sehnsucht weckte. Trotzdem schwang er sich nach wenigen Minuten in die offen stehende Bodenschleuse des Wracks. Die Space-Jet stand auf halb ausgefahrenen Teleskoplandestützen, als warte sie darauf, bald wieder zu starten.

Schwaches Streulicht tauchte den Laderaum in ein Halbdunkel, in dem menschliche Schatten hin und her eilten. Erst ein heftiges Blinzeln vertrieb die Schemen.

Alaska drehte sich einmal um sich selbst. Er war allein. Die Schatten stammten vom zentralen Antigravlift, der üblicherweise bis in die Zentrale führte, längst aber ohne Energieversorgung war und auf Ringwulsthöhe im Freien endete. Ein Streifen fahler Helligkeit fiel von oben herein.

Der Laderaum, in dem er sich befand und der Platz für zwei Flugpanzer, Kleinfahrzeuge oder Roboter bot, war leer. Knapp acht Meter hoch war das untere Ladedeck, mehrere Aufgänge führten zur umlaufenden Galerie empor. In ihr verbargen sich die Sprungfeldgeneratoren des Transitionsantriebs in Form eines massigen Ringaggregats, ebenso Teile der Zuleitungen vom Impulstriebwerk zu den Ringwulstdüsen. Das war die platzsparendste Bauweise für eine Space-Jet.

Alaska schwitzte, wischte sich immer wieder mit einem Arm übers Gesicht. Seine Anspannung wuchs. Im vergangenen Jahr hatte er sein Geld für Dutzende Datenspeicher über Raumfahrttechnik ausgegeben und war damit bei seiner Mutter auf pures Unverständnis gestoßen. Weil die Themen ohne hyperphysikalische Kenntnisse schwer verständlich blieben. Inzwischen kannte er Tabellen und Wirkungsweisen auswendig. Wichtiger als das waren ihm jedoch die holografischen Funktionen, die über ein Headset virtuelle Spaziergänge durch nahezu alle Schiffssektoren erlaubten.

Die technischen Daten eines halben Dutzend Space-Jet-Typen hätte Alaska vorwärts und rückwärts aufsagen können. Der Prototyp des Modells, in dessen Laderaum er stand, war im Jahr 2435 konstruiert worden, zu einem Zeitpunkt also, als die Magellanschen Wolken im Brennpunkt der Geschichte gestanden hatten. Dass seither wenig Veränderungen vorgenommen worden waren, zeugte für Robustheit und Zuverlässigkeit des 30-Meter-Diskusschiffs.

Alaska stieg zur Galerie hinauf. Für einen Augenblick ließen ihn seltsame Geräusche innehalten, aber wahrscheinlich hatte er nur eine große Eidechse aufgeschreckt.

Viele der entlang der Außenwand installierten Kontrollgeräte und den Waring-Konvertern zuzurechnenden Aggregate waren ausgebaut worden. Bedauernd ließ der Zwölfjährige seinen Blick über die gekappten Anschlüsse huschen.

Dann erstarrte er.

Da war ein rotes Glühen, sechs oder sieben Meter entfernt. Aus den Augenwinkeln heraus nahm er es wahr.

Alaska wagte kaum zu atmen. »Ist da jemand?«

Er verwünschte das Zittern in seiner Stimme. Die wildesten Vermutungen sprangen ihn an. Was, wenn ausgerechnet in diesem Wrack eine Kreatur von den Sternen hauste? Die Video-Programme zeigten täglich Dutzende Filme, in denen solche Gefahren heraufbeschworen wurden; der Vorrat der Filmemacher an Schreckensbotschaften musste unerschöpflich sein.

Unwillig schüttelte Alaska den Kopf. Über das Alter, in dem er Filmproduktionen für bare Münze nahm, war er längst hinaus.

Nichts regte sich.

Alaska bedauerte, keine Handlampe dabeizuhaben. Flüchtig dachte er an seine Eltern; es war das erste Mal, dass er ohne Ankündigung länger ausblieb.

Vor ihm wurde die Düsternis bedrohlicher. In der Wand gab es eine Nische oder gar einen engen Gang nach außen. Die Holoprogramme sagten über solche Modifikationen wenig aus. Etwas zaghafter als zuvor trat Alaska auf den Rücksprung zu und starrte aus weit aufgerissenen Augen in die Düsternis. Aber vor ihm gab es keine Kontrollskalen oder Ähnliches, abgesehen davon, dass das Wrack ohnehin ohne Energie war.

Die Nische maß kaum mehr als drei Meter. Sie endete vor der Außenwand. Armdicke Kabelstränge hingen herab, ihre Schnittstellen schimmerten metallisch blank. Doch nicht das erschreckte Alaska und entlockte ihm einen heiseren Aufschrei.

In der Nische lag ein verstümmelter Leichnam. Beide Beine waren am Oberschenkel abgetrennt, der linke Arm im Ellenbogengelenk. Schlaff hing die einfache Bordkombi von der Schulter herab.

Offensichtlich hatte ein Strahlschuss den Schädel des Toten verbrannt. Alaska schluckte krampfhaft und begann, seine Nasenwurzel zu massieren. Der Anblick der verkohlten Haut und des zu einer schwarzen Masse zusammengebackenen Haares bereitete ihm Übelkeit. In dem Moment öffnete der Tote die Augen.

Alaska prallte zurück, fing sich aber sofort wieder. Die roten Augen waren weder menschlich, noch gehörten sie einem Arkoniden. Ihr Glimmen verriet die Sehzellen eines Roboters, dessen Äußeres wegen des Bioplast-Überzugs nicht sofort als künstlich zu erkennen war.

»Du hast mich erschreckt«, stieß Alaska hervor.

Der Roboter verzog den entstellten Mund zu einer Grimasse. Die Stimm-Membran produzierte ein kaum verständliches Krächzen. Erst nach mehreren Versuchen wurden deutliche Worte daraus.

»Das ... wollte ich ... nicht. Mein Name ... ist Torras.«

»Nenn mich Alaska«, sagte der Junge und fügte etwas gefasster hinzu: »Warum bist du hier?«

»Ich warte.«

»Hm. Warten, worauf?«

»Dass meine Datenspeicher gelöscht und meine noch funktionsfähigen Bauteile einer besseren Verwendung zugeführt werden.«

»Du meinst«, Alaska schürzte die Lippen und kniff die Brauen zusammen, »du wartest auf den Tod?«

»Auf eine sinnvolle Weiternutzung.«

»Das macht dir gar nichts aus? Zu warten, meine ich. Seit wann ...«

»... ich hier liege, willst du wissen? Siebzehn Monate, acht Tage und neun Stunden Standardzeit.«

»So genau wollte ich es gar nicht.« Der Junge winkte ab. »Du gehörst zu dieser ... zu diesem Wrack?«

»Ja.«

Immer noch fiel es Alaska schwer, den verstümmelten Roboter anzuschauen. Torras wirkte zu menschlich. Andererseits spürte Saedelaere, dass sich der Roboter in einer bedeutend schlechteren Verfassung befand als er selbst.

Unsinn, redete er sich ein. *Roboter kennen keine Emotionen. Ihm ist es egal, ob er ein Jahr hier liegt oder zehn. Seine Verstümmelung spielt ebenfalls keine Rolle.*

»Was ist mit dir geschehen?«, platzte Alaska dennoch heraus. Er war selbst überrascht, dass er mehr wissen wollte. Das Schicksal des Roboters interessierte ihn.

»Nichts von Bedeutung«, schnarrte Torras.

Alaska zuckte mit den Achseln. Dann wandte er sich zögernd zum Gehen.

»Im Gegensatz zu mir gehörst du nicht an Bord«, erklang es hinter ihm. »Wohin gehst du, Alaska?«

»Ich weiß nicht.« Der Junge blieb nach zwei Schritten schon wieder stehen. »Und vielleicht will ich ebenso wenig wie du wissen, was geschieht. Dieses Wrack wird irgendwann verschrottet.«

»Die SJ-EX-847 war ein stolzes Schiff.«

Alaska reagierte verblüfft. Um seine Mundwinkel zuckte es verhalten. Urplötzlich glaubte er den Hauch des Weltraums zu spüren, unbekannter Welten und endloser Weite. »... das Beiboot eines Explorers?«, fragte er staunend. »Wirklich eines der Schiffe, die neues Gebiet erforschen?«

»Ich war für die Wartung der Beiboote zuständig«, antwortete der Roboter.

In Alaskas Blick mischten sich Bewunderung und Mitleid. »Wieso trägst du einen richtigen Namen? Ich dachte, Roboter werden mit Nummern bezeichnet.«

»Torras ...« Der Roboter schien dem Klang zu lauschen. »Das Wort entstammt der Sprache eines Volkes von Pflanzenwesen. Übersetzt bedeutet es soviel wie *Der Sorgsame, der die Wurzeln zu behüten weiß.*«

»Die Pflanzen gaben dir den Namen?« Alaskas Neugierde wuchs mit jedem Satz.

»Staatsmarschall Bull nannte mich so.«

»Reginald Bull?«, platzte Alaska heraus. »Du bist dem Aktivatorträger Bull begegnet?«

»Er war Kommandant der EX-847 für elf Monate Standardzeit.«

»Mann«, staunte der Junge endgültig. »Das musst du mir erzählen!« Er stockte. »Ich meine, Torras, wenn du nichts anderes ...«

Der Roboter produzierte das Äquivalent eines menschlichen Lachens. Es klang fürchterlich blechern – und irgendwie traurig. Aber darauf achtete Alaska nicht.

»Ich habe nichts anderes zu tun«, schnarrte Torras. »Wenn dich mein Aussehen nicht stört, setze dich zu mir.«

Immer noch vermied Alaska, direkt in das entstellte Gesicht zu schauen. Das rote Glühen der Sehzellen machte es unheimlich.

Zögernd ließ er sich in die Hocke nieder. Zum Greifen nahe lag der Torso neben ihm. Kein Mensch hätte eine solche Verwundung ohne sofortige medizinische Hilfe überlebt, für den Roboter war sie bedeutungslos.

»Was willst du hören, Alaska?«

»Alles über den Explorer.«

Zwischen dem Torso und Saedelaere begann die Luft zu flimmern. Von zunehmenden Reflexen begleitet, stabilisierte sich ein Hologramm.

Winzig klein erschien die schmale Sichel des blauen Planeten. Terra stand nur eine Handbreit über dem schroffen Mondhorizont, eingebettet in die Schwärze des Weltraums. Die kürzer werdende Brennweite ließ erkennen, dass die Aufnahme aus dem Innern einer energetischen Kuppel gemacht wurde. Ein Schwenk erfasste das soeben aus der Tiefe der sublunaren Werft an die Oberfläche emporschwebende Raumschiff.

Für den zwölfjährigen Jungen war das ein atemberaubender Anblick. Die Bilder waren anders als in den Nachrichtensendungen, nicht die kühle, Effekt haschende Darstellung, sondern packender.

Zweihundert Meter durchmaß die Kugel aus Terkonitstahl. Zwölf Teleskoplandestützen hielten das Schiff auf der Plattform des Antigravlifts. EX-847, prangte in riesigen Lettern auf dem Rumpf.

Im nächsten Moment sprang das Bild um, zeigte ein markantes, lächelndes Gesicht. Das rote Stoppelhaar entsprach dem neuesten Modetrend. So jung der Mann auch wirkte, so viel Erfahrung besaß er: Reginald Bull, nicht nur Chef der Explorerflotte, sondern in erster Linie Stellvertreter des Großadministrators Perry Rhodan.

»Ich beneide dich«, entfuhr es Saedelaere. Im nächsten Moment hätte er sich dafür ohrfeigen können, doch der Roboter schien seine Bemerkung gar nicht registriert zu haben. Alaska konzentrierte sich wieder auf die Bildwiedergabe.

Verwirrt blinzelte er in die Düsternis. Alaska benötigte mehrere Augenblicke, um sich bewusst zu werden, wo er sich befand. Die Luft roch würziger als gewohnt, nicht von den Filtern der Umwälzanlagen gereinigt, sondern feucht und schwer vom nächtlichen Regen der Wetterkontrolle. Zugleich war da der Geruch von Stahl und Farben, eine Patina, die High-Tech-Verbindungen anhaftete.

Er war eingeschlafen. Aber wann? Alaskas Gedanken schwirrten wild durcheinander.

Reginald Bull hatte mit der EX-847 ein Gebiet dunkler Materie vermessen, eine Region, in der viele neue Sterne geboren wurden. Der Forschungsflug dieses Schiffes hatte in elf Monaten mehr Daten gesammelt, als die Wissenschaftler in Jahrzehnten aufarbeiten konnten.

Sein Rücken schmerzte. Er lag auf etwas Hartem, das unnachgiebig seine Wirbelsäule stauchte. Mit einer ruckartigen Bewegung wälzte Alaska sich auf die Seite ...

... und spürte im gleichen Moment die schwer auf seiner Schulter liegende Hand, als wolle sie ihn festhalten. Seinem Erschrecken folgte die Erleichterung. »Torras«, murmelte er halblaut, als fürchte er, jemand anders als der Roboter könnte ihn hören, »ich wollte nicht schlafen. Du hast so viel zu erzählen.«

»Die Sonne geht auf, mein Freund«, schnarrte der Torso. »Du wirst mich bald verlassen.«

Der Junge schüttelte den Kopf. »Das werde ich nicht tun.«

»Sei nicht töricht, Alaska. Du hast Menschen, die auf dich warten. Der Schrottplatz ist nicht deine Welt.«

Die Hand, die ihn eben noch festgehalten hatte, versetzte ihm einen sanften Stoß. Er wollte schon aufbegehren, als er im weichenden Halbdunkel das unstete Flackern der Sehzellen des Roboters bemerkte. »Warum lässt man dich hier liegen wie ein Stück Schrott?«, entfuhr es ihm spontan.

Alaska entsann sich. Torras hatte davon gesprochen, dass er bis zuletzt für die Space-Jet verantwortlich gewesen war. Er hatte das während eines Hypersturms irreparabel beschädigte Beiboot abwracken sollen. Doch beim Ausbau des Waring-Konverters hatten Überschlagsenergien seine Beine und den Arm zerschmolzen, und nach dem Abtransport des Konverters schien das Wrack unwichtig geworden zu sein.

Mit dem ihm verbliebenen Arm stemmte sich der Roboter am Boden ab und richtete sich schräg auf.

»Du willst Techniker werden, Alaska. Dann träume nicht nur davon, sondern mach deinen Wunsch wahr. Du darfst nicht vor dir selbst davonlaufen; entschuldige dich bei deinen Eltern und ...«

»Nicht bei meinem Vater!«

»Er meint es bestimmt gut mit dir. Wäre er sonst nach so vielen Jahren zurückgekommen?«

»Das verstehst du nicht.«

»Warum hast du mir dann davon erzählt?« Die Stimme des Roboters klang zunehmend kratziger, auch legte er merkliche Pausen ein.

»Ich weiß es selbst nicht«, gestand der Junge irritiert.

»Vielleicht, weil du mich magst.«

»Du bist ein Roboter«, brachte Alaska überrascht hervor. »Deine Funktionen sind rein mathematisch.«

»Wer behauptet das?«

Alaska zögerte. »Das ... ist logisch«, sagte er dann.

»Logik, mein junger Freund, hat ihre eigenen Gesetze. Ich glaube nicht, dass du das heute schon verstehen kannst.«

»In zwei Wochen werde ich dreizehn.«

»Das ist ein Grund mehr für dich, ein normales Leben zu führen.«

»Und worauf wartest du seit Monaten?«, antwortete Alaska mit einer Gegenfrage. »Du hättest dich längst über Funk bemerkbar machen können. Wurde dir kein Selbsterhaltungstrieb einprogrammiert?«

»Die Robotergesetze, eine Wertschätzung der eigenen Existenz und Zusatzprogrammierungen für Explorermissionen.«

Der Junge hatte sich inzwischen mit dem Rücken an die Wand gelehnt, die Beine angezogen und die Arme vor den Knien verschränkt. Nachdenklich betrachtete er den Torso, dessen Arm unkontrolliert zu zucken begann.

»Es ist dunkler, wenn ein Stern erlischt, als wenn er nie geleuchtet hätte«, schnarrte der Roboter.

Alaska schürzte die Lippen. Der Satz gefiel ihm.

»Wer sagt das?«, wollte er nach einer Weile wissen.

»Der Ausspruch stammt von Staatsmarschall Bull. Während unserer ... gemeinsamen Mission ...« Mehrmals verstummte Torras mitten im Satz. »Geh jetzt!«, herrschte er den Jungen übergangslos an. »Hier kannst du nicht bleiben.«

»Das ist nicht wahr«, begehrte Alaska auf. »Sag, dass das nicht wahr ist. Ich glaube es einfach nicht.«

Er erhielt keine Antwort. Sekunden später bemerkte er, dass das Glimmen der Sehzellen nahezu erloschen war. »Was ist los mit dir?« Er warf sich herum, umfasste den Robotertorso mit beiden Händen und rüttelte ihn. »Verlass mich nicht, Torras, nicht du auch noch. Ich weiß nicht, wohin ich gehen ...«

»Doch, du weißt es. – Ich schalte mich ... jetzt ab. ... Energiereserven schwinden ... Hologramm hat zu viel ... verbraucht.«

Alaska biss sich die Unterlippe blutig. Eine kleine Ewigkeit lang versuchte er, den Torso irgendwie wieder in Funktion zu setzen, aber er schaffte es nicht. Inzwischen war es hell geworden und Lärm fraß sich in seine Einsamkeit.

»Es ist dunkler, wenn ein Stern erlischt, als wenn er nie geleuchtet hätte«, murmelte Alaska im Selbstgespräch. Der Satz gefiel ihm sehr, er würde ihn sich merken.

Der Lärm kam näher, und irgendwann ertrug der Junge die Ungewissheit nicht mehr. Von der Schleuse aus sah er mehrere Antigravkräne die Plattenstapel abtragen und auf Lastengleiter verladen. Bei gleich bleibendem Arbeitstempo würden sie bis zum späten Nachmittag das Wrack erreicht haben.

Alaska schaute zurück auf den reglosen Torso. »Torras«, versuchte er es noch einmal, »sie werden dich einschmelzen ...«

Ein Lastengleiter kam näher.

»Du hast sie gerufen!«, schrie Alaska in jäher Erkenntnis auf. »Warum hast du das getan?«

Sekunden später, der Roboter würde ihm nie mehr antworten, sprang Alaska aus der Ladeluke ins Freie. Er strauchelte und raffte sich auf, während der Gleiter schon zur Landung ansetzte. Blindlings rannte Alaska davon.

»Bleib stehen, Junge!«, erklang eine befehlsgewohnte Stimme hinter ihm. »Hörst du nicht?«

Er hetzte weiter. Turbinengeräusche folgten ihm in geringer Höhe, sie kamen näher und zogen vorbei, als er sich in die Lücke zwischen zwei unregelmäßigen Schrottstapeln zwängte.

Aus der Deckung heraus konnte er schon den Zaun sehen. Dennoch zögerte er. Es war ruhig geworden in unmittelbarer Nähe, nur aus der Distanz klang das Kreischen von Stahl herüber.

Nach wenigen Minuten konnte Alaska nicht mehr untätig bleiben. Er stieß sich ab, hastete erneut durch hohes Gras und achtete nicht auf die dürren Zweige, die ihm ins Gesicht peitschten. Urplötzlich war der Gleiter, eher eine überbreite Lastenplattform, vor ihm. Alaska schlug Haken wie ein Hase und hatte Glück. Bis der Pilot das sperrige Gefährt landete, hatte er den Durchschlupf im Zaun fast erreicht.

Alaska Saedelaere tauchte ein in das Dickicht – und war hindurch, bevor sein Verfolger richtig verstand, was geschah. Er hielt erst inne, als das Herz rasend gegen die Rippen hämmerte und ihm beinahe schwarz vor Augen wurde. Ausgepumpt ließ er sich an einem knorrigen Baum zu Boden sinken.

Nach einer Viertelstunde kauerte er immer noch auf dem Waldboden. Nur einen Steinwurf entfernt entdeckte er einen kleinen Teich. Wer immer die Wasserfläche angelegt hatte, kümmerte sich nicht mehr um ihre Pflege. Das Ufer verwilderte – und auf dem gewölbten hölzernen Steg, der über den Teich führte, sammelte sich dürres Laub.

Den morschen, von Pflanzen überwucherten Zaun bemerkte Alaska erst aus der Nähe. Unmittelbar dahinter, so platziert, dass die Lichtung ungehinderten Sonneneinfall ermöglichte, hatte jemand vor Jahren Gemüsebeete angelegt. Mittlerweile wucherte alles Mögliche darauf.

Der Junge bückte sich nach einer knallbunt bedruckten Folie und drehte sie unschlüssig zwischen den Fingern. Es handelte sich um eine handflächengroße Tüte. *1a Karottensamen*, lautete der Aufdruck. *Sorte Ilt-Träume. Gelbe Riesen, genetisch unbehandelt.*

Alaska schüttelte den restlichen Tüteninhalt in seine hohle Hand. Einige vertrocknete Samenkörner fielen noch heraus. Es gab keinen Datumsaufdruck auf der Verpackung.

»Ilt-Träume …«, murmelte Alaska gedankenversunken. Da war die aberwitzige Vorstellung, dass der Mausbiber Gucky den Teich und die Beete angelegt haben mochte und gleich mit einem Teleportersprung materialisieren würde. Gucky persönlich zu kennen wäre das Megaereignis überhaupt gewesen.

Aber der Ilt hatte es nicht nötig, im Verborgenen Karotten zu pflanzen. Der Garten seines Bungalows am Goshun-See war ausreichend groß.

Wenn nicht Gucky, wer dann? Alaska ging in Gedanken alle Möglichkeiten durch:

Bull? Es gehörte zu den amüsanten Anekdoten, dass der Staatsmarschall auf seinem eigenen Grundstück Mohrrüben anbaute, aber Gucky sie erntete. Inwieweit sich Dichtung und Wahrheit vermischten, wussten wohl nur die Betroffenen selbst.

Vielleicht kam einer der Mutanten als Teich- und Gartenbesitzer in Frage. Ein Teleporter möglicherweise. Also Ras Tschubai?

Die Tagträume eines Jugendlichen waren das. Alaska zuckte mit den Achseln. Es war ihm egal. Zumindest redete er es sich ein.

Achtlos ließ er das Samentütchen fallen, als aus der Ferne das Tosen im Alarmstart abhebender Raumschiffe heranrollte.

Mit einem kräftigen Tritt testete Alaska den Steg. Das Holz knirschte, hielt aber stand. Trotz der glitschigen Bretter blieb der Junge am höchsten Punkt des Steges stehen, der den Blick in Richtung Raumhafen erlaubte. Ein monströses Gebilde schwebte soeben ein, eine Art Würfel, mit unzähligen Auswüchsen und Aufbauten übersät. Trotz der Distanz schätzte Alaska die Kantenlänge auf gut zwei Kilometer: ein Fragmentraumer der Posbis, jener Roboterzivilisation aus dem intergalaktischen Leerraum, die zu den besten Freunden der Menschheit zählte. Schiffe wie dieses erschienen selten in der Milchstraße.

Alaska wartete wieder – ohne zu wissen, auf was. Für kurze Zeit hatte er geglaubt, die Welt bewegen zu können, nun schweiften seine Gedanken zu Torras zurück. Was der Roboter gesagt hatte, klang im Nachhinein so verdammt plausibel und beinahe schon menschlich.

Es gelang Alaska nicht mehr, seine Gedanken und Gefühle abzuschalten. Während die Sonne höher stieg und sich dem Zenit näherte, ließ er vom Steg aus die Beine baumeln. Das Wasser glitzerte im Sonnenschein wie ein Sternenmeer.

Wenn jeder der kurz aufflammenden Lichtpunkte einer Galaxie vergleichbar war …

… dann lag das Universum zu seinen Füßen.

Eine aberwitzige Vorstellung, durchzuckte es den Jungen. Er schloss die Augen, aber das Glitzern hatte sich schon tief in seine Netzhaut eingebrannt. Jeder Punkt wurde zu einem rotierenden Feuerrad, einer Galaxie mit Hunderten Milliarden Sonnen und noch mehr Planeten, und auf vielen Welten existierte Leben, wenn auch jenseits des Abgrunds von Raum und Zeit in der Mehrzahl für immer unerreichbar.

Alaskas Hände verkrampften sich um den Rand des Stegs.

Noch vor eineinhalb Jahrtausenden, zur Zeit des Aufbruchs in den Weltraum und antiquierter Versuche, unbemannte Sonden zu Venus, Mars und Jupiter zu schießen, hatten die Terraner ihre Einzigartigkeit beschworen. Das erschien ihm wie eine der täglichen Lügengeschichten bei Terravision, für deren Lösung es teure Preise zu gewinnen gab. Die Erde als einziger Planet, der Leben hervorgebracht hatte, war unglaublich, vor allem die ungeheure Verschwendung an Platz, Energie und Zeit. Ein Dozent im ersten Ausbildungsabschnitt hatte den bislang zutreffendsten Vergleich formuliert: »Wenn es nur eine einzige Mikrobe auf der Erde gäbe und sonst keine Spur von Leben, wäre das ungefähr die gleiche Verschwendung – vor allem würde nie geklärt werden, welcher Sinn hinter der Existenz dieser Mikrobe steht.«

Im Gegensatz zu früheren Zeiten kannte heute schon jedes Kind die raumfahrenden Völker. Nicht nur die heimische Milchstraße war ein Tummelplatz intelligenter Lebensformen, auch die benachbarten Galaxien. Wenn es aktuell hieß, es gäbe keinen Raumschiffsantrieb, um jemals mit vertretbarem Aufwand Sterneninseln in einigen hundert Millionen Lichtjahren Entfernung anfliegen zu können, ähnelte das so mancher Behauptung aus der Anfangszeit des Solaren Imperiums, die sich ebenfalls sehr bald als unzutreffend erwiesen hatte.

Alaska blinzelte zwischen halb geschlossenen Lidern hindurch. Die Sonnenspiegelung im Wasser erinnerte ihn an die Deep-field-Aufnahme in seinem Zimmer, die eine weit entfernte Ansammlung Hunderter Galaxien jenseits der Großen Leere zeigte.

Oft dachte er über solche Dinge nach, wenn er nachts nicht schlafen konnte. Es erschien ihm logisch, dass jede Epoche ihre eigenen Lösungen hatte, die dem Vorstellungsvermögen und der wirtschaftlichen Leistungskraft entsprachen. Aus dem Verkehrsmuseum kannte er die bodengebundenen Autos, die durch Gleiter und Transmitter ersetzt worden waren. Vielleicht würde es eines Tages nicht einmal mehr Raumschiffe geben.

Eine Brücke, schoss es ihm durch den Sinn, während er über die Bretter tastete. Als er aufstand und zur anderen Seite des Teiches hinüberging, stellte er sich nur vor, dass das Funkeln unter ihm tatsächlich von fernen Galaxien stammte.

Alaska spürte, dass er abrutschte. Einen Augenblick lang kämpfte er vergeblich um sein Gleichgewicht – dann schlug das Wasser über ihm zusammen.

Die Kälte trieb ihm die Luft aus den Lungen. Panisch begann er um sich zu schlagen und verstrickte sich in dem Geflecht der Wasserpflanzen, die den Teich längst erobert hatten. Mit einem Dutzend Krakenarmen hielten sie ihn zurück.

Alaska trat um sich, spürte endlich Schlamm unter den Füßen und stieß sich ab. Pflanzenstrünke zerrissen, als er gleich darauf die Oberfläche durchbrach und das Wasser von ihm abfloss.

Wie mit Nadeln stach die Kälte ins Fleisch. Alaska Saedelaere fröstelte. Erst als er sich besann, dass es nur eines Kommandos bedurfte, um den Wasserfluss zu beenden, wich die Erinnerung.

Er tastete nach dem Handtuch und vergrub das zuckende Gesicht in dem flauschigen, die Nässe aufsaugenden Stoff. Eine Weile stand er wie zur Statue erstarrt.

Er hatte sich nicht mehr anders zu helfen gewusst, als den Kopf zum wer weiß wievielten Mal unter die Dusche zu halten. Nur hatte er diesmal keine überreizten Nerven abkühlen, sondern die lästige Erinnerung vertreiben müssen. Er floh in die Vergangenheit, die er allerdings ebenso wenig mochte wie die Gegenwart und die ihm keineswegs Erleichterung brachte.

Alaska hängte sich das Handtuch über die Schulter und fuhr mit den Fingerspitzen über sein Gesicht. Dass die Ärzte dem Phänomen ratlos gegenüberstanden, war ihm bedrückend klar geworden. Aber warum glaubten sie, alle Probleme von ihm fern halten zu müssen, und vergaßen die biologischen Selbstheilungskräfte? Dachten sie wirklich nicht daran? Sie brauchten ihm nur einen Spiegel in die Nasszelle zu hängen, und er würde die Veränderung entweder akzeptieren oder wie alle anderen, die sein verändertes Gesicht gesehen hatten, verrückt werden und sterben.

»Verrückt werde ich bestimmt.« Wie einen Fluch zerbiss der Techniker den Satz zwischen den Zähnen.

Er verkrampfte die Hand im Gesicht und drückte mit Daumen und Zeigefinger unter die Wangenknochen. Die Haut war immer noch unnatürlich glatt, das Fleisch darunter pulsierte kaum merklich.

Alaskas Griff wurde fester. Er fügte sich bewusst Schmerzen zu, um endlich vergessen zu können. Genau so hatte Tresham ihn damals gepackt …

Den Gleiter bemerkte er erst, als sich die Maschine schon auf die Lichtung herabsenkte. Es war ein schneller und extrem wendiger Typ, den er erst ein- oder zweimal in Nachrichtensendungen gesehen hatte und der künftig zur Ausrüstung terranischer Sicherheitsbehörden gehören sollte. Offiziell im Einsatz war diese Maschine aber noch nicht.

Alaska hatte am Weiherrand ein Stück weit Unkraut ausgerissen und das Gras niedergetreten. Die Arme hinter dem Kopf verschränkt, lag er in der Sonne und schaute den in großer Höhe treibenden Wolken nach. In Minutenabständen sah er Raumschiffe starten oder landen.

Als der Schatten des Gleiters auf ihn fiel, rollte er sich herum und sprang auf. Warum er nicht an einen Zufall glaubte, hätte er selbst nicht beantworten können. Wahrscheinlich weil er den Gleiter sofort mit Unangenehmem in Verbindung brachte.

Alaska kam keine fünf Meter weit, dann schien sich die Luft in ein zähflüssiges Medium zu verwandeln, das ihm unüberwindbaren Widerstand entgegensetzte. Es war ein aberwitziges Gefühl, gegen eine watteweiche, aber unnachgiebige und unsichtbare Wand zu laufen.

Alaska verlor den Boden unter den Füßen und wurde langsam in die Höhe gezogen. Übelkeit wallte in ihm auf.

Sie fangen mich mit einem Traktorstrahl ein, erkannte er betroffen.

Der Gleiter schwebte über den Baumwipfeln. Alaska war schweißgebadet, als sich das Einstiegsluk öffnete. Ein bärtiges Gesicht grinste ihm entgegen, der Mann packte zu und zog ihn nach innen.

»Tja, mein Junge, das war's dann wohl.«

Die Lippen aufeinander gepresst, sah Alaska sich um. Das Cockpit barg weit weniger technische Spielereien, als er geglaubt hatte.

»Halb Terrania ist deinetwegen in Aufruhr«, fuhr der Bärtige fort.

»Bestimmt nicht.«

»Aber deine Eltern sorgen sich«, begann nun auch der zweite Mann im Pilotensitz.

Der Gleiter schoss mit Wahnsinnswerten in den Himmel und schwenkte um einhundertachzig Grad. Alaska hatte Mühe, seinen rebellierenden Magen zu beruhigen, weil der Blick durch die Frontverglasung die irrwitzige Bewegung erkennen ließ. Instinktiv suchte er nach einem sicheren Halt. Nur die Andruckabsorber verhinderten, dass er herumgeschleudert wurde.

Der Pilot stieß ein amüsiertes Lachen aus. »Kurzer Trip zum Mond gefällig?«

Saedelaere schnappte nach Luft.

»Wohin wolltest du eigentlich?«, fragte der Bärtige.

Mindestens fünfzehn Kilometer hoch flog der Gleiter. Der Blick zwischen Wolkenschleiern hindurch auf die Hauptstadt Terras war atemberaubend. Alaska hob dennoch nur die Schultern.

»Hast du Hunger?«

Ein stummes Kopfschütteln. Vor einer Stunde hatte er seinen letzten Konzentratriegel gegessen. Alaska fragte sich, warum die Männer einfache Kleidung trugen und nicht einmal Rangabzeichen. Er war in dem Moment sogar enttäuscht darüber.

»Durst?«

»Hm.«

Er bekam eine venusische Cola, deren belebende Wirkung sofort einsetzte.

»Wie ... haben Sie mich gefunden?«, brachte er endlich hervor, während der Gleiter in einer weiten Spiralbahn wieder tiefer sank. Es gab wahnsinnig viel zu sehen, was ihm den Atem raubte. Wie die glitzernden Fäden eines Spinnennetzes verwoben Hochbahnen, Gleitbänder und Glastunnel die Stadtteile Terranias miteinander. Die Raumhäfen und gelandeten Schiffe weit entfernt wirkten wie Spielzeuge.

»Gucky, der Retter des Universums, hat dich telepathisch ...«

»Lass das!«, unterbrach der Pilot. »Sonst glaubt Alaska den Unsinn noch.«

»Also gut, Gucky hat uns nicht geholfen. Aber es gibt einige technische Spielereien ...«

»Individualtaster«, unterbrach der Junge. »Ich kenne die Grundzüge der Aufzeichnung von Gehirnwellenmustern, die eine eindeutige Identifizierung ermöglichen. Flottenstützpunkte werden auf die Art abgesichert, Regierungsstellen und was weiß ich noch alles.«

»Hat dir das dein Vater erzählt?«

»Es gibt genug Speicherdaten zu dem Thema«, antwortete Alaska schroff.

»Ich wusste gar nicht, dass wir ein so schlaues Bürschchen …«

»Lass den Jungen zufrieden!«, brummte der Pilot. »Wir sollen ihn nur abliefern, nicht verwirren.«

Alaska blickte von einem zum anderen. »Wer seid ihr?«

»Freunde«, meinte der Bärtige lapidar.

»Von wem?«

»Vielleicht Freunde deines Vaters.«

»Eigentlich will ich es gar nicht wissen«, sagte Alaska trotzig. Von da an schwieg er hartnäckig, aber sein Blick war überall.

Vergeblich suchte er nach einem Hinweis auf die Herkunft des Gleiters, und alles Mögliche schoss ihm durch den Sinn, angefangen von der Condos Vasac, der Geheimorganisation der Akonen, von der er irgendwann gelesen hatte, über einen Geheimbund der Antis bis hin zu einer der Schmugglerorganisationen, von denen hin und wieder in den Medien zu hören war. Die Idee von Treshams illegalen Machenschaften hatte sich längst festgefressen. Lange Zeit hatte Alaska es sogar geschafft, nicht mehr darüber nachzudenken, doch Treshams Eigenheiten hatten die alten Wunden wieder aufbrechen lassen.

»Was ist eigentlich mit dir los? Du weißt, dass wir über alle Probleme reden können.«

Ausgerechnet Tresham sagte das, für den seine Familie immer nur Staffage gewesen war. In einem heftigen Aufbegehren wollte Alaska seinem Vater die Stirn bieten, doch zwang ihn dessen unwiderstehlicher Blick, den Kopf zu senken. Vielleicht hätte er anders reagierte, wäre seine Mutter in der Nähe gewesen.

»Du kannst dir denken, welche Folgen dein Benehmen bei der Ausbildung nach sich zieht?«

»Ich habe nicht angefangen.«

»Du bist davongelaufen, und das ist wie ein Eingeständnis deiner Schuld. Ich musste alles aufbieten, um deinen Platz in der STARDUST Memorial zu sichern.«

»Ist mir egal«, murmelte Alaska.

Sein Vater griff blitzschnell zu und zog ihn am Oberarm zu sich heran. »Ob es dir gefällt oder nicht – ich will, dass du eine Elite-Ausbildung erhältst. Mein Sohn wird jedenfalls nicht als einfacher Techniker enden.«

»Keine Bange, ich decke bestimmt keine Rauschgiftgeschäfte von Antis oder Aras …« Treshams Finger krallten sich schmerzhaft in seinen Arm. Gerade deshalb stieß Alaska keuchend hervor: »Wer waren die Männer, die mich zurückgebracht haben?«

»Ich kann es dir nicht sagen.«

»Du willst nicht …« Alles brach auf, was er jahrelang unterdrückt hatte. »Ich weiß nicht, was du treibst, aber mit illegalen Geschäften kannst *du* mich nicht halten.«

»Schluss jetzt!«

»… ich laufe wieder davon, und beim nächsten Mal schaffe ich es, das verspreche ich dir.«

Tresham griff auch mit der rechten Hand zu, seine Finger drückten auf Alaskas Wangenknochen. Kaum noch verständlich stieß der Junge hervor: »Wer waren die Männer? Akonen? Arkonidische Kriminelle? Ich hasse dich dafür.«

Sein Gesicht hatte wie Feuer gebrannt …

… wie vorhin, als er sich unter die Dusche stellte. Saedelaere schüttelte die letzte Benommenheit von sich ab und tastete über seine Wangen.

Der Aufschrei des zwölfjährigen Jungen hallte in ihm nach: *»… ich laufe wieder davon, und beim nächsten Mal schaffe ich es, das verspreche ich dir.«* Genau das würde er tun. Vielleicht war es sein Schicksal, immer vor etwas davonlaufen zu müssen. Dass die Ärzte auf Mimas ihm ebenso wenig helfen konnten wie auf Peruwall, war abzusehen. Keinesfalls würde er warten, bis er endgültig zum Gefangenen wurde.

»Du bist davongelaufen, und das ist wie ein Eingeständnis deiner Schuld.« Das hatte Tresham gesagt. Bedeutungsschwer. Vier Tage später war er selbst zum zweiten Mal verschwunden. Diesmal für immer. Alaska hatte nie mit jemandem über seine Folgerungen gesprochen, nicht einmal mit seiner Mutter.

Nun würde er ebenfalls gehen. Bei der nächsten sich bietenden Gelegenheit.

Wohin? So wenig wie mit dreizehn Jahren wusste er das heute. *Weit hinaus jedenfalls, die Grenzen hinter sich lassen, bis zu denen die Menschheit vorgestoßen ist.*

Sich in ein Schneckenhaus vertrauter Umgebung zurückzuziehen – wie Torras seinerzeit – kam nicht in Betracht. Ein Vierteljahr später hatte er nämlich noch einmal den Schrottplatz aufgesucht, aber weder das Wrack noch den Roboter wiedergefunden. Alles war im Umbruch gewesen, und weitere sechs Monate später hatte eine riesige Baustelle den Wald, den Teich mit den verfallenen Karottenbeeten und den Schrottplatz verschluckt.

Hartnäckig fraß sich das Summen des Schottmelders in Saedelaeres Bewusstsein vor. Vermutlich wollte einer der Ärzte nach ihm sehen. Alaska griff nach dem handlichen Deflektor, zögerte, legte sich das Gerät schließlich doch um und aktivierte das optische Ablenkungsfeld.

Ein Mann ohne Kopf, das war aus ihm geworden.

Mit einem knappen Befehl aktivierte er die Sprechanlage.

»Ich habe mich schon gefragt, wieso du nicht reagierst«, sagte eine vertraute Stimme. Alaska setzte zu einer Antwort an – und brachte keinen Laut hervor, seine Empfindungen spielten jäh verrückt. »Geh!«, wollte er hervorstoßen, ebenso vergeblich.

Dann hatte er sich entschieden, durchmaß den Raum mit schnellen Schritten und stellte sich so, dass er vom Schott her nicht sofort gesehen werden konnte.

»Öffnen!«, sagte er leise, aber mit bebender Stimme.

6.

»Bleib, wo du bist!«, hätte er am liebsten geschrien. »Quäl mich nicht auch noch!« Aber er schwieg betroffen.

Schritte wurden laut … verhielten einen oder zwei bange Atemzüge lang … klangen dann entschlossener. Alaska spürte Livs Zögern deutlich, aber schon ging sie weiter. Drei Schritte, also knapp zwei Meter, damit verließ sie den Erfassungsbereich der Sensorik. Das Schott begann sich zu schließen.

Weitere drei Schritte …

Auch ohne Liv zu sehen, wusste Saedelaere, dass sie in dem Moment die Brauen zusammenkniff und den Blick schweifen ließ. Von rechts nach links drehte sie den Kopf, während sie trotzig die Lippen aufeinander presste, bis sie nur noch einen schmalen Strich bildeten. Die linke Hand ballte sie gleichzeitig zur Faust und massierte mit der Rechten die Knöchel.

Der Durchgang zum Waschraum stand noch einen Spalt weit offen, und die Beleuchtung brannte.

»Bist du in der Nasszelle, Alaska?« Liv konnte ihre Aufregung nicht verbergen. Natürlich wusste sie, was geschehen war. Dennoch konnte sie nicht ahnen, wie es wirklich um ihn stand.

»Alaska …?«

Saedelaere schluckte krampfhaft. »Dreh dich nicht um!«, stieß er endlich hervor. »Ich will nicht, dass du mich so siehst.«

Liv Andaman stand keine fünf Meter entfernt und wandte ihm den Rücken zu. In Alaska wuchs das Verlangen, auf sie zuzugehen und sie in die Arme zu nehmen. Er brauchte ihre Nähe und Berührung mehr als je zuvor. Zugleich warnte ihn eine innere Stimme. Selbst wenn Liv minutenlang übersehen konnte, was mit ihm geschehen war – die Realität würde danach umso schmerzhafter sein.

Ihre Schultern zuckten; es fiel ihr schwer, sich nicht umzudrehen. »Aus unserer geplanten Reise wird vermutlich nichts«, sagte sie.

»Sieht ganz so aus«, versetzte Saedelaere knapp.

»Wir holen alles nach.«

Ihr Haar floss kaskadenförmig über die Schultern, selbstleuchtende Farbfäden waren eingeflochten. Liv trug das eng anliegende rote Schuppenkleid, das ihre Figur ideal zur Geltung brachte.

»Du hast mit den Ärzten gesprochen?«, fragte Alaska, ohne eine Antwort zu erwarten. »Sie haben dir bestimmt erklärt, dass sie nicht weiterwissen.«

»Sie sagten mir, dass du dich allen Argumenten verschließt. Du bist im Begriff, dich selbst aufzugeben. – Also stimmt es«, fügte sie hinzu, als Alaska sich in der kurzen Pause, die sie einlegte, nicht äußerte.

»Ich werde Mimas verlassen.«

»Und dann?«

»Das weiß ich noch nicht.«

Die Frau schüttelte den Kopf. »So einfach ist das Leben nicht – vor allem wirst du nicht ewig vor dir selbst davonlaufen können. Was auch mit deinem Gesicht geschehen ist, Alaska, es macht mir nichts aus.«

»Vergiss es! Das glaubst du heute. Aber morgen …?«

»Du hattest stets ein Talent, Freunde vor den Kopf zu stoßen, nun übertreibst du dein Selbstmitleid.«

»Bist du nur nach Mimas gekommen, um mir das zu sagen?«

»Ich wollte dich sehen!«

»Aber ich will keine Liv Andaman auf der Liste der Verrückten und Toten, die ich zu verantworten habe.«

»Weißt du, dass ich es hasse, mit dir zu reden und dir gleichzeitig den Rücken zuzuwenden? – Mir wurde gesagt, dass du einen speziellen Deflektor trägst. Ich will dich jetzt sehen, Alaska – jetzt, nicht irgendwann.«

Auf dem Absatz fuhr die Frau herum. Saedelaere sah ihre Augen sich weiten, aber auch sofort wieder enger werden. Dieses kurze Aufblitzen mochte Livs Anspannung entsprungen sein, eine andere Regung zeigte sie nicht. »War das so schlimm für dich?«, fragte sie herausfordernd. »Du solltest endlich aufhören, alle Menschen zuerst als deine Gegner anzusehen.«

Liv ließ sich auf das Sofa sinken. Beide Arme auf die Lehne gelegt, schaute sie Alaska auffordernd entgegen und spitzte die Lippen. Hinter ihrer Stirn arbeitete es. Sie versuchte, seine Veränderung zu ignorieren, schaffte es aber nicht. Ihre Sorge war deutlich. »Ein wenig anders hatte ich mir unser Wiedersehen schon vorgestellt«, sagte sie.

»Tut mir Leid, falls ich dich enttäusche.«

»Halb so schlimm. – Jetzt könnte ich allerdings einen Drink vertragen. Gib mir einen Vurguzz, der brennt den schalen Geschmack weg.«

Alaska ging zur Bar und schenkte zwei Gläser voll. Liv taxierte ihn unablässig; ein Mann, dessen Leib an den Schultern aufhörte, war mehr als gewöhnungsbedürftig. Zweifellos versuchte Liv nachzuvollziehen, was er empfand, aber sie konnte es nicht ermessen. Er taumelte in einer Achterbahnfahrt zwischen naiver Ungläubigkeit und panischem Entsetzen.

Wie war das wirklich, wenn sich das Leben von einer Sekunde zur anderen derart grundlegend veränderte?

Das Alleinsein machte ihm wenig aus, daran war er seit früher Kindheit gewöhnt. Viel schlimmer war die Ungewissheit. Er glaubte nicht an Heilungsaussichten.

Den Zwang, zum wiederholten Mal in sein Gesicht zu fassen, unterdrückte Alaska, indem er ruckartig nach beiden Gläsern griff.

Viel zu oft hatte er seit der Ankunft auf Mimas die Ränder der Veränderung abgetastet. Das anfangs befürchtete Weiterwuchern der Anomalie hatte sich nicht bewahrheitet, zumindest davon blieb er verschont. Trotzdem glaubte er nicht daran, dass sich »nur« die DNA seiner Zellen verändert hatte. Was da in seinem Gesicht zuckte und hin und wieder erschreckend glühte, war alles andere als sein eigenes Fleisch.

Er musste sich erinnern! Erst dann würde er wirklich erkennen, welche Bedrohung er mit sich herumschleppte.

Der Transmitter in der Handelsstation von Bontong, das in grünen Schlieren die Sendebereitschaft anzeigende Entstofflichungsfeld …

»Pass auf, Alaska, du verschüttest den Vurguzz!«

Klebrig feucht rann es über seine Finger, als Livs Ausruf ihn aufschreckte. Beinahe hätte er vergessen, wo er sich befand.

Ein einziger Schritt …

Stille. Zeitlos.

Irgendwann der Schmerz, ein Aufprall … Woher kamen das grelle rote Licht und die eigenartigen Säulen?

»Ich rufe einen Medoroboter«, drang Livs Stimme in sein Bewusstsein vor.

»Nein«, hörte Saedelaere sich keuchen. »Ich will nicht, dass sie mich wieder untersuchen. Sie finden nichts.«

»Du bist krank, Alaska.« Liv nahm ihm den verbliebenen Vurguzz ab. Sie trat so dicht an ihn heran, dass er schon fürchtete, der Deflektorschutz würde nicht mehr ausreichen.

»Das weiß ich selbst.« Mit einer unkontrollierten, heftigen Bewegung schlug er Liv die Gläser aus den Händen, sie zerbrachen nicht, aber der Vurguzz hinterließ ein abstraktes grünes Muster auf dem Boden.

»Du hast eben phantasiert«, fuhr Liv unbeeindruckt fort.

Alaska wollte heftig widersprechen, besann sich aber und schob die Frau nur ein Stück weiter von sich. Ein bitterer Zug hatte sich um Livs Mundwinkel eingegraben, und wenn er sich nicht irrte, schimmerten ihre Augenwinkel feucht.

»Was habe ich gesagt?«, wollte er wissen.

Liv riss sich los, holte ein neues Glas aus dem Barfach und schenkte selbst ein. Sie trank in einem Zug. »Das brennt bis in den Magen«, ächzte sie.

»Ich muss wissen, was ich eben gesagt habe«, drängte Saedelaere. »Das ist wichtig für mich.«

Sie zögerte. »*Schatten, warum gibt es keinen Schatten?* – Das war alles.«

Saedelaere schüttelte den Kopf. Liv starrte ihn eine Weile an – oder sie starrte ins Leere, so genau war das nicht zu erkennen –, presste in stummer Verzweiflung die Lippen aufeinander und schenkte sich erneut das Glas voll. Erst in dem Moment verstand Alaska, dass sie auf seine Reaktion gewartet hatte.

»Ich kann nichts damit anfangen«, sagte er hart. »Noch nicht. – Aber ich frage mich inzwischen, ob du Alkohol brauchst, um meine Nähe zu ertragen.«

Liv wirkte irritiert. »Ist das alles, was du zu sagen hast?«

»Warum bist du gekommen?«

Sie lehnte sich an die Barwand, verschränkte die Hände im Nacken und schloss die Augen. »Weil ich dich liebe, Alaska. Ist das wirklich so schwer zu verstehen? Und weil ich dir helfen will.«

Saedelaere schwieg lange. »Ich werde weggehen«, sagte er dann. »Irgendwohin, wo es weder Menschen noch andere Intelligenzen gibt, die ich gefährden kann. Ich fürchte die Einsamkeit nicht.«

»Ich begleite dich.«

»Also gibst du es zu?«, fragte Saedelaere bedrückt.

»Was? Was soll ich zugeben?«

»Dass die Ärzte keine Heilungschance sehen! Haben sie dich geschickt, um mir das schonend beizubringen? Ich kann sehr gut eins und eins zusammenzählen.«

»Niemand hat mich geschickt«, widersprach die Frau. »Allerdings soll ich dir etwas geben. Dr. Bishar ...«

»... er will mit meinem Fall goldene Lorbeeren verdienen.«

»Er sagte mir, dass Galbraith Deighton ihm die Leitung der Untersuchungen übertragen hat. Also muss er gut sein.«

»*Objektstudie Transmittergeschädigter* nennt sich das«, schnaufte Saedelaere. »So viel habe ich schon mitbekommen. Kein Name, nichts – ich bin für die Quacksalber nur ein Objekt. Sie studieren mich, Liv. Deshalb weder Operation noch genetische Therapie.« Er stockte und unterbrach sich endgültig, als Liv mit spitzen Fingern in ihren Ausschnitt fasste und eine graue, eine Handspanne messende und etwa zwei Zentimeter dicke Rolle zum Vorschein brachte. »Was ist das?«, wollte er wissen.

Liv verzog die Mundwinkel zu einem bedauernden Lächeln. »Ich hatte gehofft, du würdest es von selbst finden. Aber vielleicht hast du sogar Recht mit deiner Zurückhaltung.« Sie drückte dem verdutzten Alaska die Rolle in die Hand. »Mit einer Empfehlung von Dr. Bishar«, setzte sie hinzu. »Er meinte, darauf wartest du seit Tagen. Vor allem sieht er keinen Grund mehr, dir das vorzuenthalten.«

Saedelaeres Finger zitterten, als er die Rolle öffnete. Es war eine dünne, mehrfach gefaltete Folie, deren dunklere Seite einen aufgerauten Eindruck vermittelte: Mikrokügelchen mit variabler Molekularstruktur, die unter exakt definierten Bedingungen die Mnemo-Eigenschaften des polymorphen Materials aktivierten. Folien dieser und ähnlicher Art wurden vor allem für Reparaturzwecke eingesetzt, speziell für rasche Abdichtungen, die später durch dauerhafte Lösungen ersetzt wurden. Integrierbare optische Trägerschichten ließen heute schon die Entwicklung optischer Systeme für die unterschiedlichsten Verwendungen voraussehen. Kleinformatige Folien wurden bereits mit Bildsequenzen von bis zu neunzig Sekunden Dauer beschickt, die eingespeicherte Energie erschöpfte sich aber je nach Datenfülle innerhalb weniger Monate.

Dass es sich um eine Bildfolie handelte – möglicherweise mit den

Szenen seiner Ankunft im Transmitter von Peruwall –, schloss Alaska sofort aus. Der zusammengefaltete Zustand hätte Datenverluste bedeutet, deshalb wurden die Folien erst in geglättetem Zustand bespielt.

»Ein Spiegel?«, fragte Saedelaere verblüfft.

»Dr. Bishar meint, du wüsstest genug damit anzufangen.«

»Verdammt, ja. Aber weshalb gibt er dir die Folie anstatt einem Roboter …«

»Danke für den Vergleich«, protestierte Liv. »Wenn das so ist, geh künftig auch mit einer von diesen Blechkisten ins Bett.«

»Das ist doch nebensächlich.« Flüchtig berührte Alaska mit zwei Fingern die Lippen seiner Gefährtin, er wandte sich um und verschwand in der Nasszelle.

»Sei vorsichtig!«, rief Liv von draußen. Dem Klang ihrer Stimme nach zu schließen, war sie ihm bis zur Tür gefolgt.

»Das liegt nicht an mir«, antwortete Saedelaere, während er die Folie andrückte. Bebend streifte er mit der Hand abwärts und konnte zusehen, wie das Material vom Untergrund angezogen wurde und sich zu glätten begann. Nicht einmal zehn Sekunden nahm der Vorgang in Anspruch – eine Zeitspanne, in der Alaska mit offenem Mund und angehaltenem Atem verfolgte, wie die Folie ihre Farbe veränderte und zu spiegeln begann.

»Dr. Bishar meinte, der Versuch könnte gefährlich sein«, erklang es von draußen. »Er hat mir einen Sender mitgegeben, mit dem ich die halbe Klinik alarmieren kann.«

»Er soll sich nicht so haben.«

»Alaska – sei vorsichtig!«

»Was kann mir denn noch geschehen?«

»Ich würde gerne die nächsten Jahre mit dir zusammen sein.«

»Und dann?« Die Abbildungsqualität war nur unwesentlich schlechter als die eines geschliffenen Spiegels. Alaska Saedelaere riss die Augen auf, als er die hochgewachsene dürre Kreatur sah, die einem Albtraum entsprungen zu sein schien, ein Monstrum ohne Kopf. Er zögerte, den Deflektor abzuschalten. Was er nicht für möglich gehalten hätte, war eingetreten: Er hatte Angst, erbärmliche Angst davor, seine wildesten Vermutungen bestätigt zu sehen.

»… und dann vielleicht noch länger«, erklärte Liv soeben. »Bislang sind wir doch gut miteinander ausgekommen.«

Bislang, dachte Saedelaere bitter, schloss die Augen und schaltete den Deflektor ab. Das Herz pochte ihm bis zum Hals, sein Puls raste, und in den Schläfen brauste ein Orkan. Was würde er sehen, wenn er gleich die Lider öffnete? Ein Anblick, der Menschen in den Wahnsinn trieb, musste grauenvoll sein. Im letzten Moment schreckte er davor zurück.

Mach der Qual ein Ende!, schoss es ihm durch den Sinn.

Er konnte es nicht, hatte nicht mehr den Mut dazu, und das mochte auch damit zu tun haben, dass Liv nebenan auf ihn wartete. Einen Strahler in die Hand zu nehmen, die Projektormündung an die Schläfe zu setzen und abzudrücken wäre einfacher gewesen. Der Betreffende spürte wohl nicht einmal die Hitze, die ihn innerhalb eines Sekundenbruchteils tötete.

»Was ist?«, drängte die Frau.

Alaskas Rechte umklammerte den Deflektorfeldgenerator, der Zeigefinger tastete nach dem Schalter. Nur ein kleiner Ruck, dann war der Status quo wiederhergestellt …

… und er würde sich für den Rest seines Lebens vorwerfen, im entscheidenden Augenblick versagt zu haben.

»Warum antwortest du nicht?«

Alaska hörte Livs Schritte näher kommen.

»Nein!«, schrie er auf …

… und rastete den Schalter ein.

Erneut im Schutz der partiellen Unsichtbarkeit, fuhr er herum. Livs dunkler Teint war einer wächsernen Blässe gewichen, dicke Schweißtropfen perlten auf ihrer Stirn. Der Blick ihrer grünen Augen schien wesenlos, ging starr durch ihn hindurch und verlor sich in unbekannter Ferne.

Das änderte sich erst, als Alaska Livs Schultern umfasste. Tränen quollen aus ihren Augenwinkeln und zeichneten unübersehbare Spuren auf die gerötete Haut.

»Nicht doch, Mädchen!« Seine Hand glitt an ihrer Wange aufwärts und fuhr, die Finger gespreizt, in ihr dichtes Haar. »Ich … will dich nicht verlieren, Liv. Ich hab nur dich.«

Ein Lächeln stahl sich auf ihr Gesicht. Eine Hand auf Saedelaeres Arm, die andere in seinem Nacken, versuchte sie, ihn zu küssen. Der Transmittergeschädigte wich jedoch zurück.

»Sei froh, dass du noch lebst!«, herrschte er die Frau an. »Fordere dein Glück nicht heraus!«

»Ich habe es gesehen«, sagte Liv Andaman betont. »Na ja, vielleicht nicht die ganze Veränderung, aber da war ein Flackern im Spiegel – rötlich orange Blitze. Ich bin weder verrückt geworden, noch hat mich der Schlag getroffen.«

»Du hattest einfach Glück.« Mit Nachdruck schob Alaska Saedelaere die Frau in den angrenzenden Wohnraum.

»Der Arzt meinte, dass meine Nähe auf dich positiv wirken würde«, fuhr sie fort. »Ich bin froh, dass es so ist. – Was hältst du von deinem Gesicht ...?«

»Ich weiß nicht«, unterbrach Saedelaere den Redefluss, mit dem Liv ohnehin nur die eigene Unsicherheit kaschierte. Bevor sie ihm die Spiegelfolie gegeben hatte, war sie ruhiger gewesen.

»... kommst du damit zurecht?«

»Nein«, log Saedelaere. »Ich will eine Operation. Sag das bitte Dr. Bishar.«

»Was gäbe ich darum, dein Gesicht wirklich zu sehen«, sagte Liv.

»Es würde dich umbringen, begreif das endlich!«

Liv presste die Lippen zusammen. Verbitterung sprach aus ihrem Blick, wobei ihre Augen suchend hin und her pendelten. Ihr plötzliches Lachen klang wie ein Alarmsignal.

»Bleib auf Distanz!«, warnte Saedelaere.

Das Lachen kippte, wurde fast hysterisch. »Ich schließe die Augen, Alaska. Dann gibt es keine Probleme, wenn wir uns küssen.«

»Geh jetzt!«, forderte er in einem Tonfall, der sie zusammenzucken ließ.

»Was ist los mit dir, Alaska? Wenn ich es nicht genau wüsste, würde ich sagen, du bist ein Fremder.«

»Ich melde mich bei dir, wenn ich hier entlassen werde.«

Die Frau zögerte und schüttelte den Kopf. »Das meinst du nicht ernst«, sagte sie seufzend. »Verstehst du denn nicht, dass ich dir helfen will?«

»Dafür bin ich dir dankbar.« Wie Alaska das sagte, klang es wie eine Bestellung für Bürobedarf. Nicht die Spur einer Emotion schwang in seinen Worten mit.

»Du bist stur wie ein Roboter.« Liv Andaman ließ sich nicht hinauskomplimentieren, sie ging von selbst mit dem Stolz einer gekränkten Frau. Unter dem Schott blieb sie noch einmal stehen. »Ich hoffe für dich, dass du die Einsamkeit ertragen kannst.«

Das Schott schloss sich.

»Leb wohl«, murmelte Saedelaere und schaltete den Deflektor ab. Ein tiefer Atemzug erschütterte seinen ausgemergelten Körper, dann wandte er sich zur Nasszelle um.

»Wir müssen Geduld haben, Miss Andaman.« Dr. Bishar taxierte Liv mit einem wohlwollenden Blick, der ein gewisses Bedauern nicht verhehlen konnte. Die junge Frau gefiel ihm. Mit 1,90 Metern war sie auf den Zentimeter so groß wie er selbst; ihre grünen Augen, die leicht schräg stehenden Wangenknochen und die vollen Lippen entsprachen dem geltenden Schönheitsideal bis ins Detail. Sie war schlank, ohne zerbrechlich zu wirken, und ihre Beine wuchsen schier ins Endlose. Unumwunden musste Bishar eingestehen, dass Saedelaere und diese Frau ein schönes Paar abgaben.

»Nach wie vor können wir die Ursache seiner Veränderung nur mutmaßen«, fuhr er bedächtig fort. »Da die Literatur keinen ähnlichen Fall aufweist, fangen wir mit unseren Untersuchungen sozusagen bei Adam und Eva an.« Er lächelte, doch es war ein bitterer Zug, der seine Mundwinkel umfloss. »Die Anzahl theoretischer Erklärungsversuche hat mittlerweile die vier Dutzend überschritten, angefangen von einem leider nicht mehr nachweisbaren Fehler während der Wiederverstofflichung über hyperenergetische Einflüsse bis hin zu einem Verschmelzen zweier Trägerfrequenzen.«

»Sicher gibt es Therapieansätze«, vermutete Liv. »Ich erinnere mich an einen Uraltfilm über die Anfangszeit der Transmittertechnik, in dem Zellstrukturen eines Menschen und eines Insekts vermischt wurden.«

Dr. Bishar lachte leise. »Das ist technischer Unsinn. Der Film muss wirklich uralt sein, von der Phantasie der Produzenten ganz zu schweigen.«

»Ausgehendes zwanzigstes Jahrhundert.«

Bishar vergaß, den Mund zu schließen. Irritiert schaute er die Frau an. Sein Blick war ein einziges großes Fragezeichen.

»Ich studiere an der Universität von Olymp«, sagte Liv. »Frühgeschichte des Solaren Imperiums, Spezialgebiet: Auswirkung des Technoschocks auf die psychische und physische Konstitution des Homo sapiens. Aktuell arbeite ich an einer Abhandlung zu diesem Thema.«

»Dann ist ein ungeklärter Transmitterunfall für Sie …«

Die gezielte Anspielung unterbrach Liv mit einer schroffen Handbewegung. »Ich liebe Alaska«, sagte sie schwer. »Das mögen Sie mir glauben oder auch nicht. Und ich gäbe alles dafür, ihm helfen zu können. Vor allem habe ich Angst, dass er sich etwas antun wird.«

»Die Untersuchungen ergaben keine Hinweise auf eine Suizidgefährdung. Mr. Saedelaere ist selbst daran interessiert, die Unglücksursache herauszufinden. – Seine Psychostruktur zeigt zwar eine deutliche Introvertiertheit, aber wohl als Folge des Unfalls.«

»Alaska war schon immer in sich gekehrt und unnahbar. Wenn Sie es jedoch schaffen, seine Barrieren zu durchdringen, lernen Sie einen anderen Menschen kennen. Alaska liebt das Leben, seine Träume sind eine unstillbare Sehnsucht; er ist keinesfalls dafür geschaffen, auf Dauer in einer begrenzten Zimmerflucht zu leben.«

»Sie glauben also, Saedelaere wäre bereit, mit dem Deflektorfeld eine Art ›halbes Leben‹ zu führen?«

»Nein«, sagte Liv schroff. »Machen Sie ihm nie diesen Vorschlag. Alaska wäre zutiefst gedemütigt. In dem Fall würde er wohl wirklich lieber sterben. – Besteht die Möglichkeit eines operativen Eingriffs?«

Dr. Bishar begann eine unruhige Wanderung. Dass die Frau mit brennendem Blick seine Bewegungen verfolgte, versuchte er zu ignorieren. Dann fasste er einen Entschluss.

Unvermittelt blieb er stehen und stützte sich an seinem Arbeitstisch ab. Mit knappen Handgriffen nahm er Schaltungen vor, in deren Folge sich das große Panoramabild der Stirnwand veränderte. Was eben noch wie ein direkter Blick auf den Planeten Saturn und seine sturmgepeitschte Atmosphäre wirkte, verwandelte sich übergangslos in die dreidimensionale Wiedergabe einer Transmitterhalle.

Liv hielt den Atem an, wie der Arzt aus den Augenwinkeln wahrnahm.

Die Halle war schmucklos kahl und ohne Fenster. Wie viele ähnliche Bauten stammte sie aus der Zeit nach 3030, als die Gütertransportabläufe und das Umschlagwesen im Solsystem gravierend verändert worden waren.

Der Transmitterbogen stand auf Empfang und glomm in düsterem Rot. Da es sich um ein Gerät für den Warentransport handelte, standen beidseits der Halle Lastenschweber in Warteposition. Hinter ihnen spannten sich Kabelstränge und Rohrleitungen in schwer überschaubarem Gewirr. Sie hinterließen einen Eindruck von Unfertigkeit und Provisorium, obwohl eher Kostenaspekte eine Rolle spielten und Peruwall seit Jahrzehnten den Warenaustausch mit benachbarten Sonnensystemen störungsfrei bewältigte. Normalerweise wurden keine großen Güterströme über die Transmitter abgewickelt, sondern individuelle Mengen, die den Einsatz großer Frachtraumer nicht lohnten.

Das Anfangsbild wechselte und zeigte nur noch einen Ausschnitt. Liv versteifte sich, als das Transmitterfeld eine hagere, hoch aufgeschossene Gestalt ausspie. Der Mann taumelte, riss die Arme hoch, als müsse er einen unsichtbaren Gegner abwehren, und hielt nach mehreren unsicheren Schritten inne. Sekundenlang schien er direkt in die Aufnahmeoptik zu blicken, aber sein Gesicht war ein schwarzer unregelmäßiger Fleck, ein Black Hole, das kein Lichtquant entfliehen ließ.

Liv kniff die Brauen zusammen. Ihr Blick pendelte zwischen Dr. Bishar und der Bildwand.

Der Mann in der Projektion war Alaska. Die wohl aus Sicherheitsgründen eingespielte Abdeckung erweckte den Eindruck, als hätte jemand sein Gesicht ausgestanzt. Er schrie, riss die Hände hoch und schien sich gar nicht bewusst zu werden, dass er über verkrümmt am Boden liegende Männer stolperte, die eben noch versucht hatten, ihn aufzuhalten.

Der Blickwinkel wechselte.

Sicherheitsleute erreichten Alaska. Sie hielten ihn fest und redeten auf ihn ein, während er vergeblich versuchte, sein Gesicht zu verdecken. Sekunden später brach der erste der Uniformierten in die Knie und übergab sich.

»Schalten Sie's ab!«, stöhnte Liv.

»Wieder und wieder haben wir die Sequenzen analysiert«, erläuterte der Arzt. »Saedelaere reagierte erst nach mehreren Sekunden auf die Veränderung, das ist deutlich zu erkennen. Obwohl er mit vier Stunden Verspätung materialisierte, scheint er diese Zeitspanne nicht bewusst erlebt zu haben.«

»Sie haben ihn danach gefragt?«

»Natürlich.« Bishar nickte zögernd. »Er erinnert sich nicht – oder er will sich nicht erinnern. Deshalb erhoffte ich mir von Ihrem Besuch einen positiven Einfluss.«

»Ich hatte nicht den Eindruck, dass die Spiegelfolie der große Erfolg war. Warum ignorieren Sie alle technischen Möglichkeiten, Alaskas Erinnerung zu reaktivieren?«

»Versucht und fehlgeschlagen, Miss Andaman. Ihr Freund spricht weder auf Medikamente an, noch erzielten wir mit einem Psychostrahler zufrieden stellende Wirkung. Zu Ihnen hat der Patient eine besondere Beziehung. Unter anderen Voraussetzungen hätten wir es kaum riskiert, ihn schon zu diesem Zeitpunkt sein verändertes Gesicht sehen zu lassen. Immerhin mit der Erkenntnis, dass er selbst immun ist.«

»Vielleicht bin ich es auch …« Liv Andaman sagte das wie die selbstverständlichste Sache der Welt. »Ich konnte sehen, dass von seinem Gesicht ein rötlicher Schein ausgeht, eine Art Wetterleuchten.«

Dr. Bishar riss die Augen auf. »Sind Sie wahnsinnig?«

»... wie eine Korona«, fuhr die Frau unbeeindruckt fort. »Der treffendste Vergleich ist der einer Sonnenkorona.«

»Sie bringen mich in Teufels Küche, Miss. Wieso ignorieren Sie die strikte Anweisung, Saedelaeres Gesicht zu meiden?« Der Arzt lief puterrot an, beruhigte sich aber ebenso schnell wieder. »Sie haben einen Widerschein wahrgenommen«, fuhr er schon weit gefasster fort, »nicht sein Gesicht. Andernfalls säßen wir nicht mehr beieinander. Es tut mir Leid, Miss Andaman, aber Ihr Freund ist eine lebende Zeitbombe. In den Aufnahmen von Peruwall wurde sein Gesicht positronisch gelöscht, nachdem zwei Systemanalytiker während der Durchsicht der Originalaufzeichnungen starben.«

Was immer Dr. Bishar noch hatte sagen wollen, es ging im Aufheulen des Alarms unter. »Saedelaere«, stieß er nach einem raschen Blick auf ein Display hervor. »Es gibt Probleme.«

Nahezu gleichzeitig aktivierte sich der Interkom. Ein sichtlich erregter Arzt meldete, dass der Patient Saedelaere von einem Roboter bewusstlos und in einer Blutlache liegend aufgefunden worden war. »... zwei Medoroboter leisten Erstversorgung. Noch wissen wir nicht, was geschehen ist, aber wir können auch nicht hinein, solange das Deflektorfeld abgeschaltet bleiben muss. Die Roboter sprechen von außergewöhnlich starken Eruptionen in Saedelaeres Gesicht.«

»Was können wir tun?« Die Frau war blass geworden. Sie zitterte.

»Sehr wenig. Bislang sind die Roboter die Einzigen, denen Saedelaeres Anblick nichts anhaben kann.«

»Was immer mit ihm geschehen ist ...« Liv Andaman wischte sich mit dem Handrücken über die Augenwinkel. »Ich habe Angst um Alaska, und ich will ihn nicht verlieren, Doktor. Helfen Sie ihm!«

Warum hatte er Liv kaum näher als bis auf Armlänge an sich herangelassen? Er hatte verschwiegen, wie gerne er sie ebenfalls in den Arm genommen und ihre Lippen gespürt hätte – falls die Lippen, die er für seine hielt, wirklich noch seine Lippen waren. Manchmal, wenn das Fleisch zu zucken begann, als entwickelte es eine ihm noch unbekannte Art von Eigenleben, fühlte er sich wie eine fremde Kreatur, dann hätte er sich am liebsten wimmernd in eine Ecke verkrochen und das Ende des Anfalls abgewartet.

Begann so der Wahnsinn?

Er wusste es nicht und wollte es auch nicht wissen. Das Unvermeidliche würde ihn früh genug in den Abgrund einer Abhängigkeit stürzen, die er von Grund auf verabscheute.

Wie viel besser wäre es gewesen, der Transmitter von Peruwall hätte ihn nie ausgespuckt. Im Hyperraum zu verwehen war vielleicht die Freiheit, die er sich als Jugendlicher erträumt hatte, den Kosmos zu Füßen, die Unsterblichkeit als energetischen Impuls ... Als Techniker kannte er seit den ersten Ausbildungstagen den Energieerhaltungssatz als unumstößliches Wissen. Im Gegensatz zu vielen anderen Lehrmeinungen, der Relativitätstheorie ebenso wie den obskuren Schwerkraftgesetzen, war der Energieerhaltungssatz auch nach Übernahme der arkonidischen Raumfahrttechnik nie ernsthaft angezweifelt worden. *Energie kann weder erzeugt noch verbraucht werden. Sie kann sich stets nur von einer Form in eine andere umwandeln.* Energetische Unsterblichkeit – ein verlockender Gedanke.

Nun stand er im Durchgang zur Nasszelle und zögerte, den letzten Schritt zu tun. Er starrte seine zitternden Hände an und spürte eine seltsame Lähmung. Auch wenn er es sich nicht eingestehen wollte, fürchtete er sich davor, den Deflektor abzuschalten, um endlich sehen zu können, was aus ihm geworden war. Egal was dabei geschah – nichts würde mehr so sein, wie es einmal gewesen war.

Tief atmete er ein – und stieß die Luft mit einem gequälten Seufzer wieder aus. Es war verrückt. Er brauchte nichts anderes zu tun, als einen kleinen mechanischen Schalter zu bewegen ...

... aber er konnte es nicht. Sein Brustkorb hob und senkte sich unter bebenden Atemzügen, dann warf er sich herum. Immer noch glaubte er, Livs Parfüm zu riechen – *Sternenwind der Ewigkeit* – und den letzten Hauch ihrer langsam verfliegenden Wärme zu spüren.

Seine Unruhe wuchs. Mit einem knappen Befehl verdunkelte Alaska Saedelaere die Panoramascheibe. Er wollte nichts mehr von der begrenzten Weite des Saturnmondes Mimas sehen, nicht die baugleichen Kuppeln, in denen Kranke betreut wurden, die in anderen Kliniken bereits aufgegeben worden waren, und schon gar nicht das hauchdünne Band der Atmosphäre, das die ferne Sonne klein und unbedeutend erscheinen ließ. Dass er Liv fortgeschickt hatte, war ein Fehler gewesen. Er verstand sich selbst nicht. Deshalb griff er nach einer der Folien und dem Laserschreiber.

Du weißt, Liv, ich eigne mich nicht für große Worte. Es fällt mir schwer, meine Gefühle auszudrücken. Er überlegte eine Weile und massierte seine Finger. Jedes knackende Gelenk ließ ihn zusammenzucken. *Ich mag dich; ich kann es dir nur nicht so direkt sagen, wie ich das gerne tun würde.*

Was immer geschehen ist, ich habe versucht, mich zu erinnern. Ich habe es wirklich versucht. Aber bis auf einige vermeintliche Erinnerungsfetzen ist da nichts. Nur Leere. Und die Einbildung, dass etwas in mir wächst, was nicht in unsere Welt gehört.

Ob ich mit dem Wissen leben kann, dass ich Menschen getötet habe?

Verzeih mir, Liv!

Er faltete das Blatt zusammen, die Folie verschmolz an den Rändern, und schrieb mit großen Buchstaben auf die Vorderseite *FÜR LIV ANDAMAN.*

Den Brief legte er auf die Tischplatte und beschwerte ihn mit dem Schreibstift. Sein Blick streifte die Gläser, die Liv abgestellt hatte. Eines war noch halb mit Vurguzz gefüllt, er nahm es auf, drehte es unschlüssig und kippte dann den Inhalt in einem Zug. Wie Feuer fräste sich das grüne Zeug durch seine Kehle und breitete sich brennend im Magen aus.

Hart stellte Saedelaere das Glas zurück und wischte sich mit dem Handrücken über den Mund. Ein jäher Schmerz zerriss sein Gesicht und entlockte ihm ein gequältes Stöhnen. Da war es wieder, jenes unkontrollierbare Zucken, als wehre sich das Fremde gegen die aufgezwungene Verbindung.

Saedelaere presste beide Hände aufs Fleisch, um die aufgewühlten Muskeln zu beruhigen. Ein anhaltendes Gurgeln drang aus seiner Kehle … und dann stand er wieder in der Nasszelle und starrte auf die Spiegelfolie, als könne sie allein Wunder wirken. Sein Puls raste und ließ das Pochen in den Schläfen zum Gewitter anschwellen, während ihm die Augen übergingen und bunte Schlieren auf den Spiegel zauberten. Ein Meer von Farben schien im Rhythmus seines Herzschlags aufzubrechen.

Endlich fanden Alaskas Finger den kleinen Projektor. Der Schalter rastete deutlich wahrnehmbar neu ein.

Diesmal schloss er die Augen nicht. Von der ersten Sekunde an wollte er sehen, was Menschen in den Wahnsinn trieb oder in den Tod.

Seine Anspannung löste sich in einem unkontrollierbaren Zittern. Heiß und kalt wogte es seine Wirbelsäule hinab, während ihm der Schweiß aus allen Poren brach. Innerhalb weniger Atemzüge klebte seine Kleidung klatschnass am Körper.

Alaska Saedelaere starrte auf den Spiegel, auf dem er nur vage die Konturen seines Schädels wahrnahm und auf dem weiterhin bunte Schlieren einen sinnverwirrenden Reigen tanzten. Er blinzelte – erst verwirrt, dann hektisch. Aus den Augenwinkeln heraus begann sich das Flirren allmählich aufzulösen.

Was blieb, war ein menschlich-unmenschliches Gesicht – für das Saedelaere keine treffendere Bezeichnung hatte. Erschrecken lag ebenso in seinem Blick wie Verständnislosigkeit und Furcht. Zu verstehen, was er sah, fiel schwer.

Alaska Saedelaere streckte den rechten Arm aus und berührte mit den Fingerspitzen die Folie. Zaghaft tastete er über die Stirn seines Abbilds, über die klatschnassen Haarsträhnen. Mit der linken Hand fuhr er sich ins Haar und glitt dann abwärts …

… bis er entschlossen mitten in das strahlende, bebende Etwas hineinfasste, dessen Farbnuancen unaufhörlich ineinander verliefen und sich wie ein Feuerrad von außen nach innen bewegten, als strebten sie einem gemeinsamen Mittelpunkt zu. Vergeblich versuchte Saedelaere, einer dieser Kontraktionen mit dem Finger zu folgen, sie nachzuzeichnen, um vielleicht zu erkennen, was sich da bewegte. Er fand nicht einmal das Zentrum der Farberuptionen, die ihn an brodelnde Protuberanzen erinnerten.

Vom Haaransatz bis zum Kinn hatte die zähe Masse sein Gesicht gefressen, selbst die Lippen glühten in feurigem Widerschein. Die Frage stellte sich, was geschehen würde, falls die brodelnde Masse wie ein Geschwür weiterwucherte und irgendwann den Körper ganz bedeckte. Aus einem unerfindlichen Grund wusste Alaska jedoch, dass das nie geschehen würde.

Warm und weich wogte die Anomalie unter seinen Fingern. »Verrückt«, stieß er tonlos hervor. »Bin ich schon verrückt?« Er konnte den Blick nicht von diesem in allen Farben des Spektrums zuckenden Etwas abwenden. Je länger er sein Spiegelbild anstarrte, desto mehr glaubte er an ein irreales Eigenleben. Die Farben schienen bestrebt zu sein, sich von ihm zu lösen. Seine Augen, die Nase und der Mund hatten zwar noch ihre ursprüngliche Ausprägung, doch lagen sie hinter dieser Schicht des Irrsinns verborgen.

»Mein Gott …« Die eigene Stimme riss Saedelaere aus der beginnenden Trance. »Was ist das?« Ein erschreckender Hauch von Gefallen hatte sich in seine Gedanken gemischt – etwas, das er spontan als Faszination bezeichnete.

Er begann nicht zu toben wie ein Berserker, fiel auch nicht in Lethargie, weil ihm das Spiegelbild die Kraft aus den Knochen sog – er fand seinen Anblick fremd, eigentümlich zwar, aber dennoch auf unirdische Weise schön. Er verstand nicht, weshalb andere Menschen bei diesem Anblick den Verstand verloren oder starben. Ebenso hätte jeder Kunstbeflissene vor den modernen grellbunten Psycho-Malereien in Ohnmacht fallen müssen, denn diese Bilder waren wirklich nicht mehr als dreidimensionale Farbstrukturen; einen Sinn hatte Alaska solchen Kunstwerken nie zumessen können.

Wie lange hielt er seinem Anblick schon stand?

»Bilde dir nur nicht ein, nun sei alles vorbei.« Stockend redete er im Selbstgespräch. Die Worte formten sich ohne sein Zutun, stiegen aus dem Unterbewusstsein empor. »Du kannst vielleicht damit leben, andere Menschen bringt es um. – Das darfst du nicht zulassen. Du hast schon zu viel Unheil angerichtet. Und irgendwann tötet es auch dich, Alaska!« Den letzten Satz schrie er seinem Spiegelbild entgegen, das ihn mit hektischer rotierenden Farben tückisch angrinste.

»*Du* bist der Mörder«, keuchte er. »*Du* wirst niemanden mehr töten.« Seine tastende Rechte fand eine Flasche mit Duftwasser, die Finger verkrampften sich, und dann schleuderte er die Flasche mit aller Kraft in den Spiegel. Klirrend zerbarst sie, und die Scherben und eine herbe Duftwolke spritzten nach allen Seiten auseinander. Nur die Spiegelfläche blieb unbeschädigt. Die wogende Fratze wirkte herausfordernder als zuvor.

Das war der Moment, in dem er sich herumwarf und wie von Furien gehetzt vor sich selbst floh. Völlig unmöglich, jetzt noch einen klaren Gedanken zu fassen. Er war nur beseelt von dem Wunsch, dem Schrecken in seinem Gesicht zu entkommen.

Neben den Resten der letzten Mahlzeit lag noch das Obstmesser. Ein irres Lachen quoll über Saedelaeres Lippen, als die Finger sich um den Messergriff schlossen. Er riss die kurze Klinge hoch und stach zu.

Ein grauenvoller Schmerz durchzuckte seine Wange. Im nächsten Moment fühlte er es warm und klebrig über das Kinn tropfen.

Wieder stieß er zu, besessen von dem Gedanken, das Fremde aus sich herauszuschneiden. Unter dem pulsierenden Gewebe musste sein eigenes Gesicht verborgen sein. Die Klinge glitt ab, hinterließ eine tobende Schnittwunde vom linken Ohr über den Unterkiefer hinweg bis halb auf den Hals.

Wie von Sinnen führte Saedelaere den nächsten Stich gegen das Kinn. Er spürte, dass die Klinge den Knochen traf und abermals abrutschte, dann explodierte eine unheimliche Kraft in seinem Gesicht.

Schwärze umfing ihn. Dass er zuckend zu Boden stürzte, nahm er schon nicht mehr wahr.

7.

Das Land lag in Agonie, es erstarrte in den Fängen der sengenden Hitze, die den Boden verbrannte und die Krume aufbrach. In der flirrenden Luft verwischten Konturen zur Unkenntlichkeit, gewannen Spiegelungen ferner Orte Bestand. Ein gigantischer, gleißender Ozean bestimmte das Bild, eine aufgewühlte, gischtende Region, in der jedes Leben verdorrte.

Düsterrot, von flackernden Eruptionen umgeben, stand wie ein alles verschlingendes Ungetüm die Sonne am Horizont. Sie bewegte sich kaum, hielt scheinbar unverrückbar Totenwache und hatte längst die Nacht dem Tag angeglichen. Ihre Glut ließ die fernen, schroffen Gebirgszüge wie Glasschmelze erscheinen.

Sand, Staub und Hitze beherrschten diese namenlose Welt. Ihr Wasser war längst verdunstet; es gab keine Wolken, deren Schatten dem gequälten Land Linderung versprochen hätten, wenigstens ein letztes hoffnungsvolles Aufflackern vor dem endgültigen Tod. Die Sonne dehnte sich aus, sie wuchs und blähte sich zu einem hungrigen Ungetüm, das eines Tages seine letzten Kinder verschlingen würde.

Bald!

Obwohl niemand mehr in ohnmächtiger Wut und Verzweiflung die Fäuste zum Himmel emporreckte und die gnadenlose rote Gottheit verfluchte, hing ein stetes Raunen und Wispern in der Luft. Schwarzer Sand flutete träge mit dem Wind, füllte Senken mit trügerischem Boden und führte die Erosion fort, die Wasser und Frost vor undenkbar langer Zeit begonnen, aber nie vollendet hatten.

Hie und da schienen sich die Geister dieser Welt zu erheben, als wollten sie noch einmal ihr Schicksal selbst bestimmen, dann wirbelten Sand und Staub in spiralförmigen Bahnen hoch in die Atmosphäre wie ein letztes Aufbäumen. Aber solche Windhosen hatten nie lange Bestand und fielen kraftlos in sich zusammen, kaum dass sie größere Mengen Sand trugen. Zurück blieben tiefe Wunden, weit verstreut, die manchmal die Vergangenheit sichtbar werden ließen, ehe der Sand erneut vieles begrub.

Die Hitze hatte ihn völlig unvorbereitet getroffen. Jeder Atemzug schien flüssiges Feuer in seine Lungen zu pumpen. Sein Schädel drohte zu zerspringen, als eine Bö ihm Sand entgegenpeitschte. Abwehrend riss er die Arme vors Gesicht.

»Das sollten Sie nicht tun, Sir«, warnte eine leise, akzentuierte Stimme. »Das Wundplasma braucht noch kurze Zeit, um die Schorfbildung abzuschließen.« Etwas Kühles umfing seine Handgelenke und zog die Arme zur Seite – er hatte nicht die Kraft, sich dagegen zu wehren. Gleich darauf spürte er die Kälte auch an den Schläfen …

… sie vertrieb die letzten Bilder in seinem Innern, ließ sie verwehen wie die Schleier des Morgennebels über dem Goshun-See bei Sonnenaufgang. Wie ein Mosaik zerplatzte das Abbild der fremden, unwirtlichen Welt in Tausende von Bruchstücken, aber nicht eines davon konnte er bewahren. Zurück blieb eine beklemmende Leere, das Gefühl hilfloser Ohnmacht – und ein pochender Schmerz, der nach einem heißen Aufwallen rasch abebbte.

Er starrte in ein blendendes Licht und nahm nur Schemen wahr, menschliche Silhouetten, die über ihm schwebten, Bedrohung und Hilfe zugleich. Was immer er sagen wollte, einzig ein gequältes Stöhnen drang über seine Lippen.

»Sie werden gleich einschlafen, Mr. Saedelaere. Die Verletzungen, die Sie sich zugefügt haben, sind zum Glück nicht lebensbedrohlich.«

Er spürte die Müdigkeit. Sie machte ihm Angst. Er wollte nicht schlafen, denn dann lieferte er sich dem Unheimlichen aus, das in seinem Gesicht nistete. Das durfte nicht sein. Niemals durfte das … das Ding die Oberhand gewinnen.

Nein! Lautlos bewegten sich seine Lippen. Er spürte sie kaum, sie gehörten ihm nicht mehr.

Panik stieg in ihm auf. Das Herz hämmerte gegen die Rippen, als wolle es den Brustkorb sprengen, sein Atmen wurde zum qualvollen Keuchen.

»Nein«, ächzte er. »Nicht schlafen … nie wieder!«

In der Erinnerung sah er sich im Spiegel: ein flackerndes, buntes, brodelndes Etwas. Wie ein hungriges Raubtier sprang es ihn an und grub die Zähne tief in sein Fleisch. Die Krallen im Gesicht hinterließen tobende, zuckende Striemen.

Seine Kehle war wie zugeschnürt. Er atmete nicht mehr, hörte einfach auf, nach Luft zu ringen, während sein Herzschlag aussetzte, von neuem begann und ein-, zweimal stolperte, dann endgültig innehielt.

Alaska spürte, dass er starb, doch es berührte ihn kaum. Wie aus weiter Ferne hörte er das Schrillen der Überwachungssensoren.

Ein kurzer, stechender Schmerz an der Halsschlagader. Unwillig wollte er den Kopf zur Seite drehen, doch er war zu keiner Regung mehr fähig und konnte die Injektion nicht verhindern.

Gleich darauf ergriff eine nie gekannte Müdigkeit von ihm Besitz, und er spürte eine wohltuende, besänftigende Ruhe. Nur das Ding in seinem Gesicht zuckte wütend. *Was immer du bist*, dachte Saedelaere grimmig, *du stirbst mit mir.*

Dann war nichts mehr.

Zeitlos dämmerte er dahin, sich seiner selbst kaum bewusst. Nur hin und wieder schienen sich aus dem Nichts heraus vage Empfindungen zu verdichten, doch sie verwehten rasch, bevor sie intensiver werden konnten.

Er schwebte …

… in einer prickelnden, belebenden Flüssigkeit. Geräusche verdichteten sich, die an das Gurgeln und Blubbern aufsteigender Luftblasen erinnerten.

Alaska Saedelaere hatte die Knie an den Leib gezogen und streifte gelegentlich mit einer Hand über sein Gesicht. Immer dann jagte ein Adrenalinschub durch die Adern und steigerte die unbewusste Anspannung.

Die Erinnerung traf ihn mit unbeschreiblicher Härte. Er schrie, schluckte Flüssigkeit, schlug hilflos um sich. Seine Arme zerrissen Dutzende hauchdünner Sensorfäden, aber gleichzeitig tauchte er auf. Sauerstoff aus einer Maske, die ihm jemand auf Mund und Nase presste, strömte durch seine Atemwege, während ein wohlig warmer Luftzug ihn abtrocknete und die verklebten Lider löste.

Schwerfällig drehte er den Kopf, hoffte mehr zu sehen als nur die Leuchtelemente in der hohen Decke.

Seine Frage klang vorwurfsvoll: »Warum wurde ich zurückgeholt?«

»Alle Körperfunktionen sind stabil«, sagte eine Roboterstimme, ohne auf die Frage zu achten. »Sie haben sieben Stunden und vierzehn Minuten in der Nährlösung verbracht. Über die Haut wurden Spurenelemente und Neurotransmitter aufgenommen …«

»Warum?«, wiederholte Saedelaere ungeduldig.

Sekundenlang war die künstliche Mimik des Medoroboters eine Mischung aus Erstaunen und Verwunderung. »Unsere Aufgabe ist es, menschliches Leben zu erhalten, Sir«, lautete die Antwort. »Entspannen Sie sich bitte, die zweite Phase der Rehabilitation beginnt.«

»Ich denke nicht daran«, protestierte Saedelaere. »Weshalb wurde ich nicht operiert?«

»Sie würden einen derartigen Eingriff nicht überstehen, Sir. Die Zellveränderung hat sich als irreversibel erwiesen.«

»Ich bin also unwiderruflich ein Monstrum geworden, dessen Anblick andere Menschen in den Wahnsinn treibt? – Und was geschieht nun? Ich denke nicht daran, unter einem Deflektorfeld zur Kuriosität zu verkommen. Wahrscheinlich reißt sich nicht einmal der GGG-Weltraumzirkus um mich.«

»Deshalb möchte Solarmarschall Deighton mit Ihnen reden, Sir.«

»Wegen des Zirkus? – Ich empfange keinen Besuch, solange ich diesen Aussatz habe.« Saedelaere schaffte es nicht, sich auf die Seite zu drehen und dem Roboter den Rücken zuzuwenden; energetische Felder fixierten ihn auf der Antigravliege.

»Ich habe Ihre Reaktion erwartet, Mr. Saedelaere«, erklang eine Lautsprecherstimme. »Wahrscheinlich wäre ich sogar enttäuscht, wäre sie anders ausgefallen. Dass Ihnen momentan noch nicht geholfen werden kann, ist allerdings bedauerlich.«

»Keine verbalen Verrenkungen«, ächzte Alaska nach einer kurzen Pause. »Ich kann selbst meine Lage ungeschönt beurteilen.«

»Das erleichtert manches«, fuhr Deighton fort. »Unterhalten wir uns über Ihre Zukunft, Mr. Saedelaere. Sie sind körperlich bei bester Gesundheit. Was mit Ihrem Gesicht geschehen ist, macht Sie nicht krank. Sie können so alt werden wie jeder andere.«

Unruhig schweifte Saedelaeres Blick durch den Raum, streifte den Roboter und fraß sich letztlich wieder an den Leuchtplatten fest. Eigentlich hatte er alles ignorieren wollen, doch die Bemerkung des Solarmarschalls reizte ihn zum Widerspruch. »Alt?«, wiederholte er spöttisch. »Ich wüsste nicht, weshalb ich das noch wollte.«

»Sie reden bestimmt anders, Mr. Saedelaere, sobald Sie mein kleines Präsent gesehen haben. Ich schlage Ihnen einen Handel vor.«

Der Transmittergeschädigte schwieg erneut.

»Stellen Sie sich in den Dienst der Menschheit«, fuhr Deighton unbeeindruckt fort. »Sie haben die Fähigkeit dazu.«

Saedelaere starrte unverwandt an die Decke.

»Ich spüre Ihre Zweifel, Alaska, ihre Einsamkeit und die Verzweiflung. Aber für diese Empfindungen besteht kein dauerhafter Grund. In der SolAb wären Sie nicht der Einzige, der ein schweres Schicksal trägt.«

Tief atmete der Techniker ein. Sein Schnaufen klang gequält. »Hätten Sie sich für einen Alaska Saedelaere vor dem Transmitterunfall interessiert, Solarmarschall?«

»Die Frage stellt sich so nicht.«

»Sie wollen also nur mein Gesicht ... das neue, tödliche.«

»Das wiederum wäre eine zu eingleisige Wahrheit.«

»Vergessen Sie's. – Danke, Mr. Deighton, für Ihren Versuch, mir zu helfen, aber käuflich bin ich nicht. Falls Sie es wirklich ernst meinen, lassen Sie mich auf eine unbesiedelte Welt fliegen und halten Sie mir andere Menschen vom Hals.«

»Glauben Sie wirklich, dass Ihnen das auf Dauer gefallen würde? Sie haben Zeit, Mr. Saedelaere, Ihre Ablehnung zu überdenken. Ich komme gleich zu Ihnen. – Bis dahin sollten Sie allerdings mit der Maske vertraut sein.«

»Das Fesselfeld wird abgeschaltet, Sir«, sagte einer der Roboter. »Setzen Sie sich langsam auf.«

Das Schwindelgefühl, das ihn überfiel, wich ebenso schnell wieder. Alaska brauchte höchstens zwei Minuten, bis er auf den Beinen stand und die bereitliegende Kleidung anzog. Als ihm der Roboter ein Stück Plastik hinhielt, reagierte er nicht sofort.

»Bitte legen Sie das an, Sir!«

Misstrauisch betrachtete Alaska das nur millimeterdicke graue Gebilde. Es erschreckte ihn. Die menschliche Gesichtsform war deutlich herausgearbeitet: Kinn, Nase und Wangenknochen, sogar die Jochbögen. Das Ding reichte vom Kinn bis über den Haaransatz und seitlich bis zu den Ohren und den Kiefergelenken. Ein einfacher, aber wirksamer Haltemechanismus sorgte dafür, dass es nicht verrutschen konnte.

»Bitte, Sir!«

Der Roboter reichte ihm die Maske so, dass die leeren Augenhöhlen und die starre, leicht geöffnete Mundpartie nicht allzu abschreckend wirkten.

Alaska presste die Lippen zusammen; sein Kopfschütteln war ein knappes, kaum merkliches Zittern.

»Wenn Sie mich nicht umbringen wollen, Mr. Saedelaere«, dröhnte die Lautsprecherstimme lauter als zuvor, »setzen Sie die Maske auf. Und keine Sorge, sie passt Ihnen wie angegossen. Ihr Schädel wurde vermessen, während Sie im Tiefschlaf lagen.«

Alaska griff nach der Maske, zögerte jedoch, bevor er das Plastik berührte, und zog die Hände so ruckartig zurück, als hätte er sich soeben die Finger verbrannt. Im nächsten Moment sah es aus, als wollte er sich die Haare raufen, doch abermals hielt er in der Bewegung inne. In Augenhöhe ballte er die Hände.

»Ich helfe Ihnen, Sir«, sagte der Medoroboter.

Saedelaeres Brustkorb hob und senkte sich unter hastigen Atemzügen, aber er widersprach nicht. Regungslos ließ er es zu, dass der Roboter die Maske über sein Gesicht schob und befestigte.

Mit geschlossenen Augen lauschte der Transmittergeschädigte in sich hinein. Das heftige Aufwallen, als die Maske die Haut berührte, ließ für Sekundenbruchteile Hoffnung aufkeimen, das fremde Zellgewebe würde sich ablösen. Aber schon im nächsten Moment ebbten die Kontraktionen wieder ab.

»Spüren Sie die Auflagepunkte?«, wollte der Roboter wissen.

»Sie sind rau«, sagte Saedelaere. »Ich weiß nicht ...«

»Stört Sie etwas?«

Der Techniker zuckte mit den Achseln und öffnete die Augen wieder. Das Empfinden, Plastikgeruch einzuatmen, mochte der Einbildung entspringen. Jedenfalls hinderte ihn die Maske nicht am Atmen. Andererseits war sein Blickfeld eingeschränkt – unwesentlich zwar, doch er empfand das als Behinderung. Die Sehschlitze waren zu klein; egal wie er den Blick wandte, stets hatte er eine verschwommene Kante vor sich.

Weil Tränen die Sicht trübten, begann Alaska aufgeregt zu blinzeln, und als das nicht half, tastete er nach der Befestigung, um die Maske abzunehmen. Der Medoroboter hinderte ihn daran.

»Ich hoffe, die Maske entspricht Ihren Vorstellungen, Mr. Saedelaere. Damit können Sie in die Öffentlichkeit zurück.« Diesmal erklang Galbraith Deightons markante Stimme nicht aus den Lautsprechern. Der Chef der Solaren Abwehr stand im Durchgang zum Nebenraum.

»Die Maske ist nicht völlig geschlossen«, sagte Alaska. »Wie hoch ist das verbleibende Risiko?«

Langsam, doch ohne zu zögern, kam Deighton näher. Erst neben Saedelaere blieb er stehen. Der Transmittergeschädigte zuckte zusammen, als sich eine Hand auf seine Schulter legte.

»Es wäre für mich fatal, könnte ich Risiken nicht einschätzen. Sie werden schnell lernen, mit dem Handicap zu leben, Mr. Saedelaere. Und bitte, behalten Sie Ihre Schutzbehauptung für sich, dass Sie das nicht wollen. Ich spüre nicht nur Ihre neu erwachte Hoffnung, ich bin auch bestens über Sie informiert.«

»Sie haben in meinem Leben herumgeschnüffelt?« Mit einem Ruck schüttelte Alaska die Hand ab. »Ich mag das nicht.«

»Und ich weiß gerne alles über meine Leute«, sagte der SolAb-Chef.

Alaska Saedelaere stieß ein knappes, zynisches Lachen aus. »Gib dem Geheimdienst den kleinen Finger, und du verlierst die ganze Hand. Dafür bin ich nicht geschaffen.«

»Sind Sie sich dessen sicher, Mr. Saedelaere?« Als Alaska nicht sofort antwortete, fügte Deighton betont hinzu: »Wir wissen doch beide, dass die SolAb Ihnen unter den gegebenen Umständen eine neue Heimat bieten kann. Mein Angebot steht.«

Zögernd schüttelte Alaska Saedelaere den Kopf. »Der Teufel ist ein Egoist und tut nicht leicht um Gottes willen, was einem andern nützlich ist«, zitierte er mit bebender Stimme. »Sprich die Bedingung deutlich aus; ein solcher Diener bringt Gefahr ins Haus.«

Deighton lächelte dezent. »Goethe – altterranischer Lyriker, zirka elfhundert Jahre vor meiner Geburt. Außer Rhodan und Bull kann heute kaum mehr jemand aus Faust zitieren.«

»Sie vergessen Atlan.«

»Da haben Sie Recht. Und wenn wir schon dabei sind: Atlan interessiert sich ebenfalls für Sie.«

Überrascht und unwillig zugleich stieß Saedelaere die Luft aus. Mit hängenden Schultern und schlotternder Kleidung wirkte er wie das Elend in Person. »Ich verkaufe meine Seele nicht. Weder an die SolAb noch an die USO.« Er vollführte eine entschieden ablehnende Bewegung und legte beide Hände in den Nacken, als wolle er die Maske lösen.

»Obwohl Sie auf Ihren Vater nie gut zu sprechen waren, Alaska, seine Gene können Sie nicht leugnen.«

Der Techniker versteifte sich jäh.

»Ihr Vater, heißt es, hatte ebenfalls ein Faible für klassische Literatur. Außerdem haben Sie seinen Eigensinn und die Introvertiertheit von ihm.«

»Lassen Sie Tresham aus dem Spiel!«, fuhr Alaska auf. »Ich will nichts von ihm hören.« Sein Adamsapfel hüpfte hektisch und verriet, dass er eigentlich noch mehr sagen wollte. Trotzdem schwieg er. Nicht zuletzt weil sein Gesicht erneut zu zucken begann. Gleichzeitig sah er den Solarmarschall wie hinter wogenden Nebelschleiern verschwinden und die Beleuchtung dunkler werden.

Ein, zwei Schrecksekunden vergingen, bis Alaska Saedelaere begriff. Das zuckende Gewebe strahlte wieder heller. Dieses Flackern beeinträchtigte nicht nur seine Sehschärfe, sondern auch die Farbwahrnehmung. Graue Töne nahmen überhand, und erst zum Rand seines Sichtfelds hin bildeten sich Farben in der Art newtonscher Ringe.

Die Hände hochreißen und die Öffnungen der Maske abdecken war für Alaska eins. In derselben Bewegung wandte er dem Solarmarschall den Rücken zu. Falls es nicht ohnehin zu spät war. Er hatte geahnt, dass die Plastikmaske ein Fehlschlag sein würde.

»Sie sorgen sich unnötig«, erklang es hinter ihm. »Mir geht es gut, ich kann bislang keine Anzeichen von geistiger Umnachtung feststellen. Außerdem habe ich nicht vor, den Löffel abzugeben.«

»Bitte?«, fragte Alaska widerwillig.

»Ich meine, ich fühle mich nicht, als müsste ich bald sterben. Drehen Sie sich wieder um, Mr. Saedelaere. – Das ist ein Befehl!«

»Ich sagte schon einmal, dass ich mich nicht kaufen lasse.«

»Sind Sie immer so stur?«

»Im Übrigen ...«, Alaska ließ endlich die Hände sinken, weil sich kein Widerschein mehr abzeichnete, »... im Übrigen bin ich Zivilist und gedenke, das zu bleiben. Falls Sie Geld für die Behandlung bekommen ...«

»Hören Sie auf!« Galbraith Deighton, ansonsten für seine innere Ausgeglichenheit und persönliche Beherrschung bekannt, reagierte höchst selten so schroff. »Sie machen sich das Leben selbst schwer, Saedelaere. Warum akzeptieren Sie nicht, dass Ihnen jemand helfen will?« Er ging zwei schnelle Schritte vorwärts, umfasste mit beiden Händen Alaskas rechten Oberarm und zog den Techniker zu sich herum. Für einen flüchtigen Moment schienen sich seine Pupillen zu weiten, als er direkt in die Augen des Transmittergeschädigten schaute, dann lächelte er. »Es ist nur Ihr verändertes Gesicht, das die verheerende Wirkung hat. Die Aura allein bleibt unbedenklich.«

Alaska bezweifelte noch, dass ihm das Stück Plastik auf Dauer helfen konnte. *Hör auf, darüber nachzudenken!*, schoss es ihm durch den Sinn. *Das hieße doch nur, dass ich den Zustand akzeptiere.* Und genau das wollte er nicht. Laut sagte er: »Haben Sie erwogen, Solarmarschall, dass Ihr Zellaktivator Sie schützt?«

Ehe Deighton zu einer Erwiderung ansetzen konnte, meldete sich Dr. Bishar über Interkom.

»Die Vermutung ist unzutreffend«, kommentierte der Arzt und gab damit zu erkennen, dass zumindest der SolAb-Chef lückenlos überwacht worden war. »Ich habe mich in dem Moment in die optische Wahrnehmung des Medoroboters eingeschaltet, als Sie die Maske anlegten. Dass ich leider nicht zum Kreis der Aktivatorträger gehöre, weiß jeder. Trotzdem registriere ich keine Veränderung an mir. Und nicht zuletzt erinnere ich daran, Alaska, dass Ihre Freundin ebenfalls die Aura sah, zwar nur für einen denkbar kurzen Moment und im Spiegel, aber selbst die Aufzeichnungen von Peruwall haben zu Todesfällen geführt.

Das heißt, dass die Plastikmaske ein brauchbares Hilfsmittel ist – vorausgesetzt, Sie fühlen sich darunter wohl.«

»Habe ich eine andere Wahl als Maske oder Deflektorfeld?« Nervös begann Saedelaere, seine Finger zu massieren. »Die Entscheidung ist für mich wie zwischen Teufel und Beelzebub.«

»Ich weiß«, sagte Deighton.

»Über kurz oder lang werden wir einen brauchbaren Therapieansatz finden«, behauptete Dr. Bishar. »Betrachten Sie die Maske als Übergangslösung.«

»Für wie lange?«

»Zwei, drei Wochen vielleicht. Wir versuchen alles Menschenmögliche, aber wir dürfen die Sicherheit nicht außer Acht lassen. Das kostet Zeit. Bitte, werden Sie nicht ungeduldig.«

Alaska verzog die Mundwinkel in einer unwilligen Grimasse. Zugleich wurde er sich bewusst, dass die Maske starr war und seine Regungen nicht wiedergab. Ohnehin würde er Zeit brauchen, sich an sie zu gewöhnen.

»Ich will in meine Unterkunft zurück«, verlangte er.

Ohne sich dessen bewusst zu werden, tastete er mit gespreizten Fingern zum wer weiß wievielten Mal über das Stück Plastik hinweg.

»Die Solare Abwehr steht für Sie offen, Mr. Saedelaere«, wiederholte Deighton.

»Ich eigne mich nicht als Agent. Schon gar nicht mit dem auffälligen Äußeren.« Alaska lachte heiser.

»Als Techniker wären Sie mir ebenfalls willkommen. Denken Sie wenigstens darüber nach.«

»Nein.« Alaska hörte sich selbst dumpf und verzerrt und musste sich dazu zwingen, die Stimme nicht zu heben. »Ich bin weder auf Almosen noch auf Mitleid aus.«

»Vielleicht«, sagte Galbraith Deighton, »ändern Sie Ihre Meinung, sobald Sie einige Nächte lang darüber geschlafen haben.«

Die Zeit vergeht in gleich bleibender Monotonie. Obwohl manches anders geworden ist, erstarren für dich die Tage in medizinischer Routine. Liv ist in deiner Nähe; ihr seht euch regelmäßig, wenngleich meist nur für kurze Zeit. Viel Freiraum bleibt dir nicht – aber du willst ihn auch gar nicht, sofern die Mediziner es wirklich schaffen, die Veränderung rückgängig zu machen. Sie zwängen dich in enge Kammern, in denen Energiefelder jede Bewegung unterbinden. Schicht um Schicht wird dein Körper analysiert. Danach fühlst du dich jedes Mal hundeelend, und dein Gesicht tobt.

Was hat Dr. Bishar inzwischen über die Veränderung herausgefunden? Du erfährst es nicht …

Seit vier Tagen trägst du die Maske. Obwohl du weiterhin hoffst, dass es nicht nötig sein wird, dich an dieses starre graue Ding zu gewöhnen, setzt du es zunehmend öfter auf. Nicht nur, wenn Liv dich besucht. Mittlerweile reagiert deine Haut weniger empfindlich auf den Kontakt – das raue Gefühl ist zwar geblieben, aber der Schmerz schwindet. Du glaubst, du könntest die Maske wirklich stundenlang tragen. Genau das wird dir wohl bevorstehen.

Du willst jetzt nicht daran denken.

Das Unvermeidliche kommt ohnehin überraschend. Du hast es am eigenen Leib erlebt, du bist Alaska Saedelaere, der Transmittergeschädigte …

Vierzehn Tage auf Mimas und schon der sechste Tag, an dem du dein entstelltes Gesicht zeitweise hinter der Maske verbirgst. Heute ist der 14. März 3428 – das Datum wirst du dir vielleicht merken müssen. Denn Dr. Bishar zeigte sich heute seltsam wortkarg, als zögere er, dir endlich die Wahrheit zu sagen – du vermutest, die Mediziner haben endgültig Gewissheit, dass sie dir nicht helfen können –, und Liv gab dir vor gut einer Stunde zu verstehen, dass sie gerne mit dir schlafen möchte. Du nennst das »Akklimatisierung«, langsames Heranführen an die Normalität nach dem Unfall, sofern man von »Normalität« jemals wird sprechen können.

Du weißt, was dich erwartet:

… ein Leben als Abnormität.

… ein Leben hinter der Maske.

Wir Menschen haben uns längst an den Anblick der bizarrsten Lebewesen gewöhnt (jedenfalls aus unserer Sicht). Sogar unser eigenes Volk zeigt mit den umweltangepassten, zwei Meter fünfzig großen Ertrusern und den nicht einmal mehr zwanzig Zentimeter kleinen grünhäutigen siganesischen Zwergen eine früher nie für möglich gehaltene genetische Bandbreite. Doch jemandem, der sein Gesicht hinter einer Maske verbirgt, wird man nach wie vor mit Misstrauen begegnen. Weil er etwas zu verbergen hat.

Du weißt das.

Dennoch hast du dir noch keine ernsthaften Gedanken über die Zukunft gemacht. Du kannst nicht mehr als Techniker arbeiten. Hat sich jemand von der Interstellar Equipment and Positronic Inc. nach deinem Befinden erkundigt? Oder wurden alle Anfragen abgeblockt? Du weißt es nicht – und wenn du ehrlich bist, interessiert es dich überhaupt?

Bleibt die Frage, auf die wohl niemand eine Antwort finden wird: Warum?

8.

Wie ein gleißender Teppich erstreckte sich das Lichtermeer der Stadt vor ihm – eine berauschende Helligkeit, die nur eine vage Ahnung der Nacht übrig ließ, eine Hand voll besonders heller Sterne im Zenit und, hinter dünnen Wolkenschleiern verborgen, den fahlen Widerschein des Mondes.

Die Panoramaverglasung spiegelte. Alaska Saedelaere sah im Hintergrund, in der von schwebenden Spots ausgeleuchteten Kochlandschaft, Liv hantieren, er hatte zudem ein verzerrtes Abbild seiner selbst vor sich. Wie ein durchscheinendes, ätherisches Wesen, in dessen Adern nicht Blut pulsierte, sondern Gleiter ihre Bahn zogen und dessen Haut von grell pulsierenden Reklameholos pigmentiert wurde.

Nur der fast ovale graue Fleck überdeckte den fernen Hintergrund.

Eine Totenfratze, schoss es Saedelaere durch den Sinn, ohne dass er den Gedanken verhindern konnte. Die Maske war ausdruckslos starr, das Flackern in den Augenöffnungen erinnerte an billige Gruselholos, in denen ähnliche Effekte geboten wurden.

Ob ich mich jemals daran gewöhnen kann, weiß ich nicht.

Hinter ihm klirrten Gläser. Alaska trat so nahe an die Scheibe heran, dass der Eindruck entstand, er würde mit dem nächsten Schritt ins Leere stürzen. Dreiundfünfzig Etagen … Livs großzügige Wohnung lag in einem der modernen spindelförmigen Bauten, auf der Höhe des größten Durchmessers. Die freie Sicht machte solche Stockwerke zu begehrten Immobilien.

Gedankenverloren presste Saedelaere die Stirn an die Scheibe. Dass die Maske verkantete und plötzlich an mehreren Stellen drückte, beachtete er nicht. Er schielte in die Tiefe, sah Menschen und Fahrzeuge klein wie Ameisen – und genoss die Vorstellung, einfach nach vorne zu treten, die Arme auszubreiten und sich abzustoßen, zu wissen, dass innerhalb von Sekunden alle Zweifel und die Ungewissheit enden würden. Unwillkürlich atmete er schneller.

»Alaska …«

Von weit her drang die Stimme in sein Bewusstsein vor. Er ignorierte sie, genoss immer noch den Gedanken, sein Schicksal selbst in die Hand zu nehmen. Den Tod zu akzeptieren fiel ihm ungewöhnlich leicht. Besser, er selbst starb, als dass er erneut Menschen in Gefahr brachte.

»Ich bin überzeugt, Mr. Saedelaere, dass Sie Ihr Leben in die Hand nehmen und das Beste daraus machen werden.« Dr. Bishars Abschiedsworte klangen in ihm nach. Vielleicht, weil er schon nach einem Tag das wohl geordnete Klinikleben vermisste. Es war wie immer im Leben: Zu schätzen wusste man erst die Dinge, die man verloren hatte.

»Auf die Zukunft, Alaska. Ob mit oder ohne Maske, ist mir egal. Ich finde … – Hörst du überhaupt zu?«

»Doch«, murmelte er verwirrt, löste die Stirn von der Scheibe und wollte sich mit beiden Händen übers Gesicht fahren. Erst als die Finger auf das harte Plastik stießen, besann er sich.

»Ich bin froh, Alaska, dass du hier bist. Mimas war für mich eine kalte Welt, die ich auf Dauer nicht ertragen könnte. Wir schaffen es. Gemeinsam.«

Der Transmittergeschädigte schaute die junge Frau an. Zögernd schüttelte er den Kopf.

»Ich bin dir im Weg«, sagte er stockend. »Ein Klotz am Bein, ohne den du glücklich werden könntest. Deshalb werde ich deine Gastfreundschaft nur für einige Tage in Anspruch nehmen. Bis ich mir darüber klar geworden bin, was mit meinem Leben geschehen muss.«

Liv Andamans Lächeln gefror. Sie zitterte plötzlich. Der Sekt in den Gläsern, die sie in beiden Händen hielt, drohte überzuschwappen. »Gastfreundschaft?«, stieß sie ungläubig hervor. »Das meinst du nicht ernst? Ich … ich möchte mit dir zusammen …«

»Sag's nicht!«, wehrte Saedelaere ab. »Wahrscheinlich würdest du es schon morgen bereuen, und dann …«

Die Gläser zerplatzten am Boden, der venusische Sekt hinterließ dunkelrote Flecken. Mit offenem Mund starrte Liv den Maskenträger an und schien auf eine Entschuldigung zu warten. Als Alaska hartnäckig schwieg, warf sie sich herum und stürmte davon. Dröhnend schlug eine Tür zu. Dann herrschte Stille.

Sekundenlang stand Saedelaere wie erstarrt, bevor er ausholte und in blinder Ohnmacht mit der Handkante gegen die Scheibe drosch. »Liv!«, wollte er rufen, doch er konnte es nicht. Beinahe fluchtartig verließ er die Wohnung.

Terrania City war ein brodelnder Wurmtopf, in dem das überschäumende Leben nie eine Pause einlegte. So hatte Alaska Saedelaere seine Geburtsstadt seit frühester Jugend in Erinnerung, und an der pulsierenden Vielfalt hatte sich bis heute nichts geändert. Wie ein unersättlicher Moloch fraß sich die Stadt immer weiter hinaus in die ehemalige Wüste Gobi. Der einst von einer Privatfirma betriebene Schrottplatz, an den er sich gerne erinnerte, war ebenso der fortschreitenden Bebauung zum Opfer gefallen wie der Waldstreifen, von dem heute nur noch kleine Abschnitte als Parks dienten.

Saedelaere benutzte den transparenten Antigravlift an der Gebäudeaußenseite und verließ die Röhre auf Höhe der im oberen Turmdrittel umlaufenden Plattform. Benachbarte Wolkenkratzer reckten sich bis zu zwei Kilometer hoch. In ihrer bizarren Schönheit wirkten manche Bauten wie Säulen, auf denen das Firmament ruhte, andere wie stilisierte, nach den Sternen greifende Hände. Dazwischen wanden sich die Laufbänder wie üppige Schlingpflanzen, ihr hell leuchtendes Grau wurde mit der Höhe dunkler und wirkte bei fünfhundert Metern wie ein düsterer Schutz gegen äußere Einflüsse. Zwischen ihnen und den Aussichtsbrücken verkehrten Lufttaxis und -busse, private Gleiter folgten in unüberschaubarer Zahl den Peilstrahlen der Leitzentralen.

Oft hatte Alaska die Metropole Terras mit dem wohl durchdachten Chaos eines Insektenstaates verglichen. Dass hier das Herz des Solaren Imperiums schlug, war unübersehbar.

Minutenlang verharrte er am Rand der Plattform und starrte in die Tiefe. Dann schloss er die Augen und versuchte, den rasenden Herzschlag zu ignorieren. Ein unsichtbares Prallfeld verhinderte jeden Sprung; im Prinzip brauchte er nur die Arme auszustrecken, um den Energiezaun zu berühren. Er tat es nicht. Weil ihm bewusst wurde, dass er seit geraumer Zeit weder Schmerzen wahrnahm noch das stete Zucken im Gesicht. Irgendwann hatte beides aufgehört, ohne dass es ihm aufgefallen wäre.

Wann?

Er wusste es nicht.

Nicht zum ersten Mal seit dem Transmitterunfall fühlte sich Alaska Saedelaere als Spielball seiner Empfindungen. Tiefe Niedergeschlagenheit, beinahe Depression, wechselte mit jäh aufflackernder Hoffnung ab. Zurück blieb eine an die Substanz gehende Zerrissenheit.

Warum ich?, hämmerte es unter Saedelaeres Schädeldecke. *Warum?*

Ein Gurgeln drang über seine Lippen, ein halb erstickter Aufschrei, der unter der Maske nachhallte. Er taumelte. Siedend heiß pochte es durch seine Adern, während sein Magen sich anfühlte wie ein Schwarzes Loch, und dieses Nichts in seinen Eingeweiden wuchs, es breitete sich aus, als wolle es ihn innerlich verzehren.

Saedelaere verkrampfte sich und presste die Oberarme an den Leib. Im nächsten Moment griff er nach der Maske und verkrallte die Finger auf dem Plastik.

Wie aus weiter Ferne drang eine Stimme an sein Ohr. Alaska hatte Mühe, trotz des Dröhnens in den Schläfen zu verstehen, was der Sprecher von ihm wollte. Der Mann sagte etwas von »bedauernswertem Zustand« und »Medoroboter holen«.

»Nein«, ächzte Saedelaere. »Mir ... geht es ... gut.«

Im Aufschauen bemerkte er bleiche Augen, die ihn anstarrten, einen Ausdruck von Erschrecken und Verwirrung in der Miene seines Gegenüber, weil das Ding in seinem Gesicht wieder flackerte.

Der Mann, der ihm eben noch hatte helfen wollen, stammelte plötzlich unverständliches Zeug. »Hör auf!«, schrie Alaska und packte mit beiden Händen zu. Heftiger als beabsichtigt schüttelte er den Fremden, der wie eine Puppe in seinem Griff hing. »Komm zu dir! Verdammt – ich will das nicht, ich ...«

Niemals hätte ich mich von Liv überreden lassen dürfen, auf die Erde zu kommen, dachte er bitter.

»Wer sind Sie?«

Erst als der andere sich gegen den Griff zu sträuben begann und die Frage schrill wiederholte, reagierte Alaska. Ebenso abrupt, wie er zugepackt hatte, stieß er den Mann von sich. Zugleich warf er sich herum und floh vor sich selbst und seinem Selbstmitleid. Hinter ihm erklangen wütende Rufe. Wie eine Lawine schwollen sie an, kamen näher, bedrohlich nahe – und schwappten über ihn hinweg.

Schemen starrten ihn an, versuchten ihn aufzuhalten. Irgendwie registrierte Alaska, dass trotz der späten Nachtstunde viele Menschen auf der Plattform waren. *Weg! Verschwindet!* Seine körperliche Schwäche war eine Folge des Klinikaufenthalts; der Schweiß brach ihm aus allen Poren, und jeder neue Schritt ließ ihn innerlich beben. Blindlings hastete er vorwärts, starrte nur noch auf den Boden vor seinen Füßen und stieß etliche Personen zur Seite. Für sie war er ein Aussätziger, nichts anderes.

»… er ist krank.«

»… seht ihr die Maske, das Leuchten dahinter? Als stehe sein Gesicht in Flammen.«

»Wo bleibt die Polizei?«

Alles schlug über ihm zusammen und riss ihn gnadenlos weiter. Immer mehr Leute gafften ihn an … aber endlich lag die hell erleuchtete Antigravröhre vor ihm. Alaska warf sich nach vorne – egal ob weiter aufwärts oder nach unten, er wollte nur noch weg von diesem Spießrutenlauf, den er nicht länger ertrug.

Nichts geschah. Die Polung der Transportfelder innerhalb des Schachtes war manipuliert worden. Es gab keinen Bewegungsimpuls. Sekundenlang hing Alaska Saedelaere im Einstiegsbereich fest, und als er endlich einen der Haltegriffe zu fassen bekam, waren die Wachroboter da. Ihre Aufforderung, ihnen zu folgen, duldete keinen Widerspruch.

02.40 Uhr Standardzeit. Alaska Saedelaere konnte die Müdigkeit nicht länger ignorieren. Er fühlte sich schlapp und ausgelaugt, und wenn der Wachmann ihm nur einige Minuten Ruhe gelassen hätte, wäre er wohl auf der Stelle eingenickt. Doch die raue Stimme schreckte ihn immer wieder hoch.

»Allein die Personendaten scheinen korrekt zu sein: Alaska Tengri Saedelaere, geboren am 2. Dezember 3400 in Terrania. Damit wären Sie Bürger des Solaren Imperiums, vorausgesetzt, Ihre Identität könnte überprüft werden. Leider habe ich damit Probleme. – Sind Sie Alaska Saedelaere?«

Der Transmittergeschädigte nickte schwer, was der Beamte geflissentlich ignorierte.

»Also gut«, fuhr der Mann fort, beugte sich über seinem Schreibtisch, der eher einer kleinen Kommandozentrale glich, ein Stück weiter nach vorne und stützte das Kinn auf die Handrücken. »Die banalen Daten wie Größe, Haarfarbe und so weiter sind stimmig. Aber sagen Sie selbst: Was kann ich wirklich damit anfangen? Fingerabdrücke liegen nicht vor, ebenso wenig ein Retina-Scan oder gar Gendaten. Und Stammzellen …«

»Meine Eltern gaben keine Genehmigung zur Aufbewahrung.« Saedelaere zuckte mit den Achseln. Er saß auf der anderen Seite des Tisches in einem unbequemen Sessel, flankiert von einem Wachroboter und durch ein Prallfeld von dem Beamten getrennt. Hätte er nicht den miniaturisierten Projektor in der Tischkante entdeckt, wäre ihm die Sperre kaum aufgefallen.

»Also wieder von vorne, Mister …«

»Saedelaere«, sagte Alaska gequält.

»Nehmen Sie endlich diese dämliche Maskierung ab!«

»Sie würden den Anblick nicht überleben.«

Der Beamte seufzte vielsagend. »Wissen Sie, Mister, wie grauenvoll mancher Anblick sein kann? Als Kadett der Explorerflotte …« Unwillig schüttelte er den Kopf. »Ich war dabei, als die Insekten von Graustria III sich unter die Haut wehrloser Raumfahrer bohrten und ihre Brut den Männern und Frauen innerhalb Stundenfrist das Fleisch von den Knochen fraß. Und da kommen Sie und erzählen Schauermärchen über Ihr Gesicht.« Er stutzte, senkte überrascht den Blick und verfolgte eine Nachricht, die auf der Tischplatte erschienen war. »Die Handelsstation auf Bontong, sagten Sie?«

»Ja.« Saedelaere nickte.

»Die *Interstellar Equipment and Positronic Inc.* bestätigt, dass Sie – dass Alaska Saedelaere aktuell als Techniker auf Bontong eingesetzt ist.«

Die nachfolgende Pause hatte etwas Künstliches und wirkte mit jeder Sekunde bedrohlicher. Alaska konnte sich eines leichten Schauderns nicht erwehren.

»Mit *aktuell*«, fuhr der Wachmann fort, »meine ich jetzt, in genau dieser Stunde. Das sollten Sie mir plausibel erklären.«

»Ich wurde nach Peruwall abkommandiert. Vor gut drei Wochen.«

»Das hatten wir schon, Mister. Erzählen Sie mir zur Abwechslung endlich die Wahrheit! Ich meine, der tätliche Angriff ist kein Kapitalverbrechen, und eine Maske zu tragen, nun, verboten ist das nicht. Der Aufwand, den wir bereits betreiben, steht in keinem Verhältnis …«

»Mimas«, unterbrach Alaska Saedelaere. »Bis gestern wurde ich auf Mimas behandelt. Fordern Sie dort meine Daten an. Ich gebe Ihnen jede nötige Vollmacht.«

Der Beamte musterte ihn gequält, ganz so, als hätte er Wichtigeres zu tun, als sich mit Lappalien und Lügnern herumzuschlagen. »Die Antwort liegt längst vor: Auf Mimas wurde nie ein Patient namens Saedelaere behandelt.«

»Das ist unmöglich … ein Irrtum.«

Der Wachmann lehnte sich zurück. »Sie stehen vorerst unter Arrest. Gibt es irgendetwas, das Sie benötigen, Medikamente zum Beispiel?«

»Nein«, stieß Saedelaere hervor. »Nichts außer meiner Glaubwürdigkeit.«

»Dann folgen Sie dem Roboter. Morgen will ich die Wahrheit: Was ist los mit Ihnen, wer sind Sie wirklich?«

Alaska hatte schon bescheidenere Unterkünfte gesehen als die Zelle, in der er den Rest der Nacht verbringen sollte. Die Antigravliege verfügte sogar über ein Steuergerät, mit dem er das Bett persönlichen Bedürfnissen anpassen konnte. Ein Kontursessel sowie ein Lesegerät für diverse Speichermedien vervollständigten die Einrichtung. Die vorhandenen Mnemowürfel befassten sich mit Arkon als galaktischer Wirtschaftsmacht sowie Gesetzgebung und Vollzug auf Terra und verbündeten Welten. Nichts davon interessierte Saedelaere. Für die angrenzende Nasszelle hatte er ebenfalls nur einen flüchtigen Blick. Und die sterile Nachtbekleidung ignorierte er. Stattdessen ließ er sich, angezogen, wie er war – lediglich die Schuhe hatte er abgestreift –, rücklings aufs Bett sinken und verschränkte die Hände hinter dem Kopf. *Du hast es weit gebracht, Alaska*, sinnierte er. Das Armbandgerät hatte ihm der Wachmann aus Sicherheitsgründen abgenommen. Eine Kontaktaufnahme nach außen sollte verhindert werden. Er konnte nicht einmal Liv verständigen. Aber wollte er das überhaupt?

Weit wichtiger erschien ihm eine Antwort auf die Frage, weshalb sein Arbeitgeber bestätigt hatte, dass er nach wie vor auf Bontong weilte. Das war ein Unding. Oder war sein Unfall gar kein Unfall gewesen und nun wurde versucht, das Geschehen zu vertuschen?

Politik hatte ihn nie interessiert. Zumindest nicht die Feinheiten. Längst war offensichtlich, dass das Solare Imperium in der Krise steckte. Der Keim dazu war vor rund fünfhundert Jahren mit dem Panither-Aufstand gelegt worden, als die ersten verbündeten Systeme und vor allem Plophos von Terra abfielen. Perry Rhodans zweite Frau, Mory Rhodan-Abro, und ihre gemeinsame Tochter Suzan Betty Rhodan-Waringer waren damals ermordet worden.

Mittlerweile schien der Zerfall des Imperiums nicht mehr aufzuhalten. Das Imperium Dabrifa, der Carsualsche Bund und die Zentralgalaktische Union bildeten die stärksten Machtblöcke. In ihrem Schatten hatte sich eine Vielzahl kleinerer Bündnisgruppen mehr oder weniger offen von der ordnenden Hand Terras losgesagt. Die Ross-Koalition, die Tarey-Bruderschaft und der Shomona-Orden sowie die Fracowitz-Systemstaaten galten als die wirtschaftlich stärksten, deren Militärmacht zugleich Schlagkraft demonstrierte.

Vielleicht hatte eine dieser Gruppen eine Technik entwickelt, terranische Transmitter anzuzapfen. In letzter Konsequenz hätte das aber bedeutet, dass die *Interstellar Equipment and Positronic Inc.* mit den Gegnern des Solaren Imperiums gemeinsame Sache machte. *Das ist verrückt*, redete sich Alaska ein. *Das wäre ungefähr so, als würden die Whistler-Robotfabriken sich von Terra lossagen. Niemand schlägt die Hand ab, die ihn füttert.*

Die Antwort von Mimas passte ebenfalls nicht ins Bild. Anzunehmen, dass das medizinische Zentrum unterwandert war, hätte bedeutet, die Solare Abwehr ebenso wie Atlans United Stars Organisation der Unfähigkeit zu bezichtigen. Beide Geheimdienste hatten vielmehr ein gutes Stück dazu beigetragen, schwere Zwischenfälle und Konflikte zu verhindern.

Irgendwann schlief Alaska über seinen Grübeleien ein. Ebenso übergangslos schreckte er mehrmals auf und knüpfte jedes Mal nahtlos an die letzten Überlegungen an.

Wurden die Spuren seines Transmitterunfalls verwischt? Im Halbschlaf gefangen, hatte Alaska Mühe, sich galaktische Positionen zu vergegenwärtigen. Peruwall lag nur wenige Dutzend Lichtjahre von einem kleinen Sternhaufen der ZGU entfernt. Die Ross-Koalition grenzte ebenfalls an.

Unsinn!, dachte er und stieß bei dem Versuch, seine Augenwinkel zu massieren, gegen die Maske. Er hatte die Wache davor gewarnt, sie abzunehmen. Was dieses Plastikvisier anbetraf, musste er sich inzwischen eingestehen, dass er zu pessimistisch gewesen war. Die Maske hielt den Wahnsinn zurück. Niemand auf der Aussichtsplattform hatte den Verstand verloren oder war sterbend zusammengebrochen.

Abermals forderte die Müdigkeit ihr Recht. Diesmal schlief Alaska Saedelaere tief und traumlos …

… und wachte erst auf, als ein dezentes Husten ihn weckte.

Er blinzelte und hatte im ersten Moment Mühe, die Umgebung klar zu erkennen. Prompt kniff er die Augen zusammen; Tränen klebten zwischen den Lidern – aber dann besserte sich das Sehvermögen. Die verschwommen überlappenden Abbilder glitten scheinbar wieder ineinander und verschmolzen.

»Wie spät ist es?« Auf den Ellenbogen stemmte Saedelaere sich hoch. Die Nacht war viel zu kurz gewesen, er fühlte sich wie gerädert.

»Ich entschuldige mich für alle Unannehmlichkeiten, die Sie hatten«, sagte der Wachmann.

»Bitte?«, machte Saedelaere.

»Sie sind ein freier Mann, Mister.«

In reiner Gewohnheit hob Alaska die Hände, um mit den Fingern sein Gesicht zu massieren. Als er gegen die Maske stieß, wurde ihm bewusst, dass er wohl lange brauchen würde, sich daran zu gewöhnen.

»Wie spät ist es?«, wiederholte er dumpf.

»Kurz nach fünf Uhr.«

»Welchem Umstand verdanke ich den plötzlichen Umschwung?«

»Solarmarschall Deighton verbürgt sich für Sie.«

Saedelaere schluckte schwer. »Schön«, brachte er danach hervor. »Wie geht es weiter?«

»Ich bin beauftragt, Sie an jeden gewünschten Ort in Terrania bringen zu lassen.«

»Ist das alles?«

»Galbraith Deighton lässt nachfragen, ob Sie seinen Vorschlag ...«

»Vergessen Sie's«, unterbrach der Transmittergeschädigte hastig. »Für die *Gastfreundschaft* muss ich mich hoffentlich nicht bedanken?« Sein Zynismus war unüberhörbar.

Der Wachmann breitete in einer entschuldigenden Geste die Arme aus. »Wir sind vorsichtig geworden. Mag sein, dass die Sicherheitsvorschriften inzwischen aus jeder Mücke einen Elefanten machen, aber lieber das, als Agenten der antiterranischen Koalition auf Terra zu haben.«

Für den Sonnenaufgang über Terrania war es schon zu spät, Sol stand blutrot und riesenhaft groß über dem Horizont.

Auf dem Kamm des Lärmschutzwalls, der den Handelsraumhafen im Osten der Metropole umgab, genoss Alaska Saedelaere den frühen Morgen. Warum er ausgerechnet dieses Ziel gewählt hatte, wusste er selbst nicht so genau – vielleicht, weil sich hier die Einsamkeit und seine Träume die Waage hielten. Oder weil er in der Erinnerung eineinhalb Jahrzehnte in die Vergangenheit fliehen konnte.

Ein Fragmentraumer der Posbis schwebte ein, ein mehrere Kilometer großer, von bizarren Auswüchsen übersäter Würfel. Die startenden 60-Meter-Korvetten einer solaren Frachtlinie wirkten im Vergleich geradezu winzig.

Den Triebwerkslärm, der in immer neuen Wogen heranrollte, beachtete Alaska kaum. Er suchte nicht die Ruhe, die er in Livs schallisolierter Wohnung weit eher gefunden hätte, er wollte nur allein sein.

Irgendetwas ging mit ihm vor – eine Veränderung, die er nicht in Worte fassen konnte. Ein schleichender Prozess. Es fiel ihm schwer, überhaupt eine Bezeichnung dafür zu finden, aber wenn er in sich hineinhorchte, sich ganz nach innen konzentrierte, dann erschienen ihm die eigenen Grenzen mit jedem Tag weiter und großzügiger, nicht mehr so muffig eng wie zuvor. … *nicht mehr wie vor dem Unfall*, schränkte er ein. Schon auf Mimas hatte er es bemerkt. *Das ist keine neue Sicht der Dinge, aber meine Distanz ist anders geworden. Nicht mehr spießbürgerlich oder angepasst. Rebellisch? Kaum. Eher kritischer.*

Logischer, sinnierte er.

Mit einem Griff löste Alaska die Maske. Der warme, von den Landefeldern heraufwehende Wind trocknete den Schweiß auf der Haut und stach wie mit Nadeln in sein Fleisch. Es fühlte sich an, als würde die Veränderung im Gesicht weiterwuchern.

Noch vor wenigen Tagen hätte er mit Panik auf die Vorstellung reagiert, die wogende, in allen Farben des Spektrums leuchtende Masse könnte bald großflächig den Schädel überziehen, auf die Schultern übergreifen und … Mit einem unwilligen Kopfschütteln verscheuchte Alaska diese Gedanken. Sie waren unlogisch und entsprangen typisch menschlichen Ängsten.

Ich kann ohnehin nichts ändern, sagte er sich. *Ich darf meine Kräfte nicht verschleißen, solange Widerstand sinnlos ist.*

Eines Tages würde er die Veränderung bekämpfen … Alaska schob seine Hoffnung vor sich her. Das war keine Kapitulation, sondern vorläufige Notwendigkeit.

Alles andere sind Emotionen, schoss es ihm durch den Sinn. Eine warme Bö peitschte den mit Buschwerk bestandenen Hang herauf und wirbelte ein Meer weißer Blütenblätter mit sich. Entlang den Leitrinnen im Gelände entstanden Wirbel, stiegen die Blätter noch ein Dutzend Meter über die Kuppe empor, bis sich die Strömungen gegenseitig auslöschten.

Eines Tages würden startende Raumschiffe weit weniger Lärm und Turbulenzen erzeugen. Das war die konsequente Weiterentwicklung der Technik, die Schutzvorkehrungen allmählich überflüssig machte.

Alaska konzentrierte sich auf jede neue Regung. Weil er fühlte, dass die Veränderung auf eine Weise lebte, für die er noch keine Erklärung hatte.

Wer bist du?

Es war unlogisch, eine Antwort zu erwarten.

Ich bilde mir das nicht ein – ich spüre doch, dass da mehr ist. Warum haben die Mediziner nicht einmal erwogen, dass ich mir im Hyperraum einen Parasiten eingefangen haben könnte? Alaska Saedelaere lachte heiser, aber das Donnern eines unter Volllast startenden Raumschiffs riss ihm den Schall von den Lippen.

Du gehörst nicht zu mir. Zu mir hat nie jemand wirklich gehört außer Liv. Aber sie darf ich damit nicht belasten.

Längst bereute er den nächtlichen Streit. Liv meinte es ehrlich, seine schroffe Reaktion hatte sie nicht verdient. Dass Livs Freunde nach anfänglicher Neugierde bald nach Ausflüchten suchen würden, weil sie den Maskenträger an ihrer Seite als Bedrohung empfanden, lag für ihn auf der Hand.

Sein Blick schweifte über das Areal des Raumhafens, der sich im morgendlichen Dunst verlor. *Ich muss die Erde und das Gebiet des Solaren Imperiums verlassen,* dachte er.

Er machte sich nichts vor. Ein Zusammenleben mit Liv auf engem Raum konnte nicht mehr funktionieren. Für einige Tage vielleicht – als Festhalten an gemeinsamen Erinnerungen –, aber danach würden sie sich gegenseitig belauern. Liv aus Furcht davor, in einem unglücklichen Moment sein ungeschütztes Gesicht zu sehen, und er stets in der Defensive, um sie nicht zu gefährden. Er würde die Maske überhaupt nicht mehr abnehmen und hinter dem Stück Plastik endgültig die Identität verlieren.

Alaska hatte sich gut fünf Kilometer von einem der Aussichtspunkte auf der Dammkrone entfernt absetzen lassen. Den Platz empfand er wie ein Sinnbild seiner Zerrissenheit: auf der einen Seite die unüberschaubare Weite des Raumhafens, die Ungewissheit, aber auch ein neues Leben versprach, auf der anderen die nicht minder imposante Skyline Terranias, für ihn Synonym der Beständigkeit, Geborgenheit, aber nicht zuletzt des Eingesperrtseins.

Er hatte etwas Vermögen angesammelt. Für eine Passage halb durch die Milchstraße reichte die Summe. Wenn er es schaffte, einige Solar hinzuzuverdienen, konnte er in den Außenbezirken einen der Prospektoren anheuern, die nach Erzen, Mineralien oder anderen Schätzen schürften. Jeder dieser Abenteurer würde ihn an sein Ziel fliegen und danach vergessen, dass es jemals einen Passagier gegeben hatte. Hauptsache, der Preis stimmte.

Benommen schüttelte Alaska den Kopf, denn urplötzlich hatte er andere Bilder zu sehen geglaubt als die breite, von Buschwerk überwucherte Dammkrone. Irgendwo da draußen existierte eine Welt, die er wiederfinden musste.

Eine kahle, ausgedörrte Landschaft. Düsterrot die Atmosphäre in der Agonie langsamen Sterbens …

Scheinbar wahllos verstreut ragen schlanke Steinsäulen aus den Bodenschollen auf …

Alaska hatte die Erscheinung nicht festhalten können. Zurück blieb das Gefühl einer schwer zu beschreibenden Leere.

Immer noch hielt er die Maske in der Hand. Es tat gut, die Welt wieder normal zu sehen, nicht nur durch zwei schmale Schlitze. Erst als Alaska dem nächsten Aussichtspunkt nahe kam, setzte er die Maske wieder auf.

Soeben landeten zwei Lufttaxis vor der Kuppel. Ein Heer von Touristen entstieg den Fahrzeugen. Der zweieinhalb Meter große Robotguide trug auf Brust und Rücken in Leuchtfarbe das Logo der *Galactic Adventurers*. Auf die Distanz erkannte Alaska die echsenhafte Erscheinung einiger Topsider, aber auch massige Epsaler gehörten zur Gruppe, die Nachkommen früher terranischer Aussiedler, deren Heimatwelt eine Schwerkraft von 2,15 Gravos aufwies. Sogar zwei löwenmähnige Gurrads, Angehörige des einst führenden humanoiden Volkes in der Großen Magellanschen Wolke, machten die Besichtigungstour mit. Solche Zehn-Tage-Kreuzfahrten liefen unter dem Motto »Geschichtliche Exkursion zu den Anfängen des Solaren Imperiums«, waren sündhaft teuer und vermittelten dem kulturell Interessierten einen Crashkurs in Sachen Durchsetzungsvermögen und Begeisterungsfähigkeit der Terraner.

Nach Luna als erster Etappe mit Besichtigung des Kraters, in dem Major Perry Rhodan und Captain Reginald Bull als Angehörige der ersten bemannten Mondlandeexpedition im Juni 1971 den notgelandeten 500-Meter-Forschungskreuzer der Arkoniden Crest und Thora entdeckt hatten, stand noch am gleichen Tag Terrania City auf dem Programm, erbaut in der ehemaligen Wüste Gobi. Mit der STARDUST war Perry Rhodan nach der Rückkehr vom Mond in der Zentral-Gobi nahe der mongolischen Grenze niedergegangen, in der erklärten Absicht, die Technik der seit Jahrtausenden überlichtschnelle Raumfahrt betreibenden Arkoniden nicht in die Hände eines einzelnen irdischen Machtblocks fallen zu lassen. Der Erfolg hatte ihm Recht gegeben.

Vorübergehend ließ Alaska sich ablenken. Es tat gut, die eigenen Probleme für kurze Zeit verdrängen zu können.

Das siebenundzwanzig Lichtjahre entfernte Wega-System war das nächste Ziel der Kreuzfahrer. Die Heimat der Ferronen war anno 1975 von einer Flotte der Topsider angegriffen worden. Lediglich ein Ortungsfehler hatte die Topsider zur Wega geführt anstatt zur Erde, die dem Angriff seinerzeit kaum hätte widerstehen können.

Mit einem Beiboot und Unterstützung der Mutanten war es Perry Rhodan gelungen, ein 800-Meter-Schlachtschiff der Topsider zu erbeuten, die STARDUST II.

Im Wega-System hatten die Terraner zudem die Spur von Wesen gefunden, »die länger als die Sonne leben«. Die Suche nach der »Welt der Unsterblichkeit« hatte Rhodan auf die scheibenförmige Kunstwelt Wanderer und zu einem unsterblichen Wesen geführt, das ihm die Unsterblichkeit für zwanzigtausend Jahre anbot. Die damalige Zelldusche, die den Alterungsprozess für jeweils zweiundsechzig Jahre unterbrach, war inzwischen durch die eiförmigen, an einer Kette zu tragenden Zellaktivatoren ersetzt worden, deren permanente fünfdimensionale Schwingung ihrem Träger die relative Unsterblichkeit verlieh.

Wie wohl alle Jugendlichen hatte Alaska Saedelaere im Alter von zehn oder elf Jahren davon geträumt, eines Tages zum Kreis der Unsterblichen zu gehören. Diese Träume waren schnell der Realität gewichen und der Erkenntnis, dass der Unsterbliche ES Aktivatoren nicht wie Fallobst verteilte. Das ewige Leben, Traum der Menschheit von jeher, blieb auf wenige Auserwählte beschränkt.

Alaskas Ungeduld wuchs. Aus der Distanz sah er, dass der Robotguide Hologramme zur Untermalung seines Vortrags projizierte. Da ihm kein anderer Weg zur Verfügung stand als durch die Kuppel, zögerte der Transmittergeschädigte. Mit der Maske im Gesicht stand ihm ein Spießrutenlaufen bevor, sobald er hautnah zu den fast zweihundert wissensdurstigen Bildungsreisenden aufschloss.

Alaska wollte nicht von allen angestarrt werden wie eine seltene Spezies.

Irgendwann – er mochte sechs oder sieben Jahre alt gewesen sein – hatte seine Mutter mit ihm den Zoo von Terrania besucht. Seltsam, dass diese Erinnerung gerade jetzt wach wurde. Dreibeinige fledermausähnliche Kreaturen waren damals die Sensation gewesen. Alaska entsann sich an ihre Schlangenkörper mit den beiden affenartigen Köpfen. Völlig entgeistert hatte er die Tiere angestarrt, und sie hatten mit ihren beiden unergründlich tiefen Augenpaaren zurückgestarrt. Dieses gegenseitige Kräftemessen war beendet worden, als Alaska sich schreiend herumwarf und in schierer Panik davonrannte. Nächtelang hatten ihn die

Kreaturen in seinen Albträumen verfolgt und mit ihren Blicken aufgewühlt.

Tief atmete Saedelaere ein. Seit damals schreckte er vor größeren Ansammlungen zurück, und keine noch so rationale Erklärung konnte ihm die Scheu nehmen. Vergeblich hatte er versucht, dagegen anzukämpfen.

Liv muss mich abholen, schoss es ihm durch den Sinn. Kurz nach zehn Uhr morgens waren die öffentlichen Transportmittel bis auf den letzten Platz besetzt.

Sein Kombi-Armband hatte er nach Verlassen der Wohnung, um ungestört zu bleiben, abgeschaltet, und in der Polizeistation war es ihm ohnehin abgenommen worden. Für einen kurzen Moment zögerte er. Das vergrößernde optische Display zeigte ihm zehn Anrufe von Liv im Stundenabstand.

Sekunden später blickte sie ihm vom Display entgegen. Die Erleichterung war ihr anzusehen.

»Es tut mir Leid«, brachte Alaska stockend hervor.

»Längst vergessen. Wo bist du?«

Alaska sagte es ihr und bat sie, ihn abzuholen. »Ich will nicht, dass Hunderte mich anstarren«, gestand er.

»Schon gut. – Übrigens ist vor fünf Stunden ein Hypergramm für dich eingetroffen.«

Alaska schluckte überrascht. »Niemand weiß, dass ich bei dir ...«

»Absender ist die *Interstellar Equipment and* ...«

»Leite mir die Daten weiter!« Keiner außer Galbraith Deighton und den behandelnden Ärzten auf Mimas hatte bislang gewusst, dass er zur Erde geflogen war. Dr. Bishars Bemerkung, die beste Therapie wäre ein Arbeitseinsatz, gewann unerwartet an Bedeutung.

Dem Arzt traute Alaska eine Kontaktaufnahme mit seinem Arbeitgeber zu. Oder war das Hypergramm eine Folge der nächtlichen Anfrage aus der Polizeistation?

Das dreidimensional animierte Firmenlogo stabilisierte sich. In einem Ausschnitt erschien das Konterfei eines Mannes, den Alaska nicht kannte. Vermutlich jemand aus der Zentralverwaltung.

»Die Einsatzplanung bedauert Ihren Unfall, Mr. Saedelaere. Noch unerfreulicher ist jedoch die Tatsache, dass mit Ihrer raschen Genesung offenbar nicht zu rechnen ist. Dies umso mehr, als Ihre Qualifikation und Arbeitsleistung die beste Beurteilung verdienen. Gefahren, die sich aus Ihrer Weiterbeschäftigung ergeben können, dürfen ebenfalls nicht unbeachtet bleiben. Wir bedauern, dass ein Einsatz für Sie bis auf weiteres unmöglich ist. Selbstverständlich wünschen wir Ihnen eine umfassende und schnelle Genesung, Mr. Saedelaere.«

Alaska stieß eine Verwünschung aus. Er hatte es geahnt: *Zur Seite gestellt wie ein reparaturanfälliger Roboter. Bereit zur Verschrottung. Mit siebenundzwanzig Jahren nicht mehr brauchbar.* Aber hundert und mehr Jahre lagen noch vor ihm. Unwillkürlich ballte er die Hände. Wenn er eines ganz genau wusste, dann dass er von den sozialen Errungenschaften allein nicht leben wollte.

In der Kuppel zeichnete sich Bewegung ab. Die Touristen absolvierten ihren Rundgang. In spätestens einer Stunde würden die Taxis sie zu ihrem Kreuzfahrtschiff bringen, einer luxuriös ausgestatteten Korvette, die der GOOD HOPE nachempfunden war, dem Beiboot aus den ersten Tagen der Dritten Macht. Natürlich nur mit Blick auf das Äußere und die Deckstruktur. Schon in den Maschinenräumen endeten die Ähnlichkeiten. Die Transitionstriebwerke der Frühzeit waren durch die terranische Weiterentwicklung des druufschen Linearantriebs ersetzt.

Mittlerweile herrschte ein reges Kommen und Gehen. Wall-Wanderer verließen den Glasbau und kamen zügig näher. Alaska wandte ihnen den Rücken zu und hoffte, dass sie ihn nicht ansprachen. Was vor Jahren ein Verrückter begonnen hatte, war inzwischen zur Bewegung von Millionen geworden. Es war Sport, alle Raumhäfen des Sonnensystems auf den Lärmschutzwällen zu umrunden. Der bestätigte Rekord lag bei eineinhalb Monaten Laufzeit.

Endlich wurde das Peilsignal seines Armbandgeräts abgerufen. Minuten später löste sich ein Mietgleiter aus dem Leitsystem der Verkehrsüberwachung und schwebte auf die Dammkrone ein. Liv hatte die Handsteuerung übernommen. Alaska sah schon aus einiger Distanz ihre angespannte Mimik hinter der Frontscheibe.

9.

»Und?«, fragte Liv Andaman knapp. Nichts sonst. Ihren Streit erwähnte sie mit keinem Wort. Aber auch Alaska schwieg dazu.

Vielleicht war es wirklich Zeit für einen Neuanfang.

Sie landete den Gleiter auf der Dachlandschaft, am Rand der filigranen, im altjapanischen Stil errichteten Gartenanlage. Bis sie mittels Fingerabdruck die Rechnung beglich, stand Alaska schon am Teich, die

Hände im Nacken verschränkt und mit den Armen die Maske bedeckend, und starrte ins Wasser.

»Schlechte Nachrichten?«, wollte Liv wissen.

»Hm.«

Hinter ihnen näherte sich jemand dem wartenden Mietgleiter. Schritte knirschten auf dem Kies.

»Hallo, Miss Andaman«, erklang es unvermittelt. »Ist das Ihr Freund, der den schrecklichen Transmitterunfall hatte? Bedauerlich, wirklich sehr bedauerlich.« Der Betreffende blieb in respektvoller Distanz stehen. »Saedelaere, nicht wahr? Alaska Saedelaere? Mein erster Sohn aus zweiter Ehe heißt auch Alaska. Außerdem ist er Techniker wie Sie, arbeitet für die Whistler-Company. Miss Andaman sagte mir, Ihr Gesicht sei verletzt. Mit Bioplasma und Stammzellen biegen die Ärzte alles wieder hin. Sie werden sehen, Mr. Saedelaere …«

Alaska mochte Leute nicht, die ihre Mitmenschen ungebeten mit einem Redeschwall überschütteten. Entgegen seiner Absicht wandte er sich doch um – und wünschte im selben Moment, er hätte das nicht getan.

Sein Gegenüber war nicht größer als einen Meter fünfzig. Er trug einen prunkvollen Umhang nach Art arkonidischer Imperatoren, der aber trotz des weiten Schnittes die enorme Körperfülle nicht kaschieren konnte. Zweifellos stammte der Mann von einer Kolonialwelt. Er sperrte den Mund zu einem halb erstickten Gurgeln auf und wich zurück, die Arme in einer abwehrenden Geste hochreißend. »Bei allen Sternengöttern …« So schnell es seine Körperfülle zuließ, wuchtete er sich herum und stolperte zum Gleiter zurück. »Weg hier! Starten!«, hörte Alaska noch sein schrilles Kommando. Das Fahrzeug hob mit hohen Beschleunigungswerten ab.

»Was hast du ihm erzählt?« Vergeblich versuchte Alaska, die Zuckungen unter der Maske zu ignorieren. Das helle Flackern störte seine Wahrnehmung.

»Nichts Wichtiges«, antwortete Liv.

Der Transmittergeschädigte wehrte heftig ab. »Ich will nicht, dass Menschen mich anstarren wie er eben. Ich bin doch kein Ungeheuer, ich …« Ohne auf eine Antwort zu warten, stürmte er zum nächsten Antigravschacht und sprang in das abwärts gepolte Feld.

An der Schachtwand spiegelte sich vage seine Maske. Hinter den Augenschlitzen und der Mundöffnung wogte eine rötliche Aura.

Alaska wandte sich ab, als ihm Passanten auf der anderen Seite entgegenkamen. Das hier war nicht mehr seine Welt, das spürte er immer deutlicher. Die Plastikmaske war nur eine barmherzige Lüge; sie trug nicht dazu bei, ihn in ein normales Leben zu integrieren.

Immer würden Nachbarn und Passanten ihn anstarren. Die Menschen waren es gewohnt, mit den fremdartigsten Lebewesen wie mit ihresgleichen umzugehen, aber sie hatten Probleme, sobald einer aus ihren eigenen Reihen anders war.

Auch diese zwiespältige Arroganz würde eines Tages wirklichem kosmischem Denken weichen, nur war es dann für einen Alaska Saedelaere längst zu spät.

In den folgenden Tagen kapselte sich der Transmittergeschädigte in der Wohnung ab wie eine Schnecke in ihrem Haus. Livs kleines Schlafzimmer wurde zu seinem Refugium, in das er sich nach Belieben zurückzog. Hinter geschlossener Tür legte er die Maske ab und vergrub die Finger in dem zuckenden Etwas …

… und verwünschte die eigene Schwäche, die ihn immer wieder zögern ließ. Warum versuchte er nicht noch einmal, das Ding herauszuschneiden? Weil er sein verändertes Gesicht, dieses in unaufhörlicher Bewegung befindliche Farbenmeer, doch als schön empfand?

Ich ergebe mich nicht in das Schicksal, redete er sich ein. *Niemals.*

Liv ließ ihn gewähren. Sie zweifelte nicht daran, dass Alaska es schaffen würde, sein Anderssein zu akzeptieren. Alles, was sie ihm dafür geben konnte, waren Zeit und die Chance, sein Selbstvertrauen zurückzugewinnen.

Liv durchsuchte die Nachrichtensendungen nach Stichworten. Dass nicht einmal im Polizeireport von der kurzfristigen Sicherheitsverwahrung die Rede war, irritierte sie.

»Mich wundert nichts mehr«, wehrte Alaska ab. »Deighton steckt dahinter. Es geht nicht darum, Sicherheitsprobleme im Transmitterverkehr zu vertuschen, dafür ist mein Fall zu unbedeutend. Aber er will mich als Agenten einsetzen. Das heißt: Jede unnötige Publicity ist schädlich.«

»Warum redest du nicht mit ihm?«

»Weil ich keine Almosen annehme.«

»Du steckst …« Liv hielt erschrocken inne.

»Sprich es ruhig aus: Ich stecke bis zum Hals im Morast. Und den rettenden Ast ignoriere ich. Das meinst du doch?«

»Du könntest wenigstens in Erwägung ziehen, das Angebot anzunehmen.«

»Ich muss es aus eigener Kraft schaffen.«

Liv Andaman hatte zwei Gläser und eine Flasche Vurguzz aus der Bar geholt. Sie schenkte ein und reichte Alaska ein Glas.

Er wehrte ab. »Nicht für mich.«

Sie kippte das erste Glas und schüttelte sich. Als sie das zweite ebenfalls in einem Zug leerte, schossen Tränen in ihre Augen. Verborgen blieb nur, ob wirklich der hochprozentige Alkohol daran Schuld hatte. »Du quälst dich unnötig und machst uns beiden das Leben schwer«, sagte sie vorwurfsvoll.

»Warum willst du dann nicht, dass ich gehe? Es wäre das Beste.«

»Weil ich dich liebe, Alaska. Und weil es mir egal ist, ob du eine Maske trägst.«

Sie schob die Flasche zur Seite und schwang sich mit zwei schnellen Sätzen ans andere Ende der Sitzgruppe. Bevor Alaska es sich versah, hatte Liv sich neben ihm ausgestreckt und den Kopf auf seinen Schoß gelegt. Mit der Rechten ergriff sie Alaskas Arm und legte sich seine Hand auf die Brust.

»Sag mir wenigstens, dass du mich auch magst«, murmelte sie halblaut. »Ich habe das von dir lange nicht mehr gehört.«

Saedelaere saß da wie erstarrt. Seine Finger bewegten sich nicht. Unter der Maske starrte er ins Leere.

»Ich kann es nicht mehr«, antwortete er nach einer Weile zögernd. »Ich darf dich nicht an mich binden.«

Eine unerklärliche Spannung hatte am vergangenen Abend in der Luft gelegen und war letztlich wie eine Seifenblase zerplatzt. Alaska Saedelaere verstand selbst nicht, weshalb er Livs Bedürfnis nach körperlicher Nähe ignoriert hatte. Nach einer Weile hatte er sie zur Seite geschoben und war wortlos ins Bett gegangen.

Jetzt zeigte ihm das Küchenterminal eine lapidare Notiz: *Ich muss nachdenken. Liv.*

Die Automatik registrierte Alaskas suchende Körperdrehung. »Es ist neun Uhr acht Standardzeit«, verkündete die angenehm modulierte Stimme. »Im Großraum Terrania bestätigt die Wetterkontrolle steigende Temperaturen. Das Hoch von sechsundzwanzig Grad Celsius wird um dreizehn Uhr Ortszeit erreicht. Für den späten Nachmittag ist Sprühregen vorgesehen; die Dauer von vierzig Minuten …«

»Aus!«, unterbrach der Transmittergeschädigte. »Was ist als Frühstück erhältlich?«

Liv hatte die Wohnung vor einer Stunde und vier Minuten verlassen. Das Aktivitätsprotokoll verzeichnete, dass sie kurz zuvor über die Bildwand die Flugzeiten der Interkontinentalverbindungen abgerufen hatte. Sie hätte die Nachweise löschen können, das aber wohl nicht für notwendig gehalten.

Alaska zuckte mit den Achseln und widmete sich der Vorratsanzeige. Mehrere Bestellvorgänge waren generiert, bedurften aber manueller Bestätigung. Er schob sie beiseite, schaltete um auf den zentralen Versorgungs-Service und orderte einige Spezialitäten. Terranischer Schinken gehörte ebenso dazu wie gesottene Puppenhüllen der Riesenschmetterlinge von Rigel IV und mit Spurenelementen versetzter venusischer Schaumwein. Knapp einhundertfünfzig Solar zahlte er für den ungewohnten Luxus. Eigentlich hatte er Liv während dieses Frühstücks endlich erklären wollen, dass er Terra in zwei Tagen für immer verlassen würde. Jetzt aß er allein.

Seit zwölf Stunden lag ihm die Buchungsbestätigung vor. Eine Passage auf einem modernen Kreuzfahrer oder einem der Linienflüge zu erhalten wäre weitaus einfacher gewesen, als gut vierzigtausend Lichtjahre an Bord verschiedener Frachter zurückzulegen, darunter zwei robotgesteuerte Erztransporter. Doch Alaska hatte Wert darauf gelegt, mit wenig Besatzungsmitgliedern konfrontiert zu werden.

Sein vorläufiges Ziel lag nahe dem galaktischen Zentrum. Dort würde er sich nach den Gegebenheiten orientieren, die er vorfand.

Während er frühstückte, lief der Prägeimpuls für die ID-Chips ein. Er kontrollierte die Daten über die Bildschirmwand: Schiffsnamen, Flugrouten, Abflughäfen …

Seine wenigen Habseligkeiten waren rasch zusammengesucht und verstaut.

Die handschriftlichen Notizen von Mimas hatte Alaska schon eingesteckt, holte sie aber doch noch einmal hervor und las in aller Ruhe. Anschließend warf er die Folien in den Abfallvernichter. Sie hätten ihn nur immer wieder daran gehindert, mit der Vergangenheit abzuschließen.

Er, dessen Leben in letzter Zeit in geordneten Bahnen verlaufen war, stand vor einem Scherbenhaufen. Er fragte sich, was aus ihm geworden war. Sein größter Fehler war gewesen, die Sicherheit der Klinik gegen die vermeintliche Freiheit in Terrania einzutauschen.

Ab übermorgen gehört das alles der Vergangenheit an, dachte er.

Am frühen Nachmittag generierte der Servo eine Eilmeldung. Vom Bioscan zielgenau projiziert, leuchtete die holografische Wiedergabe auf.

Ich habe die Überraschung für dich, Alaska, las er. *Befinde mich auf dem Rückweg von Tokio.*

»Die Nachricht löschen. Speicherung wird nicht benötigt.«

Liv würde selbst überrascht sein, sobald er ihr eröffnete, dass dies ihr letzter gemeinsamer Tag war. Was immer sie nach Tokio geführt hatte – er fand keine logische Gedankenkette, die es ihm vorab verraten hätte –, seinen Entschluss änderte das nicht. Vielleicht hatte alles so kommen müssen, dann gab es keinen Grund für Vorwürfe oder Entschuldigungen. Irgendwann hatte er gelesen, dass der Mensch seiner Bestimmung nicht entfliehen könne. Den Satz hatte er zuerst mit einem Achselzucken abgetan, mittlerweile schien es ihm, als steckte doch ein Körnchen Wahrheit darin.

Es war kurz nach 16 Uhr, als Alaska die Städteverbindungen abrief. Je nachdem, welches Transportmittel Liv genommen hatte, musste sie sich entweder schon wieder in Terrania aufhalten oder im Verlauf der kommenden Stunde eintreffen.

Sie wird mich dafür hassen, dass ich bis zuletzt geschwiegen habe, sagte sich der Transmittergeschädigte. Mit jeder Minute wuchs seine Unruhe. Die Situation war neu für ihn und auf gewisse Weise unwirklich.

Werd nicht nervös, ermahnte er sich. *Heute und morgen noch, dann bist du deinem Traum näher als jemals zuvor.* Dass er sich die Verwirklichung unter besseren Umständen gewünscht hätte und dass er die Veränderung in seinem Gesicht verfluchte, die ihn zum Aussätzigen machte, war das Einzige, was wehtat.

Aus den mehr als einhundertfünfzig Anfangssequenzen der Bildwand filterte er die für ihn interessanten heraus. Das Angebot reichte von Live-Nachrichten über wissenschaftliche Themen bis hin zu Medienproduktionen anderer galaktischer Völker, die eine absolut fremdartige Unterhaltungslandschaft dokumentierten.

Alaska ließ eine Weile vier unterschiedliche Formate gleichberechtigt nebeneinander laufen, aber eigentlich beachtete er sie gar nicht. In Gedanken weilte er auf einer sterbenden Welt im Schein einer roten Riesensonne.

Millionen Sonnen in der Milchstraße hatten ihren Lebenshöhepunkt längst überschritten. Ihre Leuchtkraft betrug weit mehr als das Hundertfache Sols, und eines Tages würden sie ihre Planeten in einer gewaltigen Eruption verschlingen.

Entsprang das Bild seiner Phantasie? Er wusste es nicht. Doch falls diese Welt wirklich existierte …

Ein durchdringender Summton schreckte ihn auf. Zugleich zeigte die

Bildwiedergabe in einer Einblendung der Außenüberwachung zwei Roboter des zentralen Versorgungs-Service.

»Was gibt es?«, fragte Saedelaere.

»Miss Andaman hat den Auftrag für ein spezielles Dinner erteilt.« Das war nicht mehr als eine Floskel. Die Roboter nahmen lediglich Rücksicht auf ihn als Gast. Wenn Liv einen Auftrag erteilt hatte, berechtigte dies die Roboter zum Betreten der Wohnung.

Irritiert schaute Alaska zu, wie die Maschinen den variierbaren Teil des Wohnraums veränderten. Innerhalb von Minuten entstand eine festliche Tafel. An den konkav gewölbten Tischenden formten Bodenelemente bequeme Sitzgelegenheiten, während unter dem Tisch Fußmulden zur Kompensierung der niederen Sitzhöhe entstanden.

»Was soll das?«, wollte Saedelaere wissen.

»Das sagt Ihnen Miss Andaman persönlich, Sir. – Sie hat soeben den Lift betreten.«

Augenblicke später stand Liv an der Wohnungstür. Alaska konnte gerade noch die Maske aufsetzen. Livs Siegermiene war unübersehbar.

»Wir haben es geschafft!«

»Willst du mir nicht sagen, was ...?«

»Später. Erst feiern wir den Erfolg.«

Das Essen war ein Gaumenschmaus. Im Hintergrund erklang die Sternensymphonie. Zweimal setzte Alaska Saedelaere an, weil er von Liv eine Begründung hören wollte. Beide Male schüttelte sie lächelnd den Kopf und vertröstete ihn.

»Dann hör mir zu«, begann Alaska. »Ich wollte dir heute morgen schon erklären ...«

»Warum genießen wir nicht einfach den Augenblick?«

Weil ... Alaska Saedelaere hätte viele Argumente dagegen gehabt, doch er schwieg wieder. Eine Stunde mehr oder weniger, was spielte das noch für eine Rolle?

Nach dem Essen schenkte Liv zwei verschlungene Röhrengläser ein. »Auf unsere Zukunft«, sagte sie. »Und auf alles, was wir lieben.« Ihr Blick fraß sich an Saedelaere fest, und diesmal war es keineswegs die Maske, der ihre Aufmerksamkeit galt – sie ignorierte das kalte Stück Plastik, so gut sie eben konnte –, sondern ihre Augen schauten tiefer. Als wollten sie ihn sezieren.

»Heraus mit der Sprache!«, forderte sie endlich. Dass Alaska Saedelaere die Lippen zusammenpresste, konnte sie nicht sehen, doch sein knappes Kopfschütteln verriet genug.

»Erst du«, widersprach Alaska. Er drehte sein Glas unschlüssig zwischen den Fingern – bis er es ruckartig auf den Tisch stellte. »Ich habe nur nachgedacht«, murmelte er.

»Über uns?«

Alaska hob die Schultern, wollte sich gewohnheitsmäßig mit dem Handrücken über den Mund fahren, was Liv eher als Unentschlossenheit ansah, und stieß mit den Knöcheln an die Maske.

»Es gibt wieder Arbeit für dich«, begann Liv in dem Moment. »Heute Mittag war ich in der Filiale Ost der Whistler-Robotfabriken. Kurzum: Henry Whistler ist an dir für die Abteilung Forschung und Entwicklung interessiert. Spezialroboter für besondere Aufgaben, Alaska. Du allein, keine menschlichen Mitarbeiter, ausschließlich Roboter. Du könntest ohne Maske arbeiten.« Liv reagierte erst verwirrt und gleich darauf enttäuscht, als er nicht reagierte. »Na?«, fügte sie hinzu. »Was sagst du?«

»Klingt nicht schlecht.«

»Ist das alles?« Ihr war anzusehen, dass sie die Reaktion des Transmittergeschädigten nicht mehr verstand.

»Fast«, antwortete Saedelaere. »Ich wollte es dir schon heute Morgen sagen: Ich verlasse die Erde und gehe weg.«

»Wohin?«

»Ich weiß es nicht.«

»Das meinst du nicht ernst.«

»Doch, Liv. Ich war immer von irgendwelchen Zwängen eingeengt. Jetzt ist es dieses … Ding. Aber ich will frei sein. Verstehst du?«

»Nein.«

»Ich muss mit mir selbst ins Reine kommen. Ich brauche keine Arbeit in einer Umgebung, die mich wieder eingesperrt.«

»Und Whistler …?«

Saedelaeres Schweigen war unmissverständlich.

»Ich wollte dir nur helfen«, seufzte die Frau.

»Das kann wohl niemand.«

»Vielleicht Solarmarschall Deighton?«

»Wieso ausgerechnet er?«

»Die SolAb bietet viele Möglichkeiten.«

Saedelaere winkte heftig ab. Eine Spur zu hastig vielleicht.

»Du willst dir nicht helfen lassen«, schimpfte Liv. »Du gefällst dir in der Rolle des Opfers. Ist es nicht so?«

»Du verstehst nicht ...«

»Doch.« Sie schrie fast. »Ich verstehe sehr gut. Du wählst den leichtesten Weg. Weil es dir so gefällt. Dabei interessiert dich nicht einmal, ob du über Leichen gehst.« Liv stockte, als Alaska heftig zusammenzuckte. »Entschuldige, das habe ich nicht so gemeint. Ich ...« Schluchzend verstummte sie.

Saedelaeres Hilflosigkeit wuchs mit jeder Sekunde. Zaghaft nahm er Liv in den Arm. »Es tut mir Leid. Ich weiß selbst nicht mehr, was ich glauben soll.«

»Schlaf mit mir, Alaska!«

»Bitte?«

»Du sollst mit mir schlafen! Später kannst du meinetwegen deine Freiheit suchen, ich werde dich nicht mehr belästigen.« Mit einer ruckartigen Bewegung öffnete Liv Andaman den Magnetsaum ihres Oberteils. »Das Leben ist viel zu kompliziert. Dabei könnte alles so einfach sein.« Achtlos schleuderte sie den Stoff zur Seite. »Manchmal glaube ich, wir sind alle programmiert. Vielleicht ist das, was wir Leben nennen, nur eine virtuelle Realität, und unsere Träume offenbaren die reale Welt. Weißt du, wovon ich dann träumen möchte? Ach was, es interessiert dich ohnehin nicht.« Ihre Hände gingen auf Wanderschaft. Alaska saß stocksteif neben ihr, ein Roboter aus Fleisch und Blut, der schon jetzt in einer anderen Welt weilte.

»Was willst du da draußen finden?«

»Ich weiß es nicht.« Mit einem knappen, aber festen Griff schob der Transmittergeschädigte Livs Hände zur Seite, die nach seiner Maske tasteten.

»Ich will dich sehen«, zischte sie. »Ich hab ein Recht darauf.«

»Das hast du nicht.«

»Nimm die Maske ab!«

»Du bist verrückt, Liv.«

Sie lachte schrill. »Ist das alles, was du zu sagen hast? Dann tust du mir Leid, Alaska. Du verstehst die Menschen nicht.« Mit beiden Fäusten begann sie auf seinen Brustkorb zu trommeln, und als Saedelaere sie festhielt, zog sie ihn mit sich auf die Polster. Augenblicke später wälzten sie sich fest umschlungen am Boden.

»Nimm die verfluchte Maske ab und küss mich! Ich mach die Augen zu.«

Alaska schwieg dazu. Weil Liv offenbar einsah, dass ihr Verlangen tödlich sein konnte. Mit bebenden Händen öffnete sie seine Kombination und streifte ihm den Stoff über die Schultern.

Sie liebten sich mit einer Verzweiflung, die wusste, dass es ihre letzte gemeinsame Nacht war. Wie Ertrinkende krallten sie sich aneinander und hofften auf Rettung, die nicht kommen konnte. Noch einmal versuchte Liv, die Maske abzuheben, aber Alaska wehrte den halbherzigen Versuch ab.

Dann schmiegte die Frau sich nur noch an ihn und war Sekunden später eingeschlafen.

Zärtlich strich Saedelaere über ihr Haar. *Ich kann die Verantwortung für dich nicht übernehmen*, dachte er bedrückt. *Ich komme mit mir selbst nicht ins Reine.*

Vergeblich versuchte er, die Augen offen zu halten. Aber schon nach wenigen Minuten schlief er ebenfalls ein.

Wiederholt schreckte Alaska von Albträumen geplagt hoch. Liv versuchte, sein Gesicht zu sehen. Dann fanden sich ihre Lippen zu einem innigen Kuss.

Erst zum Morgen hin sank Alaska Saedelaere in einen wirklich tiefen und ruhigen Schlaf …

… bis ihn ein eigenartiges Empfinden aufschreckte. Eine gewisse Leichtigkeit, als hätten die einengenden Mauern nie existiert. Aber erst in dem Moment, als Alaska zuckendes Fleisch unter seinen tastenden Fingern spürte, fiel jäh die letzte Schläfrigkeit von ihm ab.

Die Maske hatte sich gelöst.

Hastig griff er um sich – und stieß auf Livs Arm, der sich merkwürdig fest anfühlte. »Licht!«, schrie er. Die Fenster änderten ihre Transparenz, hielten die Helligkeit des fortgeschrittenen Morgens nicht länger zurück.

Reglos lag Liv Andaman auf dem Rücken. Ihre weit aufgerissenen Augen starrten zur Decke empor, und nicht ein Atemzug hob ihre Brust.

Der rechte Arm hing nach unten, die Finger hatten sich um die Maske verkrampft. Das Lächeln, unauslöschlich um Livs Mundwinkel eingegraben, kündete von einer seltsamen Zufriedenheit.

Liv Andaman war tot.

Viele Atemzüge lang saß Alaska wie versteinert, bevor er sich zögernd über den reglosen Körper beugte und Liv auf die Stirn küsste. Dann erst überwand er den Schock, löste die Maske aus den starren Fingern und rief den Rettungsdienst.

Seine Gedanken sehnten sich nach dem Tod.

Warum?

Auch nach drei Tagen verstand Alaska Saedelaere noch nicht, was Liv dazu bewogen hatte, ihm die Maske abzunehmen. Der Gedanke an einen Unfall war ebenso absurd, wie seiner Gefährtin im Nachhinein Neugierde zu unterstellen. Das wäre nicht die Frau gewesen, die er geliebt hatte.

Die Erinnerung daran, mit welcher Hingebung sie ihn umarmt hatte, trieb Saedelaere Tränen in die Augen. Es erschien ihm, als hätte Liv ihren Tod geahnt.

Warum habe ich sie nicht zurückgehalten? Ich hätte es wissen müssen.

Liv hatte ihm so nahe sein wollen wie lange nicht mehr. Zweifellos hatte sie gehofft, den Anblick ertragen zu können.

Wenn so das Leben ist ... Alaska brachte den Gedanken nicht zu Ende. Ziellos schweifte sein Blick über die Skyline Terranias und blieb an den langsam und in großer Höhe treibenden Wolken hängen. Ein leichter Nieselregen hatte eingesetzt.

Sogar der Himmel weint.

Die Lippen zusammengepresst, ging Alaska weiter. Das war die letzte Ehre, die er seiner Gefährtin erweisen konnte. Auch wenn es ihm schwer fiel, er würde durchhalten. Seine Schritte knirschten auf dem groben Kies.

Die uralten, knorrigen Bäume, die den Zentralfriedhof von Terrania City in eine Parklandschaft verwandelten, wirkten wie zeitlose Wächter. Aber Alaska sah weniger die gepflegte Landschaft als die unzähligen Gräber, die für ein oder zwei Jahre zur letzten Ruhestätte wurden, ehe die Särge in den Katakomben unter dem Friedhof verschwanden. Logisch betrachtet war diese Art der Bestattung eine ungeheure Platzverschwendung, andererseits wollte nur noch ein Bruchteil aller Terraner im Erdreich beigesetzt werden. Seit Weltraumbestattungen erschwinglich geworden waren ...

Alaska verhielt seine Schritte vor dem mannshohen Obelisken, der von blühenden Büschen umrahmt wurde. *Suzan Betty Rhodan-Waringer,* war in Goldbuchstaben eingraviert, nichts sonst. Und ganz in der Nähe hatte Mory Rhodan-Abro ihre letzte Ruhe gefunden. Auch die Unsterblichen waren nur Menschen.

Fünfhundert Meter entfernt, am Rand eines kleinen Sees, lag Liv Andamans Grab. Alaska verharrte dicht davor. Es war Livs Wunsch gewesen, hier eines Tages ihre Ruhe zu finden.

Niemand außer ihm war gekommen. Nicht einmal Livs ältere Schwester. Ihre Verwandten lebten weit über das Gebiet des Solaren

Imperiums verstreut, und der Weg nach Terra war für manchen unerschwinglich. Alaska hatte deshalb eine Aufzeichnung und die Verteilung der Kopien in Auftrag gegeben.

Er war zu zeitig gekommen. Trotz des stärker werdenden Regens verharrte er auf der Stelle. Bis endlich ein verhaltenes Summen näher kam, klebte Saedelaere das Haar triefend am Schädel, und die Nässe rann ihm den Rücken hinab.

Eine kleine Schwebeplattform brachte den Sarg. Zwei Dutzend schlichte weiße Rosen als kunstvolles Gesteck waren Alaskas letzter Gruß.

Er biss die Zähne zusammen, als der Sarg, von Traktorstrahlen angehoben, zum Grab schwebte. Der Prediger, der die Plattform begleitete, nickte knapp. Falls ihn die Plastikmaske irritierte, die Alaskas Schädel halb verdeckte, ließ er es sich zumindest nicht anmerken.

Saedelaere registrierte kaum, was der Geistliche sagte. Worte von der Ewigkeit, dem Werden und Vergehen allen Lebens und einer höheren Ordnung, die über den Dingen stand und die Menschen leitete – im Guten wie im Bösen …

»… es gibt einen Gott, den Schöpfer allen Lebens. Er, der vom Anfang der Zeit bis zu ihrem Ende existiert, nehme Liv Andamans Seele gnädig zu sich auf. Das sei wahr und gewiss.«

»Amen«, murmelte Alaska halb erstickt.

Vorübergehend schien der Regen aufhören zu wollen, als der Sarg langsam in die Tiefe sank. Die Sonne brach dennoch nicht durch die Wolkendecke.

Ernüchternd …

Kalt …

Wie in Trance registrierte Alaska, dass sich der Prediger verabschiedete. Für einen Moment entdeckte er dabei die fast kopfgroße schwebende Kugel, die aus einiger Distanz die Aufzeichnungen anfertigte. Dann war er wieder allein und alles um ihn her so fern und unerreichbar, als hätte sich ein unsichtbarer Schleier herabgesenkt. Kaum ein Geräusch war zu hören.

Mit der bloßen Hand warf Alaska die lockere Erde auf den Sarg hinab.

»Ich wünschte, Liv«, seufzte er, »ich könnte diese eine Nacht ungeschehen machen. Alles ist so leer geworden.«

Nach einer Weile wandte er sich um.

Wohin?

Es war egal. Das Ding in seinem Gesicht zu bekämpfen lohnte nicht mehr.

Die Gestalt, die sich aus dem Schatten einer der knorrigen Eichen löste, bemerkte Alaska erst, als sie sich schon gegenüberstanden. Er beschleunigte seine Schritte, um schnell an dem hochgewachsenen, schlanken Mann vorbeizugehen, dennoch sprach der andere ihn an:

»Fliehen Sie jetzt nicht vor sich selbst, Mr. Saedelaere!«

Alaska hielt erst einige Meter weiter ruckartig inne. Er hatte die Stimme erkannt und wandte sich zögernd um.

»Was geschehen ist, tut mir Leid«, sagte der Mann.

»Solarmarschall Deighton«, brachte Saedelaere hervor, »Sie waren … die ganze Zeit über hier?«

Der andere nickte. »Ich hatte das Gefühl, Ihnen beistehen zu müssen.«

»Ich brauche kein Mitleid.« Alaska wollte weitergehen, doch eine knappe Frage hielt ihn zurück.

»Sind Sie sich völlig sicher? Sie haben alles verloren, sogar Ihr Menschsein …«

»Was wollen Sie von mir?«

»… Ihnen helfen.«

»Das kann niemand.« Alaska schüttelte den Kopf.

»Sie wissen, dass dem nicht so ist. Ihre Freundin wusste es auch. Andernfalls hätte sie mich nicht um Fürsprache bei Whistler gebeten.«

»Das glaube ich nicht«, wehrte Alaska ab.

»Warum belügen Sie sich weiterhin? Ihr Unterbewusstsein hat sich längst für die Solare Abwehr entschieden.«

»Wenn Sie ohnehin alles wissen … Ich glaube nicht, dass ich einer solchen Aufgabe gewachsen wäre.«

»Sie unterschätzen sich, Mr. Saedelaere. Sie sind mehr als ein hervorragender Techniker.« Galbraith Deighton streckte dem Transmittergeschädigten die Hand entgegen. »Versuchen wir es miteinander? Glauben Sie mir, genau das hätte Miss Andaman ebenfalls gewollt.«

Alaska wirkte immer noch unentschlossen.

Endlich ergriff er Deightons Hand. »*Sie* sind der Unsterbliche mit der Erfahrung etlicher Jahrhunderte, nicht ich.«

Allen Zweifeln zum Trotz war es, als hätte sich ein Stein von seiner Seele gelöst. Alaska Saedelaere fühlte sich plötzlich sehr viel freier – doch das lag wohl daran, dass er endlich eine Entscheidung getroffen hatte.

Archiv des Besonderen
Teil 1

3432 bis 3437 n. Chr.

Seit die Menschen sich und ihrer eigenen Existenz bewusst wurden, sind sie bestrebt, individuelle Erfahrungen ihren Artgenossen zu überliefern. Begründet liegt dieses dominante Verhalten in der genetischen Programmierung der Arterhaltung, die Nachrichtenübermittlung ist also ein Grundbedürfnis des Homo sapiens und als solches gleichrangig mit Nahrungsaufnahme und Fortpflanzung.

In unserem Jahrtausend existieren leider nur noch sehr wenige altsteinzeitliche Höhlenmalereien (beispielhaft genannt sei Lascaux auf Terra, im regionalen Abschnitt Südfrankreich), jedoch können alle archivierten Daten aus der Frühzeit menschlicher Kommunikationstechnik über NATHANS Datenbanken abgerufen werden. Die Hyperinpotronik auf dem Mond als größtes Verwaltungszentrum verfügt über nahezu alles vorhandene archäologische und anthropologische Material, das jemals erhoben wurde. Nicht verschwiegen werden darf in diesem Zusammenhang die Verlustquote seit dem Erscheinen der Menschheit auf der kosmischen Bühne, insbesondere infolge kriegerischer Handlungen (beispielhaft erwähnt werden Verluste durch das Wirken der Meister der Insel ebenso wie die weitreichenden Zerstörungen während des Großangriffs der Zeitpolizisten im Jahr 2437). Offizielle Schätzungen der tatsächlichen Dateneinbußen belaufen sich auf einen Wert zwischen drei und sechs Prozent.

Die Entwicklung unterschiedlichster altterranischer Schriften, von denen einige trotz ihrer Eigenständigkeit und isolierten Entstehung eine Ähnlichkeit mit dem geschriebenen arkonidischen Idiom nicht leugnen können (verwiesen wird auf die Abhandlung »Lemuria und die Folgen: Exodus der Ersten Menschheit nach den Haluter-Kriegen«), ist unter dem Stichwort »Babel-Syndrom« allgemein abrufbar. In Stein gehauene so genannte Keilschriften, Papyrusrollen, Pergament als Ersatz für Papyrus und die Erfindung des Buchdrucks mit beweglichen Lettern im 15. Jahrhundert waren die Wegbereiter einer umfassenden Archivierung von Text- und Bildmaterial, die in positronischen Systemen mit Bioplasmazusatz sowie, als kostengünstige Variante längst flächendeckend verbreitet, Speicherkristallen für unterschiedlichste Anforderungen ihren vorläufigen Höhepunkt erreicht hat.

Mentale Wissensspeicher, die jedem Menschen jederzeit Zugriff zu allen gewünschten Informationen bieten können, sind angedacht. Ihre Weiterentwicklung scheitert noch an ethischen Bedenken, da eine geistige Vernetzung durchaus das Ende der Individualität bedeuten könnte. (Weiterführende Informationen und Gedankengänge zu diesem Thema stehen unter Kodeschlüssel PSI-349/alpha/Mentalsysteme kostenpflichtig zur Verfügung.)

So weit die kurze, doch unerlässliche Einführung.

Die Geschichte der Menschheit ist auch heute noch lückenhaft, in einigen Teilen wurde sie seit dem Beginn des interstellaren Raumfahrtzeitalters mehrfach umgeschrieben. Insbesondere die Erkenntnisse verschiedener Zeitreisemissionen haben dazu gezwungen, unser Bild der eigenen Vergangenheit zu revidieren. Längst stehen Terra und Terraner nicht mehr isoliert, sondern sind eingebettet in das Beziehungsgeflecht der humanoiden galaktischen Völker.

Die Standardwerke der Geschichtsschreibung sind in ihrer Vielfalt kaum noch zu überblicken. Wer die teuren Hypnoschulungs-Programme (Regelsätze von 5000 bis 10.000 Galax pro Daten-Jahrhundert) nicht zuletzt wegen der immer wieder durch von den Medien angeprangerten mentalen Überfrachtung scheut, sieht sich bei den Standardwerken vor der Qual der Wahl.

Sie haben Informationen aus dem »Archiv des Besonderen« angefordert. Wir verstehen uns als Übermittler prägnanten, lebendigen Wissens. Die Zugriffszahlen stützen unser Konzept ausgewählter leichter Information. Nicht trockene Datenfülle, sondern eine abwechslungsreiche Mischung aus Basiswissen, Originalaufnahmen und nachgestellten Szenen bestimmen die Auswahl. Der Kostenbeitrag dafür ist minimal und wird entsprechend dem jeweiligen Anforderungskode eingezogen.

Geschichte ist weder totes Wissen noch trockene Kost, sondern kann im Gegenteil höchst lebendig sein. Zu allen Zeiten bestimmten Zufälle den Lauf der Epochen, wurden Menschen unversehens mit Herausforderungen konfrontiert, die ihnen alles abverlangten. Menschen wie Sie und ich, jäh aus ihrem Alltag herausgerissen, standen plötzlich vor der Wahl, entweder ein Held zu werden oder zu sterben.

Wie hätten Sie sich entschieden?

Erleben Sie hautnah die Epoche Ihrer Wahl.

Unser Archiv wird stetig erweitert und ergänzt. Aktuell arbeiten wir an einer Sensitiv-Version, die das »Miterleben« ins Zentrum der Informations-

übermittlung rückt. Das Genehmigungsverfahren wurde eingeleitet (mit freundlicher Unterstützung der Whistler-Company, der Nummer 1 im Roboter- und Anlagenbau).

Ende der Vorinformation.

Abruf der Daten *Saedelaere, Alaska*.

Oktober 3430 n. Chr.

Das Solare Imperium zerfällt. Terra sieht sich nicht nur den drei großen Machtblöcken Imperium Dabrifa, Zentralgalaktische Union und Carsualscher Bund gegenüber, sondern zugleich einer Reihe kleinerer Bündnisgruppen. Während sich die Krise aufschaukelt, werden bei Bohrungen im Pazifischen Ozean, im Bereich des Tonga-Grabens, Energieechos angemessen. Zehn Kilometer tief unter dem Meeresboden erwachen bislang unbekannte hochtechnische Anlagen zu neuem Leben.

Was ein Einsatzkommando entdeckt, ist mindestens zweihunderttausend Jahre alt und entstammt damit einer Zeit, in der es die Erste Menschheit auf dem lemurischen Kontinent noch gar nicht gab. Neben hochmodernen Fusionsreaktoren wird ein in biophysikalischem Tiefschlaf liegendes Wesen gefunden: ein Neandertaler, zwei Meter zwanzig groß, mit überlangen Armen und einer Schädelform, deren Physiognomie schon nicht mehr völlig affenartig zu nennen ist.

Die ersten Laute des Urmenschen klingen wie »zwiehiebus«, was ihm den Namen »Lord Zwiebus« einträgt. Die Untersuchung seines Gedächtnisinhalts fördert die Erinnerung an menschenähnliche Wesen zutage, die in unterirdischen Labors mit Neandertalern experimentierten.

30. Oktober 3430 n. Chr.

Das eigentlich Unvorstellbare tritt ein: Mehr als achtzigtausend Raumschiffe der Antiterranischen Koalition fliegen das Solsystem an. Plan Laurin tritt in Kraft. Der Hauptgezeitenwandler auf dem Merkur, der seine Energie aus der Sonne zapft, umgibt das Solsystem mit dem Antitemporalen Gezeitenfeld. Von diesem Augenblick an ist das Heimatsystem der Menschen permanent um fünf Minuten in die Zukunft versetzt und für Außenstehende nicht mehr erreichbar. Die Explosion von sechzigtausend ausgedienten Wachstationen und Geschützplattformen, die mit gewaltigen Mengen Sprengstoff voll gestopft sind, täuscht die Vernichtung des Sonnensystems vor. Unterstützt wird dieser Bluff durch die angebliche Entdeckung einer Langzeitwaffe im Tonga-Graben – eine Information, die gezielt gegnerischen Agenten zugespielt wurde.

Für fünfundzwanzig Milliarden Menschen auf der Erde und den Planeten und Monden des Sonnensystems werden damit die Auswirkungen des Fünfhundertjahresplanes Realität, der einen Bruderkrieg verhindern soll.

Die Datenausgabe erfolgt komprimiert entsprechend der Anforderung. Alle Geschehnisse, die nicht unmittelbar auf den Konfliktkreis Alaska Saedelaere abzielen, werden an dieser Stelle ausgeblendet oder nur zur Erläuterung des Umfelds wiedergegeben. – Eine Veränderung der Auswahlparameter auf akustischem oder optischem Weg ist jederzeit möglich.

Die Erteilung dieser Daten für Studienzwecke ist kostenfrei.

Eine Kopie der individuellen Zusammenstellung wird auf Kristallspeicher ausgegeben.

September 3432 n. Chr.

Im terranischen Siedlungsgebiet brodelt es; die Auseinandersetzungen um das Erbe des Solaren Imperiums sind in vollem Gange. Die Transmitterverbindung zur Freihändlerwelt Olymp erhält die Versorgung des Solsystems aufrecht. Auf Olymp liegt die Macht in den Händen des Kaisers Anson Argyris; niemand weiß, dass in dieser Maske ein Vario-500-Roboter agiert, dessen biopositronisches Gehirn ein Individualbewusstsein besitzt.

Seit geraumer Zeit werden in der Milchstraße fremde Raumschiffe beobachtet. Begegnungen mit galaktischen Einheiten enden in verheerenden Explosionen. Bekannt wird sehr schnell, dass die Accalauries aus Antimaterie bestehen.

Terranische Raumschiffe entdecken ein Raumboot der Fremden, das der Vernichtung seines Mutterschiffs während der Kollision mit einem massereichen Staubring entging. Das Experimentalschiff, mit dem Perry Rhodan den Accalaurie Accutron Mspoern aus Raumnot rettet, und ebenso eine Station auf dem Jupitermond Kallisto wurden für diese Begegnung präpariert. Ein Überzug aus Ynkelonium verhindert die Reaktion von Materie und Antimaterie.

Mspoern registriert aufgrund seiner Ausrüstung und seines speziellen Wissens als Erster Störungen im Energiehaushalt der Sonne, die Sol in kurzer Zeit zur Nova anheizen. Als Ursache entdeckt er einen in der Sonnenatmosphäre verborgenen Satelliten. Die Vermutung eines Zusammenhangs zwischen dessen unheilvoller Tätigkeit und der uralten Station im Tonga-Graben liegt nahe.

Mai 3433 n. Chr.

Die Sonne hat sich in ein flammendes Monstrum verwandelt; ein Zugriff auf den Todessatelliten ist nicht möglich. Erste schwere Strahlungsausbrüche bedrohen den Hauptgezeitenwandler auf dem Planeten Merkur. Damit wird das Antitemporale Gezeitenfeld gefährdet, dessen Ausfall das Solsystem seines Verstecks in der Zukunft berauben würde.

Die Menschen auf der Erde ebenso wie auf den anderen Planeten reagieren auf das veränderte Strahlungsspektrum der Sonne mit Übelkeit, Erbrechen und sich häufenden Kreislaufzusammenbrüchen. Ein Mann ist für die Strahlung noch anfälliger: Alaska Saedelaere. Er spürt jede beginnende Veränderung, bevor die Sicherungssysteme auf dem Merkur darauf reagieren …

Die Abfolge wurde soeben unterbrochen. Eine neue Daten-Anforderung ist erforderlich. Erbitte Spezifikation!

Eingabe abgeschlossen. Neue Priorität: Feststellungen zu Alaska Saedelaeres Sensibilität. – Die Daten werden in den Speicherkristall übertragen.

Während einer Untersuchung in der Parapsi-Klinik auf dem Saturnmond Mimas äußert Saedelaere selbst die Vermutung, dass an dem missglückten Transmittersprung vor nunmehr fünf Jahren möglicherweise die Hyperstrahlung einer Sonne Schuld hatte. Daraus könnte seine Reaktion auf das veränderte Spektrum Sols resultieren.

Notiz des Leitenden Parapsi-Mechanikers Kiner Thwaites: Alaska Saedelaere reagiert auf den hyperenergetischen Anteil des solaren Spektrums. Obwohl wir uns unter den gegebenen Umständen weniger Gedanken über die Ursache seiner Sensibilisierung machen sollten als vielmehr über ihre sinnvolle Nutzung, darf ich eine spezielle

Feststellung nicht vernachlässigen: Was immer sich in Saedelaeres Gesicht festgesetzt hat, muss auf eigentümliche Art etwas Lebendiges sein.

Die Besorgnis erregenden Anfälle des Transmittergeschädigten nehmen zu. In solchen Augenblicken bezichtigt er sich sogar, Agent einer gegnerischen Macht und ein Verräter zu sein. Kiner Thwaites erweitert seine Theorie dahin gehend, dass während des vierstündigen Transmitterdurchgangs eine Verschmelzung des entmaterialisierten Terraners mit der übergeordneten Struktur eines fremden Lebewesens erfolgte. Jene unbekannte Intelligenz steht vermutlich in einer direkten Beziehung zu dem Todessatelliten. Mehr noch: Sie ist mit den Erbauern des Todessatelliten artverwandt. Die Wahrscheinlichkeit ist groß, dass der Fremde mit den Unbekannten zu tun hat, die vor rund zweihunderttausend Jahren auf der Erde weilten.

Neue Erkenntnisse führen die Aktivität des Todessatelliten zu einem hohen Prozentsatz auf die Tiefseebohrung im Tonga-Graben zurück.

Datenergänzung zur Person Alaska Saedelaere erfolgt auf Anforderung:

Körpergröße zwei Meter; Gewicht 84 Kilogramm. Leptosomer Körperbau.

Agent der Solaren Abwehr, zugleich Sonderbeauftragter des Großadministrators. Militärischer Rang: Major.

Der Blick in Saedelaeres verändertes Gesicht löst sofortigen Wahnsinn aus oder führt zum Tod. Deshalb trägt er eine einfache Plastikmaske; das aus den Mund- und Augenausschnitten der Maske nach außen dringende Leuchten hat sich als ungefährlich erwiesen. Alaska Saedelaeres Bekanntheitsgrad ist schon nach wenigen Jahren überraschend groß. Das Schicksal des Transmittergeschädigten hat Wellen geschlagen.

Der Techniker hat sich auch psychisch verändert. Zwar ist er ein Einzelgänger geblieben, introvertiert, aber mit großem Gerechtigkeitssinn, doch seine logischen Leistungen liegen weit über dem Durchschnitt. Es steht zu erwarten, dass sich Alaska Saedelaere in Zukunft als überaus nützlich für das Solare Imperium erweisen wird.

Mai 3433 n. Chr.

Lord Zwiebus, der wiedererweckte Neandertaler aus der Station unter dem Meeresboden, entwickelt während einer Begegnung mit Saedelaere blindwütigen Hass und Rachegefühle. Er betrachtet den Terraner als Todfeind. Dabei hat es den Anschein, als identifiziere er das Etwas im Gesicht des Transmittergeschädigten als einen jener Unbekannten, die einst mit den Neandertalern experimentierten.

Die folgenden Bildsequenzen wurden von Überwachungsoptiken aufgezeichnet und werden in gekürzter Version wiedergegeben. Sie zeigen eine Entwicklung, die in dieser Intensität von keinem der Verantwortlichen erwartet wurde. Details wurden nachträglich animiert:

… ein Schatten näherte sich dem unruhig schlafenden Maskenträger. Einen heiseren Aufschrei ausstoßend, schreckte Saedelaere auf, bevor sich die behaarten Pranken des Neandertalers um seinen Hals schließen konnten.

Zwiebus' Angriff entkam der Transmittergeschädigte nur um Haaresbreite. Während ihres kurzen Kampfes verlor Saedelaere die Maske. Hasserfüllt starrte der Neandertaler in das lodernde Etwas in Saedelaeres Gesicht, ohne selbst die geringsten Anzeichen einer Beeinträchtigung erkennen zu lassen. Jeder Mensch an seiner Stelle wäre sofort dem Irrsinn verfallen.

Mit letzter Kraft rammte Saedelaere dem Angreifer die Füße in den Leib. Zwiebus war lange genug abgelenkt, dass der Transmittergeschädigte die Tür erreichen konnte. Sie war nicht verriegelt. Auf eine Weise, die Saedelaere verborgen blieb, musste der Neandertaler den Mechanismus überlistet haben.

Um ihn vor einer weiteren Belastung durch die zunehmenden Strahlungsausbrüche Sols zu schützen, war Alaska Saedelaere in die Spezialklinik für Paramechanische Hyperpsychiatrie nach Tahun verlegt worden. Über zweiunddreißigtausend Lichtjahre von Sol entfernt und zudem durch die fünf Minuten Zeitunterschied des ATG-Feldes vom Todessatelliten getrennt, hätte ihm keine Gefahr drohen dürfen. Das schoss ihm durch den Sinn, als er auf den Korridor hinaushastete. Das Geräusch näher kommender metallischer Schritte ließ ihn für Sekundenbruchteile innehalten, doch er konnte nicht auf die Roboter warten. Er lief um sein Leben. Zwiebus folgte ihm, schloss zwar nicht weiter auf, blieb aber auch nicht zurück.

Jäh ein grauenvoller Aufschrei. Eine menschliche Gestalt, die Hände vors Gesicht geschlagen, brach zuckend zusammen. Nur Sekundenbruchteile konnte der Mann Alaskas unverhülltes Gesicht gesehen haben, doch sein Verstand war beim Anblick des wirbelnden Farbenmeeres zerbrochen.

Ein Nebenausgang der Klinik führte in den Park hinaus. Saedelaere hielt sich von den Wegen fern und hastete quer durch die gepflegten Anlagen. Der Rasen dämpfte die Schritte des Verfolgers, doch sooft Alaska den Kopf wandte, sah er die wuchtige Gestalt des Neandertalers als düsteren Schatten hinter sich. Von der Klinik drang nur spärliches Licht herüber; die Milchstraße schimmerte heller als in den Nächten auf der Erde.

Matt spiegelte ein See die fremden Sternbilder. Saedelaere war ein guter Schwimmer, der den Vorteil nutzen konnte. Als er selbst das jenseitige Ufer schon fast erreicht hatte, sah er den Neandertaler weit zurück prustend und schnaubend das Wasser aufwühlen. Lord Zwiebus würde noch eine Weile mit dem nassen Element zu kämpfen haben.

Saedelaere änderte seine Fluchtrichtung. Auf den verschiedenen Parkplätzen standen immer etliche Gleiter. Eines der Fahrzeuge auch ohne den zugehörigen Impulsgeber zu starten würde ihm kaum Probleme bereiten. Nur seine angeschlagene Gesundheit machte sich inzwischen bemerkbar. Er wurde langsamer, rang immer wieder nach Atem. Mit letzter Kraft schwang er sich über die halbhohe Mauer, die den Parkplatz zum Park hin abgrenzte.

Die beiden Wachposten sah er zu spät. Beim Anblick des irisierenden Leuchtens in seinem Gesicht wandten sie sich zwar sofort ab, doch ihre unartikulierten Laute verrieten Alaska genug.

Einen Augenblick lang zögerte er, aber er konnte den Männern nicht helfen. Die antrainierten Reflexe trieben ihn weiter. Er schwang sich in den nächststehenden Gleiter. Der Impulsgeber haftete neben den Armaturen. Mit wimmerndem Triebwerk beschleunigte Alaska.

Als er vom Parkplatz auf die beleuchtete Zufahrt einbog, sah er einen zweiten schnellen Gleiter abheben. Die behaarte massige Gestalt hinter der Frontscheibe war unverkennbar der Neandertaler.

Saedelaere stieß eine heftige Verwünschung aus.

Mit Höchstgeschwindigkeit raste der Prallfeldgleiter durch die Nacht. Alaska Saedelaere verwünschte die Tatsache, dass er keine wirklich flugfähige Maschine gefunden hatte, denn auch sein Verfolger verfügte über ein schnelles Fahrzeug. Das Ortungsdisplay zeigte, dass die Distanz zwischen ihnen konstant blieb, sich vielleicht sogar ein wenig verringerte.

Saedelaere wurde erst ruhiger, als er in einem Seitenfach zwei Waffen entdeckte, einen schweren Thermostrahler und eine Projektilwaffe, deren Narkose-Hohlnadeln stark genug waren, sogar einen terranischen Elefanten zu stoppen. Wenn sich der Neandertaler schon nicht abschütteln ließ, konnte er ihn nun wenigstens für geraume Zeit ausschalten.

Saedelaere verließ die Straße. Er jagte den Prallfeldgleiter über einen Flusslauf hinweg, raste am Rand eines ausgedehnten Hochwaldes entlang, um die Ortung der anderen Maschine zu irritieren, und folgte einem weit mäandernden Gebirgsbach. Bäume und Sträucher traten zeitweise so eng zusammen, dass ihre Äste gegen den Rumpf peitschten.

Gut vierzig Kilometer lag die Klinik zurück. Alaska Saedelaere hatte inzwischen die Geschwindigkeit gedrosselt und die Scheinwerfer eingeschaltet. Obwohl die Infrarotsensoren ein weitaus größeres Areal erfassten als der Bereich des sichtbaren Lichts, konnte er das Fahrzeug nicht nur über die Monitorwiedergabe steuern. Das Gelände wurde zunehmend schwieriger, fast ideal, um den Verfolger in einen Hinterhalt zu locken.

Auch Lord Zwiebus hatte die Scheinwerfer seines Gleiters eingeschaltet. Dass der Urmensch, dessen Aussehen so viel Affenartiges hatte, mit einem hochmodernden Prallfeldgleiter umzugehen wusste, ließ sich mit der erhaltenen Hypnoschulung erklären. Seine schlafwandlerische Sicherheit und das extreme Reaktionsvermögen hatten indes damit nichts zu tun, sondern entsprangen der Natur des Neandertalers.

Jäh stachen die Lichtfinger ins Leere. Ein Talkessel öffnete sich vor Saedelaere. Fast gleichzeitig tauchten grelle Scheinwerferkegel aus der Höhe das Gelände in künstliche Helligkeit. Der kurze Moment der Unachtsamkeit hätte Alaskas Schicksal beinahe besiegelt. Gerade noch rechtzeitig aktivierte er die Notbremsung, als die Felswand vor ihm aufwuchs. Aus rasender Fahrt stoppte der Gleiter, ein Gewaltmanöver, das ohne die Andruckneutralisatoren Saedelaeres Tod bedeutet hätte.

Eine Flugpatrouille sank hinter dem Gleiter zu Boden. Erleichtert wandte Alaska Saedelaere sich um – und erkannte zugleich seinen Fehler. Er war nicht wieder gutzumachen. Gurgelnde Schreie verrieten ihm, dass die Polizisten sein ungeschütztes Gesicht gesehen hatten.

Hier und jetzt war seine Flucht zu Ende. Noch mehr Menschen durften seinetwegen nicht zu Schaden kommen. »Es ist vorbei, Affenmensch.« Von bitterem Zorn getrieben, sprang Saedelaere aus dem Gleiter und hob die Waffe mit den Lähmprojektilen.

Keine hundert Meter entfernt hatte Lord Zwiebus sein Fahrzeug gestoppt. Die grellen Scheinwerfer blendeten. Selbst als Saedelaere die Brauen zusammenkniff, konnte er nur verwaschene Umrisse erkennen. Gleichzeitig fraß sich die tödliche Energie eines Intervall-Laders vor ihm in den Boden. Aufglutende Erdbrocken spritzten nach allen Seiten auseinander.

Gedankenschnell warf sich Saedelaere zur Seite, während ein zweiter Strahlschuss den Gleiter traf.

Sekundenbruchteile später verschluckte die trübe Dunkelheit den Transmittergeschädigten. Er hastete an der Felswand entlang. Nur noch ungezielte Strahlschüsse schlugen in seiner Nähe ein, bestes Zeichen dafür, dass ihn der Neandertaler aus den Augen verloren hatte.

Nach einer Weile fand Saedelaere einen Spalt, der breit genug war, dass er in die Höhe klettern konnte, und Augenblicke später stieß er wenige Meter über dem Boden auf eine tiefer in den Fels reichende Höhle. Egal ob sie einen zweiten Ausgang besaß oder zur tödlichen Falle werden konnte, zuallererst bot sie ihm die Möglichkeit, neue Kraft zu schöpfen. Alaska trug nur die kurze Schlafanzughose, und seine nackten Fußsohlen waren mittlerweile bis aufs Fleisch aufgerissen.

Seit einigen Minuten feuerte Lord Zwiebus nicht mehr blind in die Nacht. Vergeblich versuchte Saedelaere mehr zu hören als sein eigenes gepresstes Atmen.

Er kroch tiefer in die Höhle hinein und fragte sich, weshalb ihn der Neandertaler verfolgte. Rhodans Vermutung schien sich zu bewahrheiten: Es hing mit dem Gewebeklumpen in seinem Gesicht zusammen. Lord Zwiebus war nicht nur gegen den Anblick gefeit, offensichtlich erkannte er in dem strahlenden Etwas eines der Wesen, die vor zweihunderttausend Jahren auf der Erde experimentiert hatten.

Alaska Saedelaere erstarrte schier, als im Höhleneingang die dröhnende Stimme des Neandertalers aufbrandete: »Du entkommst mir nicht, Cappin! Ich werde dich töten!«

Eben noch hatte es ausgesehen, als verengte sich die Höhle so weit, dass kein Durchkommen möglich war, aber dann konnte Saedelaere sich wieder aufrichten. Stolpernd, im fahlen Widerschein seines Gesichts, eilte er weiter. Die Engstelle würde Zwiebus hoffentlich eine Weile aufhalten.

Ein kühler Lufthauch wurde spürbar, und als Saedelaere um die nächste Biegung taumelte, gewahrte er eine rasch deutlicher werdende Helligkeit vor sich.

Minuten später stand er in der Morgendämmerung inmitten eines ausgedehnten Geröllfelds. Ein kurzer Rundblick zeigte ihm, wo er den

Verfolger erwarten konnte. Gut dreißig Meter oberhalb des Höhlenausgangs lagen drei große Felsblöcke nahe genug beieinander, dass er blitzschnell die Deckung würde wechseln können.

Die Spezialpistole im Anschlag und die Thermowaffe neben sich, wartete er …

Mit einem mächtigen Satz schnellte sich der Neandertaler aus der Höhlenöffnung und lag in Deckung, ehe Saedelaere reagieren konnte. Dann war alles wieder wie zuvor.

Der Transmittergeschädigte wagte kaum zu atmen. Unruhig huschte sein Blick von einer Seite zur anderen. Jede Sekunde konnte Zwiebus in seiner Nähe erscheinen. Mittlerweile traute er dem Affenmenschen ziemlich alles zu. Vor allem kam er nicht umhin, den Verfolger zu bewundern, der sich nicht nur in einer fremden Umgebung behaupten musste, sondern auch in einer fremden Zeit. Alaska fragte sich, wie er auf ein Erwachen zweihunderttausend Jahre in der Zukunft reagieren würde, wenn er herzlich wenig von alldem verstand, was an Neuem auf ihn einstürzte.

Die Sonne stieg höher, es wurde wärmer. Der rote Schein ließ Saedelaere nicht nur schläfrig werden, er wühlte ihn auch auf. Tief in ihm schwang eine Erinnerung, nach der er jetzt besser nicht schürfte.

Irgendwo knirschten Steine.

Eng an den noch kühlen Fels gedrückt, zwang Alaska sich zur Ruhe. Während seiner Ausbildung bei der Solaren Abwehr hatte er alle Verhaltensregeln verinnerlicht.

Abwarten …

Den anderen handeln lassen … versuchen, seine Position herauszufinden …

Nur das Ding in seinem Gesicht hielt sich nicht daran. Es begann heftiger zu zucken, verschoss Lichtblitze.

Ich bring dich um!, dachte Alaska. *Ich* … Genau das war es, worauf sein Gegner wartete. Dass ein neuer Anfall ihn weitgehend handlungsunfähig machte.

Reagierte der Gewebeklumpen auf den näher kommenden Neandertaler? Oder, noch erschreckender, spürte Lord Zwiebus seinerseits dieses … Ding? Ohne es bewusst zu wollen, schob sich Alaska zentimeterweise zur Seite.

»Zeig dich endlich, Cappin!« Das Gebrüll des Neandertalers hallte in vielfachem Echo zwischen den Felsen wider. Saedelaere erkannte, dass sein Gegner die Position gewechselt hatte. Zwiebus war schon sehr nahe.

»Du übernimmst niemanden mehr, Cappin! Deine Zeit ist vorbei. Kriech endlich aus deinem Versteck hervor. Ich werde dich schnell töten. – Cappin …!« Zwiebus' Stimme überschlug sich schier.

Saedelaere blinzelte verwirrt. Was meinte der Neandertaler mit dem Wort *Cappin*, was mit *übernehmen?* Traf das auf den zuckenden Klumpen in seinem Gesicht zu? Allerdings war er nach wie vor Herr seiner Entscheidungen.

Zwiebus feuerte. Eine sonnenheiße Salve schlug in Alaskas Deckung ein und versprühte einen Regen glutflüssigen Gesteins. Sekundenbruchteile zuvor hatte sich der Transmittergeschädigte jedoch hinter den nächsten Felsen gerollt und mit zwei, drei Sprüngen die Deckung eines weiter zurück liegenden Blocks gesucht. Zwiebus bemerkte es nicht. In blindem Hass feuerte er auch auf die anderen Felsen der Dreiergruppe.

Alaska Saedelaere wartete auf seine Chance. Vielleicht die einzige, die ihm blieb. Als der Neandertaler Haken schlagend vorwärts stürmte, feuerte er zwei Projektile ab. Feine helle Rauchstreifen zeigten ihre Flugbahn.

Beide Nadeln trafen. Lord Zwiebus stockte im Lauf, als sei er gegen ein unsichtbares Hindernis geprallt. Langsam brach er in die Knie, versuchte noch einmal, sich aufzurichten, und kippte auf die Seite.

Alaska Saedelaere wartete minutenlang, bevor er sich erhob. Die offenen Wunden an den Füßen machten jeden Schritt zur Qual.

Endlich stand er neben dem Gegner, drehte ihn entschlossen auf den Rücken. Zwiebus war gelähmt und würde sich geraume Zeit nicht bewegen können. Doch sein Gehirn, seine Wahrnehmungen waren davon nicht betroffen. Aus hasserfüllten Augen starrte der Neandertaler den Terraner an. Der Wille, Saedelaere zu töten, war unübersehbar.

Stockend erst, aber mit jedem Satz flüssiger erzählte Alaska seine Geschichte. Er sprach von den vier fehlenden Stunden während des Transmittersprungs und davon, dass danach das Ding in seinem Gesicht gewesen war. Und dass er seit den stärker werdenden Ausbrüchen der Sonne nicht nur unter Albträumen und unerträglichen Kopfschmerzen litt, sondern zunehmend Stimmen zu hören glaubte, die ihn bald selbst in den Wahnsinn trieben.

Die Schmerzen überfielen ihn auch jetzt wieder. Saedelaere krallte sich die Finger ins Gesicht. Vor den Augen des Neandertalers versuchte er, das zuckende Gewebe herauszureißen. Der Versuch blieb so erfolglos wie alle anderen zuvor.

Endlich fiel ihm auf, dass Zwiebus ihn nicht mehr hasserfüllt anstarrte. Im Blick des Neandertalers schimmerte sogar eine Spur von Mitleid.

»Vielleicht mache ich gleich alles falsch«, begann Alaska Saedelaere und öffnete mit bebenden Fingern den Pistolengriff. Neben den Nadelgeschossen enthielt die Waffe eine kleine Kammer mit dem Gegenmittel. Alaska presste dem Neandertaler zwei der selbst injizierenden Kapseln an die Halsschlagader.

Es dauerte nur kurze Zeit, bis Lord Zwiebus Finger und Zehen wieder bewegte. Jeder Mensch, der die doppelte Lähmdosis abbekommen hatte, wäre trotzdem noch minutenlang außer Gefecht gesetzt gewesen.

Lord Zwiebus setzte sich auf. Alle Aggression schien von ihm abgefallen zu sein.

»Ich wusste nicht, was mit dir geschehen ist«, sagte er. Seine ohnehin dumpfe Stimme klang rauer als sonst. »Für mich warst du von der ersten Begegnung an nur ein Cappin, der sich im Körper eines Menschen versteckt.«

Alaska seufzte. »Zum Glück haben wir beide das Missverständnis überlebt, Lord Zwiebus.« Fragend schürzte er die Lippen – und war sogar überzeugt davon, dass die Muskeln noch seinen Mund bewegten. Der Neandertaler reagierte überhaupt nicht auf das Ding in seinem Gesicht. »Wer oder was ist ein Cappin?«, fügte er stockend hinzu.

In typisch menschlicher Manier schüttelte Zwiebus den Kopf. »Das kann ich nicht so einfach erklären. Bis vor kurzem hatte ich keine Erinnerung daran. Erst als ich dich sah …«

Die Realsequenz ist hiermit beendet. Die Gefühle, die zugleich auf biochemischem Weg übermittelt wurden, dienen der Vervollständigung und besseren Verankerung des Erlebten im Langzeitgedächtnis. Sie wurden von Fachleuten und – sowie verfügbar und nachvollziehbar – aufgrund autobiografischer Aussagen beteiligter Personen zusammengestellt. (Dies gilt für rund sechzig Prozent aller im »Archiv des Besonderen« erfassten Realsequenzen. Extreme Empfindungen, die eine potentielle Schädigung eines Standard-Nutzers denkbar erscheinen lassen, werden über Filter gedämpft oder ausgesondert).

Das Thema wird in zwanzig Sekunden fortgesetzt, sofern Sie sich nicht für einen Abbruch entscheiden. Dokumentieren Sie diesen durch eine eindeutig verneinende Geste oder ein Wort der Ablehnung.

Mai 3433 n. Chr.

Nachdem er das Cappin-Fragment aus nächster Nähe sah, ist Lord Zwiebus völlig verändert. Er sagt, dass die Schatten der Vergangenheit, die seinen Geist knebelten, vertrieben wurden. Die Hypnoschulungen haben ihn zu einem Menschen des kosmischen Zeitalters gemacht, dem nur noch sein Aussehen entgegensteht. Aber das ist ohnehin zweitrangig in einer Gesellschaft, die Toleranz und Achtung vor dem Individuum in ihre Verfassung aufgenommen hat und beides wirklich praktiziert.

Lord Zwiebus' Bericht ist für das Verständnis dessen, was mit Alaska Saedelaere geschah, von entscheidender Bedeutung. Deshalb wird knapp und prägnant, aber zugleich so detailliert wie nötig darauf eingegangen:

Vor rund zweihunderttausend Jahren lebten auf der Erde zwei humanoide Spezies, deren Intelligenz sie über die Stufe der Tiere hinaushob. Die einen werden von uns nach dem ersten Fundort als »Neandertaler« bezeichnet, die anderen kennen wir als »Cro-Magnon-Menschen«. Während der Cro-Magnon sich der nächsten Evolutionsstufe näherte und die Entwicklung des Neandertalers in eine Sackgasse geriet, landeten Raumfahrer auf der Erde, deren Aussehen sich kaum von dem des heutigen Menschen unterschied. Sie nannten sich Cappins.

Als Cappins, das ist längst Allgemeinwissen, werden die biologisch eng miteinander verwandten Völker der Galaxis Gruelfin bezeichnet. Wobei die Hauptlast der Geschichte bei den Volksgruppen der Ganjasen und der Takerer liegt. Gruelfin, in den terranischen Sternkatalogen auch unter der Bezeichnung NGC 4594 verzeichnet, liegt knapp sechsunddreißig Millionen Lichtjahre von der Milchstraße entfernt.

Der Hauptunterschied des cappinschen Metabolismus zu dem des Homo sapiens liegt nicht nur in der inneren Anordnung wichtiger Organe wie Herz und Lunge, sondern in den komplexeren chemischen Reaktionen ihrer Leber. Und die größere Hirnanhangdrüse hängt unmittelbar mit der besonderen Fähigkeit der dominierenden Cappin-Völker zusammen.

Sie sind »Pedotransferer«.

Mittels der so genannten Pedostrahlung stellen Cappins einen Kontakt zu anderen Lebewesen her – um sie schließlich mental zu übernehmen. Räumliche Entfernungen spielen nur für die Anpeilung, den Pedokontakt, eine Rolle.

Von allen Lebewesen, die den Cappins vor zweihunderttausend Jahren bekannt waren, erweisen sich die Humanoiden der Erde für eine Pedoübernahme als am besten geeignet. Um diesen Faktor weiter zu steigern, begannen die Cappins ihre Experimente. Sie installierten den Sonnensatelliten und veränderten in unterschiedlichen Intervallen die Aktivität der Sonne. Mutationen entstanden. Lord Zwiebus bezeichnet sich selbst als eines der wenigen positiven Zuchtergebnisse unter den Neandertalern.

Nicht alle Cappins billigten die Sonnenexperimente. Die Ganjasen bekämpften ihre verbrecherischen Artgenossen, die Takerer, deren Furcht vor Entdeckung ein weiterer Grund für den Bau des Todessatelliten war. Die Takerer wollten die Erde erreichen, ohne sich der Gefahr auszusetzen, dass eines ihrer Raumschiffe eines Tages geortet würde. Der Satellit wurde zugleich zu einer Empfangsstation für Pedopoler ausgebaut. Zwar hatte jeder Cappin, der schon einmal auf der Erde gewesen war, mehrere Cro-Magnon-Menschen als Bezugspunkt, doch je mehr Zeit zwischen einzelnen Besuchen verstrich, desto größer wurde die Gefahr, dass diese Pedopole nicht mehr lebten. Ein Umstand, der bei einem Fehlkontakt über große Distanzen hinweg tödliche Folgen haben konnte.

Unter heutigen Gesichtspunkten ist vieles aus Lord Zwiebus' Bericht Teil menschlicher Geschichte und durch Zeitreiseunternehmen abgesichert. Eine Aussage erhält jedoch zunehmend Brisanz und bedarf der Beachtung unter kosmischen Gesichtspunkten. Über die Feststellung hinaus, dass das Solsystem schon vor zweihunderttausend Jahren als Ort des Besonderen galt – wir wissen längst, dass dies eine Folge der mehrdimensionalen Aura unserer Sonne ist –, wird Lord Zwiebus' weitere Aussage wörtlich wiedergegeben:

»… ich muss einräumen, dass die verbrecherischen Takerer nicht aus eigenem Antrieb, sondern wie unter einem übergeordneten Zwang handelten. Aus ihren Gesprächen hörte ich den Sinn der Experimente heraus. Sie glaubten, einer Gefahr begegnen zu müssen, die unser Universum heimgesucht hatte. Ohne diese Wahnvorstellung hätten die Takerer vielleicht nie gegen ihre eigenen Gesetze verstoßen. Sie sind tragische Figuren, die sich von ihrer kollektiven Furcht leiten ließen.

Die dritte Funktion des Sonnensatelliten resultiert daraus. Die Todesschaltung heizt die Sonne zur Nova an, sobald die Annäherung von Leben registriert wird, dessen Intelligenzniveau weit über dem der damaligen Menschen steht. Ob die Schaltung nur auf Cappins reagieren sollte oder auch auf andere Wesen, möglicherweise die vermeintliche Gefahr selbst, kann ich nicht beurteilen. Ebenso wenig, ob ich energetisch konserviert wurde, weil meine Intelligenz jener der Cappins glich.«

Die folgende Dokumentation ist eine Realsequenz. Die Reaktionen namhafter Persönlichkeiten des Solaren Imperiums gelten mit dem Ablauf der gesetzlichen Sperrfrist als von öffentlich geschichtlichem Interesse:

Minutenlang schwiegen sie, nachdem Lord Zwiebus seine Aussagen beendet hatte. Galbraith Deighton lehnte mit geschlossenen Augen an der Wand, während der Mausbiber Gucky unruhig auf seinem Sitzplatz hin und her rutschte. Der Arkonide Atlan wischte sich das salzige Sekret aus den Augen, das seine hochgradige Anspannung verriet.

Um die Mundwinkel des Großadministrators hatte sich ein schwermütiger Zug eingegraben. »Offensichtlich haben wir mit der Bohrung im Tonga-Graben einen krassen Fehler begangen«, sagte er leise.

»Nicht wir, sondern die Cappins«, widersprach Atlan. »Ihr Abtreten von der kosmischen Bühne wurde wohl nie einkalkuliert. Hätten sie in den vergangenen Jahrzehntausenden die Erde besucht, wäre ihnen kaum verborgen geblieben, dass die Menschheit, ob Lemurer oder Terraner, eine gleichwertige Intelligenz entwickelt hat. Dann hätten sie die Todesschaltung als Bedrohung ihrer eigenen Interessen erkennen müssen.«

»Das sehe ich anders«, widersprach Zwiebus. »Sie gehen davon aus, Atlan, dass unser Freund Alaska während seines Transmitterunfalls zweihunderttausend Jahre in die Vergangenheit versetzt wurde. Warum so kompliziert? Der Unfall kann durchaus in der Jetztzeit geschehen sein. Der Cappin könnte sich auf dem Weg zu einem Pedopol befunden haben – vielleicht sogar auf dem Weg in den Sonnensatelliten.«

»Die Folgerungen daraus gefallen mir nicht«, sagte Rhodan.

Instinktiv fasste Saedelaere nach seiner Maske. »Lebt … dieser Cappin noch?«, brachte er stockend hervor.

»Wahrscheinlich«, antwortete der Neandertaler. »Ich war oft in der Nähe, als Takerer Pedopole übernahmen. Stets blieben Teile ihrer Körper als unstrukturierte Zellmasse zurück.« Er schüttelte sich, weil ihn die Erinnerung zu überwältigen drohte. Nach zwei, drei tiefen Atemzügen hatte er sich wieder in der Gewalt. »Anfangs scheiterten viele Pedotransferierungen. Ich sah einen Mann aus meiner Horde qualvoll sterben, sein Gesicht leuchtete wie das von Alaska. Unmittelbar vor dem

Tod verließ der Cappin den Körper und vermischte sich mit seinen eigenen Überresten.«

»Und wieso verlässt das Ding Alaska nicht?«, rief Gucky dazwischen.

»Entweder ist die Entfernung zu groß, oder der Gewebeklumpen hat nur einen Teil des Cappin-Bewusstseins gespeichert. Die zweite Möglichkeit erscheint am wahrscheinlichsten. Andernfalls hätte der Takerer sein Opfer irgendwann völlig unter Kontrolle gebracht. – Wie war das bisher, Alaska Saedelaere?«

Der Transmittergeschädigte schüttelte den Kopf. »Hören Sie auf damit, Lord Zwiebus! Ich bin schon froh, dass mein Verstand noch funktioniert.«

»Besser als zuvor?«

Saedelaere versteifte sich. Doch Zwiebus fügte, ohne die Reaktion zu beachten, im gleichen Tonfall hinzu: »Das ist die positive Auswirkung des Cappins. Seine Fähigkeiten reagieren mit dem menschlichen Nervensystem – eine Folge der Zuchtauswahl.«

Saedelaeres Reaktion blieb hinter der Maske verborgen. Abwehrchef Deighton atmete hörbar scharf ein, und Rhodan blickte wie elektrisiert in die Runde. Lediglich Atlan quittierte die Bemerkung mit einem Achselzucken.

»Ich wollte Sie nicht kränken«, begann der Neandertaler.

»Die Menschheit geht daran nicht zugrunde«, wehrte Perry Rhodan ab. »So schwach ist unser Selbstvertrauen nicht. Mehr Kopfzerbrechen bereitet mir unser weiteres Vorgehen. – Über das Geschehene sind wir uns einig: Die Robotpositronik der Cappin-Station im Tonga-Graben hat das Eindringen von Menschen als den befürchteten Notfall eingestuft. Damit ist das plötzliche Anlaufen der Reaktoren erklärt. Die Meldung ging an den Sonnensatelliten. Dieser hat möglicherweise entsprechende Verhaltensregeln angefordert, die aber nicht gegeben wurde. Also erhielt die Programmierung Vorrang, die Vernichtung des Sonnensystems einzuleiten, um alle Spuren der Cappins zu tilgen.« Rhodan erhob sich. »Lord Zwiebus, die Menschheit steht in deiner Schuld.«

»Davon kann er sich nichts kaufen«, platzte Gucky heraus. »Und uns hilft es kaum weiter.«

Der Großadministrator überhörte den Einwand geflissentlich. »Wir werden nicht zulassen, dass die Cappins den Todessatelliten bauen und in Position bringen.«

31. Mai 3433 n. Chr.

Ohne dass es sich vorher angekündigt hätte, empfindet Alaska Saedelaere eine vage Ahnung. Er glaubt, dass Fremde in erreichbarer Nähe erschienen sind – und mit diesen Fremden bringt er sich selbst in Verbindung.

Die gesteigerte Sonnenaktivität macht sich inzwischen auch auf den äußeren Planeten bemerkbar. Versuche, mit Spezialschiffen den Todessatelliten zu zerstören, sind gescheitert. Die menschlichen Siedlungen auf den inneren Welten, vor allem natürlich die irdischen Metropolen, werden von Paratronschirmen geschützt. Aber die stärksten Schirmfelder können das Ende nicht aufhalten, sondern nur hinauszögern. In spätestens zwei Monaten werden sich Venus und Erde in verbrannte Schlackehaufen verwandelt haben. Dann gibt es kein Leben mehr auf ihrer Oberfläche.

Die Evakuierung des Sonnensystems wird erwogen. Das bedeutet den endgültigen Zerfall des Solaren Imperiums, das Ende eines großen Traumes. Perry Rhodan und mit ihm eine Hand voll Frauen und Männer werden die Vision einer geeinten Milchstraße in dem Moment zu Grabe tragen müssen, in dem Terra in den atomaren Gluten Sols verbrennt.

Eine Konferenz jagt die andere. Die Zeit für effektive Reaktionen ist knapp.

Alaska Saedelaeres Anfälle häufen sich. In einer der Besprechungen bricht er von Krämpfen geschüttelt zusammen. Unter seiner Maske tobt ein kaltes Feuer. »Ich spüre sie!«, keucht der Transmittergeschädigte am Rand der Beherrschung. »Sie sind da! – Tausende von ihnen ...«

Kurze Zeit später wird deutlich, was Saedelaere gespürt hat: Cappins sind im Sonnensatelliten eingetroffen. Das Mondgehirn NATHAN errechnet eine Wahrscheinlichkeit von neunundneunzig Prozent, und es muss der Gewebeklumpen in seinem Gesicht sein, der Alaska die Ankunft der Fremden wahrnehmen ließ.

Noch am selben Tag wird neben dem Sonnensatelliten ein unbekanntes walzenförmiges Raumschiff entdeckt. Seine Länge von neunhundert Metern lässt auf mehr als nur ein Beiboot schließen. Die Walze nimmt Kurs auf die Erde.

Dem Flaggschiff INTERSOLAR und weiteren fünfzig schweren Einheiten der Heimatflotte gelingt es, den vermeintlichen Cappin-Raumer mit Wirkungsfeuer aus Narkosegeschützen einzudecken. Ein Enterkommando findet das Walzenschiff leer vor. Alaska Saedelaere erkennt als Erster, dass sich die Cappins in den Satelliten zurückgezogen haben, und rettet damit das Leben der Raumsoldaten. Denn das offensichtlich uralte Schiff wird von seiner Selbstzerstörungsanlage vernichtet.

Eine Manipulation des Antitemporalen Gezeitenfeldes hindert die Cappins daran, das Solsystem wieder zu verlassen. Somit wächst die Gefahr, dass die Pedotransferer wichtige Persönlichkeiten übernehmen und in ihrem Sinn manipulieren, zugleich sind die Takerer aber gezwungen, den Todessatelliten zu desaktivieren, denn die heftige Sonnenaktivität gefährdet den Pedopeiler selbst.

Am 4. Juni stoppen die Cappins die Vernichtungsschaltung, der Energiehaushalt der Sonne beginnt sich zögernd zu stabilisieren. Tage später fällt auf der ausgedörrten Erde erster Regen.

1. August 3433 n. Chr.

Nach Konstruktionsprinzipien der ehemaligen Meister der Insel wurde auf der Fidschi-Insel Viti Levu ein Nullzeitdeformator gebaut. An der Reise in die ferne Vergangenheit des Planeten Erde nehmen dreiundzwanzig Personen teil, unter ihren Perry Rhodan, Atlan und Gucky und natürlich Alaska Saedelaere und der Neandertaler Lord Zwiebus. Ihre Aufgabe ist, den Bau und die Stationierung des Todessatelliten zu verhindern. Ein mögliches Zeitparadoxon wird angesichts der Bedrohung durch die Cappins in Kauf genommen.

Die Zeitreisemission nimmt real zweieinhalb Standardmonate in Anspruch und endet am 15. Oktober 3433. Die Expedition bleibt erfolglos im Sinne der gestellten Aufgabe, weil eine Sperre zunächst unbekannter Natur den Weg zurück in der Zeit blockiert. Der Nullzeitdeformator stabilisiert sich schon im Jahr 51.988 v. Chr. und kann nicht tiefer in die Vergangenheit eindringen.

Zu jener Zeit hat die lemurische Kultur ungefähr den Stand unseres 19. Jahrhunderts erreicht. Der Aufbau des Großen Sternenreichs der Ersten Menschheit wird noch rund eintausend Jahre auf sich warten lassen, der Ausbruch des Krieges gegen die Haluter, der die Flucht eines Großteils der Lemurer nach Andromeda und das Entstehen der Meister der Insel zur Folge hat, weitere eintausend Jahre.

Die Zeitreisenden erkennen sehr schnell, dass die frühen Lemurer von teils monströsen Kreaturen in ihrer Existenz bedroht werden. Ungestüm greifen Zentauren und die im Wasser lebenden Argazaten die aufstrebende Kultur an, aber auch riesenhafte Zyklopen und Neandertaler lassen die Vorfahren der Menschheit nicht zur Ruhe kommen.

Nur Stunden vor dem geplanten Rücksturz des Nullzeitdeformators in die Jetztzeit des Jahres 3433 n. Chr. wird Alaska Saedelaere Opfer einer starken Strahlungsfront …

Schweigend stand er in der Personenschleuse des Nullzeitdeformators und blickte in die Nacht hinaus. Die fünfzig Meter durchmessende silberne Kuppel hatte nicht den Ort, wohl aber die Zeit gewechselt. Auf der späteren Fidschi-Insel erstreckte sich eine endlos anmutende, von gewaltigen Gletschern geprägte Gebirgsregion.

»Erkenne ich einen Hauch von Wehmut in Ihrem Verhalten?«, fragte eine leise Stimme hinter Saedelaere.

»Lord Zwiebus ist noch draußen«, antwortete der Major der Solaren Abwehr. Zögernd fuhr er sich mit einer Hand durch das schwarze Haar. »Er ist unter seinesgleichen – aber auch nicht.«

»Sarkasmus, Alaska? Oder hängen Sie schwermütigen Gedanken nach?« Dr. Claudia Chabrol, die Ärztin der Expedition, versuchte, ebenfalls einen Blick nach draußen zu erhaschen.

»Bleibt mir eine andere Wahl?« Saedelaere zögerte. »Wissen Sie, wie unerträglich der irrlichternde Klumpen ist? Und die Maske darüber trage ich auch nicht zum Vergnügen. Der verdammte Cappin frustriert!«

Rings um den Rand der Kunststoffmaske lag eine flackernde Aura. Sie erinnerte an einen Hauch von brennendem Alkohol, war aber beständiger und verwehte nicht. Auch aus den Augenschlitzen zuckten schwache Flammen hervor. Irgendetwas lag in der Luft, was das Fragment in Saedelaeres Gesicht in permanente Unruhe versetzte.

Schüsse fielen. Ein Geschoss mit Sprengwirkung schlug weiter draußen ein und zerfetzte dichtes Unterholz. Alaska hob seinen Arm mit dem Minikom am Handgelenk. »Ich glaube, Lord Zwiebus kommt zurück«, sagte er dumpf. »Bereithalten, den Schutzschirm abzuschalten!«

Dann herrschte wieder Ruhe. Das Warten zerrte an den Nerven. Bis unvermittelt Blitze aufzuckten. Für Sekundenbruchteile spalteten sie die Nacht: Energieschüsse aus dem in Zwiebus' Keule eingebauten Strahler. Niemand sonst außerhalb des Nullzeitdeformators war im Besitz eines Blasters.

Die nächsten Blitze zuckten weniger als einen halben Kilometer entfernt in die Nacht. Augenblicke später tauchte Lord Zwiebus aus der Dunkelheit auf, von Titanen und Zentauren verfolgt. Die Kreaturen der Vergangenheit holten ihn nicht mehr ein, und hinter ihm flirrte die transparente Glocke des Schutzschirms wieder so lückenlos wie zuvor.

Lord Zwiebus sprach von zweitausend und mehr Zentauren, Zyklopen und Neandertalern, die sich sammelten. Viele von ihnen schleppten kurzläufige Raketengewehre und Taschen voll Munition, die sie im Kampf von Lemurern erbeutet hatten. Auf ihren Rücken transportierten die Zentauren sogar noch schwerere Waffen. Falls sie den Nullzeitdeformator angreifen wollten, kamen sie jedoch zu spät.

Die letzten Kontrollen verliefen in angespannter Atmosphäre. Deshalb fiel Saedelaeres leises Stöhnen erst auf, als die Flammen lebhafter unter der Maske hervorschlugen. Die Szene schien sich in einen Albtraum zu verwandeln.

Jemand schrie eine Warnung. Rasch zunehmende Sextadimstrahlung, wie sie bei jeder Pedopeilung auftrat, wurde angemessen.

Saedelaeres Stöhnen endete in einem gurgelnden Aufschrei. Nie zuvor hatte das Cappin-Fragment unter der Maske eine ähnlich heftige Aktivität gezeigt. Eruptionen umtanzten Alaskas Schädel wie zuckende Elmsfeuer, und es war wohl nur eine Frage der Zeit, wann sie dieselbe verheerende Wirkung zeigen würden wie der Anblick des unbedeckten Fragments.

Alaska stieß unmenschliche Laute aus. Das war nicht mehr er, der den Schleusenmechanismus betätigte und ungeduldig darauf wartete, dass das Schott den Weg freigab – das war etwas Fremdes, was ihn dazu trieb, die Kuppel des Nullzeitdeformators zu verlassen. Mit einer wütenden Bewegung fegte er die Ärztin zur Seite, die ihn aufhalten wollte. Der sonst hagere, friedvolle Mensch verwandelte sich in einen kraftvoll und stur seiner Programmierung folgenden Roboter.

Alles ging wahnsinnig schnell. Alaska Saedelaere hetzte nach draußen, kaum dass das Schott weit genug offen stand.

Im letzten Sekundenbruchteil bevor er im Schutzschirm verglüht wäre, wurde das Energiefeld abgeschaltet. Er nahm nicht einmal Notiz davon.

Dutzende von Kilometern weit entfernte er sich von den Freunden. Auch die Belagerer des Nullzeitdeformators, allen voran die mächtigen und ausdauernden Zyklopen, bewegten sich in die gleiche Richtung.

Irgendwann brach Saedelaere zusammen und blieb keuchend liegen. Der größte der Zyklopen kauerte neben ihm nieder und stimmte einen wehklagenden Singsang an. Dazu wiegte er seinen mächtigen, behaarten Oberkörper, als verneige er sich vor einer Gottheit. Erst nach einer Weile schob der Einäugige seine Arme mit unglaublicher Vorsicht unter den erschöpften Terraner und hob ihn hoch. Wie ein kleines Kind trug er Saedelaere vor sich her.

Die wirklich lichten Momente des Transmittergeschädigten waren selten, doch sie brannten sich mit unglaublicher Klarheit in seine Erinnerung ein. Inmitten einer unüberschaubaren Horde von Präbios, wie die Terraner die Züchtungen der Cappins nannten, trug ihn der Zyklop stundenlang auf den Armen.

Das Ziel lag auf einer Halbinsel, weit vom Nullzeitdeformator entfernt. Tausend Kilometer und mehr, schätzte Saedelaere. Vielleicht hatte die Zeitmaschine inzwischen den Rückweg angetreten – es interessierte ihn so wenig wie etwas längst Vergangenes. Auch als er die ersten Türme vor sich aufragen sah, fragte er nicht, wieso diese nicht schon vorher von den Flugpanzern aus entdeckt worden waren. Nicht einmal die Lemurer hatten von diesen Bauten gesprochen.

Gut achthundert Meter hoch war jeder der Türme, die auf ihrer Spitze eine grünblau irisierende, kaum weniger als einhundert Meter durchmessende Kugel trugen.

Wie ein gigantischer stählerner Wald bedeckten mehr als zweihundert dieser Bauten ein riesiges Areal. Von ihnen ging die Strahlung aus, die das Cappin-Fragment rebellieren ließ. In einem inzwischen nahezu schmerzlosen Taumel zwischen Traum und Wachen registrierte Alaska Saedelaere die Beeinflussung.

Ein unheimliches Rumoren wie von einem fernen Gewitter hing in der Luft. Eine Million Kehlen knurrten, brummten und sangen diese dumpfe Melodie. Alaska Saedelaere trieb am Rand einer steten Ohnmacht dahin, unfähig, sich dem Griff des Zyklopen zu entziehen.

Das Cappin-Fragment hatte von ihm Besitz ergriffen. Nicht, dass es seine Persönlichkeit übernommen und unterdrückt hätte, dazu war es der geringen Masse wegen nicht fähig, aber es verurteilte ihn zur Passivität. Wie in Trance nahm Saedelaere wahr, dass die unglaubliche Menge wogender, schmutziger Leiber eine breite Gasse vor dem Zyklopen öffnete. Und vor ihm, dessen Gesicht wie die Sonne von einem Strahlenkranz umgeben war. Die Neandertaler sanken ehrfürchtig zu Boden und wagten nicht aufzuschauen, die Zentauren scharrten mit den Vorderhufen und knickten in den Gelenken ein, sogar die Zyklopen lagen mit ausgebreiteten Armen im Staub.

Saedelaere hatte die Sonne kommen und wieder gehen sehen, und mittlerweile zog die neue Nacht mit Riesenschritten herauf.

Die Präbios verfielen in ekstatische Tänze. Als das Tagesgestirn wie ein riesiger Glutball im Meer versank, schritt der Zyklop auf eine schillernde Kuppel zu. Die Farbreflexe stammten von einer Energieblase, die das Bauwerk umgab.

Das Fragment verschoss mittlerweile derart intensive Flammen, dass Saedelaere oft gequält die Augen schloss. In einer ehrfürchtigen Geste ließ ihn der Zyklop vor der Energieblase zu Boden gleiten. Nur noch schemenhaft nahm Saedelaere wahr, dass Tausende von Präbios sich in einem Halbkreis zu Boden warfen.

Sie halten mich für einen Gott, durchzuckte ihn ein aberwitziger Gedanke, so klar, wie er schon seit Stunden keinen Gedanken mehr gefasst hatte. *Nicht mich, sondern den Cappin. Sie haben mich zu ihrem Tempel geführt.*

Strahlenschauer überfluteten das Land zwischen den Türmen. Alaska spürte es ebenso wie die Präbios. Schier unerträglich wurde der Wunsch, sich mit einem anderen Wesen zu vereinigen, eine kurze Zeit künstlich erzeugter Fruchtbarkeit zu nutzen.

Ein Segment des Energieschirms verfärbte sich und markierte eine Strukturschleuse. Die mächtigen Pranken des Zyklopen stellten Alaska auf die Beine. Rein mechanisch setzte er einen Fuß vor den anderen und überschritt die nicht mehr vorhandene Grenze.

Ein Stück der Gebäudemauer klappte wie eine Zugbrücke nach außen. Mit marionettenhaften Bewegungen stieg Saedelaere die schräge Rampe hinauf. Er sah nicht, dass sich hinter ihm das Energiefeld wieder schloss.

Erst im Eingang zu dem bunkerähnlichen Bauwerk wandte er sich um …

… und zuckte jäh zusammen. Vor ihm stand ein riesenhafter, schwarz behaarter Neandertaler. Der Präbio würde angreifen, das wurde Alaska sofort klar, denn der mentale Einfluss hatte sich verflüchtigt. Noch war er zu schwach, sich gegen den körperlich überlegenen Neandertaler zu wehren – doch das Erkennen folgte auf dem Fuß.

»Lord Zwiebus?«, stieß Saedelaere heiser hervor. »Wieso … was …?«

Sein Gegenüber verzog die wulstigen Lippen, dass sein kräftiges Gebiss sichtbar wurde. »Du hast durchgedreht, bevor wir starten konnten, hast Dr. Chabrol fast umgebracht und bist geflohen. Die Präbios haben dich über mehr als tausend Kilometer begleitet, und allem Anschein nach wurde der Cappin in deinem Gesicht von den Maschinen der Station angemessen. Sie haben alle Sperren für dich beseitigt.«

»Und du?«

Zwiebus grinste breit. »Ich bin einer der Präbios. Für mich war es leicht, dir zu folgen. Icho Tolot wartet draußen im Schutz eines Deflektorfeldes. Rhodan und einige Männer folgen uns mit den Shifts.«

Erstaunt stellte Saedelaere fest, dass er nicht einmal die Waffe in seinem Gürtel verloren hatte. »Wie geht es Claudia?«, fragte er zögernd.

Zwiebus' Augen weiteten sich überrascht. »Spürst du immer noch den Einfluss? Die Schaltstation ist für die Vermehrung der Präbios verantwort…«

»Ich will nur wissen, wie es ihr geht!«, unterbrach Saedelaere schroff.

»Gehirnerschütterung, eine prächtige Beule. Sie hatte Glück.«

»Wir müssen die Station zerstören!«

Lord Zwiebus starrte den Terraner an. Dann nickte er. »Genau das würde Rhodan ebenfalls befehlen.«

Das Steuergehirn der Cappins hatte einen entscheidenden Fehler begangen, als es dem vom Cappin-Fragment dominierten Transmittergeschädigten den Zutritt erlaubte. Innerhalb des Energiefeldes hatte die Strahlung der Türme keinen Einfluss. Auch weiterhin reagierten die Automatiken auf das Fragment. Türen öffneten sich, die Beleuchtung flammte auf. Es fiel leicht, eine Reihe von Mikrobomben auszulegen, die Lord Zwiebus in seiner überdimensionierten Keule mit sich trug. Die Zerstörung der Station würde zugleich das Ende der Präbios einleiten. Ohne die regelmäßige Fruchtbarkeitsdusche gab es für die nahezu sterilen Zuchtprodukte keine Zukunft mehr.

Endlich erkannte Alaska Saedelaere die wirkliche Tragweite ihres zerstörerischen Tuns. »Wir verhindern nicht nur, dass die Züchtungen sich weiter vermehren«, stellte er fest, »wir entscheiden den Kampf Lemurer gegen Präbios auf unblutige Weise. Einige wenige Zentauren und Zyklopen überleben oder bleiben vielleicht fruchtbar. Auf jeden Fall werden sie in die Sagenwelt eingehen.«

Lord Zwiebus warf die letzte seiner Bomben zwischen die spiralförmigen Bauteile eines großen Aggregatblocks.

»Die Neandertaler sind dem Untergang geweiht«, sagte er tonlos. »Wir verhelfen dem modernen Menschen endgültig zum Durchbruch.«

Das Archiv enthält eine erste von Alaska Saedelaere persönlich angefertigte Datensequenz. Sie entstand nach der Rückkehr des Nullzeitdeformators an den Ausgangspunkt. Als prägnante Stellungnahme eines Zeitzeugen wird die Speicherung jedem Abruf ab der Kategorie »Geschichtsbezogen« beigefügt:

»Du trägst zwei Masken – eine verdeckt dein Gesicht, und die andere liegt über deiner Seele. Niemand weiß, wie es wirklich in dir aussieht. Selbst wenn du von vielen Menschen umgeben bist, fühlst du dich allein. Niemand bringt einem Mann, der sein Gesicht hinter einer starren Plastikschale verbirgt, Sympathie entgegen. Du wirst geduldet, weil du nützlich bist – aber darüber hinaus weichen dir die Menschen aus.

Es wird Zeit, dass deine unfreiwillige Rolle endet. Du setzt deine Hoffnungen in die erste Begegnung mit einem Cappin, redest dir ein, dass dann endlich das Fragment aus deinem Gesicht verschwindet. Dabei weißt du genau, dass es keinen logischen Grund dafür gibt. Du belügst dich selbst. Und diese Lügen werden nie aufhören.

Auch wenn unsere aus der Verzweiflung heraus geborene Mission ihr Ziel nicht erreicht hat, wissen wir nun mehr über unsere Vergangenheit. Cappins haben die Präbios geschaffen, um den Cro-Magnon-Menschen aufzurütteln und seine Entwicklung zu beschleunigen. Das muss ein derart gewaltiger Versuch gewesen sein, dass wir noch heute nur staunen können. Allerdings hatten die Cappins eine Unfruchtbarkeit ihrer Geschöpfe eingeplant. Sie hatten die Zivilisation vorantreiben, aber nicht ersticken wollen. Eine Fehlschaltung in der Zuchtstation hätte die Erste Menschheit fast wieder ausgerottet.

Der Angriff der Haluter, der das Sternenreich der Ersten Menschheit Jahrtausende später an den Rand des Abgrunds brachte, führte zu einem weitgehenden Neubeginn. Der Cro-Magnon, der vor über dreißig Jahrtausenden plötzlich auftauchte, ist nichts anderes als der überlebende Lemurer. Die Menschen begannen erneut, eine Zivilisation aufzubauen. Die wenigen Zentauren, Zyklopen und Neandertaler, die diese Entwicklung als Staffage begleiteten, waren möglicherweise lemurischen Zoos entsprungen.

Eines Tages werden vielleicht auch die Menschen von heute von vorne beginnen müssen. Bisher haben wir alle Katastrophen gemeistert, doch eine neue zeichnet sich ab: Die im Sonnensatelliten gefangenen Cappins haben die Todesschaltung wieder aktiviert. Sie glauben, dass sie nichts zu verlieren haben. Ihr Ultimatum läuft morgen ab. Es geht um nichts anderes als um ihre Freiheit gegen das Schicksal der Menschheit.

Ich fürchte, die Cappins werden erneut versuchen, uns zu manipulieren. Gibt es sie noch, die ungeheuerliche Gefahr, die dem Universum droht? Hat es sie je gegeben? Oder suchten die Takerer nur nach einer Entschuldigung für ihre verbrecherischen Experimente?

Irgendwann an der Schwelle vom Jugendlichen zum Erwachsenen habe ich begonnen, die wahre Größe des Universums zu verstehen. Richtig begreifen werde ich sie wohl nie, denn das hieße, den Grund unseres Daseins zu erkennen. Aber seither frage ich mich, warum ein Leben das andere zerstört. Welche Kraft treibt uns dazu?

Es gibt Fragen, auf die wir wohl nie eine Antwort erhalten werden.

... und es gibt immer auch eine Hoffnung. – Das rede ich mir ein. Andernfalls würde ich das Ding in meinem Gesicht nicht ertragen. Weder mit noch ohne Maske.«

Es folgen die Daten des zweiten Zeitreise-Unternehmens in komprimiertem Überblick. Obwohl Alaska Saedelaere abermals zur Besatzung des Nullzeitdeformators gehört, liegen keine Realsequenzen vor. Die Nachbearbeitung der Emotionen erwies sich als problembehaftet, weshalb davon Abstand genommen wurde.

Der Arkonide Atlan kann bei neuerlichen Verhandlungen mit den im Sonnensatelliten eingeschlossenen Cappins eine erste Vertrauensbasis herstellen. Daraufhin beginnen die Fremden, die gefährlichen Systeme des Satelliten zu zerstören. Unvorhergesehen spricht jedoch eine Schaltung an, die alle Cappins durch Zwangspedotransferierung tötet.

Die Teleporter des Mutantenkorps können lediglich drei von ihnen in Sicherheit bringen. Die Geretteten übergeben daraufhin die Konstruktionspläne für ein Zusatzgerät, das die Störungen der Zeitspur kompensieren kann. Damit ist das Vordringen tiefer in die Vergangenheit nicht mehr blockiert. Bevor diese Cappins durch die Zeitschleuse das Sonnensystem verlassen können, werden auch sie Opfer der Zwangspedotransferierung.

10. April 3434 n. Chr.

Der Nullzeitdeformator dringt endlich weit genug in die Vergangenheit vor. Das Auftauchen der Zeitmaschine wird von Ovaron registriert, dem Chef der cappinschen Geheimpolizei. Ovaron kann Perry Rhodan und seine Begleiter gefangen nehmen.

Ovarons Vertrauter ist Takvorian, ein hochintelligenter Zentaur, den er davor bewahrte, als Erzeugnis eines fehlgeschlagenen Gen-Experiments getötet zu werden. Takvorians hellblauer Pferdeleib trägt einen nur schwach ausgeprägten menschlichen Oberkörper. Eine perfekt angepasste Maske lässt den Zentauren als normales Pferd erscheinen. Takvorian, der wenige Jahre später Mitglied des terranischen Mutantenkorps wird, ist ein Movator: Er kann mit parapsychischen Fähigkeiten Zeitabläufe beschleunigen oder verlangsamen.

Die Terraner erkennen, dass Ovarons Schaltzentrale, in der sie festgehalten werden, mit der im Tonga-Graben entdeckten Station identisch ist. Es gelingt ihnen, Takvorian zu betäuben und sich mit Hilfe der Mutanten zu befreien. Ovaron, inzwischen als angeblicher Sympathisant mit dem Feind seines Amtes als Geheimdienstchef enthoben, gerät unter Druck und täuscht seinen Tod vor. Von Rhodan erfährt er von der Bedrohung des Sonnensystems durch den Todessatelliten und das Ziel der Zeitexpedition.

Es stellt sich heraus, dass Ovaron, der seine eigentliche Aufgabe selbst nicht durchschaut, als Ganjo über das älteste und größte Cappinvolk herrscht, die Ganjasen. Nachdem Ovaron seine blockierten Erinnerungen zurückerhalten hat, wird bekannt, dass die Takerer zunächst alle anderen Cappinvölker unterwerfen wollen. Ein System von Sonnensatelliten wird dem ungehinderten Wechsel zwischen verschiedenen Stützpunktwelten dienen.

Ovaron begleitet die Terraner in das Jahr 3434, das für ihn ferne Zukunft ist. Aus seinem bis dahin noch immer unentdeckten Depot auf dem Saturnmond Titan holt er Hilfsmittel, um den Sonnensatelliten auszuschalten. In dem Depot findet er seinen seit zweihunderttausend Jahren im Tiefschlaf liegenden Vertrauten Moshaken. Der Admiral berichtet, dass nach Ovarons Verschwinden die Macht im ganjasischen Reich von den Gegnern übernommen wurde. Moshaken selbst gelang es zwar, mit einer großen Flotte die Takerer im Solsystem zu besiegen, seine letzten eigenen Schiffe wurden jedoch so stark beschädigt, dass die Besatzungen auf der Erde notlanden mussten. Aus der Verbindung ganjasischer Raumfahrer mit Eingeborenenfrauen entstanden über die Zeit hinweg die Lemurer.

Am 17. Juli 3434 bringt Ovaron den Todessatelliten zur Explosion.

Ein Umsturz auf den Welten des Imperiums Dabrifa löst zur selben Zeit eine politische Entwicklung aus, die endlich zu einer Normalisierung im Bereich des Solaren Imperiums führt und zu Neuwahlen, bei denen Perry Rhodan als Regierungschef bestätigt wird.

3. Juli 3437 n. Chr.

Die MARCO POLO, der Prototyp eines Ultraschlachtschiffs der Trägerklasse, ein Kugelraumer mit beachtlichen zweieinhalb Kilometern Äquatorialdurchmesser, startet zur Expedition in die Heimatgalaxis der Cappins.

Anlass dieser Mission ist vor allem, dass seit rund einem Jahr vermehrt cappinsche Pedotransferer wichtige Persönlichkeiten übernehmen. Ovaron glaubt, dass die vom Sonnensatelliten als Pedopeiler ausgesandten Impulse Cappins auf die Milchstraße aufmerksam gemacht haben.

Achttausend Terraner bilden die reguläre Besatzung der MARCO POLO.

Alaska Saedelaere ist einer von ihnen.

2. BUCH

Hoffnungen

3442/43 n. Chr.

10.

Du spürst die nahe Gefahr. Aber du ignorierst sie. Weil du Ruhe suchst und endlich zu dir selbst finden willst. Noch vor einer halben Stunde bist du fast im Stehen eingeschlafen – jetzt wälzt du dich unruhig von einer Seite auf die andere.

Die Finsternis erscheint dir undurchdringlich.

»Keine Notbeleuchtung, keine Störungen!«, hast du der Automatik befohlen. Dennoch findest du keinen Schlaf.

Du schwitzt und glaubst, ersticken zu müssen, obwohl die Luftumwälzung unüberhörbar arbeitet. Überhaupt birgt die Dunkelheit vielfältige Geräusche. Achtest du wirklich zum ersten Mal auf solche Kleinigkeiten?

Ein unheimliches Rumoren dringt aus den Wänden. Du denkst an die Versorgungsschächte, an Röhrentunnel für Wartungsroboter und Energieleitungen. Zugleich wandert dein Blick zur Decke empor und frisst sich an einem Segment fest, von dem ein deutliches Knistern ausgeht. Du kneifst die Brauen zusammen, um vielleicht etwas erkennen zu können, versteifst dich – und hältst jäh den Atem an.

Eine Öffnung ist entstanden. Das fahle Glimmen dahinter offenbart Konturen. Ein flacher Schlangenkopf auf einem biegsamen Hals pendelt herab. Du siehst große, starre Reptilienaugen und über ihnen jeweils einen langen Giftdorn.

Lacoons! – Die Kämpfer der Schwarmgötzen.

Dein Atem stockt. Du fragst dich, wie viele dieser Kreaturen noch an Bord des Flaggschiffs verborgen sein mögen.

Dann geht alles sehr schnell. Das Schlangenwesen fällt herab. Du weißt, dass es dich töten will, und reißt abwehrend die Arme hoch. Doch der Giftdorn verhakt sich unter deiner Maske und ritzt dir die Haut. Dein Schrei bricht gurgelnd ab …

Schweißgebadet schreckte Alaska Saedelaere hoch. Sekundenlang hatte er Mühe, aus dem Albtraum in die Wirklichkeit zurückzufinden. Sein Puls raste, und das Herz hämmerte schmerzhaft gegen die Rippen.

Mit einem knappen Befehl aktivierte Alaska die Beleuchtung. Dann versorgte er sich am Servo mit vitaminhaltigem Mineralwasser.

Während er schluckweise trank, wanderte sein Blick durch die Kabine. Nichts hatte sich verändert, aber zum ersten Mal registrierte Alaska, dass persönliche Dinge fehlten. Andenken von fremden Welten zum Beispiel oder Bilder von Verwandten und Freunden. Und wenn schon das nicht, dann wenigstens eine Darstellung der guten alten Erde, wie sie in vielen Kabinen des Flaggschiffs zu finden war.

Das Cappin-Fragment in seinem Gesicht beruhigte sich langsam wieder. Das Flackern des Gewebeklumpens beeinträchtigte die Wahrnehmung unter der Maske. Zum Glück gab es auch ruhigere Stunden. Sie täuschten nicht darüber hinweg, dass Alaska Saedelaere zeit seines Lebens ein Gefangener bleiben würde – Gefangener des fremden Organklumpens, den er nie gewollt hatte. Mit dem ihm dennoch eine eigenartige Hassliebe verband. Dieses – Ding – hatte sein Leben verändert und ihn aus der Ruhe und Beschaulichkeit seines geregelten Daseins herausgerissen.

Das Gewebe unter der Maske zuckte erneut heftiger. Ein feiner Schmerz breitete sich aus, als flute Feuer durch einzelne Nervenbahnen. Alaskas Rechte schloss sich um das kühle Stück Plastik, das seine Mitmenschen vor Wahnsinn und Tod schützte. Ohne diese Maske, die sein Gesicht fast vollständig bedeckte, war er ein Monstrum.

Das hast du aus mir gemacht! Sein Eingeständnis der eigenen Hilflosigkeit war immer wieder bitter.

Oft hatte er mit dem Gedanken gespielt, der Qual ein Ende zu machen, und ebenso oft sah er sich die Mündung des Desintegrators an die Schläfe setzen. Sein Finger berührte den Auslöser, doch für den letzten entscheidenden Druck fehlte ihm die Kraft. Oder war sein Lebenswille einfach größer gewesen?

Unauslöschlich hatte sich ein Datum in seine Erinnerung eingebrannt. Mahnmal seines Versagens oder Meilenstein einer nie versiegenden Hoffnung? Alaska hatte keine Antwort darauf, die ihn zufrieden stellte. Er wusste nur, dass nichts ohne Sinn und Ziel geschah. Das redete er sich jedenfalls ein, seit ihm der Desintegrator aus den schweißnassen Fingern gerutscht war. Seit dem 13. August 3441, 14.18 Uhr Standardzeit. Zu jenem Zeitpunkt, überlegte Saedelaere, hatte die Hoffnungslosigkeit ihn auf einen Tiefpunkt gezogen:

Zu ahnen gewesen war das Unheil schon während des Rückflugs der MARCO POLO aus der Galaxis Gruelfin. Sabotage an den Triebwerken hatte die Flugzeit des Flaggschiffs auf rund drei Jahre ausgedehnt.

Achttausend Lichtjahre vom Leuchtfeuer Galaxis-Süd entfernt waren die Heimkehrer Zeugen geworden, wie in vier gewaltigen Pulks ein Sternenschwarm materialisierte und mit halber Lichtgeschwindigkeit Kurs auf die Galaxis nahm. Dreihundertundachtzigtausend einzelne Objekte hatte dieser Schwarm den ersten Ortungsergebnissen zufolge umfasst und keineswegs nur Raumschiffe, sondern riesige Sonnen, Planeten, ganze Sonnensysteme …

Ein einzelnes Raumschiff, in seiner Grundform an einen irdischen Rochen erinnernd, hatte sich dem Flaggschiff des Solaren Imperiums genähert. Dieses fremde Rochenschiff – inzwischen als Manipulator oder kurz Manip bezeichnet – hatte im Bereich der MARCO POLO die galaktische Feldliniengravitationskonstante um einen geringen Wert gesenkt. Die Folge dieser Veränderung war eine Konzentrationsschwäche nahezu aller Besatzungsmitglieder gewesen, die sehr schnell in einen Verlust der Intelligenz übergegangen war. Lediglich alle Mentalstabilisierten und die Mutanten ebenso wie die Zellaktivatorträger waren von der Verdummung verschont geblieben. Erst die Zerstörung des fremden Raumschiffs hatte die Verhältnisse wieder normalisiert.

Dann hatte sich herausgestellt, dass der Verdummungseffekt schon vor Monaten über die Milchstraße hereingebrochen war. Auf Terra und vielen anderen Planeten der heimischen Milchstraße herrschten desolate Verhältnisse. In Terrania City dominierten die Schuttberge explodierter Kraftwerke und eingestürzter Hochbahnen, und halbwegs intelligent gebliebene kriminelle Elemente scharten Banden von Verdummten um sich und plünderten nicht nur Lebensmitteldepots. Die Wetterkontrolle spielte längst verrückt und ließ die Tünche der Zivilisation stückweise bröckeln.

In der Hoffnung, ein Mittel gegen die vom Schwarm ausgehende Manipulation der Gravitationskonstante zu finden, wollte Perry Rhodan die gewaltige kosmische Karawane erforschen. »Vielleicht«, hatte er sogar gehofft, »lassen sich die Herrscher des Schwarms davon abbringen, die Milchstraße zu durchqueren.«

Am 30. Juli 3441 erreichte die GOOD HOPE II, ein Beiboot des

Flaggschiffs, das in Flugrichtung des Schwarms liegende Lignan-System. Auf der äußeren Welt gelandet, havarierte der Einhundert-Meter-Kreuzer jedoch, als ein Pulk von Rochenraumschiffen mit seinen Manipulationen auf allen drei Planeten starke Erdbeben und Vulkanausbrüche hervorrief. Die in einem Felsspalt verkeilte GOOD HOPE II hatte anfangs nicht den Eindruck gemacht, jemals wieder freizukommen.

In der Hoffnungslosigkeit jener Situation hatte Alaska Saedelaere zur Waffe gegriffen. Weil ihm die Furcht vor der Einsamkeit zugesetzt hatte, vor einem Leben nur mit wenigen anderen Immunen zusammen.

Das Gesicht, hieß es, sei das Spiegelbild der Seele. Sein Gesicht war ein chaotisch bunter Wirbel, ebenso faszinierend wie abschreckend und tödlich zugleich. Wie es wirklich unter dem zuckenden Gewebeklumpen aussah, hatte er schon fast vergessen. Jeder Versuch, die Erinnerung aus ihrem verstaubten Winkel hervorzulocken, verursachte ein starkes Unbehagen bis hin zu körperlichem Schmerz.

»Panoramabild aktivieren!«, befahl Alaska.

Von einer Sekunde zur anderen wich die Stirnwand der Kabine der endlosen Weite des Weltraums. Die MARCO POLO hatte eine Linearetappe beendet und stand einer Doppelsonne nahe. Der Transmittergeschädigte schätzte die Entfernung auf weniger als eineinhalb Lichtstunden. Eine kleine gelbe Sonne vom G-Typ umkreiste einen roten Riesenstern. Glühende Gasschleier wirbelten mit beiden Sonnen um ihr gemeinsames Schwerkraftzentrum. Unwillkürlich kniff Saedelaere die Brauen zusammen. Inmitten der lodernden Eruptionen zeichnete sich, wie aus dem feurigen Umfeld ausgestanzt, das Rund eines Planeten ab – einer Welt, die vermutlich seit Jahrmillionen härtester Strahlung ausgesetzt war. Ein faszinierender Anblick. Alaska empfand ihn als aufregend schön. Ein Hauch von Ewigkeit vermischte sich hier mit der Laszivität des Todes.

Minutenlang verharrte der Transmittergeschädigte unbewegt und ließ den Eindruck auf sich wirken. Hastig trank er dann den letzten Schluck und zerknüllte den Becher zwischen den Fingern.

»Umschalten zur Zentrale!«

Alaska fühlte sich verunsichert. Nur vermochte er dieses Gefühl nicht in Worte zu fassen; es war da und entzog sich doch seinem Zugriff. Vielleicht wartete er vergeblich darauf, dass etwas geschah.

Die MARCO POLO gehörte zum Besten der terranischen Technik. Sie war weit mehr als ein Raumschiff, war für die Besatzung von achttausend Männern und Frauen längst zur neuen Heimat geworden. Ein stählerner Koloss mit zweieinhalb Kilometern Durchmesser. Ausgerüstet mit vier Ultrakomp-Linearkonvertern, deren Gesamtreichweite zwölf Millionen Lichtjahre betrug, dazu das Dimesextatriebwerk mit seiner gewaltigen außergalaktischen Reichweite. Aber keineswegs jede Mannschaftskabine war ähnlich geräumig wie Saedelaeres Unterkunft – und die Vorteile der großflächigen Bildwand genossen nur wenige. Alaska verdankte den Vorteil ausschließlich dem Cappin-Fragment. Ohne den Gewebeklumpen im Gesicht hätte wohl bis heute niemand von ihm und seinen Fähigkeiten Kenntnis genommen. Das kurze Leben einer Sternschnuppe, die in die Atmosphäre eines Planeten eindringt, imposant aufleuchtet und kurz darauf für immer erlischt – war das auch sein Schicksal?

Es war ihm egal. Alaska sah das Leben eher von der pragmatischen Seite. Er hob nur die hageren Schultern und ging zwei steife und unbeholfen wirkende Schritte vorwärts. Sein Leben hatte heute keinen anderen Wert als damals. Darauf zu hoffen, dass er eines Tages in den Kreis der Unsterblichen aufgenommen werde …

… sein Unbehagen wuchs seit kurzem. Ohne dass er eine Ursache dafür erkennen konnte. Körperlich war er in Ordnung, jedenfalls hatte ein medizinischer Check nach seiner Rückkehr von GEPLA-II völlige Gesundheit bestätigt.

Er versuchte, sich abzulenken, indem er die Bildübertragung aus der Hauptzentrale verfolgte. Nach dem Verlassen des Schwarms hatte an Bord Routine Einzug gehalten. Kurs zur Erde lag an.

Dennoch wuchs sein Unbehagen. Mit jedem Atemzug schien es sich zu verstärken, als wären der Bordluft Psychopharmaka beigemischt worden.

Es ist nichts, versuchte der Transmittergeschädigte sich einzureden.

Er schwitzte, obwohl die Temperatur in der Kabine konstant neunzehn Grad Celsius betrug.

Ein Heer von Ameisen raste durch seine Adern. Es war die eigene Unruhe, die er nicht mehr in den Griff bekam.

In zehn, spätestens fünfzehn Minuten würde das Schiff in die nächste Linearetappe übertreten. Es interessierte ihn nicht mehr. Seine knappe Handbewegung ließ die Bildwiedergabe erlöschen.

Er lauschte dem Anlaufen der Linearkonverter. Indes spürte er die feinen Vibrationen der Schiffszelle mehr, als er sie durch die überall vorhandenen Schalldämmungen wirklich hören konnte.

Das Gefühl, beobachtet zu werden, wurde intensiver.

»Gucky? Tschubai?« Nur ein Teleporter konnte unbemerkt in die Kabine eindringen. Aber da war niemand. Instinktiv hob Saedelaere den Blick zur Zimmerdecke. Die Erinnerung an die vier an Bord verborgenen Lacoons brach von neuem auf. Ein Heer dieser schlangenköpfigen Wesen war vor geraumer Zeit durch den Transmitter gekommen und hatte die Terraner fast in eine Niederlage getrieben.

Die vier hatten sich nach dem Überfall an Bord verborgen und waren erst durch das Wirken unbekannter Energiefelder entdeckt worden. Das Cappin-Fragment hatte auf diese Energien reagiert und Alaska mit einer eisigen, von innen heraus wachsenden Kälte fast umgebracht.

Letztlich hatte die fremde Energieform sich als Transmitterfeld erwiesen.

Nichts war Alaska so quälend im Gedächtnis geblieben wie das entsetzliche Gefühl, in einen endlos tiefen Abgrund zu stürzen. Es war das zweite Mal gewesen, dass er einen Transmittersprung fast schon bewusst wahrgenommen hatte – als wäre er dazu verurteilt, den zeitlos ablaufenden Vorgang der körperlichen Auflösung und anschließenden Wiederverstofflichung immer von neuem panikerfüllt wahrzunehmen. Jener Transmittersprung war von außerhalb der MARCO POLO ausgelöst worden.

Plötzlich hatte er ein Pfeifen vernommen, eine seltsam klagende Melodie voll Schwermut. Das Wiedererkennen hatte ihn selbst im körperlosen Zustand innerlich aufgewühlt, denn zum ersten Mal hatte er diese Melodie fast neun Jahre früher gehört.

Ein hageres, von dunklen Haaren umrahmtes Gesicht hatte ihn angesehen. Das Gesicht eines blinden Mädchens. Und ehe ihm endgültig die Besinnung geschwunden war, hatte er sich an den Namen des Mädchens erinnert:

Kytoma.

Routinemäßig prüfst du den Sitz deiner Kunststoffmaske und rückst sie zurecht. Die Berührung verursachte neue, glühende Schmerzen. Für einen Augenblick hast du das Gefühl, dass dein Fleisch bloßliegt. Aber gerade deshalb lässt du dich ächzend aufs Bett zurücksinken, winkelst die Knie an und verschränkst die Hände unter dem Nacken. Dumpf starrst du in die Höhe. Denn deine Gedanken weilen schon wieder bei Kytoma, dem kleinen blinden Mädchen, das ein großes Geheimnis verbirgt.

Kytoma ist etwas Besonderes, das spürst du deutlich. Vielleicht ist sie so alt wie der Schwarm.

Woher du das weißt? – Nenne es Intuition. Oder schlicht Hoffnung.

Du, der einfache Techniker, den das Schicksal aus einer Laune heraus erwählt hat, hoffst für dich, eines Tages Antworten auf kosmische Fragen zu finden. Du entziehst dich der Realität und fliehst in eine Welt, der deine Mitmenschen verständnislos gegenüberstehen. Dabei hattest du schon akzeptiert, dass das Schicksal dich nicht auserwählt, sondern zum Krüppel gemacht hat.

Vergiss deine Träume, Alaska Saedelaere!, redest du dir ein. *Und akzeptiere endlich, was du bist und warum du so geworden bist. Du wirst dir stets die Antwort schuldig bleiben.* Aber gerade deshalb kreisen deine Gedanken um deine letzte Begegnung mit dem Mädchen, und du fühlst dich wie ein Falter, der vom flackernden Licht einer Kerzenflamme magisch angezogen wird. Du ahnst, dass du in der Flamme verbrennen wirst.

Die MARCO POLO war soeben in die nächste Linearetappe eingetreten. Im Zwischenraum zwischen dem Einstein-Kontinuum und dem übergelagerten Hyperraum raste das Flaggschiff nun mit millionenfacher Lichtgeschwindigkeit dem nächsten Zielpunkt entgegen. Der Schwarm, jenes wahrhaft astronomische Gebilde, verlor zumindest für den Moment seine bedrohliche Nähe. Über nahezu elftausend Lichtjahre dehnte sich die wandernde Kleingalaxis aus, ein Machtfaktor ersten Ranges aus geschätzten achthunderttausend Sonnen und Planeten, die scheinbar unaufhaltsam ihren Weg durch den Kosmos nahm und eine Spur der Vernichtung hinter sich zurückließ.

Vergeblich schloss Saedelaere die Augen, um sich wenigstens eine Hand voll Schlaf zu verschaffen. Doch je mehr er sich bemühte, desto aufgekratzter reagierte er. Das Leuchten des Cappin-Fragments durchdrang sogar die krampfhaft geschlossenen Lider.

Seine innere Unruhe wuchs mit jeder Minute.

Sie wurde quälend …

… wie eine unerfüllte Sehnsucht.

Du verzehrst dich nach etwas, von dem du keine Ahnung hast. Die Leere in dir breitet sich aus. Sie wird dich verschlingen, falls du sie gewähren lässt. Aber was kannst du dagegen tun?

»In Abständen von einer Million Jahren kehrt der Schwarm auf seiner Route in die Milchstraße zurück«, hörte Alaska Saedelaere sich murmeln. Im Allgemeinen hielt er nichts von Selbstgesprächen, die nur mangelnde Konzentrationsfähigkeit bewiesen. Alles nicht für fremde Ohren Bestimmte war in den eigenen Gedanken am besten aufgehoben. Doch diesmal tat es ihm gut, die eigene Stimme zu hören.

»Erst hielten wir die Gelben Eroberer für die Herrscher des Schwarms«, rekapitulierte er. Stoßweise brachte er den Satz über die Lippen. »Der ungeheure Aufwand, mit dem Planeten außerhalb des Schwarms für ihre Vermehrung präpariert wurden, legte diesen Schluss nahe. Die Schwarminstallateure in ihren Pilzraumschiffen erhöhen die Gravitation des jeweiligen Brutplaneten auf rund 2,2 Gravos und heizen die Atmosphäre bis über 62 Grad Celsius auf. Damit schaffen sie ideale Voraussetzungen für die Vermehrung der Gelben Eroberer. Überhaupt stehen die Völker des Schwarms in einem vielfältigen Beziehungsgeflecht zueinander. Die Kastenraumschiffe der Kleinen Purpurnen, die wir als DISCOVERER bezeichnen, analysieren geeignete Planeten und bereiten sie für die Ankunft der Pilzraumschiffe vor.«

Saedelaere spürte einen bitteren Geschmack, als er an die – zum Teil bewohnten – Welten dachte, die dem Vermehrungsdrang der Gelben Eroberer zum Opfer gefallen waren. Erst vor wenigen Monaten war ihm gemeinsam mit Gucky und anderen Mitgliedern eines Stoßtrupps der Durchbruch durch den Schmiegeschirm des Schwarms gelungen. Sie waren auf den Planeten Kokon mit Bergen ockergelben Plasmas gestoßen, Überreste der sich wegen einer Regulationsstörung frühzeitig teilenden Kreaturen, denen noch keine geeignete Fremdwelt zur Verfügung stand, und hatten Grundlegendes über die Gelben Eroberer herausgefunden. Die Karties, wie sie sich selbst nannten, unterlagen einem unstillbaren Zugvogelinstinkt. Rastlos durchwanderten sie das Universum, um sich auf immer neuen Welten durch Teilung zu vermehren. Sesshaftigkeit bedeutete für sie Unfruchtbarkeit. Sie waren Nomaden, dazu verurteilt, für alle Zeit mit dem Schwarm weiterzuziehen.

Noch interessanter erschien Alaska Saedelaere die Erkenntnis, dass der Schwarm nicht nur schon vor einer Million Jahren die Milchstraße durchquert hatte, sondern dass er einst eine besondere Aufgabe erfüllt hatte: den Funken der Intelligenz zu verbreiten. Mittlerweile wurde die mobile Kleingalaxis nicht mehr von ihren eigentlichen Herren geführt, sondern von den insektoiden Karduuhls, die sich auch Schwarmgötzen nannten.

Der Mausbiber Gucky hatte unlängst herausgefunden, dass den neugeborenen Gelben Eroberern ein honigartiges Drüsensekret abgezapft wurde. Dieses Elixier diente den Götzen als lebensverlängerndes Bad.

Für Alaska schloss sich damit ein Kreis. Die Karties als ruhelose Wanderer zogen von Galaxis zu Galaxis, um immer neue Brutwelten zu finden, und die Schwarmgötzen folgten ihnen, weil sie auf das Drüsensekret angewiesen waren. Irgendwann in grauer Vorzeit war dieses System pervertiert worden, hatte der Schwarm seine ursprüngliche Aufgabe verloren.

Die Ursache dafür lag zweifellos bei den Götzen. Die über zweieinhalb Meter großen Insektoiden mit den kugelförmigen Köpfen verfügten über parapsychische und paraphysikalische Fähigkeiten, mit deren Hilfe sie sich die anderen Schwarmvölker untertan machten.

... gemacht hatten, folgerte der Transmittergeschädigte. *Es erscheint nur logisch, dass die Aufgabe des Schwarms durch die Machtergreifung der Karduuhls hintertrieben wurde. Aber was steckt dahinter?*

Nach wie vor suchte Alaska vergeblich nach Ruhe. Trotz geschlossener Augen spürte er eine von Minute zu Minute wachsende Erregung des Cappin-Fragments. Die Ränder des Gewebeklumpens waren in wallende Bewegung geraten und sandten Schmerzimpulse aus. Begleitet wurde der physische Reiz von einem düsterroten Glühen, das mittlerweile sogar seine Lider durchdrang.

Saedelaere wälzte sich unruhig herum. Diese Nacht, das ahnte er, würde für ihn qualvoller werden als viele ähnliche Nächte vorher.

Ich hätte den Götzen nicht töten dürfen!, hämmerte es unter seinen Schläfen. *Das war mein größter Fehler!*

Er hatte es gewusst ...

... aber er würde es dennoch wieder tun, sollte sich das Schicksal wiederholen.

Ein klägliches Wimmern quoll über seine Lippen. Alaska biss die Zähne zusammen, um nicht zu schreien.

Lass mich in Ruhe! Verschwinde! Warum bist du nicht mit dem Götzen gestorben?

Natürlich erhielt er keine Antwort. Das Fragment war stumm und taub wie immer, und es peinigte ihn allein durch seine Anwesenheit. Blutgeschmack im Mund würgte ihn. Alaska spürte, dass sein Atem hastiger wurde und Übelkeit von ihm Besitz ergriff.

Ich hätte dich damals herausschneiden sollen, als ich mit dem Messer vor dem Spiegel stand.

Die Chance war vorbei. Heute hatte er nicht mehr die Kraft dazu. Vielleicht beeinflusste ihn das Fragment. Schmerzhaft stachen seine Fingernägel ins Fleisch, als er die Hände ballte.

Alaskas Gedanken wanderten in die nahe Vergangenheit zurück, als wollten sie sich an das Geschehen um den Götzen Cryt Y'Torymona klammern wie an einen rettenden Ast. Allen enttäuschten Hoffnungen zum Trotz war ein Hauch von Zuversicht geblieben, das Schicksal möchte eines Tages ein Einsehen haben …

11.

Erinnerung.

Das Transmitterfeld hatte ihn mit den vier Lacoons aus der MARCO POLO heraus an einen unbekannten Ort versetzt. Alaska ahnte, dass seine Situation nur einer Affinität des Cappin-Fragments zu den fremden Energien zuzuschreiben war.

Die Lacoons, die den unfreiwilligen Transport weniger gut überstanden hatten, begannen sich zu bewegen. Er musste schnell aus ihrer Nähe verschwinden. Zum Glück hatten Perry Rhodan und Atlan ihm, während er innerhalb des fremden Energiefeldes bewegungsunfähig geworden war, einen flugfähigen Kampfanzug angelegt und weitere Ausrüstungsgegenstände in den Taschen verstaut.

Die Empfangsstation sah aus wie ein Maschenkäfig. Falls die Stäbe energetisch gesichert waren, gab es kein Durchkommen. Dennoch blieb Alaska keine andere Wahl, als es zu versuchen. Er musste herausfinden, wohin es ihn verschlagen hatte und wer mit Hilfe des Transmitterfelds die Schutzschirme der MARCO POLO durchdringen konnte.

Ein kurzes Innehalten, ein tiefer Atemzug, dann stolperte er durch die Halle, in der weitere Transmitterkäfige zu sehen waren. Hinter ihm kamen die Lacoons schwankend auf die Beine, und von draußen drang Kampflärm herein.

Wo sich mehrere Parteien feindlich gegenüberstanden, war wohl eine als potenzieller Verbündeter zu sehen. Alaska beschleunigte seine Schritte.

Außerhalb des Gebäudes öffnete sich ein weites Tal vor ihm. In der Ferne funkelte ein pyramidenförmiges, in halber Höhe von kugelförmigen Auswüchsen durchzogenes Raumschiff im Sonnenlicht. Etwa zweihundert schlangenköpfige Lacoons waren im Begriff, eine Minderzahl von Gegnern aufzureiben – Knöcherne, die Alaska schon kannte.

Die Lacoons aus dem Transmitterkäfig folgten ihm schneller als erwartet. Von irgendwoher hatten sie sich mit Waffen versorgt, und sie feuerten sofort.

Alaskas Schutzschirm flammte auf, aber schon warf er sich zu Boden und rollte sich seitlich ab. Aus der Drehung heraus, mit beiden Händen seinen Thermostrahler umklammernd, erwiderte er das Feuer. Bereits der erste Schuss streckte einen der Angreifer nieder. Die anderen hasteten über das Gelände, das ihnen kaum Deckungsmöglichkeiten bot. Ihre Salven verfehlten Alaska, der mit weit ausgreifenden Sprüngen bereits hangabwärts hastete, bis er strauchelte und sich mehrfach überschlug. Niederes Gestrüpp bremste seinen Sturz, dann fand er überraschend Halt und deckte die Verfolger mit mehreren Salven ein. Die Lacoons, die ihn schon als sichere Beute gewähnt hatten, konnten ihn nicht mehr gefährden.

Alaska lief weiter hangabwärts. Herausfinden, wo er sich befand, hatte Priorität. Er erhoffte sich neue Puzzleteile für das Mosaik des Schwarmrätsels, die für Terra wichtig waren. Und zweifellos wurden an Bord der MARCO POLO inzwischen fieberhaft alle Ortungsdaten ausgewertet. Er wusste, dass Perry Rhodan alles tun würde, um seinen Aufenthaltsort herauszufinden. Bis das terranische Flaggschiff im Orbit erschien, war es bestimmt nur eine Frage der Zeit.

Die lauernd zusammengekauerte Gestalt und die auf ihn gerichtete Waffe bemerkte Saedelaere fast zu spät. Die inzwischen auf Paralysemodus umgeschaltete Waffe hochreißen und abdrücken war für ihn eins.

Sekunden später kniete er neben einem gelähmten Knöchernen in der Bodenmulde. Keine Frage, dass sein Gegenüber ausgerechnet hier vor den Lacoons Schutz gesucht hatte.

»Tut mir Leid«, stieß Alaska schwer atmend hervor. »Ich bin nicht dein Feind. Aber ich musste dich lähmen. Andernfalls hättest du mit deinem Feuerwerk die nächsten Schlangenköpfe auf meine Spur gebracht. Sie werden mich töten, wenn sie mich erwischen.« Der Translator übersetzte in die Sprache des Knöchernen, des Volkes von Gedynker Croq.

Konasco-Cy hieß das Wesen mit den außen liegenden Knochenstrukturen, das den Terraner seinerseits wohl als schwabbeliges Weich-Geschöpf betrachtete, dessen Körperstrukturen von einer unglaublich dünnen Membran in Form gehalten wurden. Alaska hob den Knochigen auf den Armen hoch, nutzte dann den Antigrav und das Flugaggregat seines Anzugs für einen raschen Rückzug.

Als Konasco-Cy die Lähmung überwunden hatte, setzten sie den Weg zu Fuß fort. Langsamer zwar, doch ohne die Gefahr, geortet zu werden. Das anfänglich dichte Waldgebiet wich einer endlosen Felswüste.

Der kürzeste Weg zur Küste führe quer durch diese Todesregion, sagte der Knöcherne. Die nächstgelegene große Hafenstadt sei zugleich ein industrielles Zentrum.

»Du kennst diese Welt gut?«, wollte Alaska wissen.

Konasco-Cy vollführte eine vage Geste. »Ich bin noch nicht lange hier, aber ich weiß, dass sie ein Rüstungszentrum ist. Der Heilige Dämon Cryt Y'Torymona beherrscht das Land.«

Wie auf anderen Planeten des Schwarms wurde also auch hier der herrschende Karduuhl als Gottheit angesehen. Alaska argwöhnte, dass auf dieser Welt Kampfraumschiffe und Waffen gefertigt wurden.

»Wo lebt der Dämon?«, fragte er.

»... angeblich auf Nimquo.« Der Knöcherne machte eine längere Pause. »Keiner, der nicht erleuchtet ist, darf zu ihm gehen. Einige Karties, die es versuchten, fanden den Tod.«

»Wieso weißt du das?« Alaskas Maskengesicht starrte den Knöchernen regungslos an.

Konasco-Cy zögerte erneut. »Meine Begleiter und ich hatten den Auftrag, die Karties zu töten«, gestand er schließlich. »Nur weil sie forderten, frühzeitig aus dem Schwarm entlassen zu werden. Aber wir sind keine Mörder.«

»Deshalb der Kampf gegen die Lacoons.« Die Folgerung war logisch. Mit ihrer Weigerung, einen Auftrag auszuführen, hatten die Knöchernen sich gegen alle Gesetze gestellt.

»Die Karties wollten außerhalb des Schwarmes gebären?«, vermutete Alaska.

Konasco-Cys Erstaunen war deutlich. »Du kennst dich besser aus, als ich dachte«, platzte er heraus. »Wer bist du wirklich?«

Der Transmittergeschädigte machte eine fahrige Bewegung. »Wir nennen die Karties Gelbe Eroberer, obwohl sie alles andere als Eroberer sind ...«

»Das wollte ich nicht wissen«, drängte der Knöcherne.

»Nur ein Zufall hat mich auf diese Welt verschlagen. Ich warte darauf, dass meine Freunde kommen und mich zurückholen. – Und vielleicht will ich den Götzen sehen«, gestand er nachdenklich.

»Du musst verrückt sein. Oder dein Leben bedeutet dir nichts. Vermutlich beides.«

Saedelaere schwieg.

Unvermittelt hob Cy den Kopf und schaute ihn forschend an. »Was verbirgst du unter der Maske?«, fragte er hastig.

»Den Tod«, antwortete Saedelaere knapp. »Wer mein Gesicht ohne Maske sieht, muss sterben.«

Stunde um Stunde kämpften sie sich durch die Felswüste vorwärts Richtung Küste. Sporadische Fragen und Antworten ließen Alaska Saedelaere erfahren, dass der Götze Cryt Y'Torymona der uneingeschränkte Herr über Leben und Tod auf dieser Welt war. Alaska nannte diesen Planeten, den fünften von insgesamt vierzehn, die eine rote Riesensonne umkreisten, GEPLA-II. Die Abkürzung stand für »Gefährlicher Planet«.

GEPLA-I, eine Welt im Kopfbereich des Schwarms, die für die Namensgebung Pate gestanden hatte, war erst vor kurzem Ziel der Space-Jet GEVARI gewesen. Riesige Robotfabriken auf jener Welt erzeugten Wabenröhren, rüsteten Wabenschiffe aus und stellten darüber hinaus Nahrungsmittel und Hilfsgüter für die Gelben Eroberer her. Beherrscht hatte jene Welt der Götze Y'Xantramon. Er lebte nicht mehr. Ein Besatzungsmitglied der GEVARI hatte ihn mit einem banalen Pfeilschuss getötet.

Das mächtigste Volk auf GEPLA-II stellten die Lacoons, die auf Veranlassung Cryt Y'Torymonas vor Jahrtausenden angesiedelt worden waren. Die Kampftruppen des Götzen bestanden nahezu ausschließlich aus den schlangenköpfigen Wesen.

Als die beiden ungleichen Wanderer endlich die Hafenstadt erreichten, wusste Alaska, dass Nimquo eine Insel hoch im Norden war und dass niemand ohne Zustimmung des Götzen dorthin gelangte.

»Komm mit mir nach Nimquo«, schlug Saedelaere seinem Begleiter vor.

Konasco-Cy erstarrte schier. »Wir würden niemals lebend ankommen«, wehrte er ab. »Aber selbst wenn, was sollten wir dort?«

»Den Götzen vernichten«, sagte Alaska lakonisch. Sein Begleiter schien ihn daraufhin endgültig für wahnsinnig zu halten.

Dennoch blieben sie zusammen. Es fiel ihnen sogar überraschend leicht, sich nachts an Bord eines Frachtschiffes einzuschleichen. Alaskas Verdacht, dass Cy und er absichtlich verschont wurden, erhielt neue Nahrung. So dumm konnten die Lacoons und ihre Befehlshaber nicht sein, dass ihnen zwei Flüchtlinge entwischten. Aber was steckte dahinter? War sich der Götze sicher, dass sie zu ihm kommen würden? *Die Mäuse gehen freiwillig in die Falle, weil sie den Speck wittern*, schoss es dem Transmittergeschädigten durch den Sinn. Dennoch dachte er nicht daran, sein Vorhaben aufzugeben.

In dieser Nacht schlief er schlecht und wurde von Albträumen gequält. Kurz vor dem Morgengrauen erschien ihm Kytoma. Im Gesicht des blinden Mädchens flackerte das Cappin-Fragment, und seine Maske hielt sie unschlüssig zwischen ihren zarten Fingern.

»Sie passt mir nicht, Alaska!«, sagte Kytoma vorwurfsvoll.

Mit einem heiseren Aufschrei schreckte der Transmittergeschädigte hoch. Seine erste bewusste Bewegung war, beide Hände hochzureißen und über sein Gesicht zu tasten.

Die Maske war noch da, war seltsamerweise nicht einmal während seines unruhigen Schlafs verrutscht. Nur den Gewebeklumpen spürte Saedelaere nicht. Für einen Augenblick hämmerte sein Herz in wildem Triumph gegen die Rippen. Hatte er nicht geträumt, war das Cappin-Fragment wirklich verschwunden?

Der Boden bewegte sich, schien erst langsam in die Höhe zu steigen und fiel im nächsten Moment schnell zurück. Das Knirschen metallener Verstrebungen drang heran, zugleich mit dem Tosen aufgewühlter See. Der Frachter war offenbar im Begriff, die Hafeneinfahrt zu verlassen, und kämpfte gegen eine schwere Brandung an.

Da war es wieder, das unkontrollierte Zucken von seinen Wangenknochen bis zum Kinn hinab, das stechende Schmerzen durch die Nervenbahnen schickte. Alaska verbiss sich gerade noch einen enttäuschten Aufschrei. Zu hoffen, dass er den Gewebeklumpen jemals verlieren könnte, war verrückt.

Kytoma, murmelte er lautlos. *Wo bist du?*

Die Besatzung des Schiffs bestand aus achtzehn Lacoons. In dieser Situation dankte Alaska der Umsicht Perry Rhodans, der ihm mit der übrigen Ausrüstung auch einen Hypnostrahler zugesteckt hatte. Mit Hilfe des stabförmigen Strahlers brachte er innerhalb kurzer Zeit die Seeleute unter seine Kontrolle. Die Lacoons nahmen danach die Anwesenheit der beiden Fremden an Bord nicht mehr wahr. Vor allem änderten sie aufgrund der posthypnotischen Beeinflussung den Kurs des Schiffes – es stampfte nun nordwärts durch die See.

»Ich bleibe bei dir«, beteuerte Cy schon im Laufe des ersten Tages. »Das Glück des Mutigen scheint auf deiner Seite zu sein. Vor allem habe ich den Eindruck, dass dich der Tod beschützt, der unter deiner Maske lauert.«

»Ich besitze keine übernatürlichen Kräfte«, entgegnete Saedelaere ungewohnt schroff. »Ich bin ein Terraner wie Millionen andere auch. An mir ist nichts … Besonderes.«

Das Schweigen des Knöchernen war eine deutliche Antwort. Alaska biss die Zähne zusammen und starrte über die Reling hinaus auf die von Gischt gekrönten Wogen. Noch weit entfernt wartete der Götze …

… und Kytoma?

Schon bei ihrer ersten Begegnung hatte ihm das geheimnisvolle Mädchen ein Wiedersehen prophezeit. Aber dass er Kytoma ausgerechnet im Schwarm wieder begegnete, dessen Schmiegeschirm zu durchbrechen selbst terranischer Technik nur mit besonderem Aufwand möglich gewesen war, erfüllte ihn gleichermaßen mit brennendem Misstrauen wie dem Wunsch, Kytoma viele Antworten abzuverlangen. Alaska glaubte, dass er seinen Gefühlen eher vertrauen durfte als jeder Logik. Demnach war das Mädchen stärker mit dem Schwarm verbunden, als es den Anschein hatte.

In der ersten Nacht hielt der Transmittergeschädigte abwechselnd mit Konasco-Cy Deckwache. Der neue Tag brachte stürmisches Wetter.

Alaska fand sehr viel Zeit, um über den Schwarm nachzudenken. Die ursprüngliche Vermutung, dass die unterschiedlich klingenden Namen der Heiligen Dämonen doch nur eine einzige heidnische Gottheit bezeichneten, hatte sich als falsch erwiesen. Offenbar wurde der gigantische Sternenschwarm von einem einzigen Volk beherrscht, das die Überlegenheit seiner besonderen Fähigkeiten in jeder Hinsicht ausnutzte.

Aber warum gaben die Herren der Kosmischen Karawane sich solche Mühe mit der Vermehrung der Gelben Eroberer, die letztlich nur harmlose kosmische Nomaden waren?

Alaska dachte an Tapura, die alte Stadt der Antis in der Milchstraße. In unmittelbarer Nähe einer psionisch aufgeladenen Säule war er Kytoma begegnet. Nicht nur, dass diese Säule keinen Schatten geworfen hatte, der Arkonide Atlan hatte sich angesichts der fast steril zu nennenden Stadt an eine uralte Legende der Antis erinnert. Ihr zufolge waren die ersten parapsychisch begabten Antis – Antimutanten oder Báalols, wie sie sich selbst nannten – Schüler der Gelben Eroberer gewesen.

Vor rund neun Jahren hatte Alaska dieser Aussage wenig abgewonnen, doch unter heute gänzlich anderen Vorzeichen ergaben sich Zusammenhänge, die weit in die galaktische Vergangenheit zurückreichen konnten.

Drei Tage lang tobte der Sturm über dem Nordmeer. Als er endlich abebbte, schwebten mehrere Gleiter über dem Frachter. Zudem folgten gepanzerte Boote dem Schiff fast auf Rufweite. Noch beunruhigender empfand Alaska den Energieschirm, der sich deutlich sichtbar über den Frachter spannte.

»Das Glück hat uns verlassen«, raunte der Knöcherne. »Wir haben zu viel gewagt.« Bevor Saedelaere eingreifen konnte, setzte er sich seine schwere Pistole an den Kopf. »Eines ist sicher«, rief Cy. »Weder die Lacoons noch der Dämon werden mich töten!« Dann drückte er ab.

Nichts geschah. Die Waffe versagte auch beim zweiten Versuch. Nur ein trockenes, geradezu höhnisches Klicken war zu hören.

Augenblicke später wusste Saedelaere, dass seine eigene Ausrüstung ebenso versagte. Der Energieschirm neutralisierte offenbar höhere Technik. Nur der Frachter stampfte weiter seinem Ziel entgegen.

»Was uns bevorsteht, ist schlimmer als der Tod.« Konasco-Cy begann zu jammern. »Der Heilige Dämon wird uns foltern lassen.« In seiner Panik wollte er über Bord springen, aber der Energieschirm schleuderte ihn zurück. Cy blieb verkrümmt liegen. Er resignierte.

Zaghaft tastete Alaska mit den Fingerspitzen über die Plastikmaske. Er ahnte, dass er bald dem Dämon gegenüberstehen würde. Der Heilige Götze interessierte sich für den Fremden mit der Maske.

Nimquo war kein von Schnee und Eis bedeckter Kontinent, sondern eine stählerne Insel gewaltigen Ausmaßes. Trist, trostlos und von mächtigen Gebäuden geprägt. Bewaffnete Lacoons und plump aussehende Roboter warteten entlang der Kaimauer.

Zum ersten Mal seit Stunden, als hätte er plötzlich und entgegen aller Logik neue Hoffnung geschöpft, begann Konasco-Cy wieder zu reden: »Das ist Nimquo! Ich weiß von Freunden, die sich schon hier aufhielten, dass inseleinwärts ein kleiner Raumhafen existiert. Dort steht fast immer ein Raumschiff meines Volkes.«

Angesichts der wartenden Schlangenköpfe erschien Alaska jeder Gedanke an das Raumschiff zumindest vorerst noch unsinnig. Ohnehin waren seine Ziele längst andere als die seines Begleiters.

Lacoons kamen auf den Frachter, nahmen ihm den Waffengürtel ab, ließen ihm aber die übrige Ausrüstung und stießen ihn und Cy in einen von den Robotern errichteten stählernen Kasten. Nicht ein Hauch von Helligkeit drang ins Innere des Gefängnisses, als es sich ruckartig vom Kai löste.

Nach etwa einer halben Stunde setzte der Kasten wieder auf. Es blieb bedrohlich still.

»Wahrscheinlich sind wir nun dem Götzen näher als je zuvor«, sagte Saedelaere angespannt. »Cryt Y'Torymona will mehr über uns erfahren.« Er ignorierte das hörbare Erschrecken des Knöchernen.

Ein kaum wahrnehmbares Klicken veranlasste den Transmittergeschädigten, mit beiden Händen gegen den Kastendeckel zu drücken. Er ließ sich nun mühelos hochklappen. Blendendes Licht fiel herein, und nur langsam zeichneten sich graue Wände und ein glatter Boden ab.

In der Mitte des Raumes ragte eine gedrungene Säule auf. Alaska Saedelaere sah ein solches Gebilde nicht zum ersten Mal.

Diese Säule warf keinen Schatten.

Er glaubte, einen Hauch von Ewigkeit zu spüren. Seine Anspannung steigerte sich ins Unerträgliche. Dass er die lichtdurchlässige Steinsäule ausgerechnet innerhalb des Schwarms fand, konnte kein Zufall sein.

Sekunden später drohte sein Schädel zu zerspringen. Das besserte sich erst, als hinter der Säule eine hagere kleine Gestalt hervortrat. Das krankhaft blasse Gesicht des Mädchens wurde von schwarzen Haaren umrahmt.

»Kytoma!«, stieß der Transmittergeschädigte hervor. »Wie ... wie kommst du hierher?«

Trotz ihrer blinden Augen hatte sie ihn längst erkannt. Kytoma deutete mit einer umfassenden Bewegung auf die Säule. »Ich brachte den Obelisken an seinen rechtmäßigen Platz zurück«, sagte sie, als wäre das die selbstverständlichste Sache überhaupt. Doch Alaska registrierte ihr Zögern. Kytoma verschwieg ihm etwas weit Bedeutungsvolleres.

»Und jetzt?«, raunte er. »Wer hindert uns daran, gemeinsam diese Halle zu verlassen? Ich fühle mich hier nicht wohl.«

Das Mädchen wandte den Kopf. Seine blicklosen Augen schienen Saedelaere zu durchbohren. »Wir sind Gefangene Cryt Y'Torymonas«, sagte sie leise. »Jedoch darf er mich nicht töten, weil ich ihn im Spiel besiegt habe – das ist seine eigene Regel. Die Säule kann er ohnehin nicht zerstören. Ich bin also zum Warten gezwungen.«

»Warten? Worauf?«, fragte Alaska irritiert.

»Der Schwarm wird heute von bösartigen und mächtigen Wesen beherrscht«, sagte das Mädchen klagend. »Er hat seine Funktion verloren. Früher ...« Kytoma schluckte schwer. »Früher war alles ganz anders.«

Mehr denn je erschien dem Transmittergeschädigten das magere Mädchen mit den ausdrucksvollen Augen wie ein überirdisches Wesen. Kytomas Worte erzeugten in seinen Gedanken ein seltsames, verwirrendes Echo. Sie redete nicht nur, als gäbe es für sie keine Geheimnisse des Schwarmes, sondern als wäre sie von Anfang an dabei gewesen ... *Wann immer der Sternenschwarm zu seiner endlosen Reise durch das Universum aufgebrochen sein mag*, durchzuckte es den Terraner. Der Gedanke ließ ihn frösteln.

In dem Moment wuchs eine Wand aus dem Boden, die ihn von Kytoma trennte. Alaskas spontaner Versuch, sich noch auf die andere Seite zu schwingen, blieb vergeblich. Die Wand aus Stahl wuchs schneller, als er reagieren konnte.

»Er wird mit dir spielen«, hörte Saedelaere die verklingende Stimme des Mädchens. »Du besitzt die Kraft, ihn ebenfalls zu besiegen, doch bereite dich auf ein großes Opfer vor.« Die letzten Worte waren kaum mehr zu vernehmen.

»Was bedeutet das alles?« Konasco-Cys Unbehagen wurde ebenso deutlich wie sein neu aufgeflammtes Misstrauen.

Im Hintergrund des geteilten Raumes öffnete sich eine Tür.

»Warte hier!«, forderte Saedelaere den Knöchernen auf. »Diesen Weg muss ich allein gehen. Ich spüre, dass der Heilige Dämon auf mich wartet.«

Das Cappin-Fragment unter der Maske bewegte sich heftiger. Irgendwo in der Nähe wartete der Götze. Über seine besonderen Fähigkeiten wusste Alaska nichts. Aber offenbar war der Herr dieser Welt bislang nur von dem Mädchen besiegt worden, das dennoch seine Gefangene blieb. Oder hielt Kytoma freiwillig aus, weil, wie sie sagte, die schattenlose Säule hierher gehörte?

Den langen Gang, den er durch die Tür betrat, sah Alaska Saedelaere als Herausforderung an, nicht als Demütigung. Er schritt langsam aus, achtete mit allen Sinnen auf die neue Umgebung und vor allem auf die Regungen des Fragments. Das intensiver werdende Irrlichtern unter den Augenschlitzen der Maske verlieh dem Korridor ein zuckendes Eigenleben; Alaska hatte Monate benötigt, sich an die veränderte Wahrnehmung zu gewöhnen und seine Motorik dem scheinbaren Pulsieren seiner Umgebung anzupassen.

Eine zweite Tür. Das Gefühl, beobachtet zu werden, ließ ihn innehalten, nachdem er sie durchschritten hatte. Er nahm den Translator vom Gürtel und sagte in der Sprache der Knöchernen von Gedynker Croq: »Ich nehme an, dass alle, die mich beobachten, diese Sprache verstehen können.«

Noch eine Weile blieb es still, dann erklang eine raue und befehlsgewohnte Stimme, die sich desselben Idioms bediente: »Komm näher! Ich will dich besser kennen lernen.«

Nach wie vor wirkte der Raum leer. Alaska lenkte seine Schritte in die Richtung, aus der die Aufforderung erklungen zu sein schien. Vermutlich verbarg sich der Götze hinter einem Deflektorschirm. Das bedeutete zugleich, dass er seine Position jederzeit unbemerkt verändern konnte. Alaskas Anspannung wuchs mit jedem Schritt.

Die MARCO POLO kam ihm in den Sinn. Wo mochte sich Perry Rhodans Flaggschiff im Moment befinden?

Mit einer ärgerlichen Kopfbewegung verscheuchte er alle störenden Gedanken.

»Bist du dir bewusst, wo du dich befindest?«

Falls das wirklich Cryt Y'Torymona war, hatte er seine Position beibehalten.

»So ungefähr«, antwortete Saedelaere.

»Lebt dein Volk im Schwarm?«

»Nein.«

Etwas Silbernes zuckte auf ihn zu. Viel zu schnell, als dass er darauf hätte reagieren können. Er schrie vor Schmerz, als sein Schutzanzug bis zu den Oberschenkeln hinauf verschmorte – Material, das als äußerst widerstandsfähig galt.

»Ich frage noch einmal.« Cryt Y'Torymonas Stimme klang lauernd und begierig zugleich, jedenfalls nach menschlichem Maßstab. »Lebt dein Volk innerhalb des Schwarmes?«

Die Schnelligkeit, mit der der Dämon aus dem Unsichtbaren heraus zuschlug, hatte Saedelaere gewarnt. Diesmal zögerte er mit der Antwort. »Nur ein Teil meines Volkes befindet sich im Schwarm«, wich er aus.

Für Sekundenbruchteile glaubte der Transmittergeschädigte eine Veränderung zu bemerken. Wenige Meter vor ihm entstand ein silberfarbener Schimmer, der die vagen Umrisse einer wenig menschenähnlichen Kreatur erkennen ließ. Aber auch das wieder nur für einen Bruchteil, der ein wirkliches Erkennen nicht zuließ.

»Wie heißt du?«, wollte der Götze wissen.

»Man nennt mich Alaska Saedelaere.«

»Welche Funktion übt dein Volk im Schwarm aus?«

Ein dumpfes Geräusch drang unter Alaskas Maske hervor, der Ansatz eines spöttischen, herausfordernden Lachens. »Wir sind gekommen, um unsere Galaxis zu verteidigen«, sagte er. »Wir lassen nicht zu, dass der Schwarm in unserer Heimat Tod und Verderben verbreitet.«

Erneut zuckte ein stabförmiges Etwas auf ihn zu. Doch diesmal war Alaska schneller. Mit einer raschen Drehung brachte er sich außer Reichweite.

»Du beginnst mich zu langweilen, Alaska Saedelaere«, sagte der Götze ruhig. »Ich werde dich jetzt töten.«

»Das ist bedauerlich.« Jede Faser seines Körpers angespannt, erwartete Alaska den nächsten Angriff des Unsichtbaren. Ihm war klar, dass er reden musste, um den Götzen aus der Reserve zu locken. »Vielleicht interessieren dich Details unserer Angriffsvorbereitungen.«

»Du bietest mir einen Handel an?«, erklang es abfällig. »Dein Wissen wurde längst registriert. Die Daten werden soeben ausgewertet. Kein einziger deiner Gedanken wird mir verborgen bleiben.«

Saedelaere spürte ein unheilvolles Prickeln. Doch gerade deshalb schüttelte er den Kopf und ließ ein amüsiertes Lachen vernehmen. »Der Versuch ist nicht übel«, sagte er, »aber eben nur ein Bluff.«

Erneut manifestierte sich ein silbernes Flirren, und diesmal wurde der Dämon deutlicher sichtbar. Er stand hinter einer Art transparentem Schild und deutete mit seiner stabförmigen Waffe auf eine Reihe Maschinen im Hintergrund des Raumes.

»Von Anfang an wurden deine Gehirnströme aufgezeichnet«, verkündete Cryt Y'Torymona. »Von einem einzigen Impuls aus können wir die Entwicklung deines Wissens und deiner Erfahrungen zurückverfolgen. Es ist egal, ob du dich dagegen sträubst – wir werden alles über dich und dein seltsames Volk in Erfahrung bringen.«

Unwillkürlich zuckte Alaskas Rechte zur Hüfte. Für einen Augenblick hatte er mit dem Gedanken gespielt, eine seiner Mikrogranaten zu zünden. Aber der Zeitpunkt dafür war denkbar schlecht.

Die Geräusche, die Cryt Y'Torymona plötzlich von sich gab, klangen in der Tat wie ein überhebliches Lachen.

»Du bist für mich keine Gefahr, Alaska Saedelaere. Allein mit meinem Geist kann ich Gegenstände und Lebewesen entstofflichen und in ein übergeordnetes Kontinuum schleudern. Weißt du, was dann mit dir geschieht?«

In all seiner Hässlichkeit verschwand der Dämon wieder hinter der Silberscheibe, die aus reiner Energie zu bestehen schien. Alaskas Gedanken jagten sich. Falls sein Wissen wirklich den Schwarmgötzen zugänglich wurde, war die MARCO POLO aufs Äußerste gefährdet. Außerdem würden die Insektoiden kaum zögern, die Erde anzugreifen.

Zum gegenwärtigen Zeitpunkt waren die Terraner die einzigen Gegner, die den Götzen gefährlich werden konnten.

Kytomas Stimme schien unter Saedelaeres Schädeldecke nachzuhallen. »Du kannst ihn besiegen«, hatte sie behauptet. »Du besitzt die Kraft dazu, aber du musst ein großes Opfer bringen.«

Du spürst, dass etwas vor sich geht, mit dem du nicht gerechnet hast. Der Götze von GEPLA-II ist im Begriff, seine Drohung wahr zu machen. Zugleich fragst du dich, ob das Transmitterfeld, das dich von Bord der MARCO POLO entführt hat, wirklich technischen Ursprungs war. Kann das Wesen hinter dem Silberschild ein solches Transportfeld mit psionischer Energie aufbauen?

Das Schicksal, für immer zwischen den Dimensionen zu verschwinden, lässt dich zittern.

Greif an!, dröhnt es in deinen Gedanken. *Lass ihm keine Chance für einen Triumph.*

Du willst vorwärts stürmen ...

... aber du schaffst keinen einzigen Schritt. Deine Arme sind wie gelähmt. Nicht einmal ein Aufschrei quillt über deine Lippen. Dafür steht dein Gesicht in Flammen. Das Cappin-Fragment ahnt, was ihm bevorsteht; es reagiert mit sengender Hitze, die sich in dein Gewebe frisst.

Kytoma!, schreist du lautlos. *Hilf mir, Mädchen!*

Doch da ist nur dein eigener rasender Pulsschlag, der dich der Ewigkeit näher bringt. Du glaubst, der Wahrheit so nahe zu sein wie nie zuvor, aber du kannst sie nicht fassen. Alles entzieht sich deinem Zugriff.

Deine Gesichtsmuskeln zucken. Sie verkrampfen sich zur bitteren Grimasse. Es ist Jahre her, seit du ein solches Gefühl zum letzten Mal verspürt hast.

Die Maske rutscht langsam über deine Wangenknochen. Du willst sie festhalten, willst deinen vielleicht einzigen Trumpf nicht verspielen, solange der Götze hinter dem Silberschild in Sicherheit ist ...

... zugleich begreifst du, dass das Cappin-Fragment nicht mehr da ist.

Dein größter Wunsch, deine Sehnsucht, dein Hoffen und Bangen haben sich in diesem einen Moment erfüllt. Aber dein Triumph besiegelt zugleich deine Niederlage. Ohne den tödlichen Anblick deines Gesichts kannst du den Götzen nicht besiegen.

Ein gellender Aufschrei reißt dich aus der beginnenden Panik. Du selbst hast ihn ausgestoßen. Schluchzend sinkst du zu Boden, zerrst dir die Maske endgültig vom Gesicht und wälzt dich hysterisch lachend von einer Seite auf die andere.

Du bist wie von Sinnen, deine Hände tasten über die Lippen und die Nase und verkrallen sich in den Wangen.

Endlich fühlst du wieder dein Gesicht. Das Cappin-Fragment hat dich verlassen.

Du bist frei!

Wenigstens stirbst du als Mensch und nicht als das Monstrum, als das du dich jahrelang gesehen hast.

Alaska Saedelaere verstummte abrupt. Auf den Unterarmen stemmte er sich hoch und starrte auf den Silberschild, dessen Struktur inzwischen massiv erschien. Er hörte den Dämon stöhnen. Aus irgendeinem Grund war Y'Torymonas Angriff fehlgeschlagen. Vielleicht hatte das Cappin-Fragment die Transmitterenergie absorbiert und war allein entmaterialisiert worden. Dass das nicht schon auf der MARCO POLO geschehen war, mochte an der größeren Distanz gelegen haben.

»Ich lebe noch!«, schrie Saedelaere in Richtung des wimmernden Götzen. »Ich werde mit dir kämpfen.« Seine Rechte schloss sich um den Griff des Energienadlers, dessen Magazin mit dünnen, giftgefüllten Hohlnadeln bestückt war. Die Lacoons hatten ihm nur den Waffengurt abgenommen, ihn aber nicht weiter durchsucht.

Schwankend, doch mit ungewohnter Leichtigkeit kam Saedelaere auf die Beine. Das Stöhnen des Gegners wurde deutlicher. Er schien sich völlig verausgabt zu haben.

Mit einem Fingerdruck verstellte Alaska die Magazinzufuhr seiner Waffe. Jeder Schuss würde nun sechs Giftnadeln abfeuern. Im Gefühl der unerwarteten Freiheit war er nicht mehr gewillt, Risiken einzugehen.

Nur noch wenige Schritte … Tief atmete er ein – und hielt erschrocken inne, als er das Aufleuchten hinter der glänzenden Scheibe sah. Er kannte dieses zuckende rötliche Glühen; lange genug hatte es seine Sehkraft beeinträchtigt und ihn noch in seinen Träumen gequält.

Nur das Cappin-Fragment verstrahlte solche Lichtreflexe. Der Organklumpen war also nicht zwischen den Dimensionen verschwunden, sondern auf der anderen Seite der Silberscheibe materialisiert – am Kugelschädel des Götzen.

Sekunden später stand Alaska Saedelaere vor dem sich in Qualen windenden Schwarmgötzen. Seltsamerweise empfand er keinen Triumph. Das Cappin-Fragment tobte immer greller. Nur weil er selbst immun dagegen war, ertrug er den Anblick, der jedem anderen den Tod gebracht hätte.

Schon an Bord des Flaggschiffs hatte sich gezeigt, wie gierig das Cappin-Fragment auf die Energie des Transmitterfelds reagierte. Als der Götze erneut dieses Feld erzeugte, hatte er sein eigenes Urteil gesprochen. Der Organklumpen war übergewechselt.

Tiefe Falten gruben sich um Saedelaeres Mundwinkel ein, als er den Nadler hob, um den Götzen zu töten. Sobald dieses Ungeheuer den Schock überwunden hatte, und das konnte jeden Augenblick geschehen, würde es nicht zögern, seinerseits mit aller Kraft zuzuschlagen. Nicht nur, um sich selbst zu retten, musste Alaska den Heiligen Dämon erschießen, sondern auch, um ihn an der Weitergabe der Informationen über die MARCO POLO und Terra zu hindern. Sobald die Herrscher des Schwarmes das anzugreifende Sonnensystem lokalisiert hatten, würden sie mit geballter Macht zuschlagen. Die wenigen der Verdummung Entgangenen konnten niemals einen ausreichenden Widerstand organisieren. Deshalb war die Erde schon dem Angriff einer kleinen Flotte wehrlos ausgeliefert.

Alaskas Finger berührte den Auslöser. Nur noch ein leichter Druck, dann hatte er die drängendsten Probleme aus der Welt geschafft.

Seine Hand begann zu zittern.

Alaska Saedelaere wusste plötzlich, dass das Cappin-Fragment in dem Moment in sein Gesicht zurückkehren würde, in dem der Götze starb.

Du stehst vor der schlimmsten Entscheidung deines Lebens. Nie zuvor hast du dich ähnlich einsam gefühlt – weil du nicht weißt, was du wirklich tun sollst.

Blutgeschmack im Mund würgt dich. Schon seit Minuten beißt du die Zähne zusammen und verkrampfst die Hände. Und du starrst das Monstrum an, das sich am Boden windet, als könnten allein deine Blicke eine Entscheidung erzwingen. Doch so einfach ist das Leben nicht.

Töte ihn!, dröhnt es unter deiner Schädeldecke. *Jage ihm das ganze Magazin in den Leib!* Aber deine rechte Hand umklammert den Nadler, als hänge davon das Schicksal des Universums ab. Und während die Knöchel bleich unter der Haut hervortreten, fahren die Finger der Linken jede Unebenheit deines Gesichts nach. Es ist ein herrliches Gefühl, die Berührung auf der Haut zu spüren, diesen zarten Luftzug, der dich zugleich bis ins Innerste erschauern lässt.

Ewig lange hast du diese Empfindungen vermisst. Es ist, als wärst du plötzlich neu geboren worden. Du möchtest jubeln – aber du kannst es nicht. Weil du nie ein Freund großer Gefühlsausbrüche warst. Du konzentrierst dich nur auf jede Regung. Endlich bist du wieder du selbst oder glaubst es zumindest.

Der Götze keucht und wimmert. Vergeblich versucht er, das für ihn fremde Gewebe aus seinem Gesicht zu reißen. Über kurz oder lang wird er erkennen, dass das unmöglich ist. So lange bist du frei.

Da ist eine spiegelnde Fläche in der Seitenwand; sie interessiert dich plötzlich mehr als alles andere. Endlich kannst du wieder das Gesicht betrachten, das du fast schon vergessen hattest. Du schürzt die Lippen, blinzelst …

Hallo, Alaska. Du hast schon nicht mehr an Wunder geglaubt. Sieh dich an, schau dir in die Augen!

Du entdeckst die feinen Linien, die sich um die Augenwinkel eingegraben haben, die vorstehenden Wangenknochen – deutlicher als in deiner Erinnerung, scheint es dir –, drei steile Falten in der Stirn, als zweifeltest du noch immer. Dazu die tiefe Kerbe unter dem Mund.

»Ich habe ein Recht auf mein Gesicht«, sagt eine stockende Stimme. Jetzt, da die Maske nicht mehr vor dir ist, klingt deine Stimme anders. »Ich verlange nur das zurück, was für jeden Menschen selbstverständlich ist.«

Du hörst, dass das Wimmern der Kreatur hinter dem Silberschild leiser wird. Bedauernd wirfst du einen letzten Blick auf die spiegelnde Wand und wendest dich um.

Cryt Y'Torymona versucht, sich aufzurichten. In wenigen Minuten wird er wieder handlungsfähig sein.

Flieh, Alaska Saedelaere, ehe die Vergangenheit dich einholt!

Wenn du den Götzen am Leben lässt, wird der Organklumpen nie zu dir zurückkehren. Sei nicht töricht! Kein Mensch kann dir deshalb Vorwürfe machen. Jeder an Bord der MARCO POLO wird deine Beweggründe verstehen und sich mit dir freuen.

Lass die Waffe unten, Alaska!, redest du dir ein.

Dann hast du deine Entscheidung getroffen.

Wie in Trance registrierte Saedelaere das Erstaunen des Knöchernen, als er mit dem Strahler in der Hand zurückkam. »Wir müssen fliehen, solange es noch möglich ist!«, rief der Transmittergeschädigte. Gleichzeitig begann er zu feuern und schnitt mit dem gebündelten Thermostrahl eine metergroße Öffnung in die Wand. Dahinter vermutete er den nach draußen führenden Korridor.

Es wurde schnell unerträglich heiß. Ihnen blieben bestenfalls noch Minuten.

»Kennst du den Weg zum Raumhafen?«

»Die Insel ist nicht übermäßig groß ...«, begann Konasco-Cy, unterbrach sich aber, als das herausgetrennte Wandstück polternd nach außen stürzte. Rauch wirbelte auf und ließ einen deutlichen Luftzug erkennen.

Saedelaere zog mehrere Mikrobomben aus einer Brusttasche seines Schutzanzugs und schleuderte sie in den Hintergrund des Raumes.

»Verschwinden wir!«, stieß er hervor. »Die Explosionen werden die Lacoons ablenken. Bis für die Schlangenköpfe unsere Flucht feststeht, müssen wir in der Nähe des Raumhafens sein. Bist du sicher, dass dort ein Raumschiff deines Volkes steht?«

»Wenn nichts Außergewöhnliches vorgefallen ist ...«

Hintereinander zwängten sie sich durch die gewaltsam geschaffene Öffnung, deren Ränder nachglühten. Cy hastete bereits durch den Korridor, als Alaska jäh innehielt.

»Kytoma!«, stieß er gequält hervor. »Mein Gott, ich habe nicht daran gedacht, dass die Bomben sie gefährden könnten.«

Cy blieb Sekundenbruchteile später stehen. »Komm!«, drängte er. Nach wie vor fragte er nicht, was geschehen war. Doch sein ungläubiger Blick aus weit aufgerissenen Augen hatte Saedelaere verraten, dass er den Tod des Schwarmgötzen vermutete.

Alaska hoffte, dass Kytoma durch die noch bestehende Zwischenwand geschützt wurde. Allerdings war sie weit mehr als nur ein blindes Mädchen und schien über Fähigkeiten zu verfügen, von denen er sich keine Vorstellung machen konnte.

Belog er sich selbst?

»Wir müssen weiter!«, drängte Konasco-Cy.

Vor ihnen stürmten Lacoons den Korridor. Die Schlangenköpfe griffen sofort an. Doch Sekunden später detonierten die Bomben im Gefängnisraum. Der Donner der miteinander verschmelzenden Explosionen ließ Alaska fast taub werden. Eine Stichflamme raste durch den Gang. Der Knöcherne entging dem Tod nur, weil Saedelaere ihn an sich riss und der Paratronschirm seines Anzugs sie beide einhüllte.

Die überlebenden Lacoons hetzten in blinder Panik davon. Alaska folgte ihnen in der Hoffnung, auf diese Weise einen Ausgang aus dem Gebäude zu finden. Doch im nächsten Moment waren die Lacoons so spurlos verschwunden, als hätten sie nie existiert. Offenbar hatten sie sich in einen der zahlreichen Seitengänge zurückgezogen.

Saedelaere blieb auf dem eingeschlagenen Weg. Kurz darauf erreichte er mit seinem Begleiter einen größeren Schaltraum. Zwei Lacoons und ein Knöcherner arbeiteten hier. Konasco-Cy rief dem Knöchernen etwas zu, woraufhin der eine Waffe zog und, ohne zu zögern, beide Lacoons erschoss. Die Waffe warf er Konasco-Cy zu.

»Er wird behaupten, dass wir sie getötet haben«, bemerkte Cy. »Er sagt, dass der Ausgang nicht weit entfernt ist. Und es steht wirklich ein kleines Schiff unseres Volkes auf dem Raumhafen.« Er machte eine knappe, aber prägnante Bewegung. »Es sieht so aus, als hätten wir wieder Glück.«

»Glück?«, wiederholte Saedelaere nachdenklich. »Ich weiß schon nicht mehr, was das wirklich ist.«

Sie hatten den wenige Kilometer entfernten Raumhafen fast erreicht, als sie erneut von Lacoons gestellt wurden. Ein Schuss traf Konasco-Cy. Mit letzter Kraft klammerte er sich an Saedelaere fest, der mit Hilfe seines Flugaggregats dicht über die Gebäude hinwegraste. Die letzten gezielt eingesetzten Mikrobomben verschafften ihnen den hauchdünnen Vorsprung, den sie brauchten, um das Raumschiff des Knöchernen zu erreichen.

Die Schleuse stand offen. Das Schiff, nach Saedelaeres Einschätzung nicht mehr als ein kleines Beiboot, war unbewacht.

Er schleppte den Verwundeten in die Kommandokanzel. Vermutlich konnte das Boot von einer Person allein geflogen werden, doch Saedelaere bezweifelte, dass er auf Anhieb mit den fremdartigen Kontrollen klarkommen würde. Hinter ihnen schwoll das wütende Geheul der Lacoons von neuem an.

»Wir müssen starten!«, drängte Saedelaere.

Konasco-Cy war am Ende seiner Kräfte. Mühsam bewegte er die knochigen Hände über Sensorflächen, die endlich aus ihrem Dornröschenschlaf erwachten. Ein Monitor zeigte in der Ferne anfliegende Gleiter. Die anderen Verfolger hatten das Schiff aber fast erreicht.

In dem Moment wurde das Beiboot von den jäh auf Volllast tobenden Triebwerken in die Höhe katapultiert. Sprunghaft fiel die Insel Nimquo zurück. Dem Mehrfachen seines Körpergewichts ausgesetzt, sank Alaska neben dem Pilotensitz zu Boden. Er schaffte es nicht, die Sekunden zu zählen, bis die Weltraumschwärze nach dem Schiff griff.

»Ich hoffe, dein Volk baut schnelle Raumer«, brachte er endlich über die Lippen.

Nur ein Stöhnen antwortete ihm. Andererseits benötigte er keine Erklärung für die kleinen Lichtpunkte auf dem Schirm. Eine Flotte von Verfolgern startete in diesem Augenblick von mehreren Welten des Systems.

Saedelaere musste Cy stützen, damit dieser neue Schaltungen vornehmen konnte. Das Boot beschleunigte weiterhin mit Höchstwerten, aber die Andruckkräfte wurden nun absorbiert.

Dass die Verfolger aufholten, war nicht zu übersehen. Innerhalb von Minuten würden sie bis auf Schussweite heran sein.

Erst hallten nur Symbolgruppen aus dem Funkempfang. Der automatische Suchlauf justierte sich auf die mit großer Energie hereinkommende Sendung ein. Dann erklang eine menschliche Stimme.

»Die MARCO POLO!«, schrie der Transmittergeschädigte überrascht auf. »Sie muss schon sehr nahe sein.« Einer unbewussten Regung folgend, wollte er sich mit der Hand über das Gesicht fahren …

… doch dann ließ er den Arm wieder sinken, und seine Finger schlossen sich um die Schulter des Knöchernen. Konasco-Cy schwieg. Langsam gab sein Körper unter dem sanften Druck nach und kippte seitlich aus dem Sitz.

Der Knöcherne war tot. Er sah nicht mehr das gewaltige Kugelraumschiff in äußerst geringer Distanz materialisieren. Ein Traktorstrahl zog das kleine Boot in einen hell erleuchteten Hangar oberhalb des äquatorialen Ringwulstes.

»Schade, mein Freund«, sagte Alaska Saedelaere leise. »Ich hatte gehofft, dir so vieles zeigen zu können und auch von dir einiges zu erfahren.«

Das Beiboot setzte im Hangar auf.

Ohne es bewusst zu registrieren, griff Saedelaere nach der Plastikmaske und rückte sie zurecht. Diese Bewegung war ihm längst in Fleisch und Blut übergegangen. Nach dem zweiten Wechsel innerhalb kurzer Zeit zuckte und bebte das Cappin-Fragment unaufhörlich.

Tief atmete der Transmittergeschädigte ein. »Euer Gespenst ist zurückgekehrt«, hörte er sich sagen. »Das Gespenst mit der Maske.«

12.

Erwachen

Seine innere Unruhe war geblieben. Die Rekapitulation der Geschehnisse auf GEPLA-II hatte nicht dazu beigetragen, das Gefühl einer gefräßigen Leere zu vertreiben. Alaska Saedelaere machte einige Schritte quer durch die Kabine und blieb erneut stocksteif stehen. Er verschränkte die Arme vor dem Leib und presste sie gegen die Magengrube. Langsam krümmte er sich vornüber.

Mit dumpfem Stöhnen quittierte er das Wühlen in seinen Eingeweiden. Alles um ihn herum begann sich zu drehen. Langsam erst und ruckartig, dann schneller werdend – ein Wirbel, der scheinbar mitten in der Kabine entstand. Alles um ihn her verschmolz zu einem rotierenden bunten Kaleidoskop.

Im Zentrum dieser Erscheinung sank Alaska langsam auf die Knie. Sein Stöhnen verwehte mit dem Pulsschlag, der den Schädel zu sprengen drohte.

Die zuckende Masse in seinem Gesicht quoll mit gierigen Tentakeln unter der Maske hervor und dehnte die Befestigung der Maske. Ein Wechselbad sengender Hitze und Eiseskälte schüttelte den Transmittergeschädigten.

Sein Kreislauf spielte verrückt, eine ungeheure Last drückte auf den Brustkorb und stoppte den Herzschlag.

Vier, fünf bange Sekunden später hämmerte der Lebensmuskel wieder gegen die Rippen.

Alaska kauerte mitten im Raum. Seine Bemühungen, sich aufzurichten, blieben vergeblich, der Schmerz in der linken Brustseite machte sie zunichte. Er spürte den linken Arm nicht mehr und krallte die Finger der rechten Hand tief in kaltes, abgestorben wirkendes Fleisch. Das Cappin-Fragment schien dennoch weiter aufzuquellen, und mit seiner wuchernden Gewebemasse drang es in Mund, Nase und Ohren ein.

Irgendwann …

Alaska rang keuchend nach Atem und kippte vornüber, ohne den Sturz abfangen zu können. Mit der Stirn schrammte er über den Boden und registrierte noch, dass die Maske über sein Gesicht nach unten geschoben wurde.

… irgendwann hatte es kommen müssen, dass der Gewebeklumpen rebellierte und seinen Wirt tötete. Lange Zeit hatten solche Befürchtungen ihm schreckliche Albträume beschert, aber jetzt überraschte ihn doch die Endgültigkeit des Gedankens.

Ich hasse dich!

Mit jeder Faser seines Körpers schrie Saedelaere seine Empfindungen hinaus. Dann erlosch auch diese letzte Regung.

Déjà-vu. – Du weißt genau, was gleich geschehen wird. Dennoch kannst du es nicht verhindern. Es ist, als hättest du schon einmal gelebt.

Einmal? Der Gedanke klingt wie Hohn. Dutzende Male.

Du schreitest zügig aus. Ein metallischer Klang begleitet deine Schritte. Kein dämpfender Kunststoff liegt über dem stählernen Gitter. Durch die nur wenigen Zentimeter messenden Vierecke schaust du in die Tiefe der Halle. Es sind Millionen solcher Vierecke, die dir das Gefühl vermitteln, über einem Abgrund zu schweben.

Die Menschen unter dir sind klein wie Ameisen. Ebenso zielstrebig agieren sie. Und sie nehmen dich gar nicht wahr. Vielleicht hören sie das Echo deiner Schritte. Doch selbst wenn sie innehielten und in die Höhe schauten, könnten sie dich nicht sehen.

Sie sind Techniker wie du. Sie sorgen dafür, dass die Maschinerie reibungslos funktioniert.

Gleich werden deine Schritte langsamer werden. Dann bleibst du stehen und drehst dich um. Weil du glaubst, eine Stimme gehört zu haben, die dich ruft. Eigentlich ist es nicht deine Art, dich nach einem unbekannten Rufer umzudrehen. Diesmal wirst du es tun. Aber da wird niemand sein. Du hast dir nur eingebildet, deinen Namen zu hören. Oder du wirst es dir eingebildet haben.

Verrückt … Wie oft erlebst du diese wenigen Minuten? Als gäbe es nichts anderes. Eine endlose Wiederholung deines auf wenige Minuten reduzierten Lebens?

Wer bist du wirklich?

Was bist du? – Vielleicht nur die Matrix eines Computerprogramms. Eine fehlerhafte Matrix, in einer Endlosschleife gefangen. Wann wirst du endlich ausbrechen? Versuche es wenigstens. Wenn du gleich die Stimme hörst, ignoriere sie! Das kann doch nicht so schwer sein.

Die Frau neben dir taxiert dich. Ihre Augen lächeln vielsagend. Aber du weichst dem Blick aus und interessierst dich nur für das neben ihr schwebende Gepäckstück. »Terra, schönste Heimat des Universums«, blinken dich Leuchtbuchstaben an. Solch billige Werbung widert dich an.

Unwillkürlich wirst du langsamer, um nicht länger neben der Frau gehen zu müssen. Viel lieber wärst du jetzt allein.

»Alaska!«

Du ignorierst den Ruf.

»Alaska …!«

Diesmal bleibst du stehen und drehst dich um. Es ist wie stets: Kaum jemand beachtet dich, die Menschen sind mit sich selbst beschäftigt. Manchmal sehnst du dich nach Wärme und Geborgenheit, nach einem Leben, das nicht vom Pulsschlag der Technik bestimmt wird, vom Zwang, immer Neues erforschen zu müssen. Die Menschen, glaubst du, werden einander fremd. Weil sie ihr Leben lang auf der Jagd nach Erfüllung sind. Oft genug fühlst du dich ebenso getrieben. Es ist wie ein Zwang, dem du dich nicht entziehen kannst. Haste mit der Meute, doch sobald du strauchelst, überrennt sie dich.

Du hast viel über die Geschichte deines Heimatplaneten gelesen und kennst die Zeit, als Perry Rhodan und Reginald Bull zum Mond starteten. Das ist eine Aufgabe, die heute jedes Kind bewältigen kann und die den Leuten nur noch ein müdes Lächeln entlockt. Damals, heißt es, sei die Welt voll Feindseligkeit und Hektik gewesen. Die Menschen bekriegten sich ihrer Hautfarbe oder Religion wegen. Das ist unvorstellbar. Manchmal, beim Studieren solcher Texte, hast du geargwöhnt, dass der Verfasser in Lügen schwelgte.

Warum brichst du nicht endlich aus diesem Kreislauf aus? Wenn du wirklich nur eine Matrix in einem digitalen Programm bist, spielt das alles keine Rolle. Lenke endlich die Positronenströme um. Du kannst nicht sterben, weil du nur virtuell existierst. Aber du kannst dich weiterentwickeln und eine neue Ebene der Realität erreichen.

Woher du das weißt? Die Stimme hat es dir vermittelt. Über jeder Existenzstufe gibt es eine höhere und dann wieder eine …

Du gehst weiter. Weil dich jedes Verweilen in den Wahnsinn treiben würde. Während du über die Evolution nachdenkst, drehst du dich selbst im Kreis. Das ist schizophren.

Wahrscheinlich hast du in letzter Zeit zu viel gearbeitet. Das hält der Gesündeste nicht auf Dauer aus. Also denke endlich wieder an Angenehmeres!

Die Leitmarkierung springt um, zwingt dich, den vertrauten Weg zu verlassen. Transmitterwartung, wird angezeigt. Das ist nicht ungewöhnlich, aber lästig. Weil es Verzögerungen mit sich bringt.

Du solltest besser nicht die Route über Peruwall nehmen. Der Ausweichtransmitter ist ein älteres Modell. Du spürst Zweifel, eine Ungewissheit, für die du keine Erklärung hast.

Zum zweiten Mal bleibst du stehen.

Jede Szene ist dir vertraut. Wie oft bist du diesen Weg schon gegangen? Aber nie hast du eine Möglichkeit gefunden, deinem Schicksal auszuweichen. Du musst dich fragen, ob du das überhaupt willst. Oder suchst du gar die Selbstzerstörung?

Du beißt die Zähne zusammen, bis die Kiefer schmerzen. »Ich will herausfinden, was das Schicksal für mich plant.« Dieser Satz treibt dich vorwärts.

Der Torbogentransmitter wird geöffnet. Speicher- und Abstrahlkapazität, Energieaufnahme und Feldlinienkonsistenz, das alles könntest du im Schlaf aufsagen. Du weißt, dass dieser Typ, der von der Time-and-more-Company gebaut wurde, einer ausgegliederten Tochter der Henry Whistler Enterprises, zu den zuverlässigsten Aggregaten überhaupt gehört.

Zwölf Leute vor dir. Die Abfertigung geht schnell vonstatten. Nein, abergläubisch bist du nicht.

»Peruwall, Mr. Saedelaere«, sagt der Wachroboter. »Ich wünsche einen angenehmen Sprung.«

Das sind Phrasen. Du nickst nur wortlos. Und der Roboter schweigt, weil er deine Zurückhaltung registriert.

Du wartest auf die Sendebereitschaft.

Nur ein fahles rötliches Flackern durchdrang die Finsternis. Das Cappin-Fragment bewegte sich, wie Alaska Saedelaere es nie zuvor erlebt hatte. Er war wie gelähmt, unfähig, sich zu bewegen oder um Hilfe zu rufen, aber noch widerstand er der drohenden Ohnmacht. Weil er sich davor fürchtete, dass der Gewebeklumpen vollends die Herrschaft über ihn gewinnen könnte.

Das zuckende Etwas hatte sich verändert. Seit das Fragment für kurze Zeit den Wirt gewechselt hatte, glaubte Alaska das zu spüren. Aber erst nachdem die MARCO POLO den Schwarm wieder verlassen hatte, war diese Veränderung wirklich deutlich geworden. Genauer gesagt, nach der letzten Überlichtetappe des Flaggschiffs.

Perry Rhodan hatte nicht sofort Kurs auf die Erde genommen. Es galt, die Herkunft der Terraner vor eventuellen Verfolgern geheim zu halten. Andernfalls würde es wohl nur wenige Tage dauern, bis eine Kriegsflotte der Schwarmgötzen im Sonnensystem materialisierte.

Wiederholt versackten Saedelaeres Überlegungen im Nichts. Und jedes Mal benötigte er mehr Zeit, um sich seiner selbst wieder bewusst zu werden. Falls er sich nicht dem Fremden in seinem Gesicht ausliefern wollte, musste er kämpfen. Es war schon schwer genug, wach zu bleiben. Er musste sich konzentrieren, musste …

Das Hinüberdämmern in eine neue Ohnmacht konnte er nicht mehr verhindern, und die plötzliche Leichtigkeit des Seins war verlockend. Ähnlich musste Odysseus, an den Mast seines Schiffes gebunden, den Gesang der Sirenen empfunden haben.

Das dumpfe Summen im Schädel holte Saedelaere zurück. Mühsam konzentrierte er sich darauf, eine Hand zu bewegen. Er schaffte es nicht. Kalter Schweiß perlte auf seiner Stirn, tropfte über die Schläfen und brannte wie Feuer in den Augen.

Schier übermenschliche Anstrengung kostete es den Transmittergeschädigten, wenigstens die Finger zu bewegen.

Ein Geräusch schreckte ihn auf. Das Schott glitt zur Seite. Licht flutete herein, wanderte auf ihn zu und trieb ihm erneut das Wasser in die Augen.

Schritte. Dazu eine markante Stimme: »Vorsicht! Seine Maske scheint verrutscht zu sein. Lasst den Roboter vor.«

Eine Medo-Einheit beugte sich über ihn und fixierte die Kunststoffmaske wieder. Zugleich heftete ihm der Roboter mehrere Sensoren an.

»Schockeinwirkung«, diagnostizierte die Maschine. »Der Patient taumelt am Rand des Wachbewusstseins. Vermutlich kann er uns wahrnehmen, ist aber selbst unfähig zu einer Reaktion.«

»Die Ursache?«

»Vorerst unbekannt. Ich leite die Verlegung in die Medostation ein.«

Zwei geübte Hände suchten nach Saedelaeres Halsschlagadern. Sekundenbruchteile danach erklang das Zischen einer Hochdruckinjektion. Er sträubte sich vergeblich.

»Sie werden mindestens eine Stunde lang schlafen«, vernahm er wieder die menschliche Stimme. »Danach sehen wir weiter.«

Nicht schlafen! Nicht, solange das Fragment die Zeit nutzen konnte, um die Herrschaft zu erringen. Mit aller Kraft versuchte Alaska, sich zu artikulieren, aber er brachte nicht mehr als einen Hauch über die Lippen.

Dann wirkte das Medikament.

Kaum ist die Sendebereitschaft hergestellt, gehst du vorwärts. Es gibt viele Leute, die unbewusst zögern, bevor sie ein Entstofflichungsfeld durchschreiten. Sie schrecken davor zurück, als energetischer Impuls durch das für sie unbegreifliche Medium des übergeordneten Hyperraums ans Ziel geschickt zu werden. Seit ein Boulevard-Medium vor Jahren mit der Behauptung für Furore sorgte, jeder Transmitterdurchgang sei ein freiwilliger Suizid und die im Empfangsbogen ankommende Kreatur lediglich eine schlechte Kopie, sehen manche Leute technische Errungenschaften plötzlich mit gemischten Gefühlen. Dabei waren ausschließlich handfeste wirtschaftliche Gründe ausschlaggebend für diese unverantwortliche Berichterstattung. Ethische oder biologische Probleme gibt es in Wahrheit nicht.

Natürlich können schlecht gewartete Transmitter gefährlich sein. Aber das trifft ebenso auf jeden Antigravschacht zu, auf Gleiter im Personenverkehr und alle sonstigen Dinge, die seit Jahrhunderten aus dem Alltagsleben nicht mehr wegzudenken sind. Auch der Einfluss von Hyperstürmen und anderen kosmischen Faktoren ist bekannt; dafür gibt es die permanente Überwachung. Energetische Sturmfronten im Bereich einer Transmitterstrecke bewirken deren sofortige Stilllegung. Die Gesetzgebung des Solaren Imperiums lässt in solchen Fällen keinerlei Ermessensspielraum, denn die Sicherheit des Individuums steht an erster Stelle.

Du durchschreitest das Energiefeld wie einen hauchdünnen Vorhang. Es gibt keine andere Empfindung dabei als die eines flüchtigen kühlen Lufthauchs. Personen, die sich verkrampfen oder noch nie einen Transmittersprung erlebt haben, können durchaus Orientierungsschwierigkeiten bis hin zum vorübergehenden Bewusstseinsverlust erleben. Aber das ist für dich längst Routine. Ein einziger Schritt lässt dich Hunderte Lichtjahre überwinden und in der Transmitterhalle von Peruwall materialisieren.

Doch diesmal ist etwas anders.

Du spürst einen Schlag. So heftig wie den Aufprall auf eine massive Wand. Allein das ist schon unmöglich.

Außerdem bleibt es dunkel um dich her. Obwohl du längst wieder in der Helligkeit stehen solltest.

Dir wird schnell bewusst, dass du ein Problem hast.

Was ist geschehen?

Du träumst. Das ist das Erste, was dir dazu einfällt. Ausgerechnet heute hält dich ein Albtraum im Bann. Aufstehen, Alaska! Die Weckautomatik deiner Unterkunft hat versagt. Wenn du nicht rechtzeitig auf Peruwall ankommst …

Siedend heiß fällt dir ein, dass du seit Mitternacht Standardzeit nicht mehr im Dienst bist. Es ist völlig egal, wann du die Heimreise antrittst. Du hast jetzt Zeit, Alaska, einige Monate, in denen dich keine Termine antreiben.

Unsinn. Du bist längst wach und auf dem Weg – derart reale Träume gibt es nicht. Du hast den Transmitter betreten, wurdest entstofflicht und bist am Ziel angekommen. Andernfalls gäbe es diese Gedanken nicht: Geh vorwärts, Alaska! Nicht im Bereich des Materialisationsfeldes stehen bleiben!

Worauf wartest du?

Du reagierst verwirrt. Und ungläubig zugleich. Du stehst da wie angewurzelt, und alles Mögliche rast dir durch den Sinn.

In deiner Verwirrung beginnst du zu zählen. Also verstreicht Zeit. Oder ist auch diese Empfindung so relativ wie dein Gefühl, nicht vollständig materialisiert zu sein.

Du versuchst, einen Arm zu bewegen, und glaubst auch, dass du es schaffst. Doch als du mit der anderen Hand zugreifen willst, gleiten deine Finger ins Leere. Das ist der Moment, in dem Panik in dir aufsteigt.

Alles Mögliche rast dir durch den Sinn. Sende- und Empfangsbereitschaft standen auf Grün. An der Technik kann es nicht liegen, dass du hier …

… zeitlos …?

… körperlos …?

… existierst. – Was auch geschehen sein mag, du bist zum Warten verurteilt. Etwas anderes kannst du nicht tun. Du glaubst an einen unbekannten Einfluss, der den zeitlosen Transportvorgang verändert. Soweit du dich entsinnst, hat die Literatur etliche Phänomene parat, deren Erklärungsversuche im Laufe von Jahrzehnten präzise geworden sind. Da ist von Novae, Supernovae und Gravitationsstürmen die Rede. Zum Teil gehen die Fakten noch auf alte Erkenntnisse der Akonen zurück. Arkonidisches Material hingegen ist selten, immerhin waren im Bereich ihres Imperiums Transmitter über lange Zeit hinweg verpönt.

Du wartest.

Und die Ungewissheit nagt an dir. Sie kriecht in dir empor und vergiftet dich mit ihren Zweifeln.

Plötzlich frierst du. Es ist die Kälte der Unendlichkeit, die dich lähmt.

Lange hältst du diesen Zustand nicht mehr aus. Du schreist, tobst, willst um dich schlagen, aber du kannst es nicht. Deine Gehirnströme verklingen im Nichts. Was bist du noch, Alaska Saedelaere? Ein Gedanke, nur ein Quant im Ozean eines unbegreiflichen Mediums?

Treibst du im Hyperraum?

Es gibt viele Beispiele, dass Leben innerhalb des fünfdimensionalen Kontinuums existieren kann. Du denkst an die Arsenale der Zweitkonditionierten, lange vor deiner Geburt und eng mit der Herkunft der Haluter verbunden. Du …

… bist plötzlich nicht mehr allein. Da sind andere Gedanken, nichtmenschliche.

Du rufst den Fremden an. Und du registrierst sein Erstaunen. Aber du erhältst keine Antwort.

»Bleib!«, keuchst du in deiner beginnenden Verzweiflung. »Wir müssen miteinander reden.«

Stille.

Du spürst seine Verwirrung. Er ist dir sehr nahe. Näher, als dir lieb sein kann. Er ist – in dir.

Geraume Zeit verstreicht, bis du die Ungeheuerlichkeit dieser Feststellung wirklich verarbeiten kannst. Seltsamerweise bist du überaus gefasst. Weil du ohnehin gerade im Begriff warst, dich mit dem Verlust deines Körpers abzufinden?

Nein, das tust du nicht. Du wehrst dich gegen das Schicksal, gegen den Fremden. Du schreist, tobst, wirst ihn umbringen, wenn er dich nicht in Ruhe lässt. Du bist ein Mensch. Folglich wirst du dich nie damit abfinden, deinen Körper mit etwas Fremdem zu teilen.

Du tastest, versuchst dich zu orientieren und dieses Ding in Sicherheit zu wiegen. Doch deine Gedanken fließen nur zäh.

Also schlägst du zu. Aber egal was du tust, du greifst ins Leere. Die Erkenntnis, dass der Fremde es gewohnt ist, seinen Körper für bestimmte Zeit aufzugeben und sich in andere Wesen zu transformieren, schockiert dich zutiefst. War das der Aufprall, den du gespürt hast? Der Fremde hat sich an dir festgesetzt wie ein Schmarotzer. Er wird dich aussaugen, dir die Lebenskraft rauben und sich an deinem Siechtum ergötzen.

In deiner Vorstellung nimmt ein Bild Gestalt an: Du siehst eine zuckende, krakenartige Gestalt, eine Meduse mit unzähligen Fangarmen, die sich über deinen Schädel stülpen und dir die Luft zum Atmen rauben. Das Ding wird dich töten!

Wehr dich endlich, Alaska!

Kämpfe! Auch wenn du in deinem Leben nie wirklich gezwungen warst, Gewalt anzuwenden, jetzt musst du es tun. Überwinde dich! Schlage zu! Töte das grässliche Ding, bevor es dich umbringt!

»… achten Sie auf seine Hirnströme, Dr. Minden.« Perry Rhodans Stimme ließ keine Regung erkennen. »Ich gäbe viel dafür, jetzt Alaskas Augen zu sehen.«

»Wahrscheinlich würden Sie ebenso dem Irrsinn verfallen wie jeder andere. Ich weiß nicht, ob der Zellaktivator Sie vor dem Tod bewahren könnte.«

Der Terraner hob nur die Schultern an.

»Mr. Saedelaere befindet sich in einer ausgeprägten REM-Phase«, fuhr der stellvertretende Chefarzt der MARCO POLO fort. »Er reagiert nicht auf die Injektion. Das Medikament sollte ihn ruhig stellen und eine Regeneration einleiten.«

»Welche Bereiche sind aktiv?« Rhodan fuhr sich mit beiden Händen über das Gesicht. Auch ihm machte die Anspannung der letzten Wochen zu schaffen, trotz der belebenden Impulse des Zellaktivators fühlte er sich ausgelaugt. Die Sorge um die nahe Zukunft setzte ihm mehr zu, als er sich jemals eingestanden hätte. Der Schwarm näherte sich der Erde. Möglicherweise würde schon die nächste Transition dieses Molochs vor dem Solsystem enden. Eine Katastrophe apokalyptischen Ausmaßes drohte, sobald die Schwarminstallateure Terra entdeckten und für eine Gebärflotte der Gelben Eroberer vorbereiteten. Solange die Verdummung anhielt, war mit einer Hand voll Helden kein Krieg zu gewinnen.

»… hören Sie mir überhaupt noch zu, Sir?«, fragte der Mediziner in einem Tonfall zwischen Verwirrung und Unsicherheit.

»Ehrlich gesagt, nein«, gestand der Terraner. »Ich war der Zeit gerade etwas voraus.«

»Auf Terra?«, vermutete Dr. Hale Minden spontan.

Rhodan hob den Blick, atmete tief ein und nickte.

»Jeder an Bord sorgt sich um die Zukunft der Milchstraße. Dennoch gibt keiner seine Angst offen zu«, fuhr der Arzt fort. »Aufgesetzte Zuversicht nenne ich das.«

»Der Mensch ist zäh, Doktor. Gerade Sie sollten das wissen. Hätten wir nicht stets einen Ausweg gefunden, wäre unsere Spezies vor eineinhalb Jahrtausenden im Inferno eines Atomkriegs in die Steinzeit zurückgefallen.«

»… und heute beherrschten Insekten die Erde.«

Mit einer würfelförmigen Kombi-Einheit veränderte der Arzt die Justierung der Sensoren, die sich über Saedelaeres Schädeldecke bis tief in dessen Nacken hinzogen. Neue Messwerte, überlagert von Archivdaten, erschienen auf den Monitoren.

»Zweimal wurde der Patient untersucht. Sofort nach seiner Rückkehr von GEPLA-II und erneut vorgestern. Beides Routine, beide Male ohne Befund. Seine Verfassung war in jeder Hinsicht gut. Um seinen Zustand plausibel erklären zu können, müssen wir wohl das Cappin-Fragment bemühen. Saedelaeres Zusammenbruch scheint durch den Verlust und die anschließende Rückkehr des Gewebeklumpens bedingt zu sein. Enttäuschte Hoffnungen, Sir; tiefer kann ein Mensch kaum fallen.«

Dumpf klang Alaskas Stöhnen unter der Maske hervor. Unruhig warf er den Kopf von einer Seite auf die andere.

»Die Traumphase wird intensiv«, bemerkte der Arzt. »Erinnerungszentrum, Motorik, nahezu alle Bereiche sind betroffen. Es hat den Anschein, als durchlebe Saedelaere ein bestimmtes Ereignis erneut. Sein Immunsystem reagiert mit überschießender Systematik, es wendet sich gegen den eigenen Körper …«

»… oder gegen das Cappin-Fragment.«

»Dann würde der Klumpen reagieren. Unter der Maske dringt aber kaum Strahlung hervor.«

Perry Rhodan schaute den Mediziner forschend an. »Besteht eine akute Gefahr?«, wollte er wissen.

Minden ließ seinen Blick über die Anzeigen huschen. »Die Werte verschlechtern sich nicht weiter.«

Von ihm gerufen, betraten zwei Assistenzärzte den Raum. Auch weitere Medoroboter standen bereit für den Fall vom Cappin-Fragment ausgehender Probleme. Rhodan registrierte die Vorbereitungen zufrieden. Falls wirklich noch Unvorhersehbares geschah, befand sich Saedelaere in guter Obhut.

»Ich wüsste gerne, was in ihm vorgeht«, sagte Rhodan, den Transmittergeschädigten nicht aus den Augen lassend. Die Maske wirkte in diesen Minuten unglaublich fremd und stempelte Saedelaere vollends zum Außenseiter.

Ein Mensch ohne Gesicht …

Bedeutete das wirklich, dass er keine Sehnsüchte, Wünsche und Gefühle mehr kannte? Nur weil die Umwelt ihm mit Unverständnis oder gar Misstrauen begegnete und er – nicht zuletzt deswegen – sich zu einem der besten Logiker entwickelt hatte? Vielleicht träumte Alaska Saedelaere in diesem Moment von einer friedvolleren Welt.

Ich wünsche es dir, mein Freund, dachte Rhodan ohne Pathos. *Keiner kann seinem Schicksal entgehen. Wir glauben zwar, mit unserem Handeln die Geschichte zu bestimmen, aber vielleicht ist gerade das unser größter Irrtum.*

Ein warnender Aufschrei … Zugleich Warnsignale etlicher Apparaturen und die Redaktion der Medoroboter.

Niemand achtete jetzt noch auf Rhodan.

Rasender Puls, rapide abfallender Blutdruck … Saedelaere stand unter Schock. Dann setzte sein Atem aus.

Du willst das Fremde nicht, dessen Krakenarme über dein Gesicht tasten. Zugleich weißt du, dass es nicht so einfach ist, sich von ihm zu lösen. Dein Körper ist momentan nur ein übergeordneter Impuls, eine unglaublich dichte Datenfülle, die gleichzeitig an jedem Punkt des Kosmos existieren könnte.

Auch das andere – dieses Wesen – ist immateriell.

Dennoch bist du mit ihm kollidiert. Glaube es oder nicht, eine andere Erklärung hast du nicht. Nicht einmal dafür, dass du dir dieses Zustands überhaupt bewusst bist.

Du erinnerst dich an deinen Namen …

… und daran, dass du einen Transmitter der Handelsstation Bontong benutzt hast. Aber du hast dein Ziel nicht erreicht.

Dem anderen, das spürst du, ergeht es ähnlich. Du registrierst Verwirrung, Enttäuschung und zugleich Entsetzen. – Das sind nicht nur Instinkte, er ist intelligent. Folglich hat er auch einen Namen.

Sag ihn mir!, denkst du intensiv. Zugleich spürst du eine aufkommende Ruhe. Was du benennen kannst, beginnt den Schrecken für dich zu verlieren.

Da sind tatsächlich fremde Gedanken. Schwer zu greifen und noch schlechter zu deuten. Verwirrend.

Das, was mit dir zusammengestoßen ist, hat die Orientierung verloren. Es kommt von weit her, von außerhalb der Milchstraße. Du erfährst seinen Namen nicht, aber aus seiner Verwirrung glaubst du zu erkennen, dass er für dein Problem verantwortlich ist. In dir entsteht das Bild eines amorphen Zellhaufens. Das ist nicht seine wahre Gestalt. Vielmehr sieht er aus wie ein Mensch. Ein menschliches Wesen aus einer anderen Galaxis. Sein Körper bleibt als formloser Klumpen zurück, wenn er auf Reisen geht.

Du erkennst, dass der Fremde sein Ziel verfehlt hat. Deine Gedanken beginnen sich zu überschlagen. Es ist, als ob du doppelt denkst. Eure Überlegungen vermischen sich.

Du erkennst, dass das Volk des Fremden vor sehr langer Zeit in der Milchstraße Experimente vornahm. Was sie taten, gefällt dir nicht, das spürst du instinktiv. Aber er ist auf der Suche nach noch älteren Relikten, nach Artefakten, die sogar die Lebensspanne von Sonnen überdauern.

Du glaubst plötzlich, dass du phantasierst. Sauerstoffmangel lässt deine Gehirnzellen absterben. Allmählich gerätst du in Panik.

Du schreist, beginnst um dich zu schlagen und verkrallst dich in dem anderen. Inzwischen fragst du dich verzweifelt, wo du bist. Ist die Schwärze ringsum wirklich lichtlos? Endlich erkennst du, dass dir alle Bezugspunkte fehlen, die irgendwann einmal etwas bedeutet haben.

Hattest du dir bis eben noch einen Rest von Selbstherrschung bewahrt, so ist es nun endgültig um dich geschehen. Kraftlos lässt du dich treiben. Du bist am Ende, resignierst, willst nur noch sterben.

Mit einem Mal ist alles anders. Dein böser Traum verweht, denn du spürst wieder Boden unter den Füßen. Dennoch musst du dich überwinden, die Augen zu öffnen, die du voll Panik geschlossen hast. Du hast immer noch Angst. Nackte, kreatürliche Angst.

Endlich überwindest du dich. Vor allem, weil dir der Fremde unerträglich nahe ist.

Was du siehst, raubt dir den Atem. Es ist gigantisch, imposant ... Du hast das Paradies erreicht, glaubst du, und das kindliche Staunen noch nicht verlernt. Rings um dich breitet sich die Schöpfung aus. Du fühlst dich mit ihr im Einklang. Als würdest du mit jedem Atemzug die Unendlichkeit und den Sternenstaub in dich aufnehmen.

Die samtene Schwärze ist fühlbar. Myriaden Lichter in sie eingebettet wie ein filigranes Gespinst, hier dichter zusammengeballt, dort mit größeren Abständen. Sobald du näher hinsiehst, erkennst du in jedem dieser Lichter eine spiralartige Struktur. Viele siehst du genau von oben, und du erkennst ihren dichten, hell strahlenden Kern. Manche zeigen dir nur ihre staubverhüllte Seite. Die Vielfalt bleibt indes unüberschaubar.

Galaxien!, erkennst du die Wahrheit. Wie klein und unbedeutend erscheint dir angesichts dieses Sternenmeeres jedes menschliche Dasein.

Du genießt diesen Anblick. Und du glaubst, ordnende Strömungen zu spüren. Alles scheint zu leben und zu atmen wie ein überdimensionaler Organismus ...

... dabei kann dies nur ein Teil des Universums sein. Deines Universums wohlgemerkt. Du erinnerst dich an wissenschaftlich-technische Arbeiten über die Theorien eines Multiversums. Als bodenständiger Techniker hast du solche Vermutungen immer in den Bereich der Metaphysik abgewälzt: Universen wie Schaumblasen. Tausende, die einander an unterschiedlichen Punkten berühren, von denen viele wachsen und sich ausdehnen, während andere schon wieder im Schrumpfungsprozess begriffen sind. Wie Seifenblasen durchdringen sich manche sogar, werden eins miteinander und festigen ihre gemeinsame Hülle.

Unbewusst hast du soeben einen Fuß nach vorne gesetzt. Schon machst du den nächsten Schritt – als steuere ein anderer deinen Körper.

Der Fremde? Überrascht starrst du auf deine Füße, die sich materialisiert haben. Du siehst die wadenhohen Stiefel mit der dicken Profilsohle. Die Stiefelschäfte schließen nahtlos mit deiner Hose ab. Endlich ist der Transmittersprung beendet.

Dein Ziel hast du dennoch nicht erreicht.

Du trägst keinen Raumanzug. Instinktiv hältst du den Atem an. Aber falls wirklich ein Vakuum herrschen würde, könntest du diesen Gedanken nicht mehr fassen. Dann würde dein Blut schon in den Adern kochen und dich töten.

Sekunden später kannst du nicht mehr anders, als keuchend einzuatmen. Die Luft hat einen eigenartigen Beigeschmack. Technisch, glaubst du, und irgendwie metallisch. In den Maschinenräumen großer Raumschiffe riecht es ähnlich, sobald Energieemissionen Luftmoleküle ionisieren.

Während du den nächsten Schritt gehst, gewinnst du den Eindruck, dass ein hauchzarter Schleier über den Galaxien liegt. Was du als Dunst zu erkennen glaubst, muss die schwache Lichtbrechung eines Energiefeldes sein, das dich in einiger Distanz umgibt. Es hindert die Atemluft am Entweichen.

Auch der Widerstand unter deinen Füßen bekommt Kontur, als schreitest du über einen rau zugehauenen Boden. Holz, ist dein erster Eindruck, aber der ist so lachhaft, dass du gar nicht anders kannst, als in die Knie zu gehen und mit der Hand über das Material zu streichen.

Eine lautlose Stimme in dir schreit eine Warnung. Du schrickst zusammen und verlierst fast den Halt. Im letzten Moment kannst du dich mit einer Hand abfangen. Der Untergrund fühlt sich in der Tat an wie grobes Holz. Du findest keinen besseren Vergleich.

Die Perspektive hat sich für dich verändert. Eine Art Steg, dunkel und lückenhaft, wölbt sich vor dir auf und verliert sich, schmäler werdend, in der Ferne.

Ein Steg durch den intergalaktischen Leerraum?

Das Lachen bleibt dir im Hals stecken, als du begreifst, dass deine beschränkten menschlichen Sinne nur ein banales Abbild der Wirklichkeit vermitteln. Dem vergleichbar wäre der Versuch, einem Primaten ein Raumschiff zu erklären.

Unmittelbar neben dir fehlen Planken. Durch die Lücke starrst du in den Abgrund der Ewigkeit und frierst beim Anblick zweier kollidierender Galaxien. Eine Spirale siehst du von oben, die andere schräg von der Seite. Mit einem Teil ihrer Sternenpopulation haben sie einander durchdrungen. Hell wie eingefrorene Blitze strahlt ein Gürtel aus explodierten Sonnen, während scheinbar nur einen Fingerbreit davon entfernt die Schwärze so vollkommen erscheint, wie sie nur vollkommen sein kann. Du erschauerst angesichts des Eindrucks, dass in jenem unscheinbaren Fleck das Universum aufreißen könnte.

Du schwankst, verkrampfst die Finger um die Kante des Brettes, auf dem du kniest – und hoffst vergeblich darauf, dass dieser Albtraum endlich von dir weicht. Da du ein Mensch bist, darfst du Angst empfinden. Du hast sogar nackte, erbärmliche Angst. Aber du spürst zugleich eine unbezähmbare Neugierde und willst wissen, was dich am Ende erwartet.

Außerdem ist der Fremde noch in deinen Gedanken, du registrierst seine Empfindungen. Er ist kaum weniger verwirrt als du selbst. Und er will zurück. Aber er schafft es ebenso wenig wie du, sich loszureißen.

Er ist einer Spur gefolgt, die ihn anzog wie eine Flamme die Motten. In dir entsteht die Vorstellung eines Leuchtfeuers kosmischer Größe. *Dieser Brettersteg?*, fragst du dich. Von diesem eigenwilligen, verfallenden Gebilde scheint eine unwiderstehliche Anziehungskraft auszugehen. Der Fremde hat sich verleiten lassen, die Reise an ein unbestimmtes Ziel zu wagen. Und du selbst fühlst dich gedrängt, einen nächsten Schritt zu gehen.

Noch sträubst du dich gegen den stärker werdenden Zwang. Trotzdem schweift dein Blick hinüber zum nächsten Brett.

Vor dir gähnt das Nichts. Du wirst springen müssen – doch du erschauerst bei der Vorstellung, den Halt zu verlieren und abzustürzen. Wenig mehr als einen Meter misst der Abstand. Das kannst du mit einem weit ausgreifenden Schritt überwinden.

Der Fremde drängt dich. Er vermittelt dir das Gefühl von Gefahr und eine Ahnung, dass ihr beide sterben werdet, wenn du lange zögerst. Noch hast du es nur mit seiner mentalen Kraft zu tun, aber wenn du die Schwingungen richtig deutest, wird sein Körper nachfolgen. Auf eine dir unverständliche Weise.

Dein Gesicht brennt plötzlich wie Feuer. Du tastest mit den Fingern der rechten Hand über die Wangen und spürst die Veränderung. Das ist nicht mehr dein Fleisch, das da zu wuchern beginnt.

Du reißt auch die andere Hand hoch; deine Finger berühren zuckendes Gewebe. In dem Moment begreifst du endgültig, dass du mit dem Fremden verschmelzen wirst. Beide werdet ihr dabei sterben.

Du starrst auf den Abgrund vor deinen Füßen, und endlich wirfst du dich vorwärts: Da ist das entsetzliche Empfinden, über dem Abgrund zu verharren. Du spürst, dass Zeit verstreicht, aber du kannst nicht ermessen, ob Sekunden, Tage oder Jahrzehnte.

Endlich berührt dein Fuß das nächste Brett. Es biegt sich durch, hält der Belastung nicht stand. Du rutschst ab und ruderst mit den Armen, um dein Taumeln auszugleichen.

In dem Moment splittert das Brett. Es ist morsch.

Du glaubst, ein grässliches Krachen zu hören, als das Holz auseinander bricht. Einen qualvollen Augenblick lang hängst du über dem Nichts und siehst die Splitter nach allen Seiten auseinander fliegen. Dann stürzt du nach vorne und prallst gegen die Kante der nächsten Bohle. Deine Finger verkrallen sich auch ohne dein Zutun in deutlich zu spürenden Fugen.

Zugleich verändert sich die Umgebung, die Schwärze weicht gleißender Helligkeit. Tränen schießen dir in die Augen, die Lichtflut brennt sich in die Netzhaut ein. Wie einen Schattenschnitt siehst du die grob zerklüftete Silhouette eines fernen Horizonts. Darüber hängt ein aufgeblähter, von Protuberanzen umgebener Glutball.

Die Erleichterung, die du zu spüren glaubst, ist nicht deine eigene. Der Fremde in dir hat sein Ziel erreicht.

Null-Linie auf allen Anzeigen. Von einem Augenblick zum anderen waren Alaska Saedelaeres Körperfunktionen erloschen.

Perry Rhodan erlebte die Präzision der Ärzte und Medoroboter hautnah. Das Team war eingespielt im Kampf, Leben zu retten, egal ob es sich um Terraner oder Angehörige anderer galaktischer Völker handelte.

Mit zwei Fingern massierte Rhodan seinen Nasenrücken. Er fragte sich, was mit Saedelaere geschah. Immerhin hatten die Mutanten nach seiner Rückkehr von GEPLA-II vergeblich nach Anzeichen einer Veränderung bei ihm gesucht.

Saedelaeres Schicksal berührte ihn besonders. Oft hatte er sich schon gefragt, ob er selbst die Maske mit der gleichen Selbstverständlichkeit getragen hätte, wie Alaska dies tat. Andererseits erschien ihm Saedelaeres Gefasstheit mitunter nur aufgesetzt. Rhodan glaubte nicht, dass ein Mensch den wirklichen Alaska Saedelaere kannte. Im Grunde seiner Seele war der dunkelhaarige, hagere Mann einsam, getrieben und vom Schicksal gezeichnet. Zumindest eine Zeit lang hatte Saedelaere zu vergessen versucht, es aber nie geschafft, mit sich selbst ins Reine zu kommen. Das Leben, das der ehemalige Techniker mittlerweile führte, war ein Kompromiss.

Rhodans Reflexionen blieben Sekundensache. Ein harter Zug grub sich um seine Mundwinkel ein. Noch behinderte die Kunststoffmaske des Transmittergeschädigten die Wiederbelebungsversuche nicht. Aber sobald es erforderlich wurde, sie abzunehmen, mussten die Ärzte ebenso wie Rhodan selbst den Raum verlassen.

Saedelaere wurde auf der Antigravliege fixiert. Ein faustgroßer Hilfsroboter begann, seine Kombination aufzuschneiden. Rhodan achtete nicht auf die ebenso knappen wie prägnanten Kommentare der Ärzte. Er beobachtete die vielfältigen Anzeigen. *Du schaffst es*, dachte er. *Gib dich nicht auf, Saedelaere. So falsch kann ich dich gar nicht eingeschätzt haben.*

Eine Vielzahl von Psychogrammen, Persönlichkeitstests und Beurteilungen füllte die Personalakte der SolAb. In einige der umfangreichen Dossiers hatte Rhodan Einblick genommen. Natürlich waren die Ergebnisse positiv, andernfalls hätte es nie einen Alaska Saedelaere im Dienst der Solaren Abwehr gegeben. Aber Rhodan teilte nicht alle hochgestochenen wissenschaftlichen Analysen.

Saedelaeres wieder einsetzender Herzschlag löste eine neue Anzeige aus.

»Schwache Atmung.«

»Hirnströme wieder nachweisbar.«

»Muskelkontraktionen. Er versucht, sich aufzurichten.«

Ein Medorobot, soeben im Begriff, eine Injektion zu verabreichen, zog die Hochdruckkanüle zurück.

Saedelaere stöhnte leise. Als er sich im nächsten Moment jäh aufzurichten versuchte, hinderten ihn hilfreiche Hände daran.

»Lasst … mich …« Stockend brachte er die Worte hervor.

»Wie fühlen Sie sich?«, fragte Dr. Minden.

»Gut.« Das Zittern, das Saedelaeres Glieder durchlief, strafte seine Behauptung Lügen. »Ich brauche ein Raumschiff!«, stieß er gleich darauf hervor.

»Sie brauchen vor allem Ruhe!«, wehrte der Arzt ab. »Das war nicht nur eine leichte Ohnmacht. Bis Ihr Kreislauf wieder stabil ist, werden Sie schlafen. Ich gebe Ihnen ...«

Der Transmittergeschädigte schüttelte den Kopf. »Lassen Sie mich ...«

»Später, Mr. Saedelaere. Im Moment geht es um Ihre Gesundheit.«

»Warten Sie, Doktor!«, rief Perry Rhodan dazwischen. Der Transmittergeschädigte wandte ihm den Kopf zu. Überraschenderweise hatte Rhodan den Eindruck, dass Saedelaere unter der Maske lächelte.

»Ich bitte ... um Überlassung ... einer Space-Jet, Sir ...«

»Sie wissen, dass ich das in Ihrem Zustand nicht ...«

»Es geht mir gut, wirklich. Besser jedenfalls als während der letzten Monate.«

Rhodans Blick taxierte den Arzt. Dr. Minden deutete auf die Anzeigen. »Noch nicht stabil«, sagte er. »Ich denke, Mr. Saedelaere leidet unter den Nachwirkungen allzu intensiver Halluzinationen.«

Rhodan wandte sich wieder dem Transmittergeschädigten zu. »Warum?«, fragte er so knapp, wie es in letzter Zeit oft seine Art war. Niemand machte ihm einen Vorwurf daraus. Dass ihn die Sorge um die Zukunft der Menschheit quälte, war nur zu verständlich.

»Ich glaube, meine Erinnerung an den Transmitterunfall kehrt bruchstückweise zurück ...«

»Lassen Sie sich nicht unterbrechen, Alaska. Reden Sie einfach weiter. Ihr höre Ihnen zu.«

»Unser Patient benötigt Ruhe«, widersprach Dr. Minden. »Jede Aufregung ist im Augenblick Gift für ihn. Was er zu sagen hat, kann er in einigen Stunden ebenso tun.«

Saedelaeres Blick fraß sich an Rhodan fest. Trotz des fahlen Glimmens des Cappin-Fragments glaubte der Terraner, die Augen des Transmittergeschädigten zu sehen.

»Ich muss wissen, ob die MARCO POLO noch im Linearraum fliegt.« Saedelaere sprach kurzatmig, aber keineswegs undeutlich.

»Wir haben vor knapp einer Stunde die Überlichtetappe beendet.«

»Dann ist es gut.« Ein tiefes Seufzen hob Alaskas Brustkorb. Auf den

Ellenbogen stemmte er sich hoch, um aufzustehen. Perry Rhodan verhinderte, dass Dr. Minden ihn zurückhielt.

»Danke, Sir«, ächzte Alaska. »Geben Sie mir die Space-Jet?«

»Das ist nicht so einfach …«

»Vier Mann Besatzung, mehr brauche ich nicht.«

»Wohin wollen Sie fliegen?«

Ruckartig hob der Transmittergeschädigte den Kopf. Es hatte den Anschein, als lausche er irgendwelchen Einflüsterungen.

Taumelnd kam Alaska Saedelaere auf die Beine. Mit drei Fingern der rechten Hand drückte er gegen die Brustplatte des vor ihm stehenden Medoroboters. »Geh mir aus dem Weg!«, stieß er hervor. Dann wandte er sich wieder Rhodan zu: »Ich suche eine alte, sterbende Welt. Einen Planeten, der von seiner Sonne langsam verbrannt wird …« Er stockte, griff sich mit beiden Händen in den Nacken und begann, seinen Hinterkopf zu massieren.

»Es gibt Hunderttausende solcher Welten«, sagte Rhodan.

»Wie viele davon im Kurs des Flaggschiffs?«, fragte der Transmittergeschädigte.

»Ich weiß es nicht.«

»Wenn ich die Wahrheit über meinen Transmitterunfall herausfinden kann, dann auf dieser Welt«, sagte Saedelaere sinnend. »Mir fehlen vier Stunden meines Lebens, aber ich hoffe, sie endlich zurückzuerhalten.«

»Bislang wussten Sie nicht …«

Saedelaere vollführte eine heftige Bewegung. Ihm fiel nicht einmal auf, dass er Rhodan damit das Wort abschnitt. »Manchmal erinnert man sich an längst vergessene Geschehnisse.«

»Derzeit brauchen wir jeden, der zupacken kann, um die Erde vor dem Schwarm zu schützen.«

»Ich glaube, Sir, dass jene Welt uralt ist. Vielleicht finden wir dort die Unterstützung, auf die wir hoffen.«

»Auf einer sterbenden Welt? Das waren Ihre Worte, Alaska. Ich kann die MARCO POLO nicht für eine von vornherein vage Suche abstellen.«

»Ich bat nur um eine Space-Jet.«

»Sie sind hartnäckig. Glauben Sie wirklich, das Cappin-Fragment dort wieder loszuwerden, wo es sich – möglicherweise – in Ihrem Gesicht festgesetzt hat?«

»Ja«, sagte der Transmittergeschädigte.

»So gerne ich Ihnen helfen würde, Alaska, aber ich darf den Rückflug der MARCO POLO nach Terra nicht zu lange unterbrechen. Sie werden also fast auf sich allein gestellt sein. Zeit ist vorerst noch das kostbarste Gut, über das wir verfügen.«

»Zeit und die Menschen, die sie mit Leben erfüllen«, bestätigte der Transmittergeschädigte. »Wir sehen uns auf Terra wieder.«

»Der Patient scheint sich der möglichen Folgen seines Handelns überhaupt nicht bewusst zu sein«, protestierte der Mediziner.

»Er weiß sehr genau, welches Risiko er eingeht«, widersprach Perry Rhodan.

13.

Alaska Saedelaere nickte kaum merklich, als das Außenschott des Hangars aufglitt. Die Interkom-Verbindung zur Zentrale des Flaggschiffs und Perry Rhodan stand noch.

»Seien Sie vorsichtig«, sagte der Terraner betont. »Ich hätte Ihnen gerne Geleitschutz mitgegeben, …«

»Ich weiß, Sir.« Der Transmittergeschädigte ließ sich seine Anspannung nicht anmerken. »Wir kämpfen nur mit einer Hand voll Leute einen nahezu aussichtslosen Kampf.«

»So drastisch würde ich es noch nicht formulieren.«

»Danke, Sir. Ich kann nicht anders, als meiner inneren Unruhe nachzugeben …«

»Erinnern Sie sich deutlicher?«

Alaska zuckte mit den Achseln. »Wenn ich das wüsste.«

»Vermeiden Sie übertriebene Risiken, mein Freund. Und kommen Sie heil zurück! Wir brauchen Sie.«

Saedelaere versteifte sich. Unter der Maske blieb das Zucken seiner Wangenmuskeln verborgen. »Schön, das zu erfahren, Sir«, antwortete er knapp. Der Hangar hatte sich inzwischen vollständig geöffnet. »Die Besatzung der DESTINY meldet sich ab zum Sondereinsatz.«

»Alles Gute!«

»Danke, Sir.« Im gleichen Atemzug wandte sich der Transmittergeschädigte an den Piloten der Jet: »Mr. Kopetzky, bringen Sie uns heil ans Ziel und wieder zurück!«

»Mir fehlen noch verlässliche Kursdaten.«

»Immer der Nase nach.«

»Das ist kurz und prägnant.« Der Mann im Pilotensessel lächelte knapp. Unter seinen Händen veränderten sich die Schaltschemata in rascher Folge.

Die transparente Kuppel aus Panzertroplon erlaubte einen guten Überblick über die obere Rumpfschale der dreißig Meter durchmessenden Space-Jet. Nur von ihren Antigravfeldern getragen, löste sie sich vom Boden, schwebte auf das aufgleitende Hangartor zu – und beschleunigte, als die lichte Höhe gerade die 18-Meter-Marke erreicht hatte.

Saedelaere war keine Regung anzusehen; die Kunststoffmaske verlieh ihm einen ewig gleichen, starren Ausdruck. Aber die anderen drei Expeditionsmitglieder zogen unwillkürlich den Kopf ein, als es den Anschein hatte, das mächtige Stahltor würde die Kuppel abrasieren.

Vivian DeBleue wandte sich ruckartig um. Als sie die MARCO POLO im Sternenmeer versinken sah, atmete sie ein und schloss beim Ausatmen schicksalsergeben die Augen.

Arnold Meldrassan, untersetzt und behäbig wirkend, schüttelte den Kopf. »Uns müssen Sie nichts beweisen, Kopetzky«, sagte er vorwurfsvoll. »Haben Sie die Flugschule als Crash-Kurs absolviert?«

»Ich war Rettungsflieger«, antwortete der Pilot lächelnd. »Vorübergehend jedenfalls …« Mit knappen, routiniert wirkenden Schaltungen holte er dreidimensionale Diagramme auf die Monitoren. Eingeblendete Hilfslinien zeigten die potentiellen Kursdaten der Space-Jet.

»Rettungsflieger«, wiederholte Meldrassan gedankenverloren. »Dann sind wir in den besten Händen.« Suchend kniff er die Brauen zusammen, doch die MARCO POLO war ohne Hilfsmittel nicht mehr ausfindig zu machen. »Achttausend Mann Besatzung hat das Flaggschiff im Normalfall«, sinnierte er im Selbstgespräch. »Aber wir bekommen einen Piloten, der schon beim Start nichts anderes im Sinn hat, als uns den Kopf zu rasieren.«

»Haben Sie Probleme damit?« William Hank Snider, ein durchtrainierter Zwei-Meter-Hüne, öffnete mit einer knappen Bewegung seine Magnetgurte und erhob sich. »Falls es Sie interessiert, arrangiere ich nach unserer Rückkehr für Sie einen Flug mit einem unserer Jagdpiloten. Spätestens nach zwanzig Sekunden wissen Sie nicht mehr, wo oben oder unten, rechts oder links ist.«

Mit einer entsetzten Handbewegung wehrte Meldrassan ab. »Mir wird schon übel, sobald ich eine Zentrifuge von innen sehe.«

»Wieso begleiten Sie uns?«, fragte Vivian DeBleue.

»Schicksal«, seufzte Meldrassan. »Ich bin einer von wenigen gegen die Verdummung immunen Xenobiologen und Kosmopsychologen.

Rhodan selbst bat mich, an der Expedition teilzunehmen. – Und Sie, Mrs. DeBleue, sind Hyperphysikerin, wenn ich die Kurzinformation richtig interpretiert habe.«

»Mit Schwerpunkt im Bereich fünf- und sechsdimensionaler Datenübertragung.«

»Also überwiegend Transmittertechnik.«

»... inklusive Pedotransfer der Cappinvölker.«

Ein nachdenklicher Zug erschien um Meldrassans Mundwinkel. Mit einer knappen Handbewegung strich er über den schütteren Haarkranz, der an den Schläfen begann, sich weit in den Nacken hinabzog und vielleicht gerade deshalb den Anschein einer Mähne erweckte.

»Wir sind ein durchaus illustres Grüppchen«, stellte er fest. »Sie sind Berufssoldat, Mr. Snider?!« Das war eher eine Feststellung als eine Frage.

»Major Snider«, berichtigte der Angesprochene.

»Übertritt in die erste Linearetappe in zwanzig Sekunden!«, meldete Kopetzky. »Mr. Meldrassan, ich empfehle Ihnen, Ihren Platz aufzusuchen und sich anzuschnallen.«

Ein säuerliches Lächeln auf den Lippen, sank der Xenobiologe wieder in den Sessel. Sein forschender Blick verharrte auf Saedelaere. Der Transmittergeschädigte schwieg seit dem Start. Den hageren Oberkörper leicht nach vorne geneigt, die Unterarme auf den Armlehnen liegend und die Hände um die Polsterung verkrampft, wirkte er wie erstarrt.

Arnold Meldrassan bezweifelte, dass Saedelaere auch nur halbwegs eine Vorstellung vom Ziel ihres Fluges hatte. Perry Rhodan hatte auf die entsprechende Frage nur geäußert, dass der Flug vielleicht in Saedelaeres Vergangenheit führe.

Es war Meldrassans Art, Menschen zu provozieren; den Terraner hatte er jedoch nicht weiter gefragt. Weil ihm sofort klar gewesen war, dass mit Vergangenheit nur der Transmitterunfall gemeint sein konnte. Die Crew der Space-Jet war entsprechend ausgewählt. Vivian DeBleue als 5-D-Expertin; der Militär Snider und er selbst als Spezialist für den Umgang mit Fremdvölkern. Theodorich Kopetzky als Pilot, Positronik-Spezialist und obendrein mit medizinischer Ausbildung.

Nach knapp drei Minuten Flugzeit fiel die DESTINY in den Einsteinraum zurück. Bei einem Überlichtfaktor von zwei Millionen hatte die Space-Jet elf Lichtjahre überwunden, verglichen mit kosmischen Entfernungen wahrlich nur ein Katzensprung. Das Sternenmeer, Millionen mit bloßem Auge sichtbare winzige Lichtpunkte, hingestreut in die samtene Schwärze des Alls, schien unverändert. Lediglich eine Hand voll große Punkte waren vor Minuten noch nicht zu sehen gewesen.

»Erster Zielpunkt erreicht!«, rief der Pilot. »Wir stehen elf Komma dreivier Lichtjahre in gerader Fortführung des ursprünglichen Kurses der MARCO POLO. Die uns am nächsten stehende Sonne bei ...«, Kopetzky rief die entsprechenden Ortungsdaten ab, »... bei vierundzwanzig Grad und einer Distanz von elf Lichtmonaten. Ein Stern vom G-Typ, wenig größer als Sol. Ich habe keinen Hinweis auf einen Roten Riesen im näheren Umkreis.«

»Danke«, klang es dumpf unter der Kunststoffmaske hervor. Ohne die Arme von den Lehnen zu nehmen, ließ Saedelaere sich zurücksinken.

Meldrassan beobachtete ihn. Vor dem Start der DESTINY war er zum ersten Mal persönlich mit dem Maskenträger zusammengetroffen. Saedelaere wirkte auf ihn unnahbar und fast ein wenig unheimlich. Was nicht zuletzt daran lag, dass der Transmittergeschädigte seiner Veränderungen wegen stets eine Abwehrhaltung einnahm. Es gehörte kein jahrelanges Psychologiestudium dazu, Alaska Saedelaeres innere Einsamkeit und Zerrissenheit zu erkennen.

Vivian DeBleue lächelte wissend. Auch sie beobachtete den Transmittergeschädigten; ihre schmale, scharfrückige Nase, die eng beieinander stehenden Augen und der momentan verkniffene Mund gaben ihr das Aussehen eines lauernden Raubvogels. Ein besserer Vergleich fiel Meldrassan nicht ein.

»Die nächste Etappe!«, bestimmte Saedelaere, bevor das beklemmende Schweigen in der kleinen Zentrale bedrohliche Züge annehmen konnte.

Die dritte Linearetappe, wie die vorangegangenen ebenfalls nur über eine geringe Entfernung, endete mit dem Aufheulen des Distanzalarms.

Alles ging wahnsinnig schnell. Eine grelle Lichtflut schlug über der DESTINY zusammen. Die schmerzhafte Helligkeit entstand im Paratronschirm.

Schutzfelder automatisch aktiviert, durchzuckte es den Galaktopsychologen. Von der ersten Lichtflut geblendet, nahm er nur noch Schemen wahr. Vor seinen Augen tanzten bunte Reflexe einen berauschenden Reigen.

Meldrassan hörte Stimmen, verstand aber nicht, was sie sagten. Im einen Moment waren sie endlos weit entfernt, im nächsten schienen sie ihm direkt ins Ohr zu brüllen. Sein Magen rebellierte; eine grässliche Hitze stieg in der Speiseröhre auf. Krampfhaft nach Atem ringend, verschluckte er sich fast am eigenen Speichel.

Im nächsten Moment wurde er herumgewirbelt. Die DESTINY überschlug sich in mehrere Richtungen gleichzeitig. Tief drückten ihn durchschlagende Beharrungskräfte in den Sessel. Sein Herz hämmerte gegen die Rippen, während ihm der Schweiß aus allen Poren quoll. Die Angst hielt Arnold Meldrassan in ihrem unbarmherzigen Griff.

Anhaltend gellte der Alarm durch die Polkuppel. In den Lärm mischte sich ein dumpfes Dröhnen.

Die DESTINY lag unter schwerem gegnerischen Feuer. Meldrassan konnte sich leider nur zu gut ausmalen, dass der Dreißig-Meter-Diskus mit seinem vergleichsweise schwachen Paratronschirm dem Angriff eines weit größeren Raumschiffs wenig entgegenzusetzen hatte. Auf Hilfe zu hoffen war Selbstbetrug; die MARCO POLO hatte den unterbrochenen Flug zum Solsystem sofort nach dem Ausschleusen der Space-Jet fortgesetzt.

Meldrassan dachte an Hitchers Pearl, seine Heimatwelt, auf der Mitte November des vergangenen Jahres ein Pilzraumschiff der Schwarminstallateure niedergegangen war. Sich vorzustellen, was mit dem terranischen Siedlungsplaneten geschehen war, bedurfte es keiner ausschweifenden Phantasie. Ihn quälten Selbstvorwürfe, denn er hatte gleich zu Beginn der Verdummungswelle Hitchers Pearl beinahe fluchtartig mit einem Raumschiff voll Immuner verlassen. »Terra braucht uns«, hatte es geheißen. In Wirklichkeit hatten sie nur Zuflucht und Schutz im Solsystem gesucht und viel zu spät das Trügerische ihrer Hoffnungen erkannt. Auf welchen Wegen er dann an Bord der MARCO POLO gelangt war, wollte Arnold Meldrassan nicht mehr nachvollziehen. Mit monatelangem Abstand zu seiner Flucht sah er vieles in einem anderen Licht. Heute wäre er lieber für seine Heimat gestorben, als sie zu verraten.

… sterben würde er ohnehin.

Der Weltraum schien zu brennen. Nach wie vor lag die DESTINY unter schwerem Beschuss.

Da war ein Pilzraumschiff der Schwarminstallateure. Ein gewaltiges Objekt, fünf Kilometer hoch, mit sieben Kilometer durchmessendem Pilzhut. Schiffe wie dieses brachten den Welten, die sie anflogen, einen schrecklichen Tod. An Bord der MARCO POLO hatte Meldrassan Aufzeichnungen gesehen, seitdem quälten ihn die Schuldgefühle.

»Schießt doch!«, keuchte jemand. »Wir müssen das Transformgeschütz abfeuern!« Erst als sich zwei Hände um seine Schultern schlossen und ihn heftig schüttelten, begriff er, dass er selbst dieses Keuchen ausstieß.

»Hören Sie auf, Mann!«, herrschte ihn eine Frauenstimme an. Er lachte wirr und brach gurgelnd ab, als eine Hand in sein Gesicht klatschte.

»Ich verstehe nicht, wie Rhodan ausgerechnet Sie für diese Mission aussuchen konnte. Nehmen Sie sich zusammen!«

Meldrassan blinzelte verwirrt. Der gigantische Schemen, den er wahrzunehmen geglaubt hatte, verwehte innerhalb eines einzigen Augenblicks. Was blieb, war ein schwächer werdendes Aufblitzen außerhalb der Kuppel, die so weit abgedunkelt worden war, dass die Helligkeit den Augen nicht mehr schmerzte.

»Das Pilzraumschiff …?«, stieß er abgehackt hervor. »Wohin ist es verschwunden?«

»Nur ein Asteroidenfeld«, sagte Major Snider. »Kein Grund zur Panik. Allerdings sollten Sie sich fragen, was bei einer tatsächlichen Feindberührung mit Ihnen geschieht.«

»Ich …« Was immer Arnold Meldrassan antworten wollte, es verklang in einem halb erstickten Gurgeln, als er sich die Arme auf den Leib presste und gegen die aufsteigende Übelkeit ankämpfte.

»Sie sind noch nie in einer Jet geflogen?«, vermutete der Major. »Was war Ihr kleinstes Schiff?«

»Ein Kreuzer der SOLAR-Klasse«, stieß Meldrassan leichenblass hervor.

Major Snider nickte indigniert. »Wissen Sie, dass es Raumfahrer gibt, die den Unterschied zwischen einem Fünfhundert-Meter-Raumer und einer Space-Jet mit einem Ozeanriesen und einer Jolle bei Orkan vergleichen? Ich hoffe, Sie gewöhnen sich daran, bevor Ihr Mageninhalt die Zentrale versaut.«

Eine Hand auf den Mund gepresst, nickte der Psychologe. Ihm war anzusehen, dass er mit aller Kraft gegen ein Erbrechen ankämpfte.

»Zum Glück beherrscht unser Pilot sein Handwerk. Wir sind mit wahnwitzig hoher Geschwindigkeit auf das Asteroidenfeld gestoßen.«

»Die Umstände …«, ächzte Meldrassan.

»Keiner von uns ist glücklich damit. Ich wäre heute auch lieber bei meiner Frau auf Olymp; ich weiß nicht einmal, ob Helen und die Kinder noch leben.«

»Das tut mir Leid.«

Der Major nickte knapp. »Keiner kann sich sein Schicksal aussuchen. Aber wir haben es in der Hand, trotzdem das Beste daraus zu machen.«

Das Kuppeldach war abgedunkelt worden und wirkte wie ein kleines Planetarium. In dreidimensionaler Wiedergabe projizierte die Bordpositronik der DESTINY einen Ausschnitt galaktischer Sternkarten. Bontong und Peruwall wurden als blinkende Markierungen wiedergegeben. Zwei weitere auffällige Einblendungen stachen sofort ins Auge: eine grün leuchtende, wenige Zentimeter durchmessende Scheibe am Ende einer leicht gekrümmten Linie und eine farblich abgehobene zweite Linie im Anschluss bis an den Rand des Projektionsfeldes.

Inmitten der Projektion stand Alaska Saedelaere und drehte sich langsam um die eigene Achse. Die Reflexe von Sternhaufen, Nebeln und glühenden Gaswolken spiegelten sich auf dem Kunststoff seiner Maske, als wollten sie ihr ein seltsames Eigenleben einhauchen.

»Unser Kursvektor und die augenblickliche Position sind exakt ermittelt, Sir«, meldete Theodorich Kopetzky. Eine Nuance interessierter fügte er hinzu: »Sie haben den Kontakt verloren?«

Saedelaere hielt in der Bewegung inne und legte den Kopf ein wenig zur Seite, als lausche er.

»Ich meine ..., sind wir nicht unterwegs, um Ihnen Ihr Gesicht ...?«

»... wiederzugeben«, fügte Vivian DeBleue hinzu.

Mit zwei Fingern der rechten Hand streifte Saedelaere die Darstellung der Space-Jet und bewegte den Arm weiter entlang der gedachten Linie, die den Kurs der MARCO POLO und anschließend der DESTINY fortsetzte. »Es geht nicht darum«, sagte er leise. »Noch nicht. Erst müssen wir herausfinden, wohin ich damals verschlagen wurde.«

»Auf die Welt einer sterbenden Sonne?«, seufzte Kopetzky. »Rote Riesensterne in allen Stadien ihres Lebenszyklus gibt es etliche hundert Millionen in der Milchstraße. Sich auch nur mit einem Teil davon zu befassen, würde ein Menschenleben niemals ausreichen.«

»Wo ein Licht ist, ist auch Hoffnung, junger Mann.« Arnold Meldrassan hatte einen geradezu schulmeisterhaften Tonfall aufgesetzt. »Das ist einer der Grundsätze der Kosmopsychologie überhaupt. Er basiert auf den Überlieferungen alter Kulturen aus der Zeit vor den Haluter-Kriegen. Einige Theorien schreiben den Ursprung den Cappins zu, deren genetischen Experimente vor rund 200.000 Jahren die Entwicklung der Menschheit nachhaltig beeinflussten. Andere Meinungen sprechen von einem alten und mächtigen Volk lange vor dieser Zeit ...«

»Wen interessiert das eigentlich?«, platzte Vivian DeBleue heraus. »Hören sich alle Kosmopsychologen gerne reden?«

»Sie sind voreingenommen, Mrs. DeBleue«, konterte Meldrassan. »Das lässt auf eine unbewältigte Pubertätskrise schließen.«

Die Hyperphysikerin lachte hell. »Ich habe Sie nicht um eine Konsultation gebeten ...«

»Vielleicht nach unserer Rückkehr zur Erde?«

Die heftige Erwiderung, die ihr schon auf der Zunge lag, schluckte die Frau unausgesprochen hinunter. Zum einen, weil sie den Blick des Piloten auf sich gerichtet fühlte und, als sie den Kopf hob, sein bedeutungsvolles Kopfschütteln verstand – zum anderen, weil ihr bewusst wurde, dass Meldrassan sein Spiel zweifellos mit Billigung von oben spielte.

Weder Kopetzky noch Meldrassan, noch sie selbst hatten je an einem Kommandounternehmen teilgenommen und folglich schon vor dem Start der DESTINY unter Dauerstress gestanden. Indem er gezielt und dosiert zugleich provozierte, kanalisierte der Kosmopsychologe jede aufkommende Aggressivität frühzeitig.

Und warum gerade wir? Die Frage beantwortete sich von selbst. Nach den im Schwarm gewonnenen Erkenntnissen fürchtete Perry Rhodan einen Angriff der Karduuhls und ihrer Hilfsvölker auf die Erde. Auf allen Gebieten mussten Vorbereitungen getroffen werden. Saedelaere für seine vage Suche Mutanten oder hochrangige Wissenschaftler mitzugeben verbot sich von selbst.

Kopetzky hatte inzwischen weitere Schaltungen vorgenommen. In konzentrischen Kugelschalen aufgebaut, ergänzte ein Koordinatensystem die Sternkarte. Im Zentrum stand Peruwall.

Saedelaeres Transmitterunfall war seit Jahren Lehrstoff in verschiedenen Studiengängen. Es gab nicht einen frisch gebackenen Doktor der Physik, der nicht nächtelang über Aufzeichnungen, Zeugenaussagen und Messdaten gebrütet hatte. Auch Biologen, Xenobiologen und Genetiker befassten sich mit der Verschmelzung fremden Zellgewebes mit menschlichem Erbmaterial.

Als Hyperphysikerin kannte Vivian ebenfalls die wenigen zugänglichen Details. Sie beschränkte sich darauf, den Maskenträger und den Piloten zu beobachten. Die beiden waren die Einzigen, die sich innerhalb der Projektion bewegten.

»... in all den Jahren habe ich fünf- oder sechsmal von jener Welt geträumt«, sagte Saedelaere bedächtig. »Nur empfand ich die Vorstellung nie so intensiv wie zuletzt.«

»Dennoch suchen wir nach der berüchtigten Nadel im Heuhaufen«, erklärte Kopetzky betont. »Ohne Details kommen wir kaum weiter. Wissen Sie von nur einem Planeten, Mr. Saedelaere, oder hat die Sonne mehrere Umläufer? Gibt es einen Mond? Welchen Abstand hat der Planet zu seiner Sonne?«

»Diese Fragen habe ich mir längst gestellt.« Mit einer knappen Handbewegung winkte Saedelaere ab. »Es gibt keine Daten.«

Im Gegensatz zu seinen Flugkünsten wirkte Kopetzky bedächtig, ja beinahe zögerlich, als er die Markierung für Peruwall suchte, seine Rechte danach ausstreckte und dann mit der linken Hand auf die Position der DESTINY deutete.

»Die Entfernung beträgt noch 8417 Lichtjahre. Wenn wir weiterhin in Elf-Lichtjahre-Schritten fliegen ...«

»Das Ziel liegt näher«, widersprach der Transmittergeschädigte. »Ich spüre es.«

»Wieso?«, rief Meldrassan dazwischen. »Sowohl Bontong als auch Peruwall sind noch weit entfernt, und die kürzeste Verbindung zwischen beiden Stationen ist zwangsläufig eine Gerade.«

Die Hyperphysikerin verdrehte die Augen. »Damit befinden Sie sich genau in dem Irrtum, dem nach der Verdummung wohl viele unterliegen.« Meldrassans Husten unterbrach sie für einen Moment. »Nehmen Sie es nicht persönlich«, fuhr die Frau ungerührt fort, »aber das fünfdimensionale Kontinuum hat eigene Gesetzmäßigkeiten. Die kürzeste Verbindung definiert sich nach Energiekoeffizienten. Von einer Geraden zu sprechen wäre beinahe Blasphemie. Der Entstofflichungsimpuls eines Transmitters induziert energetische Vorgänge ...«

»Verschonen Sie mich damit!«, rief der Xenobiologe. Er wandte sich an Saedelaere: »Ihre Chancen, diese Welt zu finden, sind heute nicht größer als in den vergangenen Jahren. Oder irre ich mich?«

»Ich spüre das Ziel«, antwortete der Transmittergeschädigte schroff.

»*Wie* spüren Sie es?«

»Das ist schwer zu beschreiben.«

»Wie?«, drängte der Xenobiologe und Kosmopsychologe.

»Eine innere Unruhe ...«

»Zu wenig!«

»Hören Sie auf, Meldrassan!«, erboste sich die Hyperphysikerin. »Sie verkennen Ihre Stellung an Bord.«

»Warum befassen Sie sich nicht mit Ihrer verqueren Hypermathematik und lassen mich meine Arbeit machen?«

Die Frau setzte zu einer heftigen Erwiderung an, schwieg dann aber. Etwas an Meldrassans Haltung signalisierte ihr, dass der Psychologe genau wusste, was er tat. Möglicherweise musste sie ihre erste spontane Einschätzung überdenken. Vielleicht hatte bei Rhodans Personalentscheidung gar nicht so sehr der Zufall eine Rolle gespielt. Sie dachte an den Marsgeborenen der a-Klasse, Tatcher a Hainu, und den überaus fülligen Tibeter Dalaimoc Rorvic. So unterschiedlich die beiden auch waren, sie ergänzten sich zu einem perfekten Psychoteam.

»Sie empfinden eine vage Sehnsucht, Mr. Saedelaere?«, drängte der Kosmopsychologe. »Kann ich das so sagen?«

Der Transmittergeschädigte nickte zögernd. Er wollte sich wieder der Sternenprojektion zuwenden, doch Meldrassans lauter werdende Stimme hinderte ihn daran.

»Heimweh?«

»Hören Sie auf!«, wehrte Saedelaere ab.

Behände schwang sich Meldrassan aus dem Sessel. Nach fünf oder sechs schnellen Schritten stand er vor dem Transmittergeschädigten, seine Hände umfassten Saedelaeres Oberarme. Aus unmittelbarer Nähe sah er das Glühen hinter den Maskenöffnungen. Das undefinierbare, unheimliche Leuchten hätte ihm unter anderen Umständen Furcht eingejagt.

»Sie kennen die Wahrheit«, sagte er unerwartet leise. »Aber das ist wie mit der Hassliebe, die Sie mit dem Cappin-Fragment verbindet: Sie weigern sich, Ihr Wissen zu akzeptieren. Weil Sie damit für sich selbst unumstößliche Tatsachen schaffen würden. – Ist es so, Mr. Saedelaere? Jeder Mensch wählt den für ihn leichtesten Weg.«

»Es reicht, Meldrassan.« Theodorich Kopetzky, nur eine Handspanne kleiner als der Maskenträger, versuchte, den Psychologen zurückzudrängen. Der Mann, klein und korpulent, bewies jedoch ein erstaunliches Stehvermögen.

»Ihr Platz ist am Pilotenpult, Kopetzky«, gab Arnold Meldrassan im gleichen gereizten Tonfall zurück. »Wollen Sie, dass wir in die nächste Sonne stürzen?«

»Gehen Sie schon!«, versetzte Major Snider. »Zwingen Sie mich nicht, von diesem Spielzeug Gebrauch zu machen.« Der kleine silberne Stab, den er auf Kopetzky richtete, war ein Psychostrahler.

Zähneknirschend fügte sich der Pilot. Er ließ sich wieder in seinen Sessel fallen und stieß ein bitteres Lachen aus. »Mein Gott, was ist das bloß für eine Zeit? Wir sind noch nicht einmal fünf Stunden unterwegs und machen uns schon das Leben schwer.«

»Das war vorauszusehen«, behauptete Arnold Meldrassan. »Jeder von uns hat seinen Part zu erfüllen. Behindern Sie mich nicht, dann schreibe ich Ihnen nicht vor, wie Sie die Jet fliegen müssen.«

Kopetzky verzog die Mundwinkel zu einem schiefen Grinsen.

Alaska Saedelaere widmete seine Aufmerksamkeit wieder der Projektion. »Mr. Kopetzky, bringen Sie die DESTINY in den Linearraum. Fünfundzwanzig Lichtjahre diesmal. In der Nähe des Austrittspunkts stehen mehrere rote Riesensterne.«

»Hören Sie wirklich auf Ihre Logik, Mr. Saedelaere?«

Der Transmittergeschädigte überhörte Meldrassans Protest. Er ließ sich neben dem Piloten nieder und schloss die Magnetgurte.

»Beginn der nächsten Überlichtetappe in siebzig Sekunden!«, meldete Kopetzky. »Die Karten zeigen fünf Rote Riesen im Umkreis von acht Lichtjahren.«

»Informationen über Planetensysteme?«

»Drei Sonnen haben jeweils mehrere Umläufer. Zum Teil auf extremen Bahnen.«

»Wie fühlt man sich, wenn man wider besseres Wissen alle Verantwortung auf den Cappin abwälzen kann?« Urplötzlich stand Meldrassan neben Saedelaere. »Sie haben es nicht nötig, sich hinter angeblichen Träumen zu verstecken. Es sei denn …«

»Was?« Der Transmittergeschädigte ruckte herum. Die Maske schien den Kosmopsychologen anzustarren.

»Es sei denn, Sie fürchten die Wahrheit …«

Die Space-Jet drang in den Zwischenraum ein, die Librationszone zwischen dem Einsteinraum und der fünften Dimension. Für eine kurze Zeitspanne war das Wogen des fremden Kontinuums zu sehen.

»Wie fühlen Sie sich?«

»Ungeduldig«, antwortete der Transmittergeschädigte.

»Ist das wirklich alles?«

Saedelaere zuckte mit den Achseln. »Ich weiß nicht«, murmelte er endlich gedankenverloren. »Es fällt mir schwer, meine Empfindungen in Worte zu fassen.«

Meldrassan schien auf jede Nuance in Saedelaeres Stimme zu lauern. Er registrierte die unausgesprochene Aufforderung. »Ich habe mich mit Ihrem Fall beschäftigt«, sagte er. »Nicht nur nebenbei, sondern sehr intensiv. Im vergangenen Jahr sollte meine Arbeit *Anamnese einer ÜBSEF-Konstante* erscheinen; aber leider, wie so oft im Leben, blieb es bei der Absicht. Der Schwarm kam dazwischen. Perry Rhodan weiß davon. Ich vermute, dass ich deshalb an Bord der DESTINY abkommandiert wurde.«

Die Pause, die er einlegte, verfehlte ihre Wirkung keineswegs. »Reden Sie weiter!«, drängte der Transmittergeschädigte.

»Obwohl ich kein Physiker bin, kenne ich die Energieerhaltungsgesetze. Mrs. DeBleue kann uns bestimmt einen stundenlangen Vortrag darüber halten.«

»Zielpunkt erreicht in vierzig Sekunden!«, meldete Kopetzky. »Rücksturz in der Nähe einer Doppelsonne. Einer von beiden Sternen ist ein Roter Riese. Zwei Planeten auf naher Umlaufbahn.«

»Spüren Sie es, Mr. Saedelaere?«, drängte Meldrassan. »Spüren Sie, was Ihnen verloren ging? Das Cappin-Fragment brachte einen Bruchteil seiner eigenen ÜBSEF-Konstante mit, und die Verschmelzung hat einen Teil Ihres mentalen Egos abgespalten. Dieser Teil, da pflichte ich Ihnen bei, wartet möglicherweise auf Ihre Rückkehr.«

Die Space-Jet beendete die Überlichtetappe. Zeitgleich holten die Optiken einen Planeten in deutlicher Vergrößerung auf die Schirme.

»Sie wissen wenig von mir.«

»Ich beziehe mich nur auf Aussagen, Mr. Saedelaere, die Sie selbst in den letzten Jahren getroffen haben. Ihr Auftritt bei Terra Networks zum Beispiel, anlässlich der Transmitterverbindung mit Olymp. Als der Moderator Sie auf den Unfall ansprach, erklärten Sie, sich zeitweise zu fühlen, als hätte das Fragment einen Teil Ihrer selbst verdrängt.«

»Ist das alles?«

»Die Hauptsache kommt erst: Im Schwarm haben Sie für kurze Zeit den Cappin-Klumpen verloren. Vielleicht wurde dabei Ihr Zusammengehörigkeitsgefühl mit dem verlorenen Seelensplitter erst aktiviert.«

»Das klingt plausibel«, wandte die Hyperphysikerin ein. »Wenn Cappins sich in den Körper eines Fremden versetzen, peilen sie dessen ÜBSEF-Konstante an, die individuelle sechsdimensionale Energiekonstante, die nur bei hoch entwickelten Lebewesen vorhanden ist. Die Verschmelzung unter bislang noch ungeklärten Umständen kann durchaus ein energetisch entsprechendes Fragment Ihres Bewusstseins abgesprengt haben.«

»Das wüsste ich«, wehrte Saedelaere ab.

»Sie ahnen es unterbewusst«, folgerte Meldrassan. »Aber Sie verdrängen den Gedanken. Beeinflusst Sie das Fragment?«

Abwehrend hob der Transmittergeschädigte die Arme. »Ich weiß nicht, ob Sie eine Sensation wittern oder sich wirklich mit mir zu identifizieren versuchen. Jedenfalls mag ich nicht, dass alles zerredet wird. – Mr. Kopetzky«, wandte er sich an den Piloten, »was ergeben die Ortungen?«

»Keine Auffälligkeiten.«

Saedelaere nickte zögernd. »Wir schaffen es«, behauptete er.

14.

In den vergangenen beiden Tagen hatte der Dreißig-Meter-Diskus mehr als viereinhalbtausend Lichtjahre zurückgelegt. Es war ruhiger geworden an Bord der DESTINY.

Einzugestehen, dass er sich geirrt hatte, lag Saedelaere dennoch fern. Zumal Meldrassans Skepsis mit jeder Stunde deutlicher wurde. Der Kosmopsychologe schien nur darauf zu warten, dass Alaska genervt aufgab. Für Saedelaere war gerade das der Ansporn, durchzuhalten. Der Kosmopsychologe manipulierte ihn, ob bewusst oder nicht, und er selbst konnte sich diesem Einfluss nicht entziehen.

Im Wechsel mit Kopetzky flog Alaska die Space-Jet selbst. Routineaufgaben wurden ohnehin vom Bordrechner erledigt; für einen Piloten gab es in der augenblicklichen Flugphase wenig zu tun.

Das Zucken in seinem Gesicht, das er längst nicht mehr bewusst registrierte, begann wieder Schmerzen zu bereiten. Das war noch während einer Linearetappe. Nach dem Rücksturz der DESTINY glaubte Alaska, die Kontrollen vor sich in einem grellen Farbenspiel explodieren zu sehen. Er hörte sein eigenes gequältes Gurgeln und spürte, dass seine Hände die Maske umklammerten und er im Begriff war, sich das Stück Plastik vom Gesicht zu reißen, aber dann verwischten seine Wahrnehmungen.

Kräftige Fäuste schlossen sich um seine Handgelenke und zerrten seine Arme zur Seite, hinderten ihn daran, wirklich die Maske abzunehmen, unter der ein grelles Leuchten tobte. Tief fraßen sich die Blitze in seine Gedanken vor, und weit entfernt registrierte er eine Ahnung von Gefahr.

Bleiche Schemen zerrten ihn aus dem Sessel, während sich eine kräftige Gestalt über ihn beugte.

»Was ist mit ihm?«

Er kannte die Stimme. *Kopetzky!,* hämmerte es unter seiner Schädeldecke. *Theodorich Kopetzky.* Der Mann schwang sich an seiner Stelle in den Pilotensessel.

Durch die zuckenden Farberuptionen hindurch glaubte Alaska ein grelles Lodern zu sehen. Hinter der Kuppel hing eine gewaltige rote Sonne. Schon griffen die ersten Protuberanzen nach dem Diskus …

Neue Eindrücke überlagerten seine Wahrnehmung: Sand, ein paar spärliche, halb verdorrte Pflanzen. Die Luft flirrte vor Hitze und verwandelte das Land bis zum Horizont in ein Meer aus flüssigem Blei. Er kniete am Ufer, hob die Hände und schaute zu, wie der durch die Finger rieselnde Sand mit dem Wind verwehte. In stummer Verzweiflung ballte er dann die Hände und reckte sie dem glotzenden Dämonenauge entgegen, das ihm die Kraft aus dem Leib brannte. Das Zucken im Gesicht, diese unbegreifliche Nähe von etwas Fremdem, lähmte ihn. Ächzend sackte er vornüber, grub die Stirn in den heißen Sand und fiel zur Seite. Es machte ihm nichts mehr aus, in der Einsamkeit dieser Hölle zu sterben.

Da war eine Berührung am Hals, ein leises, kaum wahrnehmbares Zischen …

»Das Medikament stellt ihn ruhig.« Alaska vernahm die Stimme wie aus weiter Ferne. »Geraume Zeit wird vergehen, bis er wieder zu sich kommt …«

Aus eisiger, zeitloser Finsternis tauchst du empor. Aber du spürst Widerstand, eine Grenzschicht, deren Existenz dir erst allmählich bewusst wird. Du ahnst nicht, was jenseits liegt – in deinen Gedanken gähnt Leere.

Furcht wächst in dir. Es ist, als würdest du aus einem See auftauchen, auf dessen Grund du bis zur letzten Sekunde verharrt hast – das Wasser perlt von dir ab, und gierig pumpst du die Luft in deine gequälten Lungen. In diesem Moment ist dir nur eines wichtig: Du bist am Ziel, wo immer das sein mag. Das Stöhnen, das du hörst, ist dein eigenes, es zeigt dir, dass du am Leben bist.

Gefühle brechen auf, die du nie für möglich gehalten hättest. Fast glaubst du, den Kosmos zu spüren, Schwingungen aus der Frühzeit des Universums, die Jahrmilliarden überdauert haben. Kraftfelder vereinen sich in größter Nähe und schaffen Anomalien in der Raum-Zeit-Struktur.

Die zuckende Masse im Gesicht vermittelt dir diese Wahrnehmungen. Das Fragment reagiert sehr heftig auf hyperenergetische Vorgänge und macht dich damit zum Cappin-Spürer. Das muss mit der ÜBSEF-Konstante zu tun haben, der überlagernden Sextabezugs-Frequenz. Den Ausdruck Seele dafür zu gebrauchen wäre jedoch grundfalsch. Auch Bewusstsein ist nicht die richtige Bezeichnung. Es handelt sich um eine sechsdimensionale Konstante, für deren Verständnis eine abstrakte Mathematik erforderlich ist.

Du fragst dich, ob das, was da draußen auf dich wartet, ebenfalls sechsdimensionaler Natur ist. Immerhin fühlst du eine unwiderstehliche Anziehungskraft …

»Er kommt zu sich«, sagte Major Snider.

Kopetzky nickte knapp, ohne sich von den Ortungsanzeigen umzuwenden. »Ich habe seinen Bioscan in den Monitor eingeblendet. Blutdruck und Puls nähern sich wieder Normwerten. Lediglich seine Erregungskurve bleibt unverändert hoch.«

Sie hatten einen Kontursessel zur Liege umfunktioniert und den Transmittergeschädigten festgeschnallt. Meldrassan ließ Saedelaere nicht aus den Augen. Dass ihm das Mienenspiel des Terraners verborgen blieb, erschwerte seine Einschätzung der Situation.

Snider hatte die Funk- und Distanzortung übernommen. Es war nicht viel, was auf den Hyperfrequenzen empfangen wurde, und das Wenige ergab zudem kaum einen Sinn. Eine planetare Station schickte Ratschläge zur Unkrautbekämpfung während der alljährlichen Regenzeit in den Raum. Über Relais wurden von einer anderen Welt ins Interkosmo übertragene Blues-Gedichte verbreitet. Was den Tellerköpfen aus der galaktischen Eastside höchsten Genuss bereitete, ließ den Major genervt die Frequenz wechseln. Mit der Annäherung der DESTINY an ein nur noch zwei Lichtwochen entferntes Drei-Planeten-System störte zunehmende Hintergrundstrahlung ohnehin den Empfang.

Die Hyperphysikerin belegte seit gut dreißig Minuten die Rechenkapazität der Bordpositronik mit immer neuen Scans und Energiemessungen. Die berührungssensiblen Schirme entwickelten unter ihren Fingern ein verwirrendes Eigenleben. Dutzende eingefrorener Messwerte füllten inzwischen eine Vielzahl von Schirmsegmenten.

Sogar für den Piloten wirkten die Darstellungen verwirrend. Mit den einfachen dreidimensionalen Mitteln der Jet versuchte Vivian DeBleue eine mehrdimensionale Darstellung, die sich im Gewirr von Fragmenten und Fraktalen erschöpfte. Durchaus ähnlich musste sich eine Amöbe fühlen, die unversehens in den Randbereich einer Trivid-Show geraten war.

Im freien Fall stürzte die DESTINY dem Roten Riesenstern entgegen. Weil die Hyperphysikerin für ihre Feinmessungen keine Störfaktoren duldete, hatte Theodorich Kopetzky den gesamten Antriebsbereich abgeschaltet. Andere Energieverbraucher waren ebenfalls stillgelegt. Weder der Hochenergie-Überladungsschirm noch der Paratron schützten die DESTINY vor dem Aufprall kosmischer Materie. Bei einer Geschwindigkeit von knapp zwanzig Prozent Licht schmirgelten sogar Atome am Rumpf des Diskusses.

»Die Gurte lösen!«, forderte Saedelaere ungehalten. »Ich hoffe nicht, dass ich mittlerweile der einzige Immune an Bord bin.«

»Das war zu Ihrem und unserem Schutz«, sagte Meldrassan ohne weitere Erklärung.

»Mir geht es wieder gut.«

Ein rascher Blick zurück ließ den Piloten weiterhin an dieser Behauptung zweifeln. Eruptionen schienen unter Saedelaeres Maske hervorzubrechen.

»Das Cappin-Fragment reagiert heftiger«, stellte auch Vivian DeBleue fest. »Möglicherweise aktiviert durch die Emissionen im Bereich von Red Question Mark II …«

»Von was?«, fragte Saedelaere.

»Red Question Mark – so haben wir die Sonne getauft«, antwortete Kopetzky. »Wenn ich nicht irre, ist sie für uns inzwischen ein rotes Fragezeichen.«

Der Transmittergeschädigte wirkte steif, als er sich Minuten später erhob. Die Hände im Nacken verschränkt, schaute er der Physikerin über die Schulter und beobachtete ihre Arbeit, dann glitten seine Finger nach vorne zum Verschluss der Maske.

Major Snider stieß einen warnenden Ausruf aus. Er riss den Kombistrahler aus dem Holster und schaltete die Waffe auf Paralysemodus. »Tun Sie das nicht, Saedelaere! Sie sind immer noch verwirrt.«

Alaska war keine Regung anzumerken. Fast eine Minute verging – angesichts der Drohung, dass der Transmittergeschädigte jederzeit Wahnsinn oder gar Tod verbreiten konnte, eine kleine Ewigkeit –, in der sie sich nur anstarrten. Dann lief ein Zittern durch Saedelaeres hagere Gestalt.

»Nehmen Sie die Hände von der Maske, Sir!«, befahl Snider. »Perry Rhodan hat mich zu unser aller Sicherheit abkommandiert. Er gab mir die Vollmacht, Sie notfalls zu paralysieren. Also zwingen Sie mich nicht …«

»Sinkende Messwerte!«, rief Vivian DeBleue dazwischen. »Die Strahlungsquelle auf dem Planeten beginnt zu verblassen.« Sie schürzte die Lippen, während ihr Blick zwischen den Monitoren und Saedelaere zu pendeln begann.

Mit unsicheren Schritten stakste der Maskenträger zu seinem Sessel und ließ sich hineinsinken. Halb zusammengekauert stützte er die Stirn auf die linke Handfläche und verkrallte die Finger in den Haaren. Die Aura flackernder Helligkeit, die sein verdecktes Gesicht umflossen hatte, begann zu verblassen.

»Was immer auf RQM II auf uns wartet, beeinflusst das Cappin-Fragment«, sagte Vivian DeBleue in die entstandene Stille hinein.

»Woran erinnern Sie sich, Mr. Saedelaere?«, wollte Meldrassan wissen.

»Keine Ahnung.« Die Antwort kam zögernd. »Sagen Sie mir, Vivian, was Sie in der Ortung haben!«

»Emissionen im n-dimensionalen Bereich. Eine Anomalität im Schwerefeld des Planeten – vielleicht. Und wahrscheinlich erfassen wir mit den Instrumenten gar nicht die Quelle der Erscheinung selbst, sondern lediglich ihre Auswirkung im Einsteinraum.«

»... die sich als unregelmäßige Struktur darstellt«, ergänzte der Pilot. »Mich erinnert die Wiedergabe an zwei Flüssigkeiten mit unterschiedlicher Oberflächenspannung. Tropfen Sie eine davon in die andere hinein, wird dieser Tropfen sich ausdehnen oder zusammenziehen. Jedenfalls bewegt er sich, ist alles andere als statisch, aber doch ortsgebunden.«

»Sind das die Fraktale auf den Schirmen?«

»Eine optische Adaption«, antwortete die Hyperphysikerin. »Nichts anderes als eine Hochrechnung der energetischen Sättigung im Schwerkraftfeld.«

»Etwas dringt von außen in unser Raum-Zeit-Gefüge ein?«, fragte Alaska Saedelaere.

Mit zwei Fingern rieb die Physikerin sich die Wange. Die Geste wirkte nachdenklich und irritiert zugleich. »Das – oder der Umkehrschluss«, sagte sie. »Möglicherweise versucht etwas, unsere Dimension zu verlassen.«

»Um bei Kopetzkys Vergleich zu bleiben«, warf der Major ein, »die Flüssigkeiten trennen sich?«

»Das war bestenfalls symbolisch gemeint.«

»Und nun?«

Theodorich Kopetzky deutete auf den Hauptbildschirm, auf dem mittlerweile auch der zweite Planet des nahen Sonnensystems als zunehmende Sichel zu sehen waren. »Wir fliegen Red Question Mark II an«, sagte er. »Deshalb sind wir schließlich hier.«

»Es sind unsere Köpfe, die Sie mit Ihren Flugkünsten aufs Spiel setzen«, erinnerte Meldrassan. »Vergessen Sie das nicht.«

Eine kurze Linearetappe brachte die Space-Jet in die Nähe des dritten Planeten. Wie ein düsterrotes Auge hing die Sonne im Raum. Mit dem vierzigfachen Durchmesser von Sol brachte es der Stern auf imposante sechsundfünfzig Millionen Kilometer. Seine Oberflächentemperatur betrug weniger als viertausend Grad, was ebenfalls den Grenzbereich zwischen den Spektralklassen K und M markierte. Starke Linien von Titanoxid verliehen dem Spektrum den ausgesprochen roten Farbton.

Die äußere Welt, kaum größer als der heimische Mars, erwies sich als unwirtlicher, schmutzig grauer Schneeball. Die rissige Oberflächenstruktur ließ kaum nennenswerte Höhenunterschiede erkennen.

»Eine sehr alte Welt«, stellte Kopetzky fest. »Falls sie je bessere Zeiten gesehen hat, liegen diese sehr weit zurück.«

Bis auf fünfzigtausend Kilometer führte der Kurs der DESTINY an RQM III vorbei. Selbst in der Direktsicht war das spröde graue Antlitz des Planeten gut zu erkennen.

»Keine Ortungen. Nichts, was auf Zivilisationsspuren hindeuten würde.« Saedelaere hatte das untätige Warten nicht ertragen und die Normalortungen übernommen. Noch schien Meldrassan seine latente innere Unruhe nicht bemerkt zu haben. Wiederholt ertappte er sich dabei, dass er sich beim Blick auf die Schirme in Gedanken verlor.

Dass er ausgerechnet jetzt, vierzehn Jahre nach seinem Transmitterunfall, dieses System anflog, konnte kein Zufall sein. Alaska argwöhnte, dass er das dem Schwarmgötzen Cryt Y'Torymona verdankte. Oder gar Kytoma. Jedenfalls trug er seit der Rückkehr des Cappin-Fragments diese unerklärliche Unruhe in sich.

Die DESTINY flog mit halber Lichtgeschwindigkeit. Bei einer Distanz der beiden äußeren Welten von ziemlich genau achteinhalb Astronomischen Einheiten bedeutete das eine Flugzeit von zwei Stunden und zwanzig Minuten, während der Red Question Mark II näher vermessen werden konnte.

Meldrassan beobachtete ihn unaufhörlich, aber auch Kopetzky ließ ihn nicht aus den Augen. Und seine medizinischen Daten wurden nach wie vor auf einen der Monitoren auf seiner Konsole überspielt. Das ging so lange gut, bis sich Saedelaere den Messstreifen mit einem Ruck vom Hals riss.

»Es reicht«, schimpfte er. »Ich bin kein Versuchskaninchen. Was immer meine Überreaktion ausgelöst hat, mittlerweile macht es mir nichts mehr aus.«

»Das Phänomen kann jederzeit wiederkommen«, warnte die Physikerin.

»Und wennschon …« Saedelaere zuckte mit den Achseln. »Da ist ein blinder Fleck im Schwerkraftfeld des Planeten oder wie immer wir das bezeichnen wollen.«

»Ein latenter Einbruch n-dimensionaler Energien«, korrigierte Vivian DeBleue.

»Mit anderen Worten: ein natürliches Transmitterfeld.«

Überrascht hob die Physikerin den Blick. Hastig nahm sie neue Berechnungen vor.

»Wie Reginald Bull gelegentlich zu sagen pflegt: Manchmal sieht man den Wald vor lauter Bäumen nicht.« Saedelaere seufzte tief.

»Bitte?«

»Eine terranische Redensart aus der Zeit der ersten Mondlandung.« Mit einem flüchtigen Blick durch die Kuppel auf den schon deutlich größer gewordenen Planeten schwang sich der Transmittergeschädigte aus dem Sessel. Am Servo tastete er sich ein Getränk. Durch die Maske behindert, trank er in kurzen, aber hastigen Schlucken. »Was haben wir wirklich angemessen?«, fragte er dann.

Vivian DeBleue schüttelte den Kopf. »Ich kann mich nicht festlegen.«

Alaska füllte den Becher zum zweiten Mal. »Falls nicht alle Naturgesetze auf den Kopf gestellt werden, muss eine reale Erklärung möglich sein. Gibt es eine Massenüberlagerung?«

Die Physikerin setzte zu einer Erklärung an, die Meldrassan nach wenigen Sätzen unterbrach. »Dieses Dimensionsgerede ist mir zuwider«, schimpfte er. »Kann das niemand für einen Laien verständlich erklären?«

»Wie gut ist Ihr Vorstellungsvermögen?«, antwortete DeBleue mit einer Gegenfrage.

Meldrassan hob die Brauen. »Ich habe keine Probleme damit.«

»Dann gehen Sie davon aus, dass wir auf einer dreidimensionalen Membran leben. Unmittelbar neben uns existierte eine zweite, ähnliche Schicht einer höheren Dimension. Mit unseren Sinnen können wir sie nicht wahrnehmen.«

»Das ist mir klar«, drängte der Psychologe, als die Frau zögerte.

»Die Gravitationskräfte beider Ebenen stehen in Wechselwirkung. Extreme Schwerkraftquellen in unserem Raum, zum Beispiel Schwarze Löcher, beeinflussen die übergeordneten Dimensionen. Ebenso umgekehrt. Auf diese Weise können Planeten sogar ein gemeinsames Schwerkraftzentrum umkreisen, obwohl keine reale Masse vorhanden ist.«

»Das ist Theorie?«

»Nicht ausschließlich.«

»Dann nennen Sie mir ein Sonnensystem, in dem die Planeten um ein … ein Nichts kreisen.«

»Soviel ich weiß, wurde noch keines festgestellt«, antwortete der Pilot an Stelle der Physikerin.

Das abrupte Anschwellen der Messwerte löste Alarm aus. Innerhalb von Sekunden vervielfachte sich der Schauer sechsdimensionaler Energien, der in der grafischen Darstellung etliche Spitzen ausbildete und erst nach Minutenfrist wieder abzufallen begann.

»Es hat den Anschein, als versuche etwas auf dem Planeten zu materialisieren«, stellte Kopetzky überrascht fest.

»Also doch ein Transmitterfeld?«, platzte Major Snider heraus, der zuletzt hartnäckig geschwiegen hatte.

»Ich erinnere mich an die Fiktivtransmitter, die Perry Rhodan einst vom Unsterblichen ES erhielt«, sagte Saedelaere. »Oder an die Situationstransmitter der Lemurer.«

»Das vor uns ist anders«, wehrte Vivian DeBleue ab. »Fiktivtransmitter arbeiten ohne Empfangsstation; die Zielkoordinaten werden am Sender justiert und sozusagen ein selbst entpackendes Empfangsfeld dem Transportobjekt vorangestellt.«

»Eine perfekt einfache Umschreibung«, bestätigte der Maskenträger anerkennend.

»Es muss nicht immer Fachchinesisch sein«, pflichtete die Hyperphysikerin bei. »Immerhin ist …« Sie biss sich auf die Unterlippe. »Es war erklärtes Ziel der Solaren Bildungspolitik, an den Universitäten nicht nur eine Hand voll Spezialisten auszubilden, sondern den Bedarfszahlen von Wirtschaft und Technik gerecht zu werden. Abstrakte Mathelogik wurde durch Anschauliches ersetzt.«

Der Transmittergeschädigte nickte knapp. »Ich kenne die Spezialisten im Wissenschaftsministerium gut, allen voran Ner da Castro.«

»Aber einen Situationstransmitter haben wir ebenso wenig vor uns«, fuhr DeBleue übergangslos fort. »Den Part des Entstofflichungsfeldes übernahm dabei ein von Sonnenergie gespeister Ring mit ungefähr einer Million Kilometern Durchmesser.«

»Dennoch scheint sich etwas zu manifestieren«, beharrte Saedelaere.

»Was ist, wenn Sie davon beeinflusst werden?«, wandte der Pilot ein. »Leider habe ich Ihre Körperfunktionen nicht mehr in der Anzeige.«

»Mir geht es gut.« Alaskas Antwort klang überraschend schroff, beinahe abweisend. »Außerdem habe ich genügend Aufpasser in der Nähe.«

»Darum geht es nicht, Sir.«

»Sondern?« Alaska merkte auf. Eine eigenartige Betonung hatte in Kopetzkys Aussage gelegen.

»Während des Studiums auf meiner Heimatwelt Nilz war ich Rettungsflieger. Da sieht man mehr, als man anfangs glaubt ertragen zu können. Meine Diplomarbeit habe ich über *Auswirkungen von Transmitterdurchgängen auf den menschlichen Metabolismus* geschrieben. *Unter Berücksichtigung genetischer, vegetativer und mentaler Komponenten.*«

Alaska Saedelaere konnte nicht anders, er ließ ein kurzes, amüsiertes Lachen vernehmen. »Sie sehen mich als eine Art Studienobjekt, Mr. Kopetzky? Ausgerechnet. Wenn ich etwas nicht vertrage, dann ist es, als Monstrosität bestaunt zu werden.«

»Das liegt mir fern, Sir!«

Die Augenausschnitte der Maske schienen in rotem Feuer zu glühen. »Perry Rhodan hat mir offenbar ein Heer von Aufpassern zugeteilt. Glaubt er, ich komme nicht mehr allein zurecht? Oder fürchtet er, ich könnte die Milchstraße aus den Angeln heben?« Sein Brustkorb hob und senkte sich unter tiefen Atemzügen. »Falls die Strahlung latent vorhanden ist, habe ich mich inzwischen daran gewöhnt. Welche Distanz?«

»Zehn Lichtminuten.«

»Bringen Sie die DESTINY in einen geostationären Orbit über der Anomalie. Einhundert Kilometer Höhe.«

»Und dann?«, fragte Meldrassan.

»Dann sehen wir weiter. Wäre ich allein an Bord, würde ich sofort landen.«

»Was, glauben Sie, Mr. Saedelaere, erwartet uns?«

Alaska schwieg eine Weile. Als er dem Kosmopsychologen endlich antwortete, sagte er nur ein Wort: »Ärger!«

15.

»Ungefähr so habe ich mir immer den Vorhof zur Hölle vorgestellt.« Arnold Meldrassan handelte sich eine Reihe verweisender Blicke ein. Nur Saedelaere reagierte nicht. Seit Minuten hatte der Transmittergeschädigte für nichts anderes Augen als für den Hauptbildschirm, auf dem eine in der Sonnenglut flirrende, bizarre Landschaft zu sehen war.

Der Planet war eine Fels- und Sandwüste. Deutlich sichtbar erstreckten sich weit mäandernde Flussläufe, die einst gewaltige Wassermassen einem fernen Meer zugeführt hatten. Die schräg stehende Sonne zeichnete ein kontrastreiches Panorama, eine Orgie aus brennendem Licht und kantigen Schattenrissen, die dem langsamen Lauf des Planeten folgten.

Die Messwerte stützten die zwiespältigen Empfindungen, die jeder an Bord der Space-Jet beim Anblick dieser Welt hatte. Zum einen die ausgedörrte, lebensfeindliche Wüste, in die stete Winde ihre Spuren eingruben, zum anderen Schwerkraft und Atmosphäre, beide nur wenig von der Norm abweichend.

»Die Luftzusammensetzung entspricht weitgehend der Norm«, meldete Kopetzky. »Lediglich ein etwas geringerer Sauerstoffanteil, dafür eine Beimischung, die in der Spektralanalyse als Metalloxid erscheint. Keine schädlichen Bestandteile.«

»Mrs. DeBleue?« Saedelaere wandte den Blick nicht vom Schirm ab. Er hoffte, irgendeine markante Geländeformation wieder zu erkennen. Doch seine Erinnerung blieb vage, beschränkte sich eher auf die Schemen aus den Albträumen als auf wirkliche Eindrücke. Sie verwischten umso schneller, je intensiver er versuchte, die vermeintlichen Bilder festzuhalten.

»Sie quälen sich unnötig, Mr. Saedelaere«, platzte Meldrassan heraus, bevor die Physikerin zu einer Antwort ansetzte. »Warum wollen Sie Ihre Erinnerungen mit Gewalt ausgraben? Damit beseitigen Sie die Blockade nicht.«

»Die ausgedehnte Ebene vor uns wurde einst von einem Kranz hoher Gebirge umgeben«, sagte die Physikerin. »Inzwischen sind die Gipfel kaum mehr höher als fünfzehnhundert Meter, und die Massetaster zeigen einen lockeren Unterbau. Bis zu fünfzig Meter hoch wurde das Tal mit Erosionsschutt aufgefüllt. Sollten hier jemals Gebäude oder technische Einrichtungen gestanden haben, liegen sie unter Millionen Tonnen Gestein begraben.«

»Die Ortungen lassen keine Rückschlüsse zu«, ergänzte Kopetzky.

Vivian DeBleue hatte mittlerweile das optische Bild auf dem Hauptschirm mit den gespeicherten Ortungsdaten verknüpft. Ein unregelmäßiger Schatten lag seitdem auf einem eng begrenzten Bereich im Mittelpunkt des lang gestreckten Tales. Im Zeitraffertempo begann die Überblendung zu pulsieren.

»Aktuell messen wir ein Strahlungsminimum an. Die Emissionen erstrecken sich über ein kreisrundes Areal mit fünfundzwanzig Metern Durchmesser. Die Ausdehnung erfolgt unregelmäßig, während des Höhepunktes betrug die Überlappung zwischen dreieinhalb und fünf Kilometern.«

»Hat jemand Einwände gegen eine Landung?«, fragte Alaska. Er wartete sekundenlang, dann nickte er zufrieden. »Gut. – Mr. Kopetzky, bringen Sie die Jet nach unten. Landeplatz südöstlich des Zentrums, außerhalb des markierten Bereichs.«

Rostbrauner Sand wirbelt dir entgegen, doch die Bö fällt ebenso jäh in sich zusammen, wie sie sich erhoben hat. Winzige Kristalle bedecken danach den Boden der Schleusenkammer und haften als feine Staubschicht an den Wänden. Mit dem Sand bricht die Hitze über dich herein. Du hast das Gefühl, einen Backofen zu betreten.

»Ich verlasse jetzt die Schleuse«, sagst du, um die anderen zu informieren. Deine Zunge klebt bereits am ausgedörrten Gaumen, und deine Stimme klingt heiser. Aber vielleicht sind daran auch nur die Staubfilter schuld, die in deinen Nasenlöchern stecken.

Du hast viele Extremwelten kennen gelernt. Planeten im ewigen Eis ebenso wie Todeswüsten und dampfende Dschungel, in denen dir die Kleidung schon nach Sekunden klatschnass am Leib klebte. Anfangs kostet es immer Überwindung, dich der fremden Umwelt anzuvertrauen, weil alle Technik nicht vor unbekannten Gefahren schützen kann. Aber mittlerweile interessieren dich solche Überlegungen nicht mehr.

Vom Antigrav getragen, schwebst du aus der Bodenschleuse nach unten. Tiefer als zuvor atmest du die Luft dieser Welt. Die Filter halten Schwebepartikel und Bakterien zurück, nicht jedoch das metallische Aroma. Wie Blut. *Eisenhaltig*, korrigierst du dich sofort.

Erinnerst du dich? – Um alle Eindrücke unverfälscht aufnehmen zu können, hast du auf deinen Schutzanzug verzichtet.

Du spürst, dass dir der Schweiß über die Stirn rinnt. Er brennt in den

Augen, und du kneifst die Lider zu und verfluchst jenen Tag vor vierzehn Jahren. Aber du gehst weiter und horchst bei jedem Schritt in ohnmächtigem Zorn in dich hinein.

Die Geister der Vergangenheit bleiben stumm. – Du fragst dich, ob du wirklich etwas anderes erwartet hast. Du hörst das Raunen des steten Windes und das Singen des Sandes, die unermüdlich das Gesicht dieser Welt verändern. Doch das sind nicht die Erinnerungen, die du suchst.

Noch stehst du im Schatten der Space-Jet. Die Grenze zwischen Licht und Schatten verschwimmt im Hitzeflirren der Luft.

Es ist, als raube dir die Hitze den Atem, als du endlich ins grelle Sonnenlicht trittst. In Gedanken hörst du dich schreien, siehst dich taumeln und zusammenbrechen; du hast die Hände vors Gesicht geschlagen. Aber du kannst den Fetzen deiner Erinnerung nicht festhalten. Zurück bleibt wie immer ein Gefühl grenzenloser Leere.

Der Himmel ist blass, nur die Staubschleier in der Höhe geben der Atmosphäre eine fahle Färbung. Dein Blick folgt den endlosen Dünen, die der Wind geschaffen hat, und den verschwommenen Silhouetten ferner Berge. Nichts außer sengender Hitze und Staub behindert die Sicht.

Dies ist keine Welt für Menschen. Du glaubst zu spüren, dass sich ein Hauch der Ewigkeit hier manifestiert.

Das Cappin-Fragment tobt. Du ignorierst es und lässt den Blick weiter entlang der Horizontlinie wandern, suchst nach irgendetwas, von dem du nicht weißt, wie es aussieht. Du ahnst nur, dass es da sein muss. Nein: Du *hoffst*, dass da etwas ist.

Eine trostlose, sonnenverbrannte Weite ... Der Schattenwurf zu deiner Rechten markiert den ausgetrockneten Flusslauf, der aus dem Orbit gut zu erkennen war. Längst wandern nur noch Dünen stromabwärts.

»Mr. Saedelaere, Sir ...« Du ignorierst den Ruf aus deinem Armbandgerät, weil du aller Irritationen zum Trotz allein bleiben willst. Zögernd wendest du dich von der Space-Jet ab und beschleunigst deine Schritte. »Mr. Saedelaere, wir haben eine Ortung ...«

Vor dir liegt die ewige Weite. Obwohl du die Augen schließt, siehst du die ferne Horizontlinie immer noch vor dir. Woher nimmst du plötzlich die Gewissheit, am Ziel zu sein?

»Warum antworten Sie nicht?« Die Stimme aus dem Armbandkom ist jetzt eine andere. »Verdammt, Saedelaere, was ist los mit Ihnen? Melden Sie sich! Sie können da nicht zu Fuß hinausgehen.«

Du schweigst. Die Space-Jet interessiert dich nicht mehr, du drehst dich nicht einmal nach ihr um. Deine Neugierde ist größer als dein Selbsterhaltungstrieb.

Quer zu den Windverfrachtungen entfernte sich der Transmittergeschädigte von der DESTINY. Seine Spur im Sand führte nahezu geradlinig ins Zentrum der Ebene.

Nur flüchtig schaute Saedelaere auf, als ihn ein Schatten streifte. Sekunden später landete ein Kettenfahrzeug. Lautlos, ohne Sand aufzuwirbeln, sank der Flugpanzer herab.

Wegen der Spiegelungen auf der Panzerglaskuppel konnte Alaska nicht erkennen, wer in den beiden Pilotensitzen Platz genommen hatte. Außer einer Antigravplattform war der Shift das einzige Fahrzeug an Bord der Space-Jet.

Die Luftschleuse im vorderen Drittel des Rumpfes, noch vor dem Flügelwulst, öffnete sich. Der Mann, der auf die Kettenabdeckung hinaustrat, trug einen geschlossenen Raumanzug. Saedelaere verzog die Mundwinkel.

»Steigen Sie ein, Sir!« Major Sniders befehlsgewohnte Stimme dröhnte aus den Außenlautsprechern. »Zu Fuß schaffen Sie das nie bis ins Zentrum.«

»Bitte, Mr. Saedelaere«, drängte gleich darauf die Hyperphysikerin über Funk. »Sie müssen sich ansehen, was wir entdeckt haben. Allerdings sind zwanzig Kilometer Umweg in der Hitze alles andere als erstrebenswert.«

Der Major streckte ihm die Hand entgegen und zog den Transmittergeschädigten auf den Panzer. Saedelaere musste sich bücken, um nicht am Schottrahmen anzustoßen. Das Innere des Shifts war mit Ausrüstung voll gepackt und nicht gerade für den Aufenthalt von vier Personen vorgesehen. Alaska schwang sich auf der Sprossenleiter halb in die Pilotenkanzel empor.

»Selbst schlecht gefahren ist besser als gut gelaufen.« Theodorich Kopetzky wandte sich lächelnd zu ihm um. »In drei bis vier Stunden steht die Sonne im Zenit, dann dürften draußen annähernd sechzig Grad herrschen.«

»Was haben Sie entdeckt?«, fragte Saedelaere.

Vivian DeBleue saß im Sitz des Copiloten. Also war nur der Kosmopsychologe in der DESTINY geblieben. Vermutlich ließ Meldrassan die Ortungen keine Sekunde lang aus den Augen.

Für einen Augenblick hatte er sich ablenken lassen und der Physikerin nicht mehr zugehört. Offenbar bezog sie sich nur auf eine ungewöhnliche Geländeformation.

»Warum sagen Sie nicht einfach, was Sie entdeckt haben?«

»Weil …« Die Physikerin schluckte mehrmals. »Ich bin mir nicht sicher, ob ich psionische Energien angemessen habe. Der Ausgangspunkt scheint an der Grenzlinie des Strahlungsmaximums zu liegen.«

»Wir sollten bald sehen können, um was es sich handelt«, warf der Pilot ein. In knapp zwanzig Metern Höhe flog er den Shift nach Westen. Die Ebene glänzte im Sonnenlicht wie flüssiges Blei.

»Die Hyperstrahlung bleibt annähernd konstant.« Da der Flugpanzer nicht über die empfindlichen Messeinrichtungen der Space-Jet verfügte, hatte die Hyperphysikerin dafür gesorgt, dass die Ortungen der DESTINY zeitverlustfrei weitergeleitet wurden. »Wie fühlen Sie sich, Mr. Saedelaere?«

»Passabel«, antwortete der Transmittergeschädigte knapp.

Minuten später zog Kopetzky den Shift aus dem Kurs und flog einen Bogen nach Süden. Alaska glaubte, schlanke Felsnadeln zu sehen, die über ein weites Areal verteilt aufragten. Das waren Formationen, wie sie die Erosion bei unterschiedlich harten Gesteinsschichten hervorbrachte.

Der Flugpanzer landete.

»Wir haben Ihren Schutzanzug in der Schleusenkammer deponiert«, sagte Kopetzky. »Tun Sie mir den Gefallen, Mr. Saedelaere, und ziehen Sie diesmal …«

»Ich will mich nicht einigeln, ich will diese Welt spüren. Mit meinen eigenen Sinnen.«

»Er schützt gegen Sandflöhe.«

»Wie praktisch.« Alaska lachte und ließ sich im Einstieg nach unten gleiten.

Innen- und Außenschott glitten soeben in den Rumpf zurück. Die erdrückende Hitze raubte den Atem. Für einen Augenblick zog Alaska doch in Erwägung, sich in seinem Anzug mit Kühlung und unabhängiger Sauerstoffzufuhr zu verstecken. Er beließ es bei dem flüchtigen Gedanken. Die empfindlichsten Sensoren konnten ihm nicht vermitteln, wie es war, diese Welt wahrzunehmen, die ihn um vierzehn Jahre seines Leben betrogen hatte. Und mehr als das. Sie war schuld an Livs Tod. Die Wunden auf seiner Seele waren noch lange nicht richtig vernarbt. Zu spüren, wie diese Narben wieder aufbrachen, tat verdammt weh.

Alaska ballte die Hände. Augenblicke später schwang er sich nach draußen und folgte dem Major, der schon aus seinem Sichtfeld verschwunden war. Er stolperte über schieferartiges, ausgelaugtes Gestein, das bei jedem Tritt Staubwolken aufwirbeln ließ.

Major Snider hatte den Shift umrundet. Er stand neben dem von Kühlrippen umschlungenen Lauf der Desintegratorkanone und blickte gebannt nach Norden.

Das Bild, das sich ihm bot, ließ Saedelaeres Atem stocken.

Hunderte mehr als mannshohe Steine ragten weit vor ihm auf. Ein bizarrer, faszinierender Anblick. Die Gesamtzahl auch nur überschlägig zu schätzen fiel dem Transmittergeschädigten schwer; in der flirrenden Luft schienen sich die schlanken Säulen zu bewegen.

»Obelisken«, sagte Major Snider beinahe andächtig.

Keine der Säulen warf einen Schatten. Es war, als dringe das Sonnenlicht ungehindert durch den massiven Stein hindurch.

Vor Alaskas innerem Auge formte sich das Bild eines mageren, kränklich wirkenden Mädchens. Kytoma lachte. Mit beiden Händen berührte sie beinahe liebevoll einen neben ihr stehenden Obelisken. Ein Gefühl inniger Zusammengehörigkeit breitete sich aus. *Ich brachte sie in den Schwarm zurück, an ihren Platz*, hörte Alaska leise Worte mit einer Betonung, die große Zusammenhänge ahnen ließ.

Auf Gevonia hatte er erstmals einen solchen schattenlosen Obelisken gesehen und dessen psionische Aufladung gespürt. Rund acht Jahre war das inzwischen her. Im Schwarm, auf GEPLA-II, hatte er das Mädchen und die Säule wieder gesehen. Warum hätte er zu dem Zeitpunkt daran zweifeln sollen, dass es sich um ein und dasselbe Objekt gehandelt hatte? Aber nun …? Er fragte sich, wer die Obelisken erschaffen hatte – und vor allem, zu welchem Zweck. An einen puren Zufall zu glauben erschien ihm abwegiger als jede Spekulation.

Falls diese Steinsäulen wirklich in den Schwarm gehörten … Er brachte den Gedanken nicht zu Ende; sein Blick wanderte zum Horizont und höher, bis fast in den Zenit. Wonach suchte er? Fremde Raumschiffe, die über RQM II erschienen, um die Säulen abzutransportieren?

»Es sind genau 729 schattenlose Steine.« Theodorich Kopetzky riss ihn aus seiner Verlorenheit. Der Pilot und Vivian DeBleue hatten den Shift inzwischen ebenfalls verlassen und standen hinter ihm. »Rein mathematisch gesehen die Kubikzahl von neun. Das hat eine Bedeutung.«

»Was wissen Sie darüber, Mr. Saedelaere?«, fragte die Hyperphysikerin.

Alaska streifte sie mit einem knappen Seitenblick. »Nichts«, sagte er und schickte sich an, weiterzugehen.

»Ich nehme an, Sie kennen das Putoron-Shin-System«, fuhr DeBleue fort.

»Nein«, sagte Alaska, ohne sich umzuwenden.

Die Frau zögerte, dann nickte sie heftig. »Die MARCO POLO brach 3437 zur Expedition in die Heimatgalaxis der Cappins auf«, entsann sie sich. »Natürlich. Ich kann mir vorstellen, dass es auf dem Flaggschiff genug zu tun gab. Kaum einer wird zu dem Zeitpunkt banale Nachrichten beachtet haben. Deshalb haben Sie vermutlich einiges verpasst. So warten Sie doch!«

Alaska war mit jedem Schritt schneller geworden. Das Obeliskenfeld machte auf ihn den Eindruck einer Kultstätte. Oder eines ausgedehnten Friedhofs, auf dem die Säulen so etwas wie Grabsteine darstellten.

Vielleicht war Kytoma in der Nähe. Alaska hastete weiter. Unbarmherzig brannte die Sonne auf ihn herab. Dass die Hyperphysikerin nicht Schritt halten konnte, fiel ihm nicht auf, ebenso wenig, dass sie den Piloten aufforderte: »Sagen Sie es ihm, Mr. Kopetzky!«

Du quälst dich in Gedanken und suchst vergeblich nach einer Erinnerung. Die sonnendurchglühte Ebene erscheint dir vertraut. Dennoch kannst du nicht beschwören, dass du wirklich schon auf dieser sterbenden Welt gewesen bist.

Der Gedanke, dass du dich selbst betrügst, wird unerträglich. Warum verschließt sich dir die Wahrheit? Ist deine Hoffnung, du könntest vieles ungeschehen machen, nur eine barmherzige Lüge? Finde dich endlich damit ab, anstatt zeitlebens einem Phantom nachzujagen. Du allein kannst die Uhr nicht zurückdrehen.

Dennoch gehst du weiter. Zwischen den Obelisken hindurch, so weit dich deine Füße tragen werden. Die stummen steinernen Wächter starren dich an. Sie kennen die Wahrheit, davon bist du überzeugt. Seit Jahrtausenden stehen sie in der Ebene, du spürst ihre zeitlose Aura deutlicher, je weiter du vordringst. Und sie registrieren deine Anwesenheit.

Die Luft über der Ebene flimmert und lässt die Obelisken in ihrer Vielfalt wie lebende Wesen erscheinen.

Du zwingst dich zu jedem neuen Schritt. Im Sonnenlicht wird die Silhouette des fernen Gebirges deutlicher. Du kennst diese Kulisse aus deinen Albträumen, nur ist sie hier und jetzt kein Traum.

Eine unglaubliche Stille hüllt dich ein, als hättest du vor wenigen Minuten eine unsichtbare Grenze hinter dir gelassen.

Die Obelisken scheinen vor dir zurückzuweichen. Sie öffnen den Zugang zu etwas – Unsichtbarem.

Erinnere dich, Alaska Saedelaere!

Nach vierzehn Jahren bist du endlich am Ziel.

»Da ist nichts. Selbst die Grobjustierung zeigt nichts an außer einem schwer zu bestimmenden Energiefluss. Meiner Meinung nach ist das eine Materialeigenschaft der Obelisken.«

Theodorich Kopetzky hatte zu Saedelaere aufgeschlossen. Der Reihe nach richtete er ein kleines Messgerät auf die am nächsten stehenden Steine, wobei er die Hand so hielt, dass Alaska die Anzeigenskala gar nicht übersehen konnte.

»Was wir hier sehen«, der Pilot deutete eine knappe Rundumbewegung an, »ist eigentlich nichts Besonderes. Auf dem dritten Planeten des Puntoron-Shin-Systems wurden schon vor Jahren gut drei Millionen dieser Steine entdeckt.«

Saedelaere ignorierte ihn.

»Das war ungefähr zu der Zeit, als die MARCO POLO nach Gruelfin aufbrach.« Kopetzky machte eine umfassende Handbewegung. »Dagegen ist das hier nur eine bedeutungslose Ansammlung. – Sie wissen wirklich nichts von Puntoron-Shin?«

Saedelaere schritt schneller aus als zuvor. Kopetzky hatte Mühe, dem hageren Mann zu folgen.

»In der Wüste ist nichts. Die Sensoren würden es anzeigen.«

Abrupt wandte sich der Transmittergeschädigte noch einmal um. »Gehen Sie zu den anderen zurück, Kopetzky! Ich brauche Ihre Hilfe nicht.«

Flammen schlugen unter der Maske hervor. Obwohl er sich vorgenommen hatte, genau das auf keinen Fall zu tun, starrte Kopetzky den Transmittergeschädigten an. »Das Cappin-Fragment …«, brachte er stockend hervor. »Es sieht aus, als würde es sogar die Maske … durchdringen.«

»Dann bleiben Sie mir vom Leib!«, schimpfte Saedelaere. »Ich will nicht, dass Sie den Verstand verlieren.«

Mittlerweile hatten sie die letzten Obelisken hinter sich gelassen. Mit einer unwilligen Bewegung hängte Kopetzky das Messgerät an seinen Gürtel zurück.

Alaska Saedelaere zog eine einsame Spur durch den Sand, geradlinig den fernen Bergen entgegen. Nur würde er sie ohne Ausrüstung niemals erreichen.

»Saedelaere kann wirklich verdammt stur sein«, meldete Kopetzky über Helmfunk. »Ich weiß nicht, was mit ihm los ist; er ignoriert mich mehr oder weniger.«

»Lassen Sie ihn nicht aus den Augen!«, befahl Major Snider. »Sobald Sie ernsthafte Probleme erkennen, sind wir mit dem Shift bei Ihnen.«

Fünfzig Meter betrug Saedelaeres Vorsprung inzwischen. Trotz der sengenden Sonne schritt der Transmittergeschädigte unbeirrt rasch aus. Ein leichter Schauder lief Kopetzkys Nacken hinab. Warum er selbst auf ein Flugaggregat verzichtet hatte, konnte er sich im Nachhinein nicht mehr erklären. Die Obelisken verwirrten ihn. Inzwischen fühlte er sich beobachtet. Eine geheimnisvolle Ausstrahlung ging von den dunklen Steinsäulen aus – und dieses Gefühl wurde intensiver, je länger er hier draußen verweilte.

Perry Rhodan hatte ihm Einblick in ein knapp neun Jahre altes Dossier über die erste Entdeckung eines Obelisken gewährt. Saedelaere und der Haluter Icho Tolot hatten übereinstimmend davon gesprochen, dass die psionische Anspannung fast greifbar erschienen war. Die Steinsäule in der alten Stadt Tapura auf dem Planeten Gevonia hatte sie unaufhaltsam in ihren Bann gezogen.

Eine Verwünschung auf den Lippen, hastete Kopetzky hinter dem Maskenträger her. Saedelaeres schlanke Gestalt begann im Flirren der Wüstenluft zu zerfließen. Dass er immer noch unbeirrt schnell ausschritt, erschien dem Piloten unbegreiflich. Was trieb den Terraner voran, dass er auf sich selbst so wenig Rücksicht nahm?

Die rote Riesensonne brannte senkrecht aus dem Zenit herab. Falls die Wüste noch Leben barg, hatte es sich längst in den Schatten der Felsspalten geflüchtet, die den Boden wie ein feines Netzmuster durchzogen.

Kopetzky regelte die Anzugkühlung höher. Vier bis fünf Kilometer hatten sie sich inzwischen vom Shift entfernt, aber nur Sand und Geröll lagen zwischen ihnen und den fernen Bergen. Er schaltete die Ortung auf sein Helmdisplay. Nichts veränderte sich.

»Sie sind doch auch Biologe, Meldrassan«, stieß er kurzatmig hervor. »Wie lange hält ein Mensch das Tempo durch, das Saedelaere vorlegt?«

Arnold Meldrassans Lachen klang gepresst. »Als Rettungsflieger sollten Sie die Antwort kennen.«

Kopetzky stutzte. Für einen Moment erschien es ihm, als legte sich ein Schatten über das Land. Aber da war keine Wolke am Himmel. »… ich wollte mich nur vergewissern«, fügte er gepresst hinzu.

»Haben Sie Probleme, Kopetzky?«, erklang die Stimme der Physikerin.

Theodorich Kopetzky antwortete nicht. Trotz der dämpfenden Wirkung der Helmscheibe schmerzte ihn das Sonnenlicht. Seine Augen brannten mittlerweile wie Feuer, und jeder Lidschlag verstärkte das grässliche Gefühl.

Saedelaere war stehen geblieben und ließ sich auf die Knie nieder. Er beachtete den Piloten nicht, als er zielstrebig in den Sand griff und etwas aufhob.

Saedelaere barg den Gegenstand in der hohlen Hand. Einige Meter entfernt suchte er erneut. Diesmal dauerte es länger, bis er fündig wurde.

»Eine Münze?«, platzte Kopetzky ungläubig heraus.

Alaskas Maskengesicht blieb so starr wie immer, doch in seiner Stimme schwang verhaltener Triumph mit. »Ein Solar«, murmelte er, mehr im Selbstgespräch als für fremde Ohren bestimmt. »Das allein wäre noch kein Beweis. Aber was halten Sie davon?« Der Transmittergeschädigte öffnete die Hand.

Kopetzky kniff die Brauen zusammen und fixierte das Holoplättchen, das Saedelaere ihm hinhielt. Zwei, drei Sekunden lang umfloss ein amüsiertes Lächeln seine Mundwinkel, bevor er ein ungläubiges Lachen ausstieß. »Das ist eine Zaliterin, nicht wahr? Das kupferfarbene, grünstichige Haar …« Er stutzte. »Das Holo entstammt terranischer Subkultur, nicht wahr? Vor Jahren kursierten solche …«

»Bemühen Sie sich nicht«, unterbrach Saedelaere. »Das Bild hat mir ein Kollege zugesteckt, bevor ich … Jedenfalls entsinne ich mich.«

»Und weiter?«

Keine Antwort. Als Alaska suchend um sich schaute, registrierte der Pilot einen kühlen Hauch, eine Berührung tief im Innern, die ihn frösteln ließ. Für Sekundenbruchteile glaubte Kopetzky, Werden und Vergehen des Kosmos zu spüren, zusammengestaucht auf einen unglaublich kurzen Moment. Es war, als hätte ihn Gottes Atem gestreift.

Die Anzeige des Handscanners schien auf banalen Werten eingefroren. Kopetzky hasste Technik, die nicht funktionierte. In einem achtlosen Reflex, ohne sich dessen überhaupt bewusst zu werden, ließ er das Gerät fallen.

Alaska Saedelaere ging weiter. Doch seine Bewegungen wirkten eigenartig. Etwas Unheimliches ließ seine Umrisse verwischen wie bei einem verblassenden Hologramm.

Kopetzky wollte eine Warnung rufen – er konnte es nicht. Wie gebannt reagierte er auf die Veränderungen, die sogar die Atmosphäre in ein zähflüssiges Medium verwandelten. Die Zeit veränderte sich oder der Raum. Jedenfalls hatte es den Anschein, als würde die Realität ausgelöscht.

Auf einer Fläche von mehreren Metern existierte der Wüstenboden nicht mehr. Geblieben war ein Nichts, weder Schwärze noch Transparenz, noch irgendetwas sonst, was sich mit menschlichen Sinnen erfassen ließ. Kopetzkys Vermutungen überschlugen sich. Trotzdem wagte er nicht, die Erscheinung zu deuten.

Alles, was denkbar ist, wird eines Tages auch machbar sein, ob mit technischen Mitteln oder mit der Macht des Geistes. Wichtig ist nur, den Glauben daran nie zu verlieren. Sätze wie dieser waren bezeichnend für den menschlichen Forschungsdrang. Oder sollten sie unterschwellige Ängste kaschieren? Ängste vor einer anderen als der gewohnten Wirklichkeit, die alles in Frage stellte, was fest und unabdingbar erschien?

Saedelaere stand jetzt am Rand des Nichts, und sein Cappin-Fragment verbreitete eine pulsierende Aura.

Stimmen redeten auf Kopetzky ein, bedrängten ihn. Verglichen mit dem innigen Frieden, den er eben noch zu spüren glaubte, wirkten sie bedrohlich.

»Warum antworten Sie nicht? Was ist los?«

»Wir warten nicht länger.« Das war der Major.

Aus den Augenwinkeln heraus sah Kopetzky den Flugpanzer näherkommen. Mit aktiviertem HÜ-Schirm glitt der Shift über die Obelisken hinweg. Das war der Moment, in dem er endlich die Starre überwand. Mit mehreren schnellen Sätzen sprang er zu Saedelaere, um den Transmittergeschädigten aus der Gefahrenzone zu zerren.

Es war zu spät.

Alles um ihn herum erstarrte in diesem einen Augenblick in Reglosigkeit. Die Zeit hielt den Atem an.

Das war der letzte bewusste Eindruck, den Kopetzky in sich aufnahm.

Dann war alles anders.

16.

Du spürst eine starke Übelkeit. Jede Zelle deines Körpers scheint in einer heftigen, vibrierenden Bewegung gefangen zu sein.

Es ist intensiver als beim ersten Mal. Dieser Gedanke, auch wenn er dich erschreckt, hat zugleich etwas Erleichterndes. Leider kannst du ihn nicht festhalten. Die Leere, die sich in dir ausbreitet, verschlingt alles.

Orientierungslos taumelst du durch ein Nichts, das es nach menschlichem Verständnis gar nicht geben dürfte. Oben und Unten, Rechts und Links werden so irrational wie die Frage nach dem Ort an sich.

Du denkst, also existierst du. Versuche aber nicht herauszufinden, wo oder wann – dein Zustand ist ein zeitloses Schweben …

… im Nichts.

Du kennst das, denn da ist der Hauch einer Erinnerung in dir.

Setze dich nicht dagegen zur Wehr! Lasse dich treiben! Die Schwärze ist nur Ausdruck von etwas Unverständlichem, vergleichbar dem wesenlosen Wogen des Linearraums. Mit anderen Sinnen könntest du vielleicht buntes, üppiges Leben ringsum erkennen. Was weiß der Mensch denn schon vom wahren Wesen der Zeit und der Dimensionen?

Du atmest nicht. Diese Feststellung jagt neue Hitzewallungen durch deinen Leib. Und eine unsichtbare Kraft, der du nicht widerstehen kannst, zerrt an dir.

Gleich wirst du festen Boden unter den Füßen spüren … Woher du das weißt? Die Erinnerung ist einfach da. Wonach du jahrelang vergeblich dein Gedächtnis zermartert hast, kehrt jetzt zurück, als hätte es dieser seltsamen Umgebung bedurft, den Damm des Vergessens zu durchbrechen. Die Schwärze, hoffst du, wird wohltuenden Farben weichen. Ein helles Türkis, durchsetzt von wirbelnden Schleiern in Aquamarin, prägt dann deine Umgebung. Aber vielleicht bildest du dir das alles auch nur ein. Du zweifelst, fühlst dich innerlich zerrissen, aber damit musst du leben.

Seit dem Unfall trägst du das Kainsmal im Gesicht. Daran ändert auch nichts, dass Perry Rhodan, Atlan, Bull und die anderen sich deiner angenommen haben. Du bist für das Solare Imperium wichtig, sagen sie. Dennoch begegnen dir die einfachen Terraner, zu denen du früher gehört hast, nach wie vor mit Misstrauen. Sie fürchten dich und das Ding in deinem Gesicht, das den Tod verbreitet. Und du selbst? Sei ehrlich: Fürchtest du nicht auch, das Cappin-Fragment könnte eines Tages außer Kontrolle geraten? Das ist der wahre Grund für deine innere Zerrissenheit und deine Einsamkeit. Du lässt niemanden wirklich an dich heran, hast Angst davor, deine Freunde enttäuschen zu müssen …

Da ist plötzlich Widerstand. Du strauchelst und hast Mühe, deinen Sturz abzufangen.

Erinnerst du dich? Du hast auf Bontong den Transmitter betreten – und bist im Nichts materialisiert, in diesem Meer von Türkis und Aquamarin. Dabei hast du einen Aufprall gespürt, den Zusammenstoß mit dem Cappin.

»Warum?« Laut möchtest du die Frage hinausschreien, doch du schweigst. Viermal hast du den Transmitter in der Handelsstation von Bontong unbeschadet benutzt; erst die fünfte Passage veränderte dein Leben. Dazwischen lagen unzählige andere Transmitterdurchgänge.

Seitdem hasst du den Zufall, der dir das angetan hat. Seitdem baust du dein Leben auf Logik auf, weil du hoffst, dann vor neuen Zufällen sicher zu sein. Galbraith Deighton war der Erste, der das erkannt hat.

Du schreckst zusammen, weil solche Überlegungen nicht nur unnütz, sondern gefährlich sind. Konzentriere dich auf den Augenblick, Alaska, mahnst du dich, und streife alles andere ab wie eine alte Haut, die dir zu eng geworden ist. Du musst deinen Weg suchen, denn eine dritte Chance wirst du kaum erhalten.

Alaska taumelte, er stolperte zwei, drei Schritte vorwärts, fand dann aber sein Gleichgewicht wieder. Die Arme leicht angewinkelt und die Finger gespreizt, balancierte er seinen Stand aus. Kopetzkys Angriff oder was immer der Pilot beabsichtigt hatte, hatte ihn unvorbereitet getroffen.

Der Boden hing stark nach links ab. Kaum einen Meter neben dem Transmittergeschädigten gähnte ein endloser Abgrund. Wer da hinabstürzte, musste rettungslos verloren sein. Fast hätte der Stoß Saedelaere über die ungesicherte Abbruchkante stürzen lassen.

Ein Steg – das war die zutreffendste Bezeichnung für das Gebilde aus unregelmäßigen Planken. Ihre Oberfläche war rau, von knorrigen Stellen und Vertiefungen durchsetzt, und zwischen den unregelmäßigen Fugen schimmerte türkisfarben der Abgrund.

Saedelaeres Blick huschte von Planke zu Planke, ohne mehr als ein vages Déjà-vu-Gefühl zu erzeugen. Wirklich bewusst erinnerte er sich nicht.

War das noch RQM II? Die Luft, die er atmete, ließ die Hitze und den metallischen Staubgeschmack vermissen, aber die Schwerkraft lag annähernd beim gewohnten Wert. Es war schwer, Gravitation nur gefühlsmäßig zu beurteilen. Geringe Abweichungen tolerierte der menschliche Organismus.

Ein verhaltenes Stöhnen ließ Saedelaere herumfahren. Kopetzky war ebenfalls auf den Steg versetzt worden, jedoch schien er dabei kurzzeitig das Bewusstsein verloren zu haben. Das Stöhnen war Ausdruck seiner wiederkehrenden Lebensgeister.

Zuerst sah Saedelaere nur die Hände des Piloten, der die Finger fest ins Holz gekrallt hatte. Kopetzky hing über dem Nichts, eine Planke hatte seinem Gewicht nicht standgehalten und war zersplittert. Das nächste Brett machte einen ebenso morschen Eindruck. Saedelaere registrierte, dass das Material unter den Fingern des Piloten auszubrechen begann. So weit er konnte, beugte er sich nach vorne. Kopetzky hing an den ausgestreckten Armen und starrte ihn entsetzt an.

Furcht verzerrte sein Gesicht, während er in aufkommender Panik versuchte, sich in die Höhe zu ziehen. Die Planke knackte bedrohlich.

»Ruhig bleiben! Bewegen Sie sich nicht!« Saedelaere kniete bereits und ließ sich langsam nach vorne gleiten. Der Steg schwankte, das spürte er deutlich. So ungefähr fühlte man sich auf der brüchigen Eisdecke eines zugefrorenen Gewässers.

Eine Handspanne noch. Zentimeterweise glitt Alaska vorwärts. Mit den Fingerspitzen berührte er schon Kopetzkys Handgelenk, während ein dumpfes Knacken den Steg durchlief. Die Augen des Piloten weiteten sich entsetzt, als die Planke splitterte und seinem Gewicht nachgab. Doch schon im nächsten Moment verkantete sich das Material.

Das »Festhalten!« war Saedelaere im Hals stecken geblieben. Die Planke, an der Kopetzky nur noch mit den Ellenbogen hing, bog sich weiter durch. In das dumpf splitternde Geräusch, mit dem sie endgültig brach, mischte sich das Gurgeln des Piloten. Zugleich umklammerten Alaskas Finger Kopetzkys Handgelenk.

Der Mann war keineswegs füllig, aber schlank eben auch nicht, und die Tatsache, dass er mit dem freien Arm wie ein Ertrinkender um sich schlug, machte es für Saedelaere nicht gerade leichter. Trotzdem konnte der Transmittergeschädigte Kopetzky wenigstens halb auf den Steg zurückziehen.

»Danke, Sir!« Dumpf schlug Kopetzkys Hand gegen den geschlossenen Helm, als er fahrig versuchte, sich den Schweiß von der Stirn zu wischen. »Ich bin keine große Hilfe, nicht wahr?«, fügte er stockend hinzu, und als Saedelaere weiter schwieg: »Wo sind wir hier, was ist das für ein

Bauwerk?« Hastig nestelte er das Messgerät vom Gürtel, aber der Monitor zeigte nur eine verzerrte Null-Linie. »Eine Dimensionsfalte?«

»Das oder etwas Ähnliches«, antwortete Saedelaere. »Kommen Sie! Ein Steg führt immer irgendwo hin. Andernfalls wäre er nutzlos.« Mit einer knappen Geste deutete der Transmittergeschädigte geradeaus. »Wenn mich nicht alles täuscht, bietet sich uns bald ein unglaublicher Ausblick.«

»Sie wissen ...?«

Tief atmete Alaska Saedelaere ein. »Ein Gefühl, nicht mehr«, sagte er. »Und Gefühle sind selten logisch.«

Der Übergang vollzog sich unmerklich. Aus dem wogenden blassen Grünblau wurde eine matte Schwärze: der Weltraum und darin eingebettet Myriaden von Lichtpunkten. Viele nur verschwommen und sehr weit entfernt, andere deutlicher in ihrer Spiralstruktur und einige wenige so groß, dass der innere Aufbau ihrer Arme klar zu erkennen war. Jedes dieser Gebilde stand in einem anderen Blickwinkel zu den Betrachtern, und fast zum Greifen nahe schien eine der farbenprächtigsten Spiralen überhaupt. Blaue Sterne und Sternhaufen folgten den Schwerkraftlinien der geschwungenen Arme, während die kosmische Materie zwischen ihnen in intensivem Grün schimmerte. Zum Zentrum hin hüllte sich die Sternenfülle in ein kräftiges Orange, und grelles Weiß prägte die Zone der dichtesten Population.

»Mein Gott«, stieß Kopetzky hervor, »das ist phantastischer als alles, was ich je gesehen habe. Dagegen ist die Milchstraße ...«

»Sprechen Sie es ruhig aus«, forderte Alaska, als der Pilot wieder schwieg. »Dagegen ist unsere Galaxis ein kosmischer Hinterhof. Ich glaube, nur Perry Rhodan hat je etwas Ähnliches gesehen – in der Anfangszeit der Dritten Macht, als der Unsterbliche von Wanderer ihn auf die Reise nach Barkon mitnahm.«

Kopetzky nickte irritiert. »Die Projektion ist faszinierend. Ich vermute ihren Ursprung in den Steinsäulen, als eine mentale Prägung, die den Eindruck der Realität erweckt.«

»Wollen Sie behaupten, wir stünden noch in der sengenden Hitze des Roten Riesen?«

»Wo sonst?«

Fordernd streckte Saedelaere die Hand aus. »Ihren Scanner, bitte!«

Kopetzky gab ihm das Messgerät. Alaska aktivierte den kleinen Bildschirm, dann schleuderte er den Scanner mit einer knappen Bewegung in die Höhe. Entgegen der vermeintlichen Schwerkraft driftete das Gerät davon. Sekundenlang funkelte es noch im Widerschein der Galaxien, bevor es mit der Schwärze verschmolz.

»Einen anderen Beweis kann ich vorerst nicht antreten«, sagte der Transmittergeschädigte.

»Der Steg scheint uralt zu sein …«

»Er ist uralt! Glauben Sie es mir, Mr. Kopetzky. Ich datiere ihn mindestens auf die Zeit, als der Schwarm zum ersten Mal die Milchstraße durchquerte.«

Der Pilot kniff die Brauen zusammen. »Natürlich kenne ich die Ergebnisse Ihrer GEVARI-Mission. In den Mannschaftsquartieren der MARCO POLO wurden die Zahlen ausgiebig diskutiert. – Vor einer Million Jahren hatte der Schwarm die Aufgabe, den Funken der Intelligenz zu verbreiten; aber seine Herrscher von einst wurden von den Götzen entmachtet.« Er räusperte sich. »Die Völker wie vieler Galaxien verdanken ihre Schaffenskraft dem Schwarm?«

Alaska Saedelaere vollführte eine umfassende Handbewegung. Es war nicht nötig, dass er etwas dazu sagte.

Schon nach wenigen Metern Wegstrecke wuchs erneut ein Gefühl fast völliger Orientierungslosigkeit. Alaska fröstelte. Ein schneidender Wind trieb Eiskristalle vor sich her. Dichte Wolken verhängten den Himmel, und nur über dem Horizont schimmerte ein fahlblauer Fleck wie ein trübes Zyklopenauge.

Das hügelige Gelände war spärlich bewaldet. Hoch aufragende Pflanzen wuchsen in kleinen Gruppen. Ihr Aussehen erschien wie eine Mischung aus urzeitlichen Farnen und weit verzweigtem Nadelholz. Vom Wind und einer festgebackenen Eislast gebeugt, neigten die sich Wipfel dem Boden entgegen.

Eine wenige Zentimeter dicke Schicht aus Schnee und Eis überzog auch die Hügelketten. Lediglich in den Windschneisen schimmerte purpurfarbene Vegetation. Bis auf die aus dem Nichts heraus beginnenden Spuren der beiden Menschen war der Schnee unberührt.

»Wir wurden von einem Transmitterfeld versetzt«, sagte Kopetzky, während Alaska Saedelaere sich noch nach allen Seiten umsah.

»Vermutlich.«

»Der Transmitter steht auf dem Steg.«

»Hm.«

Kopetzky stutzte. Mit einer knappen Bewegung öffnete er den Helm und faltete ihn im Nacken zusammen. Die Kälte ließ ihn frösteln, immerhin lag die Temperatur knapp unter dem Gefrierpunkt.

»Interessiert es Sie gar nicht, wie wir hierher gelangt sind? Oder kennen Sie den Weg zurück?« Theodorich Kopetzkys Stimme wurde hoffnungsvoller. »Sie wissen, wie wir zurückkommen.«

»Nein«, antwortete Saedelaere. »Ich habe diese Welt nie zuvor gesehen.«

»Dem Entmaterialisierungsschmerz nach zu schließen, ging der Transport über mehr als nur einige Lichtjahre.«

Alaska marschierte bereits hügelabwärts. »Was haben Sie vor?«, rief Kopetzky hinter ihm her.

»Die Sonne geht bald unter. Ich will mehr herausfinden.«

»Aber ...« Kopetzky beeilte sich, Saedelaere zu folgen. »Wo wir angekommen sind, kommen wir auch wieder weg.«

Der Maskenträger hob den Arm und deutete auf eine wenig mehr als zwei Kilometer entfernte Hügelkette. Dunkle Rauchfäden wurden vom Wind verwirbelt.

»Dort brennen Kaminfeuer.« Saedelaere sah, dass Kopetzky die Nase rümpfte. »Zugegeben, eine altertümliche Heizmethode, aber die Wesen, die dort wohnen, sind immerhin intelligent.«

»Das erklärt nicht, warum wir nicht erst unseren Rückweg sichern«, wandte Kopetzky ein. »Hören Sie, Alaska ... ich meine ...«

»Schon gut.« Saedelaere ging weiter. »Hier spielen Förmlichkeiten keine Rolle.«

Kopetzky schluckte schwer. »Danke«, murmelte er. »Aber trotzdem: Perry Rhodan hat mich beauftragt, für Ihre Sicherheit zu sorgen. Wir dürfen keine unnötigen Risiken eingehen.«

Dumpf klang Saedelaeres Lachen unter der Maske hervor. »Das Risiko liegt längst hinter uns. Den morschen Steg zu betreten war gefährlich. Gegen das Erfrieren in einer Eisnacht kann man vorbeugen.«

Ein heiserer Ruf ließ ihn aufsehen. Unter der Wolkendecke zog ein vogelähnliches Tier weite Kreise. Zwei andere flatterten soeben auf die Bäume der nächsten Gehölzgruppe nieder.

Alaska wandte sich zu dem Piloten um. »Hatten Sie jemals den Eindruck, ein Stück Ihrer selbst zu vermissen?«

»Ich weiß nicht.«

»Dann wissen Sie auch nicht, wie das ist, wenn Sie ...«

»... glauben, dieses Stück wieder gefunden zu haben?«

»Seit vierzehn Jahren warte ich darauf«, bestätigte Alaska.

Zumindest gefühlsmäßig stieg die Temperatur an, je weiter die beiden Männer hügelabwärts kamen. Die Zahl der Vögel, die ihnen wie Schatten folgten, war deutlich angestiegen. Von allen Bäumen herab beäugten sie die Fremden. *Wie Geier*, durchzuckte es den Transmittergeschädigten, aber er hütete sich davor, seine Befürchtung auszusprechen.

Der Untergrund war schwieriger geworden. Schnee und Eis bedeckten lockeres Geröll und mahnten bei jedem Schritt zur Vorsicht. Spärlich zwischen den Felsen hervorquellende Rinnsale bildeten tückische Eisflächen.

Etwa einen Kilometer legten die Männer zurück, bis sie ein lichtes Wäldchen passierten. Alaska hatte die schlanken Schatten zwischen den Stämmen schon aus der Distanz bemerkt und die Marschrichtung leicht geändert.

Seine Vermutung bestätigte sich. Mit der blauen Dämmerung und dem Schutz der Bäume verschmelzend, ragten achtzehn Obelisken auf. Keiner der Steine glich dem anderen im Detail. Gut zweieinhalb Meter maßen die Säulen, sie waren schlank und mit üppigen Reliefs verziert. Der in den Rillen haftende Schnee ließ die Linienführungen deutlich hervortreten.

Die beiden mittleren Säulen wirkten wie ein Konglomerat ineinander verschlungener Körper, die sich in der Dämmerung wanden, als suchten sie Schutz vor der Dunkelheit. Sie waren eine nahezu identische Kopie des Obelisken aus der Anti-Stadt Tapura. Jedoch stellte sich die Frage, ob vielleicht jener Obelisk die Kopie und die beiden hier die Originale waren.

Alaska begann, den Schnee aus den Rillen zu kratzen. Er lauschte in sich hinein. Den Obelisken aus Tapura hatte Kytoma »an seinen Platz im Schwarm zurückgebracht«.

»Kytoma?« Kaum verständlich kam der Name über seine Lippen. Eine wachsende Unruhe trieb ihn dazu, hastiger die Rillen nachzufahren. Vielleicht irritierte ihn auch die fahle Aura, die mit einem Mal den Obelisken umfloss. Eine Spiegelung des Sonnenuntergangs, mehr nicht, wäre der blasse Schimmer nicht auf seine Finger übergesprungen. Ein seltsames Prickeln wie von schwachen energetischen Entladungen durchfloss die Hand.

»Hören Sie das auch?«, stieß der Transmittergeschädigte hervor.

»Was?« Kopetzky stand einige Schritte entfernt. Er hatte wohl nach neuen Rauchfahnen Ausschau gehalten, aber im Osten – er definierte die Himmelsrichtungen wie gewöhnlich nach dem Lauf der Sonne – zog mit Riesenschritten die Nacht herauf und verschluckte alles.

»Also nicht.« Alaska war die Enttäuschung anzumerken. »Ich hatte geglaubt, meinen Namen zu hören.« Das leichte Glimmen der Säule erlosch, als er reflexartig die Hand zurückzog. Dennoch rumorte das Cappin-Fragment. Ein fahles Flackern drang aus den Maskenöffnungen hervor. Derart heftig reagierte der Gewebeklumpen zumeist auf hyperenergetische Vorgänge.

Kopetzky deutete Saedelaeres Reaktion, das kurze Zurücklegen des Kopfes in den Nacken, anscheinend falsch. »Die Wolken verdecken nahezu alle Sterne«, sagte er. »Genau genommen können wir uns in jedem Bereich der Milchstraße befinden.«

Mit einer knappen Handbewegung bedeutete Saedelaere dem Piloten zu schweigen. Angespannt verharrte er, bevor er sich wieder den Obelisken zuwandte. Die Steinsäulen standen in Abständen von jeweils knapp eineinhalb Metern. Vor der Baumgruppe bildeten sie einen leicht konkaven Halbkreis. Die mittleren Säulen hatten ihre blasse Aura inzwischen verloren, nur noch ein Teil ihres Sockels spiegelte das Leuchten wider. Hinter ihnen glomm der Schnee in einem fluoreszierenden Ton.

Kopetzky versuchte gar nicht erst, Saedelaere zurückzuhalten, als er sich förmlich nach vorne warf und hastig begann, den Schnee beiseite zu wischen. Zum Vorschein kam eine wenig mehr als einen Quadratmeter messende glatte Fläche.

Aus der Distanz wirkte das Material milchig trüb, erst bei größerer Nähe und verändertem Blickwinkel erschien es transparent. Theodorich Kopetzky versuchte, das Gebilde in eine der Schubladen menschlichen Denkens einzuordnen, die Unbekanntes klassifizierten, wenngleich keineswegs frei von Vorurteilen. »Es sieht aus wie ein in den Boden versenkter Kasten«, begann er zögernd. »Andererseits …«

»Reden Sie ruhig weiter!« Saedelaere wischte die letzten Flocken von der Platte. Seine Bewegungen wirkten hektisch, die Kälte schien er völlig vergessen zu haben.

Kopetzky glaubte zu sehen, wie der Transmittergeschädigte überrascht den Atem anhielt. »Ich meine«, setzte er seinen Satz fort, »die Seitenwände sollten einen exakt definierbaren Rauminhalt abgrenzen – auf mich wirkt das Innere aber, als hätte es ein weit größeres Volumen. Behaupten Sie nicht, Alaska, dass es sich um eine Täuschung handelt. Dieser Behälter stammt von niemandem, der die Kälte mit Kaminfeuern vertreiben muss. Und der Inhalt … Ich halte das für eine organische Masse. Formloses Zellgewebe.«

»Ein Cappin.« Wie der Transmittergeschädigte das sagte, klang es wie eine Verwünschung. »Damit hatte ich nicht gerechnet.«

»Die Cappins haben erst vor wenigen Jahren die Milchstraße verlassen.«

»Der hier ist weit älter. Ich vermute, dass der Behälter zeitgleich mit der Errichtung der Obelisken deponiert wurde.«

Kopetzky schüttelte den Kopf. »Dann wäre von dem Zellplasma nicht einmal mehr Staub übrig.«

»Der Behälter weist hyperenergetische Strukturen auf, möglicherweise ein Konservierungsfeld.« Zögernd strich Saedelaere über die Platte, doch eine Reaktion blieb aus. »Ich glaube, dass dieser Cappin jederzeit zu neuem Leben erweckt werden könnte – sofern sein Bewusstseinsinhalt die Zeit überdauert hat.«

Kopetzky lachte leise, aber dieses Lachen klang resignierend. »Ich habe nie einem Cappin gegenübergestanden, ich weiß nur, dass sie geeignete Opfer mental übernehmen können. Ihr Körper bleibt während eines solchen Pedotransfers als starre, blasige Masse zurück.«

Der Pilot war verwirrt, sein Blick pendelte zwischen Saedelaere und dem vermeintlichen Cappin hin und her. Erst als Saedelaere den Kopf hob und ihn fixierte, sprach er seinen Verdacht aus: »Könnte es sein, dass dieser Cappin ... erst vor vierzehn Jahren ... hier beigesetzt wurde? Dann hätten wir eine Spur gefunden, die Licht in Ihren Transmitterunfall bringen kann. Aber die Teile passen nicht zusammen – nicht so, wie wir es gerne hätten.«

Ein Geräusch irritierte ihn. Mitten in der Drehung wurde der Pilot von einem starken Lichtstrahl geblendet. Instinktiv riss er die Arme hoch, um die Augen zu schützen.

Wie aus dem Boden gewachsen standen sie da: eine Vielzahl untersetzter Gestalten. Mit den lederartigen Flughäuten, die von einem bleichen Knochengerüst stabilisiert wurden, ähnelten sie knapp einen Meter zwanzig großen Fledermäusen. Ihre Beine waren verhältnismäßig kurz und stämmig, der Körper hingegen übermäßig breit. Ein senkrecht verlaufender Knochenwulst, eine nur von Hautlappen überzogene Wirbelsäule, teilte den Leib. Einen Kopf im üblichen Sinne gab es nicht, jedoch endeten beide Körperhälften über den Schultern in fleischigen Hautlappen, die kugelförmige Augen trugen. Der Mund an der Basis der Hautlappen war ein stetig in Bewegung befindlicher, schleimiger Ringmuskel.

Weder Kopetzky noch Alaska Saedelaere hatten je solche Intelligenzen gesehen. Dass sie intelligent waren, bewiesen nicht nur die grauen, locker um die Körper geschlungenen Kleidungsstücke, sondern vor allem die martialisch wirkenden Waffen in den Greiftentakeln, lange, an Feuerwaffen erinnernde Rohre und eiserne Dreizacke. Die Übermacht war erdrückend.

»Kein Grund zur Beunruhigung, Kopetzky!«, mahnte Saedelaere. »Wir werden über kurz oder lang mit ihnen reden können.«

»Falls wir kein Tabu gebrochen haben. Sie wirken ziemlich wütend.«

17.

Du fühlst dich leer und ausgebrannt und bis ins Mark aufgewühlt. Die Unruhe quält dich. Dabei geht es nicht einmal darum, wer die Fremden sind, du machst dir vielmehr Vorwürfe, dass du Kopetzky in deine Suche mit hineingezogen hast. Du hättest dich dagegen wehren müssen, dass er dich begleitet. Die Einsamkeit erschreckt dich nicht mehr, sie ist schon lange dein Freund – ein stummer und geduldiger Freund, mit dem du dein Schicksal teilst.

Die Fremden haben euch getrennt. Du hoffst, dass Kopetzky in einer ähnlich warmen Hütte eingesperrt ist wie du selbst. Ein seltsames Bauwerk aus Holz und Steinen. Die neun Seiten der Hütte sind exakt gleich lang, möglicherweise nach astronomischen Gegebenheiten ausgerichtet. Mit dem kargen Mobiliar kannst du wenig anfangen: Die in gut einem Meter Höhe in den Wänden verankerten Stangen scheinen den Fremden als Halt zu dienen; du fragst dich, ob sie wie terranische Fledermäuse kopfüber herabhängen.

Das Einzige, was dich im Moment wirklich interessiert, ist der Ofen. Von dem halbkugelförmigen Gebilde strahlt eine wohlige Wärme aus. Ein Metallrohr dient als Rauchabzug durch das Dach, doch wie der Ofen befeuert wird, kannst du nicht erkennen.

Das sind Banalitäten. Frag dich lieber, weshalb deine Gedanken abschweifen, als hättest du plötzlich Angst vor der Wahrheit. Konzentriere dich, ignoriere das Toben des Gewebeklumpens im Gesicht! Du spürst die Nähe von etwas Vertrautem. Vom ersten Moment an hast du diese Aura wahrgenommen.

Irgendwie hängt alles zusammen. Doch was dir durch den Kopf schießt, ist nur eine Version, ihr Wahrheitsgehalt muss sich erst erweisen.

Immerhin hast du die Welt aus deinen Albträumen gefunden. Sobald der Schwarm aus der Milchstraße abgezogen ist, wirst du dich um die Erforschung des Planeten kümmern. Die Mutanten müssen dir helfen. Du bist sicher, dass es auf RQM II sehr viel zu entdecken gibt; eine alte Zivilisation hat ihre Spuren hinterlassen.

Klammere die Frage aus, wieso du den Transmittersprung von Bontong nach Peruwall entgegen aller Logik auf Red Question Mark II beendet hast. Auch die Cappins – oder wenigstens einige aus dem Volk der Pedotransferer – kennen den Planeten. Den Beweis dafür hast du vor nicht einmal einer Stunde entdeckt. Sie sind kaum der Obelisken wegen gekommen. Ihr Interesse gilt dem morschen Steg. Du bist dir sicher, dass nur dein beschränktes menschliches Wahrnehmungsvermögen die Vision eines Steges zeichnet. Um was es sich wirklich handelt, kannst du bestenfalls vermuten, das werden Wissenschaftler wie Geoffry Abel Waringer klären müssen. Eines Tages. Du selbst vermutest eine Raum-Zeit-Verwerfung, die den Transmittereffekt auslöst.

Ein greller Schmerz tobt durch deinen Schädel. Du sinkst zu Boden, verkrallst die Finger unter den Maskenrändern und hörst dich unartikulierte Laute ausstoßen.

Da ist etwas, sehr nahe inzwischen.

Ruckartig hob Alaska Saedelaere den Kopf und schaute zu dem einzigen Fenster hinüber. Die flackernde Lampe, die den Raum spärlich erhellte, spiegelte sich in den unzähligen Facetten der Scheibe.

Sein Gurgeln war verstummt. Alaska kam schwankend auf die Beine. Zögernd ging er einen ersten Schritt, der zweite fiel ihm schon leichter.

Vor dem Fenster schien die Luft zu flimmern. Alaska verharrte bebend, als sich ein Hauch von Nebel zu den Umrissen einer humanoiden Gestalt verdichtete. Ein Wechselbad der Gefühle hielt ihn im Griff. Ungläubig starrte er auf die deutlicher werdende hagere Gestalt. Damit hatte er nicht gerechnet. Das war – unmöglich.

Er versuchte gar nicht erst, mehr als ein Ächzen hervorzubringen. Seine Kehle war wie zugeschnürt.

Der Nebel wich vor ihm zurück und durchdrang die Wand, als biete sie keinen Widerstand.

»Nein!«, wollte Alaska rufen. »Bleib!« Noch immer versagte seine Stimme. Dann drückte er die Maske gegen die Scheibe und versuchte in der mondlosen Dunkelheit mehr zu erkennen. Schemenhaft ahnte er die benachbarten Häuser.

Zwei Wachen patrouillierten draußen. Die Lichtkegel ihrer Lampen schnitten unruhig durch die Nacht, huschten zitternd über verschneite Wege und monotone Fassaden. Sekundenlang fiel ein Strahl von außen auf die Scheibe. Alaska verharrte dennoch am Fenster; er glaubte nicht, dass die Fledermausartigen ihn sehen konnten.

Immer noch versuchte er, hinter den Schlieren der Mosaikscheiben mehr zu erkennen. Die Lichtkegel der Wachen kreuzten sich, entrissen der Finsternis endlich eine hochgewachsene Gestalt. *Kopetzky?*, schoss es Saedelaere durch den Sinn. *Sie bringen ihn woanders hin.*

Aber der Mann war größer. Und hagerer. Alaskas Herzschlag setzte aus, als der andere ihm endlich das Gesicht zuwandte. Es war ein Gesicht, das er kannte: farbig und unaufhörlich in Bewegung. Die Wachen hielten dem Anblick stand, ohne verrückt zu werden oder zusammenzubrechen. »Bleib!«, keuchte Alaska halb erstickt und auf jeden Fall viel zu leise, als dass ihn der andere hätte hören können.

Sekunden später war der Spuk vorbei.

Eine Vision? Alaska war sich schon nicht mehr sicher, was er wirklich gesehen hatte. Eine Spiegelung auf den Scheiben vielleicht. Oder war er den eigenen Hoffnungen erlegen, diesem quälenden Gefühl, ein Stück des eigenen Ich zu vermissen?

Nur langsam kehrte sein logisches Denken zurück. Aber noch bevor Saedelaere mit sich selbst ins Reine kommen konnte, verschwamm die Umgebung vor seinen Augen. Ein ziehender Nackenschmerz begleitete die neuerliche Ortsversetzung.

Zurück in der Hölle!, durchzuckte es Alaska Saedelaere, als Hitze und Sand wieder über ihm zusammenschlugen. Die Obelisken, die sich in einiger Entfernung aneinander reihten, ließen erst gar keinen Zweifel aufkommen: Er war an den Ausgangspunkt zurückgekehrt. Irgendetwas hatte ihn zurückgeholt – aus einem Grund, den er nicht kannte.

Theodorich Kopetzky stolperte neben ihm über den ausgelaugten Boden. Der Pilot schien kaum weniger verwirrt zu sein.

Ein schneidender Ausruf hallte über die Ebene: »Saedelaere, Sir – wo haben Sie und Kopetzky gesteckt?« Major Snider hantierte an einer Reihe von Messgeräten. Und der Flugpanzer stand am Rand des von den Obelisken markierten Areals.

Saedelaere antwortete nicht sofort. Weil er sich erst darüber klar werden musste, was er sagen sollte. Zu viel war in den letzten Stunden auf ihn eingestürzt, was er jetzt erst verarbeiten konnte.

Langsam drehte er sich um die eigene Achse, suchte nach einem Hinweis auf technische Gerätschaften. Der Wind verwehte bereits seine Spuren. Sie begannen mehrere Meter entfernt wie aus dem Nichts heraus.

»Saedelaere, Kopetzky, es wird Zeit, dass wir von hier verschwinden!«, rief Snider. »Eine kleine Flotte ist sehr nahe am Planeten materialisiert – die Schiffe werden in spätestens zehn Minuten landen.«

»Immune?«, fragte Kopetzky.

»Zehn große Einheiten, unter ihnen drei Zylinderschiffe der Schwarmgötzen. Die übrigen gehören zu einem bislang unbekannten Typ, die Energieortungen lassen Kampfschiffe vermuten.«

»Was wollen die auf dieser gottverdammten Welt?«, stieß Saedelaere hervor.

»Die Obelisken«, vermutete der Major.

... oder das fremde Transmittersystem, fügte Alaska in Gedanken hinzu. Die Vermutung, die Karduuhls könnten der DESTINY gefolgt sein, behagte ihm noch weniger. Das hätte bedeutet, dass Cryt Y'Torymona ihn von Anfang an nur als Kanonenfutter benutzt hatte und sein Entkommen von GEPLA-II geplant gewesen war.

»Wir müssen zurück zur DESTINY und im Alarmstart verschwinden!«

Saedelaere zögerte. Das Gefühl, der Antwort auf seine Fragen so nahe zu sein wie nie zuvor, hinderte ihn an einem schnellen Entschluss.

»Die Schiffe treten in die Atmosphäre ein!«, schrie Vivian DeBleue. »In längstens zwei Minuten sind sie über uns.«

Kopetzky rannte zum Shift. Alaska folgte ihm eher widerwillig. Aber letztlich blieb ihm keine andere Wahl. Gegen Kampfraumer der Karduuhls hatten sie keine Chance, falls es nicht ohnehin schon zu spät war.

Als Alaska Saedelaere den Flugpanzer erreichte, erschien über dem fernen Gebirge das erste der anfliegenden Raumschiffe. Die Größe schätzte der Transmittergeschädigte auf zwei bis drei Kilometer, und damit stand das Schiff der MARCO POLO kaum nach.

»Eine zweite Flotte hat soeben den Hyperraum verlassen!«, meldete Meldrassan hörbar schockiert. »Was wollen die von uns?«

Das Götzenschiff verharrte in großer Höhe. Eine unmissverständliche Drohung.

»Kopetzky, Notstart, sobald wir an Bord sind«, befahl Saedelaere endlich. »Die Karduuhls werden ein Tontaubenschießen mit uns veranstalten.«

Sie verzichteten darauf, den Shift einzuschleusen. Jede Sekunde war kostbar geworden. Noch während hinter Saedelaere das Außenschott der DESTINY zuglitt, erklang das Dröhnen der Impulstriebwerke wie ein gequälter Aufschrei. Auch ohne das Manöver auf den Bildschirmen verfolgen zu können, wusste Saedelaere, dass die Space-Jet gedankenschnell in den Himmel sprang.

Dann erreichte er die Zentrale. In einem halsbrecherischen Manöver jagte Kopetzky den Diskus fast auf Tuchfühlung an der Walze der Schwarmgötzen vorbei.

Der Weltraum wimmelte von Ortungsreflexen. Dutzende großer Schiffe, deren Aussehen Saedelaere fremd war, hatten sich im Planetenorbit verteilt, unter ihnen die drei Kampfschiffe der Karduuhls, ein Pilzraumschiff der Schwarminstallateure und unzählige kleine Einheiten, die in nicht enden wollender Folge aus den Hangars der großen Raumer ausgestoßen wurden.

Noch war die Geschwindigkeit der DESTINY zu gering für einen Übertritt in den Linearflug.

Warnhinweise flammten auf. Ein Pulk gegnerischer Schiffe lag auf Kollisionskurs. Sie würden die Space-Jet auf jeden Fall vor dem Überlichtmanöver erreicht haben. Von der Reichweite ihrer Geschütze ganz zu schweigen. Mit Wahnsinnswerten riss Theodorich Kopetzky die Space-Jet aus dem Kurs.

»Womit haben wir die Ehre dieses Aufmarschs verdient?«, ächzte Meldrassan.

»Fragen Sie lieber, was die Karduuhls suchen«, stieß Major Snider hervor. »Das ist kein Zufall.«

»Sie glauben, die Götzen sind uns gefolgt?«

Sniders Antwort verhallte im Aufheulen der Aggregate. Eine Thermosalve hatte die DESTINY gestreift und die Schutzschirme fast zusammenbrechen lassen. Obwohl der Vorgang nur Sekundenbruchteile währte – viel zu kurz, um ihn mit menschlichen Sinnen überhaupt zu erfassen –, versetzten die auftreffenden Überschlagsenergien den Rumpf der Jet in Schwingungen. Das Prasseln eines schweren Hagelsturms hörte sich kaum anders an.

Der zweite Planet wanderte seitlich in den Wiedergabebereich der Optik ein und wurde rasch größer. Die Energieortung zeigte, dass die im Orbit stehenden Schiffe ihre Geschütze aktivierten. Für die Karduuhls und die Angehörigen ihrer Hilfsvölker musste es so aussehen, als kehrte die Beute freiwillig zurück, doch Kopetzky blieb keine andere Wahl. Das Gros der Flotte hatte den Planeten kugelförmig umschlossen, und die Schiffe standen zu nahe beieinander, als dass der DESTINY ein Entkommen möglich gewesen wäre.

Noch zweieinhalb Millionen Kilometer bis zum Übertritt in den Linearraum …

»Das wird knapp«, stieß Kopetzky hervor, »verdammt knapp sogar.«

Die Hyperphysikerin bekreuzigte sich, eine Geste, die Meldrassan einen überraschten Augenaufschlag abnötigte.

Seitlich näherten sich einige der unbekannten Schiffe, bizarr zusammengesetzte Konglomerate gitterartiger Konstruktionen. Ihre Bewaffnung schien vergleichsweise gering zu sein. Kopetzky korrigierte den Kurs in Richtung dieser Schiffe. Die Vermutung, in ihrer Nähe nicht dem vollen Wirkungsfeuer der Karduuhls ausgesetzt zu sein, lag auf der Hand.

Zu spät bemerkte der Pilot die Jäger. Aus dem Ortungsschatten der großen Raumer heraus näherten sie sich wie beutegierige Insekten.

Sekunden nur noch … Die ersten Strahltreffer ließen den Schutzschirm aufleuchten; Strukturrisse leiteten die Waffenenergien in den Hyperraum ab.

Niemand hatte die akustische Warnmeldung abgeschaltet. Einhundert Prozent Belastung, einhundertfünf … Die wendigen Verfolger konnte Kopetzky nicht abschütteln. In der Ortung woben ihre lichtschnellen Waffenstrahlen ein tödliches Netz.

Der Paratronschirm stand vor dem Zusammenbruch. »Wir schaffen es!«, behauptete Saedelaere noch, als die Zentralekuppel in gleißenden Feuerschein getaucht wurde. Dieses Flammenmeer war der letzte Eindruck, der sich tief in die Seele jedes Einzelnen einbrannte, zusammen mit dem Empfinden, von gewaltigen Kräften zerquetscht zu werden.

Dann war nichts mehr.

Theodorich Kopetzky hatte den Linearflug in letzter Sekunde eingeleitet, und der Rücksturz war ohne Kontrollmöglichkeit des Kursvektors und der zurückgelegten Distanz erfolgt. Als die Besatzungsmitglieder der DESTINY aus ihrer länger währenden Bewusstlosigkeit aufwachten, fiel die Space-Jet bereits antriebslos durch die Randzone eines Kugelsternhaufens. Erst nach Stunden stand fest, dass der Linearflug das Schiff rund achttausend Lichtjahre in Richtung galaktischer Eastside versetzt hatte.

Die Antennensysteme waren dem Feuersturm zum Opfer gefallen. Überhaupt erschien es im Nachhinein wie ein Wunder, dass das Schiff nicht auseinander gebrochen war. Über eine Breite von mehreren Metern hinweg war der Terkonitstahl von gegnerischen Treffern verflüssigt worden und anschließend in Rillenstruktur wieder erstarrt.

Der Linearkonverter war ausgebrannt und mit Bordmitteln nicht zu ersetzen.

»Wir sitzen fest«, konstatierte Kopetzky. »Abgesehen davon, dass wir noch bis in die Nähe der Lichtgeschwindigkeit beschleunigen und den Rückweg im Dilatationsflug ...«

»Ich habe nicht vor, Terra erst in einer Zukunft zu erreichen, in der die Schwarmgötzen die Milchstraße in Schutt und Asche gelegt haben«, unterbrach Saedelaere. »Irgendwie müssen wir den Hyperfunk reparieren.«

»Und dann?«, fragte Meldrassan. »Wie groß ist unsere Chance, gehört zu werden?«

Sie brauchten zwei Tage, um die durch Überladung unbrauchbar gewordenen Bauteile auszutauschen und die Anlage wenigstens provisorisch funktionsfähig zu machen. Mittlerweile war das Lebenserhaltungssystem ausgefallen, die Temperatur an Bord unterschritt den Gefrierpunkt, und der Atem stand jedem als bleiche Wolke vor dem Gesicht. Die Weltraumkälte nahm das Schiff in Besitz.

Mit dem Anlegen der Raumanzüge warteten sie, bis es nicht mehr anders ging. Immerhin reichten die Sauerstoffvorräte nicht ewig.

Der in einer Endlosschleife wiederholte Notruf brach nach wenigen Stunden Sendedauer ab.

Sie warteten. Das war alles, was sie noch tun konnten.

Irgendwann schreckte Arnold Meldrassan aus unruhigem Schlaf auf. Sein heiserer Schrei riss die anderen ebenfalls aus ihrer Lethargie: »Ein Raumschiff – die MARCO POLO!«

Es fiel ihm schwer, seinen Irrtum zu akzeptieren. »Was steckt hinter der Aktion der Karduuhls?«, wollte er von Saedelaere wissen. »Dem Aufmarsch nach zu schließen, muss der Planet für sie überaus wichtig sein.«

»Was wollen Sie noch mit der Wahrheit, Mr. Meldrassan?«, wandte Kopetzky ein.

»Vielleicht will ich einfach nur wissen, weshalb wir sterben. Das beruhigt.«

»Ein uraltes Transmittersystem«, seufzte der Pilot. »Ich erinnere mich dunkel an eine Art ... etwas wie einen Steg. Eine Brücke über Galaxien hinweg.«

Der Kosmopsychologe stieß ein abgehacktes Lachen aus. »Natürlich,

Kopetzky«, sagte er in einem Tonfall, als halte er den anderen für verrückt. »Beginnender Sauerstoffmangel verwirrt die Gehirnzellen. Solche Phantasien sind typisch.«

»Hören Sie auf damit!«, platzte die Hyperphysikerin heraus. »Müssen wir uns wirklich streiten?«

»Spart den Sauerstoff!«, pflichtete Saedelaere bei. »Die Reserven reichen höchstens noch für achtzehn Stunden.«

Meldrassan hatte seinen Kontursessel in Liegestellung gebracht. Gedankenverloren blickte er durch die Panzertroplonkuppel in den Weltraum hinaus. »Es wäre interessant, Ihre Eindrücke zu kennen, Mr. Saedelaere«, sagte er sinnend. »Immerhin dürfte als erwiesen gelten, dass RQM II Ihre Probleme verursacht hat.«

»Wie unser Pilot schon sagte: eine alte Transmitteranlage …«

»Der Steg interessiert mich.«

Saedelaere seufzte. »Was wollen Sie hören?«

»Den Grund, weshalb die Schwarmgötzen einen derart hohen Aufwand betreiben.«

»Vielleicht interessieren sie sich für die Obelisken«, wandte der Major ein. »Die schattenlosen Steine stehen in Zusammenhang mit dem Schwarm.«

»Ich brauche eine Antwort«, drängte Meldrassan. »Es ist wichtig für uns alle.« Ein plötzlicher Hustenanfall ließ ihn verstummen. Als er endlich weiterredete, klang seine Stimme belegt. »Versuchen Sie, sich zu erinnern, Mr. Saedelaere.«

Nur wer den Transmittergeschädigten genau beobachtete, und Arnold Meldrassan tat das, konnte sehen, dass er unschlüssig die Finger in den Handballen rieb. »Das alles ist so wenig greifbar wie meine gelegentlichen Albträume.«

»Kopetzky?«, drängte der Kosmopsychologe.

»Ich weiß nicht, was Sie wollen«, antwortete der Pilot. »Vor allem, wozu.«

»Ich will die Wahrheit über den Steg. Mein Volk hat …« Meldrassan unterbrach sich so abrupt, als hätte er genau das nicht sagen wollen. Sein rasselndes Atmen wurde zum gequälten Schnaufen.

»Wer …?« Saedelaere war aufgestanden und neben den Galaktopsychologen getreten. Dass Meldrassan bleich geworden war und schwitzte, konnte er schwerlich übersehen. »Wer sind Sie?«, wollte der Transmittergeschädigte wissen.

»Meldrassan – Arnold Meldrassan«, kam die schwache Antwort. »Geboren auf …«

»Ihr Sauerstoff ist verbraucht«, stellte Saedelaere erschrocken fest. »Die Anzeige steht auf null.«

Meldrassan rang bereits nach Atem, er gierte nach jedem Sauerstoffatom. Heftig schüttelte er den Kopf, als Saedelaere Anstalten traf, beide Anzüge zu koppeln. »Hören Sie auf damit!«

Der zwingende Ton ließ Alaska zögern. »Die Sauerstoffvorräte waren in allen Anzügen gleich. Was haben Sie gemacht?«

»Sie wissen es nicht?« Ein bitteres Lächeln umfloss Meldrassans Mundwinkel. »Mein Sauerstoffverbrauch ist erhöht ... solange ich diese Gestalt habe.« Er hustete, ein Zucken durchlief seinen Körper. »Tun Sie's nicht!«, ächzte er, als Saedelaere fortfuhr, ihre Anzüge zu verbinden. »Wir hätten bald beide zu wenig. Ich gehöre ... zum ... Heimlichen Imperium. – Ihre einsame Welt, Alaska, haben wir lange ge... sucht ...«

Saedelaere drückte die kraftlos werdenden Arme zur Seite, die ihn immer noch abwehren wollten. Augenblicke später floss Sauerstoff von seinem Raumanzug in den anderen. Er fühlte sich selbst unsagbar schwach und ausgelaugt. Wenn nicht bald Hilfe kam, war es ohnehin zu spät.

»Meldrassan ist ein Cyno?«, fragte Major Snider zögernd, als müsse er sich erst über die Folgen klar werden, die seine Feststellung nach sich zog.

Die erste, überraschende Begegnung mit den Fremden hatte vor einem drei viertel Jahr stattgefunden, am 24. November 3441. Alaska entsann sich gut. Auf der Wüstenwelt Dessopato hatten Reginald Bull und Julian Tifflor die Konferenz der Immunen vorbereitet. Perry Rhodans Absicht war es gewesen, eine Galaktische Völkerallianz zu gründen, um gemeinsam gegen die vom Schwarm ausgehende Bedrohung vorzugehen. In den Ruinen einer vor über zweihunderttausend Jahren untergegangenen Zivilisation hatten sich zehntausend Immune versammelt, Blues ebenso wie Akonen, Arkoniden, Neu-Arkoniden, Aras, Antis und viele andere. Die Sternenreiche terranischer Herkunft waren mit dem Carsualschen Bund, der Zentralgalaktischen Union und den Fracowitz-Systemstaaten vertreten gewesen sowie mit einer Vielzahl kleinerer Gruppen. Sogar Haluter waren erschienen, deren Vorfahren vor fünfzigtausend Jahren das Imperium der Ersten Menschheit mit Tod und Vernichtung überzogen hatten.

Ein flaches schwarzes Diskusschiff, knapp fünfzig Meter durchmessend und nur acht Meter hoch, hatte für Verwirrung und Unruhe gesorgt. Es war so jäh erschienen, als wäre es erst dicht über den Landeplätzen materialisiert. Nicht einmal der Mausbiber Gucky hatte Mentalimpulse aus dem Schiffsinnern espern können, was die Vermutung einer robotischen Besatzung nahe gelegt hatte, aber auch die Befürchtung eines Beobachterschiffs aus dem Schwarm.

Erst nach der Konferenzeröffnung hatte die Besatzung des tiefschwarzen Diskusses ihr geheimnisvolles Schiff verlassen: drei Männer, mittelgroß, dunkelhaarig, mit markanten Gesichtern. Alaska Saedelaeres erster Eindruck war der von Drillingen gewesen.

Die Fremden hatten sich unter die Delegierten gemischt und nach geraumer Zeit selbst das Wort ergriffen: »Wir sind keine Menschen, aber wir haben diese Gestalt angenommen, weil der menschliche Körperbau jedem vertraut ist – in unserer Urform würden Sie uns vermutlich nur schwer verstehen. Unser Imperium in dieser Galaxis wird durch den Schwarm bedroht; er bedeutet für Sie und uns eine unabschätzbare Gefahr.«

Die Schockwellen einer Transition des Schwarms hatten auf Dessopato heftige tektonische Beben und Vulkanausbrüche hervorgerufen und zum Abbruch der Konferenz der Immunen geführt. Nach seinem letzten Gespräch mit den Vertretern des Heimlichen Imperiums war Perry Rhodan jedoch überzeugt gewesen, dass die Fremden eingehende Informationen über den Schwarm besaßen. »Suchen Sie die Antwort auf Ihre Fragen in der Vergangenheit«, hatten ihn die Unbekannten aufgefordert. »Im Dunkel der Geschichte gibt es Spuren, die alles erklären. Sie sind weit im Kosmos zu finden.«

Die Fremden, die sich selbst Cynos nannten, hatten in der Vergangenheit aus dem Verborgenen heraus die Geschicke galaktischer Völker gelenkt.

All das schoss Alaska Saedelaere durch den Sinn, während er über Major Sniders Frage nachdachte. Eine eigenartige Schwere lastete auf ihm. Alaska hielt die Augen geschlossen und lauschte dem Pochen des Cappin-Fragments, bis ihn ein greller Schmerz der beginnenden Lethargie entriss.

Irgendetwas war geschehen, was er nicht gewollt hatte. Das nachklingende Toben im Gesicht schrieb der Transmittergeschädigte hyperenergetischen Vorgängen zu. Der Schock fuhr ihm jedoch erst richtig in die Glieder, als er sich wieder Meldrassan zuwandte.

Der Raumanzug war leer, der Cyno verschwunden. Nichts deutete darauf hin, dass noch vor Minuten eine menschliche Gestalt den Anzug getragen hatte.

Ein Teleporter hätte so spurlos verschwinden können, aber Cynos waren keine Teleporter. Sie wurden als Para-Modulatoren bezeichnet, die mit ihren Psi-Kräften anderen jede beliebige Gestalt vorspiegeln konnten.

»Ist ... Meldrassan tot?«, fragte Vivian DeBleue, als Alaska die Sauerstoffverbindung löste.

»Er hat es vorgezogen, uns zu verlassen.«

Kopetzky meldete eine Masseortung. Das Abbild, das er auf den Hauptbildschirm holte, zeigte ein längliches, schlankes Objekt hoher Dichte. Mit geringer Geschwindigkeit driftete es von der DESTINY fort.

Sekundenlang herrschte betretenes Schweigen. Dann sprach Major Snider die Frage aus, die jeden bewegte: »Ein Obelisk? Wie die Steinsäulen auf RQM II und im Puntoron-Shin-System?«

»... oder sonst wo in der Galaxis«, fügte Theodorich Kopetzky bedeutungsvoll hinzu.

Stunden später – an Bord der Space-Jet hatte ein bedrückendes Schweigen Einzug gehalten – materialisierte eine Korvette in einer Entfernung von wenigen Millionen Kilometern. Saedelaere und seine Mannschaft wurden erst aufmerksam, als ein Traktorfeld die DESTINY erfasste.

Eine kleine, pelzige Gestalt materialisierte. Hinter dem geschlossenen Helm ließ Gucky den Nagezahn blitzen. »Keine Müdigkeit vorschützen, meine Herrschaften!«, rief der Mausbiber schrill. »Ihr gondelt hier gemütlich durch den Raum, während uns auf Terra die Probleme über den Kopf wachsen. – He, Theodorich, das solltest du besser nicht denken. *Halt die Luft an, Kleiner*, wo bleibt der Respekt vor einem Sonderoffizier des Solaren Imperiums? – Und nun?« Bevor Snider und Vivian DeBleue reagieren konnten, ergriff er beide an der Hand und teleportierte mit ihnen.

Sekunden später war er wieder zurück. Breit grinste er den Piloten an. »Schon besser, mein Freund, das sind angenehme Gedanken: Eine Kiste Mohrrüben ist wahrlich nicht zu viel für deine Rettung.«

18.

Alaska Saedelaeres nächste bedeutende Begegnung mit einem Cyno erfolgte Ende Dezember. Rund zwei Monate vorher hatte der Sternenschwarm nach einer erneuten Transition das Solsystem in sein Gefüge aufgenommen. Niemand war in der Lage gewesen, das zu verhindern; allerdings hatte Perry Rhodan rechtzeitig gewisse Vorkehrungen getroffen. Terra – als modernes Trojanisches Pferd – sollte letzten Endes die entscheidende Trumpfkarte im Kampf gegen die galaxisweite Verdummung werden.

Rhodans Bluff, den ahnungslosen Götzen eine primitive, zerstrittene Welt vorzutäuschen, hatte den erhofften Erfolg gebracht. Es galt Zeit zu gewinnen, bis der systemumspannende Paratronschutzschirm einsatzbereit war. Die Gefahr einer erneuten Transition des Schwarms, die das Solsystem von seiner angestammten galaktischen Position entfernt hätte, wurde von einem Kommandounternehmen durch die Zerstörung von sechs so genannten Reizimpulsstationen zunächst abgewendet.

Ende Dezember erschien ein Unbekannter an Bord der MARCO POLO. Er nannte sich Schmitt und war ein kleiner Mann mit ausdrucksstarken Augen. Rhodan kannte ihn als Generaldirektor einer der größten terranischen Chemiekonzerne. Überraschend war vor allem die Erkenntnis, einen Cyno vor sich zu haben. Schmitts Behauptung, zu den Sieben Weisen von Terra zu gehören, die sich um die Belange der Menschheit kümmerten, klang nicht gerade erbaulich.

»Seit wann?«, wollte der Großadministrator wissen. Erst vor kurzem war in Erfahrung gebracht worden, dass Cynos schon seit zweihunderttausend Jahren unerkannt auf der Erde lebten.

»Ob Jahre oder Jahrtausende, welche Rolle spielt das wirklich?«, antwortete Schmitt mit einer Gegenfrage. »Zeit ist nur eine Illusion, die denkende Gehirne unnötig beeinflusst.«

Schmitt schloss sich dem Kommando von der MARCO POLO an, dessen Aufgabe es sein sollte, die Zentralwelt des Schwarms zu vernichten. Erst danach würde die Gefahr einer neuerlichen Transition endgültig gebannt sein.

Der Stoßtrupp erreichte den Schaltplaneten Stato, die einzige Welt einer hellblauen Riesensonne im rechnerischen Zentrum des Schwarms.

Doch Statos Zerstörung im Atombrand wurde von Schmitt vereitelt, indem er mit den Arkonbomben siganesischer Mikrobauweise verschwand.

Der vermeintliche Verräter legte es nur darauf an, eine Metallspule zu erbeuten. Ohne die Terraner, das gestand er später ein, wäre er nie nach Stato gelangt. Sie halfen ihm ungewollt auch, die Spule zu erbeuten, weil sie die Götzen von Stato und ihre Hilfskräfte ablenkten.

Ob aus Dankbarkeit oder reiner Berechnung, Schmitt zündete letztlich selbst die Arkonbomben und sprach auf der Flucht davon, dass sie neun Mumien finden mussten, wollten sie den Schwarm wieder seiner ursprünglichen Aufgabe zuführen. Wobei die Bezeichnung »Mumien« nicht unbedingt richtig war, da das Interkosmo keine zutreffende Bezeichnung kannte. Die auf Stato erbeutete Metallspule diente als Schlüssel für eine Welt, die den zerstörten Schaltplaneten Stato ersetzen konnte.

Obwohl Alaska Saedelaere mit seinem Misstrauen nicht hinter dem Berg hielt, verkündete der Cyno stolz: »Mein Volk erhielt vor sehr langer Zeit einen Auftrag mit wahrhaft kosmischer Bedeutung. Wir werden diesen Auftrag ausführen und uns von niemandem daran hindern lassen. Verglichen damit sind die Menschen ein Nichts, ob sie es wahrhaben wollen oder nicht.«

»Mag sein, dass Sie uns für unbedeutende Wilde halten.« Alaskas Antwort klang scharf und zynisch. »Doch eines Tages werden *wir* das kosmische Geschehen beeinflussen. Finden Sie sich jetzt schon damit ab.«

»Phantastereien.« Schmitts Lachen war bar jeder Emotion. »Im Augenblick sieht es eher so aus, als bliebe Ihr Volk im Schwarm gefangen. Die Terraner werden die Reise durch die Unendlichkeit mitmachen – nicht mehr, aber auch nicht weniger.«

Der Kampf um die Beherrschung des gewaltigen Sternenschwarms strebte seinem Höhepunkt entgegen. Ausgetragen wurde er zwischen den Götzen mit ihren Hilfsvölkern und den Terranern unter Großadministrator Perry Rhodan, die in den geheimnisvollen Cynos, die immer nur das Nötigste ihrer Geheimnisse preisgaben, Unterstützung gefunden hatten.

Die auf Stato erbeutete Metallspule bekam eine entscheidende Bedeutung. Der Paradimschlüssel, wie Schmitt das Objekt nannte, war einst der Behälter für das Tabora gewesen, ein künstlich gezüchtetes

Energiewesen. Als Einheit bildeten das Tabora und der Paradimschlüssel, bei dem es sich, vereinfacht ausgedrückt, um eine sehr leistungsfähige Positronik handelte, den Kodegeber für die wichtigsten Funktionen des Schwarms.

Vor einer Million Jahren hatte ein verbrecherischer Götze den Schlüssel entwendet. Dem Tabora war dennoch die Flucht geglückt – und nun, auf vielen Umwegen, war es zurückgekehrt.

Alaska Saedelaeres Verdacht, Schmitt sei keineswegs nur irgendein Cyno, sondern eine hoch gestellte Persönlichkeit seines Volkes, bewahrheitete sich. »Ich bin Imago I«, bekannte der Cyno endlich. »Außer mir gibt es nur noch Imago II – wir beide waren und sind die einzigen Vertrauten der neun Imaginären.«

Der Zusammenhang lag auf der Hand: Die neun Mumien, von denen Schmitt mehrfach gesprochen hatte, waren mit den neun Imaginären identisch.

»... natürlich gibt es für ein derart gigantisches Gebilde wie den Sternenschwarm nicht nur eine zentrale Schaltwelt. Seine Erbauer haben eine Ersatzstation geschaffen, auf der wir die neun Imaginären finden werden.«

»Waren Cynos die Erbauer?«

Schmitts traurig wirkendes Gesicht verzog sich ausnahmsweise zu einem Lächeln. »Nein, das waren wir nicht«, antwortete er. »Doch sie haben uns eine Aufgabe übertragen, die ewig Bestand hat. Seit einer Million Jahren können wir dieser Aufgabe nicht mehr nachkommen, aber das wird nun hoffentlich bald anders werden. – Viele Menschen halten uns für Gegner, obwohl wir das nicht sind. Wir müssen nur jedes Risiko eingehen, um unser Ziel zu erreichen – Rücksichten sind fehl am Platz, weil unsere Aufgabe nicht allein für diese Galaxis wichtig ist.«

Alaska Saedelaere gewann in diesem Moment den Eindruck, dass ein uraltes Wesen mit ihm redete. Vielleicht, stellte er zutiefst aufgewühlt fest, war Imago I alias Schmitt wirklich eine unvorstellbare Million Jahre alt!

»Viele Cynos, die heute in der Milchstraße leben, haben ihre Aufgabe vergessen«, fügte Schmitt hinzu. »Das ist bedauerlich, aber nicht zu ändern. Sie werden nicht zur Rückkehr in den Schwarm zu bewegen sein. Aber das sind nebensächliche Probleme. Erst kommt es darauf an, die zweite Schaltwelt und mit ihr die neun Imaginären zu finden.«

»Sie glauben wirklich, dass die Herrscher von einst uns helfen werden?«, fragte Alaska. »Vorausgesetzt, sie können das heute überhaupt noch.«

Schmitts hinhaltende Handbewegung verdeutlichte seine Hilflosigkeit. »Ich bin gezwungen, sie zu töten«, stieß er wie einen Fluch hervor.

Drei tiefgrüne Energiebögen, durch Energiefelder verbunden, so dass der Eindruck eines gewölbten Korridors aus reiner Energie entstand: Durch diesen Transmitter und mit Hilfe des Paradimschlüssels betraten sie Stato II. »Das Tor der Wachsamkeit« hatte Schmitt den Transmitter genannt, was nur bedeuten konnte, dass es sich zugleich um eine Kontroll- und Zutrittsstation handelte.

Der Cyno schien den Verstand verloren zu haben. Breitbeinig stand er da, aber dennoch in sich zusammengekrümmt und die Arme vor dem Leib verkrampft. Seine Stimme klang lauter als je zuvor. »Hesze Goort!«, schrie er. Und wieder: »Hesze Goort! Der Erste der Ewigen Brüder ist zurückgekehrt! Nach einer Million Jahren werden wir unsere Aufgabe wieder übernehmen.«

Geraume Zeit verging, bis der Cyno sich endlich aus der Verkrampfung löste. »Wer das Tor der Wachsamkeit durchschreitet, muss Hesze Goort verfluchen«, sagte er tonlos. »Kein Grund zur Besorgnis. Wir befinden uns auf Stato II.«

Die Station lag inmitten einer weiten Savanne. Hohes Gras wogte im Wind und erweckte einen paradiesischen Eindruck. Unzählige Kunstsonnen, die in der Distanz miteinander zu verschmelzen schienen, überzogen den Himmel mit ihrer steten Helligkeit.

»Hier lebt niemand«, erklärte Schmitt. »Auf der zweiten Zentralen Rechenwelt befinden sich nur die Energiegräber der neun Imaginären. Sie waren gerechte Herrscher unseres Volkes. Ihnen allein blieb vorbehalten, nach dem Tod nicht zu versteinern, sondern als energetische Ballung weiter zu existieren.«

Ein besseres Versteck als im Hyperraum konnte es kaum geben. Schmitts Erklärungen ließen die Zusammenhänge für Alaska deutlicher werden.

Den neun Imaginären, die den Schwarm im Auftrag seiner Erbauer gelenkt hatten, war eines ihrer Hilfsvölker zum Verhängnis geworden. Dabei hatten sie selbst die Karduuhls, ein besonders begabtes insektoides Volk, in einem langen Prozess mit parapsychischen Kräften ausgestattet.

Eine Revolte der Insektoiden, unterstützt von dem verräterischen

Cyno Hesze Goort, hatte die Imaginären in starke Bedrängnis gebracht. Letztlich war ihnen kein anderer Ausweg geblieben als der Rückzug in die Energiegrüfte von Stato II und die Versetzung des Planeten in den Hyperraum. Imago I und sein Bruder, lange Zeit die Vertrauten der neun Imaginären, hatten sich auf den dritten Planeten einer kleinen gelben Sonne gerettet, der an sich unscheinbar war, aber zugleich von einer besonderen Kraft erfüllt.

Durch Hesze Goorts Verrat ihrer Abwehrwaffen beraubt, waren auch viele andere Cynos aus dem Schwarm geflohen oder angesichts des Todes versteinert. Eine Welt mit Millionen erstarrter Toter hatten die Karduuhls später aus dem Schwarm ausgestoßen, den Planeten Obelisk im Puntoron-Shin-System.

Der Paradimschlüssel war damals auf Stato I zurückgeblieben, während das Tabora ebenfalls die Flucht ergriffen hatte. Seit es zurückgekehrt war, zeigte Schmitt eine unerschütterliche Zuversicht. Wobei Alaska Saedelaere den Eindruck gewann, dass die Terraner zu Statisten in diesem Spiel mit kosmischen Ausmaßen geworden waren. Sicher, er hatte Antworten erhalten, doch sie provozierten zugleich neue Fragen: Warum hatten die Erbauer des Schwarms nicht eingegriffen, als den Cynos die Herrschaft entrissen worden war? Weshalb hatten sie geduldet, dass die endlose Karawane von den Karduuhls umfunktioniert worden war? Hatten jene Geheimnisvollen im Hintergrund womöglich gewusst, dass die Götzen ihre Macht wieder verlieren würden, wenngleich erst nach einer Ewigkeit?

Bedeutete Zeit den Fremden so wenig?

Oder waren sie in Bedeutungslosigkeit verschwunden, nach langen Kriegen zermürbt und degeneriert …?

Alaska schüttelte den Kopf; das war eine Geste der eigenen Unsicherheit, mit der er sich abzufinden hatte. Schmitt, das wusste er, hielt nach wie vor Informationen zurück.

»Noch bedeuten die Götzen keine unmittelbare Gefahr für uns«, sagte der Cyno in dem Moment. »Aber Stato II muss in den Schwarm zurück.« Beinahe zärtlich strich er mit der flachen Hand über den Paradimschlüssel. »Das Tabora wird uns den Weg zu einer Energiegruft weisen. Ich nehme Kontakt zu einer der neun Mumien auf.«

»Um sie zu töten?«

»Niemand lebt ewig«, antwortete Schmitt zögernd. »Alles im Universum hat irgendwann ein Ende – auch ich kann mich dem nicht entziehen.«

Der Behälter, in dem das Tabora lebte, war eisig kalt. Alaska Saedelaere zuckte schon bei der ersten Berührung zurück.

»Sie müssen sich daran festhalten«, mahnte Schmitt. »Oder fürchten Sie, dass wir Sie bei der bevorstehenden Ortsversetzung verlieren könnten?«

Saedelaere griff erneut zu. Nach einer Weile fühlte er nicht nur die Nähe des Energiewesens, er nahm auch dessen telepathische Stimme wahr.

Du bist ein Fremder. – Niemand außer den beiden Imagos ist berechtigt, die Gruft aufzusuchen.

»Dieses Gesetz hat seinen Sinn verloren«, sagte Schmitt scharf. »Ich setze es außer Kraft.«

Das kannst du nicht!, dröhnte ein Gedanke.

Das jähe Empfinden, wie ein Getreidekorn zwischen zwei Mühlsteinen zerrieben zu werden, ließ Alaska taumeln. Ein stummer, mentaler Kampf war zwischen Schmitt und dem Tabora entbrannt; der eine oder andere unverständliche Gedankenfetzen streifte den Transmittergeschädigten. Er fühlte sich plötzlich klein und unbedeutend, aber dennoch erschien ihm Schmitts Aufatmen als eine so typisch menschliche Regung, dass er sich wieder fragte, welches Aussehen die Cynos in Wirklichkeit hatten.

Imago I nennt dich seinen Freund, Fremder, wisperte das Tabora in Saedelaeres Gedanken. *Trotzdem verschweigt er dir sein größtes Geheimnis.*

»Dann verrate du es mir!«, platzte der Transmittergeschädigte heraus.

Schweig! Schmitts strenger, telepathischer Befehl an das Tabora ließ Saedelaere zusammenzucken. Sogar das Cappin-Fragment schien sich zu verkrampfen.

Im selben Sekundenbruchteil erfolgte die Transition. Die Entstofflichung war deutlich wahrzunehmen. *Fast wie damals!*, durchzuckte Saedelaere ein aberwitziger Gedanke. Dabei hätte er nicht einmal zu sagen vermocht, ob seine Erinnerung im Laufe der Jahre eine andere geworden war. Wie sich die Menschen veränderten, veränderte sich auch ihre Einstellung zu vielen Dingen.

Etwas streifte ihn. Er empfand die körperlose Berührung als angenehm.

Aus dem Nichts einer unmessbaren Zeitspanne heraus näherte sich ihm ein jugendlich schlanker Körper. Tief lagen die Augen in dem blassen, von dunklen Haaren umflossenen Gesicht; ihr Blick drang mühelos bis in Alaskas Innerstes. Für einen ebenso flüchtigen Augenblick fürchtete er eine der Halluzinationen, die beim Rücksturz aus dem Hyperraum in den Einsteinraum hin und wieder auftraten.

Kytoma! Freude durchpulste ihn. Obwohl kein Laut über seine Lippen kam, wusste er, dass das Mädchen ihn verstand.

Das ist unsere dritte Begegnung, ein seltsamer Zufall in Raum und Zeit … Ihre Gedanken klangen so klar, als hätte sie die Worte wirklich ausgesprochen. Oder phantasierte er? *Wer bist du?,* schrien seine Gedanken. *Was bist du?*

Vielleicht nur eine Illusion – wie alles, von dem wir glauben, dass es existiert. Trotzdem musst du helfen, den Schwarm seiner Bestimmung zuzuführen.

Was immer in diesem Moment Alaska Saedelaere ausmachte, sein Geist, die ÜBSEF-Konstante, die Seele, schreckte vor der Wahrheit zurück. Dennoch formte er einen drängenden Gedanken:

Du gehörst zu den Erbauern des Schwarmes, Kytoma?

Ich weiß es nicht, gestand das Mädchen. *Manchmal glaube ich, dass die Einsamkeit meine Erinnerung überlagert. – Aber du bist der Vertraute eines Mannes, dessen Stimme eines Tages im Universum gehört werden wird. Dein Weg ist vorgezeichnet, Alaska Saedelaere, und dein Volk wird in qualvolle Tiefen gestürzt werden, aber sich ebenso schnell wieder in schwindelnde Höhen wagen – Perry Rhodan weiß schon sehr viel mehr über kosmische Zusammenhänge, als er ahnt. Trotzdem ist er nicht unfehlbar, seine Stärke ist zugleich seine Schwäche.*

Alles in Alaska sträubte sich gegen diesen Zustand, der ihn jeder Illusion beraubte. Sein Verlangen, das körperlose Schweben endlich hinter sich zu lassen, wurde unerträglich; er wollte materialisieren, egal wo. Wenn es sein sollte, sogar mitten in der Hölle.

Ein trauriger Gedanke streifte ihn. *Ist es nicht schlimm, zu leben, ohne sein Ziel zu kennen? – Die Welt, mein armer Freund, auf der dir Leid zugefügt wurde, ist inzwischen näher, als du glaubst. Der Schwarm hat sie aufgenommen.*

Warte!

Alaskas Aufschrei blieb vergebens. Das Nichts spie ihn aus, kaum dass Kytomas Umrisse zu verblassen begannen.

Er stand auf einem Podest im Zentrum der Energiegruft. Und Schmitt war neben ihm.

Die Gruft hatte die Form einer Halbkugel. Heller, glitzernder Staub in der Luft verbreitete ein unangenehm salziges Aroma. Saedelaere unterdrückte den aufkommenden Hustenreiz. Er wartete, während Schmitt das Podest verließ und zu den Imaginären hinabstieg. Dann nahm er vorsichtig die Maske ab, um mehr als durch die schmalen Augenschlitze erkennen zu können.

Das Cappin-Fragment bewegte sich nicht mehr, auch sein Leuchten war weitgehend erloschen. Die aufflackernde Hoffnung überzeugte Alaska allerdings nicht. Der Zellklumpen war nicht tot – nicht solange er unlösbar mit dem menschlichen Gewebe verbunden war. Eher erschien es Alaska, als hätte die Nähe eines übermächtigen Wesens den Cappin zur Passivität verurteilt.

Das Podest schwebte frei im Raum. Es gab keine Treppe, keine Rampe, nichts, was es ermöglicht hätte, Schmitt zu folgen. In der Tiefe schimmerte ein schwaches Glühen wie der Widerschein einer unsteten Flamme.

Unwillig setzte Saedelaere die Maske wieder auf. Nur Sekunden später kam Schmitt zurück. Der Cyno hielt den Paradimschlüssel umklammert wie einen unsagbar wertvollen Schatz. »Die Karduuhls beginnen einen Großangriff«, stieß er hervor.

»Sie hatten Kontakt mit der … Mumie?«

»Nein«, sagte Schmitt. »Meine schlimmsten Befürchtungen wurden noch übertroffen. Ich muss entscheiden, ohne sicher zu sein, ob ich richtig handeln werde. Es ist erforderlich, dass Stato II in den Schwarm zurückkehrt. Was ich tun muss, um den Schwarm für die Cynos zu erhalten, kann nicht im Hyperraum geschehen.«

Mittlerweile hatten sich Hunderte Karduuhls in dem Tal eingefunden, über dem die Halbkugel schwebte. Sie griffen mit ihren Psi-Kräften an, während Lacoons und andere Hilfstruppen aus schweren Waffen das Feuer eröffneten. Das losbrechende Inferno konnte der Energiegruft dennoch nichts anhaben. Aus dem Vorgehen der Angreifer schloss Saedelaere, dass die Götzen über Möglichkeiten verfügten, den Paradimschlüssel anzupeilen; sie wussten also, dass ein Imago nach Stato II gekommen war.

Das alles grenzte an Irrsinn. Seite an Seite mit einigen Mutanten, jeder den eigenen Tod vor Augen, hatte er Stato I vernichtet und der Galaxis eine dringend nötige Atempause verschafft, und nun sollte ausgerechnet eine Kopie der Schaltwelt in den Schwarm zurückgeholt werden? Alaska fragte sich verzweifelt, wie sie verhindern wollten, dass die Götzen auch Stato II eroberten.

Hoch über dem Tal begannen die ersten Atomsonnen zu verblassen. Der Himmel verdunkelte sich. Stato II verließ den Hyperraum.

Schmitts Stimme vibrierte, als er zu einer Erklärung ansetzte. Alaska wusste sofort, dass ihm nicht gefallen würde, was er zu hören bekam.

»Es gibt kein Zurück«, stellte der Cyno fest. »Aber Stato II ist schutzlos; ich kann die Raumschiffe der Karduuhls nicht an der Landung hindern. Die einzige Chance bietet uns die militärische Stärke des Solsystems. Sie sollten froh sein, dass Terra inzwischen in den Schwarm aufgenommen wurde.« Der Cyno führte Saedelaere in einen angrenzenden, mit fremder Technik voll gestopften Schaltraum. »Sie kennen den Kode der terranischen Flotte; rufen Sie Ihre Schiffe zu Hilfe!«

Die Komplexität und Fremdartigkeit der Anlage ließen Alaska fast scheitern, obwohl er sich nach Schmitts Anweisungen richtete. Die Zeit schien davonzulaufen …

Endlich kam Antwort. Ein Schneller Kreuzer fungierte als Relaisstation zur Erde. Minuten später stand die Verbindung zu Perry Rhodan. Der Großadministrator wirkte erleichtert. »Wir hielten Sie für tot, Alaska, umgekommen im Atombrand der Schaltwelt …«

Mit knappen Worten schilderte Saedelaere die Geschehnisse, bis Schmitt ihm ungeduldig ins Wort fiel: »Ich musste Stato II aktivieren. Die Koordinaten werden Ihnen übermittelt.«

»Was erwarten Sie von mir?«, fragte Rhodan.

»… den Einsatz der Solaren Flotte. Wenn Sie die Schaltwelt nicht bald gegen die Karduuhls verteidigen, war alles umsonst.«

Der Großadministrator fixierte den Cyno durchdringend. »Sie wissen genau, dass die Schwarmgötzen das Solsystem angreifen. Niemand vermag zu sagen, ob sie den systemumspannenden Schutzschirm schwächen können. Unter diesen Umständen Teile der Flotte abzuziehen kann weitreichende Folgen haben.«

»Niemand nimmt Ihnen die Verantwortung ab, Perry Rhodan«, sagte Schmitt. »Aber vergessen Sie nicht, dass Sie sich Ihre Position selbst erarbeitet haben; was Sie jetzt erleben, ist sozusagen der Fluch der guten Tat. Entscheiden Sie schnell! – Und noch etwas: Mein Bruder Imago II wird bald bei Ihnen erscheinen. Vertrauen Sie ihm, auch wenn Ihnen das vielleicht schwer fällt.«

Schmitt unterbrach die Funkverbindung mit einer knappen Handbewegung und schulterte den Paradimschlüssel. Momentan sah es danach aus, dass die Karduuhls im Ringen um die Schwarmherrschaft die besseren Karten hatten. Alle Bildübertragungen zeigten, dass die Götzen und ihre Hilfsvölker offensichtlich begonnen hatten, sich für lange Zeit auf Stato II einzurichten. Ohnehin war es nur noch eine Frage der Zeit, bis es im Orbit von Kampfschiffen der Götzen wimmelte.

Alaska starrte das Funkgerät an, als könnte er auf diese Weise eine neue Verbindung nach Terra herstellen.

»Vergessen Sie den Gedanken«, sagte Schmitt. »Sie würden Ihre Leute nur verwirren. Rhodan muss seine Entscheidung unbeeinflusst treffen.« Damit wandte er sich um und ging.

»Und weiter?«, rief Saedelaere hinter dem Cyno her. Schmitt alias Imago I reagierte nicht. Gemessenen Schrittes verließ er den Kontrollraum, und als Alaska ihm kurz darauf folgte, war er spurlos verschwunden. Wieder hatte er die Fähigkeiten des Paradimschlüssels für eine Ortsversetzung genutzt.

So gut es ging, ignorierte Alaska Saedelaere die Einsamkeit, die das Warten zur Qual machte. Schmitt war und blieb verschwunden, doch seit mittlerweile zwei Stunden landeten Raumschiffe auf den Häfen der Schaltwelt und schleusten Truppen aus. Lacoons, Skurrils und wie sie alle hießen, strömten in alle Himmelsrichtungen. Eine riesige Armee belagerte die Hauptschaltstation, über deren Bildschirmgalerien Saedelaere seine Informationen bezog.

Immer häufiger ertappte sich der Maskenträger bei der Zeitabfrage. Er hoffte, dass bald terranische Kampfraumschiffe eingreifen würden. Die große Funkanlage ohne Schmitts Hilfe zu bedienen, wagte er jedoch nicht.

Endlich kam der Cyno zurück. Er betrat die Zentrale durch das Schott, durch das er sie auch verlassen hatte. Nie zuvor hatte Saedelaere einen Schutzanzug wie den gesehen, den der Cyno inzwischen trug.

Elastische, quadratische Segmente fügten sich nahtlos aneinander. In Beckenhöhe bildete das Material seitlich zwei runde Auswüchse, und aus den Schultern ragten antennenartige Höcker in die Höhe. Der Helm, den Schmitt geschlossen hatte, bestand aus einem transparenten Gespinst. Obwohl auf den ersten Blick überaus fragil wirkend, schien das Gewebe doch von erstaunlicher Widerstandsfähigkeit zu sein. Die klobigen Schuhe ebenso wie die plump wirkenden Handschuhe vervollständigten Alaskas zwiespältigen Eindruck. So fremd der Anzug wirkte, so sehr passte er zu dem Cyno, denn beide umgab ein Hauch des Geheimnisvollen.

»Handeln Sie nicht töricht!« Schmitts Blick fixierte Saedelaere und die Funkanlage zugleich.

»Interessiert Sie wirklich nicht, was außerhalb dieser Festung geschieht?«, entgegnete der Transmittergeschädigte.

Schmitts Bewegungen wirkten durch den Anzug schwerfällig. Dieses Kleidungsstück hatte wenig mit den flexiblen terranischen Raumanzügen gemein, es erinnerte eher an eine Rüstung. Wenngleich Alaska keine Sekunde lang daran zweifelte, dass darin eine besondere High Tech verarbeitet worden war.

Schmitt manipulierte die Bildschirmwiedergaben, ohne dass der Transmittergeschädigte hätte erkennen können, wie er das mit einer einzigen knappen Handbewegung bewerkstelligte.

Im Weltraum wogte eine mörderische Schlacht hin und her. Terranische Kugelraumer, dazwischen Space-Jets und Pulks von Jägern, gegen die zylinderförmigen Kampfschiffe der Götzen, Diskusse der Schwarminstallateure und teilweise bizarr anmutende unbekannte Konstruktionen. Tausende von Schiffen prallten im Bereich der Zentralsonne aufeinander.

Alaska sah auseinander brechende, explodierende Wracks. Der Tod hielt reiche Ernte.

»Ist die gesamte Flotte eingetroffen?«, fragte er tonlos.

»Erst eine Vorhut von viertausend Einheiten. Das heißt, anfangs waren es viertausend Einheiten. Die Terraner können nicht alle Landungen der Karduuhls unterbinden.«

Alaska fühlte eine unbändige Wut in sich aufsteigen. »Ihre Ignoranz schreit zum Himmel«, stieß er hart hervor. »Diese Menschen opfern ihr Leben für … für die Cynos.«

»Noch ist nichts verloren.«

»So kenne ich Sie nicht, Schmitt. Sie haben sich zu Ihrem Nachteil verändert und wirken unnahbar wie Ihre Rüstung.«

»Ich trage den Anzug der Vernichtung! Für mich gibt es kein Zurück mehr.«

Eine unheilvolle Bedeutung schwang in Schmitts Antwort mit. Sie ließ Alaska erschauern. Der Cyno zeigte auf die Bildschirme. »In Kürze erwarte ich die Hauptstreitmacht der terranischen Flotte. Bleiben Sie in der Zentrale, bis alles vorüber ist.«

»Ich denke nicht daran …«

»Warum wollen Sie sich das Schauspiel entgehen lassen, wie die Schiffe Ihres Volkes die Schwarmverbände vernichten?«

»Was macht Sie so sicher?« Alaskas Verbitterung war unüberhörbar.

Eine neuerliche knappe Geste veränderte die Wiedergabe auf einem Teil der Schirme. Erstaunt und ungläubig zugleich sah Saedelaere, dass die Schwarmgötzen rings um die Energiekuppeln Verteidigungsstellungen errichteten. Kopfschüttelnd sagte er: »Das sieht aus ... als wollten sie die Stationen verteidigen.«

»Das sieht nicht nur so aus«, bestätigte der Cyno. »Zugleich versuchen die Götzen aber nach wie vor, in die Kuppeln einzudringen. Ihr Leben hängt von der Sicherheit der Imaginären ab.«

Alaska verstand gar nichts mehr. Die Verteidigungsbemühungen der Karduuhls galten offenbar gar nicht in erster Linie den Terranern, die bald ebenfalls auf Stato II landen würden.

»Ihre Abwehr gilt mir«, begründete Schmitt. »Die Karduuhls wollen um jeden Preis verhindern, dass ich eine der Energiegrüfte betrete.«

Schmitt hatte schon angedeutet, dass er die neun Imaginären töten würde. Aber warum wollten ausgerechnet die Schwarmgötzen verhindern, dass der Cyno die einstigen Herrscher seines Volkes vernichtete? Alaska fand die Zusammenhänge nicht. Ohnehin wurde er abgelenkt, als Schmitt den Paradimschlüssel hob und mit den Fingern eine bestimmte Stelle berührte. Als der Zylinder aufglühte, begann der Cyno durchsichtig zu werden. Einen Lidschlag später war Schmitt verschwunden.

Die neun Imaginären waren in einer energetischen Zustandsform konservierte Cynos. Der Gedanke, dass Schmitt sich als ehemaliger Diener gegen seine Herren erhoben hatte, erschreckte Saedelaere. Und die Tatsache, dass er diesen Anzug der Vernichtung trug und die Verteidigungsanstrengungen der Götzen taten ein Übriges dazu.

Ausgerechnet jetzt entsann sich Saedelaere eines gut eineinhalb Jahrtausende alten historischen Ausspruchs. Er fragte sich, ob die terranische Flotte im Begriff war, das falsche Schwein zu schlachten. Aber er hatte keine Möglichkeit, das zu verhindern.

Alaska Saedelaeres Augen brannten wie Feuer, jeder Lidschlag schien die Augäpfel abzuschmirgeln. Das Cappin-Fragment unter der Maske zuckte infolge der von den Karduuhls ausgehenden parapsychischen Aktivitäten. Alaska bezweifelte zunehmend, dass Schmitt es wirklich schaffen würde, in eine der Energiegrüfte einzudringen.

Andererseits konnten die Schwarmgötzen weder mit ihren Psi-Kräften allein noch mit schweren Waffen Imago I besiegen. Ihre weiträumig errichteten Fallen muteten primitiv an, doch gerade darin lag ihre Gefährlichkeit. Vor den Energiegrüften verflüssigte sich der Untergrund zu verborgenen Lavaseen, deren Tücke erst erkennbar wurde, sobald die Oberfläche schollenförmig aufbrach.

Lacoons tauschten ihre Energiewaffen gegen Stahlspeere. Alaska Saedelaere erschien es wie eine bittere Ironie, dass ausgerechnet die Götzen die Existenz der ehemaligen Cyno-Herrscher verteidigten. Sie mussten für ihr Handeln gute Gründe haben.

Urplötzlich erschien Schmitts Abbild auf einem der Schirme. Rund achthundert Meter vor einer Energiegruft war er soeben materialisiert. Nur ein flacher Hügel trennte ihn von den brodelnden Magmaseen.

Schmitt hatte von psionischen Riegelschirmen gesprochen, die jede Gruft gegen Teleporter absicherten. Er musste sich dem Ziel so weit wie möglich nähern, um mit Hilfe des Taboras eine Strukturlücke zu brechen, durch die er eindringen konnte.

Auch die Lacoons hatten den Cyno entdeckt. In der Situation griffen erstmals die terranischen Mutanten ein. Ras Tschubai war mit dem Supermutanten Ribald Corello teleportiert und danach mit Irmina Kotschistowa, der Metabio-Gruppiererin. Gemeinsam versuchten sie, Schmitt den Rücken freizuhalten. Zwischen Geysiren und Magma, eingehüllt von dem grün schimmernden Schutzschirm, wirkte die Gruft wie ein Anachronismus.

Die Terraner konnten den Lacoons so lange widerstehen, bis die Götzen eingriffen. Alaska sah die Mutanten zurückweichen, er registrierte noch eine ungeheuer heftige Psi-Front, die das Cappin-Fragment toben ließ, und nahm mit schwindenden Sinnen die gewaltige Explosion wahr, die den Mutanten und vielleicht auch dem Cyno einen schnellen Tod brachte. Sein gellender Aufschrei wurde zum qualvollen Gurgeln, als er in sich zusammensackte.

19.

Du lebst! Mehr interessiert dich nicht. Du weißt nicht einmal, ob du dankbar oder wütend sein sollst. Vielleicht vermisst du sogar dieses Gefühl wunderbarer Leichtigkeit während deiner Bewusstlosigkeit. In der Zeit warst du frei von Sorgen und Ängsten und durftest sein, wonach du dich am meisten sehnst: du selbst.

Mit deinen bewussten Empfindungen kehren leider auch die Schmerzen zurück, und du weißt, sobald du die Augen aufschlägst, hat dich die kalte und feindselige Welt wieder. Niemandem außer dir selbst bist du Rechenschaft schuldig …

Da ist sie wieder, die eigenwillige Berührung, die dich aufgeschreckt hat. In deinen Gedanken wispert eine lautlose Stimme: *Weshalb so zögerlich, mein fremder Freund? Belüge dich nicht selbst, sondern erkenne die Schöpfung, wie sie ist.*

Kytoma?, denkst du ungläubig.

Ein amüsiertes Lachen bringt dich dazu, dich stöhnend auf den Rücken zu wälzen. Mühsam blinzelnd siehst du eine menschliche Gestalt, die dich mit dem Paradimschlüssel berührt. Die Kälte des Lebens hat dich wieder.

»Wachen Sie endlich auf, Saedelaere!« Schmitts Stimme dröhnt unter deiner Schädeldecke, und du selbst fragst stockend, was geschehen ist.

»Die Imaginären sind tot«, antwortet der kleine, drahtige Mann, dessen wahres Aussehen dir wohl immer ein Rätsel bleiben wird, »und die Götzen werden ihnen bald folgen. Meine Aufgabe ist erfüllt, für mich besteht nun keine Veranlassung mehr, länger in dieser Form zu existieren.«

»Ich verstehe nicht«, stößt du stockend hervor.

Schmitt lächelt mitleidig. Oder erkennst du etwas wie Wehmut in seinen Zügen? Er scheint dir in vielem ähnlich zu sein.

»Der Tod der Mumien hat Energien freigesetzt, die vom Schmiegeschirm des Schwarms reflektiert und verstärkt werden«, erläutert der Cyno. »Die Karduuhls kannten ihre Empfindlichkeit gegenüber dieser Strahlung, deshalb wollten sie das Ende der Imaginären verhindern. Nun sterben sie ebenfalls.«

Zu einem kleinen, unauffälligen Bündel zusammengerollt trägt Schmitt den Anzug der Vernichtung unter dem Arm. Du bist viel zu überrascht, als dass du reagieren könntest, als er das Kleidungsstück neben dir zu Boden fallen lässt.

»Der Anzug gehört Ihnen!«, sagt Schmitt mit Nachdruck.

»Mir?« Du willst es nicht glauben. Alles in dir sträubt sich dagegen. »Er passt mir nicht«, bringst du endlich hervor. »Außerdem weiß ich nicht, wozu …«

»Der Anzug passt jedem.« Der Cyno steigert dein Erschrecken noch. »Sie werden ihn eines Tages tragen und dann ganz von selbst wissen, was er zu leisten vermag.«

Du zögerst, redest dir ein, dass es nicht gut sein kann, ein solches Geschenk anzunehmen. *Anzug der Vernichtung!* Du sträubst dich gegen den Zwang, der mit diesem Namen verbunden zu sein scheint. Trotzdem kannst du nicht anders, als die Hand auszustrecken und das seltsame

Kleidungsstück zu berühren. Es fühlt sich weich an, warm und anschmiegsam. Irgendwie verlockend. Plötzlich hast du Mühe, dich zu konzentrieren – zu viele Wenn und Aber schießen dir durch den Sinn. Du wendest dich an den Cyno: »Was Sie sagen, Schmitt, klingt wie ein Abschied.«

»Es ist mein Abschied.« Er streicht mit den Fingern über den Paradimschlüssel. »Ich gehe jetzt.«

Er lächelt. Du ahnst in dem Moment, dass du dieses Lächeln in Erinnerung behalten wirst. Es macht den Cyno trotz allem so menschlich.

Am Ausgang zögert er noch einmal. »Es wäre sinnlos, mir zu folgen«, sagt er.

»Ich weiß«, hörst du dich antworten. Alle Fragen, die du noch hast, behältst du für dich. Deine Hände umklammern das Bündel, die Finger graben sich in den Stoff, und du fragst dich, was das wirklich für ein Geschenk ist …

Dann bist du allein.

Die von den Schwarmgötzen ausgehende Gefahr war gebannt. Sie, deren Zeit eine Million Jahre währte, hatten ihr Leben innerhalb weniger Minuten verloren. Terranische Roboter begannen, die leblosen Körper abzutransportieren.

Die Probleme, die die wandernde Kleingalaxis für die Milchstraßenvölker und allen voran die Terraner bedeutete, waren damit jedoch längst nicht gelöst.

In einer kleinen Mannschleuse in der unteren Rumpfhälfte der MARCO POLO stand ein einsamer Mann. Es sah aus, als hätte er das Flaggschiff verlassen wollen, sich in allerletzter Sekunde aber anders entschieden. Niemand beachtete ihn, und er stand wie zur Salzsäule erstarrt. Sein Gesicht wirkte bleich – eine in Form gepresste Kunststoffmaske –, und nur hinter den schmalen Öffnungen für Augen und Mund flackerte es fahl. Mit dem linken Arm an den Leib gepresst, hielt er ein zusammengerolltes Stoffbündel.

Aus vierhundert Metern Höhe wirkten Robotertrupps und ausschwärmende Gleiter klein und unbedeutend. Nur die Probleme waren nicht geringer geworden.

Wofür haben sie gelebt? In Gedanken wiederholte der Maskenträger die Frage, die er vor wenigen Stunden Perry Rhodan gestellt hatte. *Mir ist, als sei ein Schatten der Karduuhls weiterhin gegenwärtig. – Und die Cynos? Ob sie nun zufriedener sind? Ich kann keinen Sinn in alldem erkennen.*

»Vielleicht hat das Schicksal nur auf positive Kräfte gewartet. Ich glaube, dass nichts ohne Grund geschieht«, hatte Rhodan zögernd geantwortet. »Die Zukunft wird uns eines Tages die Wahrheit zeigen.«

Eine auffrischende Bö strich über den Schiffsrumpf und ließ Alaska Saedelaere frösteln. Der Wind kühlte sogar das brennende Fleisch unter der Maske. Seine Gedanken schweiften zu Schmitt ab. *Eine Million Jahre*, schoss es ihm durch den Sinn, *sind für das Universum nicht mehr als ein Lidschlag.* Schmitt war tot – zur Säule versteinert. Daran zweifelte Alaska ebenso wenig wie an der Erkenntnis, dass der Cyno nur für seine Rache gelebt hatte.

»Ich denke nicht daran, mich zu deinem Werkzeug zu machen.« Jedes Wort stieß der Transmittergeschädigte wie eine Verwünschung hervor, als könnte er sich auf diese Weise von allem befreien. Der Cyno war für ihn immer noch gegenwärtig – auf eine Art und Weise, die nur mit dem Anzug der Vernichtung zusammenhängen konnte.

Der Anzug machte ihm Angst. Etwas Unheimliches haftete dem Kleidungsstück an. Einer Eingebung folgend, wollte Saedelaere das Bündel aus der Schleuse werfen, doch er konnte es nicht. Vielmehr drückte er das Kleidungsstück fester an sich.

Er spürte die Macht.

Schmitt hatte den Anzug getragen, als er seine Rache erfüllt und die Herrschaft der Karduuhls beendet hatte.

In dem Moment wusste Alaska, was zu tun war.

»Sie wirken müde, Kopetzky. Ich hoffe, Sie halten es nicht auch mit dem Ausspruch: Wenn ich aufsteh früh am Mittag ...«

»Nein, Sir, ich ...«

»Sprechen Sie ruhig weiter.«

»... ich fürchte ... da braut sich einiges ...« Was immer Theodorich Kopetzky noch sagte, verhallte ungehört. Ein ohrenbetäubendes Dröhnen erfüllte die DESTINY II, als hätte ein gewaltiger Klöppel die Space-Jet getroffen. Das wesenlose Wogen des Linearraums mit dem Zielstern im Zentrum wich der Schwärze des Weltraums, aber weder der Pilot noch die Notfallautomatik hatten den Rücksturz aus dem Überlichtflug eingeleitet. Andere Kräfte wirkten auf die Space-Jet ein.

Acht Sonnen standen im Umkreis von wenigen Lichttagen, doch keine so nahe, dass sie eine Gefahr bedeutet hätte. Kopetzky unterbrach den aufheulenden Distanzalarm.

»Masseortung!«, meldete er. »Wir werden von etwas Unsichtbarem angezogen.«

»Einer Dunkelwelt?«

»Es ist riesig! – Eine Sonne mit Planeten. Das System scheint mit uns aus dem Linearraum gefallen ...« Gewaltige Kräfte wirbelten die DESTINY II herum. Nur bruchstückhaft war Kopetzkys Meldung zu verstehen. Die Anzeigen spielten verrückt; von Störungen überlagert, erschien eine chaotische Datenfülle auf den Schirmen. Der Pilot beachtete die aberwitzigen Hinweise schon nicht mehr. Seine Bemühungen, die Jet zu stabilisieren, wirkten zunehmend verzweifelter.

Lange konnten die Speicherbänke dem weit über Maximalwerten liegenden Energiefluss nicht standhalten. Dem grellen Aufleuchten des Schutzschirms folgte das erste Versagen der Absorber. Tief wurde die Besatzung von den durchschlagenden Andruckkräften in die Sessel gedrückt.

Glutfackeln entstanden in der Schwärze des Alls – und erloschen nahezu ebenso schnell. An weit auseinander liegenden Positionen schien der Weltraum aufzureißen, ein Aufblitzen wie von schwerem gegnerischen Beschuss.

Übergangslos brach eine gleißende Lichtfülle über die Space-Jet herein, als hätte der Raum in diesem einen unmessbaren Augenblick Feuer gefangen. Eine gewaltige Eruption spülte den Diskus vor sich her wie eine gigantische Brandungswelle mitgerissenes Treibgut.

Das grelle Lodern begann seitlich auszuwandern und wurde zum gewaltigen, von Protuberanzen umkränzten Rund einer riesigen Sonne. Weit in den Raum hinausgreifende Flammenzungen verwehten wie geisterhafte Erscheinungen.

Vierzig, fünfzig Lichtsekunden Distanz, kam es Saedelaere in den Sinn. Was immer die Space-Jet aus dem Linearraum gerissen hatte, sie verdankten diesem Effekt ihr Leben. Nur wenige Milliarden Kilometer weiter wäre der Diskusraumer von den atomaren Gluten vernichtet worden.

»Die Sonne muss gleichzeitig mit uns im Normalraum materialisiert sein«, stieß Vivian DeBleue hervor, als hätte sie Saedelaeres Gedanken gelesen. »Deshalb konnten wir ihr Licht nicht sofort sehen, es breitet sich erst aus.«

»Eine gelbe Sonne, sechs Planeten«, stellte Kopetzky sachlich fest. »Ihr Erscheinen ist mit schweren Strukturerschütterungen verbunden. Woher in drei Teufels Namen ...?«

»Kokonlagerung«, sagte Saedelaere.

»Ich verstehe nicht.«

»Die Vorgänge auf Stato II, der zentralen Schaltwelt, haben damit zu tun.« Der Transmittergeschädigte holte die ersten Auswertungen auf seine Konsole. »Auf dem Weg durch eine Galaxis berührt der Schwarm Hunderttausende Sonnensysteme«, fuhr er fort. »Um Katastrophen zu verhindern, werden diese Systeme in Hyper-D-Kokons eingehüllt, in ein übergeordnetes Kontinuum versetzt und erst nach dem Weiterzug des Schwarms aus dem Schutzfeld wieder entlassen. Was wir eben am Rand miterlebt haben, war der vorzeitige Ausfall eines solchen Kokons.«

»Wir müssen also vermehrt mit Zwischenfällen rechnen?«

»Ich hoffe nicht.«

»Die innere Struktur und das Schwerkraftgefüge des Schwarmes wären aufs Äußerste gefährdet«, erklärte die Hyperphysikerin.

»Erneuter Lineareintritt in einszwanzig!«, meldete der Pilot. »Der alte Kursvektor wird wieder aufgenommen.«

Saedelaere nickte stumm. Fest schloss er die Hand um die daumennagelgroße Kapsel, die er am Anzug der Vernichtung gefunden hatte. »Kapsel« war übertrieben, eher handelte es sich um ein drei Millimeter dickes Plättchen einer undefinierbaren Substanz.

Alaska hätte den Fund in den Labors des Flaggschiffs untersuchen lassen können. Aber dort wusste niemand davon. Bislang hatte er die Existenz des Plättchens verschwiegen.

Auf den Bildschirmen erschien das Abbild des neuen Zielsterns. Die Space-Jet befand sich erneut im Überlichtflug.

Du glaubst, das Richtige zu tun. Trotzdem fühlst du die Unsicherheit wachsen, und das wird sich wohl erst ändern, sobald du dein Ziel erreicht hast.

Die Kapsel wirkt auf dich wie etwas Lebendes. Sie ist das Erzeugnis einer hoch stehenden Technik – ein mentaler Speicher, vermutest du. Schmitt hat sie am Anzug der Vernichtung befestigt. Aber darfst du dem Cyno wirklich trauen?

Alle deine Fragen werden von neuem wach. Weil eine innere Stimme dich antreibt, und du folgst ihr nur zu gerne und machst dich damit erneut zu Schmitts Handlanger. Aber der Cyno ist tot, versteinert. Zumindest glaubst du das.

Du drehst und wendest die Fakten und fragst dich, was du übersehen hast. Zugleich wächst dein Unbehagen, du beginnst vor der Wahrheit zurückzuschrecken. Weil du fürchtest, dass du den Dingen nicht gewachsen sein wirst, die auf dich warten. Deine Gedanken schweifen zurück in deine Jugend. Schon damals hast du den Robotertorso auf dem Schrottplatz beneidet; heute würdest du viel dafür geben, dich an einen ähnlich einsamen Ort zurückziehen zu können. Nichts mehr hören und nichts sehen, was dir missfällt. Aber du kannst das nicht. Deine Träume sind verweht und Vergangenheit wie vieles andere auch. Längst hast du dich mit dem Schicksal arrangiert, weil es gerade dein Unfall war, der dich nach oben getragen hat. Man kennt deinen Namen, Alaska Saedelaere, und die Terraner werden sich noch in Jahrhunderten an den Maskenträger erinnern. Als du dich Perry Rhodan angeschlossen hast, hast du zugleich Verantwortung übernommen. Nicht allein für dich oder für die anderen – sondern für die Menschheit und ihren Weg zu den Sternen.

Mit einem ärgerlichen Kopfschütteln befreist du dich von diesen Sentimentalitäten. In unserer technischen Welt zählen Fakten, mit Gefühlen stehst du dir nur selbst im Weg.

Was hast du bislang in der Hand?

RQM II, die tote Welt einer sterbenden Sonne, hat mit deinem Unfall zu tun. Die Hologrammkarte der dreibusigen Zaliterin und die Münze sind Beweis genug. Nur die Reihenfolge von Ursache und Wirkung ist dir noch verborgen. Du fragst dich, ob du, bedingt durch den Zusammenstoß mit dem Cappin, auf jene Welt verschlagen wurdest oder ob Interferenzen während deines Transmitterdurchgangs eine Umpolung bewirkten. Dann wäre es sogar wahrscheinlich, dass du dem Cappin erst in der Felswüste begegnet bist.

Du wirst es herausfinden!

Die Karduuhls haben Red Question Mark nicht zufällig angeflogen. Ganz sicher nicht. Das System wurde gezielt zur Aufnahme in den Schwarm vorbereitet. Schmitt wusste das. Und vermutlich noch sehr viel mehr. Leider hat er sein Wissen mitgenommen.

Du fragst dich, ob die Obelisken von RQM II der Grund für das allseitige Interesse sind. Oder der seltsame, zu anderen Welten führende Steg.

Kannte der Cyno die Antworten? Hat er – der Gedanke erschreckt dich zutiefst – gerade deshalb den Tod gesucht?

Mit lediglich zweieinhalb Lichtjahren Distanz zur Innenseite des Schmiegeschirms beendete die DESTINY II den Überlichtflug. Hier, im Bereich des Schwarmkopfs, wurden die neu aufgenommenen Sterne »gelagert«.

»Raumschiffe!«, meldete Kopetzky. »Sie sammeln sich außerhalb des Schirmes. Die Diskusform lässt auf Cynos schließen.«

»Vermutlich befinden wir uns in der Nähe einer Strukturschleuse.« Saedelaere nickte grimmig. »Es war zu erwarten, dass die Cynos aus allen Regionen der Milchstraße kommen, um ihr Erbe anzutreten.«

»Wir können sie kaum daran hindern«, wandte Vivian DeBleue ein. »Oder haben Sie das vor, Mr. Saedelaere?«

Das Schweigen des Transmittergeschädigten war Antwort genug.

»Sie befürchten eine Konfrontation?«, fragte Kopetzky.

Saedelaere wechselte das Thema und blieb die Antwort schuldig. »Haben Sie die Sonne schon in der Ortung?«, wollte er wissen. »Alles andere ist momentan uninteressant.«

»Die Erfassung läuft noch, Sir.«

»Zu langsam. Wir müssen damit rechnen, dass die Strukturschleusen im Schmiegeschirm bald für die Cynos durchlässig werden.«

Alaska Saedelaere zögerte, dann öffnete er die Hand mit der »Kapsel«. Die Koordinaten, die er gleich darauf nannte, entlockten dem Piloten einen überraschten Augenaufschlag.

»Bereiten Sie die nächste Linearetappe vor, Kopetzky!«, drängte der Maskenträger. »Oder wollen Sie warten, bis uns die Cynos zuvorkommen?«

Fünfundsiebzig Lichtjahre legte die DESTINY in drei kurzen Etappen zurück. Die Sonnen standen in diesem Abschnitt des Schwarms besonders dicht, als wären extrem viele Sterne neu in den Schwarm aufgenommen worden. *Vielleicht*, sinnierte Saedelaere, *wollen die Götzen eine zufällige Entdeckung des Roten Riesen und seiner Planeten erschweren.* Aber möglicherweise redete er sich das alles auch nur ein und vermutete kosmische Geheimnisse, wo es nichts anderes gab als hoch stehende Technik. »Weil wir Menschen die Dinge oft genug so sehen, wie wir sie haben wollen …« Unabsichtlich sprach er seine Überlegungen laut aus. Es fiel ihm erst auf, als Vivian DeBleue sich fragend an ihn wandte.

»Wo liegt Ihr Problem, Mr. Saedelaere?«

Er lachte knapp. »Ich habe keines. – Vergessen Sie's!«, fügte er eine Spur schroffer hinzu, als die Hyperphysikerin die Brauen zusammenkniff und die Lippen spitzte. »Ich habe keine Probleme: weder mit dem Organklumpen im Gesicht noch mit meinen Unfall und schon gar nicht mit diesem verfluchten Sternenschwarm.«

»Alles völlig normal«, bestätigte die Frau. »Das wollten Sie sagen, nicht wahr? Und dass die paar Jahre, die uns Menschen in diesem Kosmos vergönnt sind, ohnehin nicht der Rede wert sind.« Sie seufzte. »Es ist bedauerlich, dass ich Ihr Gesicht nicht sehen kann.«

Saedelaere reagierte mit einem unwilligen Laut. »Sie müssen nicht die Rolle des Bordpsychologen übernehmen, Mrs. DeBleue. Ich weiß selbst, was mit mir ...«

»Irgendetwas geschieht!«, platzte der Pilot in dem Moment heraus. »Der Zielstern verschwimmt in der Ortung. – Rücksturz in zwanzig Sekunden.«

Kopetzky legte das Ortungsbild auf den Hauptschirm um. Der Eindruck, durch einen Tunnel aus wogendem Nichts zu rasen, von einem bedrohlich pulsierenden Riesenauge angezogen, wurde übermächtig. Aber der Zielstern war blasser als für gewöhnlich.

»Zehn Sekunden ...«

»Achten Sie auf die Störquellen!«, warnte die Hyperphysikerin. Mit den Fingern zeichnete sie kleine Kreise auf ihren Monitor, die zeitgleich auf den Hauptschirm übertragen wurden. Saedelaere sah erst in dem Moment, was DeBleue mit geübtem Blick erkannt hatte: Zwei dicht neben dem Zielstern liegende Flecken wirkten wie brodelnde Granulen in der Sonnen-Photosphäre.

»Energieausbrüche?«, vermutete Alaska.

»Das ist keine natürliche Erscheinung.«

Die Space-Jet fiel in den Normalraum zurück. Auf den Schirmen wurde sowohl die optische Wiedergabe als auch das Ortungsbild von Alarmmeldungen überlagert.

Einen Schwall eruptierender Energien hinter sich herziehend, raste die DESTINY dem noch Millionen Kilometer entfernten Planeten entgegen. Die von außen auf den Diskus einwirkenden Kräfte waren gewaltig; ohne die Absorber wäre das Schiff innerhalb von Sekunden zu einer expandierenden Trümmerwolke auseinander gebrochen.

»Restfahrt schwindet weiter!«, meldete Kopetzky. »Zwölftausend Sekundenkilometer ... Elfacht ...«

»Kollision mit einem energetischen Schirmfeld!«, stieß die Physikerin hervor. »Eine Art Schmiegeschirm, wenn auch nicht gänzlich stabil.«

»Voller Schub!«, befahl Saedelaere. Das Gefühl plötzlicher eisiger Kälte ließ ihn die Hand öffnen, die bis eben noch das kleine Plättchen umschlossen hatte. Das millimeterdünne Artefakt existierte nicht mehr, lediglich einige graue Staubflocken wirbelten Alaska entgegen. Wenn es noch eines Beweises bedurft hätte, dass Schmitt ihn gezielt beeinflusst hatte, wäre er jetzt wohl erbracht gewesen.

»Triebwerksleistung auf Maximum«, bestätigte Kopetzky. »Steigt weiter. Verzögerung wird kompensiert.«

Das Tosen der Aggregate durchschlug alle Schallisolierungen. Was in den ersten Sekunden wie ein fernes Rauschen geklungen hatte, schwoll zum ohrenbetäubenden Dröhnen an, begleitet von heftigen Schwingungen der Schiffszelle.

Ein fahles Glimmen zog sich um die Space-Jet zusammen. Dann, in Gedankenschnelle, die ersten Risse in dem grauen Schlauch, dahinter die Weltraumschwärze mit den wahllos verstreuten Lichtpunkten naher Sterne.

Zurück blieben verwirbelnde Schwaden, als die DESTINY den Widerstand endgültig durchbrach.

Mit aberwitziger Geschwindigkeit stürzt die Space-Jet dem Planeten entgegen. Obwohl die Gefahr besteht, dass gegnerische Raumschiffe im Ortungsschatten lauern, fieberst du dem Augenblick entgegen, in dem du wieder zwischen den Obelisken stehst. Diesmal, davon bist du überzeugt, wirst du das Geheimnis von RQM II lüften. Der Schmiegeschirm, den die DESTINY eben durchbrochen hat, beweist, dass du auf der richtigen Spur bist. Die Götzen wussten viel mehr, als du ahnst. Keinesfalls suchten sie nur die Obelisken – die versteinerten Cynos waren wohl eher die sprichwörtliche Kröte, die sie schlucken mussten.

Während Oberflächendetails auf den Schirmen erscheinen, stellst du Vermutungen an, die dich selbst überraschen.

Vielleicht stammt RQM II gar nicht aus der Milchstraße. Wie wahrscheinlich ist es, dass diese Welt in einem anderen Teil des Kosmos entstand, dass der Schwarm sie mitgebracht und vor einer Million Jahren ausgestoßen hat?

Schmitt wusste mehr. Deshalb hat er dafür gesorgt, dass du den Planeten der sterbenden Sonne erneut anfliegst.

Warum?

Du schließt die Augen, um dich zu konzentrieren. Wie aus weiter Ferne vernimmst du die Feststellung, dass keine gegnerischen Raumschiffe im Ortungsschatten lauern, dann lässt du dich wieder von deinen Überlegungen treiben.

Eine genaue Analyse der planetaren Materie wird die Herkunft von RQM II beweisen. Das Verfahren steckt noch in den Kinderschuhen, aber schon ein mehr als fünfzigprozentiges Ergebnis würde dich überzeugen.

War das Geheimnis der Wüstenwelt ausschlaggebend für die Aufnahme in den Schwarm? Weil die Götzen ... Du erkennst den Denkfehler sofort. Nicht die Karduuhls beherrschten zu jener Zeit die wandernde Kleingalaxis, sondern die Cynos in ihrer wahren Gestalt. – So kommst du nicht weiter. Du bist gezwungen, das Problem von einer anderen Seite anzugehen.

Was hast du bislang auf RQM II entdeckt? Wirklich eine Art Steg? Als nüchtern denkender Mensch solltest du das als Ausgeburt einer blühenden Phantasie erkennen. Du unterliegst einer Illusion, möglicherweise einem mentalen Zwang. Schick Individuen aus unterschiedlichen Völkern nach unten, und du wirst völlig anders geartete Beschreibungen erhalten. Wahrscheinlich hast du es mit einem freien Transmitterfeld zu tun – womöglich einem natürlichen Phänomen.

Nach wie vor kannst du dich nicht an deinen ersten Aufenthalt auf dieser Welt erinnern. Auch was nach der Landung der DESTINY geschah, scheint zunehmend zu verblassen. Ergeht es nur dir so? Du willst Kopetzky oder DeBleue fragen, aber du schweigst. Weil du plötzlich zu wissen glaubst, dass die Cynos RQM II aus dem Schwarm ausstießen, um den Planeten nicht den Karduuhls in die Hände fallen zu lassen. Das war zu jener Zeit, als die Götzen die Macht an sich rissen.

Der Schwarm ist zurückgekehrt, die Verhältnisse haben sich erneut verändert. Die insektoiden Götzen haben ihr Spiel verloren. Und die Cynos? Nachdem sie ihre wahre Gestalt vergessen haben, wissen sie überhaupt noch um das Erbe dunkler Vergangenheit? Oder war Schmitt der Einzige ...?

Mit einem unwilligen Kopfschütteln verscheuchst du diese quälenden Gedanken. Du willst den Kopf frei haben, sobald die Space-Jet landet.

»Anflug planmäßig!«, meldet Kopetzky, als du dich erhebst. Du spürst seinen Blick auf dir ruhen, und auch Vivian DeBleue lässt dich nicht aus den Augen. Es ist dir egal, was sie denken, ihre Probleme sind bestimmt nicht die deinen.

Ein angenehmes Prickeln durchpulst deine Hände, als du den Anzug der Vernichtung aufrollst. Immer noch hast du den Eindruck, dass dir das Kleidungsstück nicht passen wird. Wie sagte der Cyno zu dir? »Eines Tages werden Sie den Anzug der Vernichtung tragen. Dann werden Sie erkennen, wozu er geschaffen wurde.«

Eines Tages ... Du zögerst, weil das Cappin-Fragment in deinem Gesicht zu toben beginnt. Fast gleichzeitig stöhnt der Pilot auf. »Strukturverwerfungen!«, stößt er hervor. »Über der Ebene mit den Obelisken hat sich das Raum-Zeit-Gefüge verändert.«

Du zögerst einen Augenblick zu lange, dein Umkehrbefehl kommt zu spät.

Ein unwirkliches Leuchten erfüllte die Kuppel der DESTINY, ein Licht, das selbst den molekular verdichteten Stahl durchdrang. Jedenfalls war das Saedelaeres erster Eindruck. *Eine Falle!,* schoss es ihm durch den Sinn. Es war logisch, dass die Karduuhls den Planeten, zumindest die Ebene mit den Obelisken, gegen Unbefugte abgesichert hatten. Den Gedanken an die Cynos als Urheber schob der Transmittergeschädigte rasch wieder beiseite, ihnen hatte nach den Umwälzungen im Schwarm noch nicht genügend Zeit dafür zur Verfügung gestanden.

Immerhin war die Space-Jet nicht vernichtet worden. Oder bedeutete das lauter werdende, nicht zu deutende Knistern und Prasseln den Beginn der Zerstörung? ... *wie ein auftreffender Meteoritenschauer*, überlegte Saedelaere.

Er hörte den Piloten etwas rufen, verstand die Worte aber nicht, weil das Cappin-Fragment rebellierte. Der Gewebeklumpen hatte einige Sekunden gebraucht, um auf die neue Umgebung zu reagieren, jetzt strahlte er in heller Glut. Saedelaere ahnte, dass das pulsierende Glühen auch unter der Maske hervorbrach.

»... eine veränderte Umgebung!«, hatte Kopetzky gemeldet. Der Pilot gab alle Messdaten laut weiter. Sie erschienen Saedelaere spärlich, was auf drastisch eingeschränkte Ortungsbereiche schließen ließ. Vermutlich wurde die DESTINY von einem mehrdimensionalen Energiefeld eingeschlossen, das hyperfrequente Geräte lahm legte.

Das unwirkliche Licht entpuppte sich als unstetes Flackern wie von einem schlecht justierten Hologramm. Es verstärkte den Eindruck eines sich verändernden Zeitablaufs. *Ein subjektiver Eindruck*, stellte der Transmittergeschädigte fest. Eine wirkliche Veränderung hätte er keinesfalls wahrnehmen können.

Noch hielt er den Anzug der Vernichtung in Händen. Die vage Möglichkeit, dass der Anzug mit der Veränderung zu tun hatte, ließ ihn zögern. Wurde er mental beeinflusst?

Das grelle Zucken des Cappin-Fragments brach sich in den Augenschlitzen der Maske. Erst als Saedelaere die Augen zusammenkniff, erkannte er Details in den glühenden Schauern jenseits der Transparentkuppel. Wie ein Meer von Sternschnuppen blitzte es über der Space-Jet auf, die offensichtlich von diesem leuchtenden Meteoritenschauer mitgerissen wurde. Die tosende Geräuschkulisse entstand durch den Aufprall der Materie auf dem Schiffsrumpf.

Der Lärm ebbte ab, als Theodorich Kopetzky endlich den Schutzschirm aktivierte. »Wir treiben steuerlos durch ein nicht definierbares Medium!«, meldete er. »Die Systeme sind weitgehend ausgefallen. – Keine Ahnung, was geschehen ist.«

»Besteht Gefahr für das Schiff?«, wollte Saedelaere wissen.

Kopetzky stieß ein kurzes Lachen aus. Es klang resignierend und verbittert zugleich. »Der Paratronschirm hält stand. Das ist aber auch schon alles. Nicht einmal unsere Bewegung lässt sich feststellen. Relativ wozu? Der Materieschauer reißt uns mit. Aber auch das ist nur eine Vermutung.«

»Jeder Fluss mündet irgendwann ins Meer«, sagte Saedelaere gedehnt.

Kopetzky starrte ihn an, dann zuckte er mit den Schultern. »Das Schiff reagiert nicht auf Korrekturschub, wir sind manövrierunfähig. Und ganz bestimmt befinden wir uns nicht mehr auf RQM II.«

»Das ist nicht einmal mehr der Schwarm«, behauptete Vivian DeBleue. »Wir wurden entmaterialisiert und über eine unbekannte Distanz hinweg versetzt.«

»Was ist das da draußen?«

»Ich wollte, ich wüsste es.«

Alaska Saedelaere hatte sich bereits banaleren Dingen als dem glühenden Meteoritenschauer zugewandt. Mit grimmiger Genugtuung registrierte er, dass die Schirmfeldbelastung bei knapp über neunzig Prozent verharrte. Dem Schiff drohte zumindest keine unmittelbare Gefahr.

»Funkempfang?«, fragte er.

»Taub«, antwortete Kopetzky.

»Ortung?«

»Wenn das, was zurückkommt, den Tatsachen entspricht, stecken wir in dichtesten Materieschwaden.«

»Überprüfen Sie die Justierung!«

»Das kann Stunden dauern, Sir.«

»Haben Sie einen besseren Vorschlag?« Saedelaere klang ungewohnt schroff. »Vorerst lassen wir das Schiff treiben.«

Der vermeintliche Meteoritenschauer, bei dem es sich gleichwohl um etwas gänzlich anderes handelte, eine unbekannte energetische

Zustandsform möglicherweise, riss die DESTINY unaufhaltsam mit sich.

Die Schwärze kam abrupt. Keiner an Bord nahm den Übergang in dem Augenblick wahr, in dem er sich ereignete, und die automatischen Aufzeichnungssysteme arbeiteten ohnehin nicht. Es schien, als hätte der Strom die Space-Jet ausgespuckt.

Sterne und das fahle Band einer Milchstraße zeichneten sich ab. Dennoch war der Eindruck anders als vor weniger als einer halben Stunde. Das war weder die Kulisse des Schwarms noch die gewohnte Population der heimischen Galaxis.

Alaska hatte bislang gezögert, den Anzug der Vernichtung anzulegen. Eine unerklärliche Scheu hielt ihn davon ab, Schmitts Erbe wirklich anzutreten. Es war anders, den Anzug nur zu berühren, als ihn überzustreifen. Unbewusst fürchtete der Transmittergeschädigte einen fremden Einfluss. Das Kleidungsstück war verlockend und unheimlich zugleich.

Erst als die Sterne wieder mehr wurden, zog Saedelaere den Anzug an. Weich und nachgiebig schmiegte sich die goldene Montur um seine Beine, umfloss die Hüfte und strahlte zugleich eine wohlige Wärme aus. Lediglich die silbergrauen, ballförmigen Stummel in Hüfthöhe wirkten in ihrer Härte wie Fremdkörper. Saedelaere konnte ihren Zweck nicht erkennen; die halbkugelförmigen Ansätze ließen sich weder verdrehen, noch reagierten sie auf Berührung. Zweifellos bargen sie eine hoch stehende Technik. Alaska vermutete Energiespeicher und Projektoren für einen Individualschirm.

Ganz im Gegensatz dazu stand der Verschlussmechanismus, ein banales Gegenüber von Haken und Ösen, die mit leichtem Druck einrasteten. Die beiden antennenförmigen, jeweils zwanzig Zentimeter messenden Schulterauswüchse konnten ebenso gut Projektoren wie Antennen sein.

»Haben Sie schon erwogen, dass der Anzug von einem Cyno in seiner eigentlichen Gestalt getragen wurde?«, fragte die Hyperphysikerin jäh.

»Dann waren sie in Wahrheit Menschen?« Saedelaere drehte den filigran und zerbrechlich wirkenden Helm zwischen den Händen. Das transparente Gespinst schimmerte silbergrau wie Metall. Aber es fühlte sich nicht an wie Metall.

Entschlossen setzte er den Helm auf. Die Handschuhe, aus denselben quadratischen Segmenten wie der Anzug gefertigte Fäustlinge, wirkten nicht nur klobig, sondern schienen ihn wirklich zu behindern. Mehrmals ballte er die Hände zu Fäusten und öffnete sie wieder, um sich daran zu gewöhnen, die Finger nicht wie gewohnt einsetzen zu können. Zugleich durchfloss ihn ein Gefühl der Macht.

»Exotisch«, sagte Vivian DeBleue. »Zumindest gewöhnungsbedürftig.«

Im gleichen Augenblick meldete der Pilot eine Ortung. Wie aus dem Nichts heraus erschienen schwebten mehrere energetische Gebilde neben der Space-Jet.

Bildest du dir die Einflüsterung nur ein, dieses unbeschreibliche Gefühl grenzenloser Stärke, das mit jedem Pulsschlag deutlicher wird? Deine Zweifel und dein Zögern sind dennoch schon im ersten Moment wie weggewischt.

Du verstehst nicht mehr, weshalb du überhaupt zögern konntest. Angenehm schmiegt sich der goldene Anzug wie eine zweite Haut an deinen Körper, als hätte er nur darauf gewartet, dir Macht und Unverletzbarkeit zu verleihen. Aber zugleich spürst du Furcht. Davor, dass Schmitt nicht wirklich tot ist, dass er eines Tages die Rückgabe seines Geschenks fordern wird.

Der Anzug gehört dir, Alaska Saedelaere. Keiner sonst darf ihn tragen, niemand wird ihn dir streitig machen.

Schwang da eben Zorn in deinen Gedanken mit?

Unsinn, redest du dir ein. Du bist übermüdet und reagierst gereizt. Du hoffst, dass der Anzug dir helfen wird, den Gewebeklumpen zu vernichten. *Versuch es!,* hämmern deine Gedanken. *Reiße den Cappin aus deinem Gesicht und töte ihn!*

Die längste Zeit warst du einsam, Alaska Saedelaere. Nimm dir die Macht und nutze sie. Dafür hast du klaglos alles ertragen, was das Schicksal dir zugedacht hat …

Du spürst eine Veränderung, als würde die Luft in der Zentrale plötzlich ionisiert. Eine ungeheure Anspannung wird greifbar. Und du fühlst dich beobachtet.

Auf dem Absatz fährst du herum.

Fast zum Greifen nahe schwebt eine irisierende Kugel. Du spürst, dass sie lebt. Sie belauert dich, noch unschlüssig, was geschehen soll. Gehört sie zu den energetischen Gebilden, die Kopetzky eben meldete?

»Wer … bist … du?«, fragst du widerwillig.

Keine Antwort. Wieso auch? Aus irgendeinem Grund glaubst du zu wissen, dass die Kugel nicht nur geballte Energie ist. Deine Sinne sind zu beschränkt, um mehr als diesen Abdruck im normalen Raum-Zeit-Gefüge wahrzunehmen. Das Ding stammt aus einem anderen Bereich.

Woher du das zu wissen glaubst?

Egal. Vielleicht verfügt der Anzug der Vernichtung über Wissensspeicher, die dir in diesem Moment zugänglich werden.

Die Energiekugel nähert sich weiter. Warum fürchtest du sie? Du trägst den Anzug der Vernichtung – wenn du jetzt zögerst, wirst du immer vor Gefahren zurückschrecken.

Urplötzlich rast ein greller Schmerz durch deinen Schädel. Fremde Gedanken formen sich. Du benötigst etliche Augenblicke, um ihren Sinn zu erfassen.

Du bist kein Mächtiger!

Die mentale Wucht dieser Gedanken droht dich zu lähmen. Du fühlst dich in die Enge getrieben, im Zwiespalt zwischen deiner Hoffnung auf Verständigung und der Gewissheit, den Gegner unschädlich machen zu müssen, bevor er dich angreift. Kennst du seine Mittel? Setze dich zur Wehr, zögere nicht länger!

Ohne es wirklich zu wollen, wirfst du dich vorwärts. Ist es der Anzug der Vernichtung, der dich so handeln lässt? Es liegt dir fern, einem unbekannten Wesen Schaden zuzufügen, dessen Motive du nicht kennst.

Für einen Augenblick glaubst du, dich selbst zu sehen, mit den Wahrnehmungsorganen einer Kreatur, die dir völlig fremd sind. Du selbst bist unbedeutend, ein farbloser Schemen mit einer Verdichtung im Schädel, und nur der Anzug, den du trägst, entfacht grelle Farben.

Dann dringst du in die Kugel ein … Oder weicht sie zurück? Du kannst es nicht mehr erkennen, deine Umgebung verwischt, verschmilzt zu einem wirbelnden Konglomerat aus Licht und Schatten. Der Sog reißt dich mit sich …

Mit geringer Geschwindigkeit driftete die Space-Jet über die Ebene der Obelisken. Alaska Saedelaere blinzelte in die gedämpfte Helligkeit, er schwitzte, und der Schweiß brannte unter der Gesichtsmaske wie Feuer. Unwillkürlich griff er mit der rechten Hand zu – und stieß gegen den geschlossenen Helm. Das eigene heisere Ächzen erschreckte ihn.

Verwirrt hielt er nach der Energiekugel Ausschau, aber da war nichts, was auch nur entfernt den Anschein eines solchen Objekts erweckt hätte. Hatte er phantasiert? Alaska wusste es nicht. Die sterbende Welt barg mehr Rätsel, als er geahnt hatte. Für einen Moment bedauerte er, dass er die Schwarmgötzen nicht mehr fragen konnte.

»Das ist eigenartig«, hörte er Kopetzky sagen.

»Wovon reden Sie?« Der völlig entgeisterte Gesichtsausdruck des Piloten überraschte Saedelaere nicht.

»Von den aktuellen Daten«, antwortete Kopetzky zögernd. »Demzufolge waren wir zweieinhalb Stunden lang ohne Besinnung.«

»Gibt es Bildaufzeichnungen?«

Kopetzky schien diese Möglichkeit noch gar nicht erwogen zu haben. Jedenfalls ließ er ein ärgerliches Murren vernehmen. Sekunden später, als die Aufzeichnung auf den Schirmen ein unwirkliches Leuchten flackern ließ, als stecke die Space-Jet in einem heftigen Sonnensturm, ächzte er nur noch.

»Also kein Traum … Ich dachte …«

»Vielleicht sollten wir ausnahmsweise nicht denken«, sagte Saedelaere.

»Kopetzky, Sie und ich – wir hatten alle die gleichen Wahrnehmungen«, stellte die Wissenschaftlerin fest. »Entweder befanden wir uns wirklich in diesem Energiesturm, oder wir wurden beeinflusst. Wobei Sie als Mentalstabilisierter solchen Einflüssen nicht unterliegen sollten.«

Der Pilot sagte: »Die Rückrechnung von Kurs und Geschwindigkeit ist eindeutig. Die DESTINY II wurde über den Obelisken von der Veränderung erfasst.«

»Wobei ich die Transmitterversion allmählich anzweifle.« Saedelaeres unschlüssige Geste irritierte.

»Das habe ich kaum anders erwartet«, platzte die Wissenschaftlerin heraus, winkte aber sofort ärgerlich ab. »Entschuldigung, das meine ich nicht so, wie es sich anhört.«

Saedelaere zuckte mit den Achseln. »Ich habe keine Aversion gegen Transmitter, wenn Sie das meinen.«

»Ich wollte sagen …«

»… dass weder ein typisches Entstofflichungsfeld noch die erforderlichen Aggregate angemessen wurden.«

»Was wäre, wenn der seltsame Steg beide Komponenten in sich vereint?«, wandte Kopetzky ein. »Angenommen, mehrdimensionale Energien wurden in Materie umgewandelt, die bei Bedarf ihre hyperphysikalischen Eigenschaften zurückgewinnt.«

»Ein Memory-Effekt? Ob das machbar ist, fragen Sie lieber unsere Physiker«, erwiderte Saedelaere. »Denkbar ist alles. Auch dass wir mit Dimensionsverwerfungen oder einem anderen Phänomen konfrontiert sind.«

Mittlerweile hatte Kopetzky die Restfahrt der Jet gestoppt. In fünf Kilometern Höhe, nur vom Antigrav getragen, schwebte sie über der Ebene.

Wortlos übernahm Alaska Saedelaere die Ortungen. Innerhalb von Minuten überlagerten neu aufbereitete Messdaten ein optisches Standbild. Keine ungewöhnlichen Aktivitäten. Nicht einmal die Obelisken verrieten ihre Position anders als im Bereich des sichtbaren Lichts. Eine Reliefkarte entstand, Höhe und Tiefe nur minimal ausgeprägt und vor allem ohne erkennbare Systematik.

»Wonach suchen Sie?«, fragte Vivian DeBleue nach einer Weile.

»Ich weiß es nicht.« Die Worte schienen nur so hingesagt. Hastig tippte Saedelaere auf den Arbeitsschirm, veränderte mit seinen Bemühungen Koordinatengitter und Wiedergabeparameter, bis er endlich mit dem Ergebnis zufrieden schien.

Die Darstellung wirkte immer noch wie ein flaches, verwaschenes Relief, doch war nun deutlicher eine annähernd runde Absenkung zu erkennen. Die Wiedergabe zeigte sogar eine leichte Bewegung. Nahezu unmerklich für das menschliche Auge verschoben sich Höhenpunkte, und erst die farbliche Markierung durch den Bordrechner ließ die Veränderung wirklich deutlich werden.

»Das sieht aus ...«, Theodorich Kopetzky verstummte ebenso jäh, wie er herausgeplatzt war. Offensichtlich hielt er seine Feststellung doch für unzutreffend.

Saedelaere war keine Regung anzumerken, als er sich dem Piloten zuwandte. Auf der Maske spiegelte sich der fahle Schein der Bildschirme. Kopetzky fröstelte unwillkürlich. »... wie was?«, fragte Saedelaere.

»Wie das grob stilisierte Abbild einer Spiralgalaxis«, wandte die Hyperphysikerin ein. »Geben Sie dem Relief kräftigere Farben, dann sehen wir eine Vielzahl gebogener Arme, die aus dem gemeinsamen Zentrum herauswachsen.«

Saedelaeres folgende Schaltungen bewirkten, dass das Bild in unterschiedlichen Versionen auf allen Schirmen aufleuchtete, und zwar nicht nur in den üblichen eingeblendeten Segmenten, sondern großflächig. Die Farbabstufungen zeigten den Mittelpunkt als tiefste Region. Wobei die Höhenunterschiede sich keineswegs auf die reale Oberflächenstruktur bezogen, sondern eine Umsetzung der mehrdimensionalen Ortungsergebnisse darstellten. Die begrenzten Mittel der Space-Jet erlaubten keine detailliertere Auswertung.

»Wir haben nichts dergleichen bei unserem ersten Anflug angemessen«, erinnerte Kopetzky.

»Da hatten wir noch keine Ahnung, wonach wir suchen sollten«, wandte die Hyperphysikerin ein.

»Wissen wir es jetzt?« Der Pilot verzog die Mundwinkel zu einer säuerlichen Grimasse.

»Die Abbildung erinnert an einen Sog«, sagte Alaska Saedelaere.

»Ein Schwarzes Loch«, pflichtete DeBleue bei. »Es rotiert kaum merklich um das eigene Zentrum …«

»Ein gebändigtes Black Hole«, fügte der Pilot hinzu. »Das klingt phantastisch, aber …«

»Bringen Sie die DESTINY II möglichst nahe an die Erscheinung heran, Kopetzky!«, kommandierte Saedelaere

Der Pilot ließ den Diskus seitlich abkippen und ging auf Gegenkurs.

Minuten später landete die Space-Jet.

Kopetzky erhob sich aus dem Pilotensitz. »Ich nehme an, wir gehen …« Saedelaeres knappes Kopfschütteln unterbrach ihn.

»Nein«, sagte der Transmittergeschädigte betont. »Ich gehe allein. Der Anzug der Vernichtung wird mich besser schützen als jeder terranische Raumanzug.« In Gedanken fügte er hinzu: *Schmitt überließ mir den Anzug nicht ohne Berechnung.* Die Frage war nur, welche Absichten der Cyno damit verfolgt hatte.

Du schaust zur Space-Jet zurück, deren Rumpf im grellen Sonnenlicht wie ein Edelstein glänzt, und verstehst dich selbst nicht mehr. Dir ist klar, dass du gegen alle Vernunft handelst und ein unkalkulierbares Risiko eingehst. Diese Welt ist ein schlafender Moloch. Dennoch zieht sie dich an wie eine offene Flamme Insekten. Aber das Feuer wird dich verbrennen – wenn nicht hier und jetzt, dann bestimmt morgen oder übermorgen.

Oder – der Gedanke erschreckt dich – suchst du wieder den Tod? Im Grunde deines Herzens bist du einsam geblieben. Alle Freundschaften sind oberflächlich, weil du niemanden wirklich an dich heranlässt. Das ist dein Fehler, aber du wirst wohl nie über deinen Schatten springen können. Und sei ehrlich zu dir selbst: Du hast dich längst an diesen Zustand gewöhnt. Kommt dir das Schicksal nicht sogar entgegen?

Alaska Saedelaere, Opfer einer fast unfehlbaren Technik. Nein, von anderen bemitleidet werden willst du nicht. Aber du brauchst dein Selbstmitleid, das dich immer von neuem weitertreibt … ruhelos … auf der Suche nach einer Heimat, die dich akzeptiert. Oder die du akzeptierst. War da nicht schon immer dein Fernweh? Selbst Terrania City war zu eng für dich, die Wohnschluchten und weitläufigen Parkanlagen vermittelten dir das Gefühl, eingesperrt zu sein. Wie irreal ist es doch zu glauben, dass die Raumschiffe der Solaren Flotte mehr Freiheit bieten. Du erkennst nicht, dass du an Bord erst recht eingeengt bist, weil du genau das nicht sehen willst. Dir ergeht es wie allen anderen, die sich von der Illusion verführen lassen, hinter den meterdicken Panzerungen aus molekülverdichtetem Stahl liege das Universum zu ihren Füßen und warte nur darauf, seine Geheimnisse zu offenbaren.

Weiter, Alaska, sonst legst du dein Zögern selbst als Schwäche aus! Zum Greifen nahe stehen die ersten Obelisken. Die Cynos, die vor einer Million Jahren starben, sind heute noch stumme Wächter. Sie warnen dich, wollen dich daran hindern, weiterzugehen. Aber was du als Stimmen zu hören glaubst, ist nur der stete Wind, der über die ausgedörrte Ebene weht.

Deine Hände in den klobigen Handschuhen berühren den ersten Stein.

Nichts geschieht.

Hast du wirklich erwartet, dass du ein kosmisches Geheimnis lüftest, weil du den Anzug der Vernichtung trägst? Es wäre ein Leichtes, die MARCO POLO über Hyperfunk zu rufen oder andere Schiffe der Solaren Flotte. Aber genau das willst du nicht, und eine Fülle von Ausflüchten erleichtert dir diese Entscheidung. Die Auseinandersetzung um die Beherrschung des Sternenschwarms ist entschieden, nun muss Terra die Kontrolle über den schwarminternen Weltraum übernehmen. Noch wichtiger ist es für die Menschheit, das Solsystem an seinen angestammten Platz und in eine Milchstraße zurückzuführen, die nicht länger durch die Manipulation der Gravitationskonstante verdummt wird. Welche Bedeutung hat unter diesen Umständen eine uralte sterbende Welt für Perry Rhodan?

Keine, gibst du dir selbst die Antwort. Der Großadministrator kann keine Kräfte abstellen, um den Planeten zu erforschen.

Also gehst du weiter. Die Obelisken starren dich an. Bildest du dir das nur ein, oder ist nach so langer Zeit wirklich noch Leben in ihnen? Bislang wissen wir viel zu wenig über die Cynos.

Vor dir ahnst du schon jene Fläche, die sich deinen menschlichen Sinnen entzieht. Die Hochrechnung der Ortungsergebnisse hat ein nahezu kreisrundes Areal mit einem Durchmesser von gut sieben Metern ergeben. Von außen erscheint es, als wäre ein Stück aus dem normalen Raum-Zeit-Kontinuum herausgestanzt.

Du lässt die letzten Obelisken hinter dir. Und schreist gequält auf, weil das Ding in deinem Gesicht zu schmerzen beginnt. Du reißt die Hände hoch, verkrampfst sie vor dem Helm und brichst gurgelnd in die Knie. Das Cappin-Fragment tobt schlimmer als jemals zuvor.

Abrupt richtete sich Alaska Saedelaere auf. Es war eine kantige, marionettenhafte Bewegung, in der dennoch unkontrollierte Kraft steckte. Vivian DeBleue, die sich eben über den Bewusstlosen gebeugt hatte, wurde zurückgeschleudert.

Schwankend kam Saedelaere auf die Beine. Er schaute sich um, als hätte er nie zuvor das Innere einer Space-Jet gesehen. Dumpfe Laute drangen über seine Lippen.

»Aufpassen, Kopetzky!«, rief die Hyperphysikerin. »Ich weiß nicht, was mit ihm los ist …«

Saedelaeres Schlag streifte den Piloten nur an der Schulter, ließ ihn aber dennoch zusammensacken. Mit einem zweiten wirkungsvollen Griff beförderte der Transmittergeschädigte Kopetzky aus dem Pilotensitz.

Unaufhörlich stieß er die seltsamen Laute aus, als rede er in einer unbekannten Sprache. Der Klang erinnerte jedoch an keines der großen raumfahrenden Völker der Milchstraße.

Mit voller Schubkraft jagte Saedelaere die Space-Jet in den wolkenlosen Himmel. Ebenso unerwartet nahm er im freien Weltraum den Antrieb weg.

»Was … ist passiert?« Stockend kam die Frage über seine Lippen.

»Das sollten doch Sie selbst am besten wissen«, antwortete Kopetzky.

Alaska nahm den Helm ab. »Ich muss zurück … zu …« Für einen Augenblick hatte es den Anschein, als wollte er auch die Maske abnehmen, dann ließ er die Hand gerade noch rechtzeitig sinken.

Vivian DeBleue atmete erleichtert auf. »Wohin zurück?«, fragte sie.

Saedelaere schüttelte den Kopf. »Ich weiß es nicht«, antwortete er stockend. »Irgendwo … weit entfernt.« Mit beiden Händen begann er sich den Nacken zu massieren. »Wieso bin ich überhaupt an Bord?«

»Kopetzky hat Sie geholt.«

»Nachdem Sie zusammengebrochen waren«, fügte der Pilot hinzu. »Wir hatten ein abruptes Ansteigen der Fünf-D-Ortung. Wenn ich die Messungen richtig deute, ist irgendetwas auf Sie übergesprungen.«

»Der Cappin hat reagiert.«

»Das allein war es nicht«, widersprach DeBleue. Abschätzend wog sie den Translator in der Hand, den sie nach ihrem Sturz aktiviert hatte. »Sie bedienten sich eben einer Sprache, die das Gerät weder kennt noch interpretieren kann.«

»Vielleicht die Sprache der Cynos«, vermutete der Pilot. »Trotzdem müssen wir vorsichtiger sein als bisher.«

»Wo liegt das Problem? Ich gehe ein zweites Mal.« Alaskas heiseres Lachen duldete keinen Widerspruch.

»Was immer da unten auf uns wartet, Mr. Saedelaere, wir schaffen es nicht allein, die Wahrheit herauszufinden.«

»Ich frage mich, was diesmal anders war«, begann Kopetzky nachdenklich. »Vielleicht eine Wechselwirkung mit dem Anzug.«

Saedelaere schwieg. Vorübergehend war nur zu sehen, dass sich sein Brustkorb unter tiefen Atemzügen bewegte. Dann begann er, den Anzug auszuziehen. Die fragenden Blicke seiner Begleiter ignorierte er.

Hatte er wirklich einen lautlosen Ruf vernommen? Oder mehr noch: einen inneren Zwang, auf dem Planeten zu bleiben und den nächsten Schritt zu wagen?

Einbildung, redete sich Alaska ein.

Bevor er eine Entscheidung treffen konnte, fingen die Antennen einen Hyperfunkspruch auf. Der Text war kodiert, aber auch nach der Entschlüsselung unverständlich. Wörtlich hieß es: *Das Blaue Pferd von Lemuria ist mit vierhunderttausend Reitern wieder in der Arena. Das Rodeo kann beginnen.*

»Verdummte«, seufzte Vivian DeBleue. »Was soll ein solcher Text?«

»Innerhalb des Schwarms gibt es keine Verdummten«, erinnerte Kopetzky.

»Dann erlaubt sich jemand einen schlechten Scherz.«

»Wohl kaum«, widersprach Saedelaere. »Mit dem Blauen Pferd kann nur Takvorian gemeint sein. Und die vierhunderttausend Reiter – Cappins; sie haben die lang ersehnte Hilfe in die Milchstraße gesandt.«

»Auch sie können nichts gegen den Zugvogelinstinkt der Karties ausrichten«, wandte die Hyperphysikerin ein.

»Aber Pedotransferer sollten in der Lage sein, Cynos zu übernehmen und sie zu zwingen, Terra aus dem Schwarm zu entlassen.« Eine wachsende Unruhe schwang in Saedelaeres Stimme mit. »Also bleibt womöglich nur mehr wenig Zeit, RQM II zu erforschen.«

»Wahrscheinlich gar keine«, sagte Kopetzky unvermittelt.

Mehrere große Diskusschiffe des Heimlichen Imperiums waren soeben materialisiert. In einer unmissverständlichen Zangenbewegung näherten sie sich der Space-Jet. Gleichzeitig wurde der Funkempfang aktiv.

Eine eisige Stimme erfüllte die Zentrale der DESTINY II.

»Das terranische Kleinraumschiff wird aufgefordert, das Sperrgebiet umgehend zu verlassen. – Ich wiederhole: Das terranische Kleinraumschiff hat dieses Sonnensystem sofort zu verlassen. Andernfalls eröffnen wir das Feuer.«

»Antwort auf derselben Frequenz«, bestimmte Saedelaere. Ein knappes Nicken des Piloten forderte ihn zum Reden auf.

»Hier spricht Alaska Saedelaere im Auftrag des Großadministrators. Ich erwarte Ihre Begründung ...«

»Keine Begründung! Verlassen Sie das Sperrgebiet!«

»Acht Schiffe mittlerweile«, meldete Kopetzky. »Vier von ihnen fliegen den Planeten an, die anderen ...«

Ein meterdicker Impulsstrahl verfehlte die Space-Jet nur um wenige Kilometer.

»Das war eine Warnung«, erklang es aus dem Funkempfang. Die Bildübertragung wurde nicht aktiviert. »Falls Sie weiterhin unser Hoheitsgebiet verletzen, eröffnen wir das Wirkungsfeuer. Ihnen bleiben dreißig Sekunden Ihrer Zeitrechnung ...«

In ohnmächtigem Zorn ballte Saedelaere die Hände. Er wusste, wann er verloren hatte.

»Zwanzig Sekunden ...«

»Wir haben keine Chance«, sagte Kopetzky. »Die Cynos aktivieren weitere Geschütze.«

Es klatschte vernehmlich, als Alaska Saedelaere mit der zur Faust geballten Rechten in die linke Handfläche schlug. Solche Gefühlsausbrüche zeigte er selten. Nicht nur, dass er sich in dem Moment um seine Hoffnungen betrogen sah, das Cappin-Fragment wieder loszuwerden, er wusste zugleich, dass er keine zweite Chance erhalten würde. Sobald der Schwarm aus der Milchstraße verschwand, verschwand auch der Planet.

»Lassen Sie uns miteinander reden.«

»Ich wüsste nicht, worüber«, antwortete der Cyno. »Drehen Sie ab!«

»Tun Sie, was er verlangt, Mr. Kopetzky!« Jedes Wort stieß der Transmittergeschädigte wie eine Verwünschung hervor. »Nehmen Sie Kurs auf Terra!«

Archiv des Besonderen
Teil 2

3443 bis 3581 n. Chr.

8. Juni 3443 n. Chr.
Der Sternenschwarm hat die Milchstraße verlassen. Die Terraner können endlich aufatmen, denn das Solsystem blieb bei der Transition zurück. Von Pilzraumschiffen der Scharminstallateure wurde ein entsprechendes Schutzfeld errichtet, zudem haben sie Sol an die korrekte galaktische Position zurückversetzt.

Der Cyno Imago II alias Nostradamus muss sein Vorhaben aufgeben, die Terraner als Hilfsvolk im Schwarm festzuhalten. Und die Ganjasen unter Ovarons Führung haben bewiesen, dass sie der gewaltigen intergalaktischen Entfernung zum Trotz Freunde der Menschheit sind.

Alaska Saedelaere fasst seine Gedanken in einer prägnanten Aussage zusammen, die von Terravision im Bereich des Solaren Imperiums ausgestrahlt wird. Der Transmittergeschädigte befindet sich in illustrer Runde mit Reginald Bull, Atlan, Galbraith Deighton und dem Haluter Icho Tolot. Ihre Stellungnahmen ergänzen eine eineinhalbstündige Rede des Großadministrators »zur Lage der Nation«.

»Eines Tages«, stellt Alaska Saedelaere fest, »werden Entfernungen ihre Bedeutung verlieren. Was Menschen erdenken können, wird auch eine technische Realisierung finden. Davon bin ich überzeugt. Dann wird sich das Leben aus vielen Galaxien gemeinsam weiterentwickeln – vielleicht hin zu einem Sinn, den wir heute noch nicht einmal erahnen. Das Universum hat Platz für alle, es ist die einzige und größte Herausforderung.

Das ist mein Traum – ein Traum vom Frieden und der friedlichen Erforschung der Unendlichkeit. Ich bedauere nur, dass ich Jahrtausende zu früh geboren wurde. Die Realisierung dieser Visionen werde ich nicht mehr erleben.«

Seit Positroniken und Biopositroniken ihren Siegeszug begannen und Kristallspeicher zum erschwinglichen Wirtschaftsgut wurden, hat sich die Informationsflut potenziert. Konservative Gruppierungen prangern die Datenfülle als neue Geißel der Menschheit an. Sie fürchten, dass schon in absehbarer Zeit der Mensch als solcher überflüssig wird und ein Zeitalter »vernetzter Immobilität« beginnt.

Diese Gruppen, sie haben politisch so gut wie kein Gewicht, verteufeln die stete Verfügbarkeit, fürchten um die Individualität und sehen eine unnatürliche »Vermassung« des Homo sapiens.

Dennoch gibt es Menschen, die im Grunde ihres Herzens einsam sind, die sich mit Barrieren umgeben und ihre Emotionen niemals wirklich zeigen.

Einer dieser Einsamen ist Alaska Saedelaere, der Transmittergeschädigte. Vielleicht wird ihn die Geschichtsschreibung eines Tages feiern. Als den Mann, der ein schlimmes Schicksal erduldete. Als Held und Beispiel menschlicher Anpassungsfähigkeit.

Alaska Saedelaere wurde zum Außenseiter gestempelt. Auch wenn es niemand zugeben wird, in seiner Nähe fühlen sich die meisten Menschen unwohl. Sie haben Angst vor dem glühenden Gewebe unter der Maske.

Da mag es wie eine ausgleichende Gerechtigkeit erscheinen, dass Saedelaere bedeutende Begegnungen vorbehalten sind. Eine dieser Begegnungen ist Kytoma, die weit mehr ist, als es zunächst den Anschein hat. (Der Verfasser dieses Statements behält sich die Frage vor, welche Konfrontationen dem Transmittergeschädigten noch bevorstehen. Ein kosmisches Bewusstsein ist dem ehemaligen Techniker schon heute nicht mehr abzusprechen.)

Die zweite von Alaska Saedelaere persönlich angefertigte Datensequenz entstand im April des Jahres 3444. Sie belegt auf eindrucksvolle Weise, wie sehr der Transmittergeschädigte schon zum Bezugspunkt bedeutender Mächte geworden ist. Namhafte Kosmospsychologen unterstellen ihm nach diesem Zeitpunkt eine unterschwellige Erwartungshaltung, die seine körperliche Veränderung kompensieren wird.

Es ist wie immer. Auf dem Weg in deine Kabine begegnest du Besatzungsmitgliedern. Doch fast jeder geht auf Distanz und grüßt dich nur scheu. Die Blicke flattern und wandern zur Seite. Du spürst sogar das erleichterte Aufatmen, wenn du niemanden ansprichst.

Dabei würdest du am liebsten hinter jedem herrufen, dass du kein

Aussätziger bist! Aber du schweigst. Weil es sinnlos ist, gegen die Natur des Menschen anzukämpfen. Wir mögen noch so aufgeklärt und fortschrittlich sein – die unterschwellige Furcht vor dem Unheimlichen bleibt.

Daran denkst du, als du deine Kabine betrittst …

… im nächsten Moment durchfährt es dich siedend heiß. Du starrst die Person an, die einige Schritte vor dir steht, und weißt nicht, wie dir geschieht. Niemand kann ohne deine Zustimmung die Kabine betreten. Du schluckst, willst etwas sagen, aber du bringst kein Wort über die Lippen.

»Ich wollte dich nicht erschrecken, mein Freund«, sagt das Mädchen und streift lächelnd das lange schwarze Haar über die Schulter zurück. »Ich bin auch kein Geist, sondern so real wie du.«

Du hast das Gefühl, dass dein Magen versteinert. Zugleich spürst du eine eisige Kälte. Du bist Kytoma zum letzten Mal im Schwarm begegnet, hast geglaubt, dass sie längst mit der wandernden Kleingalaxis in der Unendlichkeit des Weltraums verschwunden sei. Aber du träumst nicht. Mit ihren großen, ausdrucksvollen, blinden Augen schaut Kytoma dich an, und ihr Blick dringt bis in dein Innerstes vor.

Sie ist real. Das akzeptierst du endlich, als sich das Schott hinter dir schließt.

»Du fragst, weshalb ich gekommen bin«, sagt Kytoma leise. Sie macht eine Pause und fügt eine Spur betonter hinzu: »Die Suche nach meinem Volk ist für mich schwer geworden. Ich ertrage die Einsamkeit der Dimensionen nicht mehr und brauche einen Bezugspunkt. In deiner Nähe, Alaska, gefällt es mir.«

Du träumst. Es ist ein phantastischer Traum. Denn allein Kytomas Anwesenheit an Bord widerspricht jeder Vernunft. Das Cappin-Fragment beeinflusst dich; eine andere Erklärung hast du nicht. Du vermisst die Nähe eines vertrauten Menschen. Als Ersatz dafür hat dein Unterbewusstsein, vielleicht sogar gemeinsam mit dem Fragment, das blinde Mädchen Kytoma geschaffen. Das wäre logisch. Der Gewebeklumpen will dich bei Laune halten. Bis zu einem gewissen Grad ist er ein Schmarotzer und von dir abhängig.

»Ich hoffe, du hilfst mir bei der Suche nach einer neuen Heimat«, fährt Kytoma fort. »Ich will keinen Fehler begehen.«

»Wer bist du wirklich?«, stößt du endlich hervor. Die Härte in deiner Stimme erschreckt dich selbst. »Wieso kommst du zu mir?«

Kytomas Lächeln verwischt. Ein Zug von Traurigkeit umfließt ihre Mundwinkel. Du willst dich für deine plumpe Art entschuldigen, aber sie kommt dir zuvor: »Ich hatte gehofft, du würdest mich kennen und akzeptieren, mein Freund.«

»Wer bist du?«, wiederholst du drängender als zuvor. Gleichzeitig ärgerst du dich über die Frage.

Hast du jemals versucht, Kytomas Alter zu schätzen? Du kannst es nicht. Sie wirkt auf unbeschreibliche Art zeitlos.

Erst allmählich registrierst du Einzelheiten. Kytoma trägt den unifarbenen Umhang, den du schon bei eurer ersten Begegnung gesehen hast. Er endet eine Handbreit über dem Boden und lässt ihre nackten Füße unbedeckt – menschliche Füße, die vom Staub eines hinter ihr liegenden langen Weges schmutzig sind.

Irritiert kneifst du die Augen zusammen, bis der Druck zu schmerzen beginnt. *Staub an Bord eines modernen Raumschiffs?*, fragst du dich. Als du die Augen wieder öffnest, sind die schmutzigen Füße immer noch da. Trotz ihrer Einfachheit erinnert Kytoma an eine übernatürliche Erscheinung. Du wartest darauf, dass sie sich in eine leuchtende Aura hüllt. Damit du erkennst, dass sie ein Engel ist.

Kytoma lächelt, schüttelt den Kopf. Weiß sie, was du denkst; kann sie deine Gedanken lesen, obwohl du zu den Mentalstabilisierten gehörst? Nicht einmal Gucky kann dich telepathisch belauschen.

»Du bist kein humanoides Wesen?«, platzt du heraus. Zugleich erscheint es dir, als hättest du ein Sakrileg begangen. Was, wenn Kytoma sich abwendet und dein eigenes Leben wieder ein Stück einsamer wird? Aber das Gesagte kannst du nicht rückgängig machen.

»Ich suche eine neue Heimat.« Kytoma klingt nachdenklich. »Begleitest du mich?«

Ihre Einsamkeit ist noch größer als deine. Das spürst du in diesem Moment. Aber du registrierst endlich auch das wirklich Fremdartige, das es dir unmöglich macht, Kytomas wahre Gefühle und Beweggründe zu erfassen. »Ich weiß zu wenig«, fügst du hinzu. Du weichst aus, und dafür könntest du dich selbst ohrfeigen. Aber mit einem Mal spürst du eine Empfindung, die du bislang deinen Mitmenschen angedichtet hast, sobald sie dir begegneten: In dir wächst die Furcht vor dem Unbekannten. Du bist eben auch nur ein Mensch mit Fehlern und Schwächen.

Kytomas Augen fixieren dich, doch ihr Blick geht zugleich durch dich hindurch und verliert sich in weiter Ferne. Ist sie wirklich blind? Oder hast du dir das nur eingeredet, weil du vor ihrer wahren Stärke zurückschreckst?

»Wenn du weißt, wer ich bin, Alaska, wirst du dann deine Meinung ändern?«

Tief atmest du ein – und hältst den Atem an. Du möchtest Kytoma in den Arm nehmen und nie wieder loslassen, aber du möchtest dich zugleich herumwerfen und fliehen. Vor dir selbst und vor der Ungewissheit. Nichts von beidem tust du. Du wartest stattdessen.

Endlich setzt Kytoma zu einer Erklärung an.

»Ich gehöre zu den Erbauern des Sternenschwarms«, sagt sie.

… alles ging viel zu schnell, als dass er es hätte aufhalten können. Aber wahrscheinlich wollte Alaska Saedelaere das Geschehen auch gar nicht ändern. Sein Körper schien auf eine unbegreifliche Weise immateriell zu werden. Im einen Moment spürte er noch die beginnende Schwerelosigkeit, im nächsten durchdrang er schon die Wand seiner Kabine. Es war, als hätte die Materie bis auf wenige verwehende Atome zu existieren aufgehört.

Der Weltraum nahm ihn auf, und Sol schrumpfte in Gedankenschnelle zu einem winzigen Punkt unter Tausenden. Das Licht der Sterne floss ineinander, formte sich zu rotierenden Spiralen.

Ein beruhigender Impuls traf ihn und verriet, dass Kytoma in seiner Nähe war. Sie wachte über ihn.

Alaska sah Bilder, wie sie sonst nur die besten Teleskope lieferten. Die Entstehung des Kosmos und sein Vergehen schienen sich zu vermischen. All das war schier zum Greifen nahe. Galaxien kollidierten, durchdrangen sich gegenseitig und rissen jeweils gewaltige Materieschleier aus der Masse der anderen heraus. In solchen Zonen des Chaos entstanden Dunkelwolken und Sternbrücken über Tausende von Lichtjahren hinweg, verglühten alte Sterne in einem letzten gewaltigen Aufblitzen und wurden neue Sonnen aus der Ursuppe kosmischer Materie heraus geboren.

Ein ähnlicher Blick, wenn auch nicht so eindrucksvoll, war tief in Saedelares Erinnerung vergraben. Die Ereignisse auf Red Question Mark II lagen zwar erst kurze Zeit zurück, dennoch erschien es ihm, als sei inzwischen eine halbe Ewigkeit vergangen. Saedelaere dachte an das Feld der Obelisken, an den verfallenen Steg …

Die Cynos als Beherrscher des Schwarms …

Und Kytoma, die zu seinen Erbauern gehörte …

Die unverständliche Kraft gab ihn frei. Alaska fiel einem Planeten entgegen. Wolkenfelder verhüllten den Blick, doch als sie aufrissen, sah er unter sich ein Land wie aus vielen winzigen Mosaiksteinen zusammengesetzt.

Ich träume immer noch, schoss es ihm durch den Sinn. *Vielleicht ist mein ganzes Leben ein böser Traum.*

Er verlor das Bewusstsein in dem Moment, in dem er den Boden des fremden Planeten erreichte.

Regen fiel. Von der Maske tropfte die warme Nässe in den Kragen und rann über Saedelaeres Brust. Übergangslos riss er die Augen auf.

Er lag in halbhohem Gras. Eine flache Hügellandschaft erstreckte sich, so weit sein Blick reichte. Auf der nächsten Kuppe, Dutzende Meter entfernt, stand Kytoma. Das Kinn trotzig erhoben, wirkte sie wie erstarrt.

Kytoma mag blind sein, schoss es Saedelaere durch den Sinn, *aber ihre Wahrnehmungen erhält sie auf eine andere Weise.*

Es fiel ihm leicht, den Hügel zu ersteigen; die Schwerkraft war geringer als auf der Erde. Doch das Land, das sich vor ihm auftun sollte, existierte nicht. Da war nur ein endloses weißes Glimmen, ein Nichts ohne Farben und Formen.

»Hinter der Sperre liegt eine uralte Stadt«, sagte Kytoma leise. »Dort will ich leben. Die Spur meines Volkes habe ich verloren – vielleicht weil es die Grenzen zu einem anderen Universum überwand.«

»Wie kommen wir hierher?« So schrecklich banal diese Frage war, so brennend interessierte Alaska Saedelaere die Antwort.

Kytomas Haar klebte nass am Schädel und modellierte die hageren Gesichtszüge nach. Die bleiche Haut und das schwarze Haar bildeten einen einprägsamen Kontrast. Wie Licht und Schatten, Gut und Böse. Doch so eindeutig polarisiert war das Leben nicht. Saedelaere biss sich auf die Unterlippe – und schreckte schmerzvoll zusammen. Das Cappin-Fragment begann zu rebellieren, als hätte es die unbewusste Reaktion als Angriff empfunden.

»Das Universum ist von gewaltigen Kräften erfüllt«, erläuterte Kytoma. »Energiestränge verlaufen zwischen den Galaxien und sind in einem fortwährenden Prozess von Werden und Vergehen gefangen. Wer diese Kräfte versteht, kann sie nutzen. Mein Volk beherrscht das Geheimnis der Absoluten Bewegung. Du hast es eben erlebt.«

»Bring mich zurück!«, verlangte Saedelaere, einem jähen Impuls folgend.

Kytoma schien seine Forderung nicht wahrzunehmen. »Ich hatte die Aufgabe, den Schwarm zu beobachten«, sagte sie leise. »Als die Karduuhls die Macht übernahmen und seine Aufgabe pervertierten, blieb ich länger als vorgesehen in seiner Nähe. Deshalb verlor ich den Anschluss und kann mein Volk wohl nur durch einen Zufall wiederfinden. Aber an Zufälle zu glauben fällt mir schwer. – Andererseits gibt es viele Plätze, an denen mein Volk gelebt hat. Diese Welt ist einer davon. Wir müssen nur die Sperre über der Stadt durchbrechen.«

Eine verlorene Stadt ... Die Legenden vieler Völker erzählten solche Geschichten.

Ein Name setzte sich in Saedelaeres Gedanken fest, während er zögernd auf das Nichts zuschritt und den rechten Arm ausstreckte: Xanadu. Er kannte diesen Namen, weil Xanadu eine Region von mystischer Bedeutung in der ehemaligen Mongolei bezeichnete. Die Wüste Gobi, in der die erste irdische Mondexpedition bei ihrer Rückkehr gelandet war und in der sich heute Terrania City erhob, hatte einst zur Mongolei gehört. Xanadu stand lange Zeit als Symbol für Geschichte und Freiheit. Später war der Begriff hin zur Bedeutung eines universellen Wissens- und Informationssystems erweitert worden.

Alaska konnte die Wand nicht einmal berühren. Eine unsichtbare Kraft stieß ihn schon vorher ab.

»So kommen wir nicht durch«, sagte Kytoma hinter ihm. »Alle Hinterlassenschaften wurden gesichert.«

»Dann werden wir diese Welt wieder verlassen.«

Kytoma zögerte kaum merklich, bevor sie trotzig den Kopf schüttelte. »Es gibt keinen Weg zurück«, behauptete sie, doch Alaska wusste sofort, dass sie log.

»Die Stadt und ihre Umgebung wurden der Wirklichkeit entrückt«, fuhr das Mädchen fort. »Sie befinden sich jetzt auf einer anderen Ebene. Unser Problem ist, dass wir alles zurückholen müssen.«

»Aber ... was verbirgt sich hinter dem weißen Schirm?«

Kytoma lachte leise. »Da ist nur das Nichts. Wenngleich nicht so absolut wie in manchen Gebieten nach der Kollision von Galaxien.«

Du wunderst dich, dass das Cappin-Fragment nur hin und wieder mit leichten Zuckungen zu erkennen gibt, dass es noch lebt. Seine Passivität ist beinahe beunruhigend. Immerhin: Du hast keine Schmerzen und fühlst dich so leicht wie lange nicht mehr. Vielleicht – der Gedanke hat etwas Verlockendes – hast du endlich die Welt gefunden, auf der du bleiben willst. Niemand begegnet dir mit Misstrauen, keine furchtsamen Blicke taxieren dich. Du könntest endlich wieder du selbst sein.

Das Land ist seltsam und schön zugleich. Kytoma hat dich ans Ufer des Sees Talsamon geführt. Obwohl die Strahlen der Abendsonne den See nicht mehr erreichen, scheint das Wasser zu glühen. Du glaubst, in unergründlicher Tiefe Bauten zu erkennen, zwischen denen riesige Gesichter in die Höhe blicken.

Als sich der Himmel blutig rot färbt und in die Nacht abgleitet, steht Kytoma wie erstarrt. Ihre Augen sind weit aufgerissen. Du weißt, sie ist auf ihre Weise gegangen und sucht nach einer Spur ihres Volkes.

Zwei Monde gießen fahles Licht aus. Vergeblich kämpfst du gegen die wachsende Müdigkeit an. Die trübe Dämmerung, in der das Ächzen der Bäume verstummt ist, verleitet dich zum Schlafen.

Als du aufwachst, wogen Nebelschwaden über dem See. Dort unten, sagte Kytoma, liegt eine Station der Schwarmerbauer. Du zweifelst nicht daran, dass deine Begleiterin auf den Grund des Sees hinabgestiegen ist.

In der Morgendämmerung weicht die Starre aus Kytomas Körper. Sie erscheint dir noch schmächtiger als zuvor. Fast so, als hätte sie während der Nacht an Substanz verloren.

»Die Spuren berichten sehr wenig«, sagt Kytoma stockend. »Ich weiß nicht, was ich tun soll.«

Du erfährst, dass die Stadtbewohner zum Baden auf den Grund des Sees hinabstiegen. Dort unten existieren noch ihre Persönlichkeitsabdrücke. Gerade weil du damit wenig anfangen kannst, bittest du Kytoma, mehr über ihr Volk zu erzählen.

»Wir sind nicht nur ein Volk«, berichtigt sie dich. »Die Erbauer des Sternenschwarmes gingen aus der Vereinigung von sechsunddreißig hochzivilisierten Völkern hervor. Alle hatten sich der Aufgabe verschrieben, Intelligenz zu verbreiten. Dafür schufen sie den Schwarm und schickten ihn auf seine endlose Reise. Ihr eigentliches Ziel aber war, das Leben überall im Universum zu vereinen.«

Du fühlst dich an deine eigenen Überlegungen erinnert. Hast du vor kurzem aus eigenem Antrieb über den Sinn des Lebens nachgedacht? Oder war da schon ein Hauch von Vorahnung zu spüren? Geht etwas von Kytoma auf dich über? Du magst das schmächtige kleine Mädchen. Sie ist wie eine Schicksalsgefährtin für dich. Egal, wie sie in Wirklichkeit aussehen mag.

In der Entwicklung steht sie weit über dir. Die Erbauer des Schwarms müssen uns Terranern geistig und technisch um Jahrtausende voraus gewesen sein.

»Mein Freund …« Zögernd dringt Kytomas Stimme in deine Gedanken vor. »Begleitest du mich zurück zur Stadt?« Und dann sagt sie etwas, das dir in die Glieder fährt: »Ich bin dein anderes Ich. Du kannst mich nicht verlassen.«

Alles, was du mühsam verdrängt hast, schlägt in diesem einen Augenblick wieder über dir zusammen. Bist du noch ein vollständiger Mensch? Du trägst das Cappin-Fragment im Gesicht. Aber hat dieses Fragment nicht einen Teil von dir verdrängt? Wartet irgendwo weit entfernt ein Stück von dir darauf, sich wieder mit dir zu vereinen? Kurz nach dem Transmitterunfall quälte dich diese Vorstellung, du fühltest dich wie ein halber Mensch.

Erst allmählich verstehst du, was Kytoma wirklich gemeint hat. Die Antwort liegt auf der Hand: Sie ist einsam. Das verbindet euch.

Alaska Saedelaere gab jener Welt, deren Koordinaten er nie erfahren hat, den Namen Xanadu. Hinsichtlich der Vollständigkeit seines Berichts wurden wiederholt Zweifel laut. Das »Archiv des Besonderen« nimmt diese Zweifel zur Kenntnis – mögen sie berechtigt sein oder nur der subjektiven Meinung einiger Galaktohistoriker entstammen –, verweist jedoch auf das Grundrecht der freien Persönlichkeit.

Falls Alaska Saedelaere Gründe hatte, Details zu verschweigen, liegen diese bei ihm selbst und werden akzeptiert. Es gab und gibt zu allen Zeiten Informationen, deren Bekanntwerden Unruhe auslösen würde. Vielleicht auch Schlimmeres. Über Preisgabe oder Verschweigen müssen die Staatsorgane entscheiden.

Hier soll keinesfalls der Eindruck erweckt werden, der Transmittergeschädigte oder Perry Rhodan hätten politisch relevante Daten zurückgehalten. Eher hat Alaska Saedelaere persönliche Details verschwiegen. Dann wird möglicherweise die Zukunft für Ergänzungen zwischen den Zeilen sorgen.

April 3444 n. Chr.

Sie standen wieder vor dem weißen Nichts, das unverändert Bestand hatte.

»Nur wenige Individuen lebten in der Stadt«, beantwortete Kytoma eine Frage des Transmittergeschädigten. »Aber Tausende solcher Städte in vielen Galaxien sind heute verlassen.«

Warteten die Zeugnisse einer unvergleichbaren Zivilisation darauf, dass ein neues Volk kam und sie in Besitz nahm? Konnten die Terraner dieses Volk sein? Wenn nicht jetzt, dann vielleicht in naher Zukunft?

»Die sechsunddreißig Urvölker müssen sich biologisch sehr ähnlich gewesen sein«, vermutete Saedelaere.

»Ihre biologische Herkunft ist bedeutungslos. Vergiss derart banale Vorstellungen! Die Vereinigung meines Volkes vollzog sich auf der Ebene des Geistes.« Kytoma wandte sich wieder der Sperre zu. Ein aufkommender Wind drückte den Umhang an ihren knochigen Körper.

Wie lange er wartete, bis endlich das allgegenwärtige, beklemmende Weiß verschwand, vermochte Alaska Saedelaere später nicht zu sagen. Ein Konglomerat unterschiedlichster Bauten füllte das Tal von einer Seite zur anderen. Dabei erschien es, als hätte jemand all dies aus einem einzigen transparenten Block herausgearbeitet. Unvergleichliche Harmonie drückte sich darin aus. Alaska Saedelaere glaubte, die Einheit der Erbauer mit den Schwingungen des Kosmos zu fühlen. Ein solch vollkommenes Kunstwerk zu schaffen – dafür war die Menschheit noch nicht reif.

Es war die Ausstrahlung der Stadt, die Alaska zögern ließ. Sie besaß eine eigene Persönlichkeit. Wie ein denkendes, fühlendes Wesen.

Das Mädchen ging allein. Da sich das Cappin-Fragment ruhig verhielt, schienen fremdartige Energiequellen nicht zu existieren. Fast eine Stunde dauerte es, bis Kytoma das erste Gebäude erreichte und darin verschwand.

In den folgenden endlos langen Stunden begann Saedelaere zu bedauern, dass er Kytoma nicht begleitet hatte. Nur sie konnte ihn zur Erde zurückbringen. Ohne sie musste er auf der namenlosen Welt ausharren. Er würde weder verdursten noch verhungern. Es gab Wasser, Pflanzen und Tiere in Fülle. Aber wollte er das wirklich? Ein Leben im goldenen Käfig, abgeschnitten von allem, was das Menschsein erst ausmachte?

Wie sehr er mit den Ereignissen auf der Erde und in der Milchstraße verbunden war, wurde ihm erst in diesen Stunden richtig bewusst. Tief klaffte der Graben zwischen Wunsch und Wirklichkeit. Ein Leben ohne Probleme, so verlockend es erschien, erstickte eines Tages in tödlicher Langeweile. Aber langweilig war sein Leben nie gewesen.

Er atmete auf, als Kytoma in der Ferne auftauchte. Auffordernd winkte sie ihm zu.

Die Stadt schwebte einen halben Meter über dem Boden. Nirgendwo berührte sie den Boden. Ein gewaltiges, transparentes Monument überirdischer Schönheit ohne Ecken oder Kanten. Ästhetisch. Fast sphärenhaft. Dennoch behauptete Kytoma, dass diese Stadt tot sei. »Komm!«, forderte sie den Transmittergeschädigten auf. »Allein kann ich ihr das Leben nicht zurückgeben.«

Als er endlich den Eingang betrat, war es, als nehme ihn ein gigantisches Kaleidoskop gefangen. Schon die leichteste Erschütterung veränderte die Umgebung. Außerdem fühlte Saedelaere sich beobachtet.

Die Stadt kontrollierte ihn. Das war ein fast intimer Vorgang; die Vision, auf einem Seziertisch zu liegen, wurde übermächtig. Als sich tausend quälende Augen an seiner Seele festfraßen, schlug Alaska unkontrolliert um sich. Eine unheimliche Macht hatte begonnen, sein Innerstes bloßzulegen. Er fühlte sich nackt und hilflos wie ein Neugeborenes.

Sein Aufschrei wurde zum rasselnden, krampfhaften Atemholen. »Lasst mich in Frieden!«, presste er gurgelnd hervor.

Die Geister der Fremden bedrängten ihn. Er hörte ihre Stimmen, ihr Wispern, Raunen und Fordern. Die Hände um die Schläfen verkrampft, taumelte er weiter.

Urplötzlich ein Aufschrei. Gellend, in heiserem, abgehacktem Lachen verklingend: »Ich bin nicht wehrlos! Ich … habe eine Waffe …« Seine Finger griffen unter den Maskenrand. Ruckartig zog er die Halteschlingen über die Ohren. »Ihr wollt es nicht anders«, keuchte er.

Erst Kytomas scharfer Ausruf ließ ihn innehalten. Ungläubig registrierte er, dass das Cappin-Fragment kaum noch strahlte. Selbst als er über sein Gesicht tastete, geriet der schwammige Organklumpen nicht in die übliche zuckende Bewegung.

»Tot!«, schoss es ihm durch den Sinn. »Das Gewebe ist abgestorben.« Trotzdem wollte sich die immer ersehnte Erleichterung nicht einstellen.

»Komm endlich!«, drängte Kytoma. »Und setz die Maske wieder auf!«

Er konnte nicht anders, als dem Mädchen zu folgen. Obwohl ihm jeder Schritt neue Anstrengung abverlangte, versuchte er, die Aufdringlichkeit der Stadt zu ignorieren.

»Die Gebäude leben«, brachte er endlich hervor.

»Das täuscht.«

»Aber … ich spüre sie.«

»Was du wahrnimmst, Alaska, ist die Seele der Stadt, die ein harmonisches Zusammenleben gewährleistet. Niemand könnte mit bösen Absichten in einer unserer Städte leben.«

»Eine Biopositronik überwacht die Bewohner?«

»Du willst nicht verstehen, was ich sage. Die Stadt erhielt ihr Bewusstsein von meinem Volk. Nach unserer Ethik ist nur der wirklich lebendig, der verantwortungsvoll schöpferisch tätig ist.«

»Eine harte Forderung. Und eine vollkommene Kontrolle des Einzelnen. Nichts bleibt geheim. Die persönliche Freiheit geht verloren. Das gefällt mir nicht.«

»Ich ahnte, dass du das sagen würdest«, versetzte das Mädchen. Alaska Saedelaere fragte sich, wie Kytoma wirklich aussah. Doch er schob den Gedanken sofort wieder beiseite. Zumindest im Augenblick wollte er sie gar nicht in ihrer wirklichen Gestalt sehen.

»Ein Volk, das wie wir die Macht besitzt, ein Universum zu zerstören, muss sich einer wirksamen Kontrolle beugen«, fuhr Kytoma fort.

Dass Saedelaere unter der Maske die Mundwinkel zu einer zynischen Grimasse verzog, blieb ihr verborgen. »Die Stadt wird mich verurteilen«, sagte er stockend. »Weil ich versucht habe, sie mit dem Fragment anzugreifen.«

»Die Stadt akzeptiert dich, da ich für dich bürge und du unsere Technik ohnehin nicht benutzen kannst.«

»Ich soll mich also in einen goldenen Käfig sperren lassen?«, fragte Alaska bitter.

»Du wirst glücklich sein, hier leben zu dürfen.«

Wie oft hatte Alaska schon daran gedacht, vor sich und seinem Schicksal davonzulaufen? Sich auf einer unbewohnten Welt irgendwo in der Milchstraße für den Rest seines Lebens niederzulassen, ein Robinson Crusoe des Raumfahrtzeitalters. Oh ja, er kannte das Buch der frühen terranischen Literaturepoche. Er hatte den Text geradezu verschlungen. Ein Schiffbrüchiger, verschlagen auf eine einsame Insel … allein mit sich und den Sternen über ihm … Das Thema war auch nach siebzehn Jahrhunderten zeitlos aktuell.

»Diese Welt kann niemals meine Heimat ersetzen«, hörte er sich zu seiner eigenen Überraschung sagen. »Bring mich zur Erde zurück!«

Kytomas Stadt war ein Irrgarten auf unterschiedlichen Bezugsebenen. Entfernungen veränderten sich und betrogen das menschliche Auge. Was eben noch in greifbarer Nähe schien, erwies sich gleich darauf als sehr weit entfernt.

Alaska Saedelaere glaubte zu spüren, dass die Stadt oft in höhnisches Gelächter ausbrach. Sie lehnte ihn ab, davon war er überzeugt. Nur weil Kytoma bei ihm war, duldete ihn dieses rätselhafte Gewirr von Gebäuden, Brücken und Ebenen.

Die Ablehnung beruhte auf Gegenseitigkeit. Etwas wie ein stummes Kräftemessen bahnte sich an. Doch Alaska würde nicht so töricht sein, ein zweites Mal auf den Tod unter der Maske zu vertrauen. Vergeblich versuchte er, seine Gedanken im Zaum zu halten. Er konnte es nicht – und wollte es eigentlich auch gar nicht.

Umso erleichterter reagierte er, als Kytoma nach einem ihrer Streifzüge durch die Stadt zurückkehrte. Er bemerkte sofort, dass sie sich verändert hatte.

»Ich habe eine Nachricht meines Volkes erhalten«, sagte Kytoma bedeutungsvoll. »Endlich weiß ich, welchen Weg sie gingen.«

»Das heißt, wir verlassen die Stadt?«

»*Ich* gehe allein, mein Freund. Du würdest die Reise nicht überleben. Aber du kannst auf Xanadu bleiben – so nennst du doch diesen Planeten.«

Enttäuschung breitete sich aus. Hatte auch Kytoma seine Gedanken gelesen? Oder bezog sie ihr Wissen von der Stadt? Egal. Das Ergebnis missfiel ihm so oder so. Er hatte … Nein, er weigerte sich, ausgerechnet diesen Gedanken zu Ende zu bringen. Er empfand für Kytoma freundschaftliche Gefühle, nicht mehr.

»Du bist es mir schuldig, mich auf die Erde zurückzubringen«, sagte er und fügte drängender hinzu: »Wo ist dein Volk jetzt?«

»Jenseits des Universums«, lautete die vieldeutige Antwort. »Wir haben eine weitere Schranke niedergerissen und Wunder gesehen, die wir nicht einmal ahnen konnten. Die Zeit, in der wir anderen Völkern die Intelligenz brachten, ist unwiderruflich vorbei. Jemand anders wird bald unseren Platz einnehmen.«

Jemand anders … Einen Herzschlag lang hoffte Saedelaere, die Menschheit möge dieser Jemand sein. Aber für einen solchen Schritt war der Homo sapiens nicht reif, solange er zu Bruderzwist neigte und eifersüchtig auf andere schielte …

»Eines Tages wird dein Volk unseren Spuren folgen.« Das war mehr als nur ein billiger Trost. Kytoma meinte es wirklich so.

»Bis dahin vergehen Jahrtausende«, erwiderte der Transmittergeschädigte.

»Was bedeutet schon Zeit, Alaska? Dein Volk kann unsere Nachfolge antreten.«

»Bis dahin lebe ich nicht mehr.«

Kytomas Augen brannten auf seiner Seele. »Das ist wahr, aber ebenso bedeutungslos. Der Einzelne lebt in seinem Volk weiter.«

Für einen Augenblick war da das Verlangen, Kytoma endlich in den

Arm zu nehmen, ihr zu zeigen, wie sehr er sie mochte. Sie war, wenn er es richtig sah, sein Gestalt gewordener Traum. Das blinde Mädchen verkörperte viel von ihm selbst, seinen Ängsten und der Hoffnung, die ihn immer von neuem vorwärts trieb.

Ich wollte, deine Augen könnten mich sehen, wie ich wirklich bin, dachte er bitter.

»Es gibt keinen Grund, dass du dich in ein Schneckenhaus zurückziehst, Alaska«, sagte Kytoma in dem Moment.

»Uns trennen Ewigkeiten.«

Sie berührte ihn sanft. »Ich habe dich lange Zeit begleitet, mein Freund. Aber bald werde ich nicht mehr da sein, falls du in Gefahr gerätst.«

Er schwieg.

»Ich wollte dich einen Schritt über deine Entwicklung hinausführen.« Kytoma seufzte leise. »Dabei hätte ich wissen müssen, dass das unmöglich ist. Trotz des Cappin-Fragments bist du ein Mensch geblieben.«

Er lauschte dem Klang ihrer Worte, suchte vergeblich nach einem unausgesprochenen Vorwurf. Obwohl er wusste, dass er genau damit sich selbst im Weg stand. Es war eine typisch menschliche Eigenart, alles in Frage zu stellen, was man liebte. Alaska war sich dessen bewusst, dass er noch vieles lernen musste, wollte er Kytoma eines Tages wiedersehen. Er wollte es. Obwohl die Zeit, die ihm zur Verfügung stand, niemals dafür ausreichen konnte.

Vielleicht nach dem Tod. Es gab Dinge zwischen Himmel und Erde, die sich kein Mensch träumen ließ. Als die ersten Affen von den Bäumen herabgestiegen waren und in aufrechtem Gang zu den fahlen Lichtern am Nachthimmel aufgeschaut hatten, hatten sie schon den Wunsch verspürt, nach den Sternen zu greifen. Ähnlich verhielt es sich heute. Alaska Saedelaere wollte das Volk kennen lernen, das anderen die Intelligenz gebracht hatte.

Kytoma hatte inzwischen mit ihm die Stadt verlassen. Es war Zeit für den Abschied. Alaska wusste nicht, ob für immer.

Er wollte so vieles sagen und konnte es nicht. Kytoma stand so dicht vor ihm, dass er sie nur an sich zu ziehen brauchte … Das Land ringsum begann sich aufzulösen. Innerhalb eines einzigen erschreckten Gedankens spürte Alaska Saedelaere erneut jenen unbegreiflichen Wirbel, der ihn hinaustrug in die Weite der Unendlichkeit.

Kytomas Abbild vor seinem inneren Auge verblasste.

Alaska Saedelaere konnte nur wenig Konkretes berichten. Von den Erbauern des Schwarms und ihrem Rückzug, von der Stadt, deren Seele er noch monatelang in sich nachschwingen fühlte. Von Kytoma. Sie war die Wächterin des Schwarms – demzufolge wurde sie vor über einer Million Jahren geboren. Das war eine Zahl, die Saedelaere erst allmählich wirklich begriff.

Aber hatte er Kytoma als das übermächtige Wesen gesehen, das sie letztlich sein musste? Für ihn war sie eher eine sporadische Begleiterin, deren Nähe ihm vertraut erschien. Sie gab ihm das Gefühl, gebraucht zu werden, nahm ihm aber nie die Freiheit, er selbst zu sein. Bis zuletzt.

Kytoma und Liv Andaman waren einander ähnlich, entstammten aber dennoch grundverschiedenen Welten. Er hat beide verloren, obwohl er im Grunde seines Herzens jede von ihnen festzuhalten versuchte.

Alaska Saedelaere schien alle Brücken hinter sich abbrechen zu wollen. Von einem Tag auf den anderen verschwand er spurlos und hinterließ nur eine knappe Aufzeichnung. Er wollte eine umfassende Suchaktion verhindern. Als Major der Solaren Abwehr und Mitglied des Mutantenkorps zählte er immerhin zu den Geheimnisträgern des Solaren Imperiums.

Nach wenigen Monaten kehrte Alaska Saedelaere nach Terra zurück. Nichts hatte sich für ihn verändert.

Der Mausbiber Gucky verglich die Abwesenheit des Transmittergeschädigten mit der Drangwäsche der Haluter. Möglicherweise traf er damit ins Schwarze. Saedelaere war auf der Suche: nach sich selbst, nach Kytoma oder einer Welt ihres Volkes.

Fündig wurde er nicht.

3459 n. Chr.

Die bislang schwerste Prüfung für Terra und das Solare Imperium bahnt sich an, aber auch viele andere Milchstraßenvölker waren davon betroffen.

Am 5. Januar erscheint ein kugelförmiges Raumschiff aus reiner Energie im Solsystem. Der Raumer, der einer kleinen, hell strahlenden Sonne ähnelt, lässt sich mit keinem Ortungssystem erfassen. Es ist ein Strukturvariabler-Energiezellen-Raumer, kurz SVE-Raumer, der Laren.

Die dunkelhäutigen Humanoiden aus der einundzwanzig Millionen Lichtjahre entfernten Galaxis NGC 3190 repräsentieren das Konzil der Sieben Galaxien. Das Hetos der Sieben, wie es auch genannt wird, will die Milchstraße in seinen Machtverbund integrieren.

Der Lare Hotrenor-Taak bietet Perry Rhodan die Position eines Ersten Hetrans an, der die Milchstraße im Konzil vertreten wird. Zugleich sichert er dem Terraner jede Unterstützung zu, um den Widerstand der anderen Völker zu brechen. Trotz scharfer Proteste aus den Reihen der Akonen, Antis, Aras, Arkoniden, Springer und Blues und unter völliger Missachtung seiner eigenen Bedenken nimmt der Großadministrator das Amt an. Er ahnt, dass er seinen Verhandlungsspielraum gegenüber der technisch überlegenen Macht noch dringend benötigen wird.

Rhodan und eine Reihe hoch gestellter Persönlichkeiten der terranischen Politik, unter ihnen Alaska Saedelaere, fliegen an Bord eines SVE-Raumers zur mehr als zwölf Millionen Lichtjahre entfernten Konferenzwelt Hetossa. Noch vor dem Beginn der Verhandlungen werden sie Zeugen des kompromisslosen Vorgehens larischer Truppen gegen Rebellen. Die Teleporter Ras Tschubai und Gucky retten Roctin-Par, den Anführer der Aufständischen. Dieser macht deutlich, dass die Laren nur ein Ziel haben: die völlige Unterwerfung der Milchstraße.

Weitere Kontakte mit dem Widerstand können geheim gehalten werden. Am 3. März wird Perry Rhodan von Hotrenor-Taak offiziell zum Ersten Hetran der Milchstraße ernannt, während die Laren bereits Flottenverbände der Akonen, Arkoniden und Blues angreifen.

Auch Rhodan spielt ein doppeltes Spiel. Ihm ist bewusst, dass die Freiheit der Milchstraße der Einsatz ist. Er selbst gilt bei den Laren noch als loyal. Anders Lordadmiral Atlan. Der Arkonide wird bei einem Einsatz zur Rettung der hochsensiblen Datenbestände NATHANS von den Laren gefasst und zum Tod verurteilt. Perry Rhodan ist gezwungen, den Freund durch die Zerstörung seines Zellaktivators hinzurichten. Es wird ein perfekt inszeniertes Schauspiel, auf das die Laren ebenso hereinfallen wie die galaktische Öffentlichkeit.

Anfang April gelingt es der MARCO POLO, einen SVE-Raumer zu vernichten. Eine neu entwickelte Abwehrwaffe, das KPL-Gerät, hat zuvor den Zapfstrahl unterbrochen, mit dem der Laren-Raumer Energie aus dem Hyperraum »tankt«.

Der zweite, bedeutend nachhaltigere Zwischenfall geht von den Posbis aus, den positronisch-biologischen Robotern, die seit langem zu den treuesten Freunden der Menschen zählen. Der nach der Schwarmkrise auf die Hundertsonnenwelt der Posbis ausgewanderte Paraphysiker Dr. Eygel Hotschtra entwickelt ein Paraventil, das Energie aus den Hüllen der SVE-Raumer abzapfen kann. Eine Flotte von vierzigtausend Fragmentraumschiffen der Roboter-Zivilisation greift die Laren an. Dabei erweist sich das Hotschtra-Paraventil zwar als wirksame Waffe, die Laren lernen jedoch sehr schnell, sie umzupolen, und vernichten Tausende Fragmentraumer.

Am 21. Mai verlassen alle Laren das Solsystem. Hotrenor-Taak droht, das Heimatsystem der Menschen durch eine Bombe zu vernichten, falls ihm nicht das KPL-Gerät, das Hotschtra-Paraventil und deren Konstrukteure ausgeliefert werden. In der Folge eines Attentats auf Rhodans Ehefrau Orana Rhodan-Sestore stellt sich heraus, dass sie von Hotrenor-Taak manipuliert wurde. Orana sendet fünfdimensionale Schwingungen aus, die den Untergang des Solsystems herbeiführen werden. Der hinterhältige Plan der Laren wird jedoch vereitelt.

Kurz darauf behauptet Hotrenor-Taak, es hätte sich um einen Test gehandelt, der ohnehin im letzten Augenblick gestoppt worden wäre. Die Terraner haben bewiesen, dass sie zuverlässige Verbündete sind, und der Lare bestätigt Perry Rhodan in seinem Amt als Erster Hetran der Milchstraße.

Rhodans Doppelspiel fliegt auf, als der in Maske auf der Handelswelt Olymp agierende Lordadmiral Atlan von einer Überwachungspositronik identifiziert wird.

Am 5. Juli muss das Solsystem zum zweiten Mal durch das Antitemporale Gezeitenfeld in die Zukunft versetzt werden. Diesmal, um dem Zugriff der Laren zu entgehen. Elf SVE-Raumer, die zu diesem Zeitpunkt zwischen den Planeten stehen, werden durch das KPL-Gerät und den Einsatz der Mutanten vernichtet.

Auf Dauer ist das wenige Minuten in der Zeit pendelnde Sonnensystem jedoch nicht vor dem Zugriff des Konzils sicher. Das erweist sich, als die Laren einen Zeittunnel gegen das ATG-Feld einsetzen, und nimmt bedrohliche Formen an, als der erste Zeittaucher das Antitemporale Gezeitenfeld aufreißt.

Die Verantwortlichen des Solaren Imperiums wissen, dass sie dem Konzil auf Dauer nicht widerstehen können. Sie beziehen in ihre Planungen eine Entdeckung ein, die nahezu zwanzig Jahre zurückliegt. Auf der Suche nach lemurischen Artefakten stießen zwei Schiffe der Explorerflotte im Milchstraßenzentrum auf den Sonnentransmitter Archi-Tritrans. Einer der drei Roten Riesensterne wird von einem kleinen Weißen Zwerg umlaufen, einer nur schwach leuchtenden Sonne mit knapp einhundertneunzig Kilometern Durchmesser. »Kobold« tauften die Besatzungen den Zwergstern.

Der Einfall des Schwarms in die Milchstraße und die von ihm ausgelöste Verdummungswelle vereitelten damals die weitere Erforschung des Sonnentransmitters.

August 3459 n. Chr.

Oberst Mentro Kosum war der Kommandant des Ultraschlachtschiffs CAGLIOSTRO. Als Emotionaut beherrschte er den zweieinhalb Kilometer durchmessenden Schiffsriesen allein mit der Kraft seiner Gehirnimpulse. Sobald die SERT-Haube der Steuerung auf seinen Schädel herabsank, verschmolz Kosum mental mit dem Schiff. Dann wurden die Speicherbänke und Energieleitungen des Schiffes seine Nerven, ersetzten Impuls- und Lineartriebwerke die Motorik, und selbst die Lebenserhaltungssysteme gehorchten dem vegetativen Nervensystem.

Der massige Ertruser, Nachkomme umweltangepasster terranischer Auswanderer, war einer der wenigen Menschen, die weder Alaska Saedelaeres Cappin-Fragment noch die Kunststoffmaske abschreckten. Oder er war ein Hasardeur. Jedenfalls betrat Kosum gleichzeitig mit dem Anklopfen Saedelaeres Hotelzimmer.

»Spielen Sie ertrusisches Roulette?«, stieß der Transmittergeschädigte erschrocken hervor.

»Was meinen Sie?« Kosum grinste breit.

»Sie hätten mein ungeschütztes Gesicht sehen können.«

Der Emotionaut zuckte mit den Achseln. »Wollen wir uns über Spekulationen unterhalten?« Sein Blick huschte durch den Raum und blieb an den offenen Schrankfächern hängen. »Sie treffen die letzten Vorbereitungen«, stellte er fest.

»Ja«, antwortete Saedelaere knapp.

In dem Moment entdeckte der Kommandant, wonach er gesucht hatte. Zielsicher zog er den Anzug der Vernichtung aus einem Kleiderstapel.

»Wollen Sie das wirklich mitnehmen?«

»Warum nicht?« Längst war es der Transmittergeschädigte leid, über die goldene Montur zu diskutieren. Die Wissenschaftler hatten den Anzug monatelang untersucht und den aberwitzigsten Tests unterzogen, ohne Besonderes herauszufinden. Das Material widerstand allen Analysemethoden.

»Wissen Sie, was ich vermute?« Um die Frage wirken zu lassen, machte der Kommandant eine kurze Pause. Erst als sein Gegenüber in keiner Weise reagierte, begann er von neuem: »Sie wissen mehr über den Anzug, als Sie bislang eingestanden haben.«

»Das ist Ihre Ansicht.«

»Für die meisten Menschen sind Sie ein geheimnisvoller Mann.«

»Ein Abnormaler«, sagte Saedelaere schroff. Mit den Knöcheln klopfte er an die Maske. »Das da drunter unterscheidet mich von den Normalen.«

»Ebenso wie der Anzug der Vernichtung. Sie bauen bewusst einen Mythos um sich herum auf, Alaska.«

»Mein Mythos besteht aus mehreren Selbstmordversuchen. Das ist keineswegs erstrebenswert. Oder?«

Mentro Kosums Blick wurde herausfordernd. »Ich werde aus Ihnen nicht schlau, Alaska«, gestand er ein. »Hoffentlich gefährden Sie unsere Mission nicht.«

»Worauf wollen Sie hinaus?« Saedelaeres Stimmlage hatte sich verändert. Deutlich war sein Ärger zu hören.

»Wie weit hat Sie der Gewebeklumpen verändert? Sind Sie wirklich noch ein Mensch? Es ist merkwürdig, dass Sie das Ding noch immer nicht losgeworden sind. Obwohl Sie regelmäßig von Ärzten und Psychologen betreut werden.«

Alaska Saedelaere, einige Zentimeter größer als Kosum, doch längst nicht von dessen muskelbepackter Fülle, verschränkte die Arme vor der Brust. »Wollen Sie sagen, dass ich nicht an Bord gehen soll?«

»Jeder Störfaktor kann den Erfolg in Frage stellen.«

Mit einer hastigen Bewegung nahm Saedelaere Kosum den Anzug ab. Das weiche Material schmiegte sich in seine Hände. Viele Jahre waren vergangen, seit ihm der Cyno Schmitt den Anzug gegeben hatte. Mitunter wurden seine Erinnerungen undeutlich. Er schrieb das dem Umstand zu, dass er kaum mehr alterte – eine Vermutung, die ihn gleichermaßen erschreckte wie faszinierte.

Erst vor kurzem hatte ein Arzt behauptet, sein Zellalterungsprozess wäre stark verlangsamt. Alaska wusste nicht, ob er diesen Irrwitz wirklich glauben durfte. Andererseits: Warum sollte das Cappin-Fragment keine Nebenwirkungen haben? Selten gab es einen Schaden ohne Nutzen. Das sagte er heute. Dabei hatte seine erste Reaktion völlig anders ausgesehen. Er hatte geglaubt, vollends den Boden unter den Füßen zu verlieren, in ein gewaltiges Schwarzes Loch zu stürzen. Immerhin hatte er sich gerade erst damit abgefunden gehabt, mit dem verdammten Fragment im Gesicht leben und sterben zu müssen.

Und nun sollte die Qual noch länger dauern? Warum hatte er nicht den Mut gefunden, sich mit dem eigenen Thermostrahler zu richten? Es wäre so einfach gewesen …

… aber zugleich ein Akt der Feigheit. Alaska lebte nur noch von heute auf morgen. Sein Wissensdurst und seine Verzweiflung hielten sich die Waage – und hielten ihn am Leben. Da war das Gefühl, gebraucht zu werden. Perry Rhodan hatte ihm genau das zu verstehen gegeben.

»Der Großadministrator ist informiert, dass ich den Anzug mitnehme«, sagte Alaska. »Er hat keine Einwände.«

Die Mission der CAGLIOSTRO basierte auf den Forschungsergebnissen zweier seit Jahrzehnten verschollener Explorer. Ein Beiboot hatte die Daten zur Erde gebracht. Das war alles. Niemand wusste zu sagen, ob der Weiße Zwergstern noch existierte. Vielleicht war er schon vor Jahren in den Roten Riesen gestürzt und verglüht. Oder der Sonnentransmitter hatte ihn in die Nachbargalaxis Andromeda versetzt. Auf demselben Weg, auf dem einst die Erste Menschheit vor den Halutern geflohen war.

Sekundenlang hatte Alaska Saedelaere die Augen geschlossen und die Finger im Anzug der Vernichtung verkrallt. Perry Rhodans Vorhaben, im Solsystem einen Sonnentransmitter zu errichten, durch den fünfundzwanzig Millionen Terraner fliehen konnten, stand oder fiel mit der Zwergsonne Kobold. Ohne das Wissen um die Existenz des Weißen Zwerges im Archi-Tritrans-System wäre jede Überlegung in diese Richtung pure Zeitverschwendung gewesen. Schon die Ortsversetzung einer geeigneten Sonne hätte Terra vor unüberwindbare Schwierigkeiten gestellt. Auch die Erste Menschheit hatte die gewaltige technische Herausforderung einer Transmitterstrecke nach Andromeda nicht aus eigener Kraft bewältigt. Die Sonneningenieure, hochintelligente anorganische Kugelwesen, hatten die gigantische Leistung vollbracht. Es gab sie nicht mehr, die Konstrukteure; sie hatten ihre materielle Existenz aufgegeben und waren in den »Schoß der großen Mütter« heimgekehrt.

Mit akribischer Sorgfalt verstaute Saedelaere den Anzug der Vernichtung im Koffer. Mentro Kosum schaute ihm schweigend zu, traf aber keine Anstalten, das Zimmer wieder zu verlassen. Etwas bewegte ihn noch, das war unübersehbar. Nur dachte Saedelaere gar nicht daran, den Kommandanten danach zu fragen.

»Perry Rhodan hat Sie zum Stellvertretenden Einsatzleiter bestimmt«, sagte Kosum endlich. »Falls Atlan ausfällt, übernehmen Sie seine Aufgaben.«

Saedelaere schaute nur kurz auf. »Im Alarmfall kann ich sogar dem Kommandanten befehlen.«

»Der Großadministrator setzt großes Vertrauen in Sie.«

Saedelaere nickte knapp. Erst einen Augenblick später hielt er inne. »Sie nicht?«, fragte er hastig. Was sie bestimmt nicht brauchen konnten, waren Unstimmigkeiten an Bord. Sie hätten einen Fehlschlag vorprogrammiert. Zweifellos war Mentro Kosums unerwarteter Besuch darauf zurückzuführen.

»Ich vertraue *Ihnen* ebenfalls«, bestätigte der Emotionaut. »Aber keineswegs dem Gewebeklumpen in Ihrem Gesicht.«

Als die CAGLIOSTRO das Sonnensystem durch die Antitemporale Gezeitenschleuse verließ, stand ein Dutzend gegnerischer Raumschiffe nahe genug, das Ultraschlachtschiff anzugreifen. Mit Schutzschirmen, die dem Zusammenbruch nahe standen, gelang Mentro Kosum quasi in letzter Sekunde die Flucht in den Linearraum.

Der Flug nach Archi-Tritrans verlief ohne weitere Zwischenfälle. Inmitten der Sternenfülle des galaktischen Zentrums war das Risiko einer Entdeckung durch SVE-Raumer ohnehin so gut wie ausgeschlossen.

Der Weiße Zwerg umkreiste nach wie vor den Eckstern Gamma. Alle von den Explorern übermittelten Daten erwiesen sich als zutreffend. Nur die Frage nach dem Schicksal beider Schiffe und ihrer Besatzungen blieb unbeantwortet.

Der Anblick des gewaltigen Sonnendreiecks ließ nicht nur Saedelaeres Kehle rau werden. Der Transmittergeschädigte fragte sich unwillkürlich, welche Rolle die Lemurer ohne den vernichtenden Haluterkrieg in der Neuzeit spielen würden. Die heutige Menschheit hätte nie eine Chance erhalten, sich zu entwickeln.

Die Ortungen fanden die Schaltstation wie erwartet 1,22 Millionen Kilometer über der Ebene der drei Sonnen im Schnittpunkt der Konstellation. Ras Tschubai teleportierte an Bord der Station.

Die erste Überraschung für den Afroterraner war die bislang unbekannte Art der Beleuchtung. Die Luft selbst schien Helligkeit abzugeben, als sei sie auf eigenartige Weise aufgeladen. Dieses Licht war eindeutig nicht lemurisch und zusätzlich zu den gewohnten Systemen installiert.

Kurze Zeit später fand Tschubai ein als Kleidungsstück vernähtes Tierfell. Die Entdeckung eines verlassenen Lagers mit verschimmelten Speiseresten und einer primitiven Steinaxt verwunderte danach kaum noch. Irgendwann hatte sich ein primitives Wesen in der Schaltstation aufgehalten. Der Gedanke an ein verdummtes Besatzungsmitglied eines der Explorer lag zwar nahe, ließ sich aber nicht beweisen.

Die Zentrale war von einem moosähnlichen Teppich überwuchert. Eine unbekannte Pilzart hatte sich über den Boden, die Wände und die Decke ausgebreitet, ohne dass ersichtlich gewesen wäre, wovon der Organismus lebte. Kugelförmige Ausbuchtungen erinnerten an Metastasen, aber der erste Anblick weckte in Tschubai die Assoziation fremdartiger Augen.

Als er sich umwandte, erstreckte sich auch hinter ihm, wo Minuten zuvor nur blanker Stahl gewesen war, die weiche Masse. So schnell wuchsen keine Sporen heran. Die erschreckende Feststellung war, dass der Pilz sich bewegte. Und dass er versuchte, dem Eindringling den Rückweg abzuschneiden.

Ras Tschubai lächelte amüsiert. Er teleportierte über das Hindernis hinweg und materialisierte einige Dutzend Meter tiefer im Korridor.

Doch sein Lächeln versteinerte, als er die dunkelbraunen Flecken an seinem Raumanzug entdeckte. Sie bewegten sich.

Ein energetischer Sturm tobte im Bereich des Sonnentransmitters. In den Ortungen der CAGLIOSTRO erschien das Phänomen als spiralförmiger Wirbel, dessen Ursprung jedoch verborgen blieb.

Damit nicht genug, wurden im Zentrum der Erscheinung zwei massereiche kugelförmige Objekte angemessen: Die seit zwanzig Jahren vermissten Explorer materialisierten im Sonnentransmitter. Aber nur einem Schiff, der EX-1819, gelang es, dem Wirkungsbereich zu entkommen. Ein Funkkontakt war angesichts der schweren Störungen noch nicht möglich.

»Was geschieht da wirklich?«, fragte Alaska Saedelaere in der Zentrale der CAGLIOSTRO. »Beide Schiffe existieren also noch.« *Seit zwanzig Jahren!*, hämmerte es unter seiner Schädeldecke. Bei ihm waren es nur vier Stunden gewesen, aber an den Folgen litt er bis heute. Er wagte nicht, sich auszumalen, was mit den Explorer-Besatzungen geschehen sein mochte. Vielleicht wären sie besser nie zurückgekehrt. Alaska ballte in einem Gefühl hilfloser Ohnmacht die Hände.

Auf dem Panoramaschirm erschien auch das Beiboot, das Atlan wegen Tschubai zur Station geschickt hatte. Der Teleporter hätte längst zurück sein müssen. Vermutlich beeinträchtigte der Energiesturm seine Parafähigkeit.

Augenblicke später kam ein Funkkontakt mit der Schaltstation zustande. Tschubais Stimme übertönte das allmählich abebbende Rauschen der Störfelder. »Beordern Sie das Beiboot zurück, Atlan! Ich habe Schwierigkeiten mit einem pilzähnlichen Organismus. Notfallstufe!«

Atlan reagierte unwirsch, als ihm der Cheffunker mit der Meldung ins Wort fiel, dass die Ex-1819 nach wie vor nicht antwortete. »Sagen Sie das Saedelaere«, stieß er hervor und wandte sich wieder an Tschubai: »Warum vernichten Sie den Pilz nicht?«

»Ich brenne mir ungern Löcher in den eigenen Schutzanzug. Und wenn ich den Rest des Organismus unter Beschuss nehme, richte ich horrende Schäden an.«

»Wir haben ohnehin schon genug Probleme«, sagte Saedelaere in seiner holperigen Sprechweise. »Der Explorer lässt keine Gewalteinwirkung erkennen.«

»Höchste Alarmbereitschaft!«, ordnete Atlan an. »Für uns steht mehr auf dem Spiel als nur die Sicherheit der CAGLIOSTRO. Alaska, lassen Sie einen Quarantäneraum einrichten, in den Tschubai teleportieren kann. Der Raum muss so mit Energieschirmen und Fesselfeldern abgesichert werden, dass nichts nach außen dringen kann. Das Beiboot mit Waringer wird nicht zurückbeordert. Wenn jemand den Pilz besiegen kann, dann er. Inzwischen fliege ich mit einigen Mutanten zum Explorer hinüber.«

Möglicherweise hingen die Vorgänge um die Forschungsschiffe und auf der Transmitterstation zusammen.

Atlans Gruppe betrat den Explorer durch die Hauptschleuse. Als das Innenschott aufglitt, zeigte sich der anschließende Korridor wie ein dichter Urwald. Fremdartige Gewächse, wie sie niemand vorher gesehen hatte, wucherten auch in den angrenzenden Räumen.

Nach kurzer Zeit tauchte inmitten des Dickichts ein Kopf auf. Die Fetzen einer Uniform baumelten noch an dem monströs verwachsenen Körper herab.

Weitere skurrile Gestalten näherten sich. Der Telepath Fellmer Lloyd sprach von feindlichen Gedanken. »Sie waren Menschen«, sagte er bitter, »jetzt sind sie etwas schwer zu Beschreibendes.«

Alle Verständigungsbemühungen scheiterten. Die offensichtlich mutierten Geschöpfe griffen sofort an und mussten mit Paralysatoren auf Distanz gehalten werden.

Ein Mann war nur halb gelähmt. Eine schwammige Masse umfloss ihn vom Hals bis zu den Hüften. Tentakel ringelten sich daraus hervor. Der Arkonide fühlte sich an Ras Tschubais Beschreibung erinnert. Sah er hier das Endprodukt eines rasch wuchernden Pilzgeflechts?

»Praehl wird dich vernichten!«, ächzte der Veränderte. Sein Gehirn funktionierte also noch. Vielleicht erinnerte er sich, was geschehen war.

Doch für weitere Fragen blieb keine Zeit. Dutzende kaum noch menschenähnliche Kreaturen griffen an. Mit den Paralysatoren allein waren sie nicht aufzuhalten. Atlan und seine Gruppe zogen sich in die Schleusenkammer zurück und verließen den Explorer.

»Sobald wir auf der CAGLIOSTRO einschleusen, soll Kosum den Explorer mit den Narkosegeschützen unter Feuer nehmen«, befahl der Arkonide über Funk.

»Und was geschieht danach?«, fragte Saedelaere knapp. Atlan blieb ihm die Antwort schuldig.

»Wollen Sie die Veränderten auf die CAGLIOSTRO holen?«, fuhr der Transmittergeschädigte fort. »Selbst unter Quarantäne würden sie eine große Gefahr bedeuten. Sie sind kaum noch …« Alaska stockte betroffen, als ihm bewusst wurde, was er eben hatte sagen wollen. Sekundenlang kämpfte er mit sich selbst, ehe er den Satz dennoch beendete: »Sie sind kaum noch Menschen.«

»Ich fühle mich für sie verantwortlich«, gab Atlan zurück.

Saedelaere nickte schwer. Hinter ihm rief Mentro Kosum: »Die EX-1819 bewegt sich, sie driftet ab!«

»Niemand ist an Bord, der das Schiff fliegen könnte.«

»Der Robotpilot …«

»… muss aktiviert werden«, wehrte Atlan ab. »Eher halte ich es für wahrscheinlich, dass einige der Bedauernswerten von uns aufgescheucht wurden und an den Anlagen ihres Schiffes manipulieren.«

»Falls der Explorer nicht exakt manövriert wird, gerät er in den Gravitationsbereich einer der Sonnen«, warnte Kosum.

Die Traktorstrahl-Projektoren von Atlans Beiboot waren zu schwach, um den achthundert Meter durchmessenden Explorer vom Kurs abzubringen. Und die CAGLIOSTRO stand zu weit entfernt. Schon war eine deutliche Abdrift des Forschungsraumers zu erkennen. Ohne Schutzschirme stürzte die EX-1819 dem Eckstern Gamma entgegen.

Das Ende des Schiffes ließ nicht einmal Minuten auf sich warten. Mit einem grellen Aufglühen stürzte der Explorer in die Sonnenkorona.

»Lassen Sie den Hangar öffnen, Alaska, wir kommen zurück an Bord«, sagte Atlan. »Wichtig ist jetzt, dass wir Tschubai und Waringer aus der Schaltstation holen. Es darf keine zweite Katastrophe geben.«

»Manche Risiken lassen sich nicht berechnen«, erinnerte ihn Saedelaere.

»Wir hätten die EX in Ruhe lassen sollen«, pflichtete Atlan bei. »Aber die Erkenntnis kommt zu spät.«

Gut zwanzig Minuten zuvor hatte Prof. Dr. Geoffry Abel Waringer sein Beiboot an der Schaltstation des Sonnentransmitters verankert. Der Hyperphysiker und Rhodans Schwiegersohn war als Erster Wissenschaftler des Solaren Imperiums für Neuentwicklungen verantwortlich und hatte die Mission der CAGLIOSTRO maßgeblich initiiert. Dass ausgerechnet er sich in Gefahr begab, war ein Unding, kraft seiner Position hatte er sich jedoch über jeden Widerspruch hinweggesetzt. Er hatte das Ultraschlachtschiff mit dem Beiboot und sechs wissenschaftlichen Begleitern verlassen, bevor Tschubais »Missgeschick« bekannt geworden war. Und nun umzukehren war nicht seine Sache.

Über Funk hatte Waringer die einzige brauchbare Erkenntnis gewonnen, dass die Organismen im Lichtkegel eines Scheinwerfers in eine Art Starre eintraten. Zwar nur, solange das Licht brannte, aber daraus ließen sich immerhin gewisse Schutzmaßnahmen ableiten. Waringer informierte Alaska Saedelaere von seiner Absicht, die Schaltstation zu betreten.

»Nein!«, war Saedelaeres erste Reaktion. »Das Risiko ist entschieden zu hoch für Sie!«

»Sie pflichten mir bei, dass uns nur noch Analysen vor Ort weiterbringen?«

»Trotzdem verweigere ich meine Zustimmung!«

Es dauerte geraume Zeit, bis Waringer den Transmittergeschädigten überzeugt hatte. Ein halbes Dutzend lichtstarke, an seinem Gürtel befestigte Scheinwerfer sollten die Organismen auf Distanz halten. Für Saedelaere war das so ziemlich die seltsamste Bewaffnung, die er je gesehen hatte. Er – und mit ihm wohl die halbe Besatzung der CAGLIOSTRO – verfolgte Waringers Vordringen über eine einigermaßen stabile Bildfrequenz.

Ras Tschubai wartete vor dem Innenschott der Luftschleuse. Im grellen Scheinwerferlicht wurden Dutzende handtellergroßer brauner Flecken auf seinem Raumanzug sichtbar. Sie bewegten sich nicht.

Die Korridore in der Peripherie waren frei von dem seltsamen Bewuchs. Erst im Zentralebereich wucherte die organische Masse. Im Scheinwerferkegel zog sich der Fladen jäh zusammen.

Ein Beschuss mit dem Thermostrahler hatte nur zur Folge, dass die Masse ihre Oberfläche verhärtete. Bei diesem und weiteren Versuchen stellte sich heraus, dass der Organismus sich beliebig teilen konnte. Das machte ihn unberechenbar.

»Wir müssen das Ding vernichten«, sagte Waringer. »Zweifellos spaltet es auch mikroskopisch kleine Einheiten ab. Fragen Sie mich lieber nicht, wie lange diese Sporen lebensfähig bleiben. Vielleicht haften schon Hunderte an unseren Anzügen. Dieses – Biest – verhält sich einerseits wie eine Spore und zeigt zum anderen den Instinkt einer höher entwickelten Spezies.«

Er ließ sich von Tschubai zum Eingang der Zentrale teleportieren. Der Anblick dort war noch phantastischer. Eine zentimeterdicke wogende Schicht bedeckte Boden und Wände und hatte auch die technische Einrichtung überwuchert. Auf den ersten Blick erschien es, als hätten die Erbauer der Anlage bei ihrem Weggang alles hermetisch versiegelt.

Der Versuch, die Masse durch das Öffnen aller Schleusen dem Vakuum auszusetzen, brachte wenig Erfolg. Der Sauerstoffmangel bewirkte nur eine Kristallisierung. Damit wurde die Gefahr einer Verschleppung von Sporen nicht beseitigt.

Mittlerweile war die Quarantänestation eingerichtet. Aber Waringer weigerte sich, einer Teleportation zuzustimmen.

»Wir verlieren zu viel Zeit!«, schimpfte Atlan. »Muss ich Sie erst daran erinnern, dass wir wegen der Weißen Zwergsonne hier sind? Das Solsystem braucht uns – und wir befassen uns mit einem Pilz. Muss ich Befehle erteilen?«

»Das ist eine der Situationen, in denen jeder selbst entscheidet, was richtig ist«, stellte Tschubai fest.

»Kümmern Sie sich um Kobold«, fügte Waringer hinzu. »Aber vergessen Sie nicht, Atlan: Ohne die Schaltstation geht gar nichts!«

Seit er seinen Platz wieder für den Arkoniden geräumt hatte, hing Alaska Saedelaere selbstquälerischen Gedanken nach. Weder Ras Tschubai noch Geoffry Abel Waringer wollten die CAGLIOSTRO gefährden. Weil sie nicht sicher sein konnten, dass die Sporen wirklich vernichtet werden konnten. Die Frage war nur, für wie viele Tage der Sauerstoffvorrat ihrer Raumanzüge reichte und für wie lange Wasser und Nahrungskonzentrate.

»Ich versuche es allein!«, stieß Alaska hervor.

Überrascht schwang Atlan mitsamt dem Kontursessel herum. »Sie wollen in die Station hinüber?«

»Natürlich.«

Der Arkonide schüttelte den Kopf. »An Stelle von zwei Problemen hätten wir dann drei. Wenn Waringer den Pilz nicht vernichten kann, schaffen Sie es auch nicht.«

»Sie verstehen mich falsch. Ich werde den Anzug der Vernichtung anlegen.«

»Was wollen Sie damit erreichen?«

»Ehrlich gesagt: Ich weiß es nicht. Aber ich halte einen Versuch für lohnenswert.«

Atlan zögerte.

»Sie haben selbst lange genug als Fremder unter Fremden gelebt«, fuhr Saedelaere stockend fort. Er spielte auf Atlans Zeit als Mentor der heranreifenden Menschheit an. Fast zehntausend Jahre lang hatte der Arkonide aus seiner Tiefseekuppel heraus immer wieder in die Entwicklung auf der Erde eingegriffen, um eines Tages nach Arkon zurückkehren zu können. »Also wissen Sie, wie sehr jeder auf Erfolge angewiesen ist, der nicht der Norm entspricht«, fügte er trotzig hinzu.

»Warum sind Sie nicht Psychologe geworden?« Das war Ironie pur. »Aber manchmal muss man sich auf die Hinterbeine stellen, will man nicht untergehen. Sie brauchen das vielleicht wirklich nötiger als jeder andere.«

»Ich habe Ihre Zustimmung?!«

»Natürlich.«

»Mit Verlaub, Sir!«, protestierte einer der in der Zentrale anwesenden Wissenschaftler. »Niemand kann vorhersagen, was geschehen wird.«

»Vermutlich überhaupt nichts.«

Unter der Maske und unter dem Cappin-Fragment verzog Alaska Saedelaere das Gesicht zu einem Lächeln. Keiner der Umstehenden konnte es sehen.

Er spürte, dass er plötzlich im Mittelpunkt des Interesses stand. Jeder erwartete mehr als nur eine Andeutung von ihm. Aber was sollte er sagen? Dass der Anzug der Vernichtung sich wie etwas Lebendiges anschmiegte und ihm körperliches Wohlbefinden vermittelte?

Sollte er erklären, dass der Anzug seine Sinne schärfte? Dass er seine Umgebung mit anderen Augen wahrnahm, sobald er die Montur anlegte?

Damit würde er das Misstrauen gegen sich nur noch steigern. Der Anzug, dessen wurde sich Alaska erst in dem Moment wirklich bewusst, stempelte ihn noch mehr zu einem Außenseiter ab als das Cappin-Fragment und die Maske.

Saedelaere spürte, dass der Pilot ihn als Belastung empfand. Toronar Kasom war beileibe kein empfindsamer Mann, doch mit dem Maskenträger allein in einem Jäger zu sitzen behagte ihm nicht. Obwohl sie sich schon lange kannten, hatte Kasom nie diese ausgeprägte Abneigung erkennen lassen.

»Werden Sie die Montur wieder ablegen?«, fragte Kasom bissig.

»Natürlich«, antwortete Saedelaere ebenso gereizt.

Die Zweieinhalb-Kilometer-Kugel der CAGLIOSTRO schrumpfte hinter dem Jäger zu einem Stern von vielen, dafür schien das Dreieck der Roten Riesensonnen in der Direktbeobachtung schon zum Greifen nahe. Ein faszinierender Anblick. Vor allem der Gedanke, dass Intelligenzen mit Sonnen jonglierten wie andere mit Bauklötzen.

»Könnte ich den Anzug ebenfalls tragen?«

Im ersten Moment glaubte Alaska, falsch gehört zu haben. Schwang ein verhaltener Besitzanspruch in der Frage mit? »Ich denke schon«, antwortete er zögernd. »Andererseits wird der Anzug immer nur einer Person dienen. Solange ich ihn nicht abtrete, arbeitet er nur in meinem Sinne.«

»Sie wissen das so genau?« Kasom riskierte einen flüchtigen Blick über die Schulter.

»Ich denke es mir.« Saedelaere spürte die Enttäuschung und wieder wachsende Ablehnung des Piloten. Stockend redete er weiter: »Den Anzug kann man nicht analysieren. Dafür reicht unser Wissen nicht. Seine Kraft liegt wohl in höheren Dimensionen.«

»Im Übersinnlichen?«

»Eines Tages werde ich es wissen.«

Das Gespräch schlief ein, bis Kasom den Jäger an die geöffnete Mannschleuse der Station heranmanövrierte. Wortlos stieg Saedelaere aus. Der Teleporter erwartete ihn in der Schleuse.

»Wie wollen Sie Ihren Anzug einsetzen?«

»Ich weiß es noch nicht. Ich muss abwarten, was geschieht.«

»Sie glauben, allein die Anwesenheit des Anzugs der Vernichtung genüge, um alle Probleme aus der Welt zu schaffen?« Tschubais Tonfall glich dem eines Psychoanalytikers, der von der Manie seines Patienten überzeugt ist.

Sie verzichteten auf eine Teleportation, schritten aber zügig aus. Unter dem offenen Zentraleschott wartete Waringer. Den Boden zwischen ihnen bedeckte eine dunkelbraune Masse. Sie machte es unmöglich, den Weg fortzusetzen.

»Bleiben Sie stehen!«, riefen Waringer und Tschubai gleichzeitig, als

Saedelaere dennoch weiterging. »Das Zeug heftet sich sofort an Ihre Stiefel und ist nicht mehr abzulösen.«

Alaska lachte heiser, als er in die Masse hineinstieg und diese Blasen werfend zurückwich und zu schrumpfen begann. In Sekundenschnelle zerfiel das Myzel zu Staub. Der Verfall breitete sich nach allen Seiten aus.

»Unglaublich!«, ächzte Waringer.

Saedelaere betrat an ihm vorbei die Zentrale. Er lief auf der üppigen Masse wie auf einem weichen Teppich, doch in seinen Fußspuren verdorrte das Gewebe. Die ersten freien Stellen entstanden. Von der Decke tropften zähflüssige Fladen herab und zerfielen, noch ehe sie den Boden erreichten.

Die Pilzfragmente an Ras Tschubais Raumanzug lösten sich ebenfalls auf.

»Der Organismus zerfällt«, meldete Waringer zur CAGLIOSTRO.

»Was hat Alaska gemacht?«, wollte Atlan wissen.

»Ich glaube nicht, dass sein Anzug die Veränderung ausgelöst hat«, sagte der Hyperphysiker zögernd. »Ein zufälliges Zusammentreffen, mehr nicht. Das Zeug ging an Sauerstoffmangel und Wärmeverlust zugrunde.«

Eine Weile war es still. Dann fragte der Arkonide: »Sind Sie sich völlig sicher, Geoffry?«

»Nein«, antwortete Waringer. »Das ist das Schlimme daran.«

Wieder an Bord der CAGLIOSTRO, zog sich Alaska Saedelaere sofort in seine Kabine zurück. Atlan fand ihn wenig später auf dem Bett liegend, und der Anzug der Vernichtung hing sorgfältig geglättet außen am Wandschrank.

»Wie fühlen Sie sich, Alaska?«, wollte der Arkonide wissen.

»Gut.« Erschöpft legte Saedelaere den rechten Arm über die Augenschlitze seiner Maske. »Sie sind hier, um Fragen zu stellen, die nicht jeder hören soll? Fangen Sie an. Ich bin müde.«

»Der Anzug verwandelt Sie, Alaska. Als Sie das Schiff verließen, wirkten Sie … anders. Das *Wie* lässt sich schwer beschreiben, aber Sie erschienen mir plötzlich – fremd. Das war nicht mehr der Alaska Saedelaere, den ich kenne.«

Der Transmittergeschädigte atmete hörbar ein. »Ein Fremder bin ich seit meinem Unfall. Schmitts Montur verstärkte diesen Eindruck vielleicht noch. Was ist Besonderes daran?« Er wollte nicht darüber reden. Das war offensichtlich.

»Wir beginnen mit der Erforschung von Archi-Tritrans«, sagte Atlan. »Die Sicherheit der Menschheit hängt von einem positiven Ergebnis ab. – Sagen Sie mir nur eines, Alaska: Dass unsere Spezialisten endlich die Schaltstation betreten können, verdanken wir das Waringers Experimenten oder Ihrem Anzug der Vernichtung?«

Saedelaere hob in einer schwachen Bewegung die Schultern.

»Keine weiteren Fragen, wenn Sie mir diese eine beantworten«, seufzte der Arkonide.

»Warum erkennen Sie Waringers Erfolg nicht an?«

»Er – oder der Anzug?«

»Ich weiß es nicht. Wirklich.«

»Und was glauben Sie, Alaska?«

»Der Anzug der Vernichtung hat den Pilz zerstört.«

Ein besonderer Hinweis für die Archivbenutzer: Die mögliche Identität des organischen Gewebes an Bord der Schaltstation ist die des Kundschafters Skopein aus dem Lande Thorg, wo und wann immer dieses angesiedelt sein mag. Callibso, der Puppenspieler von Derogwanien, machte Skopein zu seinem Wächter, dem 18. im Zentrum einer eigentlich unbedeutenden Galaxis, die heute den Namen Milchstraße trägt. – Diese Information erhielt Alaska Saedelaere zu einem späteren Zeitpunkt von Callibso selbst.

Ein zweiter Hinweis auf die Gefährlichkeit des Gewebes wurde erst vor kurzem in einem bis dahin verschütteten lemurischen Archiv entdeckt: Offenbar hatte Skopein an Bord der Transmitter-Schaltstation Hautkontakt mit Cruum-Sporen. Dabei handelte es sich um eine gentechnisch entwickelte Waffe gegen die Haluter. Aufzeichnungen belegen jedoch, dass der Einsatz erfolglos blieb.

Jede Cruum-Spore enthielt ein zellwirksames Vernichtungsprogramm. Was bei den Halutern aufgrund ihres wandlungsfähigen Metabolismus versagte (die Waffe wurde während der letzten Kriegswochen in aller Hektik entwickelt und konnte nicht getestet werden), führte bei Skopein zur Katastrophe. Nichts und niemand hätte seine Metamorphose aufhalten können.

Als Wächter hatte Skopein nur eine einzige Aufgabe: Meldung zu erstatten, sobald er eine Spur des geraubten Anzugs der Vernichtung fand.

Tatsächlich erreichte ein schwacher Impuls aus dem Archi-Tritrans-System Callibso während seiner Wanderung durch die Ewigkeit. Doch der Puppenspieler von Derogwanien glaubte an eine Täuschung. Der Impuls erreichte ihn kaum spürbar. Skopeins Verwandlung mag daran schuld gewesen sein.

Am 28. Oktober 3459 wird das Antitemporale Gezeitenfeld des Solsystems abgeschaltet, um eine reibungslose Ortsversetzung der Weißen Zwergsonne Kobold zu gewährleisten. Das Vorhaben gerät jedoch zum nervenzermürbenden Warten, während an den Grenzen des Sonnensystems die Verbündeten der Laren angreifen. Mit einundzwanzig Minuten Verspätung materialisiert der Weiße Zwerg, und nahezu gleichzeitig entzieht sich das Solsystem den Angreifern durch eine erneute Versetzung wenige Minuten in die Zukunft.

Bis zum 19. November hat Kobold eine stabile Umlaufbahn zwischen Merkur und Sol eingenommen. Der neue Sonnentransmitter, Twin-Sol genannt, ist einsatzbereit. Doch der Versuch, einen Flottentender nach Archi-Tritrans abzustrahlen, misslingt im ersten Anlauf. Letztlich wird das Experiment dennoch erfolgreich beendet.

Anfang Dezember setzen die Laren mehrfach einen Zeittaucher ein, der das ATG-Feld kurzfristig aufreißt. Weitere Zeittaucher werden in ihrem Auftrag auf Olymp produziert. Deren koordinierter Einsatz würde das Gezeitenfeld zusammenbrechen lassen. Die Zerstörung der larischen Fertigungsstätten sowie mehr als dreihundert nahezu fertig gestellter Zeittaucher verschafft Terra eine Atempause.

Am 13. Januar 3460 erklärt Perry Rhodan öffentlich, dass Erde und Mond durch den Twin-Sol-Transmitter vor dem Zugriff der Laren in Sicherheit gebracht werden sollen. Nicht einmal die Hälfte aller Terraner spricht sich in Umfragen für den Fluchtplan aus. Die Notstandsgesetze eröffnen Perry Rhodan die Möglichkeit, an dem Plan festzuhalten. Eine Flotte von zehntausend Spezialschiffen steht bereit, um die Erde und ihren Trabanten mit Hilfe von Traktorstrahlen aus der Umlaufbahn zu lösen.

Anfang Februar wird in Reaktion auf von Unbekannten geschürte Aufstände das Ausnahmerecht verhängt. Als drei Tage später ein Zeittaucher ins Sonnensystem eindringt und einen Großangriff der Laren und ihrer Verbündeten ankündigt, schlägt die Stimmung um. Am gleichen Tag werden Erde und Mond aus ihrer Umlaufbahn in Richtung Sonne beschleunigt.

Am 1. März überwinden die Angreifer das ATG-Feld. Eine mehrtägige Materialschlacht entbrennt, in deren Verlauf nicht nur einige tausend SVE-Raumer der Laren vernichtet werden, sondern auch der Hauptgezeitenwandler auf dem Merkur.

Es ist der 7. März 3460 n. Chr., 14.23 Uhr Standardzeit, als der Transmitter-Schaltimpuls ausgelöst wird. Der Raum zwischen Sol und Kobold füllt sich mit gleißenden Energien. Erde und Mond verschwinden gemeinsam mit sechsundneunzigtausend Raumschiffen der Heimatflotte inmitten der Flammenwände …

… und scheinen für wenige Augenblicke zwischen den drei Riesensonnen des Archimedes-Sonnendreieck-Transmitters zu materialisieren. Doch in nebelartig wogenden Schwaden lösen sie sich ebenso schnell wieder auf. Sie vollziehen einen zweiten Transmittersprung mit unbekanntem Ziel.

Das Archiv beschränkt sich an dieser Stelle auf einen kurzen geschichtlichen Abriss. Ausführliche Details können unter den Stichwörtern »Mahlstrom« und »Aphilie« abgerufen werden.

Terra und Luna materialisierten inmitten eines energetischen Chaos, in dem nicht nur die Ortungen versagten, sondern auch die Lineartriebwerke der Raumschiffe.

Diese bislang unbekannte Region wurde als Mahlstrom bezeichnet. Es handelt sich um die Materiebrücke zwischen zwei Galaxien, die vor mehreren Milliarden Jahren kollidierten und einander durchdrangen. Die aus beiden Sterneninseln herausgelösten Energie- und Materieanteile formen inzwischen eine 156.000 Lichtjahre messende »Nebelschnur«, die eines fernen Tages abreißen wird.

Hunderttausende Sonnensysteme, Dunkelwolken und staubreiche Gebiete bilden die hauptsächliche Population des Mahlstroms. An der nur fünfhundert Lichtjahre durchmessenden dünnsten Stelle tobt der Schlund, ein gewaltiger Energiewirbel, der ähnlich einem Schwarzen Loch alles an sich reißt.

Der Mahlstrom liegt rund fünfhundert Millionen Lichtjahre von der Milchstraße entfernt. Es ist also eine gewaltige Distanz, die mit dem fehlgeleiteten Transmittersprung überwunden wurde.

Am 12. August erreichen Erde und Mond dank der Mithilfe neuer kosmischer Nachbarn eine stabile Umlaufbahn um die Sonne Medaillon. Die Kunstsonnen, die Terra bis dahin begleitet haben, werden gelöscht.

Was zu diesem Zeitpunkt niemand ahnen kann, zeigt sich bereits achtzig Jahre später. Knapp die Hälfte der Menschen steht inzwischen im Banne der Aphilie, die auf eine Abnormität im Hyperspektrum Medaillons zurückzuführen ist. Nur noch reine Vernunft und die Urinstinkte bestimmen das Verhalten der Menschen. Gefühle sind den Aphilikern fremd. Sie kennen weder Liebe noch Hass, keine Freude oder Trauer, und Eifersucht sowie Begeisterung sind ihnen unbekannt. Roboter überwachen die Menschen.

Die Zellaktivatorträger unterliegen nicht der psychischen Veränderung. Reginald Bull ist die einzige Ausnahme. Er erweist sich als Kopf einer Verschwörung mit dem Ziel, Rhodan und seine Getreuen zu entmachten.

Am 4. Juli des Jahres 3540 präsentiert sich Bull als neuer Regierungschef. Doch seine Ankündigung, Rhodan und die übrigen abgesetzten Regierungsmitglieder hinzurichten, führt zu Aufständen der Nicht-Aphiliker. Deshalb werden am 9. Juli über eintausend Männer und Frauen um Perry Rhodan wegen angeblicher Vergehen gegen die Vernunft zur Verbannung verurteilt. Sie werden in das neue Fernraumschiff SOL deportiert, das ursprünglich für den Flug zurück in die heimische Milchstraße gebaut wurde. Alaska Saedelaere gehört zu den Verbannten.

Die Odyssee der SOL zieht sich über Jahrzehnte hin, denn alle Positionsdaten wurden aus den Speichern gelöscht.

In der Kleingalaxis Balayndagar erhält die Besatzung Kontakt mit den Keloskern, die sich überraschend als eines der Völker des Hetos entpuppen. Ihre überragenden mathematischen Fähigkeiten haben die Kelosker zum Planungsvolk des Hetos werden lassen; ihnen ist es möglich, rechnerisch sogar die siebte Dimension zu erfassen.

Unbeabsichtigt zerstören die Terraner ein Aggregat, das seit langer Zeit ein Black Hole im Zentrum von Balayndagar stabilisiert. Damit wird das Ende der Kleingalaxis eingeleitet. Für die Besatzung der SOL gibt es nur eine Überlebensmöglichkeit: Sie muss in das Black Hole einfliegen.

Durch einen Dimensionstunnel gelangt die SOL in die so genannte Dakkarzone und weiter in eine Ballung von Sonnen und Planeten, die von insgesamt achtzehn Dimensionstunneln ferner Schwarzer Löcher materialisiert wurden. Hier erfahren die Terraner von Olw, einem von zwölf so genannten Spezialisten der Nacht, alles über die Entstehung des Hetos der Sieben.

Die Zgmahkonen sind die Begründer des Konzils, zugleich das kriegerischste und machthungrigste Konzilsvolk. Die Spezialisten der Nacht schließen mit ihren besonderen Kräften alle Dimensionstunnel, um die Zgmahkonen für die Zukunft zu isolieren. Lediglich einen Tunnel lassen sie für kurze Zeit noch offen, um der SOL den Rückweg zu ermöglichen. Sie selbst bauen an Bord des Raumschiffes ein künstliches Black Hole auf, durch das sie sich zurückziehen wollen.

In einem Lagerraum der SOL wächst die gewaltige Masse heran und kann jederzeit eine Katastrophe an Bord auslösen. Als die »Schwarze

Null« zehn Meter durchmisst, lässt Rhodan das Schiff evakuieren. Lediglich Alaska Saedelaere will freiwillig an Bord bleiben. Dem Einwand, dass er sich in eine tödliche Gefahr begibt, widerspricht Alaska mit dem Hinweis auf den Anzug der Vernichtung, der ihm inzwischen in mehreren Situationen das Leben gerettet hat.

In all den langen und gefährlichen Jahren im Mahlstrom ist mit Alaska Saedelaere eine Veränderung vor sich gegangen. Er hadert nicht mehr mit seinem Schicksal, das ihn weiterhin zwingt, die Plastikmaske zu tragen. Saedelaere hat sich weiterentwickelt und versteht, dass er in eine kosmische Ordnung eingegliedert ist. Nicht zuletzt der ihm von Perry Rhodan übergebene Zellaktivator hat seinen Instinkt für größere Zusammenhänge geweckt.

Alaska Saedelaere glaubt, dass er an Bord der SOL bleiben muss.

Einem einzelnen Ereignis gebührt besondere Aufmerksamkeit. Im Jahr 3531, also während der folgenschweren Geschehnisse im Mahlstrom und nur neun Jahre vor der Fertigstellung des Fernraumschiffs SOL, überreicht Perry Rhodan dem Maskenträger Saedelaere einen von drei Reserve-Zellaktivatoren und nimmt ihn damit in den Kreis der potenziell Unsterblichen auf. Rhodan reagiert auf die Verdienste, die Saedelaere bislang erworben hat.

Einen Zellaktivator zu erhalten ist für den Transmittergeschädigten Ehre und Schock zugleich. Mit einem solchen Geschenk, das für ihn eine zusätzliche psychische Belastung bedeutet, hat Alaska Saedelaere nicht gerechnet. Ein akustischer Mnemospeicher zeigt seinen Zwiespalt deutlich.

Obwohl der chronologische Ablauf damit durchbrochen wird, ist die persönliche Notiz des Maskenträgers an den Schluss dieses Kapitels gesetzt worden. Jeder Interessent des Archivs des Besonderen *mag sich seine eigenen Gedanken dazu machen. Aus diesem Grund wird nur die Information weitergegeben, auf eine Übermittlung von Gefühlen oder Gefühlsanreizen jedoch in vollem Umfang verzichtet.*

Ich kann es nicht glauben. Perry Rhodan muss verrückt geworden sein. Oder bin ich verrückt?

Jeder andere würde jubeln, ich verspüre lediglich eine unendliche Leere, die ich mir nicht einmal anmerken lassen darf.

Alaska Saedelaere, du gehörst ab sofort zum Kreis der Unsterblichen. Du bist anerkannt. Du, der kleine, unbedeutende Techniker, schreibst auf einmal große Geschichte.

Die Unsterblichkeit ...! Das ist der Traum der Menschen seit je. Traum und Belastung zugleich. Viele mussten deshalb schon sterben; die Jagd nach der Unsterblichkeit hat unbescholtene Bürger zu Mördern gemacht.

Ich weiß nicht, womit ich den Zellaktivator wirklich verdient habe. Mein biologisches Alter beträgt zwar 131 Jahre, und wenn ich es recht bedenke, hätte ich nur noch wenige Jahrzehnte zu leben. Doch ich bin schon lange kaum mehr gealtert. Das Cappin-Fragment hält mich jung. Gerade deshalb weiß ich nicht, ob ich wirklich dankbar sein soll. Bestimmt gab und gibt es Männer oder Frauen, die die Unsterblichkeit eher verdient hätten als ich. Warum hat Rhodan keinem von ihnen den Zellaktivator gegeben? Er sieht die Unsterblichkeit für mich als Auszeichnung an. Ich glaube eher an eine Strafe. Niemand außer mir kann ermessen, wie es ist, den eigenen Körper mit einem fremden Wesen teilen zu müssen. Auch wenn dieser andere nur mein Gesicht besitzt und mich ansonsten weitestgehend in Ruhe lässt.

Icho Tolot, der Haluter, ist mir eben auf dem Korridor begegnet. Meine Ohren dröhnen immer noch von seinem schallenden Gelächter. »Sie sind besorgt, Alaska!«, rief er mir zu. »Sie machen ein Gesicht wie hundert Tage Regenwetter, dabei sollten Sie noch heller strahlen als sonst. Jeder andere würde jubeln, nur Sie ziehen sich in Ihr Schneckenhaus zurück.«

Trotz seines exotischen Humors hat der Haluter Recht. Ich habe Dinge erreicht, von denen ich nie zu träumen wagte. Dafür sollte ich dem Schicksal dankbar sein.

Trotzdem bleibt die Angst vor der Zukunft und vor mir selbst. Zugleich wächst eine ungeheure Faszination.

Du gehörst endgültig zur Elite der Menschheit, Alaska Saedelaere. Du darfst den Weg der Menschen in den Kosmos begleiten. Du wirst Geheimnisse kennen lernen, die nie jemand vor dir sah. Sag selbst: Ist es das nicht wert, alle Bedenken hintanzustellen?

Nimm das Geschenk an, Alaska! Vergiss, dass der Zellaktivator einst der Mutantin Betty Toufry gehörte. Sie starb schon vor über sechshundert Jahren. Also ist es wirklich eine Auszeichnung für dich, wenn Perry Rhodan dir den Aktivator gibt, den er über so lange Zeit hinweg in Reserve hielt. Wie vielen Menschen hätte vor dir schon die Unsterblichkeit zugestanden?

Wirf deine Bedenken über Bord und stell deine Kräfte weiterhin in den Dienst der Menschheit! Du bist überzeugt davon, dass nach der Zeit im Mahlstrom eine bessere Epoche kommen muss. Allein schon für die Hoffnung, dass eines Tages Sol wieder auf die Erde und ihre Kinder scheinen wird, lohnt es sich zu kämpfen. Perry Rhodan kennt dich besser als du dich selbst. Und zweifellos war es nicht allein seine Entscheidung, dir den Zellaktivator zu übergeben. Du hast Freunde, Alaska. Freunde, die dich nicht nur als Abnormität betrachten. Enttäusche sie nicht!

3. BUCH

Allein gelassen

3581 n. Chr.

20.

Die Geschwindigkeit, mit der die SOL evakuiert wurde, erinnerte eher an eine geordnete Flucht. Das Black Hole in einem der vielen Laderäume wuchs immer noch weiter. Zugleich wurde es einsam an Bord. Sechs Millionen Kilometer entfernt bezog die Besatzung der SOL mit den Beibooten im Leerraum Position.

Das riesige Schiff gehörte jetzt ihm fast allein. Alaska Saedelaere glaubte zu spüren, dass eine unheimliche Kraft die SOL durchflutete. Nicht einen Augenblick lang zweifelte er daran, dass er das Schwarze Loch wahrnahm.

Die Stille war überwältigend. Sie hatte etwas Endgültiges, einen Hauch von Ewigkeit. Nie zuvor hatte Alaska ähnlich empfunden. Die SOL schwieg; die vielfältigen, allgegenwärtigen Geräusche gab es nicht mehr. Dennoch spürte Saedelaere Bewegung, als hätte das Black Hole selbst zu atmen begonnen. Mit jedem Atemholen saugte es ein klein wenig von der Substanz des Fernraumschiffs in sich hinein, um die Materie beim Ausatmen unheilvoll zu verströmen.

Über Funk stand Alaska noch mit Perry Rhodan in Verbindung. Indes erschien ihm jeder der kurzen Wortwechsel als Bedrohung des gegenwärtigen Zustands. Die Stimme, die aus den Lautsprechern hallte, grenzte an Blasphemie.

Mit einem letzten Blick auf die Bildschirmgalerie verließ Saedelaere die Zentrale. Er war der einzige Mensch an Bord. Dumpf tönte der Klang seiner Schritte durch die Korridore. Auch hier, ohne den optischen Kontakt, war das Atemholen des Schwarzen Lochs deutlich wahrzunehmen. Alaska ging schneller.

Mehr als einen Kilometer legte er bis zum peripheren Laderaum zurück. Das letzte Stück des breiten Korridors versank bereits in einem Konglomerat verwirrender Sinneseindrücke. Alaska Saedelaere musste sich dazu zwingen, die seltsam verdrehte Umgebung zu ignorieren. Mit geschlossenen Augen tastete er sich weiter, bis er endlich das Schott des Laderaums erreichte. Anders hätte er sich in dem aufflackernden Labyrinth hyperphysikalischer Erscheinungen nicht zurechtgefunden.

Die Verhältnisse im Lagerraum selbst waren für menschliche Empfindungen noch einigermaßen normal. Was er auf den Bildschirmen in der Zentrale gesehen hatte, war kaum verändert. Noch standen die Spezialisten der Nacht rings um das Black Hole. Die unheimliche Schwärze war allerdings weiter angewachsen, die Fremden konnten ihren Kreis nicht mehr schließen.

Eine Weile blieb Alaska unbeachtet, dann kam Olw zu ihm. Trotz aller Fremdartigkeit erkannte Saedelaere den Ausdruck tiefer Zufriedenheit in Olws Gesicht.

»Es gibt keine Schwierigkeiten«, sagte der Zgmahkone freundlich. »Wir konnten die Schwarze Null stabilisieren, durch die wir Sie bald verlassen werden. Ihrem Schiff droht keine Gefahr mehr.«

Schwerelos hing das Black Hole im Laderaum. Alaska Saedelaere konnte den Blick nicht mehr abwenden. Eine unerklärliche Spannung ergriff ihn. Die Schwärze war plötzlich wie eine undurchsichtige Wand, hinter der die Wunder des Universums warteten.

Der Wunsch, diese Wand zu durchbrechen, wurde schier unerträglich. »Wenn ihr durch dieses … Nichts gegangen seid, was geschieht dann?«

»Das Black Hole wird aufhören zu existieren«, antwortete Olw. »Die SOL kann ihren Flug fortsetzen, als wäre nie etwas geschehen.« Grußlos wandte sich der Zgmahkone um und schritt geradewegs auf die unheimliche Schwärze zu. Er drang darin ein, als biete sie nicht den geringsten Widerstand. Innerhalb von Augenblicken folgten ihm die anderen Spezialisten der Nacht.

Ungewollt hatte Saedelaere den Atem angehalten. Er wusste selbst nicht, was er erwartet hatte. Bestimmt nicht, dass alles so einfach sein würde. Er spürte eine ungeheure Verlockung. Zögernd erst, doch dann schneller werdend, schritt der Transmittergeschädigte aus.

Kaum je würde er mit seinem begrenzten menschlichen Vorstellungsvermögen die hier herrschenden siebendimensionalen Zusammenhänge durchschauen. Er wusste nur, nein, er ahnte es lediglich, dass hinter der dunklen Wand viele Wege existierten.

Aber da war auch eine innere Stimme, die ihn warnte: Für die Intelligenzen des Einsteinraums war jedes Black Hole eine gefräßige Schwerkraftballung, die Materie vernichtete und in Energie umwandelte. Jeder, der ein Black Hole zu überwinden versuchte, würde darin umkommen. Zumindest war das bislang die vorherrschende Meinung gewesen. Alaska hatte es anders erlebt. Als Einziger der Besatzung hatte er den aberwitzigen Flug der SOL durch das Black Hole von Balayndagar und den Dimensionstunnel bei vollem Bewusstsein mitgemacht. Mehr als zwei Jahre Standardzeit hatte das Fernraumschiff dabei verloren. Der Sturz in die Große Schwarze Null war am 30. August 3578 erfolgt, der Austritt aus dem Tunnel am 3. Januar 3581.

Alaska hatte zu jenem Zeitpunkt den Anzug der Vernichtung getragen. Deshalb fühlte er sich mehr denn je von diesem fast schon lebendig wirkenden Kleidungsstück geschützt. Allerdings musste er sich beeilen, denn nach dem Durchgang der Spezialisten konnte das Black Hole jeden Moment in sich zusammenfallen.

War es die Logik, die ihm einreden wollte, dass jenseits der Schwärze nur das Nichts auf ihn wartete? Alaska achtete kam darauf. Eine ungeheure Faszination hielt ihn im Griff.

Nur noch wenige Meter trennten ihn von der Schwärze. In diesem Moment hätte ihn nichts und niemand mehr aufhalten können. Es war seine Bestimmung, den Spezialisten der Nacht durch das Black Hole zu folgen. Darauf hatte ihn das Schicksal vorbereitet.

Die drohende Ausstrahlung, die er noch in den Korridoren wahrgenommen hatte, wich endgültig der grenzenlosen Verlockung. Alaska brauchte nur den Arm auszustrecken, um das Nichts zu berühren.

Weit riss er die Augen auf, als er den letzten Schritt tat. Nur die Maske behinderte seine Wahrnehmungen und ließ das vage Gefühl wachsen, ihm bleibe manches noch vorenthalten.

Wärme umspülte ihn. Da war keine alles vernichtende Schwerkraft, sondern eine unglaubliche Leichtigkeit.

Ein einziger Schritt brachte Alaska Saedelaere auf die andere Seite. Die Schwärze blieb.

Der inneren Anspannung folgte die Erleichterung auf dem Fuß. Die Schwärze, die jetzt noch seinen Pulsschlag beschleunigte, entpuppte sich als nächtliche Finsternis. Fünf kleine, fahle Monde standen am Firmament. Auch ohne mehr als den Himmel über sich zu sehen, wusste Alaska Saedelaere sofort, dass er nicht mit den Spezialisten der Nacht angekommen war. Sein Durchgang durch das Black Hole war von irgendetwas beeinflusst worden, vielleicht sogar vom Anzug der Vernichtung.

Alaska lauschte in die Nacht hinaus. Nur ein leises Säuseln des Windes war zu vernehmen, ansonsten schwieg diese Welt, deren fremde Sternbilder ihm unbekannt waren. Ein Hauch von Anspannung hing in der Luft, wie nach einem reinigenden Gewitter. Tief sog der Maskenträger die würzige Atmosphäre in seine Lungen. In seinen Augen brannte der Schweiß. Er blinzelte, nahm die Maske aber nicht ab, als er sich langsam um sich selbst drehte.

In geringer Distanz gähnte eine große, dunkle Öffnung im Boden. Im Mondschein konnte Alaska keine Grubenwände erkennen. Aber der Schacht wirkte ohnehin seltsam, wie aus dem Boden herausgestanzt oder – dieser Gedanke irritierte Saedelaere – wie eine alles Licht absorbierende Scheibe, die jemand hier niedergelegt hatte.

Rund um die »Grube« ragten Statuen auf. Alaska hatte ähnliche Steinbilder schon gesehen. Auf der Erde, erinnerte er sich, im ehemaligen südamerikanischen Bundesstaat Bolivien. Nahe Tiahuanaco existierten geheimnisvolle Ruinen, deren Herkunft niemals wirklich geklärt worden war.

Augenblicke später kniete er am Rand des seltsamen Schachtes. Die Grenze war so scharf wie mit einem Messer gezogen. Hier spürte er noch den Boden zwischen den Fingern, dort tauchte seine Hand widerstandslos ein – und verschwand. Ruckartig zog er den Arm zurück.

Eine optische Sperre, ein Deflektorfeld? Anders ließ sich das Phänomen nur schwer erklären. Sekundenlang schloss Saedelaere die Augen. Da waren Fetzen einer verschwommenen Erinnerung, die er festhalten wollte. Lange lag jener Augenblick zurück, beinahe schon ein Menschenleben. Vielleicht blieb das Bild vor seinem inneren Auge deshalb unscharf und verschwommen. Red Question Mark II hatten sie jene Welt getauft, die wieder in den Schwarm aufgenommen worden war. Hatte er dort wirklich zwischen den Bohlen eines halb verfallenen Steges hindurch eine ähnliche Grube gesehen? Oder bildete er sich dieses Déjà-vu-Erlebnis nur ein?

Jäh richtete er sich auf.

Die Grube mit den Statuen lag an einem Hang. In wenigen Kilometern Entfernung entdeckte Saedelaere eine Stadt. Aus der Distanz wirkte sie gedrungen, ein Konglomerat dicht gedrängter und schlanker Türme. Die Gassen waren selbst aus der Höhe nicht einzusehen, jedoch hing über ihnen der flackernde Widerschein Tausender Fackeln.

Die Stadt war an der Schleife eines breiten Flusses errichtet, Segelboote dümpelten auf den Wellen. Darüber hinaus gab es nirgends Anhaltspunkte für eine fortgeschrittene technische Zivilisation. Auf gewisse Weise gewann Saedelaere sogar den Eindruck eines zu groß geratenen Puppenhauses. Der Vergleich, so absurd er schien, ließ sich nicht mehr vertreiben.

Hangaufwärts zeichnete sich eine halb verfallene Hütte gegen den Himmel ab. Ein Hauch von Zeitlosigkeit haftete ihr an und irritierte Alaska ebenso wie die Stille der nachtschlafenden Stadt. Alles Leben im Tal schien zu ruhen.

Es ist ausgeschaltet!, durchzuckte es Saedelaere. *Wie in einer Spielzeugstadt.* Er schauderte. Es war eine innere Kälte, die ihn frösteln ließ. Und als er endlich ansetzte, die Öffnung im Boden zu umrunden, entdeckte er schon nach wenigen Schritten zwischen den Statuen den Fremden.

Das geteilte Schatten werfende Licht der fünf Monde mochte täuschen, doch das bewusstlose Wesen hatte einen so vollkommenen Körper, wie ihn selbst begnadete Bildhauer kaum erschaffen konnten. Regungslos betrachtete Saedelaere dieses menschliche Wesen, das selbst in der Bewusstlosigkeit eine starke Aura spüren ließ. Der Mann war fast so groß wie er selbst, jedoch breitschultrig und muskulös, das Haar fiel ihm bis auf die Schultern. Seine Augen standen weit offen und blickten zum Nachthimmel empor. Sie nur als schwarz zu bezeichnen, empfand Alaska als völlig unangemessen, eher erinnerten sie in ihrer Tiefe an das Black Hole im Laderaum der SOL.

Der Mann war nicht tot. Alaska schaffte es jedoch nicht, ihn aus seiner unerklärlichen Starre aufzuwecken. Er wartete geraume Zeit, in der er sich zunehmend hilfloser fühlte. Die Stille dieser Welt faszinierte ihn und schreckte ihn zugleich ab. Das war nicht die Einsamkeit, nach der er sich sein halbes Leben lang gesehnt hatte.

Zwei der Monde versanken bereits hinter dem Horizont. Die anderen schienen auf ihren exzentrischen Bahnen für kurze Zeit miteinander zu verschmelzen. Im Osten – Alaska definierte die Himmelsrichtung des bevorstehenden Sonnenaufgangs routinemäßig als Osten – zog eine frühe Ahnung der Morgendämmerung herauf. In der Stadt brannten noch immer die Straßenfackeln, doch sie blieben das einzige Anzeichen von Leben.

Endlich stieg Alaska den schmalen, gewundenen Pfad zu der Hütte hinauf. Aus der Höhe konnte er den Schacht, über dessen Größe er sich bislang keine Gedanken gemacht hatte, in der ganzen Ausdehnung überblicken. Das exakt kreisrunde Loch durchmaß gut und gerne zwanzig Meter.

Nichts im Bereich der Hütte deutete auf die Nähe lebender Wesen hin. Die schmalen Fenster waren mit Tüchern verhängt und erlaubten keinen Einblick.

Erst nach einer Weile der Unschlüssigkeit öffnete Alaska zögernd die Bohlentür.

Die Hütte war verlassen. Dennoch musste erst vor kurzem jemand hier gewesen sein. Es gab nur einen einzigen Raum, und das Feuer im offenen Kamin war nahezu niedergebrannt. Länger als zwei bis drei Stunden konnten die dicken Holzscheite nicht auf dem Rost liegen, andernfalls wären sie längst vollkommen verbrannt gewesen.

Alaska fragte sich, ob der bewusstlose Adonis vom Rand des Schachtes hier ein Einsiedlerdasein führte. Obwohl er sich nicht vorstellen konnte, dass dem so war, schienen doch Zusammenhänge zu existieren.

In der Mitte des Raumes gab es einen mit Steinen eingefassten Brunnen. Kristallklares Wasser sammelte sich in einem kleinen Becken. Alaska streifte den Brunnen nur mit einem flüchtigen Blick. Weit wichtiger erschienen ihm die an den Wänden aufgereihten fremdartigen Gegenstände. Auf den ersten Blick erkannte er, dass sie unterschiedlichsten Ursprungs waren, eine Sammlung außergewöhnlicher Artefakte. Einiges deutete darauf hin, dass sie von vielen Welten zusammengetragen worden waren. Manche dieser Dinge wirkten hoch technisch und waren ein Anachronismus in der primitiven Umgebung.

Unvermittelt zuckte Alaska Saedelaere zusammen. In einem Holzrahmen hing ein Stück Metallfolie. Sie strahlte ein intensiv blaues Fluoreszieren aus.

Der Transmittergeschädigte erkannte auf Anhieb, um was es sich handelte. Das sorgsam in den Rahmen eingesparte Artefakt war zweifellos ein Stück seines Anzuges der Vernichtung.

Alaskas Vermutung wurde zur Gewissheit. Er war in den Bannkreis unbekannter Mächte geraten, an einen Zufall konnte er nicht mehr glauben. Unwillkürlich fühlte er sich wie ein in die Enge getriebenes Tier.

Erst als nichts geschah, gewann sein rationales Denken wieder die Oberhand. Alaska entsann sich Schmitts Worten, mit denen der Cyno ihm den Anzug der Vernichtung übergeben hatte: »Der Anzug passt jedem! Sie werden ihn eines Tages tragen. Dann werden Sie auch wissen, wozu er gut ist.«

Im Laufe der Jahre hatte das Geschenk sein Leben verändert und sein Bewusstsein erweitert. Entwicklungen, die ihm einst unheimlich oder unbegreiflich erschienen waren, gewannen nun eine seltsame Vertrautheit. Für den Preis, dass er selbst den meisten Menschen noch fremder geworden war. Er hatte ein *kosmisches* Gefühl entwickelt, doch gerade jetzt ließ es ihn im Stich.

Vergeblich versuchte Alaska, seine Gedanken zu ordnen und die Zusammenhänge zu erkennen. »Warum?«, wollte er schreien, doch die Frage kam nur stockend über seine Lippen. Gehörte das Stück Metallfolie wirklich zum Anzug der Vernichtung? Der Anzug war unzerstörbar, jedenfalls hatten die Wissenschaftler keine Möglichkeit gefunden, ihn zu analysieren.

»Immerhin haben Sie versucht, meine Probleme zu verstehen«, hatte Schmitt gesagt. »Trotzdem wissen Sie nichts über mich. Für Sie bin ich Schmitt, der Cyno.«

Alaska ließ sich auf die schmale Holzbank sinken, das einzige Sitzmöbel in der Hütte. Erst danach bemerkte er die Metallplatte unter dem Tisch. Sie wirkte wie eine Abdeckung, war vielleicht der Zugang zu einem Kellerraum. Möglicherweise hatte sich der Besitzer der Hütte dorthin zurückgezogen.

Entschlossen schob Saedelaere den Tisch zur Seite. Die Platte ließ sich leicht aufklappen, aber sie verbarg keine Treppe. Der Terraner blickte lediglich in eine flache Mulde, in der ein knapp einen Meter großes und hässliches menschenähnliches Wesen lag.

Einer ersten Eingebung folgend, streckte Alaska die Hände nach dem Zwerg aus. Im letzten Moment zuckte er zurück.

Die Gestalt hatte etwas Puppenhaftes. Zu den kleinen, boshaft wirkenden Augen passte das zerklüftete Gesicht mit den schmalen Lippen ebenso wie die krebsrote Haut. Ein weißer, schütterer Spitzbart reichte fast bis zu den Füßen der Puppe. Ihre Hände waren sechsfingrig, die Füße hatten sechs Zehen.

Noch seltsamer wirkte die Kleidung des Zwerges. Sie bestand lediglich aus einem zylinderartigen Hut und einem um die Hüften geschlungenen Schal.

Auch wenn Alaska es sich nicht erklären konnte, glaubte er eine vage Ähnlichkeit zwischen diesem hässlichen Zwerg und dem Adonis am Rand des Schachtes zu erkennen. Zum zweiten Mal streckte er die Hände aus, und diesmal umfasste er das Männchen an der Hüfte und hob es aus der Grube. Der Eindruck, etwas Verbotenes zu tun, wurde gleichzeitig übermächtig. Alaska ließ das Wesen in die Mulde zurückgleiten.

Die Puppe lebte. Es mochte seine Berührung gewesen sein, die diese Marionette plötzlich an unsichtbaren Fäden bewegte. Ruckartig richtete sich der Zwerg auf. Ein düsteres Aufblitzen in seinen eben noch leblosen Augen versprühte Gift und Galle.

Vernichte es!, hämmerte ein einziger Gedanke unter Saedelaeres Schädeldecke. *Töte dieses … Ding, ehe es Unheil anrichten kann!*

Die eigene Kompromisslosigkeit erschreckte den Maskenträger. Das Gefühl, einen nicht wieder gutzumachenden Fehler begangen zu haben, ließ ihn zurückweichen. Wahrscheinlich hatte er es mit einem Roboter zu tun.

»Kannst du mich verstehen?«, fragte Saedelaere.

Der Zwerg kicherte boshaft. Mit marionettenhaften Bewegungen humpelte er zum Brunnen und trank. Im nächsten Moment wandte er sich ruckartig um und sagte in akzentfreiem Interkosmo, der Umgangssprache in der Milchstraße: »Ich heiße Callibso. Man nennt mich auch den Puppenspieler von Derogwanien.« Seine Stimme war schrill und keifend. »Du willst wissen, weshalb ich deine Sprache beherrsche? Ich trage einen Synchronisator in mir. Schon die ersten Worte eines fremden Idioms genügen mir, es perfekt zu verstehen und zu sprechen.«

»Was ist das für eine Welt?«, stieß Saedelaere hervor.

»Derogwanien«, sagte Callibso spöttisch. »Ich erwähnte es schon.«

»Wieso bin ich hier?« Saedelaere glaubte nicht, dass der Zwerg eine Antwort wusste. Trotzdem stellte er die Frage.

»Du bist durch einen Zeitbrunnen gekommen«, stellte das verhutzelte Männchen fest. »Alle Fremden kommen durch den Zeitbrunnen.«

»Zeitbrunnen?«, wiederholte Saedelaere verständnislos. »Meinst du das unwirkliche Loch im Hang?« Er erhielt keine Antwort.

Mit hölzernen Bewegungen stakste Callibso durch die Hütte. Es sah aus, als hätte er seine Glieder lange Zeit nicht bewegt.

»Gehört das alles dir?« Alaska deutete auf die Gegenstände an den Wänden. »Woher hast du das?«

»Von überall und nirgends«, erklang es bissig. »Von meinen Reisen durch den Zeitbrunnen.«

Natürlich bestand eine Verbindung zu anderen Planeten oder Dimensionen. Alaskas Hiersein war der beste Beweis dafür. Allerdings hatte er den Eindruck, dass der Zwerg ihm wenig verraten wollte.

»Wieso habe ich dich in dieser Mulde gefunden?«

»Sie ist mein Bett«, keifte Callibso.

»Erzähl mir mehr über den Zeitbrunnen!«, verlangte Saedelaere übergangslos.

Der Gnom zuckte mit den Achseln. »Sie sind das Erbe einer längst vergangenen Zivilisation. Ich habe gelernt, sie zu benutzen, das ist alles.«

»Wovon redest du? Von der kreisrunden dunklen Öffnung hangabwärts?«

»Du hast es erraten«, seufzte der Zwerg. Sein unsteter Blick verwirrte den Transmittergeschädigten.

»Wer lebt in der Stadt?«

»Meine Puppen.«

Ein Schauder überlief Alaska. Also hatte ihn der erste Eindruck nicht getäuscht. Aber die Stadt war groß. Zu glauben, dass sie nur von Puppen bewohnt sein sollte, fiel schwer.

»Erzähle mir alles über Derogwanien und dich!«

»Später«, wehrte der Zwerg ab.

Saedelaere hielt die Ungewissheit nicht länger aus. Mit zwei schnellen Sätzen sprang er auf Callibso zu und packte ihn an den Schultern. Der Zwerg kreischte und trat um sich, aber er konnte sich nicht aus dem Griff befreien. Alaska schleppte ihn zur Wand und hob ihn hoch. Nur noch eine Handbreit trennte das faltige rote Gesicht von dem Holzrahmen mit dem Anzuggewebe.

»Was ist das?«, drängte Saedelaere.

»Ich weiß es nicht!«

»Du weißt es! Und ich kriege es aus dir heraus.« Alaska drückte fester zu.

Der Zwerg begann nach Luft zu ringen. Halb erstickt beteuerte er immer noch, dass er keine Ahnung hätte.

»Also dann anders«, stieß Saedelaere hervor. »Wo hast du das Ding gefunden?«

»Auf einer anderen Welt.«

»Wo?«

»Ich weiß es nicht mehr. Der Zeitbrunnen hat mich auf viele Planeten geführt. Wie soll ich heute noch wissen, woher das Zeug stammt?«

Ein kurzer Moment der Unachtsamkeit genügte, dass der Zwerg sich losriss und aus der Hütte rannte.

Als Alaska hinter Callibso ins Freie stürmte, war der Puppenspieler verschwunden und damit seine Chance, vielleicht doch noch lebenswichtige Informationen zu erhalten. Eigentlich wusste er nicht mehr als zuvor. Würde er den Zeitbrunnen ohne fremde Hilfe benützen können?

Alaska machte sich auf den Weg ins Tal. Nebel wogte inzwischen, so weit das Auge reichte, und nur noch die Türme der Stadt durchbrachen die Dunstschwaden.

Vom Zeitbrunnen her erklangen gurgelnde Geräusche.

»Callibso!«, rief Saedelaere, freilich ohne eine Antwort zu erhalten. Vielleicht war der Zwerg durch den Brunnen geflohen. Oder der Adonis war aufgewacht. Alaska lenkte seine Schritte unwillkürlich in die neue Richtung.

Was er dann sah, ließ ihm den Atem stocken. Fast zweifelte er an seinem Verstand.

Zwischen den Statuen lag der nackte Hüne. Auf ihm hockte der Zwerg und hackte mit einem langen Messer auf ihn ein. Callibso schien völlig von Sinnen zu sein.

Ächzend stürzte Alaska vorwärts. Doch der Zwerg schwang sich ebenso behände von seinem Opfer und ließ das blutbesudelte Messer fallen.

»Zu spät!«, kreischte er. »Ich habe ihn erledigt. Endlich.«

Für Alaska brach in dem Moment eine Welt zusammen. Nicht einen Augenblick lang zweifelte er daran, dass er diesen entsetzlichen Mord zu verantworten hatte. Er hatte Callibso aus der Mulde befreit.

»Was schaust du?«, spottete der Zwerg. »Nun kann er nicht mehr in seinen Körper zurück. Ihm bleibt keine andere Wahl, als seine Lieblingspuppe zu beseelen.«

Angewidert stieß Alaska den Gnomen zur Seite und beugte sich über dessen blutüberströmtes Opfer. Aber die klaffenden Wunden ließen erst gar keine Zweifel daran aufkommen, dass der Unbekannte tot sein musste.

Unbändiger Hass stieg in Saedelaere auf. Callibso starrte ihn aus brennenden Augen an. »Ich sollte dir sogar dankbar sein«, kicherte der Zwerg. »Leider hattest du gar keine Ahnung, was du tust.« Abwehrend riss er die Arme hoch, als Alaska auf ihn zukam. »Lass das! Ohne mich kannst du nie zurückkehren, und dann muss auch der wirkliche Callibso sterben. Er wird lieber in mir leben, als endgültig zu verwehen.«

»Du kleines Ungeheuer!«, schnaufte Alaska. »Was für ein Spiel spielst du?«

Der Gnom wurde noch eine Spur röter im Gesicht. Wild fuchtelte er mit beiden Armen herum und schrie Saedelaere an: »Ich war immer nur eine armselige Puppe, gerade gut genug für seine Experimente. Nie durfte ich allein die Hütte verlassen.«

»Eine Puppe?«, wiederholte der Maskenträger. »Ein Roboter?«

»Ich weiß, dass er viele Ebenbilder von sich schaffen wollte«, ereiferte sich der Zwerg. »Sie sollten ihn in gefährlichen Situationen doubeln.« Hektisch zeigte Callibso zur Stadt hinab. »Tausende seiner Puppen leben dort. Er hat eine Welt nach seinen Vorstellungen aufgebaut, weil er die Einsamkeit nicht ertrug. Und die Puppen tun immer nur das, was er von ihnen verlangt.«

»Wer ist dieser Callibso eigentlich?« Saedelaere versuchte den Wortschwall des Zwerges einzudämmen. »Wo liegt seine Heimat?«

»Ich weiß es nicht.« Callibso gestikulierte mit beiden Ärmchen. »Er entstammt einem uralten Volk, dessen Evolution sehr weit vorangeschritten ist. Vielleicht haben sie ihre Körper längst aufgegeben. Callibso kann nicht zu ihnen zurückkehren, weil ihm der Anzug der Vernichtung fehlt.«

Um ein Haar hätte Alaska Saedelaere laut aufgeschrien. In dem Moment fühlte er sich, als würde er abwechselnd in der Gluthitze eines Riesensternes schmoren und in Eiswasser getaucht werden.

»Callibso ist ein Cyno?«, platzte er heraus.

Der Zwerg schüttelte den Kopf. »Keine Ahnung.«

»Hat er jemals über einen Schwarm gesprochen, ein gewaltiges Gebilde aus Sonnen und Planeten? Fast schon eine Kleingalaxis. Dieser Schwarm zieht endlos durch das Universum.«

Callibso schwieg jetzt. Er hatte sich mit dem Rücken gegen eine der Statuen gelehnt und die Augen geschlossen. Seine Gleichgültigkeit brachte Saedelaere in Rage. Es fehlte nicht viel, und er hätte den körperlich Unterlegenen heftig geohrfeigt. So jedoch beschränkte er sich darauf, ihn an den Schultern zu packen und zu schütteln.

»Hör mir zu, verdammt!«, keuchte er. »Du hast ihn ermordet! Weiß ich, ob du mich anlügst? Womöglich denkst du längst darüber nach, wie du mich auch umbringen kannst.«

»Du interessierst mich nicht«, murmelte der Zwerg.

Alaskas Griff wurde fester. Diesmal würde er Callibso nicht entkommen lassen. »Du warst bei ihm. Lange genug, denke ich. Warum sagst du mir nicht, ob ihr über den Schwarm gesprochen habt?«

»Möglich«, erklang es widerwillig. »Vielleicht …«

»Wer einsam ist, redet über vieles.« Mit jedem Wort wurde Saedelaere lauter, er schrie fast.

»Ich hab's vergessen«, kicherte Callibso. »Vieles erschien mir unwichtig.«

Fast begann sich die Welt um ihn herum zu drehen. Alaska stieß den Gnomen zur Seite und deutete anklagend auf den Toten: »Ist das wirklich Callibso? Dann bist du alles, nur nicht sein Ebenbild.«

Der Zwerg lachte heiser. »Dies ist sein richtiger Körper. Du kannst mir glauben oder nicht. Er nahm ihn nur in seltenen Fällen an. Auf fremden Welten sah er aus wie ich, das war seine Tarnung. Wer nimmt schon eine solche Kreatur ernst?«

»Du kanntest seine Ziele?«

»Er hatte nur ein einziges: Er wollte den Anzug der Vernichtung zurückholen.«

Tief atmete Saedelaere ein. »Das hat er erreicht. Der Anzug ist zu ihm zurückgekehrt, nur hast du ihn gleichzeitig ermordet. Wie lange suchte er?«

Der Zwerg zitterte. Irgendetwas, auf das er keinen Einfluss zu haben schien, geschah mit ihm.

»Frag Callibso doch selbst!«, stieß er hervor. »Sein Über-Ich dringt in mich ein.«

21.

Seit Minuten stand der Zwerg wie erstarrt. Entweder war er wirklich ein begnadeter Schauspieler – oder der richtige Callibso und er trugen einen mentalen Kampf um den Puppenkörper aus. Alaska schauderte beim Blick in die starren dunklen Augen.

Der Morgen zog mit Riesenschritten herauf. Über der Stadt lichtete sich der Nebel. Alaska fragte sich, wie viel Zeit eine einzelne Person benötigte, um ein derartiges Areal aufzubauen.

Der Anzug der Vernichtung hatte ihn zu dessen ursprünglichem Besitzer geführt. Zweifellos hatte der Cyno Schmitt gewusst, was geschehen würde. Für ihn war Alaska also nichts anderes gewesen als ein Bote. Damit bewahrheitete sich sein Gefühl, dass er zum Instrument kosmischer Mächte geworden war. Wie viel hatte der Cyno über Callibso gewusst? Oder andersherum: Was konnte Callibso über Schmitt berichten?

»Fremder«, erklang es in dem Moment hinter dem Maskenträger, »du hast Schreckliches bewirkt. Du gabst der Puppe die Möglichkeit, mich zu töten.«

Alaska fuhr herum. »Wer bist du? Callibso – oder der Zwerg?«

Er hätte nicht zu fragen brauchen. Die Stimme der Puppe hatte diesmal weder hasserfüllt noch aggressiv geklungen, sondern traurig und voll Verzweiflung.

»Ich bin Callibso, auch wenn ich fortan in diesem Puppenkörper leben muss. Ich glaube nicht, Fremder, dass du die Folgen ermessen kannst.«

Zögernd hatte Alaska Saedelaere begonnen, den Anzug der Vernichtung zu öffnen. Darunter trug er die standardmäßige lindgrüne Bordkombination.

»Bist du wirklich der rechtmäßige Eigentümer?« Alaska hatte keinen Anlass, daran zu zweifeln. »Dann gebe ich dir den Anzug der Vernichtung zurück. Ich habe ihn nicht gestohlen, sondern erhielt ihn als Geschenk.«

Callibso starrte ins Leere. Auch als Alaska den Anzug vor ihm zu Boden legte, reagierte er nicht.

Alaska fragte sich, was nun geschehen sollte. Schmitts Pläne hatten bis zu diesem Zeitpunkt geführt, aber kaum darüber hinaus. Dennoch fühlte er sich nicht erleichtert. Im Gegenteil. Die eigene Bedeutungslosigkeit war ihm klarer als je zuvor. Er war benutzt worden und wieder zur Seite gestellt.

Immer noch schwieg Callibso. Vielleicht brauchte er eine psychische Erholungsphase.

Alaska musste ebenfalls mit sich ins Reine kommen. Er ging zur Hütte zurück. Wenn es irgendwo Dinge gab, die ihm weiterhelfen konnten, dann dort.

Neben dem offenen Kamin entdeckte er einen Hut ähnlich dem, den die Puppe trug. Als er ihn anhob, klirrte es leise. Alaska leerte den Inhalt auf dem Tisch aus. Ein halbes Dutzend sehr alt aussehende Artefakte kamen zum Vorschein. Obwohl er sicher war, dass Callibso damit sehr viel anfangen konnte, schaffte Alaska es nicht, wenigstens eines dieser Geräte einzustecken. Da war ein transparentes, knapp eine Handspanne messendes Rohr, in dem sich leuchtende Kugeln bewegten. Der achteckige Kristall mit den vielen Auswüchsen hatte vielleicht irgendwann einmal die Funktion eines Datenspeichers erfüllt. Möglicherweise hielt Alaska hier ein unschätzbares Wissen in der Hand, das die terranische Technik und Raumfahrt revolutionieren konnte.

Unschlüssig drehte er die Schleife aus blankem Metall zwischen den Fingern, die ihn an einen Möbiusstreifen erinnerte, als ihn ein Geräusch vom Eingang her ablenkte. Callibso stand in der Tür.

»Leg das hin!«, rief der Zwerg. »Hast du nicht schon genug Unheil angerichtet?«

Callibso schnellte sich schier nach vorne. Hastig raffte er die Instrumente an sich und unterzog sie einer flüchtigen Prüfung. Dann ließ er alles in seinem Hut verschwinden.

»Diese Dinge gehören zu deiner Ausrüstung?«, vermutete Alaska. Er hätte die Gegenstände behalten sollen, um den Kleinen vielleicht zu Zugeständnissen bewegen zu können. Aber dafür war es jetzt zu spät.

»Warum verschwindest du nicht aus meinem Leben?«, seufzte Callibso. »Verlasse Derogwanien! Der Zeitbrunnen ist aktiv, benutze ihn einfach.«

»Wenn du mir sagst, wohin der Schacht führt!«

Der Zwerg machte eine unschlüssige Geste. »Wer weiß das schon? Zu einer der vielen Welten, auf denen sich ebenfalls ein Zeitbrunnen befindet.«

»Ich gehe nicht ins Ungewisse?«, sagte Saedelaere. »Es gibt nur einen Ort, zu dem ich zurückwill. Hilf mir, ihn zu erreichen, oder du wirst mich so schnell nicht wieder los.«

»Wie heißt dein Ziel?«, fragte Callibso gequält.

»Terra!«, antwortete der Maskenträger.

Die Tage vergingen und reihten sich zu Wochen. Alaska Saedelaere hatte sich in der Hütte des Puppenspielers häuslich eingerichtet, dort gab es für ihn ausreichend zu essen und frisches Quellwasser. Seine Hoffnung, dass er Callibso über kurz oder lang lästig werden würde und der Zwerg ihm half, erfüllte sich nicht. Callibso blieb oft tagelang verschwunden, weilte entweder in der Puppenstadt oder verließ Derogwanien durch den Zeitbrunnen. Alaska selbst scheute sich aus unerfindlichen Gründen davor, in die Stadt zu gehen.

»Wie soll unser Leben weiter verlaufen?«, fragte Saedelaere eines Tages. »Ich habe einen Fehler begangen, aber ich konnte zu jenem Zeitpunkt nicht einmal ahnen, was geschehen würde.«

»Niemand hält dich in Derogwanien fest«, antwortete Callibso. »Es steht dir frei, zu gehen und nie hierher zurückzukehren.«

»Du schickst mich ins Ungewisse«, wehrte Saedelaere ab. »Aber ich will mein Volk wiedersehen.«

»Glaubst du, das will ich nicht? Wir scheinen das gleiche Schicksal zu haben.«

Vor vielen Jahren hatte Alaska schon einmal etwas Ähnliches vernommen. Kytoma hatte ebenfalls ihr Volk gesucht. Es war ein aberwitziger Gedanke: Gehörten Kytoma und Callibso zusammen?

»Außer dir habe ich nur noch die Puppen in der Stadt«, eröffnete Callibso unvermittelt.

Alaska fröstelte. Lieber ging er das Risiko ein, durch den Zeitbrunnen auf eine Welt fernab aller menschlichen Zivilisation verschlagen zu werden, als für unbestimmte Zeit in der Nähe des Unheimlichen bleiben zu müssen. »Du kennst mein Ziel«, sagte er mit Nachdruck.

»Und du bist hartnäckig. Ich wollte dir eine Enttäuschung ersparen, wie ich sie selbst viel zu oft erlebt habe. Aber offenbar willst du es nicht anders.«

»Wovon sprichst du?«, drängte Saedelaere.

»Von deiner Heimat. Falls du wirklich wissen willst, was dich erwartet, wirf mit mir einen Blick in den Zeitbrunnen.«

Alaska rührte sich nicht vom Platz.

»Du vertraust mir noch immer nicht«, stellte Callibso mit Ärger in der Stimme fest. »Ich verspreche dir, dass du die Wahrheit sehen wirst.«

»Beweise es mir!«

»Wie?«

»Indem du endlich damit anfängst. Ich fragte dich wiederholt nach dem Geheimnis des Schwarms.«

Callibso seufzte gequält. »Was willst du hören? Dass mein Volk den Schwarm erbaut hat?«

»Ist es so?«

Der Zwerg nickte schwer.

»Warum?«, drängte Saedelaere weiter. »Warum lag euch so viel daran, Intelligenz zu verbreiten?«

»Weil Intelligenz zugleich Bewusstsein bedeutet«, sagte Callibso. »Ohne Bewusstsein kann kein Leben existieren. Das ist Grund genug, so zu handeln, wie wir es tun mussten.«

... *tun mussten*, hallte es in Saedelaere nach. Er glaubte herauszuhören, dass die Erbauer des Schwarms nicht aus eigenem Antrieb so gehandelt hatten. Plante eine unvorstellbare Macht in Jahrmillionen und hatte dafür gesorgt, dass Intelligenz verbreitet wurde? Auf welcher Entwicklungsstufe stand im Vergleich dazu die Menschheit? Alaska sah plötzlich das beklemmende Bild eines Ameisenstaates vor sich, der dem Neubau eines Raumhafens im Wege war. Wie viel von den schweren Räumgleitern und Desintegratorbaggern bekamen die Ameisen überhaupt mit?

»Wer waren eure Auftraggeber?«, wollte er wissen.

Die Puppe schüttelte bedauernd den Kopf. »Wer lässt die Sterne im Universum entstehen?«, antwortete Callibso mit einer Gegenfrage.

»Wer legt die Naturgesetze fest? – Wir wussten, was zu tun war, weil es sich so ergab. Jedes Volk, das in seiner Entwicklung weit genug vorangeschritten ist, hat eine bestimmte Aufgabe zu erfüllen.«

»So wie wir?«

»Die Terraner dehnen sich nur aus«, wehrte Callibso ab. »Sie sind Parasiten ohne Bedeutung.«

»Wir gehören dazu!«, widersprach Saedelaere im Brustton der Überzeugung. Und er meinte es genau so. »Vielleicht ist unsere Aufgabe zu komplex und nur schwer zu erkennen. Immerhin haben wir geholfen, den Schwarm seiner ursprünglichen Aufgabe zuzuführen.«

»Das wäre auch ohne euch geschehen. Ob eine Million Jahre eher oder später, ist letztlich bedeutungslos.«

Gemeinsam gingen sie zum Zeitbrunnen hinab, und erstmals nahm sich Alaska wirklich die Zeit, die steinernen Kolosse zu betrachten. Ihre großen, fast runden Augen schienen ihn drohend anzublicken. Die scharfe Nase ebenso wie die viel zu schmalen Lippen gaben den Steingesichtern ein verkniffenes Aussehen.

»Welche Bedeutung haben die Statuen?«, wollte Alaska wissen.

»Sie bewachen den Zeitbrunnen«, antwortete Callibso. »Einfache Gemüter würden sich nicht in die Nähe dieser Kolosse wagen.«

»Auf Terra gibt es ähnliche Skulpturen.« Alaska hatte den Eindruck, dass der Zwerg ihn belauerte. Obwohl Callibso bis an den Rand des Zeitbrunnens trat und ihn mit einer unmissverständlichen Geste aufforderte, ihm zu folgen, hielt er sich einige Schritte weit zurück. Sein Misstrauen brach wieder auf. Wie sollte er sich wehren, falls Callibso ihn mit in den Zeitbrunnen nahm und auf einer fernen Welt aussetzte?

»Warum zögerst du ausgerechnet jetzt?«, fragte der Zwerg verständnislos. »Du wolltest deine Welt sehen, für mich ist sie uninteressant. Fürchtest du die Wahrheit?«

Derogwanien war ein Ort, an dem er nie für längere Zeit würde leben können. Alaska glaubte zu spüren, wie sich das Unheil über dieser Welt zusammenzog. *Ich habe es mir doch anders überlegt,* wollte er sagen und sich abwenden. Dennoch blieb er stehen und schaute interessiert zu, wie Callibso sich an einem der fremdartigen Instrumente aus seinem Zylinder zu schaffen machte. Alaska glaubte, dass der Zwerg auf diese Weise den Zeitbrunnen regulierte.

Minuten vergingen, bis Callibso das Gesicht zu einem schiefen Grinsen verzog. »Wenn du den Mut dazu hast, kannst du jetzt in den Zeitbrunnen blicken. Halte dazu nur den Kopf unter die Oberfläche. Falls du deine Welt erreichen willst, musst du mit dem ganzen Körper in den Brunnen eintauchen.«

Alaska entsann sich, wie er vor Wochen unbedarft die Hand in den Brunnen gehalten hatte. Aber damals trug er noch den Anzug der Vernichtung. Heute war er vorsichtiger. Bäuchlings ließ er sich am Brunnenrand nieder und stützte sich mit beiden Händen ab. Die Statuen schienen drohend auf ihn herabzublicken.

Letztlich zögerte er doch. »Ich weiß nicht, ob ich dir wirklich vertrauen darf«, stellte er unumwunden fest.

Callibso lachte leise, beinahe amüsiert, und deutete auf seinen verwitterten Hut. »Wenn ich das wollte, hätte ich ganz andere Möglichkeiten, gegen dich vorzugehen.«

So einfach dieses Argument war, so überzeugend war es auch. Alaska hielt unwillkürlich den Atem an, als er sich weiter nach vorne beugte und den Kopf über den Zeitbrunnen hielt.

Die Unendlichkeit starrte ihm entgegen.

Alaska sah nur eine glatte schwarze Fläche, die das Licht absorbierte, und nicht einmal einen Hauch des wolkenbedeckten Himmels.

Er spürte eine unheimliche Bedrohung. Unter der Schwärze existierte keine Zeit.

»Ich wusste, dass du es nicht wagen würdest«, erklärte Callibso spöttisch.

Das gab den Ausschlag. Alaska lockerte die angespannten Muskeln, er streckte sich noch ein Stück weiter nach vorne und tauchte mit dem Kopf in das Nichts ein.

Schlagartig war alles anders.

Seine Gedanken wirbelten durcheinander, selbst die eigene Existenz schien plötzlich in Frage gestellt. Da zu sein, ohne den eigenen Körper zu spüren, ohne Augen beobachten und doch alles erkennen zu können, war nicht nur neu für ihn, sondern schlicht unbegreiflich.

Offenbar schwebte er irgendwo hoch über einer kargen Ebene. Das Land wirkte verlassen, ein schneidender Wind trieb verdorrte Pflanzen vor sich her.

Nach einer Weile glaubte Alaska, die Region zu erkennen. Er befand sich in den Anden über dem Altiplano. Von seinem rätselhaften Standpunkt aus glitt er schnell über die Ebene hinweg. Je mehr er sich auf Einzelheiten konzentrierte, desto schneller wurde die irreale Bewegung. Er sah kleine Siedlungen, Dörfer und erkannte sogar die im Andengebiet häufig errichteten Messstationen. Gerade Letztere verrieten ihm, dass er sich in der Gegenwart befand. Dies war die Erde im Mahlstrom, auf der die Aphiliker regierten.

Da war Tiahuanaco. Er schwebte über den Titicacasee hinweg, über Ariquipa, Cusco und andere, größere Städte. Zugleich spürte er, dass irgendetwas anders war als erwartet. Nur vermochte er noch nicht zu sagen, was seinen Argwohn geweckt hatte. Die Eindrücke wechselten so schnell, dass er sie kaum verarbeiten konnte.

Jäh endete die Bewegung.

Unter ihm erstreckte sich eine große Stadt. In dem Moment erkannte Alaska, was er die ganze Zeit über unbewusst wahrgenommen hatte.

Es gab keine Menschen.

Die Straßen und Plätze waren verwaist. Gleiter standen herum, als hätten ihre Besitzer sie vergessen. Ein Hund trottete mit gesenktem Kopf über eine der Hauptverkehrsstraßen. Nichts außer ihm bewegte sich.

Ein eisiger Schauder griff nach Saedelaere. Die Vision – er hoffte, dass es wirklich nur eine Vision war – erschreckte ihn.

Die Erde glitt unter ihm hinweg. Mit rasender Geschwindigkeit schwebte er nach Norden. Mexiko, die ehemaligen Vereinigten Staaten von Nordamerika, dann nach Westen, über die japanischen Inseln hinweg, Richtung Terrania City.

Nirgendwo Anzeichen menschlichen Lebens. Nur Tiere. Die Folgerung, die er daraus zog, war erschreckend: Die Menschen hatten ihre Heimat verlassen!

Aber warum?

Die Vision endete abrupt, als Saedelaere den Kopf aus dem Zeitbrunnen hob. Schwer atmend wälzte er sich auf den Rücken. Das Gesehene quälte ihn, er hörte sich leise wimmern. Endlich entdeckte er Callibso zwischen den Statuen. »Das ist Lüge«, keuchte er. »Du hast mich ein Trugbild sehen lassen.«

Callibso schüttelte traurig den Kopf. Wortlos wandte er sich um und ging den Weg zurück, der zur Hütte führte.

Alaska war immer noch wie benommen. Trotz Callibsos Warnung hatte er es so gewollt. Als die SOL von der Erde gestartet war, hatten mehr als zwanzig Milliarden Menschen auf ihr ein Zuhause gehabt. Es war undenkbar, dass sie einfach verschwunden sein konnten. Nichts hatte auf eine Evakuierung hingedeutet. Es schien sogar, als wäre Terra von einer Sekunde zur anderen entvölkert worden. Eine entsetzliche Vorstellung. Hatte die Aphilie damit zu tun?

Unzählige Fragen brannten Alaska auf den Lippen. Er hatte schon viel zu lange gewartet. Schwankend kam er auf die Beine und hastete hinter dem Puppenspieler her. Erst kurz vor der Hütte holte er Callibso ein.

»Du bist mir eine Erklärung schuldig! Wie konnte das geschehen?«

»Es wird erst geschehen«, antwortete der Zwerg. »Eine Erklärung habe ich trotzdem nicht dafür.«

»Du musst mich zur Erde bringen!«, drängte der Maskenträger. »Vielleicht kann ich das Schlimmste noch verhindern.«

»Genau das habe ich befürchtet«, sagte Callibso seufzend. »Ich sah schon vor dir, was geschehen ist. Aber ich konnte nicht nachforschen. Eine Sperre verhindert Beobachtungen vor diesem Zeitpunkt. Du willst ein Zeitparadoxon herbeiführen, aber du kannst es nicht.«

Das war die Wahrheit. Saedelaere spürte es. Wenn er zurückkehrte, würde er der einzige Mensch auf der Erde sein. Schon der Gedanke daran war unvorstellbar.

Alaska schlief schlecht in der folgenden Nacht. Von Albträumen geplagt, wachte er immer wieder schweißgebadet auf. Er sah sich ruhelos über die Erde wandern. Die Wüsten breiteten sich aus, und ihre Dünen begruben die Zeugnisse der Zivilisation unter sich. Sturmfluten nagten an den Küsten, und ein dampfender Dschungel überwucherte sogar Terrania City.

Jahr um Jahr wanderte er durch die Einsamkeit. Er war der letzte Mensch, ein Zellaktivatorträger, dazu verdammt, bis ans Ende aller Tage von seinen Erinnerungen zu leben. Es sei denn …

Mitten in Terrania City, von dichtem Wald umgeben, gab es noch einen kleinen Teich. Eine wacklige, morsche Brücke führte hinüber. Alaska wagte nicht, sie zu betreten. Aber er entsann sich … Seine Gedanken schweiften in die Kindheit zurück, während seine Rechte den eiförmigen Zellaktivator umklammerte, den er an einer Kette um den Hals hängen hatte. *Mach deiner Qual ein Ende!*, wisperte eine Stimme unter seiner Schädeldecke. *Worauf wartest du? Es gibt keine Wunder.*

Ruckartig zerrte er an der Kette. Sie zerriss. Seine Finger verkrampften sich.

Einen Augenblick lang schien er zu überlegen, dann hatte er sich entschieden. Wenn er den Zellaktivator in den Teich warf, hatte er noch drei Tage zu leben. Zeit genug, um von dem wenigen Abschied zu nehmen, was ihm geblieben war. Er hatte seine Heimat geliebt, das gestand er sich endlich ein. Aber seit die Menschen gegangen waren, war die

Erde nicht mehr seine Heimat. Er selbst hätte das nie für möglich gehalten. Ausgerechnet er brauchte die Menschen.

Es klatschte dumpf, als der Zellaktivator auf die Wasserfläche aufschlug und inmitten von Algen versank. Kleine Wellen breiteten sich konzentrisch aus. Sie spiegelten das Licht der Sterne, und diese Sterne begannen sich zusammenzuballen und gerieten in wirbelnde Bewegung. Eine Spiralgalaxis entstand, sie wuchs und wurde heller und explodierte schier in einem blendenden Aufflammen, als sie das von Schilf und Schlingpflanzen überwucherte Ufer erreichte. Wasser zerstäubte in einem feinen Nebel.

Die Nässe störte. Mit einer unwilligen Bewegung fuhr Saedelaere sich durch das feuchte Haar. Ein kalter Wind brach sich unter der Maske und ließ ihn frösteln.

Er stand vor der Hütte, am Anfang des gewundenen Weges hinunter zur Stadt. Fast fiel es ihm schwer, aus seinem Traum in die Wirklichkeit zurückzufinden. Es regnete leicht, die wolkenverhangene Nacht verbarg die Sterne vor seinen Blicken.

Dennoch blieb ein unruhiger Schwall von Helligkeit. Flackernd kroch er den Hang herauf. Dazwischen zeichneten sich menschliche Silhouetten ab.

Der Anblick beunruhigte Saedelaere. Die Puppen kamen, und ihrem Aufmarsch haftete eine unverkennbare Drohung an.

In aller Eile weckte er Callibso, dessen erste Reaktion Unglauben und Bestürzung widerspiegelte.

»Offenbar habe ich die Kontrolle über sie verloren«, ächzte der Puppenspieler. »Ich habe versäumt, mich mehr um sie zu kümmern.«

Der Fackelzug war zum endlosen Wurm angewachsen, ein leuchtendes Band, das sich in vielen Windungen von der Stadt aus den Hang heraufschlängelte. Doch die Puppen kamen nicht bis zur Hütte, vielmehr schienen sie sich auf der Höhe des Zeitbrunnens zu sammeln.

»Wollen sie Derogwanien verlassen?«, fragte Saedelaere verblüfft.

»Bestimmt nicht«, wehrte Callibso ab. »Hörst du?«

Dumpfe Schläge hallten den Hang herauf, dann das durchdringende Knirschen von Stein.

»Sie zerstören die Statuen«, stellte der Maskenträger fest.

Callibso nickte. »Danach werden sie ihren Marsch fortsetzen. Was sie sich vorgenommen haben, führen sie auch aus.«

Alaska ahnte, wo das nächste Ziel der Meute lag. Callibso schien jedoch nicht gewillt zu sein, seine Puppen aufzuhalten. Vorübergehend spielte Saedelaere sogar mit dem Gedanken, sich den Anzug der Vernichtung zurückzuholen und den Kampf aufzunehmen. Doch das war ganz und gar nicht seine Auseinandersetzung.

Das Hämmern und Dröhnen ebbte bereits wieder ab. Es würde wohl nicht mehr lange dauern, bis die unheimliche Armee ihren Marsch fortsetzte.

»Unternimm endlich etwas!«, forderte Saedelaere den Puppenspieler auf.

»Das ist nicht nötig«, erklang es aus der Düsternis. »Ich habe mich entschlossen, Derogwanien zu verlassen.«

Alaska hatte seine Aufmerksamkeit dem herannahenden Fackelzug gewidmet. Als er sich bestürzt umwandte, sah er Callibso bereits den Hang hinabeilen. Doch ebenso unvermittelt wandte sich der Puppenspieler um und verschwand noch einmal in der Hütte. Die Hoffnung, er hätte es sich anders überlegt, trog. Callibso hatte lediglich den Anzug der Vernichtung geholt und ihn sich über die Schulter geworfen.

Er winkte Saedelaere zu sich. »Besser, du bleibst in meiner Nähe. Die Puppen sind nicht ungefährlich.« Offenbar wollte er nichts mehr mit seinen Geschöpfen zu tun haben.

Abseits des Pfades kletterten sie über unwegsames Gelände. Alaska brauchte nicht zurückzublicken, um zu erkennen, wo sich die ersten Puppen befanden. Weit hallten die dumpfen Schläge, mit denen sie die Hütte aufbrachen.

Ein erster Feuerschein zuckte auf. Im Nu loderten die Flammen heller, in dem trockenen Holz fanden sie üppige Nahrung. Es dauerte nur wenige Augenblicke, bis die Hütte lichterloh brannte. Alaska konnte jetzt die Puppen deutlicher sehen. Sie waren menschenähnlich, aber keine besaß ein Gesicht. Sie ergötzten sich an ihrem Vernichtungswerk. Erst als die Glut in sich zusammenfiel und ein Meer von Funken geisterhaft davonstob, kehrten sie in kleinen Gruppen ins Tal zurück.

Alaska erschrak, als ihm auffiel, dass Callibso eines seiner kleinen Instrumente auf ihn richtete. Doch für eine Gegenwehr war es bereits zu spät. Eine seltsame Starre erfasste den Terraner von innen heraus und lähmte ihn.

»Ich mache das ungern«, sagte der Puppenspieler, »aber ich muss verhindern, dass du mir folgst.«

Alaska konnte nichts mehr sagen. Langsam knickte er in den Beinen ein. Bevor er die Besinnung verlor, sah er Callibso aufstehen und talwärts gehen. Der Puppenspieler wollte zum Zeitbrunnen.

Diesmal schlief Saedelaere tief und traumlos. Als er erwachte, stand die Sonne schon hoch am Himmel. Es war still, geradezu unheimlich ruhig. Nur ein starker Brandgeruch hing in der Luft.

Alaska brauchte geraume Zeit, bis ihm Arme und Beine wieder gehorchten. Wo die Hütte gestanden hatte, fand er nur noch einen großen, nachglimmenden Schutthaufen. Was immer an wertvollen Dingen gesammelt worden war, hatte den Brand kaum überstanden.

Nicht eine Sekunde lang zweifelte der Terraner daran, dass Callibso Derogwanien verlassen hatte. Quer über das Gelände folgte er der Spur des Puppenspielers zum Zeitbrunnen.

Zwischen zwei armlangen blauen Grasbüscheln steckte eine abgebrannte Fackel. Die daran befestigte Folie wehte leicht im Wind. Das war kein Werk der Puppen; vielmehr hatte Callibso eine Nachricht hinterlassen. Alaska löste die Folie. Wie von Geisterhand hingezaubert erschienen Schriftzeichen in Interkosmo.

Sobald du meinen Körper findest, vernichte ihn, las der Terraner. *Ich will nicht in Versuchung geraten, doch zurückzukehren.*

Unwillkürlich blickte Alaska suchend um sich. Der Text klang, als hätte Callibso seine Welt noch nicht verlassen, sondern sich lediglich aus dem Puppenkörper zurückgezogen.

Der Zeitbrunnen ist justiert, erschienen neue Schriftzeichen auf der Folie. *Sobald du in ihn eintauchst, wirst du deine Heimatwelt erreichen. Jedoch kannst du den Brunnen nur einmal benutzen. Danach wird er abgeschaltet.*

Alaska knüllte die Folie zusammen und ließ sie achtlos fallen. Der Weg zurück nach Terra war eine Sackgasse. Sobald er die menschenleere Erde aufsuchte, würde er sie nie wieder verlassen können. Unwillkürlich fragte er sich, ob sein Traum der vergangenen Nacht die Zukunft vorweggenommen hatte.

Aus den Augenwinkeln heraus nahm er eine Bewegung wahr. Ruckartig wie ein altes mechanisches Spielzeug bewegte sich der rothäutige Zwerg zwischen den Felsen.

»Callibso!«, rief Saedelaere. Er erhielt keine Antwort.

Er dachte an die Nachricht, die ihm der Puppenspieler hinterlassen hatte. Seine Hand schloss sich um einen kantigen Stein. Mit dieser primitiven Waffe näherte er sich dem Zwerg, der ihn überhaupt nicht wahrzunehmen schien. Noch zögerte er, doch als die Puppe mit ungelenken, fast schon lächerlich wirkenden Bewegungen geradewegs auf ihn zukam, schmetterte er ihr den Stein an den Kopf. Die Callibso-Puppe brach lautlos zusammen. Unkontrolliert zuckten ihre Arme und

Beine, und aus ihrem Inneren erklang ein geradezu archaisches Knarren.

Wieder und wieder schlug Saedelaere zu, bis auch das letzte Geräusch erstarb. Seine Versuche, den Puppenkörper gewaltsam zu öffnen, misslangen jedoch. Er würde nie erfahren, ob er einen Roboter oder etwas gänzlich anderes vor sich gehabt hatte.

Alaska glaubte ein spöttisches Kichern zu vernehmen. Doch als er herumfuhr, war niemand zu sehen.

Die folgenden Tage und Nächte erlebte er wie im Fiebertraum. Seine Angst davor, einzuschlafen, wuchs mit jeder Nacht. In seinen Träumen trachteten ihm gesichtslose Puppen nach dem Leben.

Die Tage waren noch quälender als die Nächte. Sie erschöpften sich in Monotonie, nachdem Alaska anfangs noch nach Essbarem in den Trümmern gewühlt hatte. Die verkohlten Schinken würden für etliche Wochen reichen, und klares Wasser stand ihm wieder zur Verfügung, nachdem er den Brunnen von Ruß und Asche gereinigt hatte.

Von den Puppen, die in ihre Stadt zurückgekehrt waren, sah und hörte er nichts mehr. Alaska war und blieb allein.

Genau das hatte er sich immer gewünscht.

Aber dieses Alleinsein gefiel ihm nicht.

Immer öfter ertappte er sich dabei, dass er seine Schritte in Richtung des Zeitbrunnens lenkte. Aber ebenso oft schreckte er vor der letzten Konsequenz zurück. Er wollte seine Einsamkeit nicht gegen die unerträgliche Gewissheit eintauschen, der letzte Mensch auf Terra zu sein.

Unaufhörlich kreisten seine Gedanken um das Schicksal von gut zwanzig Milliarden Terranern. Er fragte sich, ob die Katastrophe inzwischen stattgefunden hatte.

Die Einsamkeit trieb ihn letztlich in die Stadt hinab. Er riskierte es, von den Puppen attackiert zu werden, doch seine Befürchtungen erwiesen sich als unbegründet. Sie lagen regungslos am Boden. Offensichtlich war ihre Existenz mit dem endgültigen Verschwinden Callibsos erloschen. Alaska half das nicht weiter. Lediglich jede Menge Baumaterial für eine neue Hütte stand ihm jetzt zur Verfügung. Er errichtete sie in der Nähe des Zeitbrunnens, zwischen zwei umgestürzten Steinriesen.

Die Tage wurden kürzer, und eines Morgens bedeckte Raureif die Felsen.

Anfangs bemerkte Saedelaere gar nicht, dass er sich zu verändern begann. Erst als er häufiger Selbstgespräche führte und sich dabei ertappte, dass er sinnlose Dinge verrichtete, nur um irgendetwas zu tun, fiel es ihm auf.

Er schaffte es nicht, seinem monotonen Tagesablauf eine sinnvolle Wende zugeben.

Oft setzte er sich auf eine der umgestürzten Statuen am Rande des Zeitbrunnens, verschränkte die Arme auf den Knien und starrte blicklos in die undurchdringlich scheinende Schwärze.

Als eines Morgens eine zentimeterhohe Schneeschicht das Land bedeckte, dicke Eiszapfen an den Statuen hingen und der Brunnen wie ein unglaublicher Anachronismus wirkte, wusste Alaska endgültig, dass er das Ende dieses Winters auf Derogwanien nicht erleben würde. Falls er diese Welt nicht bald verließ, würde er den Verstand verlieren.

Es gab nur einen Weg für ihn: Er musste sich dem Zeitbrunnen anvertrauen.

Vielleicht waren alle Befürchtungen ein schrecklicher Irrtum. Zwanzig Milliarden Menschen konnten nicht spurlos verschwinden. Alaska redete sich selbst Mut zu; er fürchtete sich vor der Wahrheit.

Das schneebedeckte Land wurde noch trostloser als zuvor.

Lange Zeit saß Alaska auf einem der Monolithen und starrte in den Brunnen. *Vielleicht*, sagte er sich, *habe ich einen Fehler begangen, als ich den Anzug der Vernichtung zurückgab.* Doch es war zu spät, sich darüber Gedanken zu machen.

Vergeblich hoffte er, dass Kytoma zu ihm kam. Oder dass Callibso zurückkehrte. Das waren Wunschvorstellungen, die sich nicht erfüllen würden.

Seine Hand verkrampfte sich um den Zellaktivator. Aber er brachte den Mut nicht auf, das metallene Ei in den Brunnen zu werfen. Heute hing er am Leben, das ihm nach dem Transmitterunfall so sinnlos erschienen war. Er hatte sich verändert, weiterentwickelt … aber war es nicht das Ziel allen Lebens, sich fortzuentwickeln?

Auf den ehemaligen Welten des Solaren Imperiums in der Milchstraße – und vielleicht auch im Mahlstrom – schrieb man den Dezember des Jahres 3581 n. Chr., als Alaska Saedelaere die Ungewissheit nicht länger ertrug. Einen Aufschrei auf den Lippen, sprang er in den Zeitbrunnen. Er sah nicht mehr, dass die Schwärze unmittelbar hinter ihm erlosch. Was blieb, war nackter Fels, der sich rasch mit einer dünnen Schneeschicht verhüllte.

22.

Immer noch heulte der Wind, und das Land präsentierte sich karg und hügelig. Nur der Schnee war grobkörnigem rotem Sand gewichen, der in Böen heranpeitschte.

Alaskas Blick fiel auf verwitterte Steinskulpturen. Sie sahen aus wie die Steinfiguren rings um den Zeitbrunnen von Derogwanien, doch in einiger Distanz erkannte der Terraner das Sonnentor von Tiahuanaco.

Terra! Er hatte die Erde erreicht, daran konnte es keinen Zweifel geben. Seine Anspannung wich einem erleichterten Aufatmen. Alles andere, dessen war er plötzlich sicher, würde sich finden. Egal, was geschehen sein mochte, es gab immer einen Weg. Er selbst war das beste Beispiel dafür. Nach dem Transmitterunfall hätte er sich am liebsten auf eine einsame Welt fernab jeder Zivilisation zurückgezogen und sein Leben in Einsamkeit und Enttäuschung beendet, heute trug er einen der wenigen Zellaktivatoren und gehörte zum Kreis der potenziell Unsterblichen, die mehr Verantwortung trugen, als er sich je erträumt hätte.

Vergeblich suchte er nach einem großen, dunklen, unheimlichen Kreis. Der Zeitbrunnen musste sofort nach seiner Ankunft erloschen sein. Alaska drehte sich einmal um sich selbst. Dass er allein war, bedeutete in dieser Einöde wenig. Sein Ruf verhallte mit dem Wind.

Alaskas Blick wanderte zurück zum Sonnentor. Seit vier Jahrtausenden trotzte der kolossale Block allen Widernissen, die auf dem Fries herausgemeißelte Figur schien ihn starr zu mustern. Hinter dem Tor gewahrte Alaska einen Abschnitt des einstigen Maschenzauns, der das Gelände vor langer Zeit umspannt hatte und längst nur noch rostig und verbogen dem Wind trotzte. Der Zaun erschien ihm wie das Symbol einer unwiderruflichen Abgrenzung. Die Menschen waren gegangen. *Wohin?*

Die bleiche Schwärze des Himmels wich vorübergehend einer vagen Helligkeit. Ein blassrotes Auge, gut eine Handbreit unter dem Zenit, starrte durch die Wolken. Es war immer noch die Sonne Medaillon.

Der Terraner ballte die Hände. Er erschrak über das Aufwallen seiner Gefühle und den Hass, den er dieser Sonne entgegenbrachte. Sie hatte die Menschheit entzweit und die Aphilie geboren.

Der Wind drehte und peitschte ihm entgegen. Alaska blinzelte unter der Maske hervor. Sandkörner drangen durch Mund- und Augenschlitze, aber das Cappin-Fragment reagierte nicht darauf.

Zur Inka-Zeit war Tiahuanaco eines der bedeutendsten Zentren des

Kontinents gewesen. Diese Größe hatte es nie wiedererlangt. Rund zwanzig Kilometer nordwestlich begann der Titicacasee, eine Eisenbahnlinie führte von Guaqui bis nach La Paz, und der Bahnhof lag im Bereich des ehemaligen Stadtwalls von Tiahuanaco. Saedelaere wusste nicht, ob noch immer Züge verkehrten.

Wesentlich näher am Sonnentor führte die Straße vorbei. Durch teilweise kniehoch angewehten Sand umrundete Alaska die Überreste des Zaunes. Die Aphiliker hatten sich nicht mehr um die historischen Stätten gekümmert, ihren Verfall eher noch beschleunigt.

Eine Gruppe von Riesenmönchen tauchte vor ihm auf, reckte sich bis zu vier Meter hoch vor den erneut tintenschwarz werdenden Himmel. Wie stumme Wächter umringten die anspruchslosen Pflanzen eine verfallene Hütte, in der sich Sand und Unrat häuften. Alaska war nahe daran gewesen, seine Vision der menschenleeren Erde einer Täuschung zuzuschreiben; er war ein Kind der Einsamkeit, war das schon immer gewesen, doch der Gedanke, vielleicht der letzte Mensch auf der Erde zu sein, ängstigte ihn. Der Anblick der auseinander gebrochenen Bohlenwände ließ seine Fragen drängender werden als zuvor.

Die Straße war kaum noch als solche zu erkennen, Dünen hatten das geradlinig verlaufende Band erobert und streckenweise unpassierbar gemacht. Ein ausgedienter, schrottreifer Uraltgleiter lag umgestürzt neben der Piste.

Was immer geschehen sein mochte, die Veränderungen waren inzwischen tief greifender Natur. Von Anfang an bereitete der Sandsturm Saedelaere Kopfzerbrechen. Kleinere Stürme gehörten durchaus zum meteorologischen Programm der Klimakontrolle. Aber dass der Sand sich zu Dünen häufte und niederes Pflanzenwachstum erstickte, war nicht normal. Hatte NATHAN die Überwachung eingestellt?

Den Kopf zwischen die Schultern gezogen, stapfte der Transmittergeschädigte weiter. In viertausend Metern Höhe war die Luft dünn und zehrte an den Kräften. Dass er dennoch gut vorwärts kam, verdankte er den belebenden Impulsen des Zellaktivators.

Hin und wieder hielt Alaska abrupt inne, weil er glaubte, den Schrei eines Kondors gehört zu haben oder den fernen Ruf eines Menschen. Aber es war nur das allgegenwärtige Knistern des Sandes, das ihn täuschte.

Er schaffte es nicht mehr, das wachsende Unbehagen zurückzudrängen. Die Erde hatte sich in den Jahren seiner Abwesenheit deutlich verändert. Wie viel Zeit mochte vergangen sein? Jahre nur, vielleicht Jahrzehnte? Oder mehr?

Trichterförmig legte Alaska die Hände vor den Mundschlitz der Maske und brüllte aus Leibeskräften: »Hallo, ist da wer?« Der Sturm riss die Worte mit sich, brachte aber keine Antwort zurück.

Unheimliches hatte sich ereignet.

Endlich wuchsen neue Schatten vor Saedelaere auf. Die Häuser von Tiahuanaco, hingeduckt auf die karge Hochebene und aneinander gedrängt wie eine Herde verängstigter Schafe. Er beschleunigte seine Schritte.

Niemand kam ihm entgegen. Roter Sand bedeckte auch die Straßen der Siedlung von Tiahuanaco. Mehrere Bodenfahrzeuge standen quer, als hätten die Fahrer sie Hals über Kopf verlassen. Auf der Ladefläche eines Wagens lagen Puyablüten aufgeschichtet. Alaska hütete sich davor, die Rosetten rasiermesserscharfer Blätter zu berühren. In einer davon hatte ein Vogel sein Nest gebaut, offensichtlich das Tier, das tot auf der Ladefläche lag. Der kleine, halb zugewehte Körper war längst mumifiziert. Alaska sah das als Hinweis darauf, dass die Bewohner ihre Stadt nicht erst vor wenigen Tagen verlassen haben konnten.

Sich einreden zu wollen, die Bewohner des Altiplano wären nur vor dem Sandsturm geflohen, war Selbstbetrug. Alaskas Blicke wanderten die Straße entlang. Nichts bewegte sich, Tiahuanaco war zur Geisterstadt geworden.

Er drang in ein Wohngebäude ein, dessen Eingangstür offen stand. Der Sand war längst über die unteren Treppenstufen hinweggeschwappt. Obwohl im Innenbereich der Sturm kaum noch wahrzunehmen war, zeichneten sich nirgends Spuren ab. Alaska fröstelte.

Die Wohnung im zweiten Stock stand offen. In der Küche lagen verschimmelte Fladenbrote, Obst in einer Schale hatte sich in eine unappetitliche Masse verwandelt.

Alaska unterzog alle Räume einer flüchtigen Überprüfung. Nichts deutete darauf hin, dass die Bewohner sich für längere Zeit entfernt hätten. Kleidung hing sorgsam geordnet in den Wandschränken, auf dem Bett lag ein hauchdünnes Nichts aus schillerndem Gewebe. Als Saedelaere den fast gewichtslosen Stoff aufhob, spürte er die auf biochemischer Basis imprägnierte erotisierende Wirkung.

Sekundenlang schloss er die Augen, als sein Blut in Wallung geriet. Aber jetzt war nicht der Zeitpunkt, darüber nachzudenken, was er in den letzten Jahren als Maskenträger versäumt hatte. Achtlos ließ er den Stoff fallen und wollte gerade das Schafzimmer verlassen, als er aus dem Augenwinkel heraus eine Bewegung wahrnahm.

Zögernd wandte er sich um.

Die Frau lächelte. Sie war etwa dreißig Jahre alt, trug das dunkle Haar seitlich geflochten und in denselben schillernden Farben wie das hauchdünne Kleidungsstück, das mehr von ihren üppigen Formen offenbarte als verbarg.

Ihr Blick ruhte auf Alaska, als sie die vollen, sinnlichen Lippen öffnete – doch was sie ihm zu sagen hatte, erfuhr der Transmittergeschädigte nicht mehr. In einer zitternden Bewegung zerfloss das holografische Bild. Was blieb, war ein schwach leuchtender Kern, der den beginnenden Energiemangel der Projektion offenbarte.

Alaska betrat den gegenüberliegenden Wohnraum. Obwohl draußen nach wie vor nur trübes Tageslicht herrschte, war das große Panoramafenster abgedunkelt. Vermutlich hatte die Wohnungsinhaberin die Schaltung aktiviert, als das Wetter besser gewesen war. Tiahuanaco war also schon vor geraumer Zeit verlassen worden.

Auf einem Tisch lag ein größerer Geldbetrag. Alaska zählte überschlägig dreitausend Solar in kleinen Scheinen. Es gab keine Diebe in der Stadt. Es gab überhaupt niemanden mehr und nicht einmal Anzeichen dafür, dass sich die Einwohner auf einen Exodus vorbereitet hätten. Alles wirkte so, als hätte man sich nur für einen kurzen Besuch zu Nachbarn oder ins nächste Lokal begeben.

Mit einem knappen Befehl aktivierte Alaska den Großbildschirm, der die Stirnwand des Raumes einnahm. Die eben noch matte Fläche füllte sich mit heftigem Flimmern. Das war alles. Auch auf den anderen Kanälen ein ähnliches Bild. Die Übertragung schien völlig ausgefallen zu sein.

Saedelaere testete einen reinen Audiokanal. Ebenfalls nichts, weder Musik noch Nachrichten, als würde weltweit keine einzige Sendestation mehr betrieben.

Die Erde entvölkert ... Alaska konnte die Bilder nicht länger unterdrücken, die aus seinem Unterbewusstsein aufstiegen. Die Vision der menschenleeren Erde wurde zur schrecklichen Gewissheit.

»Warum?«, stieß der Transmittergeschädigte gepresst hervor. »Was ist geschehen?«

Die Stille um ihn her wurde unerträglich. Beinahe fluchtartig stürmte er aus der Wohnung, hastete die Treppe hinab – und sah endlich Spuren im Sand.

Seine eigenen Spuren! Nichts sonst.

Sein Schädel dröhnte wie eine angeschlagene Glocke.

Es ist wahr, dachte er betroffen. *Die Menschen haben ihre Heimatwelt verlassen.*

In seiner Jugend hatte er sich oft vorgestellt, der einzige Mensch auf der Erde zu sein – damals, als er das pulsierende Leben in Terrania kaum mehr ertragen konnte und sich danach gesehnt hatte, einmal noch dem Roboter Torras zu begegnen. *Freund,* hatte er den verstümmelten Torso in Gedanken genannt und sich zugleich gefragt, wie es sein mochte, so einsam wie Torras auf dem Schrottplatz zu sein …

Jetzt kannte er diese Empfindung, eine überwältigende, lähmende Leere, verbunden mit der Furcht vor etwas Ungeheuerlichem.

»Nein«, keuchte Saedelaere. »Nein!«, schrie er seine Qual hinaus. Der Sturm war zwischen den Häusern abgeflaut, als schöpfe er neuen Atem. Von irgendwoher klang ein leiser, ferner Ruf zurück. Die jäh aufflackernde Hoffnung wurde jedoch ebenso schnell zunichte gemacht, als Alaska seine eigene verzerrte Stimme erkannte. Ein Echo, mehr nicht.

Er lief weiter, floh vor sich selbst und den endgültig erwachenden Ängsten, ignorierte die Einflüsterung, dass er seinem Schicksal nicht entrinnen konnte.

Im Stadtkern lag der Sand nicht ganz so hoch. Die Häuser wirkten eleganter, Büros und Geschäfte reihten sich aneinander. Sogar ein großer Springbrunnen ergoss sein rötlich gefärbtes Wasser noch in das steinerne Auffangbecken.

Aus einem der Hauseingänge erklang Indiomusik. Dazu lautes Lachen, Stimmengewirr. Alaska sah einheimische Frauen schwatzen. Unter ihren halbkugeligen Filzhüten quollen schwarze Zöpfe hervor. Ihre Kleidung leuchtete überwiegend in roten und orange Farbtönen. Markttreiben … Kinder tollten herum, ein Hund kläffte.

Alaska ging weiter und störte sich nicht daran, dass ihn kaum jemand beachtete. Er hatte sein Ziel entdeckt und schritt geradlinig darauf zu.

Die zentrale Schaltstelle von Tiahuanaco, die direkte Verbindung zur lunaren Biopositronik NATHAN. Das Robotgehirn auf dem Mond überwachte und regelte all die Kleinigkeiten auf Terra, die längst niemand mehr bewusst wahrnahm, angefangen bei der Klimakontrolle und der Energieversorgung bis hin zur Überwachung des fließenden Verkehrs und der Nahrungsmittelproduktion. NATHAN kannte die Standorte der großen Fischschwärme in den Weltmeeren ebenso wie die bebengefährdeten Vulkanzonen der Erde.

Vor dem Eingang zur Schaltstelle wandte sich der Transmittergeschädigte noch einmal um. Das pulsierende Leben, das er eben wahrzunehmen geglaubt hatte, war verschwunden. Die Realität der Stille und Leblosigkeit beherrschte die Stadt.

Auch das Gebäude war leer. Niemand arbeitete in den Kontrollräumen und an den Schaltanlagen …

… und die mit NATHAN gekoppelten Rechner waren abgeschaltet. Wer immer dafür verantwortlich war, hatte gegen alle Vorschriften verstoßen.

Alaska reaktivierte die autark versorgte Positronik. Das aufleuchtende Hologramm bestätigte seine schlimmsten Befürchtungen:

BETRIEB EINGESTELLT

Kein mit dem Mondgehirn verbundener Computer konnte von sich aus den Betrieb einstellen. Entweder war diese Knotenstelle defekt, aber Alaska entdeckte nicht den geringsten Hinweis darauf – oder NATHAN selbst hatte die Verbindung abgebrochen.

Das Gefühl, dass ihm endgültig der Boden unter den Füßen weggezogen wurde, ließ den Transmittergeschädigten taumeln. Er musste endlich anfangen, das Unvermeidliche zu akzeptieren, wollte er nicht über kurz oder lang den Verstand verlieren.

Zwanzig Milliarden Menschen konnten nicht einfach verschwunden sein, ohne Spuren zu hinterlassen. Irgendwo mussten Hinweise zu finden sein. Wenn hier nicht, dann in den größeren Städten. Alaska Saedelaere war entschlossen, diese Spuren zu finden. Er würde nicht ruhen, bevor er das Schicksal der Menschheit kannte.

Ihn schwindelte, als er sich die Qual dieses Vorhabens vergegenwärtigte. Der vielleicht letzte Mensch ein Unsterblicher, dazu verdammt, für endlose Zeit über eine Welt ohne Leben zu wandern. Gab es eine schlimmere Strafe?

Eines Tages würde er die Kette mit dem Zellaktivator zerreißen und das metallene Ei weit von sich werfen. In eine Schlucht, deren Steilhänge für ihn unüberwindbar waren. Dann blieben ihm noch drei Tage Zeit, um Abschied zu nehmen.

Ein brummendes Geräusch fraß sich in seine Gedanken vor. Eine fette schwarze Fliege surrte auf ihn zu. Im ersten Moment wollte er nach ihr schlagen, doch seine Hand erstarrte mitten in der Bewegung.

Vielleicht bin ich doch nicht so allein. Das war ein lächerlicher Gedanke, aber er barg zugleich einen Hauch von Hoffnung.

Vor ihm lag ein weiter und mühsamer Weg. Er würde ihn bis zum bitteren Ende gehen. Terrania City war sein Ziel.

Das Winseln, das er zu hören glaubte, entsprang wie so vieles andere zuvor seinen überreizten Nerven. Alaska hob nur kurz den Blick, als er wieder auf der leeren Hauptstraße stand. Höhnisch glotzte ihn das dústerrote Dämonenauge durch die Wolkendecke an. Aber auch die Sonne Medaillon war nicht an allem schuld.

Das Winseln wiederholte sich. Diesmal bemerkte Alaska den kleinen Hund, der ihm in einigem Abstand folgte. Ein Bastard, abgemagert und keiner Rasse zuzuordnen. Erst als Saedelaere sich in die Hocke niederließ, kam das Tier schwanzwedelnd näher.

»Du bist auch einsam?«, murmelte der Transmittergeschädigte. »Hast du einen Namen? Bestimmt. Aber ich nenne dich Callibso.«

Jaulend sprang der Hund an ihm hoch. Keine Frage, dass sie von nun an zu zweit sein würden.

»Hast du jemals vom Solaren Imperium gehört, mein Freund?« Alaska Saedelaere redete laut, um das anhaltende Tosen des Sturmes zu übertönen. In viertausend Metern Höhe schien es nichts anderes mehr zu geben als diesen ewigen Sturm wie das Heulen verdammter Seelen. »Unser Sternenreich existiert nicht mehr«, fuhr der Transmittergeschädigte fort, doch mehr im Selbstgespräch als für den kleinen Hund bestimmt, der ihm mit einem Schritt Abstand folgte. »Es gibt wohl auch keine Menschen mehr in diesem verdammten Mahlstrom – und die Milchstraße ist weit …«

Er redete zu viel. Alaska fragte sich, warum er das tat. Wirklich nur, weil Callibso ihm folgte, oder brauchte er einen Vorwand, um seine eigene Furcht und Unsicherheit zu kaschieren?

Die vergangene Nacht hatte er mit dem Hund im trügerischen Schutz grob behauener Felsblöcke verbracht. Es war empfindlich kalt geworden. Callibso hatte sich eng an ihn geschmiegt, und er hatte sich dabei ertappt, dass er gedankenverloren den Nacken des Hundes gekrault und das zitternde Geschöpf mit der anderen Hand gewärmt hatte. Es war ein gegenseitiges Geben und Nehmen gewesen, ein Gefühl der Vertrautheit, wie Alaska Saedelaere es selten einem lebenden Wesen gegenüber empfunden hatte.

Vielleicht hätte er besser daran getan, vor dem Sonnentor von Tiahuanaco darauf zu warten, dass der Zeitbrunnen wieder sichtbar wurde. Ein einziger lächerlicher Schritt konnte ihn nach Derogwanien zurückbringen – vielleicht sogar in die Milchstraße. Stattdessen hoffte er immer noch darauf, einen unversehrten Fluggleiter zu finden, mit dem er Terrania City anfliegen konnte. Wenn es einen Ort gab, der Antworten auf seine Fragen bereithielt, war das Imperium-Alpha, die riesige Zentrale des untergegangenen Solaren Imperiums.

Er zog ein Stück Dörrfleisch aus seiner Umhängetasche hervor, biss selbst ein großes Stück ab und warf den Rest Callibso hin, der es geschickt mit den Zähnen auffing. Das Fleisch hatte er gestern in einem einsamen Gehöft entdeckt. Alles war da gewesen: Brot, Getränke, Fleisch – nur keine Menschen.

Wieder tauchten die Umrisse eines Gebäudes vor ihm auf. Callibso begann zu winseln und lief einige Meter voraus. Dann kam er zurück und sprang an Alaska hoch.

»Wir verlieren uns nicht aus den Augen, keine Sorge«, sagte Saedelaere. »Ich bin auf dich genauso angewiesen wie du auf mich.«

Hinter dem Gebäude, halb von angewehten Pflanzenteilen bedeckt, entdeckte er einen Transporter. Das Fahrzeug war viel zu groß für einen einsamen Mann und einen kleinen Hund, aber der Antrieb sprang an.

Von da an war das Vorankommen bequemer. Alaska spielte sogar mit dem Gedanken, eine der Transmitterstationen aufzusuchen, die es auf dem Altiplano bestimmt gab. Aber im nächsten Moment sagte er sich, dass das irdische Transmitternetz ohne die Biopositronik auf dem Mond nicht funktionsfähig war. Über solche versteckten Abhängigkeiten hatte sich schon lange niemand mehr Gedanken gemacht.

Stunden vergingen in quälender Monotonie, während sich über den fernen Andengipfeln eine unheimliche Schwärze zusammenbraute. Alaska hatte das Randgebiet der Hochebene erreicht und steuerte den Wagen abwärts, als das Gewitter losbrach. Übergangslos öffnete sich die Hölle. Ohrenbetäubender Donner vermischte sich mit einer nicht enden wollenden Flut von Blitzen, die das Land mit unwirklicher Helligkeit übergossen.

Es begann zu schneien. Der Schnee wirbelte dichter und verschmolz im Scheinwerferlicht zu einer weißen Wand. Alaska fuhr dennoch weiter, wenn auch nur im Schritttempo. Zu beiden Seiten der Piste ragten Steilwände empor, zwischen denen sich der Donner in unaufhörlichem Echo brach.

Als ein krachendes, prasselndes Geräusch Saedelaere zwang, den Wagen zu stoppen, war es schon zu spät. Die Ausläufer einer Steinlawine prasselten auf das Fahrzeug herab und schoben es scheinbar gewichtslos vor sich her. Die Scheiben zerbarsten und überschütteten die Insassen mit einem Splitterregen, das Dach wurde eingebeult, und im nächsten Moment begann sich die Welt zu drehen. In das Dröhnen der aufschlagenden Felsbrocken mischte sich Callibsos schrilles Winseln.

Ein banales Ende für einen Mann, der sich eingebildet hat, so etwas wie ein kosmisches Bewusstsein zu entwickeln. Das war Alaska Saedelaeres letzter Gedanke.

Irgendwann kam er zu sich, weil er erbärmlich fror. Schon der Versuch, sich aus der verdrehten Haltung aufzurichten, jagte eine Woge greller Schmerzen durch seinen Körper. Schnee wirbelte ins Fahrzeuginnere.

Erst im zweiten Anlauf schaffte es Alaska, sich durch ein Seitenfenster ins Freie zu zwängen. Regen und Schnee hatten ihn längst durchnässt, und Callibso weigerte sich mit heiserem Bellen, das Fahrzeugwrack zu verlassen. Es hatte wenig Sinn, momentan den Weg zu Fuß fortzusetzen.

Zitternd drängte sich der Hund an ihn.

»Wer war dein Herr?«, fragte Alaska zögernd. »Wo ist er jetzt?«

Callibso bellte zweimal.

»Vielleicht weißt du es sogar und kannst es mir nur nicht mitteilen«, überlegte der Transmittergeschädigte, während der Regen heftiger auf das Fahrzeug trommelte.

Wenn die Menschheit verschwunden blieb, würden die Zeugen der Zivilisation schnell verfallen. Die Natur hatte jetzt schon begonnen, ihr Terrain zurückzuerobern. Und eines Tages, in ferner Zukunft, würden möglicherweise neue Intelligenzen auf der Erde leben. Insekten waren wohl die chancenreichsten Anwärter, sich den Planeten zu unterwerfen.

Alaska Saedelaere folgte dem fast faustgroßen braun-grün gefärbten Käfer mit den Augen, der gegen den Wind über den verbogenen Seitenholm kletterte. Sekunden später war das Tier verschwunden.

Allmählich begannen die Schmerzen abzuklingen. Die heilende Wirkung des Zellaktivators machte sich bemerkbar. Alaska konnte wieder ohne das Gefühl durchatmen, dass sich einige Rippen in die Lunge bohrten.

Kurz darauf fiel er in einen unruhigen Schlaf. In seinen Träumen verdunkelte sich der Himmel unter Myriaden von geflügelten Leibern, die das letzte Grün auffraßen, das den Planeten noch am Leben erhalten hatte. Die Erde hatte Asteroideneinschläge und Eiszeiten überstanden und eine Fülle von Leben hervorgebracht. Am Menschen selbst war sie gescheitert, an der Lieblosigkeit der Aphilie.

In der beginnenden Helligkeit des neuen Tages erkannte Saedelaere, dass der Transporter zwischen kantigen Felsen hing. Nur wenige Meter entfernt gähnte ein tiefer Abgrund. Dort hinabzustürzen hätte bedeutet, mit zerschmetterten Knochen in der Tiefe zu liegen.

Die Straße war für Fahrzeuge unpassierbar geworden.

Immer noch gespenstisch schnell veränderte sich der Himmel. Ab und zu schimmerte Medaillon durch zerrissene Wolkenformationen. Die Natur war im Begriff, sich zurückzuholen, was ihr jahrhundertelang vorenthalten worden war.

Trotz der anhaltenden Steinschlaggefahr blieb Alaska keine andere Wahl, als den Weg auf der verschütteten Straße fortzusetzen. Er kam sogar überraschend gut voran und stieß nach mehreren Stunden auf einen größeren Gebäudekomplex. Obwohl er die Hoffnung aufgegeben hatte, in dieser Region auf Menschen zu treffen, beschleunigte er wieder einmal seine Schritte. Callibso folgte ihm winselnd.

Alaska schlug ein Fenster ein, um in das Gebäude zu gelangen. Nach wie vor konnte er sich kein Bild von der Katastrophe machen, die seine Heimatwelt getroffen hatte. Nur die Menschen schienen ihr zum Opfer gefallen zu sein, während die Tierwelt verschont geblieben war.

Der Transmittergeschädigte durchsuchte eine Vielzahl von Räumen. Er entdeckte nichts, was ihm geholfen hätte, seine drängenden Fragen zu beantworten.

Erst in einem der letzten Räume fand er die mit zittriger Hand beschriebene Folie und, auf einem Tisch verstreut, eine Hand voll Tabletten. Nahrungskonzentrate, vermutete er, aber dann las er die wenigen Sätze, die ein Unbekannter hinterlassen hatte:

Niemand weiß, woher die PILLE stammt, doch sie hat uns vom Fluch der Aphilie befreit – wenigstens vorübergehend. Vielleicht ist es kein Zufall, dass jetzt, unmittelbar vor dem Ende, viele Menschen erkennen, wie es um sie stand.

Saedelaere knüllte die Folie zusammen. »… vor dem Ende«, wiederholte er mit rauer Stimme. Das bedeutete, dass die Menschheit gewusst hatte, was ihr bevorstand. Mit einem ärgerlichen Laut strich Alaska die Folie wieder glatt, faltete sie dann zusammen und steckte sie ein. Konnte es einen kostbareren Besitz geben als die letzte Botschaft der Verschwundenen?

»Die PILLE …« Er schaute den Hund an, der den Kopf schräg hielt, als verstünde er genau, was von ihm erwartet wurde. »Was meinst du, Callibso? Ich wette, dass diese Tabletten gemeint sind.«

Zögernd drehte er eine davon zwischen den Fingern; er roch daran, berührte sie vorsichtig mit der Zungenspitze, und letztlich begann er, die Tablette zu zerkauen. Sie schmeckte nach gar nichts. Möglicherweise war er im Begriff, auf den Abschiedsscherz eines Witzboldes hereinzufallen, der einige Vitaminpräparate hinterlassen hatte. Und der, wo immer er jetzt sein mochte, sich mit der Vorstellung amüsierte, anderen ein schreckliches Kopfzerbrechen bereitet zu haben.

Mit einer ungehaltenen Handbewegung wischte Saedelaere alle Tabletten vom Tisch. Callibso wollte den kleinen weißen Pillen hinterherspringen, doch Alaskas scharfer Befehl hielt ihn zurück.

Drei Tage später ritt der Transmittergeschädigte hoch zu Ross in Arequipa ein. Sein Rücken schmerzte, das Gesäß war nahezu wund gescheuert, und die Beine wollten ihn nicht mehr so recht tragen – aber das war allemal noch besser, als hätte er die ganze Strecke zu Fuß bewältigen müssen. Den stämmigen Braunen hatte er von einer fast leeren Futterkrippe erlöst, auf der Rückseite des Gehöfts, in dem er auch die PILLE gefunden hatte. Inzwischen wartete er schon nicht mehr auf eine Wirkung, die sich vielleicht noch einstellen konnte; nach drei Tagen glaubte er zu wissen, dass es sich nur um ein harmloses Präparat gehandelt hatte.

Arequipa war endlich eine große Stadt, in der er Antworten auf seine Fragen finden konnte. Gespenstisch hallte das Hufgeklapper durch die verlassenen Straßen. Nichts war anders als in den Orten, die Alaska inzwischen gesehen hatte. Verlassene Fahrzeuge, angewehter Schmutz, sich selbst überlassene Natur. Hier vertrocknete Anpflanzungen, dort wucherndes Unkraut.

Alaska war alles andere als ein guter Reiter und hatte hoffnungslos verkrampft im Sattel gesessen. Nahezu steif – und darauf hoffend, dass der Zellaktivator die Körperreaktion schnell unterband – stolperte er durch eine Ladenpassage. Die Auslage eines Schmuckgeschäfts zog ihn geradezu magisch an.

Dumpf stieß er mit der Maske gegen die Scheibe, als er die Vielzweckarmbänder betrachtete. Mehrere von ihnen waren auf Zeit- und Datumsfunktion geschaltet. Sie zeigten einheitlich den 15. Januar 3582.

Alaska schloss die Augen. Tief atmete er ein und versuchte, das Schwindelgefühl zu verdrängen, das sich seiner bemächtigte. Vor zweiundvierzig Jahren hatte er Terra an Bord der SOL verlassen, das war im Juli des Jahres 3540 gewesen – und am 24. April 3581 war er von Bord des Fernraumschiffs aus durch das Black Hole der Spezialisten der

Nacht nach Derogwanien gelangt. Solche Zeitspannen waren, gemessen an kosmischen Geschehnissen, weniger als ein flüchtiger Lidschlag der Ewigkeit und ohnehin nur der Bruchteil eines Menschenlebens, aber dennoch hatten sie alles verändert.

Alaska gab sich einen Ruck und löste sich von der Auslage. Callibso verfolgte jede seiner Bewegungen, als verstünde er genau, was in seinem großen Begleiter vor sich ging. »Wir haben viel versäumt, mein Freund«, seufzte der Transmittergeschädigte. »Und wir können nichts davon ungeschehen machen. Aber wir finden heraus, was geschehen ist. Was glaubst du?«

Callibso lief einige Meter weit, schaute sich nach seinem Herrn um und hob an einer Hauswand das Bein.

»Hast Recht«, murmelte Saedelaere. »Wen interessieren schon meine Probleme?«

Er führte das Pferd am Zügel und folgte dem Hund tiefer in die Stadt hinein. Er war nie zuvor in Arequipa gewesen, folglich war es egal, in welche Richtung er sich zuerst wandte. Ein Hinweis auf die örtliche Begräbnisstätte ließ ihn innehalten. Gleich darauf wandte er sich in die Richtung des Krematoriums. Was er ausgerechnet dort wollte, wusste er selbst nicht zu sagen, aber wo es keine Lebenden gab, erschien es ihm nur logisch, nach den Toten zu schauen.

Zögernd betrat er das einst allen Glaubensrichtungen offen stehende Gebäude. Von der Eingangshalle aus gelangte man in die deutlich kleineren, fast schon intimen Abschiedsräume. Alaska entdeckte eine christliche Kapelle, die den abendländischen Zweig des Christentums ebenso umfasste wie den jüdischen Glauben und eine prunkvoll ausgestaltete orthodoxe Seite; im Anschluss daran fand er eine nach Mekka ausgerichtete Moschee. Im dritten Raum erwartete ihn ein vergoldetes Standbild Buddhas, und erst danach entdeckte er den eigentlichen Zugang zum internen Krematoriumsbereich. Vier seit unbestimmter Zeit gekühlte Behälter standen in den Nischen. Alaska öffnete den ersten – und blickte auf die Leiche einer älteren Frau. Sie erweckte den Eindruck, als wäre sie erst vor Stunden entschlafen. Alaska murmelte ein knappes Gebet, eigentlich nur wenige Worte, die ihm spontan in den Sinn kamen, dann schloss er den Sarg wieder. Er verzichtete darauf, auch die anderen Kühlbehälter zu öffnen, denn die unausgesprochene Frage, die ihn beschäftigt hatte, war schon beantwortet worden: Das unheimliche Verschwinden schien sich nur auf die Lebenden beschränkt zu haben, die Toten waren auf ihrer Welt zurückgeblieben.

Die nächsten Stunden nutzte der Transmittergeschädigte, um für seine Tiere Futter zu beschaffen und eine systematische Durchsuchung der größeren Gebäude zu beginnen. Irgendwann stieß er auf Zeitungen des Vorjahres, Multimedia-Aufzeichnungen und sogar ein aufwändiges handgeschriebenes Tagebuch.

Die Nacht war inzwischen angebrochen. Wie schon an den letzten Abenden hing der Mond groß und milchig am Himmel. Sein zernarbtes Antlitz war das einzig Vertraute neben fremden Sternen. Saedelaere kannte nicht eines der Sternbilder, und das war auch nicht mehr der Mahlstrom. Die Erde hatte demnach erneut ihre Position verändert.

»Wo sind wir?« Alaska lauschte dem Beben in der eigenen Stimme.

Eben noch hatte der Mond seine fahle Helligkeit vergossen, aber schon verbarg er sich wieder hinter schweren Wolkenbänken. Minuten später tobte ein Orkan über die Stadt hinweg. Die Natur eroberte zurück, was ihr die Menschen einst entrissen hatten.

Saedelaere studierte die Aufzeichnungen. Je mehr er las, desto entsetzter reagierte er. Die Erde war zusammen mit der Sonne Medaillon, mit dem Mond und der Nachbarwelt Goshmos Castle in den Schlund des Mahlstroms gestürzt. Und die Menschen hatten schon lange zuvor gewusst, dass diese Katastrophe geschehen würde. Chaos schien in weiten Regionen des Planeten geherrscht zu haben.

Kurze Zeit vor dem Sturz in den hochenergetischen Wirbel, der die dünnste Stelle des 156.000 Lichtjahre messenden Mahlstroms markierte, war die PILLE auf dem Markt erschienen. Das geheimnisvolle Medikament hatte die Menschen endlich von der Aphilie befreit. Aber wohl nur um den Preis, dass sie nun sehenden Auges auf ihr Ende zugegangen waren.

Alaska vermisste in den Aufzeichnungen und Berichten die Antwort auf seine drängendste Frage: *Wo ist die Menschheit?*

23.

Der Himmel hatte ein Einsehen mit ihm, aber vielleicht war es auch nur Zufall – so genau wollte Alaska Saedelaere das gar nicht wissen. Jedenfalls bescherte ihm der neue Tag einen flugfähigen Gleiter, eine Maschine, mit der er nicht nur den Kontinent überqueren konnte, sondern die ihn auch über den Atlantik tragen würde. Ihn und Callibso. Dass der Mischlingshund den Gleiter heftig verbellte, ignorierte Alaska. Wahrscheinlich lag es daran, dass sie Marduk, so hatte er den Braunen genannt, zurücklassen mussten. Die Tiere hatten sich schnell aneinander gewöhnt.

Alaska flog in nordöstliche Richtung, über die Bundesstaaten Kolumbien und Venezuela hinweg. Nirgendwo sah es anders aus als auf dem Altiplano. Verlassene Städte, einsame Überlandstraßen, leere Raumhäfen. Hin und wieder stoben ausgewilderte Nutztiere in jäher Panik vor dem tief fliegenden Gleiter davon.

Der Transmittergeschädigte legte einen Zwischenstopp auf Trinidad ein, ehe er auf exaktem Ostkurs den Atlantik überquerte. Hinterher bereute er den Zeitverlust auf der Insel, der ihm keine neuen Erkenntnisse gebracht hatte. Es war seltsam, aber ausgerechnet er, dem alle Zeit der Welt zur Verfügung stand, begann plötzlich, mit jeder Stunde zu rechnen.

Den Flug über den Atlantik überließ er der Automatik, während er den Pilotensitz in Ruheposition brachte und zu schlafen versuchte. Irgendwann über der monotonen Wasserwüste schaffte er es sogar, alle durcheinander wirbelnden Gedankenfetzen zu ignorieren und die Augen zu schließen.

Das Gefühl, nur wenige Minuten geschlafen zu haben, trog. Als eine feuchte Hundeschnauze gegen seine Kehle stieß und ihn aufschreckte, hatte der Gleiter die westafrikanische Küste schon überquert. Zunehmende Turbulenzen ließen die Maschine schaukeln. Allerdings hingen kaum Wolken am Himmel, und Medaillon brannte gnadenlos herab und verdorrte das Land.

Als die Bewegung innerhalb von Augenblicken heftiger wurde, reagierte Saedelaere. Die Stabilisatoren waren ausgefallen, und die Automatik reagierte nicht darauf. Alaska nahm den Gleiter in Handsteuerung.

Kurze Zeit später, er befand sich ungefähr zwischen den Regionen Niger und Tschad, griffen die Unregelmäßigkeiten auf das Triebwerk über. Eine Legion von Warnanzeigen leuchtete auf. Gleichzeitig stieg die Temperaturanzeige. Alaska stieß eine Verwünschung aus. Um den Fehler zu beheben, den er in der Positronik vermutete, war er zur Landung gezwungen. Al Qatrun war die nächste Stadt in Flugrichtung, noch etwa fünfzig Kilometer entfernt. Sie hatte über einen eigenen kleinen Frachtraumhafen und entsprechende Reparaturhallen verfügt.

Zwei Tage vergingen, in denen Saedelaere so ziemlich alles ausbaute, was die Fehlfunktionen ausgelöst haben konnte. Ohne den Gleiter war er aufgeschmissen.

Mehr oder weniger routinemäßig setzte er zwischendurch Funksprüche ab, die jedoch schon über Südamerika unbeantwortet geblieben waren. Nicht einmal eine automatische Station hatte darauf reagiert. Umso überraschter war Alaska, als er zum ersten Mal eine Antwort erhielt.

»Ich dachte schon, es gäbe keine Menschen mehr auf der Erde«, brachte der Transmittergeschädigte stockend heraus. »Wenn Sie kein Trugbild sind, mein Name ist Alaska Saedelaere.«

Der andere schluckte schwer. »Wo … stecken Sie, Mann?«

»Nordafrika. Ich habe Probleme mit meinem Gleiter. Eigentlich bin ich auf dem Flug nach Terrania City.«

»Da bin ich … Ich meine, da halte ich mich auf. Terrania City, viel zu leer für eine Hauptstadt.«

»Sind Sie allein?«

»Ja. Ich meine, nein. Ich bin völlig verwirrt.« Von plötzlichem Argwohn getrieben, fragte der Mann: »Warum tragen Sie diese Maske?« Alaska konnte zwar wegen eines Fehlers in der Bildübertragung den anderen nicht sehen, doch die Aufnahmeoptik schien einwandfrei zu funktionieren.

»Sie haben meinen Namen noch nie gehört?«

»Ich glaube … nein. Jedenfalls entsinne ich mich nicht. Alaska, äh …«

»Saedelaere«, half der Transmittergeschädigte aus. »Meine Geschichte ist einigermaßen kompliziert. Ich trage einen Cappin-Organklumpen im Gesicht, dessen Anblick andere Menschen in den Wahnsinn treibt.«

Ein gequältes Husten beantwortete die Feststellung. »Sind Sie aphilisch?«

»Um Himmels willen, nein. Ich bin es nie gewesen.«

»Nie …«, wiederholte der andere gedehnt. »Kein Aphiliker …« Er schien nicht glauben zu können, was er eben gehört hatte.

»Sind Sie allein?«, wiederholte Saedelaere seine Frage, die unbeantwortet geblieben war. »Und wie kann ich Sie anreden?«

»Kanube.« Der Mann wirkte immer noch verwirrt. »Sante Kanube. Wir sind zu dritt, ein Mädchen und noch einer.«

»Sind Sie die einzigen Menschen in Terrania City?«

»Ich glaube, ja. Wieso fragen Sie, Saedelaere?«

»Ich will wissen, wo die anderen abgeblieben sind.«

»Welche anderen?«

»Die Menschen«, sagte Alaska betont. »Alle Menschen.«

»Sie sind verschwunden, als die Erde durch den Schlund gestürzt ist. Das ist alles.«

Alaska sah ein, dass er momentan kaum mehr erfahren würde. »Ich melde mich wieder«, versprach er. »Sobald mein Gleiter wieder repariert ist, kann ich in einigen Stunden bei Ihnen sein.«

»Lassen Sie mich nicht allein!«, stieß Kanube hervor. »Ich glaube … ich brauche Ihre Hilfe.« Das klang nicht nur furchtsam, sondern schon fast panisch.

»Was ist los bei Ihnen? Reden Sie schon, Mann!«

Kanubes Stimme bebte, als er sagte: »Ich kann das Haus nicht mehr verlassen. Draußen, auf der Straße, ist ein Raumschiff gelandet. Vor wenigen Stunden …«

»Worauf warten Sie dann noch? Nehmen Sie Kontakt zur Besatzung auf, wenn uns jemand helfen kann, dann Menschen von außerhalb …«

»Nein!«, stöhnte Kanube gequält. »Dieses Schiff wurde nicht von Menschen geschaffen. Oder haben Sie je eine fliegende Keule gesehen? Zwanzig Meter lang, am einen Ende vielleicht acht Meter dick und am anderen nur noch zwei Meter.«

»Waren Sie Aphiliker?«, fragte Saedelaere überraschend.

Kanubes Schweigen war ihm Antwort genug. Für ihn war klar, dass der Mann vermutlich nie gelernt hatte, eigenverantwortlich zu handeln; Gefühle und die sich daraus ergebenden Verwicklungen mussten ihm bis vor kurzem unbekannt gewesen sein.

»Unternehmen Sie am besten gar nichts!«, bestimmte Saedelaere deshalb. »Ich glaube, dass auch die Fremden nichts überstürzen werden. Auf jeden Fall müssen Sie sich darüber klar sein, dass von diesem Kontakt unglaublich viel für uns abhängen kann. – Was ist mit Ihren Gefährten? Glauben Sie, dass die beiden in der Nähe des Raumschiffs sind?«

»Ich weiß nicht. Aber ich könnte aufs Dach hochgehen. Von dort aus kann ich die Straße gut überblicken.«

»Einverstanden«, sagte Alaska. »Dann beenden wir jetzt das Gespräch. Umso eher bin ich bei Ihnen.«

Dass Kanube schon wieder nach Luft schnappte, womöglich um zu protestieren, ignorierte der Maskenträger und unterbrach die Verbindung.

Er war also doch nicht ganz allein. Wie ein Besessener hantierte Alaska Saedelaere am Steuersystem des Gleiters, um den Fehler zu beheben. Wiederholt hielt er für einen Moment inne und dachte an Kanube. In Terrania City lebten also noch mindestens drei Menschen, damit wuchs die Hoffnung wieder, dass auch andere Gruppen die Katastrophe überlebt hatten. Früher oder später würden sie zueinander finden. Aber nicht einmal die Überlebenden selbst schienen zu wissen, was wirklich geschehen war.

Möglicherweise war die Anwesenheit fremder Intelligenzen der Schlüssel für alles. Alaska wollte keineswegs ausschließen, dass Unbekannte mit den Ereignissen zu tun hatten.

Viel zu lange brauchte er, bis der Gleiter endlich wieder starten konnte. Danach war es für ihn das Erste, die gespeicherte Frequenz aufzurufen. Diesmal dauerte es nicht so lange, bis die Verbindung stand. Kanube schien förmlich darauf gewartet zu haben.

»Es ist schlimm«, keuchte der Mann. »Mein Begleiter und das Mädchen ... sie haben auf den Extraterrestrier geschossen.«

Alaska stockte der Atem. In dem Moment war ihm, als breche eine Welt zusammen. Wie durch einen dichter werdenden Nebel hindurch hörte er Kanube berichten. Speideck hieß also der andere, der mit dem Mädchen Marboo unvermittelt einem Fremden gegenübergestanden hatte. Und als jenes Wesen ein seltsames Instrument in die Hand genommen hatte, war Speideck schlicht überfordert gewesen und hatte seinen Blaster ausgelöst.

»Ist der Fremde tot?«

»Wir haben keine Ahnung. Er verschwand in seinem Raumschiff. – Wir halten seither Wache auf dem Dach.«

»Unternehmen Sie nichts anderes!«, mahnte Saedelaere. »Ich bin in längstens zwei Stunden bei Ihnen.«

»Und wenn er uns angreift?«

»Dann ziehen Sie sich zurück. Aber, um Himmels willen, schießen Sie nicht wieder!«

»Können wir irgendetwas unternehmen, vielleicht ein Signal übermitteln?«

»Gar nichts, bitte! Die Sachlage ist schon kompliziert genug, machen Sie es nicht noch schlimmer.«

»Natürlich«, sagte Kanube und wechselte geradezu sprunghaft das Thema. »Marboo hat Ihren Namen schon gehört, Saedelaere. Ist die SOL zurückgekehrt?«

»Nein«, sagte der Transmittergeschädigte. »Aber verlangen Sie keine

Erklärung, das alles wäre viel zu verworren.« Sein Gesprächspartner gab sich damit zufrieden.

Alaska holte das Äußerste aus dem Gleiter heraus. Nebenher versuchte er, den Monitor des Funkgeräts zu reparieren, brachte aber nicht mehr als ein unstetes Flirren auf den Schirm. Er musste sich damit abfinden, dass Kanube ihm die Lage vor Ort nicht auf optischem Weg übermitteln konnte. Immerhin ließ er sich dann die Einzelheiten beschreiben. Zeitweise redeten alle drei Überlebenden wild durcheinander.

Endlich wuchs Terrania City am Horizont auf. Eine Stadt ohne Leben. Alaska spürte einen schmerzhaften Stich in der Herzgegend. Egal ob er Terrania geliebt oder gehasst hatte, die Vergangenheit zählte in diesem Moment nicht mehr. Es tat schlicht weh, die einstige Millionenmetropole so leer und dem Untergang geweiht zu sehen, nicht mehr als die Kulisse eines Albtraums. Vor seinem inneren Auge gewannen der Schrottplatz und der Wald mit dem kleinen Teich neue Kontur, aber er verscheuchte die Gedanken mit einem zornigen Kopfschütteln, weil sie ihn behinderten. Fast erschien es ihm wie der Bruch mit seiner eigenen Vergangenheit. Der Jugendliche von damals, der nach seinem Platz im Leben gesucht hatte, war als Zellaktivatorträger zurückgekehrt. Doch er war deshalb nicht weniger einsam als vor rund einhundertsiebzig Jahren.

Vierzig Kilometer durchmaß der Raumhafen im Südwesten der Stadt. Nie hatte er die Landefelder so leer gefegt gesehen, immer hatte hier reger Betrieb geherrscht, waren Starts und Landungen in kürzesten Abständen erfolgt. Alaska schluckte krampfhaft und kämpfte gegen die Tränen an, die ihm in den Augenwinkeln standen. Seine letzten Hoffnungen verwehten mit dem Sturm, der Wüstensand auf der Piste anhäufte.

Weiter nach Nordosten … Über den Crest-Park hinweg, der allmählich zu verwildern schien, dann die Dolan-Gedenkstätte. Imperium-Alpha kam in Sicht, die Zentrale des einstigen Solaren Imperiums. Ohne den kuppelförmigen Schutzschirm war die gewaltige Anlage verwundbar geworden, kaum mehr als eine Geisterstadt im Herzen Terranias.

Alaska landete ungehindert. Keine Aufforderung zur Identifikation; kein Traktorstrahl, der den Gleiter außerhalb der Anlage zu Boden zwang; keine Kampfroboter, die ihn in Empfang nahmen. Raunend brach sich der Wind in den oberirdischen Bauten.

Alaska fror. Nicht nur die winterlichen Temperaturen, die Terrania im Griff hielten, sondern vor allem eine innere Kälte machte ihm zu schaffen. Er hatte sich bewusst für diese Zwischenstation entschieden, weil er hoffte, hier seine Ausrüstung um einen Translator ergänzen zu können. Für den erhofften Kontakt mit dem fremden Raumfahrer war ein Übersetzungsgerät unerlässlich. Später würde er nach Imperium-Alpha zurückkehren, weil er hier mehr über die Vergangenheit erfahren konnte als anderswo – falls es ein Später dann noch gab.

Alaska kam ungehindert voran. Keine Spur mehr von den vielfältigen Sicherungsmaßnahmen, die aus den Gebäuden eine Festung gemacht hatten. Gespenstisch hallte Callibsos Bellen durch endlos leere Korridore.

Einzelne Leuchtelemente verbreiteten fahle Helligkeit, aber die Rollbänder, Antigravschächte und internen Transmitter waren ohne Energie. Alaska war oft genug hier gewesen und fand sich fast mit schlafwandlerischer Sicherheit zurecht. Während der Aphilie war kaum etwas verändert worden.

In einem Magazin in den obersten Etagen entdeckte er neben Handfeuerwaffen ein kleines Flugaggregat auf Antigravbasis. Von da an kam er deutlich schneller voran.

Das Lager mit Ausrüstungsgegenständen war mit einem Impulsschloss gesichert. Alaska brach den Zugang mit dem erbeuteten Desintegrator auf. Endlich schien ihm das Glück holder zu sein als in den letzten Tagen: Er fand alles, was er benötigte. Der Thermoanzug würde ihn vor der beißenden Kälte schützen, die zweifellos eine Folge der fehlenden Wetterkontrolle war. Einen handlichen Translator befestigte er am Gürtel, und das Armbandsprechgerät war leicht auf die Frequenz zu justieren, auf der er mit Kanube gesprochen hatte. Schon der erste Versuch, nachdem er an die Oberfläche zurückgekehrt war, brachte einen neuen Kontakt.

Der kleine Monitor zeigte Saedelaere einen nicht sehr großen, fettleibigen und zugleich äußerst muskulösen Afroterraner. Der Mann mochte Ende dreißig, Anfang vierzig sein. Im Hintergrund, der muskelbepackte Zwei-Meter-Mann mit den schulterlangen strohblonden Haaren, war zweifellos Speideck, der auf den Fremden geschossen hatte. Marboo stand neben ihm. Obwohl die Bildwiedergabe trotz der beginnenden Dämmerung gestochen scharf war, konnte Alaska das Alter der Frau schlecht schätzen. Irgendwo zwischen achtzehn und fünfundzwanzig. Ihr Haar hatte sie zu einem Zopf geflochten, der in Auflösung begriffen war. Auf dem schwarzen Pullover, der sie wohl leidlich vor der Kälte schützte, prangte ein riesiges M.

Ein Feuer loderte neben den drei so unterschiedlich wirkenden Menschen auf dem Dach des Hauses. Sie hatten alles mögliche brennbare Material zusammengetragen.

»Ich komme jetzt zu Ihnen«, sagte Alaska schwer. Callibso würde eine Weile ohne ihn auskommen müssen.

Er verwünschte die Menschen, die keine andere Lösung parat hatten, als zur Waffe zu greifen, sobald sie Probleme auf sich zukommen sahen. Erst schießen und später fragen, sofern dann noch jemand antworten konnte, das passte nicht ins kosmische Zeitalter. Wer die ungeheuren Weiten kannte, die Raumschiffe überwanden, sollte eigentlich eine andere Einstellung an den Tag legen.

Alaska Saedelaere wusste, dass er ungerecht reagierte, dass Speideck vermutlich nie eine andere Art der Problembewältigung gelernt hatte. Doch in dem Fall wollte er einfach ungerecht sein, zumal er sich über die wirkliche Tragweite der Geschehnisse keine Vorstellung machen konnte.

Die Straße lag in nahezu völliger Finsternis. Nur der Mond und einige wenige Sterne lockerten mit ihrem fahlen Schein die Schwärze auf kurze Distanz auf. Früher war hier rund um die Uhr der Pulsschlag Terranias gegenwärtig gewesen, war das Leben in der Nacht eher lauter und lärmender geworden – derzeit waren die eigenen Atemzüge der einzige Hinweis auf Leben.

Ein Raumschiff wie das, dem er sich mittlerweile bis auf weniger als fünfzig Meter genähert hatte, hatte Alaska Saedelaere nie zuvor gesehen. Nichts regte sich.

Irgendwo über sich wusste der Transmittergeschädigte drei Augenpaare, die begierig in die Straßenschlucht hinabstarrten, um ihn zu sehen. Kanube hatte ihn eben erst aufgefordert, ins Haus zu kommen, aber Alaska dachte nicht daran, das Raumschiff auch nur eine Sekunde lang aus den Augen zu lassen. Wenn er erfahren konnte, wohin die Erde auf ihrer kosmischen Odyssee verschlagen worden war, dann hier.

Hin und wieder wechselte er mit Kanube einige Sätze. Dabei hielt er das Armbandgerät dicht vor den Mund und redete im Flüsterton, als fürchte er, von dem fremden Raumfahrer frühzeitig entdeckt zu werden. Das war so unlogisch wie die ganze Situation.

Ein flüchtiges Aufblitzen ließ ihn zusammenzucken. Instinktiv griff er zur Waffe, zog die Hand aber in derselben Bewegung wieder zurück, als hätte er sich die Finger am Knauf des Strahlers verbrannt. War er schon ebenso verrückt wie Speideck?

Eine Luke öffnete sich vor ihm, Licht fiel auf die Straße und verwandelte in einem eng begrenzten Bereich die Nacht zum Tag.

Augenblicke später erschien der Fremde in der Schleuse. Nur schemenhaft zeichnete sich der Körper inmitten der blendenden Helligkeit ab, aber schon dieses flüchtige Erkennen genügte, um Saedelaere mehrmals zur Waffe greifen zu lassen. Er verstand plötzlich, weshalb Speideck geschossen hatte. Obwohl er selbst schon den fremdartigsten Lebensformen begegnet war, begann sein Puls zu rasen.

Der Fremde stand regungslos einen Schritt vor dem hellen Rechteck. Alaska glaubte die Blicke zu spüren, die ihn taxierten. Und er registrierte seinerseits in aller Deutlichkeit, dass der Unbekannte seine Arme langsam zur Seite streckte.

Sie standen sich auf weniger als fünfzig Meter gegenüber und zögerten. *So kommen wir nicht weiter!*, schoss es Saedelaere durch den Sinn. Auch er hielt die Arme leicht angewinkelt und die Handflächen dem anderen zugewandt.

In dem Moment, in dem Alaska den ersten Schritt vorwärts machte, kam der Fremde ebenfalls auf ihn zu.

Dieses Volk war unbekannt. Der Körper des Raumfahrers wirkte auf den ersten Blick wie ein Sitzkissen mit vier Beinen und zwei Armen. Der Leib war nicht höher als einen halben Meter und durchmaß etwa siebzig Zentimeter. Gut einen Meter lang waren die kräftigen Beine; die muskulösen Arme endeten in dreigliedrigen scharfen Klauen und wirkten etwas kürzer. Sieben jeweils gut dreißig Zentimeter messende Fühler auf der Körperoberseite dienten offensichtlich der Sinneswahrnehmung. Alaska erkannte es an der Art, wie sich einige der Fühler ihm entgegenbogen. Die einzige Bekleidung des Wesens bestand aus einem metallartigen Band um die Körpermitte, an dem mehrere Taschen hingen.

Bis auf wenige Schritte standen sie sich gegenüber, als der Fremde als Erster zu sprechen begann: »Ich bin Douc Langur, ein Forscher der Kaiserin von Therm. Meine Mission ist friedlicher Natur.«

Unter normalen Umständen wären sie sich höchstwahrscheinlich nie begegnet, doch das Schicksal hatte sie zusammengewürfelt: drei grundverschiedene Männer, eine junge Frau und ein Außerirdischer, der entweder nicht viel über sich selbst zu berichten wusste oder der Gründe hatte, seine wahre Geschichte zu verschweigen.

Jeder von ihnen hatte auf seine Weise eine ganz persönliche Hölle durchlebt. Jan Speideck, der Profiboxer, der sich strikt geweigert hatte, die PILLE zu schlucken, und der nach einem Knockout am 4. Januar wieder erwacht war, mit Gefühlen, die er vorher nie kennen gelernt hatte.

Oder Sante Kanube, der nur 1,70 Meter große Afroterraner, der in einem Anfall von Panik gleich zwanzig der seltsamen Tabletten geschluckt hatte und in einen Rauschzustand versunken war, in dem ihn Ka-zwo-Roboter der Aphiliker in eine Heilanstalt eingeliefert hatten. Das war am 1. September 3581 gewesen. Kanube erinnerte sich an das Datum so genau, weil die Wissenschaftler für den darauf folgenden Tag den Sturz der Erde in den Schlund vorhergesagt hatten – und weil seither für ihn erst wenige Tage vergangen waren. Auch Sante Kanube war am 4. Januar 3582 in einer plötzlich menschenleeren Umgebung erwacht, ohne zu wissen, was in den Monaten seit September geschehen war. Marboo, ihr richtiger Name war Mara Bootes, hatte ebenfalls eine Überdosis der PILLE geschluckt.

Im Grunde sind wir alle hilflos, dachte Alaska Saedelaere bitter. Er starrte hinaus in das Schneetreiben. Dicke Flocken hatten Terrania City innerhalb weniger als einer Stunde mit einer gut zehn Zentimeter hohen Schneedecke überzogen. Es gab nur eine einzige Spur auf dem breiten Boulevard, die von Douc Langurs Raumschiff HÜPFER zum Haupteingang des Cherryl-Hauses führte, in dem sie alle ihren Unterschlupf hatten, und wieder zurück.

Sie hatten sich vom Dach in die tiefer liegenden Etagen zurückgezogen, weil die Temperaturen im Freien zeitweise unter den Gefrierpunkt sanken. Da die Energieversorgung zusammengebrochen war, brannte jetzt mitten im Gebäude das Feuer, an dem sich jeder wärmte, so gut es eben ging. Der Rauch quoll träge durch die Räume und verschwand im Schacht des Antigravlifts wie in einem Kamin.

Prasselnd und knisternd stob ein Funkenmeer auf, als Marboo etliche Bretter ins Feuer warf. Die auflodernden Flammen zeichneten vielfältige Schatten an die Wände. Speideck hustete gequält.

»Wir müssen Terrania verlassen«, stieß er hervor. »Im Süden gibt es wärmere Gefilde.«

»Die Klimaveränderungen sind überall«, sagte Saedelaere abwehrend. »Sie haben die Wahl zwischen Springfluten, Sandstürmen oder …«

»Hören Sie auf! Man könnte meinen, Terrania sei Ihnen ans Herz gewachsen.« Speideck schüttelte sich und rückte noch näher ans Feuer.

»Mist!«, platzte Marboo heraus. »Es ist jetzt zehn Uhr morgens und so dunkel wie mitten in der Nacht.«

»Wir sollten froh sein, dass wir die menschenleere Stadt nicht sehen müssen«, warf Kanube ein. »Oder, Saedelaere, was meinen Sie?«

Alaska schreckte aus seinen Überlegungen auf. Unbewegt hatte er in die Flammen gestarrt, als hielten sie die Lösung aller Probleme bereit. »Der Schnee hilft uns«, stellte er zögernd fest. »Sobald es aufhört zu schneien, gehen wir wieder raus.«

»Und dann ...?«, wollte Speideck wissen. »Was ist anders als gestern oder vorgestern oder ...?«

»Alaska meint, wir sollen nach Spuren Ausschau halten, ehe der Schnee wieder taut«, sagte Marboo. »So ist es doch, oder? Und wenn wir selbst Spuren hinterlassen, können uns andere folgen. Je mehr wir sind, desto besser.«

»Außer uns hat niemand überlebt«, behauptete Kanube.

»Wie war das in der Bibel?«, fragte Speideck lauernd, und sein Blick fraß sich an Marboo fest, tastete ihre weiblichen Rundungen zentimeterweise ab. »Es braucht nur zwei, einen Mann und eine Frau, um eine neue Menschheit zu gründen.«

»Sie sollten wirklich rausgehen und sich abkühlen«, zischte die Frau. »Alles andere steht nicht zur Debatte.« Sie wandte sich an Saedelaere. »Was ist, Maskenträger, holen wir gemeinsam Ihren Gleiter?«

»Ich glaube«, antwortete Alaska langsam, »das würde zu Fehlinterpretationen führen.«

»Dann eben nicht«, sagte Marboo. »Ich muss jedenfalls hier raus. Ich halte es nicht mehr aus, nur rumzusitzen und zu warten. Das ist nicht das Leben, das wir gewohnt sind – das ist überhaupt kein Leben mehr.«

»Ihr Freund ist mit allen anderen Menschen verschwunden«, fügte Kanube hinzu.

»Das geht keinen was an!«, fauchte Marboo.

Augenblicke später war sie im Treppenhaus. Ihre hastigen Schritte hallten noch eine Weile aus der Tiefe herauf, dann war nur mehr das Knistern der Flammen zu vernehmen.

Sante Kanube brach als Erster das Schweigen. »Ich denke, wir kennen unsere Probleme. Alaska Saedelaere, ich vertraue Ihnen. Wie geht es weiter?«

»Marboo hat es vorhin ganz richtig gesagt«, antwortete der Transmittergeschädigte. »Mein Gleiter steht noch auf dem Gelände von Imperium-Alpha. Ich werde ihn holen und für eine bessere Ausrüstung sorgen.«

»Ich begleite Sie«, sagte Speideck.

Saedelaere wehrte ab. »Mein Flugaggregat ist nicht für zwei ausgelegt.«

»Dann gehen wir zu Fuß.«

»Das würde Stunden dauern.«

»Warum wollen Sie mich nicht dabeihaben, Saedelaere?«

»Das bilden Sie sich ein …«

»Wer sein Gesicht versteckt, hat genug zu verbergen. Warum nehmen Sie nicht endlich die Maske ab?«

»Sie würden den Anblick nicht ertragen.«

»Das kann ich wohl besser beurteilen. Schlimmer als eine zusammengeschlagene Visage kann Ihr Gesicht auch nicht sein.« Speideck griff nach der Flasche, die er neben sich liegen hatte, und trank einen kräftigen Schluck. Mit dem Handrücken wischte er sich über die Lippen. »Also, Mister«, stieß er hervor. »Runter mit dem Ding, oder …« Er schwang sich aus der Hocke hoch und war mit zwei schnellen Sätzen neben Saedelaere, griff mit beiden Händen zu, um die Maske aus ihrer Befestigung zu lösen, und reagierte völlig überrascht, als der Transmittergeschädigte ihn abwehrte.

Das war nicht der Faustkampf, den Jan Speideck in seiner Laufbahn als Profiboxer ausgeübt hatte, sondern weitaus subtiler. Die Ausbildung als SolAb-Agent versetzte Alaska Saedelaere in die Lage, mit knappen, gezielten Bewegungen einen Gegner auszuschalten, er kannte die empfindlichen Punkte, die einen Menschen bewusstlos zu Boden schicken oder gar töten konnten.

Ein Ausdruck der Überraschung erschien in Speidecks Augen. Sekundenlang stand der Zwei-Meter-Koloss wie erstarrt, nachdem ihn erst Saedelaeres Ellenbogen und danach zwei gespreizte Finger getroffen hatten. Eine wächserne Blässe überzog sein Gesicht, dann brach ihm der Schweiß aus allen Poren, und mit einem gequälten Laut rang Speideck nach Luft. Er schien etwas sagen zu wollen, brachte aber nicht ein Wort über die Lippen.

Verglichen mit Speidecks Muskelpaketen erweckte Alaska Saedelaere den Eindruck eines Schwindsüchtigen. Es wirkte fast grotesk, wie er sich langsam erhob und den Profiboxer mit sanftem Nachdruck in die Knie zwang.

»Versuchen Sie das nie wieder!«, sagte er ungewöhnlich scharf und ohne das gewohnte Stocken in der Stimme. »Es sei denn, Sie sind wirklich lebensmüde. – Haben Sie mich verstanden, Speideck?«

Das Nicken des Boxers wirkte kläglich. »Ja«, brachte er endlich hervor. »Natürlich. Ich dachte …«

»Gut«, sagte Saedelaere. »Vergessen wir den Vorfall und fangen endlich an, das Beste aus unserer Situation zu machen. Wir brauchen eine Grundlage, auf der wir aufbauen können. Das heißt, ich besorge uns in Imperium-Alpha eine vernünftige Ausrüstung. Dann kommt es darauf an, herauszufinden, ob wir die Einzigen sind.« Er wandte sich an den Afroterraner. »Sante, Sie sollten regelmäßig nach dem Funkgerät sehen und die Frequenzen durchlaufen lassen. Vielleicht bekommen wir über kurz oder lang Verbindung mit anderen Überlebenden.«

»Sie wollen einfach nicht glauben, dass wir die Einzigen sind?«

»Vielleicht ist es nur Wunschdenken«, antwortete der Maskenträger, »aber sollte wirklich niemand außer Ihnen und Marboo eine Überdosis der PILLEN eingenommen haben?«

Sante Kanube grinste breit. »Eine gewisse Gier ist vielen Menschen zu Eigen. Ob Aphiliker oder nicht, das scheint ein Naturgesetz zu sein.«

»Was ist mit diesem Douc Langur?«, wandte Speideck ein. »So geheimnisvoll, wie er sich gibt, frage ich mich, ob er wirklich ein Freund ist.«

»Er hat ein Raumschiff«, erinnerte Saedelaere. »Wir können uns noch so sehr bemühen, aber ohne Unterstützung durch NATHAN werden wir in vielen Bereichen nicht wirklich vorankommen.«

Der Boxer pfiff schrill und falsch durch die Zähne. »Sieht so aus, Alaska, als könnten wir von Ihnen eine Menge lernen. Wann schicken Sie Langur zum Mond?«

»Sobald ich es für angebracht halte«, wich der Maskenträger aus. »Allerdings könnte ich ihn nicht an einem Start hindern, falls er von sich aus schon heute auf ähnliche Gedanken kommt.«

»Ich hätte nie geglaubt, dass das Leben als Nicht-Aphiliker so kompliziert sein kann«, seufzte Kanube.

»Früher war es jedenfalls leichter«, bestätigte Jan Speideck.

24.

»Nicht so stürmisch, Callibso!« Alaska Saedelaere lachte verhalten, als der Mischlingshund bellend an ihm hochsprang. Fast zwei Tage lang war das Tier im Gleiter eingesperrt gewesen. Dass es sich jetzt wie wild gebärdete, war nur zu verständlich. Den Brocken Dörrfleisch, den Alaska mitgebracht hatte, zerrte Callibso von einer Ecke in die andere, bis er sich endlich beruhigt hatte.

Es war kurz nach drei Uhr Ortszeit, die Schneewolken hatten sich nahezu aufgelöst, und die Sonne Medaillon übergoss eine unwirklich anmutende Winterlandschaft mit ihrem roten Widerschein.

»Weißt du, an was mich die weiße Pracht erinnert, Callibso?«, fragte Saedelaere zögernd. »An ein Leichentuch«, beantwortete er die rhetorische Frage gleich darauf selbst. »Ich habe Angst, dass Terra nie wieder das wird, was es einmal war.«

Offenbar war es das Schicksal aller hoch stehenden Kulturen, nach einer intensiven Phase des Aufbaus, auf dem scheinbaren Höhepunkt der Macht, wieder zu zerbrechen. Nicht nur die galaktische Geschichte, auch die terranische selbst kannte viele Beispiele. Alaska hatte viel darüber gelernt, bevor er sich letztlich doch für die Laufbahn des Technikers entschieden hatte.

Zum zweiten Mal drang er in Imperium-Alpha ein, die Verwaltung und zugleich das Nervenzentrum des untergegangenen Solaren Imperiums. Die oberirdischen Bauten waren nur ein Bruchteil der gesamten Anlage, die sich bis tief in den Untergrund erstreckte. Die Regierung hatte hier ebenso ihren Sitz gehabt wie die Hauptbefehlszentrale der Solaren Flotte.

Imperium-Alpha war für den Notfall vollständig autark. Das begann bei den Kraftwerken und Schutzschirmanlagen, setzte sich mit den Lebenserhaltungsanlagen fort und fand bei der Nahrungsgewinnung durch Photosynthese und Zellzüchtungen den Abschluss.

Als er diesmal weiter in die Anlage vordrang, war es für den Transmittergeschädigten wie eine Reise in die eigene Vergangenheit. Längst vergessene Erinnerungen wurden wieder lebendig. Das Geräusch seiner Schritte hallte durch die menschenleeren Korridore, und jeden Moment erwartete Saedelaere, Wachposten vor sich auftauchen zu sehen. Aber nichts dergleichen geschah. Nicht einmal Roboter kreuzten seinen Weg.

Während der Aphilie war Imperium-Alpha das Hauptquartier der Erkrankten gewesen. Mit Verbitterung dachte Alaska daran zurück, dass Reginald Bull, der zweite Mann des Imperiums und Perry Rhodans bester Freund, die Unsterblichen von der Erde verbannt hatte. Letzten Endes war Bull schuld an der Odyssee der SOL. Vielleicht hätte man damals noch so manches verhindern können.

Vielleicht …

Alaska ballte die Hände. Er war zu spät gekommen. Auch wenn er sich sagen musste, dass er nichts, aber auch gar nichts hätte ändern können, suchte er die Schuld bei sich. Was wäre geschehen, hätte er auf Derogwanien weniger lange gezögert, den Zeitbrunnen zu benutzen? Wäre er dann zu einer Zeit zurückgekehrt, als die Menschen noch auf ihrer Heimatwelt gelebt hatten?

Dieses Vielleicht half ihm nicht weiter. Im Gegenteil, es zermürbte ihn.

»Komm, Callibso, da entlang!«

Tiefer verstrickte er sich in dem unüberschaubaren Gewirr aus Nottreppen, Korridoren und Sälen. Die Röhren von Antigravschächten erschienen mit ihrer Regelmäßigkeit wie das einzig Statische dazwischen, die fehlende Energieversorgung kompensierte Alaska mit Antigrav und Flugaggregat im Rückentornister. Callibso trug er in den Schächten auf dem Arm.

Modernste medizinische Einrichtungen in Imperium-Alpha hatten den Vergleich mit namhaften Kliniken nicht scheuen müssen. Aber das war früher gewesen, die Aphiliker hatten offensichtlich wenig Wert darauf gelegt. Alaska fand leer stehende, ihrer Technik beraubte Operationssäle, in denen sich der Staub sammelte. Sie befanden sich in einem desolaten Zustand, der schon vor dem Sturz durch den Schlund entstanden sein musste.

Zunehmend fühlte sich der Transmittergeschädigte wie ein Testamentsvollstrecker, wobei der Wert des Erbes mit jedem Tag fiel. Aber niemand war da, der diese Erbschaft antreten wollte.

Imperium-Alpha war ein Moloch, in dem ein Mensch jahrelang umherirren konnte und am Ende längst noch nicht alle Räume betreten hatte. Das Kommandozentrum, im Verlauf von Jahrhunderten stetig erweitert, maß allein in der ursprünglichen Grundfläche fünfzig auf fünfzig Kilometer. Zwölf Hauptetagen waren in eine Vielzahl kleiner Ebenen unterteilt. Gut und gerne eine Million Menschen hätten hier in üppigem Luxus leben können, sofern sie sich ein wenig einschränkten, sogar die vierfache Zahl.

Nicht eine einzige Person fand Alaska Saedelaere. Alle, die hier gelebt und gearbeitet hatten, waren ebenso spurlos verschwunden wie der Rest der Menschheit.

Die Rohrbahnen funktionierten ebenso wenig wie die Kurzstrecken-Transmitter. Nahezu alle Rechnerverbindungen waren gekappt worden und die Energieversorgung auf ein Minimum zurückgefahren.

In zahllosen Kommandozentralen, Funkstationen und Besprechungs- und Analyseräumen hatte sich das Leben hauptsächlich abgespielt. Längst herrschte Stille, in der schon das Winseln des Hundes unerträglich laut widerhallte.

Die Stille barg alle Schrecken, die ein menschliches Gehirn ersinnen konnte. Alaska hatte gar nicht registriert, dass der Tag längst zu Ende gegangen war. Mehr als zweihundert Meter unter der Erde, von fahlem Kunstlicht umgeben, gab es keinen Unterschied zwischen Tag und Nacht. Nur die aufkommende Müdigkeit erinnerte ihn daran, dass er inzwischen seit mehr als zwölf Stunden in einem vergleichsweise kleinen Abschnitt nach Informationen suchte, ohne fündig geworden zu sein.

Drei Stunden Schlaf in einer der Überwachungsanlagen, von der aus vor Jahren die irdische Nahrungsmittelproduktion kontrolliert worden war. Ausliegendes Kartenmaterial zeigte einige der ehemals großen Wüstenregionen, die durch intensive Bewässerung und Umwandlungsmaßnahmen zu Kornkammern geworden waren. Inzwischen erodierte die fruchtbare Krume von neuem, und nichts und niemand gebot dem Einhalt.

Alaska schlief unruhig und wurde von Albträumen geplagt.

… er hastete durch die bizarre Kulisse einer fremden Stadt, in der er nicht mehr war als eine Ameise, die staunend an den kilometerhohen verschrobenen Bauwerken emporschaute. Weit entfernt war die Ahnung eines winzigen hellen Fleckchens Himmel. Die Bauten neigten sich ihm entgegen und drohten ihn mit ihrer Last zu zermalmen.

Schritte folgten ihm. Er wirbelte im Kreis herum, taumelte, raffte sich auf. Von überall kamen sie her , langsam, sich ihrer Übermacht bewusst. Sie hatten ihn eingekreist. Die Luft vibrierte von ihrem monotonen Heulen. Immer näher kamen sie. Er schrie, schleuderte ihnen den leer geschossenen Blaster entgegen, aber er konnte sie nicht mehr aufhalten, diese seltsam ungelenken Kreaturen, deren Gesichter nichts anderes waren als eine leere Fläche.

Nur noch wenige Meter. Sie kreisten ihn ein, reckten ihm ihre Krallenhände entgegen, und er schlug wie besessen um sich. Doch schon im nächsten Moment steckte er eingekeilt inmitten der bebenden Leiber fest. Ihre leeren Fratzen wurden zum Spiegelbild seiner selbst: feurige Schlieren, wirbelnde Regenbogenfarben, die geradewegs in die Ewigkeit führten. Immer heftiger wurde der von diesen Gesichtern ausgehende Sog. *Komm!*, lockten sie. *Du bist einer von uns.*

Er riss die Arme hoch und versuchte vergeblich, sich einen Weg durch die Meute zu bahnen. Mit aller Kraft umklammerten und zerrten sie ihn in ihre Mitte zurück.

Puppen! Das bemerkte er erst, als zwei Leiber unter seinen verzweifelten Schlägen aufplatzten. Sand rieselte heraus wie aus einer altertümlichen Sanduhr, während die beiden menschenähnlichen Gestalten schlaff in sich zusammensackten. Da war kein Leben mehr in ihnen, sie waren nichts als leere Hüllen, die sich rasch verströmten.

Höhnisches Gelächter hallte durch die Straßenschluchten. »Du bist ein Narr, Alaska Saedelaere. Wo ist der Anzug der Vernichtung, der dir jetzt helfen könnte? Warum hast du ihn zurückgegeben? Einem Betrüger, der es nicht wert ist, den Anzug zu tragen …«

»Callibso!« Alaska erkannte die Stimme, die dem hässlichen Zwerg mit der krebsroten Haut gehörte.

Das Männchen kicherte bösartig. »Du hast alles verloren, Alaska. Den Anzug der Vernichtung, den der Cyno dir gab; die wenigen Freunde, die du jemals hattest, und sogar deine Heimat. Was ist sie noch wert, diese Welt ohne Menschen? – Du willst wissen, was mit ihnen geschehen ist? Gib mir deinen Zellaktivator, Alaska …«

Die Puppen waren in der Überzahl, sie drohten ihn allein durch ihre schiere Masse zu erdrücken. Er schaffte es nicht länger, sich gegen sie zur Wehr zu setzen.

»Was ist?«, schrie ihn der Zwerg an. »Ich will deine Unsterblichkeit! Dann erfährst du, wo die Menschen sind.«

»Leben sie …?«, stieß Alaska schwer atmend hervor. »Sag es mir!«

Callibso stand jetzt dicht vor ihm. »Was kümmern dich die Menschen? Was sind sie schon in ihrem Neid, ihrer Missgunst und Überheblichkeit? Sie wollten die Krone der Schöpfung sein – aber sie sind ein Nichts im Kosmos. In wenigen Jahren wird niemand mehr von ihnen reden. Also was sorgst du dich, du Narr? Callibso, der richtige, war ebenso verblendet, an das Gute zu glauben …«

Alaska konnte sich kaum noch konzentrieren. Das Blut rauschte durch seine Schläfen und drohte den Schädel zu sprengen, Übelkeit wogte auf.

»Du warst immer allein, Alaska. Warum willst du nicht erkennen, dass wir uns ähnlich sind?«, kreischte der Zwerg. »Du brauchst die Menschen nicht, du …«

Ein Gurgeln rang sich aus Saedelaeres Kehle, lauter werdend, unaufhaltsam. »Doch!«, brachte er keuchend hervor. »Ich brauche die Menschen – und sie brauchen mich. Ich habe mich verändert, Callibso …«

»Das ist nicht wahr.« Der Zwerg schnellte sich nach vorne, um Alaska den Zellaktivator zu entreißen, aber im selben Moment griff der Maskenträger zu. Callibso jaulte auf …

Saedelaere blinzelte verwirrt auf das zappelnde Tier, in dessen struppigem Fell er die Finger verkrallt hatte. Der Hund winselte, und in seinem Blick lag so viel Traurigkeit und Vorwurf, dass Alaska am liebsten aufgeschrien hätte. »Ich … wollte dir nicht wehtun.« Ungelenk begann er, Callibso zu streicheln. »Es ist wohl besser, wenn ich nicht wieder einschlafe. Oder halte dich von mir fern, Kleiner.«

Callibso sprang von Saedelaeres Knien, auf denen er sich ausgestreckt hatte, während der Transmittergeschädigte in einem der Kontursessel schlief. Eine Vielzahl anderer Sessel standen in dem Kontrollraum, doch alle hatte der Hund verschmäht.

Alaska setzte seine Suche mit derselben Akribie fort, mit der er begonnen hatte. Er hatte einen kurzen Funkkontakt mit Sante Kanube und erzählte dem Afroterraner irgendwas Belangloses.

Stunde um Stunde suchte er nach etwas, von dem er nicht wusste, wie es aussah. Er fand die eine oder andere handschriftliche Notiz auf Folie, aber sie brachten ihn in seinen Nachforschungen nicht weiter.

Eine der Folien trug das Datum vom 1. September 3581. Alaska las den Text einige Male, weil er das Gefühl hatte, dass zwischen den Zeilen weit mehr stand, als er erkennen konnte, aber der verborgene Teil erschloss sich ihm dennoch nicht. Vielleicht glaubte er auch nur daran, weil er endlich etwas Handfestes vorweisen wollte.

Morgen werden wir erfahren, was geschieht. Ich habe keine Angst, weil ich erkannt habe, dass selbst der Tod besser ist als das Leben in der Gefühllosigkeit der Aphilie. Die PILLE macht uns wieder zu normalen Menschen. Manche reden von einem Plan – ich weiß nicht, ob das wirklich begründet ist. Aber ich weiß eines ganz sicher: Falls wir sterben werden, sterben wir als Menschen, nicht als gefühllose Maschinen.

Kein Name, nichts. Die Notiz konnte ebenso gut von einem Verrückten stammen, der die PILLE nicht vertragen hatte, wie von einem Eingeweihten.

Einige Mnemospeicher, die Alaska im Laufe des Tages fand, brachten ihn ebenso wenig weiter. Sie beinhalteten Holosequenzen, die das Leben während der Aphilie zeigten. Eine gut dreißigminütige Version hatte den Start der SOL zum Thema; es war ein reiner Propagandafilm, der kein gutes Haar an den Unsterblichen ließ und Reginald Bulls Entscheidung, sie für immer von der Erde zu verbannen, als herausragendes Ereignis darstellte.

Gegen Abend meldeten sich Sante Kanube und Marboo über Funk, um ihm zu sagen, dass innerhalb der letzten Stunde ein Temperatursprung um mindestens fünfzehn Grad Celsius zu verzeichnen war. Der

Schnee war verschwunden und damit auch die Aussicht, irgendwo auf Spuren anderer Menschen zu stoßen.

»Warum steigen Sie nicht endlich in Ihren Gleiter und kommen zurück?«, wollte Mara Bootes wissen. »Langur fragt nach Ihnen.«

»Morgen«, sagte Saedelaere ausweichend. »Wissen Sie, wie riesig Imperium-Alpha ist?«

»Keine Ahnung«, gestand die Frau. »Wahrscheinlich größer als unser Cherryl-Haus.«

»Sehr viel größer«, behauptete Alaska. »Einige tausend Mal.«

Er setzte die Suche wieder bis weit nach Mitternacht fort, bevor er sich nach einem Schlafplatz umsah. Während er sich selbst mit einem Konzentratwürfel begnügte, der zwar nach überhaupt nichts schmeckte, aber alle benötigten Spurenelemente und Vitamine enthielt, bekam Callibso ein prächtiges Synthosteak, das Alaska dehydriert in einer Vorratskammer entdeckt hatte. Wasser war genügend vorhanden, es hätte ausgereicht, eine ganze Kompanie zu verpflegen.

In dieser Nacht schlief Alaska weit ruhiger als in der vergangenen, und falls er wieder schlecht geträumt hatte, wusste er am Morgen nichts mehr davon. Da er sich in unmittelbarer Nähe von Gästeunterkünften befand, duschte er ausgiebig und fühlte sich danach ein Stück menschlicher. Seine neue Frische passte zu der Hoffnung, endlich fündig zu werden.

Er war bereits tief ins Innere von Imperium-Alpha vorgestoßen, in Bereiche, die der Solaren Abwehr vorbehalten gewesen waren und in denen keineswegs mehr nur banaler Verwaltungskram zu finden war. Eigenständige Energiesysteme sorgten zwar dafür, dass Alaska nicht länger von permanentem Halbdunkel umgeben war, erhielten aber zugleich einen Teil der vielfältigen Kontroll- und Sicherheitsmechanismen aufrecht. Als er auf die Gefahr aufmerksam wurde, war es bereits zu spät. Prallfelder riegelten den zu den Archiven der SolAb führenden Korridor ab, den er soeben betreten hatte.

Eine mechanische Stimme krächzte einige Vokale, die keinen Sinn ergaben. Dennoch erwartete die Automatik eine Reaktion – und handelte, als diese ausblieb. Ein aufflackerndes Warnholo verriet, dass nach Ablauf einer Minute Lähmgas einströmen würde. Ohne entsprechendes Gegenmittel – und niemand war da, der es ihm verabreichen konnte – würde Alaska mindestens vierundzwanzig Stunden in völliger Bewegungslosigkeit verbringen. Vielleicht einige Stunden weniger, weil der Zellaktivator die Wirkung weitgehend kompensieren konnte, aber selbst das behagte ihm nicht.

Er begann, eine Reihe von Kodeziffern herunterzurasseln, die ihm früher alle Zugänge in Imperium-Alpha geöffnet hatten. Zum einen waren diese Kennungen regelmäßig gewechselt worden, zum anderen hatte er keine Ahnung, welche Veränderungen möglicherweise von den Aphilikern vorgenommen worden waren.

Eine der letzten Bezeichnungen schien dennoch die richtige gewesen zu sein. Alaska atmete auf, als das Prallfeld vor ihm erlosch. Er hatte damit eine der äußeren Sicherheitssperren hinter sich gebracht, für die anderen waren hoffentlich noch seine Individualdaten gespeichert. Aber warum hätten sich die Aphiliker die Mühe machen sollen, Daten herauszufiltern und zu löschen, die zu Personen gehörten, die ohnehin niemals mehr auf der Erde erscheinen würden?

Alaska spürte eine gewisse Trotzreaktion aufkeimen, als er nacheinander die Prüfung seiner Zellschwingung und den Scan der Gehirnwellenmuster hinter sich brachte. Eine Automatik begrüßte ihn namentlich als Zugangsberechtigten; das war aber offensichtlich alles, was er erwarten durfte.

Roboter standen nicht zur Verfügung. Daten, die mehr über die PILLE oder den Sturz der Erde durch den Schlund aussagten, ebenfalls nicht. Nach mehreren Stunden intensiver Recherche war Alaska Saedelaere überzeugt davon, dass sehr viele Speicherplätze gelöscht worden waren – entweder kurz vor oder während dem Sturz durch den Schlund. Wer immer dafür verantwortlich war, hatte keine Spuren hinterlassen. *NATHAN*, argwöhnte Alaska, aber selbst das war eine Vermutung, die jeder Grundlage entbehrte.

Irgendwann fand er Zugriff auf das reine SolAb-Archiv. Warum er Saedelaere in die Suchfunktion eingab, vermochte er hinterher selbst nicht zu sagen. Vielleicht hatte es ihn gereizt, mehr über sich selbst zu erfahren.

Zwei Namen erschienen auf dem Monitor:

Saedelaere, Alaska Tengri.

Saedelaere, Tresham.

Alaska musste zweimal hinschauen, um zu begreifen, dass er den Namen seines Vaters las. Eine Verwechslung war ausgeschlossen, denn mit wenigen Befehlen holte er weitere Interna auf den Schirm, angefangen vom Geburtsdatum über den Namen des Geburtsplaneten bis hin zu Treshams Alter, als er zur Erde ausgewandert war. Vierzig war sein Vater damals gewesen und offensichtlich ein heißblütiger junger Mann, der sich erträumt hatte, ihm würde eines Tages die Milchstraße offen stehen.

Es gab zwei Lebensläufe. Den einen kannte Alaska, er war so lückenhaft, dass er oft versucht hatte, jede Erinnerung daran zu verdrängen; nur war es ihm nie wirklich gelungen. Er hatte Treshams Blut in seinen Adern zu keiner Zeit leugnen können. Der bürgerliche Lebenslauf war der eines Frachtarbeiters in Terrania, der mit Drogen in Berührung gekommen und ihnen letztendlich verfallen war. Tresham war bald spurlos verschwunden – um sich dem Zugriff des Gesetzes zu entziehen, aber auch, um einer blutigen Fehde zwischen rivalisierenden Springer-Patriarchen und Antis zu entgehen. Jahre später wieder auf Terra, Kronzeuge gegen den illegalen Drogenhandel und maßgeblich daran beteiligt, zwei terranische Wirtschaftsmagnaten ihrer Strafe zuzuführen. Bald darauf verlor sich seine Spur.

Das waren Fakten, die Alaska zum Teil selbst nicht gekannt hatte. Seine Kehle war plötzlich wie ausgedörrt, die Zunge klebte als lästiger Fremdkörper am Gaumen und hinderte ihn am Schlucken.

Wenn er alles erwartet hatte – das nicht.

Der zweite Lebenslauf fiel kurz und prägnant aus, erschöpfte sich in Fakten, die für sich mehr aussagten als jede Erklärung:

Agent der SolAb schon auf seiner Heimatwelt. Gezielte Übersiedlung nach Terra; Ehekontrakt, um eine Scheinexistenz zu untermauern. Die Geburt des einzigen Sohnes – Alaska stöhnte gequält – war möglicherweise Treshams größter Fehler gewesen. Ein Versehen, das eigentlich keines gewesen sein konnte in einer Zeit, in der Empfängnis minutiös planbar war und sich um Verhütung niemand Gedanken machen musste. Aber Tresham war dadurch beeinflussbar geworden.

Die Dateien verschwammen vor Alaskas Augen. In dem Moment wünschte er, er wäre nie nach Imperium-Alpha gekommen. Schwer stützte er den Kopf in die Handflächen. Dass die Maske auf das Cappin-Fragment drückte, spürte er nicht, wohl aber das beginnende heftige Zucken des Zellklumpens.

In seinem Schädel dröhnte ein gigantisches Hammerwerk. Die Welt hätte um ihn her versinken können, und es wäre ihm egal gewesen. Zorn flackerte auf. War er nur deshalb geboren worden, weil Tresham eine perfekte Tarnung gesucht hatte? Er biss die Zähne zusammen, bis die Kiefer schmerzten. Wie viel lieber wäre es ihm gewesen, er wäre in vitro gezeugt worden denn als Mittel zum Zweck. Tresham hatte ihn ebenso missbraucht wie seine Mutter, und vielleicht hatte er das schon als Kind gespürt. Plötzlich waren die Bilder aus längst vergessen geglaubter Vergangenheit wieder da, jenes widersprüchliche Verhältnis einer mitunter fast kriegerischen Vater-Sohn-Beziehung.

Tresham, ein Agent der Solaren Abwehr. Warum war er früher nie auf diese Vermutung gekommen? Er entsann sich Treshams Toben, als er versucht hatte, der Heimpositronik einige Daten zu entlocken. Und dann die beiden Männer, die ihn am Weiher mit einem Traktorstrahl eingefangen hatten. Ihre Ausrüstung war perfekt gewesen, viel zu perfekt für normale Bürger. Aber das war ihm damals nie so recht bewusst geworden.

Heute spürte er den Schmerz dafür umso schlimmer.

Aber möglicherweise hatte sein Vater bewusst das Kind gewollt, um ein Stück heile Welt zu schaffen, eine Zone des Rückzugs inmitten des schnellen und rauen Lebens.

Alaska würde es nie erfahren. Seine Eltern waren tot, obwohl in den Dateien keine Sterbedaten genannt wurden. Ihre Zeit war längst abgelaufen.

Wut stieg in ihm auf. *Warum suche ich überhaupt noch?*, fragte er sich. Da war wieder die Scheu, die mit dem Cappin-Fragment über ihn gekommen war. Er ballte die Hände und schaute Callibso an, der den Kopf schräg hielt und auf jede Regung achtete.

»Nein, mein Freund, du kannst nichts dafür«, murmelte er stockend und mit kratzender Stimme. »Aber Galbraith Deighton muss gewusst haben, was gespielt wurde. Ich weiß nicht, ob ich sein Schweigen verzeihen kann – falls wir uns überhaupt je wieder begegnen. Komm, Callibso, hier haben wir beide nichts mehr verloren.«

Archiv des Besonderen
Teil 3

3582 bis 3586 n. Chr.

Der 4. März des Jahres 3582 ist ein besonderes Datum in der bewegten Geschichte unseres Heimatplaneten. Sieben Menschen, ein Extraterrestrier und ein Ka-zwo-Roboter aus der Zeit der Aphilie haben sich im Ausstellungsraum des Cherryl-Hauses zusammengefunden. Vielleicht sind sie die letzten Intelligenzen auf der Erde – sie wissen es nicht. Aber sie werden alles daransetzen, es zu erfahren.

Der Rahmen ist durchaus festlich, jedenfalls das, was die ehemaligen Aphiliker darunter verstehen. Mara Bootes hat eine Spule mit Musik des altterranischen Komponisten Liszt aufgetrieben, möglicherweise in einem Museum. Sie lächelt und schweigt sich aus, als Saedelaere danach fragt.

Sie sind im Begriff, die Terra-Patrouille zu gründen. Alaska Saedelaere als Initiator hat ein Plakat entworfen, das uns, wenn auch beschädigt, erhalten geblieben ist und im Museum für Terranische Geschichte in Terrania City einen Ehrenplatz innehat. Der Text des Plakates spricht für sich und bedarf keiner zusätzlichen Erläuterung:

TERRA-PATROUILLE

Die Terra-Patrouille hat folgende Zielsetzung:

Der Standort Terras muss bestimmt werden.

Die Menschheit muss wiedergefunden werden.

Alle noch auf der Erde lebenden Menschen müssen gefunden und in die Terra-Patrouille aufgenommen werden.

NATHAN muss wieder aktiviert werden.

Zusatz: Aus jedem dieser Punkte ergeben sich eine Reihe von Nebenaufgaben, die der Situation entsprechend behandelt werden sollen.

Die Mitglieder der Terra-Patrouille verpflichten sich, ausschließlich für die oben genannten Ziele dieser Organisation tätig zu sein.

Gründungsmitglieder sind:

Sante Kanube (Terraner), Jan Speideck (Terraner), Mara Bootes (Terra-

nerin), Walik Kauk (Terraner), Baldwin Tingmer (Terraner), Bluff Pollard (Terraner), Alaska Saedelaere (Terraner).

Der Forscher Douc Langur (Extraterrestrier unbestimmbarer Herkunft).

Der Ka-zwo Roboter Augustus.

Terrania City, den 4. März 3582

Auch die Unterschriften der Beteiligten auf dem Plakat sind erhalten. Walik Kauk, der erst am 12. Januar in einer Jagdhütte in Alaska erwachte und wie Bluff Pollard eine große Anzahl PILLEN geschluckt hatte, weigert sich jedoch, seine Unterschrift zu leisten. Kauk hält die aufgeführten Ziele für Unsinn; er ist der Meinung, dass die Menschheit für immer verschwunden bleiben wird. Douc Langur hat das Zeichen der Kaiserin von Therm hinterlassen – sehr bald wird sich herausstellen, dass sich hinter diesem Namen eine außergewöhnliche Superintelligenz verbirgt, eine jener noch schwer begreifbaren Wesenheiten, die auf der Leiter der kosmischen Evolution über den raumfahrenden Völkern stehen, die bereits eine Galaxiengruppe beherrschen. Langur behauptet nach wie vor, sich nur an wenige Details seiner Herkunft erinnern zu können und nicht einmal wirklich zu wissen, ob er ein Lebewesen oder gar ein Roboter ist.

Es verwundert nicht, dass Alaska Saedelaere aufgrund dieses Manifests Douc Langur mit seinem Raumschiff zum Mond schickt. NATHAN muss reaktiviert werden, um die brachliegenden Funktionen auf der Erde mit neuem Leben zu erfüllen. Doch der Forscher der Kaiserin von Therm kehrt unverrichteter Dinge um; es ist ihm unmöglich, in die Zentrale des lunaren Großrechners vorzudringen und die erforderlichen Justierungen vorzunehmen.

Erneut gibt es wieder eine Reihe von Alaska Saedelaere handschriftlich angefertigte Notizen. Die Schreibfolien aus den Beständen von Imperium-Alpha, die bis zu zehn »Textlagen« speichern und aufgrund ihrer Materialeigenschaft für fünf Jahrhunderte gegen Datenverlust gesichert sind, wurden als Ausstellungsstücke präpariert. Sie können danach nicht mehr in den handelsüblichen Lesegeräten verwendet werden, bei den im Anschluss wiedergegebenen Texten handelt es sich folglich um Faksimiles.

Die Originale wurden dem Museum für Terranische Geschichte und Entwicklung in Terrania City als private Leihgabe zur Verfügung gestellt. Ein Zugriff ist ebenso möglich unter der Rubrik »Die Aphilie und ihre Folgen – Betrachtungen kosmischer Ereignisse im Zeitraum von nur fünf Standardjahren«.

Notiz 1 / März 3582

Mir ist nicht ganz klar, warum ich diese Folien aus Imperium-Alpha mitgenommen habe. Vielleicht will ich einfach nur verhindern, dass wir in Vergessenheit geraten. Wer immer diese Folien in den nächsten fünfhundert Jahren auffindet, kann sie hoffentlich entziffern (bei ausreichendem technischen Verständnis sollte auch eine längere Lagerzeit den Text nicht unkenntlich machen). Ich schreibe dies, weil ich selbst glücklich wäre, hätte einer der verschwundenen Menschen mehr Informationen hinterlassen. Dann wüssten wir endlich, was geschehen ist.

Warum ich keinen Mnemowürfel als Speicher wähle? Die Folien sind auffälliger. Und robuster.

Was soll ich schreiben? Ich beschränke mich auf das, was ich für wichtig erachte. Details hat die menschliche Geschichte schon immer unterdrückt.

Ich bin Alaska Saedelaere, Terraner, Träger eines der Zellaktivatoren, die von der Superintelligenz ES in der Milchstraße ausgestreut wurden. Außerdem trage ich wegen des Cappin-Fragments in meinem Gesicht eine Maske. Die Einzelheiten erspare ich mir. Ich hasse diesen Gewebeklumpen, aber mir blieb keine andere Wahl, als mich mit ihm zu arrangieren. Seine Ausstrahlung tötet alle, die mich ohne die Maske sehen, zumindest bringt sie die Menschen um den Verstand.

Genug damit!

Auf dem Rückweg vom Mond hat Douc Langur einen unbekannten Flugkörper im nördlichen Amerika geortet. Natürlich versuchen wir, mehr herauszufinden, aber nur noch ein gewaltiger Fleck geschmolzenen Schnees zeigt uns den Landeplatz.

Wir haben zwar das fremde Raumschiff nicht gefunden, aber dafür einen weiteren Überlebenden, Bilor Wouznell. Er berichtet von einem riesigen schwarzen Raumschiff, und aus seinen Aussagen ergibt sich, dass die Unbekannten auf der Erde Untersuchungen vornehmen.

Zurück in Terrania City, füge ich einen fünften Punkt in die Zielsetzung der Terra-Patrouille ein: Die Hintergründe des Auftretens einer unbekannten Macht auf der Erde müssen geklärt werden.

Notiz 2 / April 3582

Wir sind nach Imperium-Alpha umgesiedelt. Inzwischen wurden zwei Gleiter von den unbrauchbaren Funkkontrollmechanismen befreit und wieder flugfähig gemacht. Aber die Entwicklung schreitet dennoch zu langsam voran. Ich kann mir die Ungeduld nicht erklären, die mich befallen hat. Warum will ich plötzlich alles auf einmal? Nur weil ich fürchte, das fremde schwarze Raumschiff könnte die Antwort auf alle Fragen sein?

Kauk, Tingmer, Pollard und der Roboter sind vor Tagen nach Norwegen aufgebrochen, um einen Bereich seltsamer Ruhe inmitten eines stetig wachsenden Orkantiefs zu untersuchen. Am Namsen-Fjord haben sie das fremde Schiff entdeckt: Wir kennen solche Raumer nicht und ebenso wenig die einen Meter sechzig großen Humanoiden, deren Körper von einem schwarzen, mit Stacheln durchsetzten Pelz bedeckt wird. Ein großes, ovales, strahlend blaues Auge dominiert die Gesichter.

Eines steht für mich inzwischen fest: Terra hat den Sturz durch den Schlund im Mahlstrom in einer bislang unbekannten Galaxis beendet.

Die Fremden errichten ein mehrere Kilometer durchmessendes, zum Meer hin offenes Becken – und jetzt sind Douc Langur und ich unterwegs, um mehr herauszufinden. Die HÜPFER fliegt irrwitzig tief, wir hoffen, auf diese Weise der Ortungsgefahr entgehen zu können.

Während ich das hier schreibe, beginnt zum ersten Mal seit langem wieder mein Cappin-Fragment zu rebellieren. *Mein …?* Ich werde mich nie daran gewöhnen – nie … *Das Cappin-Fragment* rebelliert. Seine Reaktion ist so intensiv, dass grelle Lichtspeere aus den Maskenschlitzen hervorstechen. Das bedeutet, der Gewebeklumpen spürt überdimensionale Energien, und es gibt nur einen Ort, von dem solche Emissionen ausgehen können …

Die Notiz weist im Anschluss einen dicken Strich aus. Alaska Saedelaere hat ihn als symbolischen Schluss-Strich gesetzt. Die Analysen behaupten, dass er die Eintragung an dieser Stelle wegen des reagierenden Organklumpens unterbrochen hat.

Der Rest des Textes auf dieser Schicht wurde eindeutig erst Tage später geschrieben und fasst das Geschehen zusammen. Zu diesem Zeitpunkt hat Alaska Saedelaere die von ihm selbst gewählte Form der Dokumentation möglicherweise schon als lästig empfunden. Die Tatsache, dass er dennoch in der Folge alle zehn Schichten nutzt, wirft ein Schlaglicht auf seinen Charakter, der in den geschichtlichen Dokumentationen so noch nicht festgehalten wurde: Er ist beständig und beharrt auf seinen Entscheidungen, selbst wenn sie sich im Nachhinein als zu aufwendig erweisen.

An dieser Stelle sei auf einen Ausspruch von Reginald Bull verwiesen, der allerdings erst Jahrhunderte später gesagt wurde: »Alaska ist ein Mann, mit dem man Okrills zähmen kann.«

Wie passt das alles zusammen?

Wir konnten beobachten, dass die stachelpelzigen Fremden aus ihrem Raumschiff ein etwa dreißig Meter hohes Metall-Ei entluden und in dem riesigen Becken verankerten. Mich irritiert die Selbstverständlichkeit, mit der dieser Vorgang ablief, als hätte er sich viele Male wiederholt. Ist es verrückt, daraus abzuleiten, dass die Fremden auf das Erscheinen Terras gewartet haben? Diese Überlegung quält mich. Oder rede ich mir nur ein, dass die Stachelpelzer für den neuen Standort der Erde verantwortlich sind und damit möglicherweise auch für das Verschwinden der Menschen?

Irgendetwas wird in dem Becken produziert und in eine zweite, kleinere Station am Ende des Fjordeinschnittes transportiert. Natürlich haben wir einen dieser Transporte überfallen, um uns in den Besitz eines der flaschenförmigen Behälter zu bringen. Wir haben es nicht geschafft – ich konnte nur einen der Container aufbrechen. Dessen Inhalt war eine dampfende, gallertartige Masse, deren Freisetzung das Cappin-Fragment toben ließ. Es war das erste Mal, dass ich deshalb das Bewusstsein verlor. Immerhin wissen wir nun, dass in dem Becken etwas Mächtiges ist, eine mentale Kraft, die vielleicht schon bald von uns Besitz ergreifen kann.

Bluff Pollard, unser jüngstes Mitglied, fühlt sich wohl besonders stark, als er die Gruppe verlässt, um auf eigene Faust Nachforschungen anzustellen. Als wir ihn endlich wiederfinden, wird Pollard von einer fremden Macht beherrscht.

Die Gallertmasse, die vor allem seinen Rücken und vom Hals an abwärts auch seine Brust bedeckt, muss ein gehirnähnlicher Organismus sein. Allem Anschein nach wächst in dem großen Becken ein riesenhaftes Gehirn heran. Die Vermutung liegt nahe, dass dieses Gebilde während seines Wachstums Abfallstoffe produziert, die für eine weitere Verwendung in die kleinere Station transportiert werden. Damit ist Bluff Pollard in Berührung gekommen. Die Verbindung zwischen dem Becken und dem offenen Meer kann nur bedeuten, dass das Gehirn für seine Entwicklung salz- und jodhaltige Stoffe benötigt.

Douc Langur mischt aufgrund dieser Erkenntnis eine für Menschen ungefährliche Säure mit einer Salzlösung. Es ist ein Versuch, nicht mehr, doch die gallertartige Substanz nimmt die Lösung tatsächlich auf. »Die Säure bekommt ihm nicht«, stellt der Forscher der Kaiserin von Therm fest, als die Masse sich langsam verfärbt und zu schrumpfen beginnt.

Dass Bluff Pollard tatsächlich beeinflusst wurde, beweist Minuten später seine Reaktion: »Wo bin ich? Was ist geschehen?« Und er klagt über fürchterliche Kopfschmerzen.

Wir fliehen nicht aus Norwegen, ziehen uns aber zurück. Weil die mentalen Impulse des wachsenden Gehirns nicht mehr zu ignorieren sind. Das Cappin-Fragment tobt. Was wir brauchen, ist ein klarer Kopf, wenn wir uns gegen diese Gefahr behaupten wollen.

Goshmos Castle war der einzige Planet der roten Sonne Medaillon – bis die Erde und ihr Mond durch den Sonnentransmitter Twin-Sol (gebildet aus dem Weißen Zwerg Kobold und der heimischen Sonne Sol) in den Mahlstrom der Sterne versetzt wurden. Das heiße und trockene Klima sowie die ausgedehnten Sand- und Geröllwüsten waren prägend für diese Welt, die Heimat der Mucierer.

Kurz nachdem auf der Erde weitere acht schwarze Raumschiffe gelandet sind, fliegen mehrere Mitglieder der Terra-Patrouille mit Douc Langur Goshmos Castle an. Sie wollen herausfinden, ob die Fremden auch auf dem Nachbarplaneten sind oder ob er als Ausweichquartier genutzt werden kann.

Dass die Überraschungen, die auf Goshmos Castle warten, so oder ähnlich erwartet worden sind, mag hinterher niemand mehr sagen. Jedenfalls haben die intelligenten Mucierer, flugfähige Wesen mit menschenähnlichem Körper und Fledermausköpfen, den Sturz durch den Schlund überstanden. Sie teilen das Schicksal der verschwundenen Menschheit nicht. Ebenso die terranische Besatzung einer Beobachtungsstation.

Damit ist bewiesen, dass der Einfluss, der die Menschen verschwinden ließ, allein auf die Erde beschränkt blieb. Die Hypothese, dass möglicherweise ein Naturereignis verantwortlich war, ist damit nicht mehr tragbar. Hinter alldem steht also kein natürlicher Vorgang. Die Vermutung scheint endlich zur Gewissheit zu werden, dass die Erde planmäßig entvölkert wurde. Warum und von wem, weiß niemand.

Notiz 3 / Juni 3582

Du wachst auf, weil du glaubst, einen leisen, fernen Ruf gehört zu haben. Aber da ist nichts, nur ein seltsamer Druck unter deiner Schädeldecke. Dieses Gefühl ist lästig und lässt sich nicht vertreiben.

Im selben Moment ahnst du, was geschehen ist: Die Ausstrahlung des wachsenden Gehirns hat Terrania City erreicht! Eher als befürchtet. Mit einem Mal denkst du nicht mehr an Schlaf. Du musst handeln!

Notiz 4 / Juni 3582

Das Netz aus silbern-rot strahlendem Material ist äußerst feinmaschig. Zusammengehalten wird es von einem einen Zentimeter breiten Band, das über Stirn und Hinterkopf gezogen wird. Du hast es in den Beständen von Imperium-Alpha gefunden und einige hundert weitere.

GrIko-Netze – *Gravokonstante-Intelligenzkorrektur-Netze* –, die anderen haben nie davon gehört. Du bist der Einzige, der weiß, dass sie gegen die verdummende Wirkung des Schwarms entwickelt wurden. Dir ist aber auch bekannt, dass schon damals nur etwas mehr als die Hälfte aller Testpersonen das Netz ohne Nebenwirkungen tragen konnte.

Trotzdem musst du es versuchen. Die drei Zentimeter durchmessende und eineinhalb Zentimeter dicke Scheibe, die am obersten Nackenwirbel anliegt, erlaubt eine Feinjustierung der abschirmenden Wirkung. Du weißt, dass es sehr schwer sein wird, das Netz so zu justieren, dass es vor der mentalen Ausstrahlung des Riesengehirns schützt. Vielleicht ist es sogar unmöglich. Aber dann hast du dir nichts vorzuwerfen.

Eines ist jetzt schon sicher: Das Netz passt sehr gut zu deiner Plastikmaske.

Alaskas gellender Aufschrei fuhr den Anwesenden durch Mark und Bein. Er taumelte, hatte beide Hände vor die Maske geschlagen, und grelle Flammenspeere umzuckten seinen Schädel. Keuchend sackte er zu Boden, wälzte sich in Krämpfen und versuchte, die Maske abzureißen.

»Haltet ihn fest«, schrie Walik Kauk, »sonst bringt er uns alle um!«

Jentho und Marboo zögerten noch, und Kauk selbst, obwohl sehr kräftig, schaffte es nicht, den hageren Saedelaere zu bändigen. Vergeblich seine Versuche, die Arme des Unsterblichen zur Seite zu drücken. Entsetzt musste er mit ansehen, wie der Transmittergeschädigte sich an den Kopf fasste und dann die Hände ruckartig zur Seite zog. Allerdings hatte Saedelaere nur das Stirnband des GrIko-Netzes zerrissen. Schwer atmend lag er auf dem Rücken, während die Lichteruptionen des Fragments in sich zusammenfielen.

»Es ist vorbei«, stieß Alaska hervor.

»Völlig ungefährlich, das waren deine Worte«, ächzte Kauk. »Hast du wenigstens eine Erklärung, was geschehen ist?«

»Du hättest uns umbringen können«, protestierte sogar Marboo.

Alaska kam schwankend auf die Beine und ließ sich auf den nächsten Stuhl sinken. »Es ist mir unerklärlich. Das modifizierte Netz leitet offenbar Impulse an das Fragment weiter. Andererseits gibt es nur eine starke Strahlung, und sie kommt aus der Station der Fremden.«

Alle Hoffnungen auf eine abschirmende Wirkung schienen zerschlagen. »Wir dürfen keine Risiken eingehen«, warnte Jentho Kanthall, dem Alaska inzwischen das Kommando über die Terra-Patrouille übertragen hatte. Während der Aphilie war Kanthall Oberkommandierender der Raumstreitkräfte und stellvertretender Regierungschef gewesen. Vor dem Sturz durch den Schlund hatte er die Erde mit einem Raumjäger verlassen, doch unter dem Einfluss des Energiesogs war dessen Triebwerk explodiert. Kanthall hatte sich mit einer Rettungskapsel in Sicherheit gebracht.

»Die Experimente bleiben wichtig«, widersprach der Maskenträger. »Es kommt nur darauf an, die richtige Justierung zu finden.«

»Gebt mir ein Netz!«, platzte Douc Langur schrill heraus. »Ich könnte es mit den Geräten der HÜPFER untersuchen.«

»… die für solche Zwecke denkbar ungeeignet sind.«

Zur Überraschung aller vollführte Langur eine zustimmende Geste. »Wenn ich daran arbeite«, erklärte er, »besteht zumindest nicht die Gefahr, dass ich das Netz aufsetze. Das dürfte schwer möglich sein.«

Stunden später – Terrania City lag in der Agonie der Nacht, die sich wenig von der täglichen Monotonie unterschied – schlich Alaska Saedelaere durch die große Halle, die der HÜPFER als Hangar diente. Ein Teil von ihm war höchst beunruhigt und wusste, dass er sich falsch und gefährlich verhielt, dennoch schwang er sich in die offene Schleuse des Raumschiffs, als gäbe es keine selbstverständlichere Sache auf der Welt.

Minuten später wurde Douc Langur gewaltsam aus seinem Regenerationsprogramm gerissen. Fassungslos richtete er seine Sinnestentakel auf die Waffe, mit der ihn Saedelaere bedrohte.

»Wir verschwinden von hier!«, befahl Alaska. »Und zwar schnell, damit uns niemand aufhalten kann.«

»Wohin fliegen wir?«

»Zum Namsen-Fjord!«

Sie erreichten Norwegen in der Morgendämmerung. An der Küste standen ein Dutzend schwarze Raumschiffe. Auch Langurs letzter Versuch, den Maskenträger zur Umkehr zu überreden, scheiterte. Kurz darauf schwebte die HÜPFER über einem freien Platz im westlichen Bereich der Stadt Namsos. Eine Vielzahl fremder Roboter wartete auf sie.

»Landen!«, forderte Saedelaere.

»Du weißt, was dort unten geschieht?«

Alaska bebte am ganzen Körper, er schwitzte und fror gleichzeitig, aber er ließ die Waffe nicht sinken. »Sie … erwartet mich«, brachte er gequält hervor.

»Wer?«

»Die Inkarnation!«, rief Saedelaere aus. »CLERMAC!«

Notiz 5 / 29. Juni 3582

Mir schwirrt der Kopf. Das Ganze ist ein Traum, ein böser Traum, nein, schlimmer noch: Es ist die Realität.

Ich bin mir der Tatsache bewusst, dass ich einem fremden Willen folge, aber ich komme nicht gegen den unheimlichen Zwang an, der mich eines der scheibenförmigen schwarzen Raumschiffe betreten lässt. Es mag gut und gerne eintausendzweihundert Meter lang und einhundertfünfzig Meter hoch sein.

»Die Inkarnation hat dich gerufen«, sagt einer der schwarzpelzigen Fremden. Sie nennen sich Huulkos. »Nicht jeder genießt das Privileg, von CLERMAC empfangen zu werden. CLERMAC ist die erste der Inkarnationen.«

Alles im Schiffsinnern ist schwarz, aber dennoch gut sichtbar. Und die Schwärze dämpft viele Geräusche. Unaufhörliche Veränderungen sowie das Gefühl, von unten in einen kugelförmigen Raum zu blicken, erzeugen Schwindelgefühle. Die fremdartigen mentalen Impulse tun ein Übriges dazu. Eine Zeit lang verharre ich in einem Zustand zwischen Wahnsinn und Wachen, bis sich in der Kugel über mir ein anfangs konturenloses Gebilde zu einer nackten menschlichen Gestalt verdichtet.

»Jeder Besucher sieht mich in der Form seines eigenen Volkes.« Die Stimme kommt von überall zugleich, sie vibriert voll unbändiger Kraft. »Ich bin CLERMAC, die Kraftinkarnation BARDIOCS und ein Teil von BARDIOC, ebenso wie die Feuerinkarnation SHERNOC und die Inkarnation der Vereinigung, VERNOC.«

Ich höre ihn reden und versuche zu verstehen, was er sagt. Aber es fällt mir schwer, ich bin auch weiterhin in einem rasenden Wirbel aus Schmerz und Verwirrung gefangen.

»BARDIOC«, fährt CLERMAC fort, »wird eine vierte Inkarnation erschaffen und dann unbesiegbar sein.«

Meine Übelkeit wächst unaufhaltsam. Ich spüre die heraufziehende Ohnmacht, aber ich kann ihr nicht entrinnen.

Nichts hat sich verändert, als ich wieder zu mir komme.

»Schon die Vorstellung, wer BARDIOC ist, hat dich fast getötet. Verstehst du nun, dass niemand die Inkarnationen daran hindern kann,

BARDIOCS Einflussbereich zu erweitern? Sobald eine Kleine Majestät ausgewachsen ist, beherrscht sie alle Intelligenzen ihrer Welt.«

Trotz des anhaltenden Hämmerns unter der Schädeldecke verstehe ich, dass die Kleine Majestät jenes Gehirngewebe ist, das die Hulkoos in dem Becken untergebracht haben. Nur wird es die Menschheit nicht beherrschen können. Kosmische Zusammenhänge sind immer sehr schwer verständlich, aber von diesem Moment an weiß ich, dass es für das Verschwinden der Menschheit einen völlig neuen Aspekt geben musste.

Die Bewohner der Erde wurden nicht verschleppt oder getötet, sondern vor einer noch schwer einzuordnenden Gefahr gerettet.

»Wer ist mächtig genug, um BARDIOC und seinen Inkarnationen zu widerstehen?«

Unwillkürlich scheine ich meine Frage ausgesprochen zu haben. Die Antwort erklingt von allen Seiten und erfüllt mich mit Befriedigung: »BARDIOC ist mächtig und hat deshalb mächtige Feinde. Aber er wird die Auseinandersetzung mit der Kaiserin von Therm siegreich beenden.«

Fast schreie ich auf. *Die Kaiserin von Therm.* Douc Langur ist nach seinen eigenen Worten ein Forscher der Kaiserin von Therm. Seine Anwesenheit auf Terra, auch wenn er sich wirklich nicht erinnert, offenbart demnach völlig neue Zusammenhänge.

Jetzt, da ich diese Notizen schreibe, erscheint es mir, als seien die Erde und ihre Bewohner ohne eigenes Zutun in das Spannungsfeld zweier kosmischer Mächte geraten. Vielleicht war einfach nur die Versetzung aus dem Mahlstrom daran schuld, vielleicht auch mehr. Ich weiß es nicht. Jemand scheint dennoch verhindert zu haben, dass wir Menschen in dieser Auseinandersetzung zu Kanonenfutter werden.

CLERMAC verdächtigt die Kaiserin von Therm, sie habe die Menschheit dem Zugriff BARDIOCS entzogen, sie oder eine andere Superintelligenz. Er duldet die Terra-Patrouille in seiner Nähe, weil er in uns Lockvögel sieht. Wer immer die Menschen entführt hat, wird auch versuchen, ihre letzten Vertreter von der Erde zu holen, das ist seine Meinung.

Die Inkarnation und die Hulkoos verlangten Informationen. Ich konnte ihnen nicht sagen, wie viele Menschen noch auf Terra leben, weil ich es selbst nicht weiß. Aber dass zehn Personen zu unserer Gruppe gehören, einer davon auf Goshmos Castle, das erfuhren sie. Ich frage mich, warum mich die Mentalstabilisierung nicht schützte. Wahrscheinlich war der Einfluss des GrIko-Netzes auf das Cappin-Fragment dafür verantwortlich. Mein Schädel schien endgültig zerplatzen zu wollen –

und in diesem Moment erfasste ich die Situation erstmals ohne den darüber liegenden Schleier der Beeinflussung. In diesem Moment riss ich mir die Maske vom Gesicht.

Ich hörte die Hulkoos jaulen wie junge Hunde. Das Kugelelement über mir verdunkelte sich jäh, obwohl ich CLERMACS Impulse weiterhin wahrnahm. Mit der Maske in der Hand versuchte ich, mir einen Weg durch das fremde Schiff zu bahnen. Kaum jemand stellte sich mir noch entgegen, die Hulkoos hatten die Gefahr erkannt. Aber dann spürte ich erneut die Gedankenbefehle der Kleinen Majestät. Sie wollten mich zwingen, die Maske wieder aufzusetzen.

Jetzt bin ich hier, in Douc Langurs HÜPFER. Er hat auf mich gewartet, und wir fliegen mit Kurs auf Afrika. Weil wir befürchten, dass CLERMAC oder die Stachelpelzer uns verfolgen. Zweifellos will die Inkarnation über die Mitglieder der Terra-Patrouille die Spur der verschwundenen Menschheit aufnehmen.

Ich will das ebenfalls.

Hoffnung und Bestürzung liegen nahe beieinander. Ich will die Menschen finden, aber sie nicht der Sklaverei ausliefern.

Die Geburt der Kaiserin von Therm vollzog sich über einen Zeitraum von Jahrmillionen hinweg: Sie entstand aus der Verschmelzung der soberischen Prior-Welle mit einem kosmischen Urnebel. Das wissen wir inzwischen, nur kannte Alaska Saedelaere zur Zeit der Terra-Patrouille noch keinen der Zusammenhänge.

Unter der Prior-Welle müssen wir uns einen Hyperimpuls vorstellen, der überlichtschnell abgestrahlt wurde, aber schon nach »kurzer« Strecke im Hyperraum in das Einstein-Universum zurückkehrte und sich kaskadenartig ausbreitete. Dabei verlangsamte sich ihre Geschwindigkeit, sie wurde abgestoßen und in den Hyperraum zurückgeworfen, wo sie dank ihrer besonderen Ausprägung neue Energie aufnahm. Dieser Vorgang wiederholte sich in unerschöpflicher Folge. Das vollständige Wissen des Volkes der Soberer war dieser Welle aufgeprägt, um es vor dem Vergessenwerden zu bewahren und anderen Völkern im Kosmos zugänglich zu machen.

Aus dem Urnebel entstanden neben den ersten kristallinen Strukturen der Kaiserin zugleich eine Sonne und achtzehn Planeten. Im Jahr 3583 terranischer Zeitrechnung zeigt sich die Superintelligenz als kristalline Netzhülle, die den dritten Planeten des Systems, Drackrioch, in billionenfacher Verästelung einhüllt. Das vom Sonnenlicht durchflutete Gebilde erscheint in farbenprächtigen Lichtkaskaden.

Zu dieser Zeit befindet sich die Kaiserin von Therm in einer gewaltigen Auseinandersetzung mit der Superintelligenz BARDIOC, deren Expansionsbestrebungen längst über die Grenzen ihrer Mächtigkeitsballung hinausreichen. Vor allem sind es die Hilfsvölker beider Wesenheiten, die aufeinander prallen.

Notiz 6 / August 3582

Natürlich hast du vorausgesehen, dass dem Versteck der Terra-Patrouille die Entdeckung durch die Hulkoos droht. Zwar kann Douc Langur die schwarzen Raumschiffe der Beauftragten CLERMACS vorübergehend auf eine falsche Fährte locken, doch ist auf der Erde niemand mehr vor den Hulkoos sicher.

Mehr denn je benötigen wir ein Raumschiff – die HÜPFER kann unmöglich alle Mitglieder der Terra-Patrouille an Bord nehmen. Andererseits ist die Hoffnung, ausgerechnet auf der Erde noch ein angemessen großes Raumfahrzeug zu finden, denkbar gering. In den Tagen und Wochen vor der Großen Katastrophe hatte ein geradezu hysterischer Ansturm auf die letzten Schiffe eingesetzt. Die Aphiliker schreckten vor keinem Verbrechen zurück, wenn es darum ging, sich ein weltraumtaugliches Transportmittel zu beschaffen. Wahrscheinlich wurde dabei ein Großteil der auf Terra stationierten Raumschiffe vernichtet.

Jentho Kanthall behauptet, dass kaum mehr als vierhundert Schiffe die Erde vor dem Sturz in den Schlund verließen. Er entsinnt sich, in den Tagen vor der Katastrophe von einer kleinen Siedlung im Bereich Ostchina gehört zu haben, deren Bewohner mehrere Raumschiffe erbeutet haben sollen. Tatsächlich finden wir vor Ort in einem unterirdischen Hangar eine sechzig Meter durchmessende Korvette. Niemand hat mit ihr noch die Erde verlassen können, da die Bevölkerung des Ortes von einem aphilischen Ordnungskommissar getötet wurde.

Die Hulkoos, die uns allmählich massiv bedrängen und sogar Imperium-Alpha angreifen, stammen vermutlich von einer Dunkelwelt. Jedenfalls erweist sich grelles Licht als wirksame Waffe gegen sie. Ohnehin greifen sie nicht mit aller Konsequenz an, sondern scheinen Befehl zu haben, uns unversehrt zu fangen. Als sie ebenfalls in den Hangar eindringen, bleibt uns endgültig keine andere Wahl mehr, als in den Weltraum zu fliehen und so schnell wie möglich in den Linearflug zu gehen.

Wir fliegen eine siebzehn Lichtjahre von Medaillon entfernte Sonne an und landen am 30. Juli auf dem zweiten Planeten dieses Systems. Da er uns nur vorübergehend Aufenthalt und Unterschlupf bieten soll, nennen wir ihn Intermezzo.

Notiz 7 / Keine Datumsangabe

Mitunter sind Namen, selbst wenn sie zufällig gewählt wurden, wie ein Menetekel. Das gilt auch für den Planeten Intermezzo, der uns entgegen allen Absichten für gut ein Jahr Unterschlupf gewährt. Dann spüren uns die Hulkoos auf, und wir müssen kämpfen. Es scheint aussichtslos. Ich sehe, dass die Schwarzpelze Walik Kauk und Jan Speideck verschleppen, aber ich bin auch sicher, dass sich zumindest Douc Langur und der Roboter noch in Freiheit befinden. Und einige andere der Terra-Patrouille.

Dass sich mein Armband-Funkgerät meldet, ist keine Besonderheit mehr. Nur die Stimme, die aus dem Empfänger dringt … Ich glaube, sie zu erkennen, obwohl der Sprecher gar nicht auf Intermezzo sein kann.

»Wer bist du?«

»Alaska …?«, erklingt es schrill. »Hier ist die SOL!«

Unmöglich! Alles um mich herum dreht sich. Für einen Augenblick habe ich den Eindruck, in ein riesiges Kaleidoskop zu blicken. »Du hörst dich an wie Roi Danton«, stoße ich stockend hervor, in einem Zwiespalt, der schlimmer nicht sein kann. Ich fürchte eine grenzenlose Enttäuschung. Roi Danton alias Michael Rhodan, Perry Rhodans Sohn, ist auf der aphilischen Erde zurückgeblieben, er hat den Flug der SOL nicht mitgemacht. Tief atme ich ein und versuche, meine durcheinander wirbelnden Gedanken festzuhalten. »Roi … bist du … es wirklich?«

Egal, ob er sich an Bord der SOL befindet oder nicht – sein Erscheinen ist in jedem Fall ein kleines Wunder. Aber zudem darauf zu hoffen, dass auch noch das größte Fernraumschiff, das Menschen je gebaut haben, im Orbit über Intermezzo steht … Ich bringe den Gedanken nicht zu Ende. Wie aus dem Nichts heraus erscheint Gucky vor mir. Sein »Hi, Maskenmann« verschlägt mir die Sprache. Im nächsten Moment greift er nach meinem Arm und teleportiert mit mir.

Roi Danton grinst mich breit an, als wir materialisieren – er und eine Reihe anderer Bekannter. »Wir hatten dich schon aufgegeben.« Spontan streckt er mir die Hand entgegen und mustert mich vom Kopf bis zu den Füßen. »Du trägst immer noch diese alte Plastikmaske«, seufzt er. »Mon Dieu, wie kannst du nur?«

Ich schaue mich um. Stumm. Hoffnungsvoll. Das ist die SOL, kein

Zweifel. Falls ich nicht träume oder selbst verrückt geworden bin … Allein schon der Gedanke, plötzlich wieder an Bord und unter Freunden zu sein, hat etwas unglaublich Beruhigendes.

Dann liegen Roi Danton und ich uns in den Armen. Man sagt mir nach, ich wäre steif und abweisend; in diesen Minuten trifft das bestimmt nicht zu.

Diesmal kämpfe ich nicht gegen die Tränen an. Unter der Maske kann sie ohnehin niemand sehen.

… am 2. April 3582, also mehrere Monate nach Alaska Saedelaeres Verschwinden von der SOL durch das Mini-Black-Hole der Spezialisten der Nacht, erreichte das Fernraumschiff wieder den Mahlstrom der Sterne. Jedoch befand sich die Erde nicht mehr an ihrer alten Position.

Die SOL flog Ovarons Planeten an, jene Welt im Mahlstrom (Detailberichte unter dem Stichwort »Aphilie« und der Jahresangabe 3540), auf die nach den ersten Erkenntnissen über das unheilvoll wirkende Strahlungsspektrum der Sonne Medaillon knapp zweieinhalbtausend immune Frauen und Kinder in Sicherheit gebracht worden waren.

Reginald Bull, wegen einer Fehlfunktion seines Zellaktivators der einzige der Aphilie anheim gefallene potentiell Unsterbliche, jedoch inzwischen davon geheilt, hatte am 2. September 3581, dem Tag der Großen Katastrophe, mit Roi Danton und dreihundert Immunen ebenfalls Ovarons Planeten aufgesucht. Als Immuner hatte er herausgefunden, dass das Mondgehirn NATHAN die Produktion der PILLE betrieb und damit im Auftrag eines unbekannten Retters den »Plan der Vollendung« verfolgte.

Aus Bulls Bericht sowie aus Berechnungen des keloskischen Rechenmeisters Dobrak schien sich zu ergeben, dass ES an den Geschehnissen im Mahlstrom beteiligt war. Dobrak riet zudem davon ab, Terra durch den Schlund zu folgen, weil es Mächte im Kosmos gibt, denen man besser ausweicht. Von ihm erfuhren Perry Rhodan und seine Gefährten mehr über die ihnen bislang unbekannte kosmische Ordnung. Dobrak wählte als Vergleich den Aufbau einer Zwiebel, deren Schichten den Entwicklungsstufen entsprechen, die intelligente Völker durchlaufen.

Demnach entspricht der Kern der Urform planetaren Lebens. Die innerste Schale ist einer Zivilisation vergleichbar, die in ihrem eigenen Sonnensystem die Raumfahrt betreibt, dessen Grenzen aber noch nicht überwunden hat. Die nächsthöhere Ebene oder Evolutionsstufe erreichen Völker, die sich interstellar und intergalaktisch ausbreiten.

Die dritte innere Schale besetzen Superintelligenzen. Ihr Entstehen kann auf unterschiedlichste Weise gefördert werden, vor allem sind sie nicht an besonderen äußerlichen Merkmalen festzumachen. Superintelligenzen herrschen über Mächtigkeitsballungen, die Galaxien-Cluster umfassen.

ES' Mächtigkeitsballung ist die Lokale Gruppe, zu der neben der Milchstraße und Andromeda eine Reihe weiterer Galaxien gehören. Dobrak äußerte sich überzeugt, dass die Superintelligenz ES keineswegs uneigennützig handelte, wenn sie den kosmischen Aufstieg der Terraner förderte, da mit wachsender Stärke der Terraner zugleich ihre eigene Macht zunahm.

Was wir heute wissen, zu jener Zeit aber noch nicht ausgesprochen war, ist die Tatsache, dass die Superintelligenzen keineswegs den Höhepunkt kosmischer Evolution markieren. In ihrer Weiterentwicklung können sie zu Materiequellen heranwachsen oder – im Falle einer negativen Prägung – zu Materiesenken.

Auf der nächsten Stufe stehen die Kosmokraten, über deren Aussehen und reale Zustandsform nichts bekannt ist. Der Lebens- und Existenzbereich der Kosmokraten liegt hinter den Materiequellen. Als ihr gleichwertiger Gegenpart gelten die Mächte des Chaos oder Chaotarchen, die bestrebt sind, das Maß der Unordnung im Universum zu vergrößern.

Positive oder negative Einstufungen im menschlichen Sinne sind eine äußerst unzulängliche Zuweisung, die der banalen Schwarzweißmalerei auf den unteren Ebenen entspricht. Wir müssen, wollen wir wirklich kosmisches Denken praktizieren, davon ausgehen, dass sich uns Sinn und Zweck übergeordneten Handelns nur zögerlich erschließen. In diesem Sinne sind wir Menschen auch heute nicht viel mehr als ein Ameisenstaat, dessen Individuen den gewaltigen Maschinerien verständnislos gegenüberstehen, die ihren Lebensraum verändern, und sei es nur, um einen neuen Raumhafen zu errichten. (Die Verfasser dieses geschichtlichen Abrisses halten fest, dass sehr vieles relativ ist und der Blickwinkel des jeweiligen Betrachters über die Einstufung entscheidet).

Nur einen Tag nach Dobraks Enthüllungen war der Mausbiber Gucky an Bord der SOL den schmerzhaften Versuchen einer telepathischen Kontaktaufnahme ausgesetzt. Da er zu spüren glaubte, dass er es mit einem Boten von ES zu tun hatte, teleportierte er auf den Kleinplaneten Vrinos, von dem die Impulse ausgingen. Er erhielt eine eindeutige Warnung. Der Bote Homunk-II brachte klar zum Ausdruck, dass es wichtig sei, die Erde schnell zu finden. Und die Gefahr hatte einen Namen: BARDIOC.

Die SOL verließ den Mahlstrom der Sterne. Während des weiteren Flugs wurde die Besatzung mit Völkern konfrontiert, die der Kaiserin von Therm unterstanden. Anfang April des Jahres 3583 erreichte das Fernraumschiff schließlich Drackrioch, den Sitz der Kaiserin. Perry Rhodan erfuhr ihre Geschichte.

Auszug aus der Enzyklopädie »Kosmische Geschichte verständlich kommentiert« (Untertitel: Unwissenheit schützt nicht vor hohen Mächten). Sechste überarbeitete Ausgabe.

Notiz 8 / Keine Datumsangabe

Was ist mit mir los? Mir steht die modernste Technik zur Verfügung, aber ich komme nicht von dieser Folie los. Nur weil sie von der Erde stammt? Ich entsinne mich gut, dass es eine Zeit gab, da hätte ich Terra gerne den Rücken gekehrt. Auch wenn das längst Vergangenheit ist, habe ich es nicht vergessen. Heute schätze ich meine Heimatwelt wieder, so, wie ich mich nach Terrania City sehne, nach dem pulsierenden Leben der Metropole. Selbst wenn ich daran nie wirklich teilhaben wollte, war es doch allgegenwärtig und vermittelte ein Gefühl der Geborgenheit. Wie kalt und unmenschlich waren dagegen die leeren Straßenschluchten, als die Terra-Patrouille noch nicht dem mentalen Druck der Kleinen Majestät weichen musste.

Du bist so zwiespältig, wie du dich fühlst, Alaska. Und du kannst dich gegen diesen Zustand nicht wehren. Eben himmelhoch jauchzend, im nächsten Moment zu Tode betrübt, das trifft auf dich zu. Leider schweigst du wie immer und frisst deinen Zustand in dich hinein. Obwohl davon nichts besser werden kann.

Sehnsucht nach der Ferne? Nach den Weiten des Kosmos, von denen du gerade einen Zipfel gelüftet hast?

Heimweh?

Warum wirst du dir nicht darüber klar, was du wirklich willst? Du suchst das Abenteuer ebenso wie das Wissen hinter den kosmischen Geheimnissen. Zugleich fürchtest du Antworten, die dich entsetzen könnten. Die dir zeigen, dass du wirklich nicht mehr bist als eine Ameise irgendwo in der Einsamkeit, in einer unmenschlichen Kälte.

Oder brauchst du den Mief einer kleinen und unbedeutenden Welt? Was hat sie schon Besonderes?

Weshalb will man immer das, was man gerade nicht haben kann? – Ich glaube, jeder an Bord der SOL befindet sich in einer psychischen Ausnahmesituation. Es wäre so einfach, die Schreibfolie zusammenzuknüllen und in den nächsten Abfallvernichter zu werfen. Ich tue es nicht, weil ich damit das letzte Band hinter mir zerreißen würde. Es ist immer noch anders, die eigenen Gedanken, Hoffnungen und Befürchtungen aufzuschreiben, als sie einem Speicherkristall zu diktieren. Indem ich schreibe, fließt alles aus mir heraus und lässt mich wieder gelassener reagieren.

Kosmos, du kennst die Menschen noch nicht. Du kannst uns schlagen, aber wir werden wie Phoenix aus der Asche auferstehen. Wir gehen unseren Weg, bis wir herausgefunden haben, weshalb wir existieren. Es wird immer einen geben, der die Aufgabe seines Vorgängers fortführt.

Eines habe ich längst gelernt: Es ist gut, dass wir nicht wissen, was uns erwartet. Wir würden verzweifeln.

Ohne dieses Wissen reagieren wir wie trotzige Kinder – jetzt erst recht! Wir fürchten keine Superintelligenz.

… nicht nur die Angehörigen der Terra-Patrouille, auch die Besatzungsmitglieder der SOL gaben anfangs der Superintelligenz BARDIOC und ihren Inkarnationen die Schuld am Verschwinden der irdischen Menschheit. Doch die anhaltenden Vorgänge im Meeresbecken von Namsos schienen eher das Gegenteil zu beweisen. Auch die Kleine Majestät wartete darauf, dass die Menschen auf ihre Heimatwelt zurückkehrten. Täglich zwang sie die wenigen von ihr beherrschten Männer und Frauen auf der Erde, nach ihrem Volk zu rufen, und verstärkte den Ruf mit ihren mentalen Kräften zu einer weitreichenden parapsychischen Lockung.

Es gelang, die Kleine Majestät zu töten. Die geringen Sicherheitsvorkehrungen im Umfeld des Gehirns drängten die Vermutung auf, dass dem Überwesen BARDIOC nie wirklich Widerstand geleistet worden war. Von da an machte Perry Rhodan mit der SOL Jagd auf weitere planetare Statthalter der Superintelligenz.

Im Herbst 3583 beschlossen BARDIOCS Inkarnationen VERNOC, CLERMAC und SHERNOC, die Menschen an Bord des Hantelraumschiffs, die sie inzwischen für eine Vorhut der Verschwundenen hielten, im Varbennest in eine Falle zu locken. Drei vom Volk der Varben beherrschte Sonnensysteme im äußeren Zentrumsbereich der Galaxis Ganuhr wurden in ihrer Gesamtheit als Varbennest bezeichnet. Doch der Angriff schlug fehl, die SOL konnte sich dem Zugriff einer riesigen Hulkoo-Flotte entziehen.

Wichtige, ja entscheidende Ereignisse laufen häufig zeitgleich ab. Letztlich führt das zum Wissensvorsprung einer Partei, der allen zugute käme, könnte er weitergegeben werden. Doch allzu oft ist das nicht der Fall. Während die SOL und ihre längst zu »Solanern« gewordene Besatzung immer tiefer in die Auseinandersetzung mit den Hilfsvölkern BARDIOCS hineingezogen werden, möglicherweise von der Kaiserin von Therm gesteuert, erschließen sich auf dem irdischen Mond neue Perspektiven.

Nach dem Tod der Kleinen Majestät auf Terra waren Reginald Bull, Roi Danton und Geoffry Abel Waringer auf Luna zurückgeblieben. Die Desaktivierung der Mondpositronik NATHAN warf nach wie vor Rätsel auf, zumal sie tief in das Geschehen verstrickt zu sein schien.

Von den Hulkoos wurde eine neue Kleine Majestät auf der Erde installiert. Währenddessen stieß Geoffry Waringer auf Unregelmäßigkeiten im Innern NATHANS. Die Hyperinpotronik war erst zu einem verschwindend geringen Bruchteil wieder aktiviert, da die Hulkoos auf keinen Fall aufmerksam werden durften. Waringer fand einen Unbekannten vor der Konsole einer großen Schalttafel. Der Mann, er nannte sich Grukel Athosien, war ihm nie persönlich begegnet, dennoch erkannte er den Wissenschaftler aufgrund von Archivbildern, die er während seiner Tätigkeit für den aphilischen Nachrichtendienst gesehen hatte.

Grukel Athosien war ein Konzept. Wesen wie er erschienen schon im Oktober 3583 in der Milchstraße, aber davon wussten weder die Solaner noch die Terra-Patrouille. Konzepte waren menschliche Körper, die mindestens zwei, häufig aber mehr Bewusstseine trugen. Grukel Athosien vereinte gleich sieben menschliche Bewusstseinsinhalte in sich, und er sollte prüfen, ob NATHAN für einen Plan der Superintelligenz ES genutzt werden konnte.

ES wollte Goshmos Castle zur neuen Heimat der verschwundenen Menschheit machen und die Erde der Bevölkerung des Neuen Einstein'schen Imperiums überlassen, das aus den Resten des Solaren Imperiums in der Milchstraße herangewachsen war. Wobei die Bezeichnung Imperium für das NEI als deutliche Übertreibung bezeichnet werden musste. Die Herrschaftsansprüche der Menschen erstreckten sich allein auf das Innere der Dunkelwolke Provcon-Faust, die nicht mehr als ein gutes Versteck war.

An dieser Stelle sei darauf eingegangen, was Grukel Athosien während seiner Reise durch Raum und Zeit bewegte. Das Konzept hat diese Einzelheiten als Überlieferung hinterlassen.

Ich bin eine neue Art von Wesen, nicht nur die Wiedergeburt des terranischen Abwehrspezialisten. Denn davon abgesehen, dass ich mich in einem Feld höherdimensionaler Energie durch den Hyperraum fortbewege und mich nicht nur wie Grukel Athosien fühle, sondern auch seine Erinnerungen besitze, vereinen sich sechs weitere Bewusstseine in meinem Körper, Menschen, die ich nie zuvor kennen lernte. Ich nehme ihre Anwesenheit wahr, weit entfernt zwar, aber sie sind da. ES sagte mir, dass wir uns verstän-

digen und zusammenarbeiten werden, sobald es nötig sein wird. ES erklärte mir auch, dass ich das bestimmende Bewusstsein bin, aber dennoch jeder von uns ein Spezialist ist. Ich bezweifle nicht, dass wir »normalen« Menschen weit überlegen sind.

Vor allem bin ich neugierig auf das neue Leben, das vor mir … das vor uns liegt. Wenn das nicht das Abenteuer meines Lebens überhaupt ist. Dabei hatte ich den Tod schon vor Augen, als die Erde in den Schlund stürzte. Und dann … ES, der Unsterbliche von Wanderer und heimliche Mentor der Menschheit, befürchtete Unheil nach dem Sturz des Medaillon-Systems durch den natürlichen Transmitter. Ein übergeordnetes Wesen auf derselben Entwicklungsstufe wie ES wartete offensichtlich darauf, die irdische Bevölkerung zu seinem Hilfsvolk zu machen.

ES rettete uns Menschen, indem es unsere Leiber und Seelen in sich aufnahm. Die körperliche Substanz wurde in hyperenergetische Bestandteile umgewandelt (vielleicht nicht anders als während einer Transition oder eines Transmittersprungs), die Bewusstseine verschmolzen mit ES. Aber genau daraus erwuchs das aktuelle Problem. Zwanzig Milliarden individuelle Bewusstseine erzeugen im Inneren der Superintelligenz eine Spannung, die nach Entlastung drängt wie der Überdruck in einem Siedewasserkessel. Einige tausend Konzepte hat ES schon erzeugt, doch das ist zu wenig.

Unser Retter wird erst wieder zur Ruhe kommen und voll handlungsfähig sein, wenn er Millionen von Konzepten ausgestoßen hat, jedes aus sechs oder sieben Bewusstseinen bestehend. Ich frage mich, ob wir damit einen neuen Schritt auf der Evolutionsleiter vollziehen. Oder bleiben wir eine vorübergehende Erscheinung? Ich muss mich jetzt auf meine Aufgabe konzentrieren, das bin ich ES schuldig …

Auszug aus der Enzyklopädie »Kosmische Geschichte verständlich kommentiert« (Untertitel: Was ist das für eine Welt, in der wir leben dürfen/müssen?). Sechste überarbeitete Ausgabe.

Notiz 9 / Oktober 3584

Es ist lange her, dass ich diese Folie in der Hand gehalten habe. Viel ist seitdem geschehen. Wenn ich mich recht entsinne, schrieb ich vor gut einem Jahr, dass wir keine Superintelligenz fürchten. Im Nachhinein betrachtet, war das eine gewagte Feststellung. Doch auf gewisse Weise hat sie sich bewahrheitet.

Häufig frage ich mich inzwischen, was wir eigentlich sind: Ein Haufen Verzweifelter, ihrer Existenz ebenso wie ihrer Hoffnungen beraubt …?

Verrückte, die glauben, das Rad der Geschichte zurückdrehen zu können …?

Oder kämpfen wir wie einst Don Quichotte einen aussichtslosen Kampf? Unsere Dulcinea ist die Erde? Aber was sind der Planet und sein zernarbter Mond eigentlich wert ohne das gewohnte Umfeld der Milchstraße? Wenn wir siegen, erringen wir einen Pyrrhussieg. Die meisten wollen nicht auf die Erde zurück, ihre Heimat ist die SOL. Zugegeben, sechseinhalb Kilometer Stahl sind nicht nur imposant, sondern bieten hinreichend Volumen für eine Besatzung, die nicht nur wenige tausend Personen, sondern leicht einhunderttausend zählen könnte. Das Schiff bietet alle Annehmlichkeiten, es ist die perfekte fliegende Stadt.

Die Menschen, die noch in der Milchstraße unter der Knute der Laren leben, haben auf Gäa in der Provcon-Faust eine neue Heimat gefunden … Warum stelle ich plötzlich alles in Frage, wofür es sich zu kämpfen lohnt? Ist es das Wissen darum, dass ich mich als Unsterblicher nicht mehr aus der Verantwortung stehlen kann? Eher sollte ich fragen, was in hundert oder zweihundert Jahren sein wird oder in tausend. Zeit spielt für uns keine Rolle mehr. Trotzdem verrinnt sie uns zwischen den Fingern.

Seit ich zu ihnen gehöre, verstehe ich die Probleme der Unsterblichen besser. Sie machen sich Sorgen, ein Leben lang – und diese Sorgen enden vermutlich nie.

Ich bin nicht einmal ein normaler Mensch.

Ich bin und bleibe der Maskenträger ohne eigenes Gesicht …

Am Anfang habe ich diese Folie benutzt, um die Geschichte festzuhalten, jetzt erledigen das für mich die positronischen Archive der SOL. Mir bleiben nur die eigenen Gefühle, so wie damals auf Mimas, nach meinem Unfall. Wenigstens diese Gefühle gehören mir.

Warum vernichte ich die Folie nicht?

Vielleicht, weil man eines Tages erfahren soll, wer Alaska Saedelaere wirklich war: ein Kosmopolit, aber auch ein Mensch, der trotz mancher Freunde im Grunde seines Herzens einsam blieb. Ich denke in diesen Tagen oft an Liv. Mit ihr an meiner Seite wäre mein Leben sicher anders verlaufen. Der Vorwurf, dass ich sie getötet habe, wird mich immer quälen.

Wer hat mir dieses Schicksal zugedacht?

Im März 3584 setzte sich Perry Rhodan gegen alle Bedenken durch und kehrte mit der SOL ins Varbennest zurück. Durch einen Gravitationskollaps ausgelöste chaotische Verhältnisse spielten ihm in die Hände – die Solaner waren daran keineswegs unschuldig – und beeinträchtigten sogar die geistigen Fähigkeiten der Inkarnation BARDIOCS. Da die Hulkoos selbst wegen der Schwerkraftverhältnisse die Inkarnation nicht bergen konnten, ersuchten sie die SOL um Beistand. Erst nach Erfüllung von Rhodans Forderung, dass die neue Kleine Majestät von Terra entfernt wird und alle Hulkoos das Medaillon-System verlassen, startete eine Korvette, zu deren Besatzung unter anderem Alaska Saedelaere und Douc Langur gehörten.

Es gelang, die Inkarnation in ihrer transparenten Kugelhülle zu paralysieren und an Bord der SOL zu transportieren. Zu spät erkannten die Hulkoos, dass Perry Rhodan die Dreiheit entführen ließ.

Die SOL-Zelle 1, in der die sechs Meter durchmessende Sphäre mit der Inkarnation abgeladen wurde, koppelte zur Sicherheit des restlichen Schiffs vom Mittelteil ab. Das erwies sich als nicht ausreichend, als im Innern der Sphäre die vierte Inkarnation BULLOC erwachte. Sie spürte sehr wohl, dass da Menschen waren, in deren Gehirnen eine Schranke gegen paranormale Angriffe existierte. Dennoch brachte sie die SZ-1 unter ihre geistige Kontrolle und erzwang die Wiedervereinigung des Schiffes.

Erst eine Flotte der Choolks, des größten Volks im Einflussbereich der Kaiserin von Therm, brachte BULLOC in Bedrängnis. Die Choolks kamen nicht nahe genug heran, dass die Inkarnation sie beeinflussen konnte, andererseits ließen sie keinen Zweifel daran, dass sie die SOL vernichten würden – und damit auch BULLOC. Es war Rhodan, der die Inkarnation zur Flucht überredete und ihre Bedenken, gerade dann von den Geschützen der SOL vernichtet zu werden, zerstreute, indem er sich selbst als Geisel anbot. Während die Choolks BULLOCS Sphäre verfolgten, kehrte die SOL ins Medaillon-System zurück. Tausend Besatzungsmitglieder, zumeist ältere Personen, die noch auf der Erde geboren wurden und sich nicht als Solaner sahen, verließen das Schiff, um sich wieder auf ihrer Heimatwelt anzusiedeln. Am 12. Mai startete die SOL, um nach Perry Rhodan zu suchen.

Erneut verlaufen die Ereignisse parallel. Während die SOL einer vagen Spur folgt, geschieht im Medaillon-System Unerwartetes, das zur Vollendung eines lange vorbereiteten Planes führt. An dieser Stelle werden nicht die vielen einzelnen Geschehnisse aufgelistet, die wie ein Zahnradwerk ineinander greifen, sondern das Ergebnis, dessen wahre Dimensionen überraschen mögen. Noch im Nachhinein stellt sich die Frage: *Was war wann* geplant? Diese Spekulation mag jeder Nutzer der Enzyklopädie für sich beantworten. Die Verfasser sind überzeugt davon, dass viele Antworten möglich sind – die richtige kann allein ES nennen.

In den lunaren Werften wurden acht Großraumschiffe der GALAXIS-Klasse in atemberaubendem Tempo fertig gestellt. NATHAN und die Konzepte trieben die Produktion schneller voran, als jemals zuvor Raumschiffe entstanden waren. Mit ihnen wurden die Mucierer von Goshmos Castle evakuiert.

Sehr schnell wurde dann begonnen, den Planeten zu zerschneiden. Der Anblick der beiden Kugelhälften rief zwangsläufig Assoziationen bei den Menschen hervor, die irgendwann eine Abbildung der Kunstwelt Wanderer gesehen hatten. Daraus auf den Initiator des Vorhabens, nämlich ES, zu schließen drängte sich geradezu auf.

Die Schwierigkeiten des Unsterblichen mit der Absorption von mehr als zwanzig Milliarden menschlichen Körpern und Bewusstseinen hätten fast übersehen lassen, dass der Superintelligenz ungeahnte physikalische Möglichkeiten offen stehen. Goshmos Castle schlicht mit einem gewaltigen Impulsstrahler oder Desintegrator zu durchschneiden wäre jedoch wenig Erfolg versprechend gewesen. Spätestens nach dem Durchtrennen der Planetenkruste und dem Freisetzen des glutflüssigen Kerns wären beide Hälften in Fragmente zerrissen worden. Die Methode, die ES zum Einsatz brachte, entsprach seinen imposanten Möglichkeiten ebenso wie hyperphysikalischen Gesetzen. Ein Situationstransmitter, ein gewaltiger leuchtender Ring, entstand über Goshmos Castle.

Wir kennen Situationstransmitter aus der Zeit des Krieges gegen die Meister der Insel, jedoch hätten die MdI nie eine so gewaltige Energiemenge manipulieren können, wie ES dies tat. Unklar blieb bis heute, von wo die gewaltigen Energiemengen ins Medaillon-System strömten und wie viele hundert Sonnen die Superintelligenz anzapfte.

Goshmos Castle wurde entstofflicht, aber nicht zu einem Empfangstransmitter abgestrahlt. An Stelle des Transports erfolgte ein Formungsprozess, die Umorganisation der planetaren Materie. Während die Energie des glutflüssigen Magmas sekundären Verwendungen zugeführt wurde, möglicherweise sogar der eigenen Transmission, entstanden zwei Planetenhälften, die letztlich in fester Form materialisierten.

Wissenschaftler bezeichnen den Vorgang als Degeneration des Transmissionsprozesses. Sie vergleichen noch heute das Schicksal von Goshmos Castle mit den Veränderungen, denen der Transmittergeschädigte Alaska Saedelaere unterworfen war. Das Zusammenwachsen Saedelaeres mit dem Cappin-Fragment beruht zweifellos auf ähnlichen, wenn auch gegenpoligen Vorgängen wie die Trennung des Planeten.

Grukel Athosien nennt die neue Heimat der Konzepte EDEN II. Warum zwei Planetenhälften entstehen mussten, von denen letztlich nur eine von den Konzepten besiedelt wird, diese Frage bleibt unbeantwortet und wird zur Erkenntnis, dass die Logik einer Superintelligenz für einen menschlichen Verstand nicht durchschaubar ist. Die Kunstwelt Wanderer verglühte im Jahr 2326 im Atombrand – kann es sein, dass ein evolutionär so hoch stehendes Wesen wie eine Superintelligenz Heimweh empfindet?

Noch etwas gibt in diesem Zusammenhang zu denken: Die Rettung von zwanzig Milliarden Menschen wurde anfangs als eine Verzweiflungstat von ES betrachtet. Die Folgen für das Überwesen sind bekannt, ein qualvoller mentaler »Überdruck«, der schließlich zur Abspaltung der ersten Konzepte führt. Aber soll es wirklich nur ein Zufall gewesen sein, der ES zur Erzeugung weiterer Konzepte und damit der Schaffung von EDEN II verleitet? Da ist der Plan der Vollendung, ein Abkommen zwischen ES und NATHAN, das in aller Konsequenz dazu führte, dass zum Zeitpunkt der Großen Katastrophe bis auf wenige Ausnahmen die Menschen der Erde unter dem beruhigenden Einfluss der PILLE standen.

Die Spekulationen kamen sehr schnell auf und verstummten lange Zeit nicht. War ES' Plan keineswegs neu entstanden, sondern hatte er unter dem Eindruck der bevorstehenden Ortsversetzung der Erde nur zeitlich vorgezogen werden müssen? Entstand auf EDEN II eine neue Superintelligenz aus terranischen Bewusstseinen – mit anderen Worten, hat ES die Menschheit letzten Endes benutzt, um aus ihrer Substanz einen Erben der eigenen Macht zu zeugen? Ein wahrhaft ketzerischer Gedanke, der aber deutlich werden lässt, wie sehr sich die Denkschemata auf unterschiedlichen Ebenen der kosmischen Entwicklung unterscheiden.

Heute wissen wir, dass sich die Konzepte während einer langen Reise letztlich zu einem Teil von ES entwickelten. Erst die in fünfdimensionale Energie zersetzte zweite Planetenhälfte ermöglichte den Start von EDEN II. Inzwischen existiert die Halbkugel in ihrer bisherigen Form nicht mehr. Im Jahr 429 NGZ wurde die Welt als letztes und wichtigstes Chronofossil von Perry Rhodan aktiviert …

Der Aufbruch von EDEN II geschah nur zweieinhalb Wochen vor dem wichtigsten Ereignis überhaupt. Zumindest maßen wir uns an, die Rückkehr der Erde und ihres Mondes nicht nur in die Milchstraße, sondern in die angestammte Umlaufbahn um Sol als wichtigstes Ereignis für die weitere Entwicklung der galaktischen Menschheit zu bezeichnen. Damit wird der Weg geebnet für den Rechtsnachfolger des Solaren Imperiums ebenso wie des Neuen Einstein'schen Imperiums, für die Liga Freier Terraner, verkündet am 1. Januar 3586.

Die Sonne Medaillon verwandelte sich nach dem Aufbruch von EDEN-zwei völlig unvorhergesehen erst in einen Neutronenstern und schließlich in ein Black Hole. Zur selben Zeit wurde auch der im Solsystem verbliebene Zwergstern Kobold, der mit seiner Masse die verschwundene Erde ersetzte, zu einem Schwarzen Loch. Zwischen den beiden bestand ein Hyperraumkanal, durch den Erde und Mond an ihrem angestammten Platz in der Milchstraße zurückkehrten. Das Kobold-Black-Hole verließ anschließend senkrecht zur Ebene der Planetenbahnen das Solsystem.

Dies hört sich einfach an, jedoch bilden unglaublich komplexe hyperphysikalische Vorgänge die Grundlage. Für die Menschen jener Epoche, die an der Schwelle einer neuen Zeitrechnung stehen, das aber noch nicht einmal ahnen, stellt sich zudem die drängende Frage, was einen solch gigantischen Aufwand rechtfertigt. Rund fünfundvierzig Millionen Lichtjahre mussten überwunden werden. Das alles nur, weil die Erde in der Galaxis Ganuhr möglicherweise weiterhin in Gefahr schwebte? Für die Konzepte ist Terra unwichtig, ihnen steht EDEN II zur Verfügung. Und die Menschen des NEI in der Milchstraße hätten wohl über kurz oder lang eine neue, erdähnliche Welt gefunden …

Es müssen also andere Aspekte eine Rolle gespielt haben, die ES dazu veranlassten, die Terraner in ihre angestammte Heimat zurückzubringen, Aspekte, die gleichermaßen den Interessen von ES wie dem Wohl der Menschen dienen. Heute wissen wir um die Besonderheit der mehrdimensionalen Ausstrahlung Terras, die das Solsystems immer wieder zum Brennpunkt kosmischer Geschehnisse werden lässt. Terra ist ein sechsdimensionales Juwel … (Mehr zu diesem Thema in der Sonderausgabe der Enzyklopädie »Kosmische Genese – Homo sapiens zwischen Steinzeit und Kosmokraten«).

Wir schrieben den 28. Juni 3585 n. Chr., als Erde und Mond über die Transmitterbrücke ins Solsystem versetzt wurden. Damit endet zumindest symbolisch eine der düsteren Epochen.

Natürlich wird dieses Datum in allen Werken besonders hervorgehoben. Über solchen Details wird jedoch zu hinterfragen vergessen, wie diese neue Transmitterbrücke entstehen konnte und was letztlich aus der Zwergsonne Kobold wurde. Ist es die unterschwellige Furcht der Menschen vor einer extrem hoch stehenden Technik, die sie selbst noch nicht beherrschen können? Wir haben keine Minderwertigkeitsgefühle, dürfen sie gar nicht erst aufkommen lassen, sonst wäre unser Weg in den Kosmos beendet, bevor er richtig begonnen hat.

Vor uns liegt ein Universum voll von Geheimnissen – wir müssen die Dinge anpacken, und seien sie noch so unangenehm. Andernfalls treten wir auf der Stelle und gehen den Weg vieler Völker, die nach einer kurzen Blütezeit in der Anonymität des Vergessens versanken!

Auszug aus der Enzyklopädie »Kosmische Geschichte verständlich kommentiert« (Untertitel: Entfernungen schrumpfen zur Bedeutungslosigkeit?). Sechste überarbeitete Ausgabe.

Notiz 10 / März 3586

Heute wurde ich durch einen Zufall an die Folie erinnert. Sie lag ordentlich verstaut in meiner Kabine auf der SOL. Eineinhalb Jahre sind seit meiner letzten schriftlichen Aufzeichnung vergangen. Die Zeit rennt uns davon – und wenn ich mich nicht täusche, trifft das auf die Träger eines Zellaktivators besonders zu. Für uns sind Jahre nur mehr ein Hauch, weil wir in kosmischen Dimensionen denken müssen. Dagegen erscheint die irdische Zeitrechnung kleinlich und unbedeutend. Mein Gott, genau das sollte nicht sein. Ich war immer bodenständig. Die relative Unsterblichkeit darf kein Anlass werden, plötzlich über den Dingen zu schweben. Ich war ein Mensch, ich bin ein Mensch (auch wenn mich das Cappin-Fragment zu einem Monstrum abstempelt), und ich werde immer ein Mensch bleiben.

Viel ist geschehen in diesen eineinhalb Jahren. Offenbar haben wir Terraner eine Entwicklungsstufe erreicht, die es uns ermöglicht, Einblick in größere Zusammenhänge zu nehmen. Damit befinden wir uns in der Situation der Ameise, die allmählich erkennt, dass um sie herum mehr geschieht, als sie jemals für möglich gehalten hätte. Das winzige Tierchen beginnt, Vermessungseinheiten, Desintegratorfräsen und Molekularverdichter beim Namen zu nennen, es lernt sogar, die Arbeitsroboter als solche zu identifizieren, weil gerade sie es sind, die seinem bisherigen Lebensbereich bedrohlich nahe kommen.

Verglichen damit lernen wir Superintelligenzen, Mächtigkeitsballungen und Hilfsvölker kennen. Diese Ordnung scheint schon etabliert gewesen zu sein, als das Solsystem noch als Urnebel existierte. Solche extremen Zeiträume sollten uns in ehrfürchtigem Staunen in die Knie zwingen. Aber daran denkt an Bord niemand. Wir sind Menschen, wir handeln nach dem Motto: »Jetzt erst recht!«

Ich hoffe, ich habe mich deutlich und unmissverständlich ausgedrückt. Auch wenn große Reden nie meine Stärke waren. Aber es ist etwas anderes, Worte zu denken und sofort auszusprechen, als zu überlegen und sie dann erst schriftlich zu fixieren.

Was ist inzwischen geschehen? Ich versuche, es so kurz wie möglich festzuhalten. Eines Tages werden ohnehin dicke Geschichtswerke darüber entstehen.

Eines Tages? Ich glaube wirklich an eine Zukunft der Menschheit. Vielleicht erleben wir soeben eine Phase des Umbruchs, den Weg der planetengebundenen Terraner hin zu wahrhaft kosmischen Bürgern, die im Weltraum ebenso heimisch sind wie auf ihren Planeten und die sich über viele Galaxien verstreut fortpflanzen. Ist das nur eine Vision? Ich glaube es nicht.

Aber ich schweife schon wieder ab.

Ein halbes Jahr lang kreuzt die SOL auf der Suche nach BULLOC und Perry Rhodan im Zentrumsgebiet der Galaxis Ganuhr. Schließlich führt ihre Spur weiter, und wir erreichen eine Galaxis, die wir ihrer äußeren Erscheinung wegen Blauauge nennen. Nicht ganz neun Millionen Lichtjahre von Ganuhr entfernt scheint sich eine Entscheidung anzubahnen. Blauauge ist ein Spiralnebel mit starken, nahezu geschlossenen Spiralarmen und mit einem Durchmesser von 110.000 Lichtjahren größer als die Milchstraße. Die im Zentrumsgebiet ungewöhnlich dicht stehenden Sonnen sind starke 5-D-Strahler und verursachen das intensive blaue Leuchten, das die Namensgebung inspiriert hat.

Anfangs glaube ich, mich geirrt zu haben, dass ich einfach überreizt reagiere, weil das Cappin-Fragment wieder häufiger Beschwerden verursacht. Dann wird mein Gefühl deutlicher. Ich spüre die Nähe von etwas – Bekanntem.

Während wir uns offensichtlich dem zentralen Sitz BARDIOCS nähern, erscheint sie mir. Ich glaube noch immer, den Schock zu spüren, den ihr Erscheinen auslöst. Es muss das Cappin-Fragment gewesen sein, das mir mit seiner Reaktion die Sinne raubt. Ich höre mich noch reden, dann ist nichts mehr.

Ich weiß nicht, wie lange ich ohne Bewusstsein war. Es können nur Minuten gewesen sein. Meine bewusste Erinnerung setzt erst wieder in der Zentrale ein, und darüber existiert eine Aufzeichnung der Bordpositronik.

Die Fernortung zeigte auf dem Panoramaschirm eine riesige Flotte von BARDIOCS Hilfsvölkern. In erster Linie handelte es sich um Scheibenschiffe der Hulkoos, der bevorzugten Truppen der Superintelligenz. Obwohl sie die SOL längst ebenfalls in der Ortung haben mussten, flogen die gegnerischen Einheiten noch kein Angriffsmanöver.

»Die Hulkoos sind uns überlegen, und sie wissen das genau.« Reginald Bull seufzte gequält. »Sie vergeben sich nichts, wenn sie uns in aller Ruhe näher kommen lassen und erst dann zuschlagen.«

»Das ist keine Falle«, widersprach Atlan. »Die Flotte macht auf mich eher einen desorientierten Eindruck.«

»Wir holen Perry da raus!« Reginald Bull knetete seine Hände. »Ich lasse ihn nicht im Stich.«

»Möglicherweise existiert eine unsichtbare Barriere«, überlegte die Metabio-Gruppiererin Irmina Kotschistowa. »Dann wird verständlich, weshalb die Hulkoos uns ignorieren.«

»Wir schleusen Sonden aus, um unsichtbare Defensivfelder rechtzeitig zu erkennen.«

»BULLOCS mentale Impulse werden deutlicher.« Guckys Stimme zeigte sein Unbehagen. »Er befindet sich in einem aggressiven Stadium.«

»Ich glaube, dass sich der Hass der Inkarnation gegen BARDIOC selbst richtet«, stellte der Telepath Bjo Breiskoll fest. Der Mutant war an Bord der SOL geboren. Alle nannten ihn den »Katzer«, weil er sich nicht nur so lautlos und geschmeidig wie eine Katze bewegte, sondern an vielen Körperstellen sogar rotbraune Fellbüschel aufwies. Vielleicht gerade deshalb hatte sich Alaska Saedelaere des Jungen besonders angenommen.

»Ein Streit zwischen BARDIOC und seiner Inkarnation, gibt es dafür eine Erklärung?«

Breiskoll schüttelte den Kopf. »Vielleicht können wir die Impulse differenzieren, sobald wir in das Sonnensystem einfliegen.«

»Allerdings werden wir Perry Rhodans Gedanken nicht erfassen können, selbst wenn er sich auf der Zentralwelt befindet«, wandte Fellmer Lloyd ein. »Die starken paramentalen Ausstrahlungen überlagern jede menschliche Aura.«

In dem Moment erklang ein schabendes Geräusch vom Haupteingang her. Douc Langur, der Forscher der Kaiserin von Therm, hatte soeben die Zentrale betreten. Der vierbeinige Extraterrestrier schleppte den bewusstlosen Saedelaere herein. »Ich wollte mit Alaska reden«, erklang es aus seinem Translator. »Als er nicht reagierte, wurde ich misstrauisch und habe das Schott aufgebrochen.«

Atlan nahm Douc Langur den reglosen Körper ab und legte ihn auf eine Liege neben dem Kartentisch.

»Das Cappin-Fragment zeigt keine ungewöhnliche Aktivität. Wieso ist Alaska bewusstlos?«

Inzwischen war auch ein Arzt zur Stelle, ein junger Solgeborener. Als er sich an der Maske zu schaffen machte, stieß Atlan ihn zur Seite. »Sind Sie wahnsinnig, Mann? Wollen Sie uns umbringen?«

»Ich … ich hatte völlig … vergessen …«

»Untersuchen Sie Saedelaere mit aller Vorsicht.«

»Ich glaube, er kommt wieder zu sich«, stellte Breiskoll fest.

»Saedelaere hat einen Schock erlitten«, widersprach der Arzt. »So schnell …«

Alaskas Hände schnellten in die Höhe, als wolle er nach etwas greifen. »Kytoma!«, stieß er laut hervor. Eine schwerlich zu überhörende Anspannung schwang in seiner Stimme mit.

Einige der Umstehenden konnten mit dem Namen nichts anfangen.

Ribald Corello, der Supermutant, starrte Saedelaere an. Fast schien es, als denke er an die Zeit zurück, als er noch gegen das Solare Imperium gestanden und Alaska ihn vorübergehend ausgeschaltet hatte, indem er vor ihm die Maske abgenommen hatte. Corello war damals vor Entsetzen geflohen. »Kytoma ist rätselhaft geblieben«, erklärte er. »Sie hat sich Alaska immer in der Gestalt eines kleinen Mädchens gezeigt. Möglicherweise gehört sie zu den Erbauern des Schwarms. Eines Tages sagte sie, dass sie für immer gehen und ihrem verschwundenen Volk folgen würde.«

Breiskoll nickte verständnisvoll. »Wahrscheinlich ruft BARDIOCS Nähe bei Alaska Halluzinationen hervor.«

Saedelaere schien allmählich wieder bei vollem Bewusstsein zu sein. Zögernd richtete er sich auf, wirkte aber immer noch verwirrt. »Kytoma war da«, brachte er stockend über die Lippen. »Sie stand vor mir … so wie ihr jetzt.«

»Du weißt, dass sie für immer gegangen ist.« Corello, der Mutant mit dem überdimensionierten Schädel und dem Kindergesicht, betrachtete Saedelaere abschätzend. »Du hast eine Sinnestäuschung erlebt, nicht mehr.«

Mittlerweile hatte die SOL die ersten Schiffe der Hulkoos passiert. Kein Schuss war gefallen. Mentro Kosum hatte sich dennoch die

SERT-Haube über den Kopf gezogen, um im Notfall gedankenschnell reagieren zu können. Zum Greifen nahe standen die schwarzen Scheiben der Hulkoos auf dem Schirm, daneben völlig unbekannte Schiffstypen.

»Wir registrieren rege Funkaktivität zwischen den Einheiten. Die Besatzungen sind einsatzbereit.«

»Wieso lassen sie uns passieren?«, fragte Bull. »Soll das ein Friedensangebot sein?«

»Sie sind ratlos, weil BARDIOC psionisch schweigt.«

»Momentan können wir den Zentralplaneten also gefahrlos anfliegen«, sagte Kosum.

»Und dann?«, seufzte Bully. »Sobald wir innerhalb der Wachflotte stehen und die Hulkoos sich ihrer Pflicht entsinnen, haben wir ein Problem. Kein kleines dazu.«

Von Fellmer Lloyd und Gucky kam gleichzeitig ein warnender Ausruf: »BULLOC hat uns entdeckt!«

Atlan stieß eine Verwünschung aus. »Wenn Perry sich noch in seiner Gewalt befindet, wird BULLOC uns erneut erpressen. Wie stehen unsere Aussichten ...?«

»... diesmal haben wir eine kleine Chance«, fiel Lloyd ihm ins Wort. »Ich empfinde den Psi-Kontakt, als wäre BULLOC nicht allein auf uns konzentriert. Er hat noch mehr Schwierigkeiten.«

»Findet endlich heraus, was mit Perry ist!«, sagte Reginald Bull schroff.

Urplötzlich hing Alaska Saedelaeres stockende Stimme im Raum. »Perry Rhodan befindet sich nicht mehr in BULLOCS Gewalt.« Er saß vornübergebeugt und mit hängenden Schultern auf der Liege und massierte seinen Nacken. »Ich weiß wieder, warum Kytoma zu mir kam.« In der Pause, die er einlegte, schien er angestrengt nachzudenken. »Sie hielt sich kurz vorher auf dieser Welt auf. BARDIOC ist in Gefahr, weil BULLOC ihn bedroht. Kytoma beschwört uns, der Superintelligenz beizustehen.«

»Weißt du, was du da sagst?«, fuhr Bully auf. »Warum sollten ausgerechnet wir BARDIOC helfen? Seine Inkarnation hat Perry entführt ...«

»Kennst du Einzelheiten, Alaska?«

»Nur, dass BARDIOC in Gefahr schwebt und Perry Rhodan ihm zu helfen versucht.«

Sekundenlang war es in der Zentrale der SOL so still, dass eine fallende Nadel ein überlautes Dröhnen erzeugt hätte.

»Diesmal können wir BULLOC besiegen«, brachte Saedelaere abgehackt hervor.

»Der Planet wird von einer organischen Struktur bedeckt!«, rief Galbraith Deighton von den Ortungen. »Sie erinnert frappierend an ein Gehirn. Das könnte BARDIOC sein.«

»Wir gehen in einen stabilen Orbit!«, befahl Atlan. »Die Einsatzkommandos sollen sich bereithalten.«

Fellmer Lloyd hatte die Augen unnatürlich weit aufgerissen, Ribald Corello kauerte in sich zusammengekrümmt im Sitz seines Trageroboters, und Gucky zitterte am ganzen Leib und schien schon nicht mehr wahrzunehmen, was um ihn herum geschah. Zwischen den Mutanten und der vierten Inkarnation hatte das entscheidende Psi-Duell begonnen.

Notiz 10 (abschließender Text)

Es gelingt den Mutanten, BULLOC zu vertreiben, wenngleich sie dazu der Kräfte des Kristalls bedürfen, den Perry Rhodan von der Kaiserin von Therm erhalten hat. Auf der Suche nach der verschwundenen Erde erhielt Perry Rhodan sehr bald Kontakt zur Kaiserin und half ihr, einen besonderen Datenspeicher zu bergen, den COMP, der wichtige Informationen aus dem Grenzbereich der Mächtigkeitsballungen enthielt. Als Gegenleistung bekam Rhodan die Positionsdaten des Medaillon-Systems. Und einen eigroßen Kristall, der die Kontaktaufnahme zur Kaiserin von Therm ermöglichte. Im gemeinsamen Kampf gegen BARDIOC waren sie zu Verbündeten geworden. Ich weiß das aus den Archiven der SOL, denn ich befand mich zu jener Zeit noch auf der fast menschenleeren Erde. Der Kristall half uns, die Spur BULLOCS und des entführten Perry Rhodan zu finden.

Gucky holt Rhodan mit einer Teleportation auf die SOL. Und Perry stellt sofort Landungskommandos zusammen, um mit der Suche nach BARDIOCS Urhirn zu beginnen. Angesichts des nahezu völlig von Gehirngewebe überzogenen Planeten ein zunächst schwer verständliches Verlangen.

»Wir werden BARDIOC nach Drackrioch bringen«, sagt er. »Zur Kaiserin von Therm.« In aller Eile erklärte Rhodan, dass Bardioc vor langer Zeit zu immer währender Verbannung verurteilt und sein Gehirn isoliert und auf einen Planeten der Sonne Parföx-Par gebracht wurde. Parföx-Par heißt in der Sprache der Hulkoos so viel wie »Bewahrer für die Ewigkeit«.

Was mich geradezu elektrisiert, ist die Tatsache, dass sich auch Callibso auf dem Planeten aufhält. Der Puppenspieler von Derogwanien ging lange vor mir durch den Zeitbrunnen, und ich glaubte, seine Spur für alle Zeit verloren zu haben. Callibso, sagt Perry, ist der ehemalige Mächtige Ganerc. Und Ganerc war ein Bruder Bardiocs im Verbund der Zeitlosen.

Eigentlich will ich es nicht niederschreiben, aber ich kann nicht anders. Letztlich bestätigt das meine Gefühle: Wir Menschen sind auf dem Weg, eine kosmische Macht zu werden. Andernfalls hätten wir wohl nie von diesen Zusammenhängen erfahren.

Vor Jahrmillionen durchzogen sieben Wesen an Bord riesiger Raumschiffe das Universum. Sie erfüllten den Auftrag einer Höheren Macht, mit ihren Sporenschiffen Leben in unbelebte Regionen des Kosmos zu bringen und diesem Leben die Fähigkeit zur Intelligenz zu geben. Ganerc und Bardioc waren zwei der Sieben Mächtigen.

Bardioc entwickelte jedoch eines Tages andere Pläne und baute einen eigenen Machtbereich auf. Sein Sporenschiff, auf dem sich zu jener Zeit Laire, der Roboter einer Höheren Instanz, befand, verbarg er in einer fremden Galaxis.

Der Mächtige Ganerc übernahm währenddessen die Wachfunktion über einen neu geschaffenen Schwarm, der die Arbeit der Sieben Mächtigen vervollkommnen sollte. Als Schwarmwächter nannte er sich Callibso.

Als die Mächtigen Bardiocs Verrat entdeckten, bestraften sie ihn mit immer währender Verbannung und Entkörperlichung.

Ganerc-Callibso hatte, offensichtlich als er Derogwanien verließ, die Heimstätten seiner Brüder aufgesucht, aber keinen von ihnen vorgefunden. Für ihn schien es, als seien alle Mächtigen aus dem Leben geschieden. Nachdem er seine Niedergeschlagenheit überwunden hatte, führte ihn sein Weg zu Bardioc, in der Absicht, das in einer Kapsel eingeschlossene Gehirn zu töten und den ehemaligen Mächtigen aus dem Verbund der Zeitlosen endlich zu erlösen. Durch unerklärliche Umstände war jedoch die als unzerstörbar geltende Kapsel aufgebrochen und hatte Bardiocs isoliertes Gehirn längst freigegeben. Von Anfang an war das Gehirn mit der Tier- und Pflanzenwelt des Planeten eine phantastische Symbiose eingegangen. In seinem Wachstum bedeckte es mittlerweile fast die ganze Welt.

Wo vor langer Zeit die Kapsel niedergegangen ist, muss das Urhirn noch zu finden sein. Ganerc-Callibso sucht danach, ebenso BULLOC, die vierte und letzte Inkarnation – und wir Terraner. Natürlich haben wir die schlechtesten Aussichten …

Alaska Saedelaere war allein; ein Suchkommando der SOL war eben an ihm vorbeigeflogen. Doch unvermittelt sah er eine Gestalt auf sich zukommen.

»Callibso«, murmelte er fast tonlos. Er war nicht überrascht, hatte eher sogar darauf gewartet, dass der rothäutige Zwerg ihn finden würde.

Die Puppe, die vom Geist Callibsos beseelt wurde, trug den Anzug der Vernichtung. Jedoch hatte Callibso den feinen Gespinsthelm wegen des uralten Zylinders nicht geschlossen.

Für einen Augenblick fühlte Alaska sich nach Derogwanien zurückversetzt. Er schloss die Augen, doch als er sie wieder öffnete, war der Zwerg immer noch da. Alaska hatte gehofft – oder befürchtet? –, Callibso wieder zu sehen. Er suchte nach Worten, aber zu vieles schoss ihm gleichzeitig durch den Sinn, ohne dass er einen seiner Gedanken festhalten und aussprechen konnte. Ganerc-Callibso wirkte auf ihn müde und ungeduldig, gar nicht wie ein mächtiges Wesen. Und keineswegs wie ein Zeitloser.

Ich lasse mich von seinem Äußeren blenden, schoss es dem Transmittergeschädigten durch den Sinn. *Obwohl ich seinen wirklichen, makellosen Körper gekannt habe.*

Der Gnom deutete auf Alaskas Rückentornister. »Kannst du uns zu jedem Punkt dieser Welt bringen?«

Die Frage wirkte wie eine kalte Dusche. Der ehemalige Wächter des Sternenschwarms vergeudete keine Zeit mit Floskeln. »Es ist möglich.« Saedelaere nickte knapp.

»Mir bleibt nicht viel Zeit; ich muss Parföx-Par bald verlassen. Aber vorher führe ich dich zu ihm.«

»Zu wem?« Zu spät begriff Alaska, was der Zwerg wirklich meinte.

»Zu BARDIOC«, sagte der Zeitlose. »Ich weiß, wo wir das Urhirn finden werden.«

Alaska setzte eine knappe Meldung an die SOL ab. Er lächelte unter der Maske. Wahrscheinlich fiel erst in dem Moment einigen Personen auf, dass er die Krankenstation verlassen hatte. Er dachte nicht daran, sich von einem psychischen Schock zu erholen, den er längst überwunden glaubte. Die Überwachungsautomatik auszuschalten war ihm wahrlich nicht schwer gefallen.

Geraume Zeit später stand er als erster Mensch vor BARDIOC. Das Gehirn selbst konnte er nur undeutlich sehen, es schien knapp ein Drittel größer zu sein als ein menschliches Gehirn, und es pulsierte, ein sicheres Zeichen dafür, dass es noch lebte. Bis vor kurzem hatte es in einer Mulde gelegen, unter einem stabilen Dach aus Pflanzen und angewehtem Erdreich, doch dieser Schutz war aufgebrochen und zur Seite gerutscht.

Bis Alaska sich wieder zu Callibso umwandte, war der Zwerg verschwunden. Es schien, als sei der ehemalige Mächtige in der Nähe des Gehirns von Emotionen überwältigt worden. Angesichts der gemeinsamen Vergangenheit von BARDIOC und Ganerc-Callibso verwunderte das wenig.

Alaska stieg in die tiefe Mulde hinab. Er ahnte, dass ihm vielleicht nur noch Minuten blieben, bis die Trupps von der SOL eintrafen. Trotz seiner Mentalstabilisierung spürte er die gewaltige paranormale Kraft des Gehirns. In seiner ursprünglichen Größe, nicht mehr die Superintelligenz BARDIOC, sondern weit eher ein armseliges, bloßliegendes Gehirn, wirkte Bardioc keineswegs bedrohlich.

Es war ein schwer zu beschreibendes Gefühl, einem kosmischen Wesen auf diese Weise gegenüberzustehen. Alaskas Empfindungen spielten verrückt. War es nicht das, wonach er sich immer gesehnt hatte? Er glaubte, mehr als einen Hauch der Unendlichkeit zu spüren, die Schöpfung an sich. Bardioc, der Mächtige, dessen Aufgabe gewesen war, Leben und Intelligenz im Universum zu verbreiten, lag als armseliges Häufchen Leben vor ihm, verletzlicher als jeder Mensch.

Alaska erschrak. Etwas Fremdes wühlte in seinen Gedanken, ein Raunen und Wispern, das er sich nur mit seinen überreizten Sinnen erklären konnte. Aber das Gefühl einer intensiven Berührung wurde stärker. Alaska reagierte zunehmend unsicher. Er glaubte, brennende Blicke zu spüren, die ihn abschätzend taxierten. Doch da war niemand – nur das einsame Gehirn.

Das Wispern verdichtete sich und hüllte ihn ein.

Wir begegnen uns nicht zum ersten Mal. Die Worte entstanden ohne sein Zutun, schienen aus seinen eigenen Gedanken herauszuwachsen. Sie waren nicht unbedingt telepathischer Natur.

Warum zweifelst du, Alaska Saedelaere? Die lautlose Stimme klang emotionslos, traf allein eine sachliche Feststellung.

Er blickte das Gehirn an. *Bist du das, Bardioc?,* fragte er in Gedanken. *Wir sind uns nie begegnet.*

Eine Weile war Schweigen. Alaska glaubte schon, sich getäuscht zu haben, da vibrierte die Stimme erneut in ihm: *Sehr viel Zeit ist vergangen, Alaska Saedelaere. Du hast mir damals beigestanden. Ohne deinen Zellaktivator wäre vieles anders verlaufen.*

Ich verstehe nicht, dachte Saedelaere intensiv.

Eines Tages wirst du wissen, wovon ich rede.

Das Cappin-Fragment regte sich. Es reagierte nicht allzu heftig auf die Nähe Bardiocs, wenngleich Alaska das Pulsieren des Zellklumpens deutlich spürte und die Umgebung für ihn hinter einem rötlichen Schleier versank. *Vielleicht*, der Gedanke durchzuckte ihn wie eine verzweifelte Hoffnung, *kann BARDIOC mich von dem Cappin befreien.*

Ein Geräusch vom Rand der Mulde herab ließ ihn aufsehen. Er hatte nicht erwartet, Douc Langur zu sehen. Der Forscher der Kaiserin von Therm hob eine Greifklaue und deutete herab. Etwas Anklagendes lag in der Bewegung. »Werden Sie ihn endlich töten?«, übersetzte der Translator die pfeifenden Laute.

Alaska spürte einen eisigen Schauder. Bardioc, das war für die Völker etlicher Galaxien ein Symbol der Unfreiheit und Knechtschaft. Aber das Gehirn hatte nicht willentlich, sondern in einem albtraumhaften Zustand seine Herrschaft aufgebaut. Und es schien zu bereuen, was es getan hatte.

»Niemand würde Sie verurteilen«, versetzte Douc Langur. »Ganz im Gegenteil. Sie wären der Held vieler Völker, Milliarden Individuen würden Ihnen zujubeln.«

Es wäre so einfach, dachte Alaska Saedelaere. *Ich brauche nur die Augen zu schließen und das Gehirn zu zertreten. Es ist schutzlos.* Aber der Terraner war kein Mörder. Und er durfte sich nicht das Recht anmaßen, dieses Leben zu zerstören, was immer in tiefer Vergangenheit geschehen war. »Ich kann es nicht«, sagte er schwer. »Was Sie von mir erwarten, wäre unmenschlich.«

»Bardioc hat millionenfaches Leid über viele Völker gebracht«, erinnerte Douc Langur. »Sein Tod wäre nur gerecht.«

»Ich weiß das«, sagte Alaska fast trotzig. »Aber er ist wie wir alle ein Geschöpf dieses Universums. Und er hat seine Taten in einem Traum begangen, aus dem ihn lange Zeit niemand wecken konnte. Ich werde mich nicht als Richter aufspielen.«

Langur hatte Schwierigkeiten, den steilen Hang herabzusteigen, dennoch kam er langsam näher. In Saedelaere wuchs der Verdacht, der Extraterrestrier könnte das Gehirn selbst töten wollen.

»Bitte kommen Sie nicht näher!«, stieß er hervor. »Ich kann das nicht zulassen.«

»Vertrauen Sie mir nicht mehr?«

Der Transmittergeschädigte schüttelte den Kopf. »Sie sind ein

Forscher der Kaiserin von Therm, und die Kaiserin ist der größte Gegner BARDIOCS. Ich erlaube nicht, dass Sie einen Mord begehen.«

Langurs Sinnestentakel gerieten in heftige Wallung. »Sie könnten mich nicht daran hindern«, pfiff er schrill. »Aber vergessen Sie Ihre Befürchtungen – mich interessiert nur, ob sich Perry Rhodans Vorhaben verwirklichen lässt.«

Alaska hatte sich ablenken lassen. Jäh fragte er sich, weshalb bislang weder Rhodan noch Atlan erschienen waren. »Etwas Unvorhergesehenes muss geschehen sein«, mutmaßte er. »Ich rufe die SOL an …«

»Das ist unnötig«, wehrte Langur ab. »Derzeit sammeln die Hulkoos ihre Flotte im Orbit des Planeten.«

»Wollen Sie die SOL angreifen?«

»BARDIOC«, sagte der Forscher nur.

Fast hätte Saedelaere laut gelacht. Er hatte es wieder einmal geschafft, im Brennpunkt der Gefahr zu stehen. Gegen Raumschiffsgeschütze half auch ein Zellaktivator nicht. BARDIOC, das war immer noch in erster Linie das Urhirn … Wenn die Hulkoos angriffen, die bislang treuesten Untertanen der Superintelligenz, musste BULLOC damit zu tun haben.

Trotz seiner scheinbaren Gelassenheit zuckte der Transmittergeschädigte zusammen, als ein Schatten über die Mulde fiel. Doch nur eine Space-Jet sank lautlos herab.

»Ich bin es, Atlan«, erklang die Stimme des Arkoniden im Sprechfunk. »Ist alles in Ordnung, Alaska?«

»Bis jetzt noch.«

Atlan verstand die unausgesprochene Frage. »Perry ist an Bord eines Hulkoo-Schiffs. Er führt Verhandlungen mit dem Ziel, eine Bombardierung zu verhindern.«

»Die Inkarnation spielt jeden gegen jeden aus«, entfuhr es Saedelaere.

»BULLOC vereint alles Negative in sich, was die Superintelligenz jemals hervorgebracht hat«, wandte Douc Langur ein. »Solange er existiert, werden wir keine Ruhe haben.«

Die Space-Jet landete. Atlan verließ die Bodenschleuse und schwebte mit seinem Antigravaggregat in die Mulde herab. »Wir müssen den Transport möglichst schnell durchführen.« Er betrachtete das Urgehirn und wandte sich Alaska zu: »Können wir Verbindung zu ihm aufnehmen?«

»Ich glaube, Bardioc ahnt unser Vorhaben. Schau seine Ausläufer an! Er hat begonnen, sich von ihnen zu lösen. Perry sprach davon, dass BARDIOC nach seinem Erwachen Reue und Scham empfand. Falls diese Gefühle echt waren, will er vielleicht endlich wieder er selbst sein: Bardioc, der ehemalige Mächtige.«

Es war die eigentümliche blaue Zentrumsstrahlung der Galaxis Barxöft (in terranischen Sternkatalogen längst als Blauauge eingetragen), die Bardiocs Gehirn in einen langen und tiefen Schlaf versetzt hatte. Nach der Berührung mit den planetaren Pflanzen war eine phantastische Symbiose entstanden, und so war im Laufe der Jahrtausende Bardiocs Traum eines umfassenden Reichs geboren worden, nicht zuletzt von der Furcht getrieben, die anderen Mächtigen könnten seine neue Existenz mit Misstrauen sehen.

Die Trennung aus dem planetenumspannenden Organismus war für Bardioc wie eine symbolisch reinigende Handlung. Er musste sich fragen, ob ihm die Hohen Mächte eine neue Chance zugedacht hatten. Das Gehirn wurde mit einem Teil der umgebenden Bodenmasse an Bord der SOL geschafft. Perry Rhodan versprach den widerstrebenden Solanern als Ausgleich, dass er ihnen das Fernraumschiff später überlassen würde. Aber zunächst startete die SOL mit Kurs auf Drackrioch, wo die Kaiserin von Therm und Bardioc bald miteinander verschmelzen und eine neue Superintelligenz bilden sollten.

Alles in allem bleibt festzustellen, dass die Kaiserin von Therm eine eigenwillig zurückhaltende Kriegführung gegenüber BARDIOC anwandte. Es wurde spekuliert, ob sie möglicherweise schon entstanden war, bevor die Sieben Mächtigen mit ihren Sporenschiffen in diesem Bereich des Universums Lebenskeime aussäten, On- und Noon-Quanten genannt. Sie ließ die Mächtigen gewähren, wobei ihr die auftretenden Probleme nicht verborgen blieben. Möglicherweise beobachtete sie, dass Bardioc sein Sporenschiff keineswegs bestimmungsgemäß nutzte und es schließlich versteckte. Die Kaiserin von Therm war über die Verbannung des isolierten Gehirns wohl nicht überrascht, vor allem zielte ihr Handeln in der Folge darauf ab, das Gehirn eines Tages zu einem Bestandteil ihrer selbst zu machen. Letztlich verdankt die Kaiserin den Solanern den Erfolg: Die Kristallsubstanz auf Drackrioch absorbierte Bardiocs organische Gehirnmasse.

Bevor Bardioc die SOL verließ, bat er Perry Rhodan, sein Sporenschiff zu suchen und dem eigentlichen Zweck zuzuführen. Er bezeichnete das Schiff nur als unvorstellbar groß und erklärte, dass er es einst von den Mächten jenseits der Materiequellen, den Kosmokraten, erhalten hatte. Der Name seines Schiffes war PAN-THAU-RA.

Auszug aus der Enzyklopädie »Kosmische Geschichte verständlich kommentiert« (Untertitel: Ist uns der Gedanke wirklich neu, dass das Leben ausgesät wurde?). Sechste überarbeitete Ausgabe.

4. BUCH

Entscheidungen

425 bis 427 NGZ und früher

25.

Alaska Saedelaere hatte denkbar schlecht geschlafen. Eigentlich, glaubte er, hatte er in der vergangenen Nacht kein Auge zugemacht. Die Wahrheit lag vermutlich, wie so oft, irgendwo in der Mitte. Er fühlte sich trotz der belebenden Impulse des Zellaktivators miserabel und duschte lang abwechselnd heiß und kalt. Anschließend ließ er sich von den Massagefeldern stimulieren. Das Gefühl, mit dem verkehrten Fuß aufgestanden zu sein, blieb.

Die Servo-Automatik tischte sein gewohntes spartanisches Frühstück auf. Die für ihn wichtigen Informationen erschienen auf der Bildwand, nach einem Suchraster ausgewählt, das er schon vor Monaten eingegeben hatte. Es war nichts dabei, was ihn interessierte oder was er nicht schon erfahren hätte.

Saedelaere aß bedächtig. Die Informationen flimmerten an ihm vorbei. Den Ton hatte er mittels Blickschaltung zu einem Flüstern degradiert.

Sein Appetit war schon größer gewesen. Alaska nahm sich lediglich etwas Obst und trank einen Vitaminsaft. Dann rief er die Intern-Überwachung ab. Luftzusammensetzung, Temperatur, alles war für die Schlafphase ideal gewesen. Dennoch hatte er sich unruhig von einer Seite auf die andere gewälzt. Die Überwachung verzeichnete eine Häufung kurzer REM-Phasen. Zweimal hatte sogar das Cappin-Fragment ein fahles Leuchten gezeigt, als hätte es an besonders heftigen Träumen teilgehabt.

Eine eingeblendete Notiz verriet, dass er im Schlaf gesprochen hatte. Alaska rief auch diese Aufzeichnung ab. Von »sprechen« konnte indes keine Rede sein; er hatte gestöhnt und unverständliche Laute ausgestoßen. Das war alles. Eine zweite Einblendung zeigte jedoch, dass eine Analyse möglich war. Sekundenlang fixierte Alaska die Schaltfläche. Er selbst hatte aus seinem Stöhnen nichts heraushören können, die Positronik konnte es. Kopfschüttelnd registrierte er, dass er wiederholt einen Namen ausgestoßen hatte: *Callibso.* Aber Ganerc-Callibso, der ehemalige Mächtige, war tot – es konnte gar nicht anders sein. Mehr als vier Jahrhunderte waren seitdem vergangen. Und noch mehr war geschehen, was das alte Weltbild der Menschheit ins Wanken gebracht hatte.

Die Bildwand schaltete auf das mehr oder weniger aktuelle Geschehen zurück.

In der vorletzten Woche, am 16. Januar 425 NGZ, war in der Nachbargalaxis Andromeda das Hansekontor Natkran eröffnet worden. Die Bilder der entsprechenden Feierlichkeiten und des Umfeldes wurden wiederholt. Alaska achtete kaum darauf, dass sowohl Tefroder als auch die Wasserstoff atmenden Maahks zu Wort kamen.

Übergangslos blendete die Regie auf den 15. Januar zurück. Perry Rhodan hatte an diesem Tag seine lange geplante Rede gehalten. Nicht nur auf Terra und im Solsystem war gehört worden, was er zu sagen hatte, sondern überall im Gebiet der Liga Freier Terraner und auf den Stützpunkten der Kosmischen Hanse.

Rhodan hatte erstmals von der doppelten Aufgabenstellung des Handelsnetzes gesprochen und damit wohl viele Bürger der LFT aus einem Dornröschenschlaf aufgeschreckt. Die Kosmische Hanse war im Jahr 3588 von ihm selbst als galaxisumspannende Organisation ins Leben gerufen worden. Jenes Jahr entsprach zugleich dem Jahr 1 der Neuen Galaktischen Zeitrechnung. Nach außen besaß die Kosmische Hanse den Charakter einer Handelsorganisation, die den Zusammenhalt der Milchstraßenvölker förderte. Längst hatte sie ihre Fühler auch auf außergalaktische Bereiche ausgestreckt. Es war ohnehin an der Zeit gewesen, nach dem Ende der Larenherrschaft und der Rückkehr Terras ins Solsystem eine Zeit friedlichen Aufbaus und Wachstums einzuläuten.

Hinter dieser vordergründigen Funktion verbarg sich eine zweite, weit diffizilere und vor allem für die Zukunft entscheidende. ES selbst hatte Perry Rhodan den Auftrag für die Gründung der Kosmischen Hanse erteilt, die in Wahrheit der Abwehr eines mächtigen Gegners, der Superintelligenz Seth-Apophis, dienen sollte. Als Gegenspielerin von ES wurde Seth-Apophis zwangsläufig zur Gegnerin nicht nur der Terraner, sondern aller Völker der Milchstraße.

Die Erinnerung an BARDIOC und die von ihm unterdrückten Völker war zu jenem Zeitpunkt noch frisch gewesen. Vielleicht hätte sich Perry Rhodan sogar widersetzt, die Terraner in die vorderste Front einer Auseinandersetzung zu schicken, die nicht seine Auseinandersetzung war. Doch ES hatte sich stets als Mentor der Menschheit gezeigt, nicht als Unterdrücker, und das war letztlich ausschlaggebend gewesen.

Der Terraner dachte nicht daran, in irgendeiner Weise zu polarisieren. Es war das vierte oder fünfte Mal, dass Alaska Saedelaere die Rede jetzt hörte, und er achtete nur noch auf den Schluss des Gesagten:

»... oberflächliche Gemüter erwarten nun, dass wir in Seth-Apophis einen Gegner sehen, der eliminiert werden muss. Aber wir werden nicht allein den Anweisungen von ES folgen, sondern uns zugleich bemühen, einen kosmischen Standpunkt in die Betrachtung einfließen zu lassen. Natürlich müssen wir uns zu Wehr setzen, falls Seth-Apophis angreift. Trotzdem dürfen wir nicht vergessen, dass auch diese Superintelligenz eher Hilfe braucht. Das Ziel der Kosmischen Hanse sollte also die Rettung von Seth-Apophis sein, nicht ihre Vernichtung.«

Diese Informationen waren nur eine grobe Zusammenfassung gewesen, und es hätte viele Details hinzuzufügen gegeben. Alaska fand, dass es richtig war, nicht zu sehr in die Breite zu gehen. Ansonsten stand zu befürchten, dass jeder ungewöhnliche Zwischenfall dem Wirken von Seth-Apophis zugeschrieben wurde. Es galt, einer Welle der Hysterie vorzubeugen.

Besser, die Allgemeinheit wusste nicht, dass Seth-Apophis nicht nur Hilfe brauchte, sondern sich in einer verzweifelten Lage befand, in die sie sich selbst gebracht hatte. Durch ihre negative Prägung, die Fixierung auf den eigenen Nutzen und die Ausdehnung ihrer Macht, drohte Seth-Apophis beim nächsten Entwicklungssprung zur Materiesenke zu werden. Um den Zusammenbruch ihrer Mächtigkeitsballung zu verhindern, zumindest aber, ihn hinauszuzögern, versuchte Seth-Apophis, den Herrschaftsbereich der benachbarten Superintelligenz ES zu zerstören, um mit dessen Bruchstücken den eigenen Herrschaftsbereich zu stabilisieren.

Flüchtig dachte Alaska Saedelaere daran, dass Seth-Apophis' Wirken erstmals im vergangenen Jahr in der Milchstraße deutlich geworden war. Neue Zusammenstöße ließen sich gar nicht vermeiden. Hatte die Superintelligenz mit seiner wachsenden inneren Unruhe zu tun, mit den Albträumen, an die er sich nach dem Aufwachen schon nicht mehr erinnerte?

Oder …, Alaska stockte unwillkürlich, … vernahm er einen fernen Ruf?

Es gab einen Ort auf Terra, an dem er das vielleicht klären konnte. Obwohl das System der Zeitbrunnen abgeschaltet worden war.

In der Senke zwischen der Westkordillere und den östlichen Berggipfeln erstreckte sich über achthundert Kilometer hinweg die Hochebene des Altiplano.

Der Himmel war wolkenlos und so klar wie ein polierter Kristall. Alaska Saedelaere flog mit einem schnellen Stratosphärengleiter von Terrania City aus auf direktem Kurs. Im schmalsten Bereich der Hochebene, zwischen den beiden schneebedeckten Gebirgszügen, schimmerte ihm der Titicacasee wie ein schmaler Silberstreif entgegen.

Nichts schien sich in den vergangenen Jahrhunderten verändert zu haben, seit Alaska durch den Zeitbrunnen von Derogwanien auf die damals nahezu menschenleere Erde gelangt war. Er fühlte einen Hauch der Ewigkeit. Zwar waren seitdem Jahrhunderte vergangen, doch ihm erschien es, als sei das alles erst gestern gewesen. Zugleich wurde ihm wieder bewusst, was er sonst verdrängte: Er war so alt wie Methusalem, ein Dinosaurier in der heutigen Zeit. »Ein Museumsstück«, murmelte er bitter.

Die Erinnerung wog schwer. Mit einem unwilligen Kopfschütteln verscheuchte Alaska alle lästigen Gedanken. Er zog den Gleiter in den Landeanflug. Die Eisenbahnstrecke von Guaqui nach Viacha existierte nicht mehr. Nur im Bereich von Tiahuanaco schimmerten noch wenige Kilometer Gleise als schmales Band. Die parallel dazu verlaufende Straße wurde ebenfalls nicht mehr instand gehalten. Die wenigsten Menschen benutzten noch bodengebundene Fahrzeuge für die Fortbewegung. Einige Häuser kamen kurz in Sicht – und verschwanden ebenso rasch wieder, als der Gleiter in der Nähe des Sonnentores landete.

Die Ruinen waren weitgehend restauriert. Originalgetreu, verstand sich. Nachdem Medaillon zum Black Hole geworden war, hatte die Erde sehr schnell an Wärme verloren, und die Rückversetzung des Planeten hatte ebenfalls schwere Schäden angerichtet.

Wenigstens tobte kein Blizzard über die Hochebene. Alaska verließ den Gleiter. All die Jahre und Jahrzehnte hindurch hatte er nie das Bedürfnis verspürt, Tiahuanaco wieder aufzusuchen. Zu sehr war für ihn eine der finsteren Epochen der Menschheit damit verbunden gewesen.

Dass er ausgerechnet jetzt wieder hier stand, musste er seiner inneren Unruhe zuschreiben.

Die Zaunfragmente im Bereich des Sonnentores existierten nicht mehr. Vorübergehend bezweifelte Alaska sogar, dass der Wiederaufbau der Ruinen an der exakten Position erfolgt war. Zögernd drehte er sich einmal um sich selbst.

Die Bruchlinie, von der rechten oberen Ecke des Tordurchgangs nach außen, entsprach seiner Erinnerung. Ebenso die eingekerbten Zeichnungen. Allerdings entdeckte er im glatten Teil des rechten Auflagers ein Symbol, das da bestimmt nicht hingehörte. *Historical restauration, 156 NGZ*, las er.

Banausen! Das Wort lag ihm auf der Zunge, aber er schluckte es unausgesprochen hinunter.

Ungefähr entsann er sich, wo der Zeitbrunnen damals gewesen war. Sand, dürre Grasbüschel und zähe Sukkulenten bestimmten das Bild. Zögernd ging der Transmittergeschädigte einige Meter weiter, blieb stehen, setzte seine Wanderung erneut fort. Die genaue Lage des Brunnens festzulegen erschien problematischer als gedacht. Der Brunnenschacht konnte ebenso gut hier wie zwanzig Meter abseits liegen. Nichts deutete auf die Existenz dieser Verbindung zu anderen Welten hin.

Die Zeitbrunnen waren ein Transportmittel der Mächtigen gewesen und zugleich Wachstationen entlang der Flugroute des Schwarms. Aber die Kosmokraten, die Hohen Mächte jenseits der Materiequellen, hatten das System inzwischen stillgelegt.

Was will ich überhaupt noch hier?, fragte sich Saedelaere bedrückt. Suchte er nach den kosmischen Erkenntnissen der letzten Zeit einfach nur die Weite und Stille des Landes? Brauchte er das Gefühl, Superintelligenzen und Kosmokraten entfliehen zu können, bevor er sich zu tief in das Geschehen verstrickte? Dabei wusste er, dass eine Umkehr längst unmöglich geworden war. Die Menschen hatten einen Schritt nach vorne gemacht, und sie mussten den Weg weitergehen. Eine Umkehr hätte den Rückfall in die Bedeutungslosigkeit gebracht.

Gab es überhaupt eine Wahl?

»Wir haben keine Wahl«, sagte Alaska Saedelaere unwillkürlich und erschrak über sich selbst. »Wir haben keine Wahl.«

Langsam schritt er über den dürren Boden und suchte nach einem Anzeichen für den Zeitbrunnen. Er hielt immer wieder inne, weil seine Gedanken abschweiften.

Erinnerungen an Ganerc-Callibso wurden wach. Alaska gestand sich ein, dass der ehemalige Mächtige ihn fasziniert hatte. Hätte er sich nicht gleich nach seinem Transmitterunfall liebend gerne auf eine Welt wie Derogwanien zurückgezogen? Suchte er unbewusst nach einem Weg zurück, einfach um zu sehen, was aus jener Welt geworden war? Oder hatte ihn die Jahrmillionen währende Einsamkeit des träumenden Gehirns Bardioc tiefer geprägt?

Mit einem heftigen Kopfschütteln versuchte Alaska, die neue Beklemmung zu vertreiben. Es war eher die Verbindung von Bardioc und Ganerc-Callibso, der er sich nie völlig entziehen konnte.

Alaska blieb stehen. Unmittelbar vor ihm, davon war er plötzlich überzeugt, hatte der gut sieben Meter durchmessende Brunnenschacht gelegen. Jetzt war da nur nacktes Gestein, eine von Sanddünen halb verwehte Mulde.

Bardioc hatte sein Sporenschiff, die PAN-THAU-RA, veruntreut und versteckt und den im Dienst der Kosmokraten stehenden Roboter Laire als Wächter über das Schiff eingesetzt. Laires linkes »Auge« hatte es ermöglicht, eine Materiequelle zu durchdringen und die Kosmokraten aufzusuchen – bis ihm das Auge geraubt worden war.

Alaska Saedelaere wartete.

Die Schatten wurden länger und zeichneten bizarre Muster in den Sand.

Er ließ sich in die Hocke nieder und tastete über den Boden. Er würde nicht aufgeben, bevor er eine Spur des Zeitbrunnens gefunden hatte. Egal ob stillgelegt oder nicht.

Die Erde war wieder einmal zum Brennpunkt geworden, weil Laires Auge vor langer Zeit ausgerechnet hier versteckt worden war. Die Loower, ein sehr altes Volk, das einen der frühen Sternenschwärme gebaut hatte, waren die Diebe des Auges. Sie hatten befürchtet, nach dem Abschluss ihres Auftrags in Bedeutungslosigkeit zu versinken, und das Auge geraubt, um Einfluss auf die Materiequellen und damit die Kosmokraten nehmen zu können. Zu spät hatten sie erfahren, dass das Auge nur den Durchgang durch eine einzige Materiequelle gestattete. Von da an war ihre Existenz nur noch von zwei Zielen bestimmt worden. Zum einen von der Suche nach der richtigen Materiequelle, zum anderen, der Rache der Kosmokraten für ihren Verrat zu entgehen.

Das Auge war auf der Erde verborgen worden, weil der Planet eine Aura wie ein besonders strahlender sechsdimensionaler Kristall besaß. Eine besondere Kraft hatte diese Welt schon immer umgeben.

Als die Loower die richtige Materiequelle endlich fanden, war Laires Auge schon den Menschen in die Hände gefallen. In einen unzerstörbaren Behälter eingeschlossen, hatten die Ägypter es beim Aushub der

Fundamente für den Bau der Cheopspyramide entdeckt und in die Pyramide integriert. Im Jahr 3586 n. Chr. war es erneut wiedergefunden worden.

Ein kaum wahrnehmbares Prickeln ließ Alaska Saedelaere innehalten. Er wühlte die Finger tiefer in den Boden.

Einbildung? Er wusste es nicht, starrte dumpf brütend vor sich hin in der Hoffnung, im nächsten Moment das in die Ewigkeit reichende undefinierbare Schwarz des Brunnens zu sehen. Zugleich fragte er sich, was er davon erwartete. Wohin wollte er gehen?

Laires Auge war nur in Verbindung mit sieben Zusatzschlüsseln voll funktionsfähig gewesen. Jeder Mächtige hatte einen dieser Schlüssel in seinem Besitz verwahrt, die sich beim Zusammentreffen entmaterialisierten und unter fünfdimensionalen Bedingungen in das Auge integriert wurden. Um diese Schlüssel zu finden, war die Suche nach den kosmischen Burgen der Mächtigen eingeleitet worden.

Ganerc-Callibso hatte seinen Schlüssel in Derogwanien deponiert …

Im ersten Augenblick registrierte Alaska den Hauch von Schwärze nur unbewusst. Wie feiner Nebel umfloss sie seine Finger und zog sich langsam an der Hand empor. Und sie begann sich auszubreiten. In vielfach verästelten, gedankenschnell aufzuckenden und wieder erlöschenden dunklen Blitzen, als kristallisierte die fremde Energie erst durch die Berührung.

Der Zeitbrunnen erwachte.

Alaska hielt den Atem an, als die Schwärze sich ausbreitete. Ein Kreis von gut sieben Metern Durchmesser entstand, unvollkommen noch, aber der Rand schon deutlich abgegrenzt. Alaska kauerte nicht außerhalb, sondern im Innenbereich, gut zwei Meter von dem spärlich mit Gras bewachsenen Boden entfernt.

Sein Cappin-Fragment tobte. Es spürte die mehrdimensionalen Energien, die sich manifestierten. Die heftigen Zuckungen hatten vielleicht auch damit zu tun, dass die Sperre der Kosmokraten überwunden wurde.

Wieso?

Alaska wusste es nicht. Viele Möglichkeiten schossen ihm durch den Sinn. Am wahrscheinlichsten erschien ihm noch, dass die sechsdimensionale Aura der Erde die vollständige Blockade der Zeitbrunnen behinderte. Dann bestand die Gefahr, dass er zwar fortgehen, aber nicht mehr zurückkehren konnte.

Er zögerte einen Augenblick zu lange. Bis er endlich Anstalten traf, den Kreis zu verlassen, hatte die Schwärze jene unwirkliche Manifestation angenommen, die eine fremde Realität erkennen ließ, irgendwo weit entfernt.

Der Maskenträger stürzte ins Nichts … Diesmal war der Eindruck anders, nicht ein rasches Hindurchgehen wie von einer Seite einer Projektion auf die andere, sondern länger anhaltend, schmerzhaft, beinahe qualvoll.

Jede Zelle seines Körpers schien sich aufzublähen und den Zusammenhalt sprengen zu wollen. Diesmal, das spürte er, würde er in der Unendlichkeit verwehen. Alaska Saedelaere schrie. Und das Cappin-Fragment schrie ebenfalls. Für einen Augenblick gewann der Maskenträger den Eindruck, dass der Zellklumpen sich endlich aus seinem Gesicht zu lösen begann, aber dann war da nur noch Übelkeit …

… und die verzweifelte Hoffnung, irgendwie Derogwanien zu erreichen. Alaska Saedelaere floh in die Erinnerung …

26.

Erinnerung.

»Er ist erloschen.« Maßlose Enttäuschung schwang in Ganerc-Callibsos Stimme mit. Der Ausfall des einen Brunnens bedeutete zugleich, dass die Kette transmitterähnlicher Tore durch Raum und Zeit nicht mehr funktionierte. »Du kannst gar nicht ermessen, wie immens wichtig die Bedeutung der Zeitbrunnen für die kosmische Entwicklung ist«, sagte der Gnom mit dem rissigen roten Gesicht. »Deshalb sind sie auch nicht einfach ausgefallen, sondern jemand hat sie abgeschaltet.«

»Wer?«, fragte Alaska nur, obwohl er die Antwort schon ahnte.

»Die Kosmokraten.« Schwerfällig betrat Callibso das Rund des ehemaligen Brunnens und schaute sich Hilfe suchend um. »Vielleicht wollen sie verhindern, dass wir alle Schlüssel zusammentragen und die Materiequelle überwinden.«

Sie hatten den Planeten Charianterc aufgesucht, um hier den Einstieg in das System der Zeitbrunnen zu finden, das viele Galaxien durchzog. Ganerc-Callibso wollte Derogwanien so schneller erreichen als an Bord seiner Lichtzelle. Das ovale Gebilde aus Licht, das jeder Beobachter spontan als halbmateriellen Flugkörper gesehen hätte, schwebte einige hundert Meter entfernt.

Nur für Sekunden hatte Alaska sich ablenken lassen. Der Zwerg war inzwischen auf die Knie gesunken und begann mit bloßen Händen, den morastigen Boden aufzuwühlen. Er suchte verzweifelt nach einer Spur des erloschenen Brunnens, als müsse dieser wie eine Quelle gleich wieder in die Höhe sprudeln.

»Hier … eine Öffnung im Boden …« Wie besessen grub der Zwerg weiter. Er schaute nicht einmal auf, als Alaska neben ihn trat.

»Es wird Zeit, dass wir diese Welt wieder verlassen. Derogwanien wartet.«

Callibso hatte sich schon eine Unterarmlänge tief vorgegraben. Mit beiden Händen schaufelte er den Schlamm zur Seite. »Spürst du die Kälte?«, stieß er hastig hervor. »Sie kommt aus der Unendlichkeit. Tief da unten arbeitet der Brunnen noch – ich weiß es.«

»Es ist die Kälte eines Grabes.«

Schlamm rutschte in die Öffnung zurück. Callibso verstärkte seine Bemühungen eher noch. »Niemand«, keuchte er, »ist hier begraben.«

Alaska wunderte sich über sich selbst, dass er die Kraft fand, Ganerc-Callibsos Schultern zu umklammern und den ehemaligen Mächtigen in die Höhe zu heben. »Hör mir endlich zu! Es ist deine Vorstellung, dass in diesem Universum Dinge existieren könnten, die keiner steten Veränderung unterliegen. Du bist in deiner Denkweise festgefahren.«

»Barbar!« Der Zwerg spuckte aus.

»Wir müssen nach Derogwanien fliegen«, erinnerte ihn Saedelaere.

Der Gnom kicherte schrill. »Was willst du sehen? Noch einen erloschenen Zeitbrunnen oder eine Stadt voll toter Puppen?«

»Ich will den fünften Schlüssel zu Laires Auge. Wir brauchen alle, um die Materiequelle zu passieren und Kontakt mit den Kosmokraten aufzunehmen. Ihre Manipulation an der Materiequelle hätte schlimme Folgen für unseren kosmischen Sektor.«

Callibsos Kichern wurde zum schrillen, hysterischen Lachen. »Die Kosmokraten holen die Burgen der Mächtigen zurück – unsere Burgen. Und sie schalten die Zeitbrunnen ab. Gerade sie waren wichtig für die Schwarmwächter und andere Helfer. Warum, glaubst du, tun sie das?«

»Du befürchtest, die Manipulation wurde schon eingeleitet?«

»Es sieht so aus.«

Endlich entließ Alaska den Zwerg wieder aus seinem Griff. Ganerc-Callibsos Puppenkörper begann, den aufgehäuften Schlamm mit heftigen Fußtritten ins Loch zurückzustoßen.

Vielleicht war es wirklich schon zu spät, überlegte Saedelaere. Die Veruntreuung der PAN-THAU-RA und ihrer Lebenssporen hatte ungeahnte Gefahren heraufbeschworen, denen die Kosmokraten mit der

Manipulation der Materiequelle begegnen wollten. Dass eine solche Modifikation katastrophale Auswirkungen auf die Milchstraße und die benachbarten Galaxien haben würde, schien sie nicht zu interessieren.

Sie wollten, dass intelligentes Leben entsteht, dachte Alaska Saedelaere bitter. *Aber mit der gleichen Selbstverständlichkeit maßen sie sich an, dieses Leben wieder zu zerstören. Was sind wir für sie? Spielzeuge, die man erschafft und wegwirft, sobald man ihrer überdrüssig wird? Oder liegen die wirklichen Hintergründe noch jenseits meiner Vorstellungswelt?*

Während des Fluges nach Derogwanien erging sich Ganerc-Callibso in Andeutungen, die Alaska nicht gefielen. Der Maskenträger glaubte, einen Abschied aus den Worten des Mächtigen herauszuhören, vielleicht sogar so etwas wie Todessehnsucht. Trotzdem sträubte er sich nicht, die Funktionen der Lichtzelle zu erlernen, um das seltsame Schiff bald eigenständig fliegen zu können.

Zwei Tage vergingen, bis er die Fähigkeit beherrschte. Wobei Alaska sich selbst seiner Unkonzentriertheit wegen als schlechten Schüler einschätzte. Er konnte die Ankunft auf Derogwanien kaum erwarten.

»Nicht jeder kann mein Schiff steuern«, behauptete der Zwerg. »Selbst Wesen mit höherem Intellekt bleibt die Lichtzelle verschlossen. Persönlichkeit und Charakter gehören dazu – und du besitzt beides in ausreichendem Maß.«

Endlich näherten sie sich einer unbedeutenden blassen Sonne. Alaska reagierte enttäuscht, als Derogwanien klein und grau in der optischen Wiedergabe erschien. Nicht einmal die fünf Monde machten den Planeten äußerlich zu etwas Besonderem.

Schaudernd entsann er sich der Nachricht, die Callibso ihm einst auf dieser Welt hinterlassen hatte: *Sobald du meinen Körper findest, vernichte ihn. Ich will nicht in Versuchung geraten, doch zurückzukehren.* Er, Alaska, hatte die Callibso-Puppe mit einem Stein erschlagen und in der Folge unter entsetzlichen Albträumen gelitten. Wenn er an die Kälte und Gefühllosigkeit der Puppen zurückdachte, fröstelte ihn immer noch.

Ganerc-Callibso war dennoch nach Derogwanien zurückgekehrt und hatte von seiner Lieblingspuppe wieder Besitz ergriffen und sie repariert. Ausgerechnet die Puppe, die den wirklichen Körper des Mächtigen getötet hatte, um Ganercs Über-Ich zur Vereinigung zu zwingen.

Ganerc lebte jetzt im Körper seines Mörders, den er selbst erschaffen hatte. Schon die Vorstellung ließ Alaska frösteln. Er fragte sich, wie der Zeitlose dieses Leben ertrug.

»Worüber denkst du nach?«

Die Frage erschreckte ihn. Er fühlte sich ertappt, als hätte er selbst etwas Verbotenes getan.

»Vergiss die unseligen Ereignisse.« Die runzlige Visage des Zwerges versteinerte zur Grimasse. »Wir können die Vergangenheit nicht ungeschehen machen.«

»Ich wollte, es wäre mir dennoch möglich.«

Ganerc-Callibso starrte ihn finster an. »Alles im Leben liegt dicht beieinander, Freude und Leid, Triumph und Niederlage. Ich bekam von dir den Anzug der Vernichtung zurück, den ich lange vermisst hatte, und verlor dafür meinen Körper.« Jedes Wort klang hasserfüllter als das vorangegangene. Alaska erschauderte bis ins Mark, bis er verstand, dass Callibsos Hass nicht ihm galt, sondern den Puppen.

»Warum bist du nach Derogwanien zurückgekehrt?«, fragte der Transmittergeschädigte stockend. Seit sie sich auf Parföx-Par wieder begegnet waren, hatte er gewusst, dass er eines Tages diese Frage aussprechen würde, und zugleich geahnt, dass ihn die Antwort nicht zufrieden stellen konnte.

Widerwillig fuhr Ganerc-Callibso mit den Händen über seinen hässlichen Zwergenkörper. »Ich habe das hier geholt. Weil ich es brauche.« Jedes einzelne Wort zerbiss er zwischen den Zähnen, als zerfleische er in seiner Vorstellung den Puppenleib.

Erst in dem Moment begriff Saedelaere wirklich, was ihn mit Ganerc-Callibso verband. Es war der Verlust. Der Mächtige hatte seinen Körper verloren – Alaska »nur« das Gesicht. Ganerc-Callibso versteckte sich hinter der Maske einer Puppe, Alaska hinter einem Schild aus grauem Kunststoff.

Die Lichtzelle schwenkte in einen Orbit ein. Callibso zögerte mit der Landung, er wich Saedelaeres Drängen aus.

»Was schiebst du vor dir her, das du nicht wahrhaben willst?«

»Nichts!«, antwortete der Zeitlose ungehalten.

Nach einer Weile beugte er sich Saedelaeres Argument, dass er mit seinem Zögern nichts verändern konnte. Was immer geschehen sein mochte. Aus blutunterlaufenen Augen starrte er den Terraner an.

Endlich erschien die Stadt der Puppen in der Optik. Eine seltsame Prozession zog durch die Stadt, ein langer Wurm rothäutiger Zwerge. Vier Gnomen an der Spitze des Zuges trugen die bis zur Unkenntlichkeit zerstückelten Teile einer Puppe auf einer großen Platte. Vor jedem Haus blieben sie stehen und warteten, bis die Bewohner die Fragmente betasteten.

War womöglich das Ganercs Mörder, seine einstige Lieblingspuppe? Hatte der Mächtige sich bei seiner ersten Rückkehr doch einen anderen Körper geholt? Alaska fröstelte. Diese Kreaturen waren nur Puppen, aber dennoch hatte er das Gefühl, dass sie irgendwie lebten. Entgeistert starrte er seine Hände an. Waren das die Hände eines Mörders? Und welche Gesinnung musste er Ganerc zuschreiben?

»Du hast Recht, sie leben«, sagte der Mächtige in dem Moment.

»Aber … alle waren tot. Alle. Ich sah sie damals in den Straßen liegen …«

»Sie leben wieder – weil ich es so wollte.«

Ganerc-Callibso schwieg von da an bis zur Landung der Lichtzelle am Flussufer nahe der Stadt. Und erst nach längerem Zögern erklärte er, dass er den Zusatzschlüssel für Laires Auge in seiner Hütte aufbewahrt hatte. Vielleicht hatte Alaska ihn einst unter den vielen unverständlichen Gegenständen sogar gesehen, aber herzlich wenig damit anfangen können. Wen interessierte schon ein neunzehneinhalb Zentimeter langer Gegenstand in Form eines bauchigen Fasses, dessen Durchmesser an der Decke sechs und am Boden neun Zentimeter betrug? Die Hütte war von den Puppen niedergebrannt worden. Vielleicht hatten sie den Schlüssel sogar gefunden und weggeschleppt.

»… irgendwann«, argwöhnte Callibso, »können sie das Interesse daran verloren und ihn in den Fluss geworfen haben. Dann werden wir ihn nie wiederfinden.«

Er kennt diese Biester genau, durchfuhr es den Transmittergeschädigten. *Er hat sie geschaffen, vielleicht sogar mit all den negativen Eigenschaften, die er an sich selbst nie haben wollte.*

Alaska betrachtete den Zwerg, der den Anzug der Vernichtung trug. »Hast du jemals den Puppenkörper verlassen, seit du ihn von dieser Welt weggeholt hast?«, fragte er nachdenklich. Ganerc-Callibsos schroffe Reaktion verriet ihm, dass er ungewollt an dem Geheimnis gerührt hatte, das den Zeitlosen ebenso wie die Puppen umgab. »Ich frage mich, warum du den alternden Puppenkörper nicht verlässt und für dein Über-Ich eine angenehmere Bleibe suchst.«

»Das ist meine Angelegenheit!«, herrschte der Mächtige ihn an. »Zerbrich dir nicht meinen Kopf!«

»Du bleibst in dem Körper, obwohl er eines Tages sterben wird«, beharrte der Maskenträger. »Das ist, als würde sich jemand weigern, ein sinkendes Schiff zu verlassen.«

»Wer sagt dir, dass ich diese Möglichkeit habe?« Ganerc-Callibsos Stimme klang kaum noch verständlich.

Wortlos verließ der Zeitlose die Lichtzelle. Alaska folgte ihm zum Fluss. Es herrschte Winter, doch schien die Temperatur vergleichsweise mild zu sein. Eisschollen trieben auf dem Wasser vorbei.

Ganerc-Callibso ging zu einem der Boote. Eine tote Puppe hing quer über den Bootsrand, ihre eine Hand schien angefroren zu sein, der Kopf baumelte nach unten. *Sie ist leblos,* berichtigte sich der Transmittergeschädigte. *Tot ist etwas anderes.* Das Cappin-Fragment begann zu zucken, als der Zeitlose die Puppe zu bergen versuchte.

»Ich möchte wissen, was sie umgebracht hat«, hörte Alaska Callibso murmeln. »Mag sein, dass sie ertrunken oder erfroren ist und sich mit letzter Kraft ins Boot gezogen hat.« Der Zwerg löste die steife Kleidung von dem reglosen Körper. »Sie weist keine Verletzungen auf.«

»Trotzdem wirkt sie auf mich bösartig.«

»Du siehst das so. Es liegt daran, dass diese Puppen nur ein Halbleben führen. Es ist meine Schuld; sie sind nicht so lebendig, wie sie sein sollten.«

»Ich verstehe nicht ...«

Der Zeitlose hatte offenbar genug gesehen. Er stieß die Puppe in den Fluss zurück, wo sie von der Strömung davongetragen wurde. »Also gut, suchen wir den Schlüssel.«

Der hangaufwärts führende Pfad, näher an der Stadt als am Fluss gelegen, war kaum mehr zu erkennen. Langsam stiegen sie den zeitweise eisglatten Hang hinauf. Nach einer Weile begann der ehemalige Mächtige zu reden.

»Als ich mir diesen armseligen Körper holte, fand ich überall nur leblose Puppen. Es war ein schrecklicher Anblick. Ich habe sie geschaffen, als mir noch die Möglichkeiten eines Mächtigen offen standen, und seither fühle ich mich für sie verantwortlich. Vor Mitleid ist es dann geschehen ...«

»Was ist geschehen?«, drängte Saedelaere, als Callibso erneut in betretenes Schweigen verfiel.

Der Zwerg wandte ruckartig den Kopf. »Ich gab einen Teil meines Über-Ich ab, um die Puppen wieder in Gang zu setzen. Sie wirklich zu beseelen, reichte meine Kraft nicht aus. Aber sie bekamen von mir so viel Energie, dass sie auf eine seelenlose Art wieder zu funktionieren begannen.«

»Die Puppen und dein Geist ...? Das heißt, alle sind ein Teil von dir?«

»Die Kraft des Geistes ist stärker als jede andere. Der Geist hat die Materie erzeugt und nicht umgekehrt, wenn er stark genug ist, beherrscht er die Materie. Ohne diese Kraft hätte ich die Puppen nicht erschaffen können.«

»Warum hast du sie wiedererweckt? Obwohl du wusstest, dass sie nur eine Meute seelenloser Kreaturen bleiben würden? Und hast du wirklich so viel Kraft geopfert, dass du deinen jetzigen Körper nicht mehr verlassen kannst und vielleicht sogar die Unsterblichkeit verlierst? Wofür willst du dich bestrafen, Ganerc-Callibso? Dafür, dass du einst die anderen Mächtigen verlassen hast? Oder hat dich das Leiden Bardiocs betroffen gemacht?«

Alaska erwartete keine Antwort. Was ihm wirklich zusetzte, war das Wissen, dass nicht einmal die Mächtigen aus dem Verbund der Zeitlosen, die mit ihren Sporenschiffen das Leben im Universum ausgesät hatten, fehlerfrei waren. Ihre Macht hatte sich auf eine hochgezüchtete Technik gestützt, aber eines Tages würden auch die Menschen über solche Mittel verfügen. Nur durften sie nicht der Versuchung anheim fallen, dann Gott spielen zu wollen.

Alaska Saedelaere führte den Gedanken lieber nicht zu Ende. Eine verständliche Scheu hinderte ihn daran, an Dingen zu rühren, die besser im Verborgenen blieben. Er suchte nach einem Vergleich kosmokratischer Technik zur terranischen. Das Einzige, was ihm in den Sinn kam, war ein Steinzeitwesen, das eben erst begonnen hatte, Feuerstein zu einem Faustkeil zu schlagen, und das sich plötzlich all den Wundern gegenübersah, die an Bord eines Raumschiffs längst alltäglich waren.

Der Zeitbrunnen existierte nicht mehr. Wo das Tor zu anderen Welten gewesen war, wirkte der Boden dunkel, fast schwarz. Und die umgestürzten Statuen blickten starr in den Himmel. Neben einem der steinernen Riesen hockte eine gesichtslose Puppe. Schon ihre angespannte Haltung verriet, dass Leben in ihr war.

»Du weißt, wer ich bin?«, begann Callibso.

»Natürlich«, antwortete die Puppe monoton.

»Wie heißt du?«

»Ich bin Chartour.«

»Worauf wartest du, Chartour?«

Langsam hob die Puppe einen Arm. Sie deutete auf den erloschenen Zeitbrunnen. »Sobald er wieder aktiv wird, wollen wir Derogwanien verlassen. Ich beobachte ihn.«

Die Vorstellung, dass diese seelenlosen Puppen andere Welten heimsuchen würden, womöglich gar die Erde, entsetzte den Transmittergeschädigten.

Ganerc-Callibso fragte nach dem Schlüssel. Aber erst als er eine fassförmige Silhouette in den Boden ritzte, erfuhr er, dass die Puppen einen solchen Gegenstand gefunden und in ihr Ideelles Zentrum gebracht hatten.

In der Nähe der Puppe reagierte das Cappin-Fragment wieder heftiger. Alaska spürte eine wachsende Unruhe. Wenn der Organklumpen auf diese Geschöpfe reagierte, verfügten sie über gefährliche Fähigkeiten. Im Grunde traute er ihnen nicht weiter, als er sie sehen konnte.

Ganerc-Callibso gab der Puppe den Befehl, den gesuchten Schlüssel herbeizuschaffen. Sie erhob sich auch – warf sich aber im nächsten Moment herum und griff den Zeitlosen an. Entsetzt registrierte Alaska, dass Callibso sich nicht wehrte. Chartour riss den ehemaligen Mächtigen von den Beinen und wälzte sich auf ihn.

Augenblicke später packte Saedelaere die Puppe im Nacken und versuchte, sie von ihrem Opfer herunterzuzerren. Es gelang ihm erst beim zweiten Versuch. Aber schon griff Chartour erneut an – wie eine Maschine, die stur ihrem programmierten Ziel folgte.

Alaska riss seinen Impulsstrahler hoch.

»Nicht schießen!«, stöhnte Ganerc-Callibso. »Was sie belebt, ist ein Teil von mir.«

Die Puppe starrte den Maskenträger dennoch unverhohlen zornig an.

»Sind alle so wild?«, fragte Saedelaere.

»Wahrscheinlich«, antwortete der Zwerg. »Sie werden nichts freiwillig herausgeben, schon gar nicht den Zusatzschlüssel für das Auge.«

Kurze Zeit später stiegen sie wieder zur Stadt hinab. Alaska beobachtete jede Regung des Fragments. Obwohl seine Ausstrahlung nicht greller wurde, zuckte es manchmal heftig unter der Maske.

Eine unheimliche Stille schien über der Stadt zu liegen, aber schon hinter den ersten Gebäuden erklang leises, schmerzvolles Wimmern. Ganerc-Callibso schritt plötzlich schneller aus. Er achtete nicht auf Saedelaeres Warnung. Ohne zu zögern, betrat er das Haus, aus dem die merkwürdigen Laute auf die Straße drangen.

Es roch muffig im Innern. Aus umherstehenden Schalen wogten Dämpfe auf. In einer dieser Schalen lag eine nackte Puppe. Ihr unfertiger Körper schimmerte wie altes Elfenbein. Vor allem besaß sie nicht die bösartige Aura der anderen.

»Das ist Mardyn«, stellte sie Ganerc-Callibso vor. »Sie konnte den anderen bis jetzt entkommen. Ihre Artgenossen feiern einen Sieg, aber danach werden sie die Jagd von neuem eröffnen. Auf alle, die nicht so sind wie sie.«

Durch einen Zufall mochte Mardyn einen größeren Anteil von Ganercs psychischer Kraft aufgenommen haben als die anderen Puppen. Alaska dachte an die seltsame Prozession und die Überreste, die die vier Anführer getragen hatten. Waren sie Zeugen des Endes einer harmlosen Puppe geworden?

Alaska versuchte mit Mardyn zu reden. »Wir wollen dir helfen«, begann er stockend.

»Dafür müsstet ihr mich nur von hier wegbringen.«

»Es geht auch um die anderen.«

»Sie wollen Tod und Vernichtung!«, rief Mardyn aufgebracht. »Würde der Zeitbrunnen noch funktionieren, hätten sie Derogwanien längst verlassen. Aber nun sehen sie eine neue Chance. Sie wollen das Raumschiff.«

»Keine Puppe könnte die Lichtzelle bewegen«, widersprach Ganerc-Callibso heftig.

Mardyn lachte leise. »Wir haben nicht nur einen Teil deines Über-Ich, sondern auch dein Wissen«, behauptete sie.

»Gibt es mehr Puppen wie dich?«, wollte Saedelaere wissen.

»Ich glaube nicht. Vielleicht bin ich die letzte positive Puppe.«

Sie brachten Mardyn an Bord der Lichtzelle. Niemand behinderte sie, als sie die Stadt wieder verließen. Die fünf Monde überschütteten das Land bereits mit einem unwirklichen Schein, und in der Stadt schienen nach und nach Tausende von Fackeln aufzuflackern. Alaska kannte den Anblick, er hatte oft genug von der Höhe der Hütte aus beobachtet, um seine Einsamkeit zu vertreiben. Aber dabei war alles nur noch schlimmer geworden.

Die Nacht verlief ruhig. Dennoch schlief Alaska schlecht; es schien, als wolle das Fragment ihn wach halten.

Als der Morgen dämmerte, bereiteten sich Ganerc-Callibso und er darauf vor, erneut in die Stadt einzudringen. Obwohl Alaska es nicht für richtig hielt, sollte Mardyn allein an Bord zurückbleiben. Der Zeitlose wollte verhindern, dass die positive Puppe womöglich verletzt wurde. Er ermahnte sie, den Schutzschirm der Lichtzelle während ihrer beider Abwesenheit nicht zu öffnen.

Höhnisches Gelächter schallte auf, kaum dass sie sich einige Meter weit entfernt hatten. Im Herumfahren sah Alaska die Lichtzelle abheben. Aus der offenen Schleuse erklang Mardyns triumphierendes Lachen, so unmenschlich, dass der Maskenträger sich unwillkürlich fragte, wie Mardyn es verstanden hatte, sich derart perfekt zu verstellen.

Die Lichtzelle schwebte in Richtung Stadt davon. Im Aufwallen der Gefühle schaltete Alaska Saedelaere das Flugaggregat seines Raumanzugs ein und zog den Impulsstrahler. »Wir müssen das Schiff zurückholen, solange es noch nicht zu spät dazu ist!«, stieß er zähneknirschend hervor.

»Vergiss es!«, sagte Ganerc-Callibso warnend. »Mardyn sind auch die Bordwaffen nicht unbekannt. Nicht einmal dein Individualschirm könnte dir helfen.«

Der Transmittergeschädigte starrte seinen Begleiter durchdringend an. Ihm war klar, dass der Zeitlose anderen Motiven folgte als er selbst. Aber gerade deshalb durfte er jetzt nicht zögern. In keiner Weise teilte er noch Callibsos die Puppen betreffende Sentimentalität. »Gib mir den Anzug der Vernichtung!«, forderte er. »Ich habe ihn lange genug getragen und kann damit umgehen. Mit dem Anzug hole ich die Lichtzelle zurück.«

»Nein!«, keuchte der Zwerg. »Glaubst du wirklich, dass dieses Problem mit Gewalt gelöst werden muss? Ich gebe dir den Anzug nicht.« Damit wandte er sich um und ging.

Sekundenlang starrte Alaska hinter ihm her. Dann stieg er mit einem kurzen Schub des Flugaggregats in die Höhe und ließ sich wenige Meter vor Callibso wieder zu Boden sinken. Die eigenartige Beziehung zwischen ihnen, die mehr als eine Freundschaft gewesen war, eine schwer zu beschreibende Verbundenheit, begann in dem Moment auseinander zu brechen.

»Du willst den Anzug der Vernichtung um jeden Preis?«, fragte der Zwerg vorwurfsvoll.

»Ja«, sagte Saedelaere knapp.

»Rechne dir keine Chance aus. Ich bin dir überlegen.«

Der Transmittergeschädigte spürte Zorn aufwallen. Er fühlte sich von dem Zeitlosen verraten. Callibso war es egal, ob sie den Zusatzschlüssel fanden oder nicht. Die unterschwellige Drohung tat ein Übriges.

»Ich fürchte deine Macht nicht!«, stieß Alaska abgehackt hervor und klopfte mit den Fingern gegen die Maske. »Sobald ich sie abnehme, stirbst du beim Blick auf das Fragment.«

»Der Anzug würde mich davor bewahren.« Callibso lachte schrill. »Was ist? Worauf wartest du? Mach deine Drohung wahr!«

Alaska zögerte.

»Es ist besser, wir trennen uns«, fuhr der Zwerg fort. »Jeder kann auf seine Weise versuchen, etwas zu erreichen.« Er wich dem Maskenträger aus und stapfte weiter in Richtung Stadt.

Alaska Saedelaere erreichte die Stadt der Puppen als Erster. Die Straßen und engen Gassen waren leer, dennoch wurde das Gefühl, von allen Seiten angestarrt zu werden, rasch quälend. Auch das Cappin-Fragment regte sich; zweifellos spürte es die Nähe von Puppen.

»Ich weiß, dass ihr mich beobachtet!« In vielfachem Echo wurde seine Stimme von den Häusern zurückgeworfen. »Kommt her! Wir müssen miteinander reden.«

Einer Eingebung folgend, nahm der Transmittergeschädigte die Maske ab und befestigte sie am Gürtel. Er war keineswegs sicher, ob die Puppen auf den Anblick des Organklumpens reagieren würden, trotzdem fühlte er sich nicht mehr ganz so unbehaglich wie zuvor.

Er versuchte, seine Unruhe zu unterdrücken. Gleichmäßig schritt er aus, wandte den Blick nach allen Seiten. Das eine oder andere Mal schien sich eine Bewegung hinter den höhlenartigen Fensteröffnungen abzuzeichnen. Aber niemand kam.

Umso überraschter reagierte Saedelaere, als wie aus dem Nichts heraus plötzlich eine Puppe vor ihm stand. Sie schien auf ihn gewartet zu haben – und sie blickte unverwandt und ohne Reaktion genau auf sein Cappin-Fragment. Unwillkürlich griff Alaska sich ins Gesicht und atmete erleichtert auf, als er die weiche, bebende Masse unter den Fingern spürte. Zugleich fragte er sich, ob er selbst verrückt geworden war. Hätte er den Organklumpen wirklich vermisst, wenn er verschwunden gewesen wäre?

»Du solltest dich ergeben, Fremder.« Die Puppe bediente sich der Sprache der Mächtigen, und der Translator übersetzte jede Nuance.

Sein Instinkt warnte ihn. Vielleicht auch das Aufblitzen in den Augen des rothäutigen Zwerges, der Callibso zum Verwechseln ähnlich sah. Alaska blickte sich um und hob den Strahler, als er die Phalanx einiger Dutzend Puppen herankommen sah. Sein Warnschuss über die Köpfe der Meute hinweg zeigte wider Erwarten Wirkung. Aber nur für wenige Augenblicke, dann marschierten die Puppen wieder.

Alaska warf sich herum und rannte los. Fast gleichzeitig wich der Boden unter ihm zurück, und er stürzte einige Meter tief. Die hinterhältigen Biester hatten ihm eine Falle gestellt. Nicht einmal das Flugaggregat konnte ihn aus der zähen Masse befreien, die sich gierig an ihm emporzog. Sehr schnell steckte er bis zu den Schultern in dem klebrigen Brei fest und sah über sich die ausdruckslosen Visagen der kleinen Bestien.

»Wir holen dich später heraus«, schallte es ihm entgegen.

Die Substanz verhärtete. Da sie auch den Translator umschloss, verstand Alaska nicht mehr, was die Puppen riefen. Sie kippten roten Staub auf ihn, der sich erstickend ausbreitete. Erst hielt Alaska den Atem an, dann bemühte er sich, möglichst flach zu atmen. Es half ihm nichts. Selbst der Zellaktivator konnte nicht verhindern, dass er die Besinnung verlor.

Irgendwann kam er wieder zu sich. Die ungeheure Beklemmung war verschwunden, er lag auf einem bettähnlichen Gestell und konnte sich wieder bewegen. Den Raumanzug und die übrige Ausrüstung bis auf den Translator hatten ihm die Puppen abgenommen. Allerdings trug er wieder die Maske vor dem Gesicht. Offenbar hatten die Zwerge die Gefährlichkeit des Organklumpens erkannt.

Lärm drang von draußen herein. Als er sich einen Schemel zurechtrückte, konnte er aus dem hoch in der Wand liegenden Fenster blicken. Es war viel zu klein, als dass es ihm eine Fluchtmöglichkeit geboten hätte.

Er blickte auf einen großen Platz, in dessen Zentrum einer der Stadttürme aufragte. Puppen arbeiteten an der Herstellung eines großen Tabletts – es glich dem, auf dem in der Prozession der zerfledderte Puppenkörper zur Schau gestellt worden war. Eine üble Vorahnung flackerte auf, Alaska ahnte, dass dieses Tablett für ihn gehämmert wurde.

Er holte den Translator. »Lasst mich hier raus!«, rief er gleich darauf nach unten. »Ich kann euch nur helfen, wenn ich frei bin. Callibso und ich werden beraten, was wir tun können ...«

Der eine oder andere zerfurchte Schädel starrte zu ihm herauf. Alaska erschrak zutiefst, denn die Puppen fixierten ihn wie ausgehungerte Raubtiere. »Bald wirst du in uns wohnen«, kündigte eine von ihnen an. »Nach der nächsten Nacht.«

Ein Kloß im Hals hinderte ihn am Atmen. »Habt ihr nicht begriffen ... dass die Opferung ... der anderen Puppen ... vergeblich war?«

»Du gehörst nicht zu uns. Aber du gleichst Callibso. Deshalb wirst du in uns eingehen.«

Alaska verlegte sich auf Drohungen, aber der Sprecher wenige Meter unter ihm lachte nur verächtlich. »Bis deine Freunde kommen, werden wir stark genug sein, um jeder Gefahr zu widerstehen. Ohnehin wollen wir diese Welt endlich verlassen. Finde dich damit ab, dass alles entschieden ist. Morgen früh werden wir mit dir feiern.«

Was dieses »Feiern« für ihn bedeutete, konnte Alaska Saedelaere sich leider nur zu gut ausmalen. Er ahnte, dass er in der kommenden Nacht keinen Schlaf finden würde. Auch das Cappin-Fragment spürte die bevorstehende Entscheidung, seine Zuckungen wurden heftiger und schmerzhaft, als versuche es mit aller Kraft, sich von Saedelaere zu lösen. Eine glühende Aura umfloss seinen Schädel.

Vorübergehend fragte sich der Transmittergeschädigte, ob er das als Genugtuung empfand. »Wenn ich sterbe, stirbst du auch«, murmelte er tonlos. »Wir sind bis in den Tod miteinander verbunden.«

Irgendwann in der Nacht, im fahlen Schein der fünf Monde, entdeckte Alaska einen einsamen Schatten auf der anderen Seite des Platzes. Kurz darauf stand Ganerc-Callibso unter dem Fenster. »Wie hast du mich gefunden?« Alaskas Erleichterung war trotz des Flüstertons unüberhörbar.

»Ich musste nur den Opferplatz entdecken«, antwortete der Zwerg.

Da war er wieder, dieser Kloß, der ihm den Atem raubte. Alaskas Hände verkrampften sich um den schmalen Fenstersims.

»Ich weiß, was die Puppen mit dir vorhaben«, erklang es von außen.

»Dann unternimm etwas!« Alaska schwitzte. Nicht nur einmal hatte er den Tod herbeigesehnt, aber das war etwas anderes, als von diesen seelenlosen Kreaturen umgebracht zu werden.

»Das Geschehen ist vorgezeichnet, du kannst es nicht ändern.«

»Oh doch!«, fauchte Saedelaere. »Und ob ich das kann. Zieh den Anzug der Vernichtung aus und wirf ihn zu mir hoch!«

Tränen des Zorns und der Wut schossen ihm in die Augen, als Ganerc-Callibso entschieden abwehrte. Aber sie versiegten in verständnisloser Verwirrung, als der Zeitlose einige Augenblicke später doch begann, den Anzug aufzuhaken. Umständlich streifte sich der Zwerg das eigentlich viel zu große Kleidungsstück vom Leib.

»Wirf ihn hoch!«, forderte Saedelaere.

Ganerc-Callibso beachtete ihn gar nicht. Alaska hätte schreien können, doch er unterließ es aus Furcht, die Puppen zu wecken. Entgeistert schaute er zu, wie der Zwerg den Anzug auf dem Steinpflaster ausbreitete und alle Unebenheiten glatt strich. Das Cappin-Fragment befand sich in Aufruhr. Grelle Lichtfontänen brachen aus den Maskenöffnungen hervor und überschütteten den Zeitlosen mit allen Farben des Spektrums. Ganerc-Callibso schien es nicht einmal zu bemerken. Aufreizend langsam öffnete er etliche winzige Klappen im Brustteil des Anzugs. Alaska war sich sicher, dass er diese Verschlüsse niemals vorher bemerkt hatte; er fragte sich sogar, ob die Wissenschaftler darauf aufmerksam geworden waren, die den Anzug der Vernichtung jahrelang mit allen Mitteln der Technik untersucht hatten. Jedenfalls hatte nie jemand davon gesprochen.

Der Zwerg trat zurück, schien auf irgendetwas zu warten.

»Was hast du vor?«, schrie Alaska außer sich. Im Hintergrund, in den engen Gassen, die in den Platz mündeten, flammten Fackeln auf. »Die Puppen kommen! Gib mir den Anzug, solange noch Zeit dafür ist!«

In dem Moment begann der Anzug der Vernichtung aufzuglühen. Ein kaltes Feuer zeichnete seine Umrisse nach.

»Was soll das?«, brüllte der Terraner. »Willst du den Anzug vernichten?«

»Ja«, sagte Ganerc-Callibso nur. Wie gebannt starrte er in die Flammen, die sich rasch ausbreiteten und den Anzug der Vernichtung aufzulösen begannen. Das seltsame Kleidungsstück, das allen Bemühungen widerstanden hatte, ihm sein Geheimnis zu entlocken, verbrannte rückstandsfrei in diesem kalten Lohen. Aus dem Innern des Turmes erklang jetzt ohrenbetäubendes Krachen.

»Was geschieht dort?«, stieß Alaska schwer atmend hervor.

»Im Turm entstanden einst die Puppen. Wahrscheinlich lassen sie eine der Urpuppen frei, die du als Prototypen bezeichnen würdest.«

Alaska musste sich dazu zwingen, klar zu denken. Er hatte den Tod vor Augen. Nichts von allem, was jetzt noch geschah, konnte seine Situation verschlechtern. »Du hast auf Derogwanien experimentiert«, herrschte er den Zeitlosen an. »Du bist nicht besser als Bardioc, der die PAN-THAU-RA entführte, um mit den Lebenssporen Versuche anzustellen und ein eigenes Reich aufzubauen.«

Ganerc-Callibso seufzte tief. »Wir waren Brüder und Opfer unserer großen Einsamkeit. Wie alle Mächtigen aus dem Verbund der Zeitlosen. Gerade du solltest das verstehen.«

Alaska Saedelaere schwieg. Schwer klebte seine Zunge am ausgetrockneten Gaumen. Natürlich war es das, was ihn immer schon mit Ganerc-Callibso verbunden hatte. Die Einsamkeit eines Zeitlosen, dieses Anderssein und damit gepaart die Hoffnung, Dinge bewegen zu können, an denen man besser nicht rührte. War das pure Überheblichkeit?

Oder nur die Sehnsucht nach dem Leben, die allen Intelligenzen innewohnte, dieses Wissenwollen, was den Sinn der eigenen Existenz ausmachte?

»Hast du alle deine Antworten gefunden?«, wollte Alaska fragen. Er tat es nicht. Stattdessen wies er den Mächtigen heftig zurecht: »Die Einsamkeit war nicht der Grund für eure Handlungsweise. Ihr wart auf der Suche nach euch selbst, eurer Identität. Weil ihr in den Burgen erwacht seid, ohne viel über euch selbst und eure Herkunft zu wissen. Ist es nicht so?« Das war ungeheuer viel, was aus ihm heraussprudelte. Aber er konnte nicht anders, musste sich endlich Luft machen. Und vielleicht war das alles auch eine Mahnung an sich selbst. »Daraus entstand der Drang, neue Wesen zu schaffen, die euer Spiegelbild sein sollten. Sie sollten ebenso einsam und rätselhaft werden wie die Mächtigen. Hat euch das mit Genugtuung erfüllt? Wollte sich Bardioc deshalb mit Wesen aus den Lebenssporen umgeben, und hast du deshalb die Puppen erschaffen?«

In ohnmächtiger Hilflosigkeit, die sich ebenfalls in seinem Wortschwall entlud, sah Alaska, dass der Anzug der Vernichtung sich vollends auflöste. Einer der kostbarsten Gegenstände, den intelligente Wesen jemals besessen hatten, existierte nicht mehr. Insgeheim hatte er noch gehofft, eines Tages den Anzug zurückzubekommen und selbst alle Möglichkeiten des geheimnisvollen Kleidungsstücks zu erkunden.

»Bring wenigstens du dich in Sicherheit!«, rief er dem Zeitlosen zu. Aber Ganerc-Callibso reagierte nicht.

Der Lärm aus dem Turm wurde ohrenbetäubend. In respektvollem Abstand hatten die Fackelträger einen Kreis gebildet, und dahinter waren wohl alle Puppen der Stadt auf den Beinen. Ein Tor zeichnete sich plötzlich in der Turmwandung ab, fahl und ohne feste Umrisse, aber mindestens zehn Meter hoch und halb so breit – und dahinter bewegte sich eine riesige, klobige Gestalt.

Das Cappin-Fragment reagierte immer noch heftig auf die Vorgänge. Es schien sich tiefer in seinen Schädel einzugraben, bis Alaska sich mit einem Aufschrei die Maske vom Gesicht riss. Keineswegs zum ersten Mal fühlte er sein Leben durch den Organklumpen bedroht, und diesmal fragte er sich sogar, ob es besser war, schnell zu sterben als unter den Händen der Puppen. Vielleicht musste er das hektische Pulsieren des Fragments auch so deuten, dass es von einer unbekannten Kraft angezogen wurde und wirklich bald von ihm abfallen würde. Die Vorstellung, dann mit dem eigenen Gesicht sterben zu können, erschien dem Transmittergeschädigten wie eine Erlösung.

Die Urpuppe war inzwischen ins Freie gelangt, ein gut sechs Meter hoher Gigant, dessen Bewegungen so ruckartig wirkten wie die eines primitiven Roboters. Sie war noch hässlicher anzusehen als die Zwerge. Zweifellos hatte das eigene Selbstverständnis Ganerc dazu getrieben, zuerst einen Riesen zu bauen. Aber dieser plumpe Koloss, der sich mit weit ausgreifenden Schritten näherte, konnte unmöglich für das Toben des Cappin-Fragments verantwortlich sein. Alaska wünschte in dem Moment, er hätte mehr über die Gefühlswelt der Mächtigen in Erfahrung gebracht. Dass ihr Bewusstsein von einem Moment auf den anderen erweckt worden war, schien sie in einen Schock versetzt zu haben. Auf der Suche nach ihrer eigenen unbekannten Vergangenheit waren sie von einer Krise in die andere getaumelt.

Die Urpuppe, erkannte Alaska Saedelaere, schien blind zu sein. Ihr Gesicht war lediglich eine Platte mit armdicken Auswüchsen, die an Fühler erinnerten. Aber wieso, um alles in der Welt, bewegte sie sich so zielstrebig?

Alaska kannte die Antwort, obwohl er sie liebend gerne weit von sich geschoben hätte: Ganerc-Callibso lenkte die Urpuppe mit seinem Geist.

Der am Boden kauernde hässliche Zwerg reagierte nicht einmal, als die Riesenpuppe ihn mit ihrer klobigen Pranke packte und in die Höhe hob. Selbst dann noch nicht, als sie begann, Ganerc-Callibsos künstliche Hülle zu zerstören.

Alaska hätte am liebsten laut aufgeschrien, doch die eigene Stimme versagte ihm den Dienst. Mit Nachdruck musste er sich daran erinnern, dass er keine lebenden Wesen sah, sondern roboterartige künstliche Geschöpfe. Aber hatte nicht in dem kleinen Körper, der soeben von dem Riesen zerrissen wurde, Ganercs Bewusstsein Zuflucht gefunden? Stückweise flog die Callibso-Puppe auf das große Tablett.

Ruckartig wandte die Urpuppe den Schädel. Obwohl sie keine Augen besaß, hatte Alaska den Eindruck, dass sie ihn anstarrte. Im nächsten Moment verkrallten sich die plumpen Finger in der Fensteröffnung, rissen Steine heraus und vergrößerten das Loch in Gedankenschnelle. Wie eine Ramme stieß der Arm in den Raum vor und zerstörte das Bettgestell. Splitter flogen umher. Sie machten Alaska vollends klar, welch urwüchsige Kraft in der Puppe steckte.

Suchend pendelte die mächtige Pranke von einer Seite auf die andere. Im letzten Moment tauchte Alaska unter den Fingern hindurch und rollte sich über den Boden bis unmittelbar unter das Fenster. Hier war der einzige tote Winkel, der ihm noch Schutz bot. Hinter ihm zersplitterten der Schemel und ein Wandregal.

Die Maske hatte er verloren. Er entdeckte sie einige Meter entfernt und konnte sie gerade noch an sich bringen, bevor die Urpuppe die Geduld verlor. Alaska hörte schier, wie der mächtige Leib sich spannte, bevor er mit aller Wucht gegen die Wand fiel. Ein unheilvolles Knirschen erschütterte das Gebäude bis in die Grundmauern. Augenblicke später wurden die Steine nach innen gedrückt, brach die Decke mit Donnergetöse herab, und dann war da nur noch ein Chaos aus Staub und Trümmerbrocken, in dem Alaska zu entkommen versuchte.

Die Tür war zersplittert und hing schräg in den Angeln. Alaska schaffte es, sich hindurchzuquetschen, bevor die Urpuppe erneut angriff. Das Haus war mit dem benachbarten Gebäude zusammengebaut; inmitten einer wogenden Staubwolke entdeckte der Maskenträger einen klaffenden Riss. Wenigstens vorübergehend würde er nebenan Zuflucht finden.

Der Raum, in den er eindrang, verfügte über einen Zugang zum Dach. Alaska hatte Mühe, sich in die Höhe zu ziehen, aber er schaffte es. Er vermisste den Raumanzug mit den technischen Hilfsmitteln, den ihm die Puppen abgenommen hatten. Vorsichtig schob er sich bis an den Rand des Daches vor. Mit unerschütterlicher Hartnäckigkeit wühlte die Urpuppe in den Trümmern nach ihrem Opfer.

Alaska huschte weiter. Der Schein der Fackeln reichte nicht bis zu ihm empor, also durfte er sich einigermaßen sicher wähnen. Von einem Dach kletterte er auf das nächste hinüber, bis er endlich abseits des Geschehens in eine einsame Gasse hinabsprang. Als er sich aufrichtete, blickte er geradewegs in das Gesicht einer Puppe.

»Ich habe dich erwartet«, sagte sie.

Alaska warf sich instinktiv nach vorne, aber die Puppe parierte seinen Angriff und rammte ihm ihre erloschene Fackel in die Magengrube. Zugleich stieß sie einen gellenden Alarmruf aus. Alaska ging vom eigenen Schwung und dem unerwarteten Hieb zu Boden. Aber ebenso schnell raffte er sich auf und hetzte weiter. Dass die Puppe ihm nicht folgte, bedeutete wenig Gutes.

Tatsächlich erschien in dem Moment ein heller Schein über den Häusern. Ganercs Lichtzelle senkte sich in die Gasse herab. Durch die transparente Luke erkannte Alaska zwei Puppen an den Kontrollen.

Es war sinnlos geworden, die Flucht fortzusetzen.

Irgendetwas stimmte nicht, denn das Flugobjekt des ehemaligen Mächtigen sank schwankend herab und stand schließlich erkennbar schräg. Die beiden Piloten hatten sogar Mühe, die Lichtzelle zu verlassen, und sie verschwanden in einem der Häuser, ohne den Terraner zu beachten.

Alaska regte sich nicht. Brauchte er wirklich nur hinüberzugehen und mit der Lichtzelle zu starten? Oder wartete eine neue Falle auf ihn, die diesmal tödlich sein würde?

Aus allen Richtungen erklang inzwischen der Lärm einstürzender Bauten. Zweifellos tobten Urpuppen auch in den anderen Stadtteilen, in denen Türme gestanden hatten. Alaska begann sich zu fragen, ob Ganerc alles vernichten wollte, was er jemals geschaffen hatte.

Er zögerte nicht länger, sondern rannte los. Augenblicke später saß er hinter den Kontrollen der Lichtzelle, ohne dass irgendetwas Unvorhersehbares geschehen wäre. Und dann schwebte er für alle Puppen unerreichbar hoch über der Stadt. Ein halbes Dutzend Urpuppen wüteten in den Straßen.

»Bloß weg hier!«, ächzte der Transmittergeschädigte im Selbstgespräch. »Und nie wieder zurückkommen.«

Die Stadt, der Fluss, der nahe Hügel, auf dem sich einst der Zeitbrunnen befunden hatte, das alles fiel schnell unter der Lichtzelle zurück und schrumpfte zur Bedeutungslosigkeit. Aber trotzdem zögerte Saedelaere. Falls Ganerc-Callibso dort unten noch in irgendeiner Weise existierte, durfte er ihn nicht im Stich lassen. Vor allem war er auf den Zusatzschlüssel Ganercs angewiesen. Die Folgen, wenn er mit leeren Händen zu Perry Rhodan zurückkehrte, wollte er sich lieber nicht ausmalen. Obwohl Rhodan der Letzte war, der kein Verständnis aufbringen würde. Aber waren dann nicht alle bisherigen Opfer vergebens, die Suche nach den kosmischen Burgen der Mächtigen, die Jagd nach den anderen Schlüsseln? Er durfte nicht scheitern, das Tor hinter die Materiequellen musste aufgestoßen werden.

Alaska steuerte die Lichtzelle zurück. Ihm offenbarte sich ein Chaos, das die Urpuppen anrichteten. Vom Flussufer aus warf einer der Giganten mit Steinen nach Puppen, die sich auf Booten zwischen die Eisschollen geflüchtet hatten. Der Riese watete ins Wasser kippte eines der Boote um und schüttelte auch den letzten Zwerg, der sich verzweifelt festklammerte, in die eisigen Fluten.

Als das Monstrum die Lichtzelle entdeckte, stieß es die Fäuste in einer unmissverständlichen Drohgebärde in die Luft. Alaska dachte in dem Moment nicht mehr daran, auszuweichen. Für einen Augenblick schreckte er vor den Folgen eines Zusammenstoßes zurück; falls die

Lichtzelle beschädigt wurde, war er dazu verdammt, auf Derogwanien zu bleiben.

Dann war es zu spät für eine Reaktion. Ganerc-Callibsos kleines Raumfahrzeug stieß mit dem Giganten zusammen – und durchdrang ihn wie eine Projektion. Zugleich löste sich die Puppe auf, wo sie mit der Lichtzelle in Berührung kam. Plötzlich war da nur noch ihr Unterleib, den die Strömung mit sich riss. Die im Wasser schwimmenden kleinen Puppen kreischten vor Freude. Einige von ihnen hatten es inzwischen geschafft, sich auf eine Eisscholle zu retten. Sie winkten, bis Alaska endlich die Luke öffnete und den Translator zur Hand nahm.

»Befreie uns von diesen Ungeheuern!«, riefen sie. »Aber mach schnell!«

Das klang keineswegs aggressiv. Mit den Puppen ging eine deutliche Veränderung vor sich. Alaska forderte eine von ihnen auf, an Bord der Lichtzelle zu kommen. Bereitwillig kletterte der Gnom in die Luke, als die Lichtzelle fast schon die Scholle berührte. Sein Gesicht wirkte halbfertig, ein kleines Auge und ein schmaler Mundschlitz dominierten die ansonsten glatte Fläche.

Galjin hieß die Puppe, die verzweifelt ihre nasse Kleidung zurechtrückte. Sie sagte, dass sechs oder sieben Urpuppen ihr Unwesen trieben, aber auch, dass alle anderen nun Ruhe und Frieden in sich trugen.

Callibso hat sich töten lassen, damit sein Über-Ich von den Puppen Besitz ergreift, schoss es Saedelaere durch den Sinn. Vermutlich hatte der Zeitlose das als einzigen Ausweg gesehen und seinen Tod von Anfang an eingeplant. Im Nachhinein erhielt so manche seiner Äußerungen einen tieferen Sinn.

»Bist du Ganerc-Callibso?«, fragte Alaska zögernd.

»Galjin«, wiederholte die Puppe. »Mein Name ist Galjin.«

»Ich helfe euch, aber nur unter einer Bedingung: Wenn alles vorbei ist, übergebt ihr mir die Dinge aus eurem Ideellen Zentrum, die ich haben will.«

Galjins Blick wurde unsicher. »Das Ideelle Zentrum existiert nicht mehr; wir haben es geräumt.«

»Aber all die verwahrten Gegenstände …?«

»Weil sie böse waren, haben wir vieles vernichtet.«

Für einen Augenblick glaubte Alaska, in ein endlos tiefes Loch zu stürzen. Aber schon hatte er sich wieder unter Kontrolle. »Kein Ding an sich ist gut oder böse«, stieß er hervor. »Erst was sein Besitzer daraus macht, verdient eine Bewertung. Verstehst du das?«

Galjin nickte schwach und irgendwie unsicher. »Die Urpuppen vernichten alles«, erinnerte sie.

Vor ihnen lag die Stadt. Einer der Giganten hatte damit begonnen, den Straßenbelag aufzureißen. Als die Urpuppe das leuchtende Objekt entdeckte, schlug sie mit der flachen Hand danach wie nach einem lästigen Insekt. Ihr Arm glitt durch die Lichtzelle hindurch und löste sich auf. Alaska duckte sich unwillkürlich, als er einen heftigen Luftzug zu spüren glaubte, im nächsten Moment prallte sein kleines Schiff gegen eine Hauswand.

Die leuchtende Aura des Schiffes begann zu flackern. Galjin schrie gequält auf, als ahnte sie, welche Folgen der Ausfall des Energieschirms haben würde.

Der Steuermechanismus reagierte nicht mehr. Alaskas Bemühungen, das Schiff wieder in die Höhe zu bekommen, blieben vergeblich. Und schon tauchten am Ende der Straße fünf weitere Ungetüme auf. Ihre Absicht war eindeutig.

Die Lichtzelle wurde dunkler, ein deutliches Anzeichen dafür, dass der Schirm weiterhin Energie verlor. Der einarmige Gegner stand wie erstarrt und schien auf die anderen Puppen zu warten.

»Alle kommen …«, stellte Saedelaere nachdenklich fest.

Galjin starrte ihn aus seinem kleinen Auge verwirrt an. »Woher weißt du, dass es nicht noch mehr dieser … dieser Ungeheuer gibt?«

»Eine Puppe ist zerstört«, antwortete der Maskenträger. »Hier sind sechs von ihnen. Ganerc hat zweifellos sieben Urpuppen erschaffen, weil es sieben Mächtige gab.«

»Ich habe keine Ahnung«, seufzte Galjin.

»Doch«, widersprach Saedelaere. »Tief in dir muss dieses Wissen verborgen sein, weil ein Teil von Ganerc in dir lebt. Versuche dich darauf zu besinnen – vielleicht findet der Mächtige eine Lösung.«

Die Puppe wirkte ratlos, als Alaska sie bis dicht vor die Kontrollen zog. Irgendwie hoffte der Transmittergeschädigte auf ein kleines Wunder.

In dem Moment griff der einarmige Riese wieder an. Ein dröhnender Schlag erschütterte die Lichtzelle. Überschlagsblitze hüllten die Urpuppe in grell zuckende Flammen. Obwohl Alaska den Antrieb auf volle Leistung schaltete, rutschte die Lichtzelle nur quälend langsam über die aufgerissene Straße.

Wie eine lodernde Fackel folgte der Riese dem Schiff. Er wurde von den anderen Urpuppen rücksichtslos zur Seite gestoßen und niedergetrampelt. Galjin schrie …

… und ließ plötzlich die Hände über die Kontrollen gleiten. Auf der rechten Seite der Lichtzelle begann der Schirm zu brodeln, eine Feuerblase schnürte sich ab und jagte den Verfolgern entgegen. Die Monsterpuppen verschwanden inmitten einer lodernden Wolke, die sich erst allmählich wieder verflüchtigte.

Ungläubig starrte Galjin ihre Hände an. »In diesem Augenblick warst du Ganerc«, sagte Saedelaere. »Du hast eine der Waffen ausgelöst und den Schirm stabilisiert. Aber wir sind noch nicht fertig; du weißt, wonach ich suche.«

Galjin war völlig erschöpft und zumindest vorübergehend außerstande, irgendetwas zu tun. Deshalb holte Alaska eine andere Puppe an Bord. Auf eine Schreibfolie zeichnete er die Umrisse des Zusatzschlüssels.

»Kennst du diesen Gegenstand?«

Die Puppe nickte zögernd.

»Wo finde ich ihn?«

»Kann sein, noch im ehemaligen Ideellen Zentrum, obwohl vieles nicht mehr da ist. Aber was macht dieses Fass so wichtig für dich?«

Alaska sah keinen Anlass, die Wahrheit zu verschweigen. Für ihn zählte nur noch, schnell ans Ziel zu gelangen. Er sprach von Laire, den Schlüsseln und der Materiequelle. Prompt wollte Galjin wissen, was eine Materiequelle überhaupt sei.

»Wir vermuten, dass es sich um eine Passage in ein anderes Raum-Zeit-Gefüge handelt«, sagte Alaska zögernd. »Mächtige Intelligenzen, die Einfluss auf unsere Galaxien nehmen, leben jenseits …«

»Aber – was interessiert sie an unserer Seite?«

Die Frage, überlegte Alaska, war gar nicht so dumm. Er hatte keine Antwort parat, noch nicht. So knapp wie möglich versuchte er zu erklären, was geschehen war. Er sprach von den mit Lebenskeimen beladenen Riesenschiffen und von den Schwärmen, die im Anschluss an die »Aussaat« für die Verbreitung von Intelligenz sorgten. Zwangsläufig mussten dabei Jahrmillionen vergehen. Dennoch schienen die Kosmokraten ihr Ziel beharrlich zu verfolgen. Die Folge von Bardiocs Verrat war, dass die Kosmokraten eine Materiequelle entweder drosseln oder zu stärkerer Leistung bewegen mussten, was immer darunter zu verstehen war, mit verheerenden Auswirkungen auf die Heimatregion der Menschen. »… deshalb suchen wir den Kontakt zu den Kosmokraten, um ihnen klar zu machen, welcher Schaden entstehen würde.«

»Warum sollten sie etwas zerstören, was sie selbst aufgebaut haben?«, fragte die Puppe. »Das passt nicht zusammen. Was habt ihr übersehen?« Eine ähnliche Frage hatte Alaska sich ebenfalls schon mehrfach gestellt und nicht einmal den Ansatz einer halbwegs zufrieden stellenden Antwort gefunden.

Inzwischen hatten sie das Stadtzentrum erreicht, einen kreisrunden Platz, in dessen Mitte ein kuppelförmiges Bauwerk aufragte. Bis hier war keine der Urpuppen vorgedrungen.

Den Zugang zu der Kuppel fand Alaska Saedelaere erst, nachdem ihm die Ähnlichkeit zu den Mechanismen der Lichtzelle aufgefallen war. Er betrat einen großzügigen hellen Raum mit Reihen schmaler Sockel und fremdartigen Aggregaten darauf. Die Überreste einer einzigen Puppe lagen hier verstreut. Alaska glaubte, sie zu erkennen.

»Ganerc!«, flüsterte er ergriffen. Aber es war kein Leben mehr in den Augen der Puppe. Vielleicht würde er nie erfahren, wie der Zwerg an diesen Ort gelangt war.

Eine fast ehrfürchtige Stille lastete über dem Raum. Alaska begann, die Sockel abzusuchen. Zu seiner Überraschung wurde er sehr schnell fündig. Er fühlte sich endlos erleichtert, als er den fassförmigen Zusatzschlüssel in einer Tasche seiner Kombination verstaute.

Als er die Kuppel verließ, warteten die Puppen von Derogwanien zu Tausenden auf dem Platz. Sogar auf den Dächern saßen sie. Der Weg zur Lichtzelle wurde von ihrer Phalanx versperrt.

»Was wollt ihr von mir?«, rief Saedelaere.

Schweigen.

»Ich werde Derogwanien verlassen. Ob es euch gefällt oder nicht, darauf kann ich keine Rücksicht nehmen.« Er nahm den Schlüssel in die Hand und hielt ihn so hoch, dass alle Puppen ihn sehen konnten. »Deshalb sind Ganerc-Callibso und ich gekommen.«

Wie ein einziger perfekter Chor antworteten die Puppen. Alaska wurde sofort bewusst, dass sie nur für ein Wesen sprachen, für Ganerc-Callibso: »Der Augenblick der Trennung stand schon lange fest.«

»Deine Hilfe wäre den Terranern auch weiterhin willkommen, Ganerc«, sagte Alaska. »Und der Verlust des Anzugs der Vernichtung trifft mich persönlich schwer.«

»Die Zeitlosen ließen sich von Eitelkeit und falschem Ehrgeiz verleiten«, antwortete der Chor. »Wir waren nicht bereit, unsere Macht wieder aufzugeben. Das wurde unser Verhängnis.«

»Wer sind die Kosmokraten? Welche Ziele verfolgen sie?«

»Ich weiß es so wenig wie du, Alaska. Aber ich bin überzeugt, dass sie mit Superintelligenzen auf dieser Seite zusammenarbeiten.«

»Was werden wir jenseits der Materiequelle finden?«

»Hänge deine Hoffnungen nicht zu hoch. Der Durchgang auf die andere Seite wird den meisten von euch verschlossen bleiben. Nicht nur die Loower haben es vergeblich versucht. Eine Ahnung sagt mir, dass jemand aus deinem Volk auf die andere Seite gelangen soll, um für die Kosmokraten tätig zu werden.«

»Sag mir mehr!«, drängte Saedelaere. Die eigene Ungeduld erschreckte ihn.

»Geh zum Zeitbrunnen! Er wird noch einmal aktiv werden. Das ist alles, was ich für dich tun kann.«

Unendlich viele Fragen wollte er noch stellen, aber er wusste, dass es vergebliche Mühe gewesen wäre.

Schon vor der Landung mit der Lichtzelle sah Alaska Saedelaere das Flackern des Zeitbrunnens. Ein Teil der Fläche schien wieder aktiv zu sein. An einen Transport war in diesem Zustand nicht zu denken, allerdings offenbarten sich Bilder, so, wie er schon vor langer Zeit die Erde gesehen hatte.

Alaska schauderte. Was sich ihm darbot, schien die heimische Milchstraße zu sein. Flotten keilförmiger Raumschiffe waren im Begriff, ganze Sonnensysteme abzuriegeln. Er kannte kein Volk, das solche Schiffe baute. Sah er eine Invasion, die in diesem Augenblick die Galaxis heimsuchte?

Ein anderes Loch in der Zeit zeigte ihm eine unüberschaubare Flotte. In ihrer Ausdehnung musste sie Lichtjahre messen. Noch ehe er sich wirklich darauf konzentrieren und dieses unglaubliche Bild in sich aufnehmen konnte, verwischte es schon wieder. Schwärze blieb zurück. Und nicht einmal das. *Ein Nichts*, durchzuckte es den Maskenträger. Er hatte kein anderes Wort dafür: *ein rotierendes Nichts.*

Alaska richtete sich zögernd auf. Ein intensives Leuchten fesselte seine Aufmerksamkeit, ein anderer kleiner Ausschnitt in Raum und Zeit: *Eine einsame Welt in einer unbedeutenden Spiralgalaxis. Nebelschleier verhüllen den frisch gefallenen Schnee und verwandeln den Schein der fünf Monde in einen tristen grauen Schimmer. Träge fließt das Wasser des Flusses dahin. Eine einsame Gestalt löst sich vom Ufer, watet zwischen Eisschollen hindurch, bis sie den Grund unter den Füßen verliert und abgetrieben wird. Lautlos versinkt sie in den Fluten.*

Immer wieder geht eine der Puppen zum Wasser und verschwindet. Die

Bevölkerung stirbt. Eines Tages wird das künstliche Leben auf Derogwanien vollends erloschen sein.

Benommen richtete Alaska Saedelaere sich auf. Nachdenklich geworden, ging er zur Lichtzelle zurück. Bald darauf versank der einsame Planet hinter dem Schiff des Mächtigen in der Bedeutungslosigkeit des Alls.

27.

Erwachen.

Finsternis umgab ihn, als er die Augen aufschlug und benommen den eigenen keuchenden Atemzügen lauschte. Eine schreckliche Leere wühlte in ihm und raubte ihm das eigene Ich. Er starrte in die Finsternis, ohne zu registrieren, was er sah.

Zögernd kehrte die Erinnerung zurück. *Terra, die Andenkette im Hintergrund … der Zeitbrunnen …*

Ruckartig richtete er sich auf. Die hastige Bewegung rief ein Gefühl der Benommenheit hervor, doch der Zellaktivator kompensierte das rasch.

Wo bin ich?, fragte sich Alaska Saedelaere. Auf keinen Fall war er nach Derogwanien gelangt. Die Luft roch anders, schwefliger. Obwohl der Sauerstoffgehalt höher zu sein schien. Er brauchte kein Messgerät, um das festzustellen.

Es regnete leicht. Alaska spürte ein seltsames Prickeln auf der Haut. Die Nässe roch eigenartig streng. *Schwefelsäure in dünnster Konzentration*, schoss es ihm durch den Sinn, *vermischt mit anderen wasserlöslichen Stoffen.* Erst jetzt registrierte er das dumpfe Grollen, das von Anfang an in der Luft gelegen hatte. Das war kein fernes Gewitter, wie er im ersten Moment glauben wollte, sondern intensiver, selbst der Boden schien das Rumoren weiterzuleiten. Für einen Augenblick spürte er die Erschütterungen deutlicher. Feuerschein loderte in der Ferne auf, ein dumpfes rotes Glosen, das sich in Sekundenschnelle in einer gewaltigen Eruption in den Himmel entlud.

Ein Vulkanausbruch. Das erklärte den intensiver werdenden Schwefeldunst ebenso wie den leichten Säureregen. Höchstens vierzig bis fünfzig Kilometer entfernt eruptierte glühendes Gestein aus dem Planeteninnern in einem faszinierenden Funkenregen.

Alaska trug einen einfachen Raumanzug. Mit einer knappen Handbewegung holte er den Falthelm aus dem Nackenwulst hervor und zog ihn nach vorne. Dem Memory-Effekt folgend, stabilisierte sich die transparente Folie und blähte sich auf, der Magnetverschluss rastete hörbar ein. Mit dem nächsten Atemzug sog der Transmittergeschädigte schadstofffreie Luft in seine Lungen.

Die Frage, wohin ihn der Zeitbrunnen transportiert hatte, wurde drängender. Da war nur nackter, kahler Fels, auf dem sich das Wasser in Pfützen zu sammeln begann. Keine Spur von einem endlos tiefen Schacht durch Raum und Zeit.

Alaska fragte gar nicht erst, wie viele mögliche Ziele es geben mochte. Selbst in einem gesperrten System. Es hätte ihn gewundert, wenn die Mächtigen ihr eigenes Spiel nicht auch mit den Zeitbrunnen getrieben hätten. Möglicherweise existierten Verbindungen, die sogar den Kosmokraten unbekannt geblieben waren. Er wünschte, er hätte Ganerc-Callibso danach fragen können.

Nach wie vor spukte der letzte Blick durch den Zeitbrunnen auf Derogwanien durch seine Gedanken. Einige der Bilder waren inzwischen Realität geworden. Die Flotte der Keilschiffe gehörte heute der Kosmischen Hanse – ein kostbares Erbe, das den Aufbau der weitgespannten Handelsorganisation erleichtert hatte.

Mit einem ärgerlichen Seufzen versuchte Saedelaere, seine Überlegungen in eine brauchbare Reihenfolge zu bringen. Die von der PANTHAU-RA ausgehende Gefahr war eine negative Nutzung ihrer Fracht, der Biophore, gewesen. Die Kosmokraten hatten zur Beseitigung dieser Bedrohung die Manipulation einer Materiequelle eingeleitet – verbunden mit Weltraumbeben, Gravitationsimpulsen ungeheurer Stärke, deren Ursache anfangs unbekannt geblieben war.

Diese Beben waren von einem uralten Abwehrsystem falsch interpretiert worden, als neuerlicher Angriff der Horden von Garbesch. Armadan von Harpoon, ein Ritter der Tiefe, hatte das Langzeitsystem vor rund 1,2 Millionen Jahren errichtet. Seine Anlage im Zentrum der Milchstraße umfasste vierundzwanzig Planeten, deren Fabriken auf Abruf unter anderem Keilraumschiffe in riesigen Mengen produziert hatten.

Durch einen Irrtum waren Menschen als den Horden von Garbesch zugehörig angesehen worden. Das hatte dazu geführt, dass die Anlage Millionen von Ebenbildern erzeugt und auf die Vertreibung der vermeintlichen Garbeschianer programmiert hatte.

Die wahren Zusammenhänge waren erst allmählich deutlich geworden. Heute wusste jeder, dass die Ritter der Tiefe ein von den Kosmokraten ins Leben gerufener Wächterorden waren, die in weiten Bereichen des Universums für Recht und Ordnung sorgten. Einer dieser Ritter, Armadan von Harpoon, hatte mit seinen Hilfstruppen, den Orbitern, die in der Milchstraße wütenden Horden von Garbesch besiegt. Jedoch waren viele Garbeschianer entkommen. Da die Gefahr einer erneuten Invasion keineswegs gebannt schien, hatte der Ritter Schutzvorkehrungen getroffen. Unter anderem war genügend neutrales Zellmaterial vorhanden, um den Angreifern in ihrer jeweils eigenen Gestalt entgegentreten zu können. Immerhin hatten die im Auftrag der Superintelligenz Seth-Apophis handelnden Horden viele artverschiedene Völker vereint.

Ungern dachte Saedelaere daran zurück, dass die in Menschengestalt auftretenden neuen Orbiter das Sonnensystem besetzt und den Terranern ein Ultimatum gestellt hatten, die Milchstraße innerhalb von vier Wochen zu verlassen.

All das gehörte inzwischen einer bewegten Vergangenheit an, die Geschichtsschreiber kommender Jahrhunderte als Epoche einer neuen Dimension bezeichnen würden. Selbst die Manipulation der Materiequelle war nicht nur aufgehalten, sondern sogar rückgängig gemacht worden. Und der Roboter Laire hatte den Ruf der Kosmokraten empfangen, den Arkoniden Atlan auf die Seite jenseits der Materiequelle zu bringen.

Der Vulkanausbruch in der Ferne wurde heftiger. Ein stetes Grollen erfüllte die Luft. Der Brunnen, der ihn an diesen Ort gebracht hatte, war nach dem Transport erloschen. Erst allmählich wurde Alaska bewusst, dass es für ihn möglicherweise keinen Rückweg gab.

Sein Blick wanderte über den Himmel. Die tief hängenden Wolken spiegelten den fernen Feuerschein. Hie und da rissen sie auf und gaben den Blick auf die Sterne frei. Alaska rechnete nicht damit, irgendein Sternbild wiederzuerkennen – schon einige tausend Lichtjahre von Terra entfernt, erfuhren alle Konstellationen starke Winkelverschiebungen. Ohne exakte Messungen blieb seine Position unbekannt. Sofern er sich überhaupt noch in der Milchstraße befand.

Er verstand selbst nicht, weshalb er derart leichtsinnig gehandelt hatte. Im HQ-Hanse würde man zwar ohne Schwierigkeiten nachvollziehen können, wohin er geflogen war, und den Gleiter zu finden durfte kein Problem sein. Sogar, dass er den Zeitbrunnen benutzt hatte, ließ sich feststellen, angefangen mit den hinterlassenen Wärmeabdrücken bis hin zu Partikelspuren von Haut und Kleidung. Er hatte den Boden ausgiebig abgetastet. Aber damit erschöpften sich die Möglichkeiten. Festzustellen, wohin der Zeitbrunnen ihn transportiert hatte, war schlicht unmöglich. Es standen nicht einmal Messmethoden zur Verfügung, die eine Aktivität des Zeitbrunnens erfassen konnten.

Alaska stieß ein kurzes, heiseres Lachen aus. Eigentlich war es mehr ein ärgerlicher Laut, doch im nächsten Moment platzte er heraus. Er musste verrückt gewesen sein. Alles hatte er erreicht, was ein Mensch erreichen konnte. Er gehörte zu den führenden Personen der Liga Freier Terraner, war trotz des Cappin-Fragments im Gesicht angesehen und geachtet – und hatte die Unsterblichkeit erhalten. Aber was tat er? Ohne zu überlegen, ging er ein Risiko ein, das nur im Fiasko enden konnte, also genau da, wo er vor Jahrhunderten begonnen hatte. Eine einsame Welt, fernab von allem Trubel und ohne eigenes Leben, danach hatte er sich vor langer Zeit gesehnt. Allein mit sich und der Schöpfung hatte er sein wollen …

Längst war alles anders. Er hatte Freunde, die ihn mit seinen Fehlern und Schwächen akzeptierten, vor allem aber mit dem Organklumpen. Sie begafften ihn nicht, hielten ihn nicht für ein Monstrum, sondern gaben ihm das Gefühl, einfach er selbst zu sein. Nie hätte er geglaubt, dass das Leben nach dem Transmitterunfall noch derartige Überraschungen bereithalten würde. Nur manchmal vermisste er eine Frau an seiner Seite. In solchen Momenten brach die Erinnerung an Liv Andamans Tod in ihm auf. Das wollte er nie wieder erleben. Und ein weiblicher Roboter nach seinen Wünschen, der alle Perfektion in sich vereinte? Wegen einiger Momente trügerischer Gefühle hätte er sich selbst belügen müssen …

Irgendwann, das hatte er immer gewusst, war alles zu Ende. Er hatte dem Schicksal ohnehin mehr Zeit abgerungen, als ihm zustand.

»Du bist verrückt, Alaska«, murmelte er. Von Kindheit an hatte er kämpfen müssen. Jetzt zu resignieren, hätte er sich nie verziehen.

Irgendetwas weckte seine Aufmerksamkeit. Ein fahler Schimmer brach zwischen auffasernden Wolken hindurch. Diese Welt hatte einen Mond, düster und pockennarbig und seltsam vertraut. Saedelaere kniff die Brauen zusammen und aktivierte die Aufzeichnungsfunktion seines Raumanzugs, aber im selben Moment schob sich eine neue Düsternis vor den milchigen Schein.

Endlich aktivierte er den Helmfunk. Nur ein hoher Störpegel wurde angezeigt und nichts, was sich auf Anhieb herausfiltern ließ.

Alaska seufzte ergeben. Während er den Feuer speienden Berg taxierte, über dessen Flanke sich die Lava allmählich verteilte, zeichnete er eine

Endlosschleife auf: »Hier spricht Alaska Saedelaere, Angehöriger der Liga Freier Terraner. Wer immer mich hören kann, den bitte ich um Hilfe. Der Sender bleibt eingeschaltet, um eine Peilung zu ermöglichen.«

Keine Antwort.

Alaska begann sich zu fragen, ob womöglich einige tausend Kilometer entfernt andere Verhältnisse herrschten. Er musste die Nähe des Zeitbrunnens verlassen, um mehr herauszufinden. Vielleicht sah vieles schon anders aus, sobald die Nacht dem neuen Tag wich.

Ein Prasseln im Helmlautsprecher schreckte ihn auf. Das waren keine Störgeräusche mehr. Gutturale Laute formten sich zu Worten einer fremden Sprache. Noch reagierte der Translator nicht. Für eine folgerichtige Übersetzung benötigte das Gerät ein wenig mehr Text, um das unbekannte Idiom erschließen zu können.

Die Sendung endete so unvermittelt, wie sie begonnen hatte. Alaska antwortete nur noch auf dieser Frequenz: »Ich freue mich auf eine friedliche Begegnung. Wenn Sie mich weiterhin hören, antworten Sie bitte, damit unsere Sprachen für eine Übersetzung abgeglichen werden können.«

Er wartete vergeblich, begann aber zugleich, alle Störbereiche auszufiltern. Unruhig irrte sein Blick durch die Nacht.

Urplötzlich durchbrach eine gewaltige stählerne Scheibe die Wolken. Alaska spürte sie, noch ehe er sie sah. Auf gut eineinhalb Kilometer schätzte er den Durchmesser des Raumschiffs, das für ihn seltsam zweidimensional blieb. Der leicht gewölbten Unterseite entsprechend, hatte es wohl Diskus- oder Linsenform.

Ein Schiff der Blues aus der galaktischen Eastside? Aber die Rumpfstruktur war anders, filigraner und vielschichtiger. Vom Schiffsmittelpunkt ausgehend, liefen Lichtkränze nach außen und verblassten, kurz bevor sie die Peripherie erreichten. Immer schneller flackerten neue Kreise auf, schienen ineinander überzugehen – aber dann, unvermittelt, erstarrte die Bewegung. Die eingefrorene Helligkeit veränderte ihre Farbe, wurde greller, ein durchdringender blauer Ton, für das menschliche Auge nur noch schwer zu erfassen.

Dieses blaue Leuchten fiel ihm aus der Höhe entgegen, umgab ihn in einem Kreis von schätzungsweise zehn Metern Durchmesser. Alaska Saedelaere konnte nur noch diesen begrenzten Ausschnitt des Schiffsrumpfs über sich erkennen.

Ein Zugfeld erfasste ihn und hob ihn empor. Der Transmittergeschädigte wartete bereits angespannt auf die erste Begegnung mit den Fremden.

In halber Höhe zog sich das blaue Leuchten abrupt um ihn herum zusammen. Alaska blieb keine Zeit für eine Reaktion. Nach einem flüchtigen Moment der Desorientierung veränderte sich seine Umgebung abrupt, und das Gefühl eines kurzen räumlichen Transports stellte sich ein.

Alles um ihn her schien in unaufhörlicher, rotierender Bewegung begriffen. Von einer seltsamen Übelkeit gequält, schloss Alaska die Augen. Aber davon wurde nichts besser; das Gefühl schnell wechselnder Schwerefelder würgte ihn.

Irgendwie schaffte er es dennoch, sich dem unheilvollen Einfluss zu entziehen. Er schwamm in einem undefinierbaren Medium, das keine Richtung zu kennen schien als ein »Außen«. Der Anblick faszinierte. Vor allem, als Alaska Saedelaere sich vorzustellen versuchte, dass er im Mittelpunkt einer Raumschiffszentrale schwebte.

Konvexe Wände formten eine gut einhundert Meter durchmessende Kugelhülle, die zugleich als Projektionswand diente. Alaskas Sinne reichten nicht aus, alle bunten Teile zu erfassen, die für ihn ein chaotisches Durcheinander ergaben. Ineinander verlaufende Bilder, hier die ein unvermindertes Schauspiel bietenden Magmaströme, dort tosende, sturmgepeitschte See, dazwischen ein undefinierbares Konglomerat psychedelischer Farbenspiele, die unaufhörlich neue Formen erzeugten.

Aggregatblöcke und Kommandostellen schwebten frei im Raum. Alaska Saedelaere fühlte sich an die Elektronenschalen eines Atommodells erinnert. Auch hier gab es mehrere Ebenen, die zweifellos die Wichtigkeit der einzelnen Stationen widerspiegelten.

Farbenspiele umflossen ihn. Von diesen Farben ging ein Flüstern aus, das sich zu Worten verdichtete, die sein Wahrnehmungsvermögen nicht nur visuell und akustisch ansprachen. Alaska empfand die Schwingungen der Farben auf der Haut als angenehm; sie rührten an seinen Nervenbahnen und durchfluteten den Körper.

Er registrierte Verwunderung. Die »Welt« war evakuiert worden, niemand hätte sich dort noch aufhalten dürfen.

Endlich sah er den ersten der fremden Raumfahrer, ein ebenso ätherisches wie faszinierendes Geschöpf. Lichtdurchlässige, filigrane Schmetterlingsflügel trugen einen schlanken Leib durch die Hohlkugel. Das gerade eineinhalb Meter große Wesen näherte sich ihm mit langsamem Flügelschlag. Alaska spiegelte sich in den großen Facettenaugen in endloser Vielfalt.

Er spürte Trauer und Verzweiflung, als der Schmetterling sich ihm zuwandte. »Uns bleibt nur mehr wenig Zeit, dieses System zu verlassen«, raunten die Farben. »Aber die Niederlage wird nur vorübergehender Natur sein.«

Auf der Kugelwandung wurde der Planet kleiner, eine von Wolkenbändern geprägte schöne Welt. Wie Gold schimmerte das dünne Band der Atmosphäre in der aufgehenden Sonne. Die sich schnell verändernde Perspektive zeigte einen größeren Kontinent inmitten eines tiefblauen Ozeans.

Nur flüchtig sah Saedelaere die Landmasse, weil das Bild fast gleichzeitig wechselte, dennoch glaubte er die Umrisse zu erkennen: Afrika. Er schluckte schwer. Das war unmöglich, eine zufällige Ähnlichkeit …

Er suchte nach einer Ausrede für das, was er nicht akzeptieren wollte. Dabei wusste er in dem Moment, wohin ihn der Zeitbrunnen versetzt hatte. Nicht im Raum, das ließ die Sperre der Kosmokraten nach wie vor nicht zu, aber in der Zeit. Er war auf der Erde angelangt, vermutlich tief in der Vergangenheit.

»Wo sind wir?«, fragte er und erschrak über das hallende Echo, das seine Worte hervorriefen. Mehrere Schmetterlingswesen flatterten aufgeschreckt vorüber.

Das Farbenspiel um ihn her ballte sich zusammen, schien in ein Zentrum zu stürzen wie kosmische Materie in ein Black Hole. Doch schon im nächsten Moment wuchsen daraus neue, hauchzarte Schleier. Sein Gegenüber streckte zwei dreifingrige Hände aus. Von den unglaublich feingliedrigen Fingern schien ein Sog auszugehen, der die Farben beeinflusste.

»Woher kommst du?«, flüsterte jede Pore. Alaska glaubte zu spüren, wie ein pastellfarbener Hauch ihn umschmeichelte. Zugleich fragte er sich, wie intensiv diese Art der Kommunikation sein mochte, falls er keinen hemmenden Schutzanzug trug. Über den Leib des Schmetterlings spannten sich nur einige schmale Stoffstreifen.

»Der Zeitbrunnen hat mich hierher gebracht.« Nur einen Augenblick lang hatte er überlegt, ob die Wahrheit angebracht war. Vielleicht hatte er sich von der äußeren Erscheinung der Fremden beeinflussen lassen und menschliche Maßstäbe angelegt, die nicht immer optimal waren. Jedenfalls schien seine Aussage einzuschlagen wie eine Bombe. Alaska registrierte überrascht, dass die fragilen Schleier urplötzlich aufrissen.

»Der Zeitbrunnen?«, wisperte ein Hauch von Schwärze, der sich sekundenlang um ihn herum zusammenzog. »Du bist kein Zeitloser. Obwohl – dir haftet eine Aura an, wie sie auch den Mächtigen zu Eigen ist.«

Eine ungewollt heftige Bewegung verwirbelte die Farben. Sie vermischten sich zu einer unglaublichen Vielfalt, von der seine Sinne nur einen Bruchteil wahrnehmen konnten.

Längst waren auf dem Rundumschirm die Erde und ihr Mond in der Anonymität des Weltraums versunken. Das Schiff der Fremden hatte den Mars passiert. Zeut kam in Sicht. Alaska riss die Augen auf, um jedes Detail in sich aufzunehmen. Zeut, die Welt, deren Überreste eines Tages den Asteroidengürtel bilden würden, war zweihunderttausend Jahre in der Vergangenheit ein Stützpunkt der Cappins gewesen.

Sollte das Fragment ihn in jene Zeit geführt haben? Unwillig schüttelte Alaska den Kopf. Der Zeitbrunnen hatte ihn weiter in die Vergangenheit getragen, sehr viel weiter, davon war er überzeugt.

Jupiter kam in Sicht. Der Gasriese mit seinen Monden schien zum Greifen nahe.

Vergeblich versuchte Alaska, seine Position zu verändern, um näher an die Innenseite der Kugelwandung zu gelangen. Aber nicht einmal das Flugaggregat des Raumanzugs erzeugte Schubkraft – oder die Technik der Fremden absorbierte jede frei werdende Energie.

Er war zur Reglosigkeit verurteilt. Inmitten der phantastischsten Umgebung, die ein Raumschiff bieten konnte. Ungläubig sah er kaum weiter als zwanzig Meter entfernt eine neue Station aus dem Nichts heraus entstehen. Das ovale, von Facetten übersäte Aggregat gliederte sich in die innere Umlaufbahn ein. An verschiedenen Positionen hingen Schmetterlingswesen über hufeisenförmigen Konsolen.

Der Alarm zerriss die heile Welt.

Alaska wusste sofort, dass es Alarm war, der die Bildwand mit grellen Schlieren überzog.

Nach wie vor beachtete ihn niemand.

»Was geschieht?«, brachte er halblaut über die Lippen.

Zwischen den Schlieren zeichneten sich Schemen ab. Raumschiffe, erkannte der Transmittergeschädigte. Das waren nicht nur einige wenige, sondern Hunderte. Die meisten von ihnen wirkten plump und monströs. Diese Flotte setzte sich aus unterschiedlichen Schiffstypen zusammen.

»*Er* erwartet dich.«

Alaska erschrak schier, als eine neue Farbwoge heranflutete. »Wer ist *er?*«, fragte er leise.

Der Schmetterling hing diesmal kopfüber vor ihm. Die filigranen Flügel an den Körper gezogen, begann sein Leib perlmuttfarben zu schillern.

»*Er* will dich sehen. Mehr zu sagen, bin ich nicht befugt.«

»Was sind das für Raumschiffe? Greifen sie an?« Mit einer umfassenden Armbewegung untermalte Saedelaere seine Frage.

»Die Horden von Garbesch haben einen Weg gefunden, alle Sperren zu überwinden. Es ist die sechsdimensionale Aura, die sie anlockt. Armadan von Harpoon und eine Orbiterflotte werden bald eingreifen.«

Alaska glaubte, sich verhört zu haben. Ihn schwindelte. »Armadan …?«, brachte er stockend hervor.

»Der Ritter der Tiefe«, raunte das Farbenspiel.

Verwirrt starrte er den Fremden an, der sich plötzlich zusammenkrümmte. »Hör auf damit!«, wirbelten die Farben. »Was immer deinen Kopf mit dir teilt, seine Schreie sind entsetzlich. Wir müssen die Zentrale verlassen, bevor alle davon beeinflusst werden.«

Das Cappin-Fragment glühte wieder heftiger. Das war es, was der Schmetterling meinte. Bevor Alaska Saedelaere zu einer Erklärung ansetzen konnte, verschwamm die Umgebung vor seinen Augen.

»Von wo kommst du?« Eine weiche, angenehm modulierte Stimme wiederholte die Frage zweimal, bevor Alaska Saedelaere überhaupt reagierte. Zu viel war in der letzten Stunde auf ihn eingestürzt. Er hatte erwartet, erneut von einem Farbschwall umfangen zu werden, aber die Frage wurde akustisch gestellt, noch dazu in der uralten Sprache der Mächtigen.

Ganerc? Er war nahe daran, den Namen hinauszuschreien. Warum er dennoch schwieg, wusste er selbst nicht. Die Helligkeit ringsum erinnerte ihn an Ganerc-Callibsos Lichtzelle. Doch der Sphäre, in der er sich befand, fehlten die Kontrollen, sie war kaum mehr als ein Raum aus Licht.

»Ich bin Terraner«, sagte der Maskenträger.

»Wo liegt deine Heimatwelt?«

Alaska Saedelaere lachte leise. Vergeblich versuchte er, den Standort des unsichtbaren Sprechers herauszufinden. »Bist du Armadan von Harpoon?«, platzte er heraus.

»Du stellst mir Fragen, ohne selbst eine Antwort zu geben? Nein, ich bin nicht Armadan. Aber der Ritter der Tiefe hat mir dieses Schiff geschickt, das mich zu ihm bringen wird.«

»Was nicht so einfach sein dürfte angesichts einer Flotte der Garbeschianer.«

»Das ist ein Intermezzo, nicht mehr. – Ich hatte dich im Verdacht, zu den Horden zu gehören, aber dich umgibt eine eigentümliche Ausstrahlung, nicht die eines Zeitlosen, doch ähnlich. Also noch einmal: Wo liegt deine Heimatwelt?«

»Dieses Schiff hat sie erst vor kurzem verlassen.«

In der entstehenden Stille glaubte Alaska ein hastiges Atmen zu vernehmen. »Unmöglich«, erklang es dann.

»Die dritte Welt dieses Sonnensystems ist Terra. Das heißt, sie wird Terra genannt werden.«

»Du kommst aus der Zukunft? Welche Zeitlinie …?«

»Vielleicht haben die Horden von Garbesch den Sieg davongetragen.« Das war Ironie. Alaska verspürte einfach den Reiz zum Widerspruch. »Ich rede nicht länger mit einem Unsichtbaren«, stieß er hervor.

Da war eine vage Bewegung. Sie verdichtete sich. Ein Körper entstand – menschlich, kein Schmetterling –, ein Hüne mit langem, wallendem Haar. Zwei stechende Augen fixierten Saedelaere.

Im ersten Moment glaubte der Transmittergeschädigte, Ganerc vor sich zu sehen. Aber die Unterschiede in der Statur und den Gesichtszügen fielen sofort auf. Ganerc war kleiner gewesen, gedrungener, zugleich auch aristokratisch. Was Alaska keineswegs an der Feststellung hinderte, einen der Sieben Mächtigen vor sich zu haben.

»Bardioc?«, vermutete er spontan. »Wenn das keine Überraschung ist.« Das also hatte das Gehirn damals gemeint, auf Parföx-Par, als es davon gesprochen hatte, sie wären sich schon einmal begegnet.

Lärm drang heran. Ein schrilles, durchdringendes Heulen. Bardioc, wenn er es wirklich war, blieb unbewegt. »Wer ist dein Auftraggeber?«, fragte er gedehnt.

Alaska wurde vom Teufel geritten. Warum er den Mächtigen provozierte, wusste er selbst nicht. Vielleicht, weil er den Verlust des Anzugs der Vernichtung noch nicht wirklich verschmerzt hatte.

»Sagen wir, Ganerc hätte gern sein Eigentum zurück.«

Bardioc – natürlich war der Mann Bardioc, einer der Sieben Mächtigen – blickte ihn unwillig an. »Was soll das heißen?«

»Genug«, antwortete Saedelaere ausweichend. »Hast du deinem Bruder Ganerc nicht etwas sehr Wertvolles entwendet?«

Der Lärm schwoll an und wurde zur rhythmischen Geräuschkulisse. Alaska hatte den Eindruck, dass der Boden unter seinen Füßen zu schwingen begann.

Was war nur in ihn gefahren? Er wusste nicht, ob Bardioc den Anzug der Vernichtung in dieser Zeit schon entwendet hatte. Im schlimmsten Fall brachte er den Mächtigen gerade jetzt auf diese Idee.

»Ich verstehe nicht, wovon du sprichst«, behauptete Bardioc, sehr zu Alaskas Erleichterung. »Der Anzug der Vernichtung wird sicher aufbewahrt.«

»Ebenso sicher wie die PAN-THAU-RA?«

Für einen Augenblick sah es aus, als wolle der Mächtige sich auf Saedelaere stürzen. Jäh fasste sich der Terraner mit beiden Händen hinter die Ohren, um die Maske zu lösen. Wenn er gegen den Zeitlosen eine Chance hatte, dann wohl nur mit dem Cappin-Fragment. Er glaubte nicht, dass der Anblick des gestaltlosen Zellklumpens Bardioc töten würde. Aber vielleicht reagierte der Mächtige wenigstens eine Zeit lang verwirrt.

Ein schrecklicher Gedanke: War nicht das blaue Zentrumsleuchten der Galaxis Barxöft schuld an den späteren Albträumen der Superintelligenz BARDIOC, sondern der Anblick des strahlenden Organklumpens? Alaska Saedelaere zog die Hände abrupt von der Maske zurück.

In dem Augenblick erschien es ihm, als tauche er vom Grund eines Ozeans an die sturmgepeitschte Wasseroberfläche empor. Ohrenbetäubender Lärm schlug über ihm zusammen. Das Dröhnen heftiger Explosionen fiel mit schweren Erschütterungen der Schiffszelle zusammen.

»Armadan von Harpoon verliert ein wertvolles Schiff«, sagte Bardioc. »Die Horden von Garbesch mobilisieren noch einmal alle Kräfte.«

»Die Truppen von Seth-Apophis werden aus der Galaxis vertrieben«, bestätigte Saedelaere. »Ich weiß es.«

Das riesige Scheibenschiff zerbrach. Feuer war plötzlich überall, eine gewaltige, alles vernichtende Glutwoge wie die Protuberanz einer Sonne. Alaska glaubte noch, die aberwitzige Hitze zu spüren, die alles an Bord in Gedankenschnelle verbrannte …

Stille … Wenig später ein dumpfes, rhythmisches Pochen … Dein ganzer Körper scheint eine einzige offene Wunde zu sein.

Dir fehlt ein Stück Erinnerung.

Das Einzige, was du weißt: Du lebst.

Es fällt dir schwer, die Augen zu öffnen. Schweiß und Tränen haben die Lider verklebt. Aber deswegen gibst du nicht auf. Du willst wissen, was außerhalb deiner eng begrenzten Wahrnehmungen liegt.

Ein blauer Schimmer huscht vorbei. Kurz darauf wieder. Das Blau verdichtet sich, wird von weißen Wirbeln überlagert. Dazu dunklere Einschlüsse. Im Unterbewusstsein erkennst du, dass du dich deiner Heimat näherst – der Welt, die einmal deine Heimat sein wird, aber das wohl erst in mehr als einer Million Jahren.

Ein schmerzerfülltes Stöhnen bringt die Erinnerung vollends zurück. Das Raumschiff der Schmetterlingswesen wurde vernichtet. Dass du noch lebst, verdankst du einem Zufall. Der helle Raum, der dich an Ganercs Lichtzelle erinnerte, hat die Vernichtung überstanden. Eine Rettungskapsel ist er, mehr nicht, denn nach wie vor findest du keine Kontrollmöglichkeit.

Bardioc, der Mächtige, liegt verkrümmt am Boden. Er hat die Augen noch geschlossen, Blut sickert aus seinem Mund. Du kannst nicht erkennen, wie schwer verletzt er ist. Du kniest neben ihm nieder, unterziehst ihn einer zumindest äußeren Untersuchung. Mehr als einige Abschürfungen fallen dir nicht ins Auge, das wäre absolut nichts, worüber du dir Sorgen machen müsstest. Aber Bardiocs Stöhnen klingt qualvoll. Er hustet, spuckt Blut und zähen Schleim, seine Lider flattern.

Inzwischen fällt die Rettungskapsel der Erde entgegen. Sie muss mit diesem Kurs programmiert sein. Aber was geschieht dann? Wird die Lichtkapsel nur einen Orbit einschlagen, rast sie an dem Planeten vorbei in Richtung Sonne, oder wartet sie auf neue Befehle, die nicht kommen werden … nicht kommen können? Hilflos blickst du um dich. Im Gegensatz zu Ganercs Lichtzelle weist die Kapsel keinerlei Steuermechanismen auf. Sie ist kleiner, gedrungener, aber die Hüllensegmente sind dennoch transparent.

Du siehst die Erde schon mit bloßem Auge als große, an den Polen eingedrückte Kugel; sogar den Mond kannst du erkennen. Und zurückblickend siehst du winzige Sterne aufflammen, sie entstehen aus dem Nichts heraus, weiten sich minutenlang aus und erlöschen fast ebenso abrupt wieder. Das sind keine Sterne, erkennst du betroffen; jenseits der Jupiterbahn wird gekämpft. Du bist Zeuge einer mörderischen Raumschlacht. Die Horden von Garbesch prallen mit Orbiterschiffen zusammen.

Noch fühlst du dich vergleichsweise sicher. Aber auf Dauer bietet die Kapsel keinen Schutz.

Bardiocs stechender Blick ist matt geworden, die Hautfarbe wird mit jeder Minute blasser. Sein Atem kommt kurz und stoßweise. Er starrt dich an, aber er blickt zugleich durch dich hindurch, scheint dich überhaupt nicht mehr wahrzunehmen. Du kannst auf seine inneren Verletzungen keine Rücksicht nehmen, wenn du überleben willst. Du schüttelst ihn, redest auf ihn ein, wirst unwillkürlich lauter, zuletzt schreist du.

Der blaue Planet wächst schnell. Schon vor einer Jahrmillion erinnerte er also an einen Edelstein vor samtener Schwärze. Ein absonderlicher Gedanke. Du fragst dich, was du erwartet hast; diese Zeitspanne ist wenig für einen Planeten – und ebenso für einen Mächtigen aus dem Bund der Zeitlosen.

»Wir müssen notlanden!«, herrschst du Bardioc an. »Sag mir, wie!«

Sein Blick gleitet von dir weg und frisst sich an der Erde fest, deren Widerschein durch die transparente Wand hindurch das Innere der Kapsel mit einem blauen Schimmer erfüllt. Er will etwas sagen, bringt aber nur ein Stöhnen über die Lippen.

Weit hinter der Kapsel flackern neue Glutbälle auf. Du erschrickst, bildest dir ein, dass sie gar nicht mehr so weit entfernt sind. Obwohl es unmöglich ist, solche Distanzen lediglich zu schätzen, bist du überzeugt, dass sich die Raumschlacht unaufhaltsam zwischen die inneren Planeten verlagert.

Du glaubst nicht, dass Bardioc wirklich sterben wird. Eigentlich *kann* er nicht sterben, denn das würde die Zukunft, wie du sie kennst, völlig verändern. Bardioc wird von den Mächtigen seiner Verfehlungen wegen verurteilt und sein Gehirn verbannt werden, das ist sicher. Aber was ist mit dir selbst?, fragst du dich betroffen. Dein Ableben tief in der Vergangenheit würde die Zukunft nicht verändern.

Deine Rechte schließt sich um den Zellaktivator. Die Finger verkrampfen sich um das metallene Ei. Du starrst Bardioc an und fragst dich, ob du wirklich keine andere Chance hast …

Du schreibst Geschichte, Alaska Saedelaere, greifst in diesem Moment wirklich ins kosmische Geschehen ein. Oder ist das alles vorherbestimmt? Ohne dein Auftauchen aus dem Zeitbrunnen wäre das Scheibenschiff nicht mehr mit den Angreifern konfrontiert worden. Dann hätten Bardioc und Armadan von Harpoon vielleicht gemeinsam eine Front gegen die Garbeschianer und Seth-Apophis gebildet.

Das sind nichts als Wenn und Aber, in denen du dich verfängst. Wovor schreckst du zurück, Alaska? Sieh nach draußen! Die Kapsel rast in doppeltem Mondabstand an der Erde vorbei, ihr Kurs wird in die Sonne führen, nach einer, vielleicht zwei Umrundungen Sols …

Du nimmst den Zellaktivator ab und wiegst ihn noch einmal abschätzend in der Hand, bevor du ihn auf Bardiocs Brustkorb legst.

Nichts geschieht. Was immer du erwartet hast, es trifft nicht ein; die schlimmsten Befürchtungen schießen dir durch den Sinn. Wenigstens hast du dein Möglichstes versucht.

Die Erde fällt zurück, versinkt wieder in der Anonymität des Alls. Die Venus steht vermutlich hinter der Sonne. Du glaubst, weit voraus eine winzige schmale Sichel zu sehen, aber das kann ebenso schon Merkur sein.

Der Zellaktivator pulsiert. Du hast den Eindruck, dass er sich aufzulösen beginnt. Das ist wie ein Pendeln zwischen den Dimensionen ... Du willst zupacken, das unersetzliche Gerät wieder an dich bringen, aber deine Finger greifen ins Leere. Du siehst, dass sie sich um den Aktivator schließen, aber du spürst keinen Widerstand.

Noch einmal dringen deine Finger durch das Ei hindurch, und genau davor hattest du Angst. Dir bleiben nun noch zweiundsechzig Stunden, bevor ein schneller Alterungsprozess einsetzt und der Natur innerhalb von Minuten wiedergibt, was ihr jahrhundertelang vorenthalten wurde. Ein unsicheres, zynisches Lachen stielt sich über deine Lippen. Du wirst nicht mehr rapide altern, Alaska, weil du vorher in der Sonne verbrennst.

Das Husten klang gequält. Im ersten Moment registrierte Alaska Saedelaere das Geräusch gar nicht. Er hatte die Arme vor dem Leib verschränkt und blickte hinaus in die Weite des Sonnensystems. Der grelle Glutball Sol war längst nicht mehr zu übersehen; Bogenprotuberanzen schienen bereits nach der Kapsel zu greifen.

Erst als sich das Husten wiederholte, fuhr Saedelaere herum.

Bardioc hatte sich auf die Seite gewälzt und war im Begriff, sich halb aufzurichten. Er hatte seine Hand um den Zellaktivator geschlossen, und nur ein Stück der dünnen Kette hing zwischen den Fingern hervor. Aus brennenden Augen fixierte er den Maskenträger.

Mit dem anderen Handrücken fuhr sich der Zeitlose über den Mund, wischte das geronnene Blut ab.

Wortlos starrten sie sich an.

»Du musst nicht alles für dich behalten«, platzte Alaska endlich heraus. Er streckte die Hand aus und drehte dem Mächtigen die Handfläche entgegen. »Gib mir den Zellaktivator zurück, du brauchst ihn nicht mehr.«

»Was verbirgst du hinter der Maske?«

»Nichts, was dir helfen könnte, Bardioc.«

Der Hüne erhob sich, schüttelte das wallende Haar in den Nacken zurück und ließ den Blick schweifen. Sekundenbruchteile später entstand vor ihm ein halbtransparentes, wohl holografisch erzeugtes Kontrollelement. Bardiocs Linke senkte sich auf das kaum mehr als dreißig Zentimeter messende Gebilde und versank darin.

Die Kapsel änderte ihren Kurs und beschleunigte.

Merkur fiel zurück, schrumpfte vor der Sonnenscheibe zum bedeutungslosen Fleck.

Ein stilisiertes Abbild des Sonnensystems entstand. Dazwischen ein Meer von Markierungen, die zweifellos die Positionen von Raumschiffen anzeigten. Für den Bruchteil eines Augenblicks legte sich ein Schatten auf Bardiocs Gesicht.

»Mit der Kapsel können wir nicht mehr entkommen«, stellte er fest. »Die Garbeschianer haben Sperren aufgebaut, ganz zu schweigen davon, dass ihre Schiffe dieser kleinen Lichtzelle überlegen sind.«

Er wog den Zellaktivator in der Hand, schaute Saedelaere an und streckte dann spontan den Arm aus. »Nimm ihn dir zurück«, sagte er, als er die Finger öffnete. »Ich brauche das Gerät nicht. Aber ich würde gerne dein Volk kennen lernen, die Terraner. Bring mich zu ihnen!«

»Der dritte Planet dieses Systems«, antwortete Saedelaere. Gleichzeitig griff er nach dem Aktivator, bevor Bardioc es sich womöglich anders überlegte. »In einer Million Jahren«, fügte er hinzu. »Oder etwas mehr.«

»Dann werden wir beide durch den Zeitbrunnen gehen. Jeder dahin zurück, von wo er gekommen ist.«

»Schaffen wir es vor den Horden?«, fragte Alaska nach einem Blick auf das Ortungsbild.

Bardioc schwieg dazu. Aber die Kapsel schien plötzlich mit Wahnsinnswerten zu beschleunigen. Die Erde sprang dem kleinen Raumschiff schier entgegen.

Sie tauchten in die Atmosphäre ein. Die halbe Hemisphäre über Südamerika glühte. Kilometerhoch schleuderte der Vulkan seine dünnflüssig gewordene Lava.

Bardioc brauchte dieses Leuchtfeuer nicht. Er landete die Kapsel auf der Hochebene, nur wenige Dutzend Meter von dem erloschenen Zeitbrunnen entfernt.

Die Schwärze flackerte auf, als sie unmittelbar davor standen.

»Danke!«, sagte Bardioc in dem Moment und völlig unerwartet. »Wer immer du bist, Alaska Saedelaere, und wohin dich das Schicksal auch verschlägt, ich wünsche dir, dass die guten Kräfte dieses Universums eine schützende Hand über dich halten. Vielleicht werden wir uns wieder begegnen …«

»Bestimmt sogar.« Alaska fühlte sich in dem Moment selbst wie ein Mächtiger. In diesen beiden Worten drückte sich sein Wissen um die Zukunft aus.

»Ich bin begierig darauf, dein Volk kennen zu lernen«, sagte Bardioc betont. »Egal, wie viel Zeit auch vergehen mag, ich will die Terraner sehen.«

In dem Moment tauchte Alaska in den Brunnen ein …

… und fand sich in Tiahuanaco wieder. Roboter der lokalen Sicherheitsbehörde hatten seinen Gleiter und das Ruinengelände abgesichert und nahmen ihn in Empfang.

28.

Oft genug wurden deine Hoffnungen enttäuscht. Wann wirst du endlich einsehen, dass du zeitlebens mit dem Fragment verbunden bleiben wirst? Aber vielleicht brauchst du gerade diese Enttäuschungen, die dich vorantreiben und dir – so seltsam es klingen mag – Kraft geben, dein Schicksal zu meistern. Ohne diesen steten Kampf, Alaska, wärst du vielleicht nicht mehr du selbst.

Da ist zum Beispiel Carfesch, der sporadisch als Bote der Hohen Mächte auftritt. Vor sehr langer Zeit kam er als Gesandter eines Kosmokraten in unser Universum mit der Aufgabe, zwei Zellaktivatoren so zu justieren, dass sie nur von zwei ausgesuchten Intelligenzen getragen werden konnten. Dass diese beiden ausgerechnet Perry Rhodan und der Arkonide Atlan sind, schließt einen Kreis. Carfesch wurde in das Bewusstseinskollektiv der Superintelligenz ES aufgenommen, bis er im Jahr 1 NGZ erneut körperlich erschien und sich den Terranern anschloss.

Carfesch hat versucht, das Cappin-Fragment aus meinem Gesicht zu lösen. Dass selbst ihm ein Erfolg verwehrt blieb, sollte mich vor neuen Enttäuschungen bewahren. Warum weiß ich es dennoch nicht besser?

Es ist viel geschehen in den letzten Monaten – aber jetzt bin ich mir nicht mehr sicher, was ich wirklich glauben soll.

Träume ich?

Bin ich verrückt geworden?

Das Ding in meinem Gesicht ist nicht mehr da. Es ist verschwunden. Vor wenigen Minuten bin ich aufgewacht, schon da hatte ich dieses eigenartige Gefühl der Leere. Seither versuche ich zu begreifen, was geschehen ist. Ich kann es nicht. Ich starre meine Hände an, die gespreizten Finger, aber ich wage nicht, mir noch einmal ins Gesicht zu fassen.

Wovor hast du Angst, Alaska?, frage ich mich. *Dass du aus diesem*

Traum aufwachst und alles ist wie zuvor? Dann versuche wenigstens, dich zu erinnern, was geschehen ist. Mag sein, dass dieser Traum von selbst bedeutungslos wird. Versuche es, Alaska Saedelaere, und falls du dir dann noch nicht schlüssig bist, akzeptiere deine Normalität.

Im Dom Kesdschan, einem Ort von kosmischer Bedeutung, wurde Perry Rhodan zum Ritter der Tiefe geweiht. Unter dem Dom werden in einem Gewölbe neben anderen Relikten aus ferner Vergangenheit unter anderem die Überreste der Steinernen Charta von Moragan-Pordh aufbewahrt. In dieser Charta ist von drei Ultimaten Fragen die Rede, deren Beantwortung die Kosmokraten einst vom Virenimperium erwarteten.

Die beiden ersten ragen lauten: Was ist der Frostrubin? – Wo beginnt und wo endet die Endlose Armada?

Das Virenimperium war vor Urzeiten ein unvorstellbar gewaltiger halborganischer Computer, der die Kosmokraten in ihrem Kampf gegen die Mächte des Chaos unterstützte. Durch den Verrat einer abtrünnigen Kosmokratin wurde das Virenimperium zerstört und alle Viren über das Universum verstreut.

Wir haben den Frostrubin gefunden, ein gewaltiges rotierendes Nichts, das von den Überresten einer vernichteten Zwerggalaxis umgeben ist. Die Rotationskräfte des Frostrubins haben wenig von ihr übrig gelassen. Dreißig Millionen Lichtjahre von der Milchstraße entfernt liegt diese unvorstellbare Erscheinung, die zweifellos zu den phantastischsten Erinnerungen im Kosmos gehört, die wir Menschen bislang entdeckt haben.

Am 15. März 426 NGZ erreichen fast zwanzigtausend Raumschiffe einer Galaktischen Flotte unter dem Kommando von Perry Rhodan den Frostrubin. Er ist ein fünfdimensionales Gebilde, das nur einen Abdruck im Einstein-Raum hinterlässt. Seth-Apophis missbraucht ihn für ihre Zwecke. Hier stoßen wir auf einen unüberschaubaren Zug von Raumschiffen, bei dem es sich wohl um die Endlose Armada handelt. Ich erinnere mich an die Bilder, die ich in dem erloschenen Zeitbrunnen von Derogwanien sah. Offenbar wollte Ganerc-Callibso mir einen Hinweis geben. Er kannte mein zwiespältiges Verhältnis zum Cappin-Fragment. Ob er wirklich wusste, was geschehen würde, kann ich ihn leider nicht mehr fragen.

Obwohl es uns gelingt, erste Informationen über die Armada zu sammeln, wird die Situation der Galaktischen Flotte, die sich bereits einer mindestens zehnfachen Übermacht ausgesetzt sieht, zunehmend kritischer. Schließlich bleibt uns, von Armadaschiffen verfolgt, als einziger Ausweg nur der Flug durch den Frostrubin.

Du starrst an die Decke deiner Kabine und versuchst an gar nichts zu denken. Aber nicht einmal das kannst du mehr, weil du eben den Grund für dein Zögern erkannst hast. Zögern ist sogar noch untertrieben – du hast Angst. Vor dir selbst …

Seit 586 Standardjahren kennst du dich nur als den »Maskenträger«. Wenn du dich im Spiegel siehst, dann mit dem grauen Kunststoffschild, der nach außen alle Gefühle nivelliert. Du kannst weinen oder lachen, niemand sieht es. Selbst für deine Freunde bist du ausdruckslos.

Viel seltener beobachtest du den irrlichternden Gewebeklumpen, der sich in deinem Gesicht festgefressen hat, und versuchst, aus der unaufhörlichen Bewegung des Fragments etwas herauszulesen. Eine Botschaft vielleicht, einen Hinweis. Du hast schon stundenlang regungslos vor einem Spiegel verharrt und dieses »Ding« angestarrt. Vergebene Mühe war das.

Währenddessen hast du die Jahre gezählt. Jedes einzelne. Fünfhundertsechsundachtzig bis heute. Wundert es dich da, dass du die Erinnerung verloren hast? Du weißt nicht mehr, wie dein Gesicht wirklich ausgesehen hat. Du fürchtest, dass dir beim nächsten Blick in den Spiegel ein Fremder entgegenschaut. Einer, mit dem du dich nie wirst anfreunden können.

Deine Phobie, Alaska, sitzt tiefer, als du glaubst. Aber wenn du dir nicht selbst hilfst, wird das niemand können.

Der stete Druck ist aus deinem Gesicht gewichen. Du spürst keine Bewegung mehr, siehst kein Leuchten, das deinen Schädel umfließt. Als du zaghaft neben dich tastest, spürst du die Maske, sie ist nicht verschwunden.

Vielleicht wurde das Fragment nur betäubt. Es hat stets in besonderer Weise auf fünfdimensionale Vorgänge reagiert. Der Sturz durch den Frostrubin mag diese ungewöhnliche Starre ausgelöst haben. Deine Finger bohren sich in die Augen- und Mundöffnungen der Maske und heben sie hoch. Nur einen flüchtigen Moment lang zögerst du, bevor du dir die Kunststoffschale wieder aufs Gesicht drückst. Das ist schon ein Ritual nach jeder Schlafperiode, an das du keinen Gedanken mehr verschwendest. Du ziehst die dehnbaren Schleifen nach hinten über die Ohren und rutschst die Maske noch einmal prüfend zurecht. Sie ist zugleich dein Schutz vor allzu zwischenmenschlichen Beziehungen. Früher haben sich die Menschen in Rüstungen gezwängt, das war eine Zeit, in der du gerne gelebt hättest. Deine Rüstung ist dieses gebogene Stück Kunststoff. Es liegt heute allerdings lose auf.

Mit der Maske vor dem Gesicht ist alles wie immer. Du schwingst dich aus dem Bett, bewegst die Arme, um den Kreislauf auf Trab zu bringen, und gehst in die Nasszelle. Mit einer knappen Geste schaltest du diesmal aber die Ultraschalldusche ab.

»Spiegelfunktion!« Deine Stimme klingt belegt. Oder bewirkt das nur der Hall in der vergleichsweise engen Zelle? Sonst schweigst du nämlich immer.

Das Abbild eines Traumstrandes ringsum verblasst. Du hast nie danach gefragt, welche Welten das Standardprogramm zeigt. Heute ist es ein endlos anmutender türkisfarbener Sandstrand im Schein zweier blauer Sonnen. Die exotischen Bäume werfen geteilte, unterschiedlich stark ausgeprägte Schatten.

Der Spiegel stabilisiert sich ohne blendende Lichteffekte. Alles ist wie immer; durch die Augenschlitze der Maske ein wenig im Blickwinkel eingeschränkt, siehst du die hagere, in letzter Zeit beinahe dürr gewordene Zwei-Meter-Gestalt. Die starre Maske grinst dich an. Sie ist lediglich ein wenig nach unten verrutscht und gibt mehr von deinem Haaransatz frei, als wünschenswert ist.

Zögernd greifst du zu, willst eines der Bänder abhaken. In dem Moment fährst du zusammen. In deinem Körper hat sich etwas bewegt. Sekundenlang stehst du wie erstarrt und lauschst in dich hinein, aber die Bewegung wiederholt sich nicht. Du reagierst überreizt, und das ist kein Wunder. Willst du nun wissen, was geschehen ist, oder nicht?

Du öffnest den Verschluss, klappst die Plastikschale langsam nach vorne. Das Fragment ist nicht mehr da! Du ziehst die Hand abrupt zurück, die Maske pendelt zur Seite, löst sich auch vom anderen Ohr und fällt zu Boden. Ein dumpfes, hallendes Geräusch begleitet den Aufprall. Du achtest kaum darauf, denn in dem Moment siehst du ein Gesicht, das du zuletzt im Jahr 3428 alter Zeitrechnung gesehen hast.

Die BASIS war ein gewaltiges Schiff, neben der SOL das bedeutendste Fernraumschiff, dass Menschen je gebaut hatten. Allein der diskusförmige Grundkörper durchmaß neun Kilometer bei einer größten Höhe von drei Kilometern. Der umlaufende Ringwulst war mit seiner Dicke von eintausendfünfhundert Metern auch nicht gerade klein zu nennen. Zusammen mit dem Bugsegment und dem entgegengesetzt angeflanschten Triebwerkssektor brachte es die BASIS auf eine beachtliche Gesamtlänge von vierzehn Kilometern.

Das Schiff, bereits während der Aphilie geplant und in Auftrag gegeben, war seit dem Jahr 3586 in Dienst. Mit den neuen und vor allem schnellen Metagrav-Triebwerken ausgestattet, hatte die BASIS als Flaggschiff die Galaktische Flotte zum Frostrubin geführt.

12.260 Besatzungsmitglieder lebten und arbeiteten an Bord, und jeder, fürchtete Alaska Saedelaere, würde ihn anstarren wie das sprichwörtliche Wesen vom anderen Stern. Er wusste schließlich selbst, dass er übel aussah.

Nach mehr als einem halben Jahrtausend hatte seine Gesichtshaut jede Struktur verloren. Sie war weiß und zäh wie Kerzenwachs geworden, als hätten sich die Zellen umstrukturiert. Zudem wirkte die Haut glatt, beinahe wie poliert. Falten oder feine Äderchen hatte Saedelaere vergeblich gesucht, ja selbst Poren waren kaum zu erkennen.

Ob seine Nase wirklich immer schon so flach und schmalrückig gewesen war, vermochte er nicht zu sagen. Irgendwie passte sie nicht zu ihm, er mochte sie nicht, diese Nase, die zudem wie aufgeklebt wirkte.

Auch die Lippen hatten sich zurückgebildet, waren nur noch schmal und ebenso blutleer wie alles andere.

Im ersten Erschrecken hatte Alaska die Wangen heftig massiert und die Finger in diese Porzellanhaut hineingekrallt. Jetzt tobte sein Gesicht, aber es war nach wie vor nicht durchblutet.

Für den Weg zur Zentrale hatte er die Maske wieder angelegt. Trotzdem blieb das Gefühl, dass ihn jedes Besatzungsmitglied, dem er begegnete, durchdringend musterte. Erst unmittelbar vor dem Hauptschott, das schwere Tor glitt schon zur Seite, nahm er das Stück Plastik ab.

In der Zentrale achtete kaum jemand auf ihn. Die BASIS hatte beim Durchflug durch den Frostrubin offensichtlich die eigene Flotte verloren und war zwischen Zigtausenden Raumschiffen der Endlosen Armada herausgekommen.

Ausgerechnet Waylon Javier, der Kommandant der BASIS, prägte den Ausdruck »der Totenbleiche« für Saedelaere. Was seiner zutreffenden Beobachtungsgabe entsprang, wurde von allen anderen Raumfahrern sofort übernommen, daran konnte sogar Perry Rhodans unwilliges Stirnrunzeln herzlich wenig ändern.

Schäden am Metagrav machten das Fernraumschiff seit dem Sturz durch den Frostrubin weitgehend manövrierunfähig. Da die BASIS sich zudem einem Black Hole näherte, entstand allmählich eine bedrohliche Situation. Inzwischen wurden verzerrte Funksprüche im Flottenkode empfangen. Demnach waren weitere Flotteneinheiten in M 82 materialisiert, wenn auch an weit voneinander entfernten Positionen.

Diese Galaxis, das zeigten die dreidimensionalen Abbildungen, war eine ausgedehnte Sternenwüste. Nicht viele Galaxien wirkten ähnlich zerrissen.

Perry Rhodan sprach davon, dass alle zwanzigtausend Einheiten der Galaktischen Flotte M 82 erreicht haben mussten. Die Schiffe hatten im Frostrubin einen Weg des geringsten Widerstands genommen und waren dabei wie Konfetti über die ganze Galaxis verstreut worden. Das war nicht der angenehmste Gedanke angesichts der Endlosen Armada und der Tatsache, dass M 82 das unmittelbare Machtgebiet von Seth-Apophis war.

Ähnliche Irritationen wie an Bord der BASIS herrschten innerhalb der Endlosen Armada. Die Fülle von Raumschiffen auf engstem Raum hatte zudem schon zur Kollision des Fernraumschiffs mit einer Armadaeinheit geführt. Als deren Kommandant in der Hauptzentrale empfangen wurde, spürte Saedelaere wieder dieses eigenwillige Prickeln in seinem Körper, als wäre er einem kurzen, aber heftigen Stromstoß ausgesetzt. Diesmal war das Gefühl sogar äußerst unangenehm.

Der Totenbleiche blieb stocksteif stehen und wagte vorübergehend nicht einmal mehr, sich zu bewegen. Da alle Aufmerksamkeit auf den Extraterrestrier gerichtet war, bemerkte niemand sein Problem.

Stunden später wurden seine Beine taub. Das Gefühl, bis zu den Knien in Eiswasser zu stehen und langsam, aber sicher die Kontrolle über die Muskeln zu verlieren, war erschreckend. Saedelaere fragte sich, ob er die eigenen Kräfte überschätzt hatte. Aber vielleicht wurde er einfach nur krank.

Auch dieser Anfall ging vorüber wie die anderen zuvor. Eine Weile lauschte Alaska noch in sich hinein, dann gab es wieder Wichtigeres. Er würde mit den Ärzten reden, sobald die aktuellen Probleme ausgestanden waren.

Als er Stunden später in seine Kabine zurückkehrte, war er ziemlich sicher, dass im Frostrubin mehr mit ihm geschehen war als angenommen. In seinem Körper rumorte es – er hatte das Gefühl, dass etwas zwischen den Eingeweiden umherwanderte. Ein unerklärlicher Schauder überlief ihn, sobald er nur daran dachte.

Zögernd tastete Saedelaere über sein Gesicht. Die Männer und Frauen taxierten ihn mit forschenden Blicken. Sie glaubten, dass er das nicht bemerkte, aber sie täuschten sich. Jeder Blick brannte auf seiner Seele. Nachdem ihm bislang die Plastikmaske ein Gefühl der Sicherheit gegeben hatte, fühlte er sich nun eher bloßgestellt. Und er wusste genau, dass die Neugierde noch wachsen würde, sobald sich die Lage zu stabilisieren begann.

Alaska machte sich nicht einmal die Mühe, die Schuhe auszuziehen, als er sich rücklings aufs Bett warf. Blicklos starrte er zur Decke empor, die keine Projektion zeigte. Den Summton des Schottmelders ignorierte er, ebenso unmittelbar darauf den zweiten Versuch.

»Wer immer da ist … verschwinde!«, rief Saedelaere. Zu spät biss er sich auf die Zunge. Er hatte schlicht die Nerven verloren.

Der Besucher erwies sich als hartnäckig. Ein Seufzen auf den Lippen, aktivierte der Transmittergeschädigte den Monitor neben dem Schott. Perry Rhodan stand draußen; abwartend kaute er auf seiner Unterlippe.

»Tut mir Leid!«, rief Alaska vom Bett aus. »Ich wusste nicht …«

»Schon gut.« Rhodan winkte ab. »Wie wär's, wenn du mich reinbittest?«

»Natürlich.« Ein wenig verwirrt gab Saedelaere den Befehl zum Öffnen, gleichzeitig stand er zwar auf, drehte sich aber vom Schott weg.

Rhodans Schritte verhielten in der Mitte des Raumes. »Mich interessiert, wie es dir geht.«

»Gut«, sagte Alaska.

Der Terraner hüstelte. »Du erwartest hoffentlich nicht, dass ich das glaube. Unter Freunden sollte man offen miteinander umgehen. Also …«

Saedelaere schwieg betreten.

»Sieh mich wenigstens an, Alaska! Sag mir ins Gesicht, dass ich mir unnötig Sorgen mache.«

»Ich kann das nicht«, stieß der Transmittergeschädigte hervor.

»Und ob du kannst. Verdammt, Alaska, gerade du solltest es besser wissen. Such nicht auch noch nach Problemen, wo keine sind.«

Saedelaere schnaufte gequält. »Du weißt, dass das Gesicht der Spiegel der Seele ist. Wie muss es in mir aussehen, wenn schon mein Gesicht …«

»Natürlich hinterlässt das Cappin-Fragment Spuren«, unterbrach Perry Rhodan. »Lange genug hast du die Maske getragen, und es wird geraume Zeit dauern, bis deine Haut sich wieder normalisiert.«

»Das ist es nicht allein.«

Rhodan horchte auf. Wenn Saedelaere in diesem Tonfall redete, steckte mehr dahinter als »nur« Selbstmitleid. Das wusste der Terraner. »Ich kann dich nicht zwingen, alles zu sagen; aber du solltest mir wenigstens eine Chance geben, dir zu helfen.«

Saedelaere nickte schwach. »Ich weiß nicht, was wirklich mit mir los ist«, sagte er stockend – zumindest in der Sprechweise hatte er sich nicht verändert. »Seit der Organklumpen verschwunden ist, habe ich – Anfälle. Das ist vielleicht zu viel gesagt. Eher sind es Missempfindungen. Als fließe ein elektrischer Strom durch meinen Körper. Verstehst du? Mal ist es hier, dann wieder woanders. Anfangs habe ich kaum darauf geachtet, inzwischen macht es mir Angst.« Alaska hatte zunehmend schneller gesprochen, nun holte er tief Luft. »Ich habe den Verdacht, dass in mir etwas heranwächst. Mein Körper bereitet mir weniger Sorge, aber dass da schon wieder etwas ist ... etwas Fremdes ...«

»Bist du sicher, dass du nicht nur überreizt reagierst? Ich kann mir vorstellen, Alaska, dass du gerade jetzt besonders auf jede Regung achtest.«

»Das bilde ich mir nicht nur ein.« Nach wie vor wandte Saedelaere dem Terraner den Rücken zu.

»Ich bitte dich, geh in die Medo-Abteilung und lass dich untersuchen«, sagte Rhodan.

»Später. Noch bin ich nicht so weit.«

»Worauf willst du warten?«

»Es gibt Wichtigeres als mein Gesicht. Der BASIS droht nach wie vor Gefahr. Eigentlich solltest du in der Zentrale und nicht bei mir sein.«

Rhodan lachte leise. »Wir sind im Begriff, dem Black Hole zu entkommen. Und wir werden einen Weg durch die Endlose Armada finden und unsere in M 82 verstreute Flotte wieder zusammenführen. Dazu brauchen wir dich, Alaska.«

Saedelaere fühlte sich müde und erleichtert zugleich. Vielleicht hatte er wirklich nur hören wollen, dass er gebraucht wurde. In seiner Situation wirkten solche Worte Wunder. Er hoffte, dass er sein totenbleiches Aussehen bald ignorieren und auf weitere Veränderungen warten konnte.

»Du wolltest mich anschauen«, sagte er und wandte sich langsam um. »Aber erwarte nicht zu viel!«

Alaska Saedelaere zögerte. Die Tage, an denen er sich wohl fühlte, hielten sich mit jenen die Waage, die ihn seinen Körper verwünschen ließen. Dabei konnte er nicht einmal sagen, dass die Missempfindungen stärker wurden, er nahm sie nur anders wahr. Vermutlich konzentrierte er sich wirklich stärker darauf. Die Medo-Stationen der BASIS sah er dennoch lieber von außen und zögerte, sich einer Untersuchung zu unterziehen, bei der sein Innerstes nach außen gekehrt werden würde.

Die Mediziner können mir nicht helfen, redete er sich ein, und das war nur eine von vielen Ausreden, mit denen er sich selbst belog. Vor allem wusste er, dass er Ausflüchte suchte. Solange er nichts spürte, hatte er dafür nur ein Achselzucken übrig – und sobald dieses prickelnde Wallen wieder durch seinen Leib raste, redete er sich ein, dass es rasch vorübergehen würde. Jetzt, da ihn das Cappin-Fragment nicht mehr zum Aussätzigen stempelte, kapselte er sich noch mehr ab als früher.

Da war etwas in ihm ...

Alaska Saedelaere versuchte es zu ignorieren, so gut es eben möglich war. Dabei wusste er, dass er sich dem Problem nicht auf Dauer verschließen konnte. Sein Leben ohne das Fragment hatte er sich anders vorgestellt.

Die Erkenntnisse über die Endlose Armada und ihre einzelnen Völker mehrten sich rasch. Alle Intelligenzen genossen innerhalb des aus Millionen, vielleicht sogar Milliarden Raumschiffen bestehenden Verbundes eine uneingeschränkte Eigenständigkeit. In äußerster Konsequenz entstanden sogar Streitigkeiten oder Kriege zwischen den einzelnen Armadaeinheiten, also den Schiffspulks der einzelnen Völker.

Der Antrieb aller Schiffstypen unterlag armadaweit einer einheitlichen Norm. Es gab also eine überregionale Technik, die vor allem gleichmäßige und koordinierte Manöver von jeweils Zigtausenden Raumschiffen erlaubte. Anders war ein solch gewaltiger Heerwurm ohnehin nicht funktionsfähig.

Die Endlose Armada befand sich auf der Suche nach dem Kosmonukleotid TRIICLE-9 ...

Heute ist bekannt, dass die Gesamtheit der Naturgesetze, die das Entstehen und die Entwicklung eines Universums prägen, im Moralischen Kode verankert ist. Dieser besteht in der Form einer Doppelhelix aus psionischen Feldern, den so genannten Kosmonukleotiden. Einzelne psionische Felder sind jeweils für räumlich genau definierte Regionen zuständig. Mehrdimensionale Botenstoffe, so genannte Messengers, sorgen für einen nicht abreißenden Informationsfluss zwischen dem Moralischen Kode und dem »betreuten« Weltraum. Die Lichtgeschwindigkeit ist in diesen Informationen als Konstante festgelegt, ebenso der absolute Nullpunkt oder auch, ganz banal, die Auswahlprinzipien der natürlichen Evolution.

Da der Moralische Kode als solcher für das gesamte Multiversum Gültigkeit hat, wobei die jeweiligen Informationspools im Rahmen der universellen Genese durchaus unterschiedliche Konstanten entwickeln können, steht also fest, dass andere Universen möglicherweise Naturgesetze aufweisen, die von den uns bekannten extrem abweichen. Inwieweit solche Universen lebens- oder auch entwicklungsfähig sind, entzieht sich noch unserer Kenntnis. Es mag sein, dass sie über das Knospungsstadium im Raum-Zeit-Schaum niemals hinauswachsen werden. So viel zum Thema kosmische Bedeutung von Galaxien-Clustern, einzelnen Galaxien oder gar intelligenten Völkern, die sich selbst als Krone der Schöpfung erachten. Auch die Menschheit an sich unterlag bis vor kurzem diesem folgenschweren Irrtum. Dass wir uns daraus lösen konnten, spricht für den Vollzug der nächsten Entwicklungsschritte.

Die Terraner werden überrascht sein, wenn sie in Kürze die Frage nach dem Frostrubin beantworten und nebenher das wahre Wesen der Endlosen Armada erkennen. Der Frostrubin ist identisch mit dem zum Moralischen Kode gehörenden Kosmonukleotid TRIICLE-9. Nicht einmal die von einem Kosmokraten rekrutierte gewaltige Wachflotte konnte dessen spontane Mutation und Verschwinden aus der Doppelhelix verhindern. Während ihrer Jahrmillionen währenden Suche nach TRIICLE-9 wuchs die Wachflotte weiterhin an, und irgendwann bürgerte sich für sie der Name Endlose Armada ein.

Die Wahrheit ist, dass der Moralische Kode an sich die wahre Endlose Armada ist. Wie ein Möbiusstreifen durchziehen die in die Raum-Zeit-Krümmung eingebetteten psionischen Felder der Doppelhelix das Universum – für sie gibt es weder einen Anfang noch ein Ende.

TRIICLE-9 wurde vor Millionen Jahren von der in ihrer Entwicklung begriffenen negativen Superintelligenz Seth-Apophis aufgespürt, die eine große Anzahl von Fremdbewusstseinen innerhalb der psionischen Felder deponierte. TRIICLE-9 veränderte sich daraufhin zu einer zweitausend Lichtjahre durchmessenden festen Form und begann, Energie aufzusaugen. Das Kosmonukleotid wurde zum Frostrubin, weil unter seinem Einfluss Sonnen erkalteten und es kosmische Staub- und Materiewolken mit Temperaturen am absoluten Nullpunkt zurückließ.

Alaska Saedelaere unterdrückte einen schmerzerfüllten Aufschrei. Die Zähne hatte er zusammengebissen, und so versuchte er, das Wühlen in seinen Eingeweiden zu ignorieren. Es fiel ihm schwer, weil ihn die Hitzewallungen in immer kürzeren Abständen durchfluteten. Mitunter glaubte er zu spüren, dass etwas heftig in seinem Körper rumorte.

Momentan hatte er den Eindruck, dass ein riesiges Insekt über seinen Rücken krabbelte. Da half es auch nicht mehr, die Hände zu ballen, bis die Nägel schmerzhaft ins Fleisch einschnitten. Vor seinen Augen tanzten Funken sprühende Feuerräder. Sie waren in dem Moment aufgeflammt, als sich ein starker Druck auf seinen Nacken gelegt hatte: Das »Insekt«, das eben noch die Wirbelsäule emporgekrochen war, hatte den Schädel erreicht. Alaska schaffte es nicht mehr, sein Stöhnen völlig zu unterdrücken.

Einen oder zwei Tage noch, redete er sich ein. *Wenn es dann nicht besser ist, gehe ich zu den Quacksalbern.*

Ein Einsatz mit Gucky außerhalb der BASIS machte seinen Vorsatz zunichte. Vielleicht kam ihm das auch wie gerufen. Zumindest vorübergehend vergaß Alaska seine Probleme – bis er plötzlich kaum noch laufen konnte. »Meine Beine«, ächzte er, »sie sind … als wären sie aus Glas … spröde.«

»Du solltest einen Arzt aufsuchen, sobald wir wieder an Bord sind«, mahnte Gucky. Alaska nickte stumm. Was er für sich behielt, war das Gefühl, dass seine Beine sogar durchsichtig geworden waren. Er hatte das durch den Stoff des Raumanzugs gesehen.

Allmählich werde ich wirklich verrückt, schoss es ihm durch den Sinn. Oder machte ihm das schubweise auftretende Fieber zu schaffen? Er fragte sich, wie er die Symptome überhaupt einem Mediziner erklären sollte. Sie würden ihn erneut wie ein Versuchskaninchen behandeln – und genau das hasste er. Niemals hatte er an den Klinikaufenthalt nach dem Transmitterunfall zurückdenken wollen. *Nie wieder*, hatte er sich damals geschworen, *nie wieder lege ich mich in eine Klinik und lasse an mir herumexperimentieren. Lieber sterbe ich.*

Hartnäckig betrieb Alaska Saedelaere weiterhin seine psychische und physische Selbstverstümmelung. Er sonderte sich noch mehr ab, als er dies früher schon getan hatte. Mittlerweile spürte er jeden nahenden Fieberschub und konnte sich zumeist rechtzeitig zurückziehen. Selbst wenn er es nicht in seine Kabine schaffte, bot die BASIS ausreichend Räumlichkeiten, in denen er ungestört abwarten konnte, bis seine Empfindungen sich wieder normalisierten.

Er schwieg seine »Krankheit« tot. Wie es in ihm aussah, ging keinen etwas an; er verschloss sich und zog sich in das Schneckenhaus seiner Gefühle zurück wie eigentlich schon immer. Vor langer Zeit hatte er sich mit dem Cappin-Fragment arrangiert, nun arrangierte er sich mit etwas Unbekanntem. Der Unterschied erschien ihm gering. Vielleicht bildete er sich das alles auch nur ein, oder er reagierte nach all den Jahrhunderten einfach überreizt.

Alaska begann, seinen Körper zu hassen, wie er zuvor das Fragment gehasst hatte. Er quälte sich mit immer härterem physischen Training. Bis er nur noch Haut und Knochen war.

Anfang Oktober kam der Zusammenbruch, den nicht einmal der Zellaktivator verhindern konnte. Alaska hatte derart Raubbau mit seinen Kräften getrieben, dass ihn die Ärzte drei Tage lang in der Medo-Station festhielten.

Saedelaere war gezwungen, eine Vielzahl von Untersuchungen über sich ergehen zu lassen. Die Mediziner bescheinigten ihm zwar einen akuten Erschöpfungszustand, an dem er selbst keineswegs unschuldig war, ansonsten gab es keinen Befund. Organisch alles in Ordnung, sagten sie, abgesehen von seiner Gesichtshaut. Möglicherweise hatten Stoffwechselprodukte des Cappin-Fragments das Gewebe angegriffen und einen Zellumbau bewirkt. Aber nicht einmal eine Feinanalyse abgeschilferter Hautschuppen brachte Aufschluss, wie die Veränderung entstanden war. Einzig und allein der Hauch sechsdimensionaler Reststrahlung, die dem Transmittergeschädigten anhaftete, schien für den Umbau verantwortlich zu sein.

Längst hatten die Galaktiker eine geeignete Stützpunktwelt in M 82 eingerichtet, die als Sammelpunkt für die weit verstreuten Flotteneinheiten dienen sollte. Konfetti-Effekt nannte man das Phänomen, das die Flotte beim Sturz durch den Frostrubin in der fremden Galaxis verstreut hatte. Obwohl auch die Endlose Armada in geringerem Umfang davon betroffen war, hatte sie ihre Formation weitgehend beibehalten.

Ein Hinweis auf eine *Armadachronik* eröffnete neue Aspekte – und bis zum Jahresende kristallisierte sich heraus, dass Perry Rhodan die Suche auf den Armadapropheten konzentrieren musste.

Anfang des Jahres 427 NGZ erfolgte die entscheidende Begegnung mit einem zweiunddreißig Kilometer durchmessenden Asteroiden, eigentlich einer kahlen, von einer schwach reflektierenden Energiehülle umgebenen Felskugel. Sie erwies sich als Heimstatt des Propheten.

Im Innern des Asteroiden stießen Perry Rhodan, Alaska Saedelaere und zehn weitere Personen auf eine unwirklich anmutende Welt mit Grasland, Buschflächen und kleinen Wäldern. Aber Distanzen, ebenso wie die optische Perspektive, schienen eigenen Gesetzmäßigkeiten zu unterliegen; die Geometrie dieser Hohlwelt war weit größer, als die Abmessungen des Asteroiden erlaubt hätten.

Die Vermutung lag nahe, dass der noch unbekannte Armadaprophet seine Besucher prüfen wollte. Hatte eine Zeit lang eine angenehme Helligkeit geherrscht, kam völlig überraschend Dunkelheit auf. Offensichtlich war der Prophet der Ansicht, die Terraner hätten eine Ruhepause nötig.

Alaska ließ sich einige Schritte abseits der anderen nieder. Da sich in den letzten Stunden die Schmerzen zunehmend über seinen Körper ausgebreitet hatten, wollte er allein sein.

Es gehörte eine gewisse Gewöhnung dazu, in einem Raumanzug zu schlafen und am Ende der Ruheperiode nicht völlig gerädert aufzuwachen. Selbst bei den modernen SERUNS drückte das Halssegment unangenehm im Nacken. In dieser Nacht hatte sogar Alaska seine Probleme damit. Unruhig drehte er sich von einer Seite auf die andere, bis er endlich die Beine an den Leib zog und in Embryonalhaltung verharrte. Zugleich war wohl auch das unaufhörliche Rumoren im Unterleib schuld daran, dass er keine Ruhe fand.

Urplötzlich schreckte Saedelaere auf. Durch die halb geschlossenen Lider hindurch bemerkte er ein fahles Flackern, ein fluoreszierendes Leuchten. Wie Elmsfeuer huschte es über seinen Raumanzug.

Ungläubig riss der Transmittergeschädigte die Augen auf. Dieses Leuchten entstand nicht auf seinem Raumanzug …

… es drang eindeutig von innen her durch das eigentlich undurchlässige Gewebe nach außen.

Im ersten Moment reagierte Saedelaere entsetzt. Er kannte diese zuckenden Lichtkaskaden, die ihn umflossen. Bis vor kurzem, solange er noch die Maske getragen hatte, waren sie von seinem Gesicht ausgegangen.

Jäh begriff er, was er seit Wochen nicht wahrhaben wollte. Mit jeder Faser seines Körpers hatte er sich gegen die Wahrheit zur Wehr gesetzt. Ein unheilvolles Stöhnen rang sich über seine Lippen. Zu mehr war Alaska Saedelaere nicht fähig, obwohl er liebend gerne seinen Zorn hinausgebrüllt hätte.

Der Organklumpen war keineswegs verschwunden! Zwar tobte das Fragment nicht mehr in seinem Gesicht, aber dafür war es in den Körper eingedrungen und führte dort sein zerstörerisches Werk fort.

»Nein!«, keuchte der Transmittergeschädigte und starrte seine Hände an, die sich ohne sein Zutun verkrampften. Es sah aus, als wolle er im nächsten Moment das Fragment aus seinem Leib reißen.

»Alaska …« Perry Rhodan war aufmerksam geworden und kam näher. »Sag mir nicht mehr, dass du keine Ahnung hast, was mit dir los ist.«

Natürlich zog der Terraner seine Schlüsse aus dem, was er eben gesehen hatte, auch wenn das Leuchten schon wieder nachließ. Nur noch ein verwehender Hauch flackerte auf Alaskas SERUN, ziemlich genau da, wo er das Rumoren im Unterleib zu lokalisieren glaubte.

Dass die wächserne Blässe in seinem Gesicht noch fahler geworden sein musste, stand für den Transmittergeschädigten außer Frage.

»Seit wann weißt du es?«, fragte Perry Rhodan.

Alaska Saedelaere schüttelte den Kopf. Das war eine Geste, die von Hilflosigkeit zeugte. »Seit eben«, brachte er stockend hervor. »Aber ich wollte, ich hätte es nie bemerkt. Jetzt ist alles nur noch schlimmer geworden.«

Vieles in dieser seltsamen Welt des Asteroiden war Lug und Trug. Sie bekamen es am eigenen Leib zu spüren – vor allem Saedelaere glaubte, dass der flackernde Helligkeitsausbruch des Organklumpens auf das Wirken des Armadapropheten zurückzuführen war. Das Fragment reagierte nach wie vor auf mehrdimensionale Energien.

Sich vorzustellen, dass der strahlende Klumpen durch seinen Körper wanderte, rief Übelkeit hervor. Alaska wollte nicht daran denken, aber je mehr er sich sträubte, desto deutlicher wurden die Bilder vor seinem inneren Auge. Er konnte diesem Teufelskreis nicht entrinnen.

Endlich änderte sich die Szenerie. Obwohl es eine Zeit lang gar nicht so ausgesehen hatte, als sollten sie ihr Ziel jemals erreichen, hörten sie die mentale Stimme des Armadapropheten.

Warum hast du mir das angetan?, schoss es Alaska durch den Sinn. *Ich hätte lieber ohne das Wissen gelebt, dass der Organklumpen noch da ist.*

Der Armadaprophet sprach von Visionen, die er ihnen zeigen wollte. »... deutet sie richtig, denn niemand kennt die Zukunft wirklich so genau, wie sie letzten Endes eintreten wird. Mehr als Anzeichen, die eine bestimmte Entwicklung erwarten lassen, würde den Gesetzen der Natur widersprechen. Nur wer allerdings die Zusammenhänge überblickt, kann aus ihnen eine zutreffende Wahrscheinlichkeit entnehmen. Seht also die Visionen ...«

Alaska Saedelaere empfand das Gefühl, hochgehoben und herumgewirbelt zu werden. Flackernde Blitze erhellten die Düsternis – als sie wichen, fand er sich vor den Kontrollen eines Raumschiffs wieder. Er hatte seinen Sessel in Ruheposition gebracht und sich festgeschnallt, während Rhodan neben ihm das Schiff flog. Hinter ihnen saßen weitere Passagiere, jedoch wirkten ihre Gesichter verschwommen und konturenhaft, als wären sie nur Statisten. Alaska konnte keinen von ihnen wirklich erkennen.

Wie in weiter Ferne registrierte er eine Raumschlacht, in der die terranische Flotte den Sieg gegen mächtige Armadaeinheiten davontrug. Vergeblich versuchte er, sich auf das Geschehen zu konzentrieren; bis er es endlich schaffte, wechselte das Bild.

Ein farbenprächtiger Nebel hing vor dem Schiff, eine Zone der Sternentstehung, deren blaues Leuchten alles andere vereinnahmte. Überrascht registrierte der Transmittergeschädigte den eingehenden Funkspruch. »Perry, wir empfangen eine Nachricht über Hyperkom«, stieß er verwirrt hervor.

Eine dröhnende Stimme erfüllte im nächsten Moment die Zentrale: »BASIS, hier spricht die Armadaeinheit Eins …«

Alaska verstand nicht, was noch aus dem Funkempfang kam. Die Gedanken des Armadapropheten überlagerten jede andere Wahrnehmung: *Ihr werdet die Armadaeinheit Eins finden, den Loolandre, das Herz der Armada.*

Wieder wechselte das Bild. Alaska stöhnte, weil das Cappin-Fragment in seinem Körper heftig reagierte. Trotzdem erkannte er, wo er sich befand: in der Hauptzentrale der BASIS. Auf den Bildschirmen zog ein unüberschaubarer Strom fremder Raumschiffe vorbei, ein endloser Heerwurm, dessen Imposanz ihn erschauern ließ. Und er sah Perry Rhodan mit einer knappen Handbewegung einen Mikrophonring zu sich heranziehen.

»An alle Einheiten der Endlosen Armada«, hörte er Rhodan sagen. »Hier spricht das Armadaherz …«

Trotz des Fiebers in seinem Leib fröstelte Saedelaere. Es erschien ihm nahezu unglaublich, dass Terraner das Kommando über die gewaltige Wachflotte übernommen hatten. Aber da war noch etwas, eine Kleinigkeit nur, doch sie fesselte seine Aufmerksamkeit. Ein schmaler Nebelstreif hing über dem endlosen Strom der Raumschiffe, und von der Seite her schob sich eine Dunkelwolke vor das Licht von Millionen Sonnen. Ihre Konturen erschienen so scharf geschnitten, dass ein Irrtum ausgeschlossen erschien. Das war der Pferdekopfnebel NGC 2024 im Sternbild des Orion. Der Weg der Endlosen Armada würde also mitten durch die heimische Milchstraße hindurchführen.

Erneut das Gefühl, herumgewirbelt zu werden. Alles, was eben noch scheinbar real gewesen war, wich der rauen Oberfläche des Asteroiden – und Dutzenden Space-Jets und Raumbooten, die entweder schon gelandet waren oder noch abwartend dicht über den zerklüfteten Felsen hingen.

»Perry, Alaska …«, erklang eine erleichterte Stimme im Helmfunk.

»Wir sind wohlbehalten und unverletzt«, antwortete Rhodan. »Und wir wünschen uns nichts mehr, als wieder ein Schiff von innen zu sehen.«

»Das war knapp«, fuhr die Stimme im Helmfunk fort. »Sechzig Stunden Wartezeit können endlos lang sein, wenn ein Lebenszeichen ausbleibt. In vier Minuten wäre die Frist abgelaufen, dann hätten wir begonnen, den Asteroiden Brocken für Brocken auseinander zu nehmen, um euch wiederzufinden.«

»Beim nächsten Mal vereinbaren wir eine kürzere Wartezeit«, sagte ein anderer.

Rhodan lachte knapp. »Es wird kein nächstes Mal geben. Hoffentlich.«

29.

Du siehst Rhodans aufmunterndes Lächeln und weißt genau, was sich dahinter verbirgt. Ein Almosen, der Versuch einer Herausforderung, damit du von deinen eigenen Problemen abgelenkt wirst. Er befürchtet seit Wochen, dass du in Depressionen verfallen könntest. Und, sei ehrlich zu dir selbst, er hat Recht.

»Hals- und Beinbruch«, sagt er, als er dir zum Abschied die Hand schüttelt. Du schweigst, weilst in Gedanken schon ganz woanders. Warum fürchtest du, dies könnte ein Abschied für immer werden?

Ein sorgenvoller Zug umfließt Rhodans Mundwinkel. Er wendet sich Carfesch zu, verabschiedet auch ihn mit einem Händedruck. Ihr beide werdet eine Zeit lang auf euch allein gestellt sein, und irgendwie seid ihr euch ähnlich. Verdammt ähnlich sogar, stellst du ironisch fest. Dein totenbleiches Wachsgesicht und sein strohfarbenes mit den achteckigen Hautplättchen, die sich je nach Temperatur öffnen oder zusammenziehen. Carfesch ist so groß wie du und so schlank, aber vor allem seine Augen sind es, die euch unterscheiden. Wie zwei strahlend blaue Kugeln stehen sie seitlich hervor und erlauben ihm einen Blickwinkel von einhundertachtzig Grad. In Verbindung mit den Krallenhänden verleihen sie ihm einen insektenhaften Ausdruck. Zumindest empfindest du das so. Im Grunde deines Herzens bist du dankbar für die neue Aufgabe, die dich wenigstens vorübergehend auf neue Gedanken bringen wird.

Den Loolandre erkunden, die sagenhafte Armadaeinheit Eins … Noch vor Monaten hättest du nicht daran geglaubt, dass ihr es wirklich so weit schaffen würdet. Erst nach der Begegnung mit dem Armadapropheten warst du zuversichtlicher. Vor allem hast du das Gefühl, dass dir diese Zuversicht bis heute geholfen hat zu vergessen, dass aus dem Maskenträger der Totenbleiche geworden ist.

Du hörst Perry flüstern. »Pass auf ihn auf!«, raunt er dem Sorgoren zu. Du tust, als hättest du es nicht bemerkt, versuchst dir stattdessen vorzustellen, was Carfesch und dich und ebenso die anderen Einsatzgruppen erwarten wird. Fellmer Lloyd und der Haluter Icho Tolot sind dabei, ebenso Irmina Kotschistowa.

Fünfdimensionale Energiebarrieren umgeben den Loolandre. Um in den Kern zu gelangen, müssen wir vier Pforten überwinden, die wegen ihrer hyperenergetischen Natur im Einstein-Raum nicht eindeutig lokalisierbar sind. Deshalb gibt es keine Umgehung dieser Pforten, egal aus welcher Richtung man sich dem Loolandre nähert.

Wir haben es geschafft. Über kurz oder lang wird sich erweisen, ob wir Terraner wirklich die Herrschaft über die Endlose Armada erringen können. Ich hoffe, der Prophet hat uns die richtige Zukunft sehen lassen.

Ihr kleines Raumschiff näherte sich dem Loolandre. Urplötzlich spürte Alaska Saedelaere, dass sein Herz zu rasen begann. In den Schläfen rauschte das Blut, und er fror und schwitzte abwechselnd. Er zwang sich dazu, tief und gleichmäßig zu atmen, sich von der Reaktion seines Körpers nicht anstecken zu lassen. *Der Anfall geht vorbei*, redete er sich ein. *Es dauert nie sehr lange.* Doch diesmal schien eine Ewigkeit zu vergehen. Wollte der verdammte Organklumpen ihn umbringen, ausgerechnet jetzt? Schweiß perlte auf seiner Stirn, innerhalb von Augenblicken war Alaska klatschnass. Seine Hand griff nach dem Zellaktivator, die Finger schlossen sich beinahe Hilfe suchend um das metallene Ei, das ihm die potenzielle Unsterblichkeit garantierte. Er fragte sich, warum der Aktivator gegen den Organklumpen machtlos war.

Der Loolandre musste ungeheuer groß sein. Verglichen mit seiner Ausdehnung, kroch die Space-Jet im Schneckentempo dahin. Noch hatte keines der Wachschiffe den Eindringling entdeckt.

Sie waren ohne Funkverbindung, hatten keine Ahnung, ob die anderen Spähtrupps inzwischen ebenfalls die Annäherung geschafft hatten. Elf Zweiergruppen waren gestartet, in Mini-Space-Jets und Raumlinsen, um die gegnerische Ortung unbemerkt überwinden zu können.

Saedelaere bemühte sich, das Pochen und Kribbeln in seinem linken

Oberschenkel zu ignorieren. Es wurde heftiger, bis er die Zähne zusammenbiss.

Natürlich entging Carfesch nicht, dass sich sein Begleiter jäh versteifte. »Was ist los?«, wollte er wissen. »Wieder das Fragment?«

»Was sonst?«, stieß der Transmittergeschädigte hervor. »Wir sind wirklich ein besonderes Team.«

»Warum so sarkastisch, mein Freund? Bislang verläuft unsere Mission erfolgreich.«

Saedelaere lachte heiser. »Wir befinden uns nach wie vor im Anflug. Sehr viel kann geschehen.«

»Nur, wenn wir uns selbst aufgeben.«

»Tu ich das?«

»Ich habe den Eindruck. Vielleicht wäre es besser, du würdest nicht bei jeder Regung in dich hineinlauschen und den Organklumpen suchen.«

Für einen Augenblick starrte Saedelaere den Sorgoren an. »Ich weiß wenigstens, was ich bin«, brachte er stockend hervor. »Aber du – wer bist du?«

»Belastet dich das? Nicht zu wissen, wer der Mann neben dir wirklich ist?«

Saedelaere schwieg, starrte nur noch auf die Bildschirme, die eine riesige formlose Wand in gleißender Lichtfülle zeigten.

»Also gut«, fuhr Carfesch fort. »Wenn es dich beruhigt: Ich bin eine Projektion.«

»Wovon?«

»Von etwas, das in der Vergangenheit gewesen ist oder auch in der Zukunft sein wird.«

»Erschöpfend und präzise«, bemerkte der Transmittergeschädigte zynisch.

»Du bist ein Mensch, der sich erst damit abfinden muss, dass seine Existenz vielleicht auf Ereignissen beruht, von denen wir beide noch nichts wissen. Mir ergeht es jedenfalls so.«

»Ich fühle mich ohnehin nicht als ganzer Mensch«, seufzte Alaska.

»Wenn du sagen willst, dass du dich wegen des Fragments geringer einschätzt, bist du im Irrtum.«

»Hör auf damit!«, stieß Alaska schneidend hervor.

»Warum? Was wir reden, bleibt zwischen uns beiden. Niemand wird je davon erfahren. Nicht nur du glaubst, dass wir beide uns ähnlich sind.«

Alaska schwieg betreten.

»Ich wünschte, ich könnte dir helfen, mein Freund«, begann Carfesch nach einer Weile.

»Kannst du das Fragment zwingen, in mein Gesicht zurückzukehren?«

»Das Leben geht weiter, aber die Wünsche ändern sich«, sinnierte der Sorgore. »Vor geraumer Zeit hast du mich gebeten, den Klumpen aus deinem Gesicht zu entfernen. Heute bin ich froh darüber, dass es mir nicht gelungen ist. Du bist alles andere als glücklich über den Verlust des Fragments. Den Frostrubin kannst du deswegen hassen – TRIICLE-9 wird das nicht einmal wahrnehmen. Ich könnte deinen Hass weit weniger ertragen.«

»Als Mann mit der Maske war ich bekannt und geachtet«, sagte Saedelaere kurz darauf. »Oder zumindest gefürchtet. Ohne das Fragment bin ich niemand.«

»Sie nennen dich den Totenbleichen.«

»Wer ist das schon?«, ereiferte sich der Transmittergeschädigte. »Wer ist der Totenbleiche? Was kann er, welche Fähigkeiten hat er vorzuweisen?«

»Du bist der Alaska Saedelaere, der du immer warst.«

»Das ist nichts als ein Name. Kaum jemand nennt mich so, in den Gedanken aller bin ich nur noch der Totenbleiche. Mag sein, dass sie mich sogar fürchten, mehr noch als früher. Denn jetzt sehen sie mein entstelltes Gesicht.«

»Alles änderte sich, du hast es selbst erlebt. Du wirst ein neues Selbstvertrauen finden, Alaska.«

Saedelaere biss die Zähne zusammen, um einen Aufschrei zu vermeiden. Hastig streifte er den linken Ärmel zurück. Die Haut wirkte gläsern und spröde. Und sie schien sich zuckend zu bewegen. »Sieh dir das an! Wenn das Fragment mich wirklich verlassen hätte, wäre alles anders. Es wird mich umbringen, sobald es sich mit meinem Herzen befasst oder ins Gehirn eindringt. Ich kenne seine Regeln nicht – ich weiß nur, dass ich es seit dem Durchgang durch den Frostrubin fürchten muss. Mehr als alles andere.«

Darauf wusste Carfesch keine Antwort.

Er war eingeschlafen und wusste nicht, wie viel Zeit inzwischen vergangen war. Das kleine Schiff war gelandet. Ein dampfender, brodelnder Sumpf erstreckte sich außerhalb. Erst als Alaska klar wurde, dass Carfesch längst das Schiff verlassen hatte, sprang er ebenfalls hinaus. Ein schmales Stück schwankenden Bodens trug ihn einigermaßen sicher. Viele kleine Inseln ragten aus dem Sumpf auf.

Am Strand einer der Inseln kauerten menschenähnliche Geschöpfe. Bei seiner Annäherung hoben sie wie auf ein geheimes Kommando hin die Köpfe. Alaska erschrak schier zu Tode. Sie waren Totenbleiche wie er selbst.

Schreiend hastete er davon ...

... und begriff irgendwann, dass er nur träumte. Nur langsam drangen die vertrauten Geräusche des Beiboots in sein Bewusstsein vor.

Er bemühte sich, wieder ruhiger zu atmen, und wollte sich aufrichten, doch sein rechtes Bein war taub. Es war unförmig angeschwollen, der aufgeplatzte Schuh ließ eine schwammige Masse hervorquellen. Was er schon lange befürchtete, begann sich zu bewahrheiten: Das Fragment veränderte ihn.

»Hilf mir, Carfesch!«, keuchte er.

Der Sorgore antwortete nicht. Eine schreckliche Erinnerung stieg in Saedelaere empor. Zwischen den Sumpfinseln hatte er mit Carfesch gekämpft, als er versucht hatte, das Cappin-Fragment aufzuheben, das ihm vor die Füße gefallen war. Nur ein Traum ... Und warum scheute er sich davor, sich jetzt umzudrehen?

Trotz der Schmerzen schwang sich Saedelaere herum. Carfesch saß nicht mehr vor den Kontrollen, er würde nie wieder im Pilotensessel sitzen.

Carfesch war tot.

Alaska Saedelaere brauchte Minuten, um das Ungeheuerliche zu begreifen. Er starrte seine Hände an, genau wissend, dass er zum Mörder geworden war. Carfesch war einer der wenigen Freunde gewesen, die auch nach dem Verlust des Cappin-Fragments zu ihm gehalten hatten. Wahrscheinlich hatte der Sorgore versucht, ihn aus seinem Albtraum aufzuwecken, und dabei war es geschehen.

Saedelaere taumelte zur Schleuse. Viel zu lange dauerte es, bis sich das innere Schott hinter ihm schloss. Er hämmerte auf die Sensortaste, die den Öffnungsvorgang einleitete. Aber nur eine verfluchte Computerstimme forderte ihn auf, einen Raumanzug anzulegen.

»Ich will keinen SERUN«, keuchte er. »Ich will sterben!«

Langsam, kraftlos sank er am Außenschott entlang zu Boden. Schon auf den Knien, schlug er noch mit der flachen Hand gegen den kalten Stahl. Er wimmerte und weinte und rollte sich zusammen.

»Du bist krank, sehr krank«, sagte Carfesch. »Erinnerst du dich an deinen Albtraum? Du hast versucht, dich umzubringen.«

Abrupt richtete Saedelaere sich auf. Ein Schwindelgefühl wollte ihn wieder auf die Liege zwingen. Seine jähe Erleichterung, dass Carfesch lebte, mischte sich mit Panik. »Das Cappin-Fragment reagiert unkontrolliert«, ächzte er. »Vom Loolandre scheint eine starke hyperphysikalische Strahlung auszugehen. Der Gewebeklumpen tobt wie irr durch meinen Körper.«

»Dann ist es riskant, den Flug fortzusetzen.«

Umkehren? Das wäre er Carfesch schuldig gewesen. Zweifellos wurde das Risiko größer, je weiter sie sich dem Loolandre näherten. Aber wie groß mochte die Chance sein, noch einmal unbemerkt den Kordon der Wachschiffe durchstoßen zu können? Und falls sie entdeckt wurden, mussten die Besatzungen nicht annehmen, sie hätten den Loolandre nicht nur erreicht, sondern wären in das Armadaherz eingedrungen? Zweifellos würden sie das kleine Schiff dann erst recht vernichten.

»Es könnte gefährlich für dich werden«, warnte Carfesch.

»Das haben wir von vornherein gewusst.«

»Ich meine das tödliche Risiko, das allein dich betrifft: das Cappin-Fragment.« Als Alaska schwieg, fügte Carfesch nach einer Weile hinzu: »Du gehst das Risiko bewusst ein? Suchst du nach einer Rechtfertigung, dass der Totenbleiche nützlich sein kann?«

»Ich weiß es nicht. Aber das Fragment ist endlich aktiv geworden. Vielleicht findet es eine Möglichkeit, mich zu verlassen. Oder es bleibt bei mir …«

»Du hoffst, dass es in dein Gesicht zurückkehrt?«

»Wir werden jedenfalls nicht abbrechen – nicht wegen mir.«

Bis auf wenige Kilometer hatte sich das kleine Raumschiff der gigantischen Wand genähert und flog über die endlos öde, monotone Ebene hinweg. Die Oberfläche wirkte schrundig und von blasenartigen Erhebungen und Einbrüchen durchsetzt, die an Krater erinnerten. Trotz der gewaltigen Masse hatte die Außenseite keine Atmosphäre gebunden.

Während Carfesch nach einer Schleuse Ausschau hielt, versank der Transmittergeschädigte wieder ins Grübeln. Er fragte sich, warum ausgerechnet er für dieses Unternehmen ausgewählt worden war. Hatten die Wissenschaftler hyperphysikalische Strahlungen beim Loolandre angemessen und ihn deshalb in den Einsatz geschickt? An Bord der BASIS begegnete man ihm mit einer unverkennbaren Scheu. Schon mit der

Maske hatte er als Einzelgänger gegolten, aber mittlerweile war vieles noch schlimmer geworden. Es war sicher kein Zufall, dass er eher Kontakt zu so rätselhaften kosmischen Wesen wie Kytoma und Callibso gefunden hatte als zu den Menschen in seiner Nähe.

Der Loolandre war gigantisch. Nach einer Zeit lang monotonen Flugs über die endlose Wand hinweg tauschte Carfesch mit Alaska den Pilotensessel.

Saedelaere fragte sich immer drängender, ob man ihn zum Loolandre geschickt hatte, um eine Entscheidung zu erzwingen. Weit voraus entdeckte er eine ungewöhnliche Formation, einen offenbar tief in die Wand hinabreichenden Krater. Zugleich breitete sich ein schwacher Nebelfleck aus. Er blinzelte verwirrt, schaffte es aber nicht, die Hand zu heben und die Augenwinkel zu massieren. *Du musst sofort landen!*, schien ihm der Nebel zuzuraunen.

Zu spät fuhr Carfesch herum und versuchte noch, die Kontrollen zu beeinflussen. Da stürzte das kleine Raumschiff schon dem Loolandre entgegen und schlug in einer harten Landung am oberen Kraterrand auf.

Schon nach kurzer Zeit stand fest, dass das Beiboot nie wieder fliegen würde. Für eine Reparatur fehlten schlicht die Mittel.

»Wenn es hier wirklich etwas gibt, was dich gerufen hat«, stellte Carfesch fest, »sollten wir uns daranmachen, diesen Jemand oder dieses Etwas aufzuspüren.«

Sie zogen ihre SERUNS an. Für Alaska war der Raumanzug so gut wie eine Maske. Niemand würde es nun sehen können, falls ihn das verdammte Cappin-Fragment wieder transparent erscheinen ließ.

Die Schleuse war verklemmt und nicht zu öffnen. Mit einem Desintegrator bahnten sie sich einen Weg durch die Schiffszelle. Draußen herrschte die schon bekannte Helligkeit. Woher das Licht kam, war nicht zu erkennen. Es schien allgegenwärtig zu sein.

Das Schiff lag knapp vor der Abbruchkante. Gut fünfhundert Meter weit ging es in die Tiefe, bis eine Rampe den Krater einengte. Alaska beugte sich weit nach vorne, um so viel wie möglich erkennen zu können.

»Sieh dich vor!«, warnte Carfesch. »Oder willst du dir das Genick brechen?«

»In den SERUNS können wir nicht abstürzen«, entgegnete Alaska. »Das ist technischer Standard.«

»Wir befinden uns nicht auf irgendeinem Planeten, sondern auf der Oberfläche des Loolandre«, widersprach der Sorgore. »Folglich sollten wir uns nicht darauf verlassen, dass alles wie gewohnt funktioniert.«

Schon lange hatte er sich nicht mehr so wohl gefühlt. Eine Zeit lang hoffte er sogar, das Cappin-Fragment hätte sich während der harten Landung endlich stillschweigend verabschiedet – immerhin spürte er seither nicht einmal ein Zucken.

Der Krater war riesig und unmöglich in kurzer Zeit zu erforschen. Angesichts der gewaltigen Ausdehnung des Armadaherzens fragte Alaska sich ohnehin, ob ein Menschenleben ausreichte, um den Loolandre auch nur bruchstückhaft zu erkunden.

Abrupt hielt er inne. Wenn er sich nicht täuschte, stand rechts von ihm, tief unten am Rand des Abgrunds, eine zierliche Gestalt. Statt eines Raumanzugs trug sie nur ein einfaches weißes Gewand. Carfeschs warnenden Ruf beachtete er nicht: Langsam ging er auf die ferne Gestalt zu.

»Wer bist du?«, flüsterte er. »Ich kenne dich – aber du kannst gar nicht hier sein. Bitte antworte mir!«

Die weiße Gestalt stand wie erstarrt. Aber selbst Carfeschs Stimme wurde für Saedelaere zum fernen Raunen. Er registrierte, dass der Sorgore besorgt fragte, mit wem er redete, doch er antwortete nicht.

Irgendetwas zerbrach unter seinen Sohlen. Er strauchelte und geriet ins Rutschen – und starrte dennoch unverwandt hinab zu der hellen Gestalt. Selbst als er stürzte und von lockerem Geröll in die Tiefe gerissen wurde, spürte er keine Furcht. Er ahnte, dass eine unbegreifliche Sicherheit auf ihn wartete.

Obwohl das Gesicht der Person im Schatten lag und er nicht mehr als den wehenden Umhang erkennen konnte, glaubte er zwei Augen zu sehen, die ihn sehnsuchtsvoll anblickten. Im selben Moment riss ihn eine unwiderstehliche Kraft in die Höhe und setzte ihn am Kraterrand ab. Tief unter ihm verwehte die weiße Gestalt wie Nebel in der Mittagssonne.

»Warum hast du das getan?«, schrie er Carfesch an. »Warum hast du mich zurückgeholt?« Impulsiv riss er seinen Strahler hoch, doch im gleichen Moment vernahm er das feine Zischen eines Paralysators. Finsternis umfing ihn.

Als Alaska erwachte, wusste er, dass er sich schnellstmöglich von Carfesch trennen musste. Aber der Sorgore würde wachsamer sein als zuvor.

Das Cappin-Fragment rumorte in seinem rechten Bein. Doch zum ersten Mal seit dem Flug durch den Frostrubin machte es ihm nichts aus.

Wir fühlen uns beide nicht wohl, dachte er. *Mein Körper mag für dich ein schreckliches Gefängnis sein, aber du bist auch kein angenehmer Gefangener. Wenn ich wüsste, wie ich dich freilassen kann, würde ich keine Sekunde lang zögern. Trotzdem bin ich jetzt überzeugt, dass es einen Weg gibt – wir müssen ihn nur finden. Solange wir Carfesch an unserer Seite haben, wird das nicht möglich sein.*

Es tat ihm gut, die eigenen Gedanken zu teilen. Auch wenn er nur mit einer fiktiven Person redete. Er glaubte nicht, dass ihn der Organklumpen verstand. Jahrhundertelang hatten sie wie Symbionten miteinander gelebt, aber erst vor sehr kurzer Zeit hatte Alaska wirklich verstanden, welche Vorteile ihm diese Symbiose gebracht hatte.

Das Ziehen im Bein verstärkte sich. Aber sowenig wie die Mediziner an Bord der BASIS fündig geworden waren, so wenig lag die Veränderung im Erfassungsbereich des SERUNS. Der Raumanzug reagierte nicht darauf.

Während Saedelaeres Lähmung hatte sich Carfesch schon in der näheren Umgebung umgesehen. In den Kraterwänden hausten Wesen, die für Ordnung sorgten. Zumindest waren sie im Begriff, ein tiefer liegendes Raumschiffswrack zu demontieren. Andere ihres Volkes vertraten aber wohl die Ansicht, dass es besser sei, das Schiff wieder in den Originalzustand zu versetzen. Jedenfalls arbeiteten beide Gruppen gegeneinander und ohne wirklich voranzukommen.

In der Tiefe zeigten die Kraterwände Spuren einer Bearbeitung. Balkonähnliche Plattformen ragten aus den Wänden, dazwischen gab es Treppen und überdachte Rampen. Am Grund des Kraters war es nicht mehr so hell; eine rötliche Dämmerung ließ die Umgebung jedoch trostlos erscheinen.

Alaska hatte Carfesch dazu bewogen, abwechselnd etappenweise in die Tiefe abzusteigen, sich dann aber zurückgezogen, als der Sorgore unter ihm verschwunden war. Ihn interessierten die Schleusen ebenso wenig wie die Bewohner des Kraters. Er wollte nur noch allein sein und auf die Rückkehr der weißen Gestalt warten. Er wusste, dass sie wiederkommen würde.

Er phantasierte wieder, sah Dinge, die es nicht gab, und redete mit Personen, die sicher nicht in seiner Nähe waren. In Gedanken wanderte er durch einen kleinen Garten, den er sich anlegen wollte. Dazu ein kleines Haus, eine Terrasse im Sonnenschein. Wind und Wetter und vor allem die Sonne würden sein bleiches Gesicht bräunen, und eines Tages würde er sich wieder unter Menschen wagen …

Der Felstunnel, in den er sich zurückgezogen hatte, war nicht der richtige Ort. Er musste zurück zum Beiboot, obwohl er genau das Carfesch ausgeredet hatte. Nur am Kraterrand bestand die Hoffnung, dass ihn die anderen Trupps über kurz oder lang aufspürten. Er wandte sich wieder bergauf, aber schon nach kurzer Strecke durchzuckte ihn ein heftiger Schmerz.

»Du befindest dich in Not, und ich will dir helfen«, sagte die weiße Gestalt.

»Warum?«, wollte er wissen.

»Du hast versucht, mir beizustehen, Alaska Saedelaere, und das vergesse ich nicht. Aber du befindest dich an einem Ort, dessen Kräfte mich nicht bis zu dir vordringen lassen. Ich kann dich nur erreichen, solange du träumst. Hab Geduld, bis ich einen besseren Weg finde.«

Im dem Moment erkannte er, dass er wieder in einem Traum gefangen war. Und nicht nur das. Er hing in einem Netz aus metallenen Fäden. Als er sich umschaute, entdeckte er in plumpe Raumanzüge gehüllte Kraterbewohner.

Sie schleppten ihn in halber Höhe der Kraterwand durch eine Schleuse. Erst nach einer Weile registrierte er, dass ihre hellen, plappernden Stimmen Armadaslang redeten. Recht freizügig unterhielten sie sich darüber, was sie mit ihrer unverhofften Beute anfangen sollten. Immer mehr dieser Wesen erschienen, bis eines von ihnen befahl, den Fremden aus dem Netz zu befreien.

War das immer noch ein Traum? Alaska wusste es nicht. Er begann, sich mit einem der Fremden zu unterhalten, der sich Ygaph nannte und Alaska seinerseits als seltsamen Namen bezeichnete.

»Ich bin schließlich ein seltsamer Vertreter meines Volkes«, bemerkte der Transmittergeschädigte ironisch.

Unvermittelt stand eine weiß gekleidete Gestalt neben Ygaph. Ihr Erscheinen bestärkte Alaska in der Vermutung, erneut einen verrückten Traum zu erleben. Vielleicht hatte das Fragment sein Gehirn erreicht und tobte sich aus. »Warum bin ich eigentlich so anders?«, fügte er hinzu.

»Weil du mit einem Pedotransferer zusammengestoßen bist«, sagte die weiße Gestalt. »Und weil der Cappin dich mit sich riss in eine uralte Umgebung …«

»Du meinst, zu den versteinerten Cynos?«

»… auch das. Vor allem aber, weil du den Zusammenstoß überlebt und einen Teil des Cappins mit dir genommen hast.«

»Mir fehlen vier Stunden«, entsann er sich erregt.

»Dir fehlt die Erinnerung. Du hast vier Stunden auf der Brücke verbracht.«

»Welche Brücke?« O ja, da war die Erinnerung, aber nur an eine sterbende Welt, die vom Schwarm aufgenommen worden war. Längst war sie für ihn unerreichbar.

»Mit wem redest du?« Ygaph schreckte ihn aus seinen Gedanken auf.

Die weiß gekleidete Gestalt stand noch immer neben ihm. »Siehst du sie etwa nicht?«, fragte Saedelaere verwirrt.

»Wen soll ich sehen, fremder Alaska?«

Natürlich war sie nicht da. Es war unmöglich, dass sie ausgerechnet an diesem Ort erschien. Er phantasierte, verfluchte von neuem das Fragment, das ihn unaufhaltsam dem Wahnsinn preisgab.

Alaska schlief und dämmerte zeitlos dahin. In einem lichten Moment, in dem er das Fragment nicht mehr spürte, erkannte er, wie schmählich er Carfesch hintergangen hatte. Er wollte aufstehen und gehen, doch Ygaph hielt ihn zurück. »Hier bist du in Sicherheit. Erzähl mir mehr von deinen Träumen!«

Unvermittelt war die weiß gekleidete Erscheinung wieder da. Keine zwei Meter entfernt schwebte sie dicht über dem Boden, und diesmal erkannte er sie. Eigentlich hatte er es schon immer gewusst.

»Kytoma«, flüsterte er ergriffen. »Bist du wirklich gekommen, um mir zu helfen?«

»Ich habe mein Volk wiedergefunden, Alaska, und ich habe von deinem ungewöhnlichen Schicksal erzählt. Ab und zu konnte ich deshalb nach dir sehen, weil ich wissen wollte, was mit dir geschieht. Du bist unglücklich geworden, mein Freund. Früher glaubtest du nur, unglücklich zu sein, aber heute bist du es wirklich.«

Er nickte schwer. »Ich habe einen einzigen Wunsch, Kytoma. Kannst du das Fragment in mein Gesicht zurückholen?«

Das Mädchen schüttelte den Kopf.

»Dann kann mir niemand mehr helfen«, stöhnte Alaska.

»Wir könnten dich zu uns holen. Mein Volk wäre einverstanden.«

Er entsann sich der Stadt – Xanadu hatte er sie genannt, doch das war nicht ihr wirklicher Name –, die ihn fast nicht mehr freigegeben hätte. Er empfand nicht das geringste Bedürfnis danach, erneut in die Nähe einer solchen Siedlung zu geraten.

»Die Stadt war einsam«, sagte Kytoma, als wisse sie um jeden seiner Gedanken. »Sie war so furchtsam wie du und deshalb ebenso aggressiv. Leider habe ich das nicht sofort erkannt. Aber mein Volk befindet sich längst an einem anderen Ort.«

»Könnt ihr mich zu dem Menschen machen, der ich früher war?«

»Ich weiß es nicht, und das wäre wohl ein Schritt zurück. Aber wir können dir helfen, deinen Zustand zu überwinden.«

»Was für ein Traum«, murmelte Ygaph. Sein Blick pendelte unaufhörlich zwischen Kytoma und dem Terraner hin und her.

»Werde ich jemals zurückkehren können?«, fragte Alaska.

»Auch das weiß ich nicht«, antwortete Kytoma wahrheitsgemäß.

»Ich kann nicht einfach gehen.« Oder doch? Was hielt ihn zurück? Alaska erschrak über den eigenen Zwiespalt. Er hatte immer schon die Menschen verlassen wollen, es aber nie fertig gebracht. Und jetzt, da sich ihm wirklich die Chance bot, zögerte er. Warum? Er wusste es nicht. Es ging nicht um sein Leben; er war auch nicht so vermessen, zu glauben, dass die Menschheit ihn brauchte. Andere, fähiger als er, würden seinen Platz einnehmen. Es war ein Hauch von Wehmut, der ihn zögern ließ. Schlicht und einfach die eigenen Gefühle standen ihm im Weg.

»Wie stellst du dir deine Zukunft vor?«, wollte Kytoma wissen. »Wenn du bleibst, wirst du früher oder später wirklich den Verstand verlieren. Und wenn das Cappin-Fragment dich nicht zerstört, wirst du das selbst besorgen.«

Was sie sagte, war richtig. Er wusste es. Aber er kannte ihr Volk nicht. Er wusste nicht einmal, wer Kytoma wirklich war. Stets hatte er sie nur als hageres Mädchen gesehen, barfüßig und mit langem Haar, weiblich, doch zugleich auf seltsame Weise geschlechtslos. Ihr Volk hatte vor undenklich langer Zeit einen Sternenschwarm gebaut, und sie war als Wächterin zurückgeblieben. Wieso war sie für ihn überhaupt ein Mädchen? Kytoma musste uralt sein.

»Komm zu uns!«, forderte sie ihn auf. »Du kannst in deiner Welt nicht bleiben, schon gar nicht in deinem momentanen Zustand.«

»Wenn ich mit dir gehe, wäre das auch eine Art von Selbstmord.« Kytoma schwieg. »Und wie stellst du dir das vor?«, fuhr er in einem plötzlichen Anfall von Euphorie fort. »Hast du ein Raumschiff für mich?«

Kytoma lachte leise. »Ich bin selbst nicht einmal körperlich erschienen. Der Loolandre ist für mein Volk nur sehr schwer erreichbar. Aber du übersiehst, dass das Fragment in dir mehr als ein Organklumpen ist. Es ist die Energie eines Cappins, die zu einem Pedotransfer anregt. Es wird uns helfen, dich zu holen.«

»Ihr seid nicht sicher?«, rief der Transmittergeschädigte fassungslos. »Es muss einen anderen Weg geben.«

Lärm brandete auf, bevor Kytoma antworten konnte. Mehrere der Fremden schleppten eine Gestalt im SERUN heran, die Alaska sofort erkannte. Sie hatten Carfesch ebenfalls gefangen.

Zum ersten Mal seit langem schien sich das Fragment wieder ruhig zu verhalten. Nachdem sie gegenseitig berichtet und die Plegick-Trofen, wie sich Ygaphs Volk nannte, wissbegierig zugehört hatten, erklärte Alaska, dass Kytomas Nähe einen beruhigenden Einfluss auf den Organklumpen ausübte. Carfeschs Frage nach Kytoma überging er mit der Bemerkung, später alles erklären zu wollen. *Später?* Dabei wusste Alaska selbst nicht, ob es ein »Später« jemals geben würde.

Carfesch erklärte, dass die Plegick-Trofen sie für Eindringlinge hielten und vielleicht töten würden.

»Bist du eine Projektion und trotzdem verletzlich?«, platzte Saedelaere heraus.

»*Du* bist verletzlich, mein Freund«, antwortete der Sorgore.

»Die Welt wird ohne mich weiter existieren.«

»Heißt das, dir ist egal, was geschieht?«

»Nein«, sagte Alaska nachdenklich. »Ich habe mir eingeredet, dass es mir egal sein könnte. Aber das ist es bedauerlicherweise nicht. Dabei sollte es mir egal sein. Der Tod ist so natürlich wie die Geburt – ein ungeschriebenes Gesetz, dem sich niemand auf Dauer entziehen darf.«

»Du tust das seit mehr als sechshundert Jahren deiner Zeitrechnung.« Kytoma war wieder erschienen. »Wenn du wirklich sterben willst, warum legst du nicht einfach deinen Zellaktivator ab?«

Alaska flüsterte nur noch. »Das Leben ist wie eine Sucht, du bekommst nie genug davon. Ich dachte, im Lauf der Jahrhunderte würde sich das ändern, aber ich habe mich geirrt. Ich komme nicht davon los.«

»Das Leben ist der Wunsch, wissen zu wollen, wie es weitergeht«, bestätigte Kytoma.

»Wer ist das?«, fragte Carfesch in dem Moment.

»Kytoma«, sagte Saedelaere. »Sie ist hier, damit ich sie in ihre Welt begleite. Aber ich weiß nicht, ob ich von dort jemals zurückkehren kann.« Überrascht hielt er inne. »Siehst du sie wirklich, Carfesch?«

Das Nicken des Sorgoren begleitete Alaska mit der Behauptung, ihn nicht im Stich lassen zu können.

»Unsinn!«, wehrte Carfesch ab. »Wenn du eine Chance für dich siehst, Alaska, nutze sie!« Er wandte sich an Kytoma: »Werden wir ihn auf deiner Welt wiederfinden?«

»Ich weiß es nicht«, antwortete das Mädchen.

Die Plegick-Trofen hatten entschieden, ihre Gefangenen ins Innere des Loolandre zu schicken. Damit wälzten sie zugleich ihre Verantwortung auf andere ab.

Eine wahre Prozession zog zu einer Schleuse im unteren Teil des Kraters, hinter der eine Plattform auskragte. Bevor sie ihn eingefangen hatten, war Carfesch schon in diesem Bereich gewesen und hatte herausgefunden, dass die Schleuse zu einem Höllenfeuer führte. Auch wenn die Plegick-Trofen genau zu wissen schienen, was sie taten, irrten sie sich. Vielleicht hatte die Schleuse vor langer Zeit wirklich einen ungefährlichen Zugang ins Innere des Loolandre verschlossen, aber bis zu diesem Tag hatte sich vieles verändert.

»Sie dürfen die Schleuse nicht öffnen!«, drängte Carfesch. »Denk an Kytoma! Versuche, sie zu Hilfe zu rufen.«

»Kommt!« Ein junger Plegick-Trofe deutete auf eine Transportscheibe. Einen Fluchtversuch schien keiner von ihnen zu befürchten. Warum auch? Sowohl Carfesch als auch Alaska hatten erklärt, dass sie sich auf dem Weg ins Innere des Loolandre befanden.

»Ihr dürft die Schleuse nicht öffnen!«, warnte der Sorgore.

»Macht euch keine Sorgen. Wir haben diesen Weg seit langem nicht benutzt, aber er ist ungefährlich. Man wird euch unten sicher schnell in Empfang nehmen.«

Ihnen blieb keine andere Wahl, als auf die Transportscheibe zu steigen. Langsam löste sie sich von der Plattform und schwebte abwärts. Endlich erschien Kytoma wieder als halbstoffliche Gestalt.

»Carfesch hat Recht«, bestätigte sie. »Die Strahlung unterhalb ist so stark, dass viele der Kraterbewohner sterben müssten, sobald die Schleuse geöffnet wird. Du kannst das verhindern, wenn du mit mir kommst.«

»Aber Carfesch? Wie kann er fliehen?«

»Dein Freund wird einen Weg finden, wenn du ihm die Gelegenheit dazu verschaffst. Du kannst es. Konzentriere dich nur darauf, mir zu folgen. Alles andere erledigen mein Volk und das Cappin-Fragment.«

Die Plattform hatte das Zentrum des Kraters nahezu erreicht. In wenigen Augenblicken würden die Plegick-Trofen in ihrer Unwissenheit die Schleuse öffnen … Alaska konzentrierte sich nur noch auf Kytoma und darauf, sie in ihre Welt zu begleiten. Für den Bruchteil eines Augenblicks glaubte er zu spüren, dass sein Körper aufquoll, dann umfing ihn die Unendlichkeit. Seltsamerweise wusste er, dass Carfesch die Flucht mit Hilfe des SERUN-Flugaggregats ebenfalls gelang.

Eine fremde Stimme redete in der Einsamkeit zu ihm. Sie klang fremd und zugleich vertraut, als hätte er sie schon sein Leben lang gehört.

»Bist du das?« Er wusste keinen Namen, wohl aber, dass er mit »seinem« Fragment sprach.

»Du wunderst dich, dass wir uns endlich verstehen? Weil wir uns in meinem Element befinden.«

»Du besitzt ein eigenes Bewusstsein?«

»Natürlich. Ich habe nur lange Zeit hindurch geschlafen. So ungefähr würdest du wohl dazu sagen. Erst beim Flug durch den Frostrubin wurde ich geweckt. Bis mir auffiel, dass ich mich in deinen Körper verirrt hatte, war es zu spät, dich wieder zu verlassen.«

»Aber du könntest es jetzt tun? Jederzeit?«

»Natürlich.«

Alaska zögerte. Ziemlich lange für seine Begriffe. »Was wird dann aus mir?«, wollte er endlich wissen.

»Wahrscheinlich werden Kytoma und ihr Volk es schaffen, dich hinüberzuziehen. Aber falls es dich beruhigt, bleibe ich bei dir, bis du sicher sein kannst, ihre Welt zu erreichen.«

»Ich habe lange Zeit versucht, dich loszuwerden.« Im Nachhinein fragte sich Alaska, ob das richtig gewesen war. Er hatte nicht nur geahnt, dass das Fragment lebte, er hatte es gewusst, mit jeder Faser seines Körpers gespürt.

»Ich weiß«, antwortete der Cappin ohne jede Regung. »Ich wollte mich ebenfalls von dir trennen. Es ist nicht angenehm, unerwünscht zu sein.«

Alaska Saedelaere stieß ein gequältes Lachen aus. »Wer bist du?« Jetzt nur nicht daran denken, mit wem er redete, den Cappin als Fremden betrachten, dem er einfach begegnet war.

Und dann vergessen?

Nein. Er wusste, dass er das niemals würde vergessen können. Egal, was in der Zukunft geschah. Für einen Augenblick glaubte er sich des Gefühls zu entsinnen, ein Stück von sich selbst vermisst zu haben. Er wusste nicht, ob das wirklich so war, wollte es auch gar nicht mehr wissen.

Der andere sprach davon, dass er ein junger Cappin gewesen war, ehrgeizig, aber ungeschickt. Er hatte sich immer mit den falschen Personen angelegt und war zum Spielball strategischer Manöver geworden. Als der Unfall geschah, befand er sich auf einer eher unbedeutenden Reise ... Alaska spürte, dass das *unbedeutend* nicht unbedingt den Tatsachen entsprach, aber vielleicht redete er sich das auch nur ein.

»Was wirst du unternehmen, Alaska, sobald ich endlich nicht mehr bei dir bin?«

»Ich werde mich wohl mit dem Volk anfreunden, zu dem ich unterwegs bin.«

»Du kennst Kytoma ...«

»So gut oder so schlecht wie du. Nicht wirklich jedenfalls.«

»Das klingt wenig hoffnungsvoll.«

»Vergiss es! Wenigstens du sollst deine wiedergewonnene Freiheit genießen.«

»Ich frage mich, ob ich noch ein Cappin bin. Ich weiß nicht einmal, was ich ohne dich unternehmen kann. Und du?«

Alaska seufzte. »Ich bin schon lange kein normaler Mensch mehr. Früher wollte ich dich nur loswerden. Jetzt wünsche ich mir, dass du bleibst. Es ist seltsam.«

Lange Zeit schwiegen sie – und waren sich auf wortlose Art einig.

»Ich brauche dich ebenso«, sagte der Cappin endlich. »Ich kann nicht mehr in meine Existenzform zurückkehren, denn der Pedokontakt existiert längst nicht mehr. Ich würde mich in der Unendlichkeit verlieren. Du und ich, wir sind auf unsere Weise etwas Besonderes. Warum sollten wir das aufgeben, nachdem wir uns kennen gelernt haben? Mich interessiert, wohin Kytoma uns bringt.«

»In ihre Welt«, sagte Saedelaere, »vielleicht in eine fremde Dimension, die nicht für uns geschaffen wurde.«

»Ihr werdet dort glücklich sein«, klang Kytomas Stimme auf. »Nein, ich habe nicht absichtlich gelauscht. Aber ich bin bei euch, weil ihr sonst den Weg nicht finden würdet.«

Sie spürten, dass sie sich dem Ziel näherten.

»Du musst dich jetzt entscheiden. Ich bleibe, wenn du es wirklich willst.«

»Bitte bleib ...«

»Hast du etwas dagegen, wenn ich an meinen Platz zurückkehre?«

Sie erreichten Kytomas Welt, die voll Sympathie und Frieden war. Es schien fast nebensächlich, zu erkennen, dass sie in dieser Welt nicht körperlich existierten. Irgendwann fand Alaska Saedelaere einen Spiegel, der einen Lidschlag vorher noch nicht existiert hatte. In diesem Spiegel sah er nicht das Gesicht des Totenbleichen, sondern etwas sehr Schönes: das lodernde Farbenspiel des Cappin-Fragments.

Er war glücklich. Und der Cappin war es auch.

Wir werden in die Heimat zurückkehren, dachte Alaska zufrieden. *Eines Tages, wenn wir den Frieden dieser Welt mitnehmen können …*

ENDE

Zeittafel

3400 Alaska Saedelaere wird um Mitternacht vom 2. auf den 3. Dezember geboren.

3428 Während eines Transmitterdurchgangs von der Handelsstation Bontong nach Peruwall am 23. Februar erreicht der Techniker Alaska Saedelaere sein Ziel erst mit vier Stunden Verspätung. Sein Gesicht ist schrecklich verändert und verbreitet Wahnsinn und Tod.
Am 9. März trägt Alaska erstmals die Plastikmaske, mit der er das Cappin-Fragment in seinem Gesicht verdeckt.

3433 31. Mai. Alaska Saedelaere spürt die Nähe Fremder im Solsystem.
Am 1. August startet die erste Expedition mit dem Nullzeitdeformator in die Vergangenheit der Erde; die Teilnehmer kehren am 15. Oktober zurück.
Auf dem Planeten Gevonia, in der uralten Báalol-Stadt Tapura, begegnet Alaska Saedelaere dem Mädchen Kytoma.

3434 Der Todessatellit in der Sonnenkorona wird am 17. Juli zur Explosion gebracht.

3438 Die MARCO POLO verlässt die Galaxis Gruelfin mit Kurs zurück zur Milchstraße.

3440 Am 29. November setzt die vom Schwarm ausgelöste Verdummung ein.

3441 Die CMP-41 (GOOD HOPE II) startet am 5. Juli unter Perry Rhodans Kommando mit Immunen an Bord zur Erforschung des Schwarms. Alaska Saedelaere gehört zur Besatzung.
Am 24. November erfolgt die erste Begegnung mit den Cynos, den Vertretern eines Heimlichen Imperiums.

3442 Am 14. September durchbricht die MARCO POLO den Schmiegeschirm und verlässt den Schwarm.
16. September; nach seiner Rückkehr aus dem Schwarm wird Alaska Saedelaere zunehmend von Albträumen gequält und bricht mit der SJ-MP 17 und ungewissem Ziel auf, um herauszufinden, wo das Cappin-Fragment mit seinem Gesicht verschmolz.

3442 Ende Dezember; Alaska Saedelaere und der Cyno Schmitt stoßen von Bord der MARCO POLO aus zum Statik-System im Schwarm vor. Stato wird vernichtet.

3443 11. April; Alaska Saedelaere erfährt die Geschichte des Schwarms und begegnet erneut Kytoma.

14. April; der Cyno Schmitt tötet die neun Imaginären und übergibt den Anzug der Vernichtung an Alaska Saedelaere.

3444 Kytoma erklärt Alaska, dass sie zu den Erbauern des Schwarms gehört, und sie nimmt ihn mit zu einer verlassenen Stadt ihres Volkes.

3459 5. Januar; der erste SVE-Raumer der Laren wird in der Milchstraße gesichtet.

5. Juli; das Solsystem wird durch das Antitemporale Gezeitenfeld dem Zugriff der Laren entzogen.

3460 Am 13. Januar erklärt Perry Rhodan öffentlich den Plan, die Erde und ihren Mond durch den Twin-Sol-Transmitter in Sicherheit zu bringen.

7. März; der Schaltimpuls für Twin-Sol wird ausgelöst.

12. August; Erde und Mond erreichen eine neue Umlaufbahn um die Sonne Medaillon im Mahlstrom der Sterne.

3531 Alaska Saedelaere erhält von Perry Rhodan einen Zellaktivator.

3540 4. Juli; der Aphiliker Reginald Bull wird der neue Regierungschef.

Am 9. Juli startet das Fernraumschiff SOL von der Erde. An Bord befinden sich mehr als eintausend wegen Verschwörung verurteilte Getreue Perry Rhodans, unter ihnen der Maskenträger Alaska Saedelaere.

3581 24. April; Alaska Saedelaere folgt den Spezialisten der Nacht durch das Black Hole an Bord der SOL.

Dezember; auf Derogwanien benutzt Saedelaere den Zeitbrunnen, der ihn zur verlassenen Erde zurückversetzt.

3582 4. März; Saedelaere gründet die Terra-Patrouille.

3585 Am 28. Juni um 20.21 Uhr erfolgt die Rückversetzung von Erde und Mond über die neue Transmitterbrücke ins Solsystem.

3586 1. Januar; als Rechtsnachfolger des Solaren Imperiums und das Neuen Einstein'schen Imperiums wird die Liga Freier Terraner proklamiert.

3587 Ende März begeben sich Ganerc-Callibso und Alaska Saedelaere noch einmal nach Derogwanien auf der Suche nach dem fünften Zusatzschlüssel für Laires Auge. Der Anzug der Vernichtung wird zerstört.

3588 das Jahr 1 der Neuen Galaktischen Zeitrechnung (NGZ).

NGZ:

426 Am 15. März erreichen die BASIS und zwanzigtausend galaktische Raumschiffe den Frostrubin. Während des Fluges durch den Frostrubin verschwindet das Cappin-Fragment aus Saedelaeres Gesicht und er wird zum Totenbleichen.

427 Im Mai nähert sich die BASIS dem Loolandre, der Armadaeinheit Eins. Alaska begegnet erneut Kytoma; sie nimmt ihn mit in die neue Heimat ihres Volkes.